CLASSIQUES JAUNES

Littératures francophones

Nouvelles asiatiques

Réimpression de l'édition de Paris, 1965.

Arthur de Gobineau

Nouvelles asiatiques

Édition critique par Jean Gaulmier

PARIS
CLASSIQUES GARNIER
2019

Jean Gaulmier, fin connaisseur de la littérature orientaliste, enseigna à l'université de Strasbourg et à la Sorbonne. Il consacra de nombreux travaux à Gobineau et Volney, dont il est le spécialiste. Il a notamment coordonné l'édition critique en trois volumes des œuvres complètes de Gobineau pour la *Bibliothèque de La Pléiade* (Paris, 1983-1987) ainsi que celle des *Études Gobiniennes* (Paris, 1966-1969).

Couverture : Eugène Flandin, *Shah Mosque, Isfahan*. Voyage en Perse, éd. Gide et Baudry, 1851.

ISBN 978-2-8124-1618-7
ISSN 2417-6400

SOMMAIRE BIOGRAPHIQUE

1816. — *Naissance à Ville-d'Avray d'Arthur-Joseph de Gobineau dans la nuit du 13 au 14 juillet. Il est le fils aîné de Louis de Gobineau, né en 1784, officier, appartenant à une ancienne famille de Bordeaux, qui avait épousé en 1810 Anne-Louise Magdelaine de Gercy.*

1820. — 6 Octobre : *Naissance de Marie-Caroline-Hippolyte de Gobineau, qui deviendra la fidèle confidente de son frère.*

1824. — *Arthur-Joseph de Gobineau est de tempérament délicat et nerveux. Ses parents, qui ont perdu une fille, Allix, à l'âge de trois ans, n'osent pas le mettre au collège et lui donnent un précepteur, M. de la Coindière, qui se dit ancien étudiant de l'Université de Heidelberg et lui fait faire des études incohérentes.*

1830. — *Mme de Gobineau avec ses deux enfants va s'établir en Suisse, puis séjourne pendant six mois à Inzlingen dans le duché de Bade, et revient en Suisse. Arthur-Joseph aurait alors suivi les cours du collège de Bienne.*

1831. — 8 Juillet : *Louis de Gobineau est rayé des contrôles de son régiment par décision du maréchal Soult, en raison de son attitude peu favorable à la monarchie de Juillet.*

1832. — *A la fin de 1832 ou au début de 1833, Louis de Gobineau rappelle à Lorient, où il s'est fixé et où il vit chichement, son fils et sa fille. Mme de Gobineau abandonne le domicile conjugal.*

1832-1835. — *Arthur-Joseph continue ses études à Lorient, puis à Redon, sous la direction fantasque de son père qui le destine à une carrière militaire. Mais, attiré par les études* *historiques et littéraires, rebelle aux sciences exactes, il échoue au concours et décide d'aller chercher fortune à Paris.*

1835. — OCTOBRE : *Arthur-Joseph arrive avec cinquante francs dans sa poche à Paris où réside son oncle Thibault-Joseph, intransigeant et sévère, imbu d'esprit féodal.*

1836. — *Il occupe jusqu'en mars une situation très modeste à la* Compagnie française d'éclairage par le gaz. *Il se pousse d'ailleurs dans le monde; par sa mère, dame de compagnie de Mme Pillet-Will, il entre en relations avec le banquier. Il suit quelques cours d'histoire et d'orientalisme au Collège de France, en amateur.*

1837. — *Il agrandit le cercle de ses relations, fréquente le salon de Mme de Serre, veuve de l'ancien ministre de la Restauration, et se lie avec ses neveux, Hercule et Gaston de Serre; il devient, par son ami Guermann Bohn, un familier du peintre Ary Scheffer.*

1838. — 18 MARS : *Il fait la connaissance de Mme Dorval.*

1839. — JANVIER : *Il entre dans l'administration des Postes, 2e Sous-direction, Service des correspondances, où il gagne péniblement cent francs par mois.*

1840. — 17 FÉVRIER : « *Depuis un an (connaissant tant de monde), je n'ai pas pu attraper le moindre article, pas la moindre traduction... Une place ! Mais il n'y en a plus, de place ! Tout est pris, comblé.* » *(Lettre à sa sœur.)*

MARS : *Il fonde avec quelques amis la « Sérénissime Société » des Scelti; cette association secrète de joyeux camarades,* les Cousins d'Isis, *a pour but d'aider ses membres à faire carrière.*

1841. — 15 AVRIL : la Revue des Deux Mondes *publie son article sur* Capo d'Istria.

MAI-JUIN : *Il réunit de la documentation en vue d'étudier les grandes figures de la Renaissance, car il a « toujours raffolé des condottieri ».*

1842. — *Il collabore à un nouveau journal,* l'Unité, *moyennant 150 francs par mois, et donne des articles à* la Quotidienne.

18 JUIN : *Il se lie d'amitié avec Adalbert von Keller et commence avec celui-ci une correspondance qui durera jusqu'à sa mort.*

1843. — 17 AVRIL : *Tocqueville, à qui il a été probablement présenté par Charles de Rémusat, lui commande un travail sur* « l'état des doctrines morales au XIXe siècle. »

24 AVRIL : *La direction du journal royaliste,* la Quotidienne, *lui offre de traiter des questions de politique étrangère. Il publie* Scaramouche *dans* l'Unité, *à laquelle il collabore régulièrement.*

1844. — *Il collabore à divers périodiques, notamment à* l'Unité *et au* Commerce *où il donne des articles de critique littéraire. Il publie* les Adieux de Don Juan.

1845. — 14 JANVIER : *Il donne au* Commerce *une étude sur les « Œuvres de M. Stendhal ».*
Collaboration à la Revue de Paris, *à* la Revue nouvelle.

1846. — 31 MARS : *Il donne en feuilleton à* la Quotidienne les Aventures de Jean de la Tour Miracle, surnommé le prisonnier chanceux.
Il publie un poème, la Chronique rimée de Jean Chouan.

10 SEPTEMBRE : *Il épouse Gabrielle-Clémence Monnerot, née à la Martinique.*

1847. — JANVIER : Mademoiselle Irnois *paraît dans* le National.

4 JUIN : Nicolas Belavoir *commence à paraître dans* l'Union monarchique.

15 SEPTEMBRE : *Il fonde la* Revue provinciale, *avec Louis de Kergorlay, pour prôner la décentralisation.*

22 OCTOBRE : Ternove *paraît en feuilleton dans* le Journal des Débats.

1848. — JANVIER : l'Abbaye de Typhaines *est publiée en feuilleton par* l'Union.
Sa tragédie, Alexandre le Macédonien, *est reçue à la Comédie-Française, mais ne sera pas représentée à cause de la révolution de Février qui lui inspire d'amères railleries contre les « blouses sales » des vainqueurs.*

14 SEPTEMBRE : *Naissance de sa fille Diane.*

1849. — FÉVRIER : *Il dirige la* Revue provinciale.

MARS : *Il songe à faire représenter sa tragédie d'*Alexandre *au théâtre de Bordeaux et même de « transporter ses pénates littéraires » à Bordeaux (lettre à Richard Lesclide). Son roman* Nicolas Belavoir *est sous presse.*

15 JUIN : *Il est nommé par Alexis de Tocqueville, ministre des Affaires étrangères, chef du cabinet et entre ainsi dans l'administration.*

SEPTEMBRE : *La* Revue provinciale *a cessé de paraître.*

9 NOVEMBRE : *Il est nommé secrétaire à la légation de France à Berne.*

1850. — *Il travaille à l'*Essai sur l'inégalité des races humaines.

24 FÉVRIER : *Il écrit une longue lettre à Tocqueville où il analyse en détail la démocratie suisse.*

AOÛT : *A la demande du Département, il entreprend une étude sur la situation agricole et industrielle de la Suisse.*

15 SEPTEMBRE-2 OCTOBRE : *Il fait une tournée à travers la Suisse pour les besoins de son enquête.*

DÉCEMBRE : *Il séjourne à Paris où il postule la Légion d'honneur.*

1851. — JANVIER : *Gobineau est en dissension avec son supérieur, le ministre Reinhard, qui voudrait lui faire quitter Berne.*

FÉVRIER : *Il est nommé chevalier de la Légion d'honneur.*

16 AVRIL : *Il a terminé le premier volume de l'*Essai sur l'inégalité des races humaines.

26 JUILLET : *Il est nommé chargé d'affaires à Hanovre pendant le congé du ministre.*

NOVEMBRE : *Fin de l'intérim à Hanovre. Gobineau reprend à contrecœur ses fonctions à Berne.*

2 DÉCEMBRE : *Bien qu'il n'éprouve guère de sympathie pour Louis-Napoléon Bonaparte, il approuve le coup d'État par souci de l'ordre social.*

1852. — *Il publie* les Aventures de Nicolas Belavoir, *chez Souverain, sous le pseudonyme d'Ariel des Feux.*

10 JUILLET : *Il se prépare à envoyer à Paris les deux premiers volumes de l'*Essai sur l'inégalité.

SEPTEMBRE : *Il voyage dans le nord de l'Italie.*

1853. — JUIN-JUILLET : *Publication, chez Didot, des deux premiers volumes de l'*Essai sur l'inégalité.

DÉCEMBRE : *Il cherche à entrer à l'Académie des sciences morales, grâce à l'appui de Tocqueville et de Rémusat.*

1854. — JANVIER : *Gobineau, brouillé avec le ministre à Berne, Salignac-Fénelon, comme il l'avait été avec Reinhard, séjourne à Paris dans l'attente d'un autre poste.*

8 JANVIER : *Il est nommé secrétaire à la légation de Francfort.*

6 MARS : *Il s'installe à Francfort où il se lie avec Prokesch-Osten, président de la Diète, qui deviendra l'un de ses amis les plus sûrs.*

*Il travaille à la seconde partie de l'*Essai sur l'inégalité.

19 DÉCEMBRE : *Il est désigné pour participer à la mission de Perse, conduite par le ministre Bourée, tout en conservant son poste à Francfort.*

1855. — JANVIER : *Gobineau, à Paris, se prépare à partir pour la Perse.*

14 FÉVRIER : *Il s'embarque à Marseille pour l'Égypte, avec sa femme et sa fille.*

MARS : *Mort de son oncle Thibault-Joseph.*

5 JUILLET : *Il arrive à Téhéran, en passant par l'Égypte, la mer Rouge, le golfe Persique, et remontant en caravane de Bouchir jusqu'à la capitale de la Perse.*

1er DÉCEMBRE : *Il est nommé officier de la Légion d'honneur.*

*Pendant son séjour en Perse, paraît en 2 vol., chez Didot, la seconde partie de l'*Essai sur l'inégalité.

1856. — 30 AOÛT : *Lecture à l'Institut du* Mémoire sur l'état social de la Perse *qu'il a écrit sur les conseils de Tocqueville.*

15 OCTOBRE : *Bourée rentrant en France, Gobineau prend la tête de la légation de France.*

OCTOBRE-NOVEMBRE : *Il conduit « jusqu'à l'Araxe » sa femme et sa fille au prix d'un périlleux voyage.*

1857. — *Pendant toute l'année, Gobineau séjourne en Perse, s'intéressant à l'histoire et aux mœurs du pays, et notamment au déchiffrement des textes cunéiformes.*

23 MARS : *Naissance de la seconde fille de Gobineau, Christine. Avec l'héritage de l'oncle Thibault-Joseph, décédé en 1855, Mme de Gobineau achète le château de Trye, canton de Chaumont-en-Vexin (Oise).*

1858. — 30 JANVIER : *Gobineau passe la légation de France à Téhéran au baron Pichon et regagne la France par Trébizonde et Constantinople. Il arrive à Paris fin avril ou début mai.*

OCTOBRE : *Gobineau fait un court séjour à Redon, où son père est mort le 15.*

Il publie chez Didot sa Lecture des textes cunéiformes.

1859. — FÉVRIER : *Il refuse, au grand mécontentement du ministre, sa nomination de premier secrétaire à la légation de France en Chine.*

11 MARS : *Il est désigné pour participer à une mission franco-anglaise qui doit délimiter les zones de pêche à Terre-Neuve.*

Fin MAI-OCTOBRE : *Mission à Terre-Neuve.*

Fin OCTOBRE : *Il rentre à Trye et publie* Trois ans en Asie, *chez Hachette.*

1860. — FÉVRIER : *Gobineau est reçu en audience par Napoléon III.*

JUIN : *Il participe à une mission concernant l'annexion de la Savoie.*

1861. — *Publication chez Hachette du* Voyage à Terre-Neuve.

JUIN-JUILLET : *Séjour à Saint-Gratien chez la princesse Mathilde.*

27 AOÛT : *Il est nommé ministre plénipotentiaire en Perse.*

28 SEPTEMBRE : *Il s'embarque à Marseille et par Athènes, Constantinople, le Caucase et Bakou, arrive à Enzeli fin décembre.*

1862. — 2 JANVIER : *Arrivée de Gobineau à Téhéran.*

1863. — 12 OCTOBRE : *Il repart pour la France par Bakou, Astrakhan, Moscou et Berlin. Il est à Paris le 5 décembre.*

8 NOVEMBRE : *Il est élu maire de Trye (Oise).*

1864. — *Il publie le* Traité des écritures cunéiformes, *2 vol., chez Didot. Cet ouvrage oppose Gobineau à tous les spécialistes.*

8 OCTOBRE : *Il est nommé ministre à Athènes et rejoint son poste en novembre, accompagné de sa femme et de ses deux filles.*

1865. — *Les années à Athènes seront les plus heureuses de Gobineau. Le pays lui plaît. Il y rencontre l'amitié de lord Lytton et de la famille Dragoumis dont les deux filles, Zoé et Marie, éveilleront en lui une attention tendre.*
MARS : *Il publie* Religions et Philosophies dans l'Asie centrale, *chez Didier.*
SEPTEMBRE : *Séjour à Corfou.*
OCTOBRE : *Il commence à s'adonner à la sculpture qui prendra une importance croissante dans ses soucis d'artiste.*

1866. — FÉVRIER : *Excursion dans les Cyclades.*
AOÛT-SEPTEMBRE : *Séjour à Corfou.*

1867. — SEPTEMBRE : *Il met au point une étude « sur diverses manifestations de la vie individuelle ».*
OCTOBRE : *Voyage à Naxie et Santorin.*

1868. — JUIN : *Il est nommé ministre de France à Rio de Janeiro.*
15 AOÛT : *Il est nommé commandeur de la Légion d'honneur.*
4 SEPTEMBRE : *Il quitte Athènes.*

1869. — *Il publie un recueil de poèmes composés à Athènes,* l'Aphroessa, *chez Maillet.*
15 FÉVRIER : *Départ pour le Brésil, par Bordeaux, Lisbonne et Dakar.*
22 MARS : *Arrivée à Rio de Janeiro, où il va se lier d'amitié avec Pedro II, empereur du Brésil.*
AVRIL : *Il s'éprend de Mme Posno, née de Mello, qui va devenir une de ses inspiratrices. Il publie l'*Histoire des Perses, *chez Plon, et travaille à* Amadis.
16 DÉCEMBRE : *Il écrit* Adélaïde *et* Akrivie Phrangopoulo.

1870. — JANVIER : *Il s'ennuie au Brésil et multiplie les démarches pour rentrer en France.*
MAI : *Retour de Rio de Janeiro.*
JUIN : *Il est élu conseiller général du canton de Chaumont-en-Vexin (Oise).*

AOÛT : *Il met sur pied une garde nationale pour maintenir l'ordre dans son canton.*

OCTOBRE : *Trye est occupé par l'armée allemande. Pendant tout l'hiver, non sans difficultés, il essaye de protéger la population contre l'occupant.*

25 NOVEMBRE : *Il démissionne de la mairie de Trye.*

1871. — *Gobineau à Paris est témoin du soulèvement de la Commune.*

AVRIL : *A Versailles, il essaye d'obtenir du gouvernement de Thiers un poste diplomatique.*

23 JUIN : *Il est chargé d'accueillir en France l'empereur du Brésil Pedro II.*

JUILLET : *Il songe à entrer à l'Académie française, fait une campagne active et finalement renonce en décembre. Il travaille aux* Pléiades.

1872. — 11 MAI : *Il est nommé ministre de France à Stockholm.*

7 JUIN : *Il arrive à Stockholm.*

JUIN-JUILLET : *Il écrit* la Danseuse de Shamakha *qui sera la première des* Nouvelles asiatiques.

3 JUILLET : *Il publie les* Souvenirs de voyage *chez Plon. Il fait la connaissance de Mathilde de la Tour.*

OCTOBRE : *Mme de Gobineau rejoint son mari à Stockholm.*

1873. — *Il s'occupe de sculpture, apprend le suédois et termine en juillet* les Pléiades, *roman qu'il avait « commencé en France pendant l'invasion ».*

AVRIL : *Mme de Gobineau rentre en France.*

JUILLET : *Voyage à Christiania et à Trondheim. Gobineau conclut « le pacte d'amitié » avec Mme de la Tour.*

AOÛT : *Il se met à son livre sur la* Renaissance.

1874. — *Publication des* Pléiades, *chez Plon. Il envisage un autre roman,* les Voiles noirs, *songe à une seconde édition de l'*Essai, *travaille à* la Renaissance *et s'adonne à la sculpture. Entre sa femme et lui, en partie à cause de sa passion pour Mme de la Tour, en partie pour des raisons d'intérêt, la mésentente grandit.*

1875. — *Il travaille à l'*Histoire d'Ottar Jarl.

JUIN : *Voyage à Hambourg, Berlin et Paris.*

JUILLET : *Il vend à Didier les* Nouvelles asiatiques *ainsi que l'*Histoire d'Ottar Jarl *encore inachevée, et à Maillet* la Fleur d'or.

16 JUILLET : *Il est reçu par le maréchal de Mac-Mahon.*

AOÛT : *Il séjourne à Carlsbad.*

1876. — MAI : *Il met en vente le château de Trye.*

JUIN : *Il se brouille définitivement avec sa femme et ses filles.*

SEPTEMBRE-NOVEMBRE : *Il accompagne l'empereur du Brésil à travers la Russie et la Turquie et, en décembre, regagnant Stockholm par Florence, Rome où il rencontre Richard Wagner, et Berlin, est convoqué par le ministre des Affaires étrangères mécontent de sa longue absence.*

1877. — JANVIER : *A Paris, aigres discussions avec le ministre Decazes; il rentre à Stockholm le 23 janvier.*

20 FÉVRIER : *Il est rappelé de Stockholm, prend congé de la cour Suédoise le 14 mars.*

AVRIL : *Il est mis à la retraite par le duc Decazes.*

9 JUIN : *Il publie* la Renaissance, *chez Plon, puis part pour Lorient et Solesmes où il espère obtenir par sa sœur, religieuse, une commande de sculpture.*

AOÛT-SEPTEMBRE : *Séjour à Milan.*

OCTOBRE : *Il s'installe à Rome et espère y faire carrière de sculpteur.*

1878. — JUILLET : *A Paris, il rencontre Théodore de Banville et Barbey d'Aurevilly. Renan l'engage à traduire le* Kousch Nameh. *Il passe l'été en France (Trye, Solesmes) et rentre à Rome en octobre, après avoir vendu le château de Trye. Il se met à traduire le* Kousch Nameh *et songe à un livre sur « les extensions asiatiques de la Russie », en même temps qu'il travaille à la fin d'*Amadis *dont la première partie a paru en 1876.*

1879. — *Vie laborieuse à Rome où Gobineau s'est créé un petit groupe d'amis.*

AOÛT : *Il est malade d'« un grave retour de ses fièvres du Brésil ».*

22 NOVEMBRE : *Il publie l'*Histoire d'Ottar Jarl, *chez Didier.*

1880. — 20 JUIN : *Il éprouve de graves troubles de la vue.*
JUILLET : *Séjour à Paris.*
AOÛT : *Il se soigne à Carlsbad.*
OCTOBRE : *Nouvelle rencontre avec Richard Wagner à Venise.*

1881. — MARS : *Il termine* Amadis.
MAI-JUIN : *Séjour à Bayreuth chez Wagner.*
JUILLET-OCTOBRE : *Séjour chez Mme de la Tour à Chaméane (Puy-de-Dôme).*
Il songe à une Histoire des Mérovingiens *et à des* Nouvelles féodales, *projets qui ne seront achevés ni l'un ni l'autre.*

1882. — MAI-JUIN : *Nouveau séjour à Bayreuth.*
JUILLET-SEPTEMBRE : *Il passe l'été à Chaméane qu'il quitte au début d'octobre pour rentrer en Italie.*
13 OCTOBRE : *Il meurt à Turin.*

PRÉFACE

I. L'auteur des *Nouvelles asiatiques*

« Je suis de ceux qui méprisent... »
(Gobineau à Tocqueville, 29 novembre 1856.)

« Je tiendrai jusqu'à la fin dans l'attitude qui convient à un vrai Viking. »
(Gobineau à Mme de la Tour, 10 juillet 1874.)

*La plupart des commentateurs de Gobineau, surtout depuis que le racisme a opéré dans l'univers les ravages que l'on sait, s'ingénient à opposer en lui le philosophe et le romancier : on voue à l'exécration l'auteur de l'*Essai sur l'inégalité des races, *on admet avec Suarès qu'il a légué au monde* « une théorie meurtrière, propre à fournir le bouillon de culture le plus virulent à la haine et au mensonge [1] » — *et, cette précaution prise, on se croit autorisé à placer parmi les grands conteurs du* XIXe *siècle celui des* Souvenirs de voyage, *des* Nouvelles asiatiques *et des* Pléiades.

Manichéisme simpliste ! En fait, les Nouvelles asiatiques, *comme toute l'œuvre de Gobineau, paraissent inséparables de l'*Essai : *au moment où il les écrit, où il termine aussi* les Pléiades, *il prépare une seconde édition*

1. André Suarès, *Portraits sans modèles*, Grasset, 1935, 212.

de ce livre-clé et se vantera de n'y pas changer une ligne. De 1853 à 1882, sa pensée est demeurée immobile, figée devant ses rêves. « Tous vos ouvrages, sous des formes diverses, gardent l'empreinte de la même inspiration », *pourra lui écrire, au soir de sa vie, un lecteur perspicace* [1]. *Omm-Djéhâne et Juan Moreno, Gambèr-Aly, les amants de Kandahar illustrent les affirmations de l'*Essai : *la préface des* Nouvelles asiatiques *l'indique formellement.*

*Mais — et là réside le malentendu capital — l'*Essai, *en dépit des prétentions de l'auteur, n'est pas un ouvrage philosophique. On a beau jeu d'en souligner l'incohérence, la logique puérile, l'arbitraire, l'érudition en trompe-l'œil, le déconcertant apriorisme. Tocqueville, le premier, quoique fort lié avec Gobineau, a dit son horreur devant cet amas de nuées* [2]. *Tant pis pour ceux qui ont choisi ce pseudo-savant comme maître à penser : dès 1856, Gobineau proteste contre l'utilisation de ses idées aux États-Unis :* « N'admirez-vous pas les Américains qui croient que je les encourage à assommer leurs nègres, qui me portent aux nues pour cela, mais qui ne veulent pas traduire la partie du livre qui les concerne [3]? » *Le descendant d'Ottar Jarl, pirate norvégien, s'il se guinde en sociologue ou en historien, n'est qu'* « un fantaisiste intrépide » *suivant l'heureuse expression de Seillière* [4].

*Tout change si l'on prend l'*Essai *pour ce qu'il est vraiment, une grandiose et lugubre utopie. Gobineau n'est pas un savant mais un visionnaire. Dès les premières lignes de son livre, il nous jette dans l'irréel :* « Quittant l'obser-

1. Boisjolin à Gobineau, 1er décembre 1879. Lettre citée par Schemann, *Gobineaus Rassenwerk*, Stuttgart, 1910, 76.

2. Voir notamment la lettre de Tocqueville à Gobineau du 17 novembre 1853.

3. Lettre à Prokesch-Osten du 20 juin 1856. Cf. dans le même sens lettre à Tocqueville du 20 mars 1856.

4. Seillière, *le Comte de Gobineau et l'aryanisme historique*, Plon, 1903, 111.

vation de l'ère actuelle pour celle du passé tout entier... conduit par l'analogie, je me suis tourné vers la divination de l'avenir le plus lointain... » *Et encore :* « Je débute avec les premiers peuples qui furent jadis, pour chercher jusqu'à ceux qui ne sont pas encore... [1] » *et l'avant-propos de sa seconde édition dit que sa théorie est* « pareille à toutes les divinations de l'homme ».

*Entre l'*Introduction à l'Histoire universelle *de Michelet et* la Légende des siècles, *l'*Essai *de Gobineau, à sa date, apparaît comme un de ces grands poèmes romantiques qui prétendent retracer de façon symbolique toute l'aventure humaine. Mais tandis que les Lamennais, les Quinet, les Michelet, les Hugo, conduits par l'optimisme fondamental qu'ils ont hérité des rationalistes du* XVIIIe *siècle, figurent la marche de l'Humanité comme une ascension vers la lumière, comme une victoire progressive de la liberté sur la fatalité, Gobineau, mage du désespoir, s'attache avec un sombre enthousiasme à montrer la déchéance progressive du genre humain, promet à toutes les civilisations une ruine inéluctable. Les gouvernements les plus sages, les religions, les institutions les mieux étudiées, sont incapables d'interrompre cette dégradation croissante. La race aryane qui rayonnait, à l'origine, de l'Asie du Sud-Ouest dans toutes les directions et qui était l'honneur de l'espèce, il y a longtemps qu'elle n'existe plus nulle part dans sa pureté, et il est chimérique de prétendre qu'on la ressuscite jamais* [2]. *Tous les pays, la France surtout, et même la Germanie slavisée, sont, comme la Perse actuelle, exténués par le mélange des sangs, accablés par une longue histoire qui est celle de leur avilissement. La différence, c'est que si la Perse, comme toutes les nations, ne compte qu'un nombre infime de* « fils

1. *Essai,* I. Dédicace au roi de Hanovre, III et VIII.

2. Cela suffirait à décharger Gobineau de toute responsabilité dans le déchaînement du racisme : si les races étaient inégales à l'origine elles sont aujourd'hui égalisées dans la bassesse, sauf exceptions individuelles.

de roi », *les heureux drôles comme Gambèr-Aly ou Baba-Agha y foisonnent encore* [1], *tandis que l'Europe morne est vouée à la domination grandissante des* « brutes » *et des* « imbéciles », *pires produits des innombrables métissages qui dissolvent les valeurs supérieures dans le moi universel des masses, dans le marécage de la démocratie égalitaire.*

Le pessimisme de Gobineau est absolu. Le mal réside dans l'homme : pas de remède au poison, de génération en génération plus violent, qui coule dans ses veines. « Les mains rapaces de la destinée sont déjà posées sur nous [2]. »

Une vision aussi désolante de l'histoire universelle révèle la violence hautaine des passions qui agitent ce romantique de l'ombre et de la négation et lui font choisir bizarrement l'érudition pour exprimer sa frénésie. Caractère qui n'est pas dépourvu de grandeur et se drape dans une solitude dédaigneuse. Il a « une haine innée pour tous les gens souffreteux et plaignards [3]. » *Le clairvoyant Tocqueville lui écrit avec raison :* « Soit naturel, soit conséquence des luttes pénibles auxquelles votre jeunesse s'est courageusement livrée, vous vous êtes habitué à vivre du mépris que vous inspire l'humanité en général et en particulier votre pays. »

Car cette apocalypse de la misanthropie s'est nourrie d'épreuves multiples. Il y a, d'abord, dès l'adolescence, le drame du foyer familial brisé par la légèreté de sa mère : lorsqu'il voit celle-ci se perdre dans de misérables aventures, quel doute obscur le prend sur sa naissance ? Qui sait si ce n'est pas là la source de la bizarre généalogie qu'il se forgera de toutes pièces ? Le descendant des bourgeois de Bordeaux,

---

1. « La canaille asiatique a d'immenses avantages sur la canaille européenne. Elle n'est jamais vulgaire, pour basse qu'elle puisse être. » *Trois ans*, I, 88.
2. *Essai*, Conclusion générale, III, 564.
3. Lettre à sa femme, 16 septembre 1869, B. N. U. Strasbourg, ms. 3522.

comme une sorte de M. Jourdain tragique, joue au gentilhomme : c'est peut-être moins par orgueil de sa famille que par désir de s'en évader qu'il se rattache à Odin...

Puis ce sont les années besogneuses dans le Paris de Louis-Philippe où le jeune Gobineau, obéissant au légitimisme boudeur, doit s'abstenir de toute fonction au service du roi des barricades : vivre d'un salaire de famine aux Postes ou au Gaz, lorsqu'on s'appelle Arthur de Gobineau et qu'on a le cœur plein d'ambitions de toutes sortes, qu'un père grondeur et incompréhensif se refuse à vous reconnaître le moindre talent [1]*, quelle invitation à créer, par chimérique revanche, le mythe de l'Aryan dominateur ! Ce Gascon né à Ville-d'Avray, élevé en Bretagne, sans vraies attaches nulle part, que les hasards de la vie mèneront de Perse au Brésil, de Grèce en Suède, comme il se sent le frère des nomades de la race supérieure dont il inventera les fabuleuses chevauchées ! Et si ne le retenaient les traditions bourgeoises du petit monde de Redon, quel révolté il ferait ! Homme de droite sans doute et fournisseur d'articles médiocres aux journaux ensommeillés du légitimisme ; mais d'une droite si extrême qu'elle confine souvent à l'anarchie : il faudrait que la société remontât au moins à trois mille ans en arrière pour qu'il pût commencer à s'y sentir à l'aise. Un aristocratisme aussi délibéré, aussi agressif que celui de Gobineau, traduit de toute évidence un drame intérieur. Avec quelle délectation, lui qui n'est rien, lui qui n'a rien, explique-t-il à Tocqueville le sens de la malédiction qu'il lance à l'Humanité dans son* Essai : « Je ne dis pas aux gens *vous êtes excusables* ou *condamnables,* je leur dit : *vous mourez*. Loin de moi l'idée de prétendre que vous ne pouvez pas être conquérants, agités, transportés d'activités intermittentes... Cela ne me regarde nullement. Mais je dis que vous avez passé l'âge de la jeunesse... L'hiver arrive et vous n'avez pas de fils... Allez tourmenter

1. Voir la lettre de Gobineau à son père, 22 juillet 1839.

les Chinois chez eux, achevez la Turquie, entraînez la Perse dans votre mouvement, tout cela est possible... Mais au bout du compte, les causes de votre énervement s'accumulent et il n'y a plus personne au monde pour vous remplacer quand votre dégénération sera complète [1]... » *Comment croirait-il aux vertus d'une société qu'il voit s'émietter autour de lui ?*

Dès le règne de Louis-Philippe, le jeune Gobineau se considère comme « un vrai et pur condottière et ne voulant être que cela [2] »; *il traite de haut la morale chrétienne où il voit la source des principes démocratiques* [3]; *il juge sans illusion le parti auquel il sacrifie inutilement sa jeunesse :* « Tous les gros bonnets sont là comme des crapauds plongés dans l'inertie. Nous sommes perdus... Ah ! si c'était moi, comme je vous aurais déjà remué toute la machine [4] ! » *Et il prodigue les anathèmes les plus violents contre l'ordre bourgeois :*

« Un signe infaillible annonce encore la mort de la légitimité. Le clergé, ce corps habitué de tout temps à fuir par instinct les pouvoirs expirants passe du côté de la Révolution... Notre pauvre patrie en est à la décadence romaine; là où il n'y a plus d'aristocratie digne d'elle-même, un pays meurt. Nos nobles sont des sots, des lâches et des vaniteux. Je ne crois plus à rien et n'ai plus d'opinions; de Louis-Philippe, nous irons au premier sauteur qui nous prendra pour nous léguer à un autre... L'or a tout tué, comme dit Barbier [5]... »

---

1. Lettre à Tocqueville du 20 mars 1856.
2. Lettre à son père, 17 avril 1843. Il est curieux de constater que, dès 1841, il s'intéresse aux grandes figures des condottieri du XVIe siècle italien, préludant ainsi à cet éloge de l'énergie que sera sa *Renaissance*, trente ans plus tard.
3. Sur cette position nietzschéenne avant Nietzsche, voir notamment sa lettre à Tocqueville du 16 octobre 1843 : « La lecture de l'Évangile me laisse froid... »
4. Lettre du 16 janvier 1836.
5. Lettre du 20 février 1839.

Le seul moment de sa vie où il ne se cantonne pas dans une opposition hautaine, ce sont les années de l'Empire autoritaire auquel il s'est rallié par dégoût des « blouses sales » *de 1848 qui lui ont fait horreur comme une invasion de Barbares* [1].

Mais le régime de Napoléon III lui apparaît vite comme un compromis néfaste entre « des dehors assez fastueux » *et une secrète prédilection pour les ouvriers qu'il prétend gagner en leur assurant une certaine prospérité matérielle, alors qu'il faudrait les mater* [2]. *Une administration toute-puissante, dirigée par des médiocres, mène la France. Les classes supérieures ont disparu ou croupissent dans l'inertie. Paris est devenu* « le caravansérail énorme des désœuvrements, des avidités et des bombances de toute l'Europe. »

L'avènement de la République le plonge dans une colère qui éclate avec une verve amère dans ses lettres à sa sœur. La France lui semble « une ignoble nation » *où* « il n'y a plus que des coquins et des imbéciles [3] ». *Il fait* « juste autant de cas du maréchal de Mac-Mahon que de M. Gambetta ». *Il voit* « l'horizon rembourré d'imbéciles », *il* « hait et méprise l'époque actuelle [4] » *avec la même virulence que ses contemporains Flaubert et Leconte de Lisle.*

Sa misanthropie croissante s'appuie sur son expérience de tous les jours. Il a compris très tôt que cette société pourrie est dominée par les plus forts — ou les plus cyniques :

---

1. Lettre à Tocqueville, 29 novembre 1856.

2. Voir dans *Europe,* 1er octobre 1923, le curieux texte de Gobineau, *Ce qui est arrivé à la France en 1870,* où il analyse lucidement la fausse grandeur du second Empire. Voir aussi le chapitre VII du livre V de l'*Essai* où il écrit que chez les peuples en voie de décadence, l'armée, seul corps resté sain de la nation, « a pour premier devoir de contenir, de mater non plus les ennemis de la patrie, mais ses membres rebelles qui sont les masses ».

3. Voir Duff, I, 54, 155, 314; II 95, 100, 148.

4. Duff, I, 105; II, 138.

« Pour obtenir les bénéfices du mérite, *constate-t-il,* il n'est pas nécessaire d'en avoir, il suffit de l'affirmer, tant on a affaire à des esprits appauvris, engourdis, hébétés, dépravés [1]. »

Tel sera désormais l'un de ses principes constants. Et lorsque la révolution de 1848 lui aura ouvert par chance la porte des Affaires étrangères, il ne cessera de s'y comporter en fonctionnaire peu docile. Impatient de servir en sous-ordre, toujours mécontent des postes qu'on lui attribue, sa correspondance abonde en appréciations sévères sur ses chefs [2], *en aigres récriminations de ce genre :* « Donner ma démission me plairait. Je suis las de toutes ces saletés, coquineries et inepties (le tout de bas étage) dans lesquelles il faut nager quand on est de ce monde, et chaque jour mon dégoût devient plus fort [3]... » *Carrière médiocre au total et qui se termine sans gloire par une mise à la retraite d'office, prononcée par le duc Decazes en 1877* [4].

Peu heureux dans ses fonctions diplomatiques qu'il remplit pourtant avec conscience, il ne l'est pas davantage dans ses ambitions littéraires. Aucun de ses ouvrages ne brise le mur d'indifférence que lui oppose le public. C'est

---

1. *Essai,* II, 293.

2. Il écrit nettement à sa sœur (31 mai 1868) : « Je vaux mieux que les postes qu'on me donne ». Voir entre autres ses démêlés à Berne avec Reinhard (Lettres à Tocqueville du 1er février et 24 juin 1851); son jugement sur le ministre Thouvenel *(Lettres Persanes,* 89 ; sur le ministre Walewski (Hytier, 159-160); son imprudence dans l'affaire Flourens en 1868 lors de son ambassade en Grèce (cf. Faÿ, *Gobineau et la Grèce,* in Mélanges Baldensperger, Champion, 1930, I, 291-302); ses plaintes contre le ministre La Tour d'Auvergne (Lettres à sa femme, 20 décembre 1869 et août 1869, B. N. U. Strasbourg, ms. 3522).

3. Lettre à Prokesch-Osten du 20 juin 1856.

4. Gobineau a réuni sa correspondance avec Decazes dans un dossier qu'il a intitulé *Coquineries diverses,* B. N. U. Strasbourg, ms. 3538. Un carnet malheureusement peu lisible (B. N. U. Strasbourg, ms. 3554) contient quelques notes de Gobineau sur cette affaire et un brouillon de lettre où Gobineau en appelle au maréchal de Mac-Mahon, chef de l'État, contre Decazes.

*en vain qu'il souhaite que Sainte-Beuve accorde à l'*Essai *un de ces articles qui consacrent un écrivain, en vain qu'il sollicite Tocqueville, Mérimée, Mohl, Rémusat, Thiers, de l'aider à entrer à l'Académie des sciences morales ou à celle des inscriptions. Pendant tout l'été de 1871, indifférent aux derniers soubresauts de la guerre civile en France, il ne s'occupe que de sa candidature à l'Académie française et, bien reçu par Mignet, se voit tout près d'être élu :* « Je suis sûr maintenant que je serai certainement de l'Académie, sinon cette année, à la prochaine élection, au moins l'année prochaine à la seconde. Mais j'espère bien l'être cette année... » « L'Académie marche de mieux en mieux. Tout le monde me dit, surtout avec l'attitude de Mignet, que j'ai les plus grandes chances du monde. Il est hors de doute que l'Académie sera pour moi d'un prix extrême, comme situation et comme carrière [1]. »

Vains espoirs! Cette comédie s'achève encore en échec pour Gobineau. Il écrit à sa femme le 5 décembre 1871 : « Grand Dieu! Mignet m'abandonne. Je viens d'avoir avec lui une longue conversation sur le ton paterne. Il ne me conseille pas de me retirer; il ne me conseille rien du tout... »

Gobineau devra donc renoncer à la gloire académique, et les chefs-d'œuvre qu'il va publier dans les années qui suivent, Pléiades, Nouvelles asiatiques, Renaissance, *n'auront pas plus de retentissement que ses livres antérieurs. Il lui faudra se contenter de rares suffrages, enregistrer comme des succès un article de Barbey d'Aurevilly ou quelque éloge poli de Théodore de Banville. Mais l'amertume s'accumule dans le cœur de l'écrivain méconnu.* « Je ne serai apprécié que cent ans après ma mort », *soupire-t-il en manière de consolation* [2].

1. Gobineau à sa femme, 9 juillet 1871 et 14 juillet 1871.
2. Lettre à Mme de la Tour, 26 août 1873.

Ces déboires littéraires lui sont d'autant plus sensibles qu'il rêve de tirer un profit matériel de la vente de ses livres. Il se débat à partir de 1870 dans d'inextricables difficultés d'argent. Il n'a jamais su compter, est contraint d'affecter une partie de son traitement à la liquidation d'anciennes dettes. L'achat de la propriété de Trye, en 1857, s'il lui a donné l'illusoire satisfaction de jouer parfois au grand seigneur, a obéré définitivement ses finances. La sagesse consisterait à vendre ce château, mais Mme de Gobineau s'y plaît et d'aigres discussions d'argent avec celle-ci contribueront à ruiner définitivement son foyer.

Car les échecs de carrière, les déboires littéraires ne sont rien à côté du drame qui secoue Gobineau dans ces années 1872-1876 où il compose les Nouvelles asiatiques *et le sépare à jamais de sa femme et de ses filles. Mme de Gobineau avait eu déjà quelques raisons de jalousie devant l'amitié trop tendre que son mari avait vouée aux deux jeunes Athéniennes Marie et Zoé Dragoumis*[1]. *Lorsque, arrivant à Stockholm à l'automne de 1872, elle constatera l'ascendant pris sur son mari par la jeune et jolie Mathilde de la Tour, inspiratrice, on le verra plus loin, des* Nouvelles asiatiques, *tout lien sera rompu entre les deux époux. A maintes reprises, dans ses lettres à sa sœur Caroline, Gobineau s'emporte contre l'égoïsme de sa femme et de ses filles qui le laissent seul à Stockholm*[2]. *En fait, il semble que les torts aient été partagés. Si Gobineau s'est détaché de sa femme, c'est que celle-ci, vaniteuse et dépensière, d'une intelligence assez*

---

1. « Discrètes et pures tendresses, écrit M. Duff, I, 16. Jetèrent-elles quelque trouble dans la vie conjugale du Ministre de France? La jalouse Mme de Gobineau ne semble pas s'en être trop aperçue. » Pourtant, dans ses lettres à celle-ci du 7 juin, du 8 juillet et du 23 novembre 1869 (B. N. U. Strasbourg, ms. 3522), il se défend contre des reproches que lui a adressés sa femme au sujet de Zoé Dragoumis : « Tu as dû remarquer que je ne mettais jamais qui que ce soit en balance avec toi... » Et il traite sa jalousie d'enfantillage. Mme de la Tour, dans ses souvenirs inédits, parle de plusieurs liaisons qu'aurait eues Gobineau.

2. Voir notamment Duff, I, 165, 209, 269.

Collection de M. et Mme Chancerel *Cl. A. B. Duff*

Portrait de Mme de Gobineau par Ary Scheffer.

vulgaire et d'un caractère difficile, n'a jamais fait le moindre effort pour le comprendre [1]. *Ses filles, élevées par elle dans un esprit d'étroites conventions mondaines, n'ont pas mieux qu'elle compris leur père. Diane de Guldencrone par exemple, en juillet 1874, le morigène sottement à propos des* Pléiades : « Je dois vous dire que je suis très affligée de voir un gentilhomme catholique donner dans des principes opposés aux vérités catholiques. Il y a dans *les Pléiades* plusieurs idées qui sont en contradiction avec la doctrine de l'Église [2] ». *Après la mort de Gobineau, lorsque Mme de la Tour essayera de faire réimprimer ses ouvrages, Diane le lui déconseillera :* « Je vous avoue que je n'attache pas grande importance à ces publications... A votre place, je renoncerais à toute tentative de ce genre [3]... »

Il n'est pas de document plus poignant sur l'affreuse solitude familiale de Gobineau que le début de son testament :

Rome *1er mai 1882.*

« Je donne et lègue ce que Mme de Gobineau, ma femme, ne m'a pas volé ou dépensé de ma fortune, à Madame la baronne de Guldencrone, née Diane de Gobineau, et à sa sœur, mademoiselle Christine de Gobineau, et le fais parce que la loi m'y force, car en justice et en vérité, je ne leur dois et ne voudrais leur laisser que mon souverain mépris et mon indignation pour leur lâcheté et leur ingratitude, à l'une comme à l'autre [4]... »

---

1. On n'accueillera sans doute qu'avec méfiance les propos de Mme de la Tour sur Mme de Gobineau et ses filles. Cependant le ms. 3568 de Strasbourg contient (fos 424 et 430) des lettres de Diane et d'Ove de Guldencrone à Gobineau du 25 mars et du 21 avril 1875, attestant le caractère difficile de Mme de Gobineau.

2. Gobineau commente avec fureur ces sottises dans sa lettre à Mme de la Tour du 21 juillet 1874. (B. N. U. Strasbourg, ms. 3517.)

3. Diane à Mme de la Tour, 19 novembre 1891. (B. N. U. Strasbourg, ms. 3568.) Le même ms. contient d'autres lettres de Diane, d'une étrange sécheresse de cœur.

4. B. N. U. Strasbourg, ms. 3568, fo 511.

Au moment où Gobineau écrit les Nouvelles asiatiques, *il se trouve donc au plus creux du désespoir, accablé d'échecs et de déceptions sur tous les plans. C'est en mai 1874 qu'il termine son livre, et en février, à sa sœur qui l'invite à la résignation, il confie en termes pathétiques sa lassitude de vivre :* « Un de mes amis me racontait que, sur les bords de la Plata, s'étendent des plages de boue profonde qui longent les deux rives à de longues distances; les bœufs sauvages ou à demi, dévorés par la soif, se risquent sur ces fondrières, ils s'y enfoncent; ils ne peuvent s'en dépêtrer, le soleil sèche la boue autour d'eux; ils sont incrustés vivants dans une sorte de pierre et ils meurent de soif et de faim, en vue de l'eau d'un côté et des prairies de l'autre. Eh! bien, voilà un peu ce que nous sommes.

Toute la théologie du monde n'empêchera pas que j'ai aimé des gens qui me l'ont mal rendu; que j'ai dix fois plus de talent et de valeur que la plupart des hommes considérables de ma génération et que, malgré efforts, courage, patience, travail, je ne serai arrivé à rien. Je suis comme le bœuf de la Plata... et je me sens profondément lésé, injustement traité et tournant non pas au captif demandant grâce, mais au titan indigné [1]... »

*A la lumière de la philosophie amère de l'*Essai *et de toutes les épreuves qui ont fondu sur Gobineau au long d'une existence difficile, les* Nouvelles asiatiques *prennent toute leur signification. Elles traduisent à la fois son besoin d'évasion et son désir de secrète vengeance.*

L'évasion vers l'Orient de sa jeunesse où il a connu la joie de commander, la vie large du diplomate, la considération que les Persans accordaient naturellement, au temps de la guerre de Crimée, au représentant du puissant empereur des Français. Au milieu de sa détresse familiale, comme

1. Duff, I, 101-102.

doit lui apparaître enchanteur son premier séjour en Perse, lorsque Clémence acceptait courageusement, pour l'accompagner, les risques réels de la « Vie de voyage », *lorsque celle qui devait devenir l'ingrate Diane de Guldencrone n'était qu'une enfant qui jouait avec les gazelles et qui était si amusante sur son âne dans la caravane de Bouchir à Téhéran. Dès le 20 mars 1857, Gobineau n'a-t-il pas écrit à Prokesch-Osten :* « Revenu en Europe, je pleurerai l'Asie tout le reste de ma vie »?

Même la Suède qui l'a enchanté lorsqu'il a découvert Stockholm en 1872 [1], « son ciel clair, doux, pâle », *ses eaux, ses bois, sa cour cérémonieuse, sa population saine où* « l'Internationale n'a pas un adepte », *la Suède, surtout lorsqu'en est absente Mathilde de la Tour, l'agace ou l'ennuie* [2]. *Il a le sentiment d'un exil* « dans les ténèbres hyperboréennes » [3]. *Le climat lui est néfaste, il est sans cesse malade. Singulière contradiction de ce soi-disant fils des Vikings que son rêve reporte sans cesse vers la Méditerranée et l'Orient ! Dans son appartement trop grand de Nybrogatan où l'entourent ses bibelots persans, le ministre de France passe de longues matinées* « enveloppé de l'*aba* rayée brun et blanc » *qu'il a rapportée d'Iran, et dans la fumée du narghilé qu'entretient le fidèle Honoré Michon, flottent les ombres légères des bazars de Schiraz et de Téhéran.* « On m'accuse d'être romanesque et chimérique, *écrit-il à Marie Dragoumis,* de vivre en dehors du monde réel. Je l'espère bien. Il est joli, le monde réel ! Je

---

1. Les lettres de Gobineau de l'été 1872 ne tarissent pas d'éloges sur la Suède. Voir notamment à sa femme, 8 juin et 16 juin 1872; à Zoé Dragoumis, 10 juin 1872 : « Stockholm est charmant comme une ville de conte de fées », 1er juillet 1872; à Marie Dragoumis, 21 juillet (Méla, 176-188); à Prokesch-Osten, 2 août et 23 septembre 1872; à sa sœur, 12 septembre 1872.

2. Il fera plusieurs démarches, notamment près du comte Daru, pour tenter d'obtenir un poste plus important.

3. Lettre à Mme de la Tour du 11 novembre 1876.

n'y vis encore que trop... J'ai fini mes *Nouvelles asiatiques* [1]. »

Pour Gobineau en 1873-1874, Téhéran représente un paradis inaccessible : on songe à Stendhal rêvant, dans le Paris de Charles X, aux charmes de Milan. A l'un l'Italie, à l'autre l'Iran, demi-réels, demi-imaginaires, ouvrent des chemins d'infinies nostalgies.

Mais aussi besoin de vengeance. Le titan indigné se plaît à évoquer la Perse parce que, vieux pays qui tombe en décrépitude sous les couches successives de ses avatars historiques, elle enseigne aux nations les plus vaines comment meurent les civilisations. Le pays des grands nomades aryans est devenu celui de Gambèr-Aly. Les âmes énergiques qui y vivent encore sont impuissantes à ressusciter les vertus de jadis : Omm-Djéhâne, dans sa tragique solitude, est vaincue par la veulerie de tous les Assanoff. Et nunc erudimini : *tel est le sort fatal qui attend la France où tout est pourriture et faux semblant.*

Cela, Gobineau le pense depuis vingt ans. N'écrivait-il pas à Tocqueville le 7 juillet 1855, parlant des Persans qui offrent à l'observateur « un grand décousu d'idées et de principes de toute nature » : « En somme, ce sont des coquins qui sont assez nos cousins, et je crois que nous pourrions dire avec quelque justice : voilà comme nous serons dimanche. »

1. 28 mai 1874 (Méla, 220-221).

II. Genèse de l'ouvrage

Il est assez facile de suivre avec précision la composition des Nouvelles asiatiques, *grâce à la correspondance de Gobineau.*

Le 8 juin 1872, il écrit de Stockholm, où il est arrivé la veille au soir, à sa femme :

« Tu ne te fais pas d'idée comme ce pays-ci est joli... J'ai commencé ce matin *la Danseuse de Shamakha.* Tout va bien, mais je tombe de sommeil. La chaleur est grande. Il fait plein jour jusqu'à dix heures, le jour recommence à deux heures du matin. Entre les deux, crépuscule... C'est une ville féerique, au milieu du plus beau lac du monde, une campagne ravissante et une charmante et très noble capitale [1]... »

Gobineau travaille donc dans l'allégresse. La Danseuse de Shamakha *était destinée aux* Souvenirs de voyage, *alors sous presse à Paris : le 10 juin, à Zoé Dragoumis :* « Je vous ai dit que je publiais un volume de nouvelles. On l'imprime en ce moment... Mais il fallait faire le volume plus gros et j'écris *la Danseuse de Shamakha* en ce moment. Quand cela sera fait, je ferai la seconde partie des *Pléiades* qui continue à être, je pense, le meilleur roman que j'ai fait jusqu'ici [2]... »

Et le même jour, il mande à sa sœur : « J'écris une nouvelle sur le Caucase, *la Danseuse de Shamakha,* pour compléter un volume d'autres nouvelles qu'on imprime dans ce moment à Paris [3] ».

Malgré les soucis qui lui donne son installation, malgré

1. B. N. U. Strasbourg, ms. 3522.
2. Méla, 178.
3. Duff, I, 31.

les nécessités de la vie mondaine et les devoirs de sa charge, — dès le 10 juin, il songe à s'initier à l'étude du suédois, — sa nouvelle marche rondement. Le 16 juin, il écrit à sa femme, après lui avoir raconté ses visites au corps diplomatique : « *La Danseuse de Shamakha* avance très fort. Elle sera finie la semaine prochaine. Malheureusement, c'est un peu long. J'aurais mieux aimé faire deux nouvelles courtes. Celle-ci est la plus longue du volume. J'espère qu'elle sera bien. Je travaille beaucoup, reste chez moi après dîner, tout seul, lis et écris, me couche à 10 heures [1]... »

Il s'agit donc toujours de l'insérer dans les Souvenirs de voyage, *ce qui explique la hâte de Gobineau. Il a terminé le 22 juin :* « J'ai fini *la Danseuse de Shamakha*. Verninac [2] qui décidément s'en va te la portera ou te l'enverra de Paris [3]... J'aimerais bien, si c'est possible, qu'elle parût dans *la Revue des Deux-Mondes* et ce sera M. Sorel [4] qui s'en occupera. Je crois qu'il y aurait profit de toute manière si la chose est possible, puisque je cherche à tirer désormais plus de parti matériel de ce que je fais [5]... J'ai repris *les Pléiades* et je fais un buste de Paulette de Rémusat [6]. »

Malgré ses efforts, Gobineau n'est pas arrivé à temps pour grossir ses Souvenirs de voyage *avec la nouvelle qu'il vient de terminer. Plon lui annonce au début de juillet la mise en vente du volume* [7]. *Il ne songe pas encore à un autre volume de nouvelles, il écrit* « à toute la terre en fait de journaux pour qu'on parle du livre qui vient de sortir »

---

1. B. N. U. Strasbourg, ms. 3522.
2. Secrétaire d'ambassade à la légation de France.
3. Mme de Gobineau se trouve alors au château de Trye dans l'Oise.
4. L'historien Albert Sorel.
5. Gobineau se débat déjà dans les difficultés d'argent qui rendront sa vieillesse besogneuse.
6. B. N. U. Strasbourg, ms. 3522.
7. Lettre à Mme de Gobineau du 9 juillet 1872.

et surtout, il envisage d'écrire un ouvrage complet sur les pays scandinaves.

A la fin de juillet, — est-ce parce que les sœurs Dragoumis lui ont envoyé du tombéky et des tuyaux de narghilé qui lui permettent de retrouver l'atmosphère persane? — le projet s'esquisse d'un recueil consacré à l'Asie. Le 26 juillet, à Zoé Dragoumis : « Ayant terminé *la Danseuse de Shamakha,* je vais commencer demain une autre nouvelle, l'Histoire de Gambèr Aly (Perse) que j'achèverai, si Dieu veut, avant le 8 août où je pars pour Paris [1]... »

Une nouvelle sur le Caucase, une autre sur la Perse... Cela lui donne sans doute l'idée d'un recueil varié, qui réunirait des histoires localisées dans différentes contrées d'Asie, et d'abondance, il écrit la plus médiocre de ses nouvelles, les Amants de Kandahar. *Le 23 septembre 1872, à Prokesch-Osten, à qui il a adressé les* Souvenirs de voyage : « Je vous en prie, lisez mes nouvelles et dites m'en votre sentiment. Je prépare un autre volume dans le même genre, mais toutes les pièces de ce volume (cinq ou six cette fois) seront asiatiques. Il y en a trois de faites. »

Ces trois nouvelles, il en donne les titres à Marie Dragoumis le lendemain : « J'ai inventé à Athènes cette manière de nouvelles que j'ai la prétention de donner pour originales et bien à moi; mais c'est ici que je l'ai perfectionnée. J'en ai écrit trois à Stockholm, toutes sur l'Asie. J'achève la troisième demain, peut-être ce soir quand je vais vous quitter : *la Danseuse de Shamakha, l'Histoire de Gambèr-Aly;* enfin *les Amants de Kandahar.* On prétend qu'elles sont supérieures aux trois que vous avez et je l'espère, bien que celles-ci, on les compare aux nouvelles de Mérimée et à celles de Voltaire. Ce sont de grands mots, mais je n'y tiens pas, dans

---

1. Méla, 186.

l'idée que ce que je fais m'appartient à moi seul, bien et mal compris [1] ».

La rapidité du travail de Gobineau pendant l'été de 1872 a de quoi stupéfier : du 19 au 24 août, il s'est rendu en France, pour la session du conseil général de l'Oise où il représente le canton de Chaumont-en-Vexin et à son retour, il donne à sa sœur ce tableau de son activité : « J'ai le service de la Légation, des visites, des dîners, mes caisses à recevoir, ma maison à préparer pour Clémence [2], un roman en train [3], une nouvelle en route [4], un buste que je commence [5], le suédois que j'apprends à force [6], un article pour *le Correspondant* que je prépare [7] et, par dessus le marché, une correspondance, qui peut compter avec tout le monde [8]... »

A peine a-t-il terminé ces trois nouvelles qui deviendront respectivement la première, la troisième et la cinquième des Nouvelles asiatiques, *il se met à l'ébauche des autres. Le 7 octobre, à Prokesch-Osten qui a goûté les* Souvenirs de voyage : « Je ne puis vous dire combien votre jugement sur mes nouvelles me cause de joie... Je crois vraiment avoir inventé une forme et un sentiment nouveau, et je le poursuis et l'étends dans mon nouveau volume qui sera purement asiatique et contiendra six ou sept nouvelles dont trois sont faites et trois commencées... »

Mais Gobineau va maintenant aller moins vite. Il s'occupe

---

1. Méla, 189.
2. Mme de Gobineau n'a pas accompagné son mari en Suède en juin 1872 et ne l'y rejoindra qu'en octobre.
3. *Les Pléiades.*
4. L'*Histoire de Gambèr Aly.*
5. *La reine Mab.*
6. Il écrira le 9 mars 1873 à l'empereur du Brésil qu'il lit assez bien le suédois pour trouver profit à des travaux historiques en cette langue.
7. Sur *L'instruction primaire en Suède* (*Correspondant,* 25 février 1873).
8. Duff, 1, 38-39.

de sculpture, d'un ouvrage sur les populations primitives de l'Europe [1]. *Et l'année 1873 est marquée pour lui par la mésentente qui le sépare de sa femme* [2] *et par sa passion croissante pour Mathilde de la Tour. Pour celle-ci, à partir d'avril, il se jette dans un nouveau projet qu'il expose ainsi à Zoé Dragoumis :* « C'est ce moment que le diable prend pour me jeter dans une aussi grande entreprise que j'en aurai jamais fait. Je l'ai commencée; mais Dieu sait quand je l'aurai finie. Je vais faire dans une forme dramatique un tableau aussi saisissant et aussi grand que possible de la Renaissance italienne. La scène... c'est toute la péninsule... Le temps embrassera une période comprise entre 1470 et 1560. En somme figurez-vous une immense fresque... Je suis encombré de livres italiens qui font concurrence aux livres suédois et ce serait dans ma tête un désordre regrettable, si jamais il y avait eu de l'ordre [3]. »

L'année 1873 scelle définitivement l'amitié amoureuse entre Gobineau et Mme de la Tour. C'est en juillet que, se rendant au couronnement d'Oscar II comme roi de Norvège, Gobineau conclut avec Mme de la Tour ce que celle-ci dans ses souvenirs appelle solennellement « le pacte de Norvège [4] ».

---

1. Cf. lettres à Prokesch-Osten du 16 nov. 1872 et du 11 janvier 1873.

2. Il est remarquable qu'à partir du 15 mai 1873, ses lettres à sa femme ne commencent plus par sa formule habituelle *mon cher amour*, mais très sèchement. B. N. U. Strasbourg, ms. 3522.

3. Méla, 200. Cf. aussi lettre à sa sœur du 11 mai 1873, Duff, 1, 68, et lettre à Prokesch-Osten du 25 avril 1873.

4. M. Duff a publié le récit pathétique de Mme de la Tour, dans l'introduction de son excellente édition de la correspondance de Gobineau avec sa sœur, I, 17-18. Ce récit se trouve aux pp. 27-28 de l'écrit de Mme de la Tour. *Les Dernières Années du Comte de Gobineau*, souvenirs inédits B. N. U. Strasbourg, ms. 3568.

Cette amitié amoureuse est si importante pour expliquer certains traits des *Pléiades* et des *Nouvelles asiatiques* que je crois devoir publier ici, malgré leur médiocrité, ces vers inédits de Gobineau. Ils sont perdus dans un carnet (B. N. U. Strasbourg, ms. 3550) de dessins

Pendant cette année 1873, il n'écrit pour les Nouvelles asiatiques *que* l'Illustre Magicien, *la plus belle et la plus émouvante de ses nouvelles, où il transpose sa passion pour Mme de la Tour.* L'Illustre Magicien *est fini le 22 septembre d'après une lettre inédite à Marie Dragoumis.*

Le 26 novembre 1873, il informe sa femme, rentrée en France depuis avril, de l'état de ses travaux : «... Mes nouvelles sont chez M. Renan. Ça n'a pas pu s'arranger avec *la Revue des Deux-Mondes.* Je ne sais que faire, sinon qu'il m'en reste deux à écrire pour que le volume soit complet, *la Guerre des Turcomans* et *la Vie de Voyage* [1]... »

La nostalgie de l'Orient l'envahit de plus en plus. Comme sa fille, Diane, doit rejoindre à Athènes son mari, le baron

---

commencé au Brésil et évoquent la scène racontée par Mme de la Tour, comme le prouve le septième vers (Mme de la Tour, dans son récit, note : « La pluie tombait autour de nous, tombait sans trêve).

Rappelle-toi, vallon, rappelle-toi, prairie,
Et toi fougueux torrent, bruyant, capricieux,
Dont les mugissements s'élevaient jusqu'aux cieux,
Rappelez-vous toujours cette forme chérie
Et la sincérité qui brillait dans ses yeux.

La brume enveloppait la montagne voisine,
La pluie autour de nous tombait, tombait sur nous;
Comme je voulais bien embrasser ses genoux
Car je voyais à plein son cœur dans sa poitrine
(illisible) me dirait de si doux.

Rappelez-vous, vallon, rappelle-toi, prairie,
Que ce jour là j'ai pris le soin de l'adorer.
Ma vie aura sa fin ou bien saura durer,
Il ne m'importe pas; mais à toi, ma chérie,
Tout ce que j'ai de bon je le veux consacrer.

St. 14. 73.

Oui! des larmes tremblaient au bord de sa paupière.
Ne le savez-vous pas? Si vous ne l'avez vu,
Tous les anges du ciel s'en seront aperçu
Et moi, je vous contemple à travers la lumière
De ce regard mouillé sur le mien descendu.

1. B. N. U. Strasbourg, ms. 3522.

de Guldencrone, attaché à la cour du roi de Grèce, il écrit à Mme de Gobineau : « La première chose que fera Diane en arrivant à Athènes sera de m'envoyer du tombéky et trois fourneaux de narghilé en terre... *Qu'elle n'oublie pas. Ce n'est pas une dépense* [1]... »

Pendant l'hiver 1873-1874, il écrit donc les deux nouvelles en retard. A Prokesch-Osten, le 1er mars 1874 : « Le monde européen est atteint de sénilité et il n'y a pas de remède... J'achèverai ces jours-ci un volume de six *Nouvelles asiatiques.* J'ai voulu montrer ce que c'était que le bien et le mal dans le caractère des peuples déchus... » *Et le 14 avril, à Zoé Dragoumis :* « Je vais avoir terminé ces jours-ci la 6e et dernière de mes *Nouvelles asiatiques* ».

Il travaille d'ailleurs, suivant son habitude brouillonne, à toutes sortes de choses en même temps, à la publication du Catalogue de ses intailles, *à un* « poème scandinave », Olaf Tryggvason, *à un autre poème,* la Guerre de Chiozza, *à* la Renaissance; *il songe à un nouveau roman,* les Voiles noirs, *il remanie* les Races humaines, *il se met à déchiffrer des inscriptions lyciennes pour lesquelles il prétend avoir trouvé une clef. Et la sculpture l'occupe de plus en plus... Pourtant, le 28 mai il peut annoncer à Marie Dragoumis :* « J'ai fini mes *Nouvelles asiatiques* [2] ».

De longs mois s'écoulent jusqu'à la publication. On sait que Gobineau n'a trouvé d'éditeur pour les Pléiades *que très difficilement, car, dit-il à Prokesch-Osten, il est impossible de publier des livres à Paris,* « hors ceux qui racontent des histoires plus ou moins violentes de femmes perdues et d'escrocs » *ou ceux qui traitent de la guerre de 1870* [3].

C'est seulement pendant l'été de 1875 que, profitant d'un

1. Lettre à sa femme, 16 novembre 1873.
2. Méla, 217, 221.
3. A Prokesch-Osten, 4 juillet 1873.

séjour à Paris [1], *il peut vraiment s'occuper de placer son ouvrage : le 29 juin 1875, à Mme de la Tour :* « Quelle cuisine que la France! Les libraires sont encore plus inaccessibles que le duc Decazes! »; *le 3 juillet, à la même :* « J'ai vendu les *Nouvelles asiatiques* à Didier. Le volume paraîtra aussitôt que j'enverrai le manuscrit. Il aurait pris la *Fleur d'or,* mais il imprime en ce moment déjà deux livres sur la Renaissance et il a peur que les uns et les autres ne se fassent tort. Je suis ravi d'avoir vendu les Nouvelles, pas cher, mais vendu [2]... »

Mais son manuscrit n'est pas au point. Le 19 août, il mande à Mme de la Tour qu'il a ses Nouvelles asiatiques « à mettre en ordre » *et que* « cela ne se fera pas tout seul ».

Le 8 octobre enfin, l'ouvrage est prêt. Gobineau écrit à Didier :

« Je vous expédie aujourd'hui par la poste, en un paquet recommandé, le Manuscrit des *Nouvelles asiatiques.* J'espère qu'il vous arrivera sûrement; veuillez bien, aussitôt que vous l'aurez entre les mains, m'en avertir afin que s'il y avait un retard, je puisse faire des réclamations [3]... »

L'édition ne va pas vite et Gobineau s'impatiente ; le 14 janvier, il rappelle à Didier que les épreuves doivent être corrigées par M. C. Talbot [4] *et s'appuyant sur les*

1. Il quitte Stockholm le 20 juin 1875, arrive à Paris le 27 et y reste jusqu'à la fin de juillet.

2. B. N. U. Strasbourg, ms. 3517. Gobineau compte sur les revenus de sa plume pour payer ses dettes. Cf. aussi lettre du 15 juillet 1875 à Mme de la Tour : « J'ai vendu à Didier les *Nouvelles asiatiques* et l'Histoire de ma famille qui n'est pas encore faite; et à Maillet, autre éditeur, j'ai vendu la *Fleur d'or,* cela fait trois livres vendus... » (B. N. U. Strasbourg, ms. 3562) — et enfin sa lettre du 19 août 1875 à Prokesch-Osten.

3. Archives des Éditions Perrin. En marge, Didier a noté : *Accuser réception du manuscrit.*

4. Mêmes archives. En réponse, Didier précise que le livre est à l'impression, sera tiré à 1 200 exemplaires et que les droits d'auteur seront « le dixième du prix fort, soit 360 F. ou 420 F. six mois après

promesses de Didier, il peut annoncer à Prokesch-Osten le 11 février : « Je vais avoir un nouveau livre, *Nouvelles asiatiques,* prêt et imprimé au mois de mars... » *Mais les lenteurs continuent et il s'en plaint à sa sœur* [1]. *Il attend son livre pendant tout l'été* [2] *et finalement, c'est au retour du voyage à travers la Russie où il a accompagné l'empereur du Brésil, à Constantinople, le 12 octobre 1876, qu'il apprend la publication de son ouvrage et en informe aussitôt Mme de la Tour. Le même jour, il écrit à Didier :*

« Il ne m'est guère possible de vous rien dire en ce moment sur les journaux à propos des *Nouvelles asiatiques.* Vous voyez que je suis engagé dans un voyage assez compliqué. Je viens de traverser la Russie et la Crimée avec l'Empereur du Brésil. Nous partons après demain pour la Troade et ensuite pour la Grèce. En novembre, je serai, je pense à Stockholm. Ne pouvez-vous recommander mon livre sans moi? Vous seriez bien aimable de le faire. J'imagine que M. de Lescure, M. de St. Victor, M. Marius Topin, M. Barbey d'Aurevilly seraient disposés à l'accueillir. Ne pourriez-vous leur dire ce qui m'empêche de leur adresser directement l'exemplaire?

Je vous remercie des détails que vous me donnez. Tout cela a traîné en effet. Je me recommande à vous

---

la mise en vente ». (Lettre de Didier du 25 janvier 1876.) Gobineau n'ayant pas revu les épreuves lui-même, de nombreuses imperfections y subsistent : fautes d'impression, incohérence dans les transcriptions de mots arabes et persans (par exemple, on trouve tantôt *Kalian,* tantôt *Kalioun;* tantôt *Turkoman,* tantôt *Turcoman;* tantôt *Kaimacam,* tantôt *Kaïmacan,* etc), sans parler d'évidentes négligences de style.

1. Lettre à sa sœur, 1er mai 1876. Duff, I, 197.

2. 3 juillet 1876, à Marie Dragoumis : « Vous allez recevoir les *Nouvelles asiatiques* le mois prochain. Il n'y a que six mois qu'on les imprime. C'est pourtant possible qu'on en finira... » Méla, 239; 6 août 1876, à Mme de la Tour : « J'aurai, je crois, les *Nouvelles asiatiques* ces jours-ci. Je vous les expédierai de suite... »

pour avoir les compensations en bonne publicité.
Mille compliments empressés et dévoués,

Cte de Gobineau

Pourriez-vous m'envoyer de suite trois exemplaires par la poste à Athènes : M. le comte de Gobineau chez Madame la baronne de Guldencrone. Athènes — Grèce. Je vous en serai bien obligé [1]. »

On voit donc que, si les Nouvelles asiatiques *commencées le 8 juin 1872 ne paraissent en librairie qu'en octobre 1876, Gobineau leur a consacré en fait assez peu de temps pendant ces quatre années : il a mené de front avec elles, sans parler de travaux mineurs, la seconde partie des* Pléiades *et* la Renaissance. *Fécondité extraordinaire, qui rappelle celle de son maître Stendhal après 1830 : comme Beyle, consul à Civita-Vecchia, Gobineau, ministre à Stockholm, possède toute une expérience de vie à exploiter et peut multiplier les chefs-d'œuvre littéraires en paraissant improviser [2].*

---

1. Archives des Éditions Perrin. Le 4 novembre 1876, d'Athènes, Gobineau prescrit à Didier d'envoyer les *Nouvelles asiatiques* à Mme E. Renan, à Léon Bloy et d'en envoyer à Dresde, Vienne et Berlin.

2. Il est possible que Gobineau ait envisagé d'écrire une septième nouvelle. Une lettre inédite à Marie Dragoumis du 1er novembre 1872 (B. N. Paris nouv. acq. fr. 13788) dit : « Il m'en reste quatre à faire ». Or il a écrit à cette date *la Danseuse de Shamakha, Gambèr-Aly* et *les Amants de Kandahar.* Il ne devrait donc lui en rester que trois à écrire si le plan de son recueil était déjà définitivement arrêté. J'ai trouvé dans le ms. 3514 de Strasbourg le texte d'un conte, — peut-être n'est-ce que l'adaptation d'un récit oriental? — brouillon sans titre, très élaboré, comportant deux feuilles autographes recto et verso, qui, par le sujet et le ton, pourrait être placé entre l'*Histoire de Gambèr-Aly* et *la Guerre des Turcomans.* On le trouvera en annexe.

III. Sources des *Nouvelles asiatiques*

Deux lettres d'octobre 1872 attestent que Gobineau, au moment où il écrit ses Nouvelles asiatiques, *a conscience de pratiquer un genre littéraire nouveau :* « Je crois avoir vraiment inventé une forme et un sentiment nouveau, et je le poursuis et l'étends dans mon nouveau volume qui sera purement asiatique », *écrit-il à Prokesch, et à Zoé Dragoumis :* « Je crois que mes *Nouvelles asiatiques* vaudront mieux encore [*que les* Souvenirs de voyage]. Je crois décidément que j'ai inventé là quelque chose [1]. »

*Pour lui, la nouvelle n'est pas, comme pour tant d'autres, un bref récit intensément dramatique et tout d'imagination; elle n'est pas, comme pour Voltaire, — l'*Histoire de Gambèr-Aly *et* la Guerre des Turcomans *font penser à* Candide, *— une suite de scènes fictives combinées en vue de démontrer une thèse. Gobineau est dépourvu de cette forme d'imagination qui consiste à inventer des intrigues : à propos des* Pléiades, *Barbey d'Aurevilly en faisait la remarque et l'invitait à écrire ses Mémoires :* « Par sa fonction, M. de Gobineau côtoie et même coudoie l'histoire de tous les jours; qu'il nous donne donc de l'histoire, mais de l'histoire vivante [2]... »

Les nouvelles de Gobineau présentent des « choses vues », *évoquent des personnages qu'il a rencontrés; on exagérerait à peine en y voyant quelques fragments des Mémoires qu'il n'a pas eu le temps d'écrire.* « Jamais homme n'a mis autant de lui dans ses œuvres », *nous*

1. Lettre à Prokesch, 7 octobre; à Zoé, 14 octobre 1872.
2. Barbey d'Aurevilly, dans le *Constitutionnel* du 18 mai 1874.

dit Mme de la Tour [1]. *C'est-à-dire, à prendre ce jugement dans son sens le plus large, que l'imagination psychologique dont il est riche se déploie à partir des expériences qu'il a vécues, à condition qu'il se trouve assez loin de ces expériences pour qu'elles ouvrent le champ à la nostalgie.*

Son recueil précédent, il l'a intitulé franchement Souvenirs de voyage, *en sous-titrant chaque nouvelle du nom des lieux où il en a connu les personnages et auxquels il rêve dans son exil brésilien :*

Le Mouchoir rouge (Céphalonie)
Akrivie Phrangopoulo (Naxie)
La Chasse au caribou (Terre Neuve)

*Et nous savons qu'il ne s'agit pas de souvenirs fictifs. Ainsi à propos d'*Akrivie, *il précise à sa femme :* « J'ai environ fait la moitié d'une nouvelle sur Naxie. En réalité, c'est la narration de mon voyage avec Brien. Il est le héros de l'histoire et tu le retrouveras dans le capitaine de l'*Aurora,* Henry Norton [2]... », *et à Zoé Dragoumis :* « [Akrivie] au fond, ce n'est autre chose que la description du voyage que j'ai fait sur le *Racer* pendant que vous étiez à Corfou. Mon héros ressemble un peu à Brien, mon héroïne est la charmante fille que nous avons vue là [3]. »

Les Nouvelles asiatiques *tiennent étroitement, on l'a vu, aux* Souvenirs de voyage *puisque* la Danseuse de Shamakha *leur était d'abord destinée. Elles sont, comme* Akrivie, *si pleines de détails réellement vécus* [4] — « C'est

---

1. Lettre de Mme de la Tour du 28 septembre 1883 à Hayem, citée par R. Dreyfus, 16.
2. A sa femme, 16 septembre 1869.
3. A Zoé, 27 septembre 1869 (Méla, 117-118).
4. On notera que, si *la Danseuse de Shamakha* est sous-titrée *Caucase*, *Gambèr-Aly* et *l'Illustre Magicien*, *Perse*, les trois dernières nouvelles ne portent pas de sous-titre. C'est peut-être inadvertance de Gobineau; c'est peut-être aussi parce qu'il ne connaît pas *personnellement* les régions-frontières entre la Perse et les Turcomans ni l'Afghanistan.

une manière de peindre ce que j'ai vu », *écrit-il à Prokesch, le 23 septembre 1872 — qu'il paraît nécessaire, avant de les examiner une à une, de rappeler sommairement les itinéraires parcourus par Gobineau, établis à l'aide de ses diverses correspondances et carnets.*

Il a séjourné à deux reprises en Perse.

Premier voyage.

En décembre 1854, alors premier secrétaire à Francfort, Gobineau est nommé secrétaire de la mission extraordinaire envoyée par le gouvernement français à Téhéran et dirigée par le ministre Bourée.

14 février 1855	– *Gobineau s'embarque à Marseille, avec sa femme et sa fille Diane âgée de 7 ans (lettre à Prokesch, 18 février).*
22 février 1855	– *Escale à Alexandrie. (à Prokesch, 24 février et 3 mars).*
20 mars 1855 *11 avril 1855*	– *Séjour au Caire (à Prokesch, 22, 26 mars, 10 avril).*
12 avril 1855	– *Voyage du Caire à Suez. (*Trois ans, I, *42.)*
13 avril 1855	– *Embarquement à Suez sur le navire anglais* Victoria (Trois ans, I, *47-59.)*
18 avril 1855	– *Escale à Djeddah.* (Trois ans, I, chap. IV.)
24 avril 1855	– *Escale à Aden.* (Trois ans, I, chap. V.)
2 mai 1855	– *Escale à Mascate.* (Trois ans, I, ch. VI.)
5 mai 1855	– *Débarquement à Bouchir. Formation d'une caravane. Pendant les mois de mai et juin, parcours Bouchir-Téhéran, par Schyraz et Ispahan.*

	(Trois ans, I, *chap.* VII *à* XI. Persanes, *13-17, à Prokesch, 12 juin.*)
5 juillet 1855	– *Audience solennelle accordée par le Schah à la mission française à Téhéran.*
Août 1855	– *Gobineau estive à Roustamabad, à deux lieues au nord de Téhéran.*
Octobre-novembre	– *Gobineau fait un voyage au Mazandéran et sur les bords de la Caspienne.*
18 novembre	– *Gobineau s'installe vraiment à Téhéran.* (Persanes, *31-37.*)
Janvier 1856	– *De Téhéran, il va visiter les ruines de Reï (à Prokesch, 15 janvier 1856).*
Été 1856	– *Estivage dans l'Elbourz* « au cœur des montagnes du pays des Parthes ».
20 juin 1856	– « Clémence a envie de s'en retourner en Europe » *(à Prokesch, 20 juin 1856).*
15 octobre 1856	– *Le ministre Bourée rentre en France; Gobineau prend la tête de la légation dont il juge sévèrement le personnel. Tous, secrétaires, drogmans, sont des drôles qui le dégoûtent (à Prokesch, 19 juillet 1856).*
Octobre 1856	– *Gobineau conduit sa femme et sa fille* « jusqu'à l'Araxe, sur le territoire russe » *(à Tocqueville, 29 nov. 1856), par Tebriz où sa fille tombe gravement malade (24 octobre). Il quitte les voyageuses le 1er novembre et rentre à Téhéran, de nouveau par Tebriz, en quatorze jours.*

Janvier-juin 1857 – *Gobineau ne quitte pas Téhéran. Il est accablé de travail par la gestion de la légation (Hytier, 28-117). Il travaille à l'*Histoire des Perses *et s'intéresse aux cunéiformes.*

Juillet-septembre – *Gobineau estive au camp de Djyzer (Hytier, 117-139,* Persanes, *73, à Prokesch, 20 août).*

20 septembre 1857 – *Gobineau attend son successeur, Pichon, et se prépare à rentrer en France (*Persanes, *76, à Prokesch, même date).*

20 octobre 1857 – *Retour de Gobineau à Téhéran (Hytier, 140).*

Novembre-décembre – *Il attend Pichon en rongeant son frein et s'intéresse à la religion des Nosayris (à Prokesch, 27 décembre).*

30 janvier 1858 – *Gobineau passe le service au baron Pichon et part le 31 janvier. Voyage difficile, par Kazvin, Zendjân, Tebriz, Khoy, Kizil-Derèh (d'où il écrit le 5 mars à Prokesch), Erzeroum, Trébizonde (*Trois ans, II, *238-275). Il rentre en France par Constantinople, où il est le 31 mars (d'après la minute d'un télégramme de Prokesch à Mme de Gobineau (B. N. U. Strasbourg, ms. 3525) puis par Athènes, et arrivera à Paris au début de mai (à Prokesch et à Tocqueville, 8 mai 1858).*

Second voyage.

28 août 1861 – *Gobineau est nommé ministre en Perse (à Prokesch, 30 août 1861).*

28 septembre – *Il s'embarque à Marseille, laissant*

	– *sa famille en France, voit Athènes pour la seconde fois, s'arrête à Constantinople auprès de Prokesch, d'où il continue son voyage par mer.*
5-8 novembre	– *Il est à Trébizonde. (Lettre à Prokesch. Note du carnet B. N. U. Strasbourg. ms. 3553.)*
10-12 novembre	– *Trébizonde - Poti.*
Novembre-décembre	– *Il traverse le Caucase, de Poti à Bakou, par Koutaïs, Tiflis et Shamakha; puis s'embarque à Bakou pour Enzeli, port iranien sur la Caspienne.*
2 janvier 1862	– *Il arrive à Téhéran (lettre à sa sœur, 20 janvier).*
Janvier	– *Il règle la libération de Blocqueville, prisonnier des Turcomans (Hytier, 163).*
Février	– *Il constate les progrès matériels accomplis par la Perse depuis 1857 (Hytier, 169).*
Février-juillet	– *Gobineau ne quitte pas Téhéran où le retient la situation politique. Il s'occupe des cunéiformes et de l'ouvrage qui deviendra* Religions et Philosophies.
Juillet-septembre	– *Il estive au camp de Djÿzer (Hytier, 194-202, à sa sœur, 20 juillet).*
Octobre 1862 - septembre 1863	– *Gobineau ne quitte pas Téhéran (voir ses dépêches dans Hytier, 202-265).*
16 septembre	– *Il remet la légation à Rochechouart.*
12 octobre	– *Il embarque à Enzeli où il s'est rendu par Kazvin et Recht. (Carnet inédit B. N. U. Strasbourg, ms. 3553.)*
15-20 octobre	– *Il est à Bakou d'où il part le 21* « à 1 h. après midi » (ibid.).

22 octobre – *Escale à Derbend* (ibid.).

25 octobre 1863 – *Arrivé à Astrakhan d'où il part le 26* « à 9 h. du matin » (ibid.), *remonte la Volga jusqu'à Nijni, et de là, par Moscou et Berlin, gagne la France. Il est le 5 décembre à Paris (lettre à Prokesch).*

Pendant son premier séjour en Perse, Gobineau, enchanté du dépaysement, curieux de tout ce qu'il voit, est plus attentif aux mœurs et aux paysages iraniens que pendant le second : il est reparti pour Téhéran en 1861 sans enthousiasme, déçu de n'avoir pu obtenir un poste diplomatique plus important; contraint de laisser en France sa femme et ses deux filles, la solitude lui est parfois pénible, l'incline à l'humeur noire, le porte à s'enfermer chez lui et à préférer l'étude aux promenades. Au total, ce sont surtout la capitale persane et les régions d'estivage au nord de Téhéran que Gobineau a connues de très près. Le voyage Bouchir-Téhéran, qui lui a fait traverser le pays du sud au nord, a été accompli en caravane officielle et sans arrêt suffisant pour visiter des villes aussi curieuses que Schiraz, Ispahan ou Koum.

***

Dans la Danseuse de Shamakha, *on remarquera d'abord la place importante que tiennent les descriptions : la plage de Poti, les maisons* « construites au milieu des eaux stagnantes », *les forêts qui enserrent la ville, le fleuve aux eaux limoneuses que remonte péniblement une barque tirée par des haleurs, les plateaux escarpés où habitent les Lesghys, le paysage farouche entre Shamakha et Bakou, la Caspienne enfin,* « cette mer mystérieuse et sombre », *tout ce décor atteste que Gobineau a suivi personnellement l'itinéraire qu'il assigne à ses personnages.*

Un carnet inédit de Gobineau en apporte la preuve[1]. *Ainsi que tous les carnets connus de Gobineau, celui-ci, sans pagination, se présente non comme un journal ordonné suivant la chronologie, mais comme un entassement de notes de toutes sortes (adresses, extraits de lectures, brouillons de poèmes, dessins, faits remarquables, etc.) enregistrées à n'importe quelle page du calepin : par exemple une note sur Trébizonde datée du 5 novembre 1861 y précède l'énumération des courses à faire et du matériel à acheter pour le voyage. Ce carnet permet de suivre Gobineau à travers le Caucase :*

« Écrit à bord du *Phase*, 30 septembre, jour de l'arrivée à Messine, à M. de Rochechouart [2] pour qu'il donne l'ordre à Mirza Ghaffar de prévenir le gouvernement persan de ma marche par Athènes (8 jours), Constantinople, Trébizonde, Poti et Tiflis d'où j'écrirai quand j'y serai si je passe par l'Araxe ou la Caspienne. — Athènes 6 octobre. Donné 6 000 frs en billets à Camille pour les changer. »

Plus loin, on lit :

« Écrit le 24 octobre à M. de Rochechouart pour annoncer mon arrivée par Rescht. »

Puis Gobineau a relevé les stations de Koutaïs à Bakou, avec la distance en verstes qui les sépare, en soulignant celles où, vraisemblablement, il a passé la nuit, et en les entremêlant de remarques comme celles-ci :

« Un fourgon de Koutaïs à Tiflis coûte 50 roubles [3].... »

1. B. N. U. Strasbourg, ms. 3553.

2. Julien de Rochechouart, alors secrétaire à la légation de France à Téhéran, devait conquérir la sympathie de Gobineau et publier deux volumes intelligents de souvenirs sur ses missions, *Souvenir d'un voyage en Perse*, Paris 1867, et *Pékin et l'intérieur de la Chine*, Paris 1878. Gobineau l'avait converti à la théorie des effets dangereux du mélange des races.

3. Le même carnet donne le détail des caisses de Gobineau, et dans une lettre à sa sœur, de Téhéran, le 20 janvier 1862, il précisera : « Il m'a fallu attendre longtemps mes bagages venant par fourgons tartares et à Koutaïs, et à Tiflis, et à Bakou. »

« Arâbi (tous les cosaques malades de la fièvre)... »

« Forêts autour de Roudban : oliviers, vignes, grenadiers, des saules, des figuiers. Dans les forêts près de Roudban (?) il y a des acacias, des charmes, des sureaux, des [*illisible*], des platanes, des mimosas, des mûriers, du chanvre sauvage... »

« Akhsou, montée superbe de montagnes... »

Autant qu'aux paysages, Gobineau a été attentif, de Poti à Bakou, aux mœurs des populations et à celles des conquérants moscovites : « Le Caucase m'a beaucoup intéressé. Il est curieux au plus haut degré de voir tous les employés et officiers russes ivres de libéralisme et de constitution », *écrit-il à Prokesch* [1], *et à sa sœur* : « Je suis resté fort longtemps en route. J'ai passé par le Caucase et grâce aux soins du gouvernement russe, j'ai marché assez vite, courant la poste à douze chevaux... Dans les séjours que j'ai faits dans ces différentes villes [*Koutaïs, Tiflis, Bakou*], j'ai du reste trouvé des gens du monde charmants, car c'est le caractère de la Géorgie que les plus grands seigneurs veulent y servir, de sorte qu'on trouve des salons dans des sortes de campements et qu'on y entend parler de la meilleure compagnie de l'Europe [2]. »

Un autre manuscrit de Strasbourg [3] *indique le prototype du personnage d'Omm-Djéhâne. Il contient (pièce n° 4) une lettre en persan où Gobineau a noté* : « Lettre de Péry, petite Lesghienne élevée à Tiflis par la générale de Minckievitz et que j'avais connue à mon passage. Elle appartenait à une grande famille du Daghestan. »

1. A Prokesch, 20 janvier 1862.

2. A sa sœur, même date. Lettre curieuse, car on n'y sent pas la nuance de russophobie nettement perceptible dans *la Danseuse de Shamakha*.

3. B. N. U. Strasbourg, ms. 3516, intitulé par Schemann : Gobineau Sammlung 150 orientalische Handschriften. Dans une lettre à sa fille, 20 janvier 1862 (ms. 3523), Gobineau prête à Péry les mêmes traits qu'à Omm-Djéhâne.

Il semble d'ailleurs que l'histoire d'Omm-Djéhâne ait été celle d'une danseuse connue à Shamakha, comme on peut l'inférer d'après un passage d'Alexandre Dumas dans sa vivante relation de voyage au Caucase.

Si Gobineau a rencontré Assanoff et Omm-Djéhâne, et le doukhoboretz Vialgue, il n'est pas difficile non plus de deviner que Juan Moreno y Rodil doit beaucoup à la personnalité même de l'auteur. Ce romantique officier, dont on regrette que le caractère ne soit pas développé plus longuement, « d'une humeur assez austère », *qui éprouve, outre l'exil et la misère,* « le chagrin profond de quitter [...] une femme qu'il adorait », *c'est Gobineau quittant Paris pour la Suède en 1872, comme le suggèrent deux passages des souvenirs de Mme de la Tour :* « Tandis que des difficultés d'argent forçaient Gobineau à rester à son poste, il était appelé à Paris par quelqu'un, une femme bien sûr, qui lui faisait de son obéissance une obligation d'honneur... J'estimai qu'étant donné son âge et sa position, il était inexcusable de s'être laissé engager dans des liens semblables... » *Sur les instances de Mme de la Tour, il renonce à aller à Paris en août 1873* [1]. *Et plus loin, Mme de la Tour paraît évoquer la mélancolique conclusion des amours de Juan Moreno* — « Il écrivait souvent, on lui répondait; ils espérèrent autant qu'ils purent espérer de voir leur séparation finir [...] Ils [...] cessèrent avec le temps d'être malheureux; mais, heureux, ils ne le furent jamais. » — *lorsqu'elle parle de la vie sentimentale de Gobineau :* « Deux femmes l'aimèrent véritablement... Ces maîtresses se succédèrent-elles? Les eut-il en même temps? Je crois qu'elles correspondirent chacune à des retours de mission lointaine, quand son cœur affamé de tendresse n'en trouvait plus chez lui... Il fut avec elles en relations d'amitié jusqu'à la fin de leur

1. *Les Dernières Années du comte de Gobineau*, B. N. U. Strasbourg, ms. 3568, f°s 30-33.

vie ou de la sienne, et le mystère de ces liaisons fut bien gardé [1]. »

Outre ses souvenirs personnels, Gobineau dans la Danseuse de Shamakha, *utilise des lectures. On sait l'admiration qu'il a toujours professée pour l'âme passionnée des héroïnes de Byron* [2] *: Omm-Djéhâne paraît bien la sœur de Gulnare et de Haydée. Elle est aussi la sœur de la belle Circassienne de Pouchkine qui délivre le Russe prisonnier de son clan et qui, comprenant que le cœur de son amant ne lui appartiendra jamais, se jette dans un torrent* [3].

Enfin, il s'est inspiré d'un texte bien plus modeste, d'un Voyage à la mer Caspienne et à la mer Noire *du dessinateur Moynet, paru dans* le Tour du Monde *en 1860* [4]. *Moynet a accompli ce voyage en compagnie d'Alexandre Dumas père en octobre 1858, dans le sens inverse de Gobineau, d'Astrakhan à Poti. Après avoir séjourné à Bakou, Moynet arrive à* « Schamaki, l'ancienne capitale du Chirvan » *et, comme il désire* « connaître les mœurs des habitants », *il assiste à une soirée où on lui a promis qu'il y aurait* « des musiciens et des bayadères ». *Il décrit d'abord la maison et l'assistance :* « Il y avait nombreuse compagnie : des Persans, des Arméniens, des Tatars, le gouverneur russe et quelques officiers. »

Puis les musiciens et leurs instruments; et enfin la danse où brille « la fameuse Nyssa, dont la réputation est répandue dans tout le Caucase; ce qui reste aujourd'hui de cette célèbre beauté est savamment entretenu et

1. *Ibid.*, f° 284.

2. Les œuvres de Byron figurent dans sa bibliothèque (Strasbourg Cd 168925 et 168926).

3. Gobineau connaît sans doute *le Prisonnier du Caucase*, ne serait-ce que par l'excellent article de son ami Mérimée (janvier 1868), recueilli ensuite dans *Portraits historiques et littéraires*. L'état d'âme d'Omm-Djéhâne n'est pas sans rappeler aussi celui du *Novice* de Lermontoff.

4. Gobineau a sûrement lu ce texte, car il figure dans la même année du *Tour du Monde* que des extraits de ses *Trois ans en Asie*, illustrés de dessins par Jules Laurens.

rehaussé au moyen de peintures, selon l'usage de toutes les femmes de l'Orient... La danse commença. C'est une sorte de marche cadencée, où les bras ont plus à faire que les jambes; les pieds ne quittent pas la terre. Cependant cette danse ne manque pas de mouvement, surtout lorsque l'assemblée, commençant à se passionner, se met à marquer la mesure, en battant régulièrement des mains. Alors la danseuse semble s'émouvoir et parcourt l'appartement en s'arrêtant devant quelques-uns des spectateurs. La musique se précipite; les battements de mains redoublent d'énergie; la musique fait un vacarme épouvantable; et la bayadère, dont les mouvements se sont accélérés en même temps que la cadence, tombe épuisée de fatigue... Tout cela est sans doute un peu sauvage, mais non absolument dépourvu de charme [1]... »

Le rapprochement est d'autant plus curieux que Moynet ensuite s'étend longuement sur les vertus guerrières des Lesghiens, sur la résistance désespérée qu'ils opposent aux Russes, sur la sauvagerie farouche de leurs vengeances : « L'amour de leur montagne est profondément enraciné dans ces âmes que la civilisation n'a pas encore amollies [2]. »

L'Illustre Magicien *met en scène* « un grand derviche, maigre comme une pierre, noir comme une taupe, brûlé par mille soleils, vêtu seulement d'un pantalon de coton bleu, la tête nue, couverte d'une forêt de cheveux noirs ébouriffés, des yeux flamboyants, l'aspect

1. *Tour du Monde*, 1860, II, 307.

2. *Ibid.*, 310-315. Le récit de Moynet se termine par une description des bords du Phase qu'il descend vers Poti, analogue à celle que donne Gobineau en racontant le voyage de Moreno et d'Assanoff qui, eux, remontent le fleuve.

sauvage ». *Ce personnage, Gobineau l'a rencontré plusieurs fois en Perse.*

Ainsi dans Trois ans, *parlant des soufys parmi lesquels* « on estime surtout ceux qui viennent de l'Inde », *il donne ce portrait de l'un d'eux :* « Il était vêtu d'une robe de coton blanc toute déchirée, ses bras longs et maigres sortaient de deux manches qui ne tenaient plus. Sa tête était couverte d'une forêt de cheveux ébouriffés et incultes. Des yeux d'un éclat extraordinaire, des dents d'une blancheur éblouissante semblaient rendre encore plus noire sa carnation basanée [1]. »

En voici un autre : « J'ai rencontré dans une masure en ruines aux environs de Reï, un derviche venu de Lahore... Un matin, il disparut et je ne le revis jamais... Il était vêtu d'une robe de coton blanc, tombant en lambeaux, les pieds, la tête nus, les cheveux flamboyants, la barbe grise en désordre, la peau calcinée et sillonnée de rides, mais l'air souriant et les yeux pleins de feu [2]... »

Le premier de ces derviches était un imposteur, le second un homme d'une rare instruction. Et l'ascendant exercé sur Mirza Kassem par celui qu'il a choisi pour maître paraît naturel à Gobineau qui constate :

« Il y a beaucoup de coquins parmi eux, point de sots et assurément quelques hommes remarquables » — *celui, par exemple, qui charme les reptiles et donne à la famille de Gobineau le secret de subir sans risques la morsure des serpents* [3].

Quant à l'intrigue, très simple, de l'Illustre Magicien, *elle est l'émouvante transposition de la passion de Gobineau pour Mme de la Tour. La lutte dans le cœur de Kassem*

---

1. *Trois ans*, II, 54. Ce passage de *Trois ans* qui a l'allure d'un conte des Mille et une Nuits, est esquissé à deux reprises dans la correspondance (*Persanes*, 38-40, et lettre à Prokesch du 1er mai 1856), ce qui prouve combien le personnage avait frappé Gobineau.

2. *Trois ans*, II, 54.

3. A Prokesch, 1er mai 1856. Voir aussi la lettre au même du 1er juin qui raconte l'histoire du derviche Hadji Zein-Alabeddine.

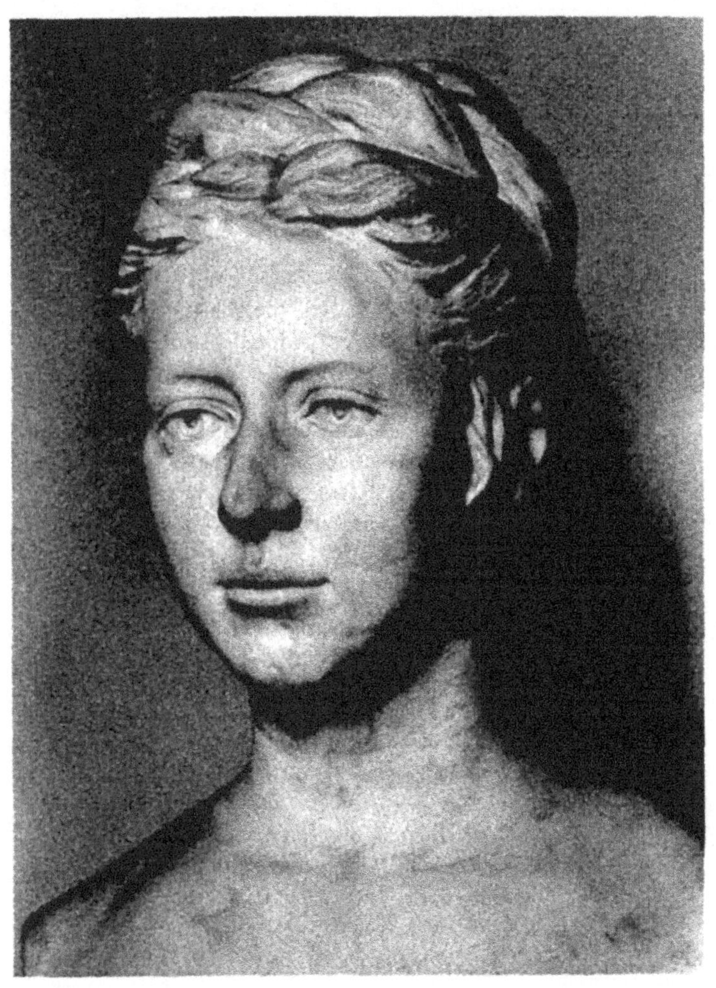

B. N. U. Strasbourg *Cl. Archives Strasbourg*

Buste de Mme de la Tour, par Gobineau

entre l'amour d'Amynèh et l'ambition scientifique, Gobineau en a connu une semblable en 1872-1873 : « Il se répétait : la passion n'est rien; qu'on la regarde en face et elle tombe! Il la regardait bien en face; elle ne tombait pas... Qui était le maître en lui-même? L'amour ou lui? C'était l'amour! »

Kassem se disant qu'il deviendrait vieux, qu'il oublierait Amynèh, et qui souffre étrangement à cette idée : « Il aimait mieux souffrir, il aimait mieux se sentir torturé par la douleur jusqu'à la mort. Il ne voulait pas oublier », *Kassem qui* « en arrivait à ce point de ne plus même savoir ce qui pouvait le rendre heureux dans ce monde, tant il lui semblait ne rêver que des choses impossibles », *Kassem qui voyage comme un somnambule* « car il n'était pas du tout sur la terre » *et pour qui* « la vie était de toutes les choses celle à laquelle il tenait le moins », *c'est Gobineau surpris par l'irruption d'un amour auquel il sacrifiera tout.*

Simple hypothèse, dira-t-on. Certitude cependant pour qui a lu la correspondance de Gobineau avec Mme de la Tour, où le diplomate vieilli et amer, toujours malade, accablé de solitude, ne vit plus que pour cette jeune femme séduisante, gaie comme Amynèh, intelligente et tendre, amie fidèle et compréhensive. Et les souvenirs inédits de Mme de la Tour laissent entendre que Gobineau fut payé de retour [1].

Certitude, si l'on remarque que la fin des Pléiades *date de 1873, comme* l'Illustre Magicien : *on sait que l'un des personnages les plus singuliers du roman, Candeuil, a été créé par Gobineau à son image. Or Candeuil se trouve dans la situation même de Kassem :* « Il avait contracté avec

---

1. Voir surtout dans ces souvenirs la p. 47, très raturée, où Mme de la Tour essaye d'analyser ses sentiments pour Gobineau : « Il fallait me laisser aimer et l'aimer aussi...; p. 54 : « Si de mon côté, je l'aimais, je ne voulais pas en convenir et cependant ma sollicitude lui en donnait la preuve malgré moi... » ; p. 361 : « [Gobineau], mon maître, mon ami, presque mon enfant... »

la science un mariage de raison... mais il ne l'avait point aimée; il lui avait demandé tout, l'oubli, la paix et s'il se pouvait, le bonheur; mais son propre cœur, il n'avait pas réussi à le tirer vers elle, à le lui remettre tout entier, à le lui abandonner... Rien ne le guérissait [1]... » *Si Candeuil est Gobineau, si Candeuil s'exprime comme Kassem, n'a-t-on pas le droit de dire que Kassem, c'est, sous le voile de la fable persane, Gobineau lui-même* [2]*?*

Enfin, la preuve décisive, c'est Gobineau lui-même qui nous la livre. Voyageant en Russie avec l'empereur du Brésil, il raconte à Mme de la Tour, le 15 septembre 1876, qu'il a entendu des bohémiens chanter un refrain : « Donne-moi des baisers à en mourir... » *et il ajoute :* « Cela m'a fait penser à beaucoup de choses et j'ai voulu vous écrire pour Amynèh. » *Et le 18 octobre 1876, il termine une autre lettre à Mme de la Tour par cette formule :* « Adieu, j'embrasse tant et si bien Amynèh! Dites-le lui. »

***

*C'est dans l'*Histoire de Gambèr-Aly *que s'affirme surtout l'influence que Gobineau a reçue de Morier. Gambèr-Aly est une réplique de Hadji Baba qui remarquait :* « J'avais été témoin de tant de circonstances où les hommes s'étaient élevés dans le monde, acquérant honneur et fortune, et qui étaient comme moi de basse naissance, que j'anticipais pour moi les mêmes faveurs [3] ». *Dans les pays d'Orient,* « terre classique de

1. *Pléiades*, IV, ch. II, Edition Mistler, 315.

2. A Prokesch qui s'est quelque peu scandalisé de l'importance que prend l'amour dans *les Pléiades*, Gobineau répond (28 avril 1874) que l'amour « est une maladie terrible, telle que les Grecs étonnés l'appelaient sacrée et divine... C'est la maladie des âmes fortes... Le prodige de la maladie est de faire jaillir la source là où elle était fermée et n'avait pas coulé encore... » Il parle en connaissance de cause...

3. *Hadji-Baba*, trad. Finbert, I, ch. XVI.

l'instabilité »[1], *les classes sociales ne présentaient pas la même structure rigide qu'en Europe : tout y dépendait encore des caprices du prince. Fortunes soudaines, disgrâces subites. Émiettement d'une société en individus que la chance, plutôt que leur mérite, élève aux grands emplois d'où les précipite souvent un coup du sort, aussi inexplicable en saine logique que la faveur dont ils ont bénéficié*[2]*. Gobineau a eu sous les yeux, pendant ses deux séjours en Iran, maints exemples de destinées curieuses, analogues à celle de Gambèr-Aly. Dès le 15 janvier 1856, il écrit à Tocqueville :* « Tout le monde ici est Mirza et je viens de renvoyer un palefrenier qui portait très naturellement ce titre... Le dernier gouverneur d'Ispahan était domestique il y a quatre ans. Il en parle en toute liberté et touche dans la main à ses anciens camarades, ce qui ne cause ici d'étonnement d'aucune sorte... Le dernier porteur du Bazar commencera probablement par donner le Kalian, la pipe persane, au premier venu pour 25 francs par mois, mais toutes les carrières honorées et lucratives lui sont ouvertes et rien ne s'oppose à ce que, de degrés en degrés et sans que personne songe jamais à trouver mauvais ses commencements, il devienne premier ministre... »

Gobineau un peu plus tard reprend la même observation : « Beaucoup de domestiques sont aussi des Mirzas... On les voit étendeurs de tapis ou porteurs de Kalians jusqu'à ce qu'une circonstance favorable les conduise plus haut. Rien ne s'oppose à ce qu'ils arrivent aux emplois les plus éminents... Le genre d'existence que mènent ces personnages n'est pas très favorable au maintien d'une grande moralité... Ce sont des Gil Blas[3]... »

---

1. Gobineau à sa sœur, 20 mai 1862.
2. La Perse actuelle, pour Gobineau, manque d'une véritable noblesse capable d'assurer la stricte hiérarchie sans laquelle, selon lui, aucune société ne peut subsister. Elle lui offre donc le type de la décadence démocratique.
3. *Trois ans*, II, 127-128.

Et il raconte l'histoire d'un homme très pauvre de Kirmanschah : « On le disait de bonne famille et même descendu du Prophète; mais sa misère était un fait beaucoup plus certain... Il s'était fait cuisinier. En cette qualité, il eut le bonheur d'entrer au service du ministre de Mohammed-Schah et le bonheur encore plus grand de lui plaire. » *Le cuisinier gagne la faveur de son maître, ce qui lui donne l'occasion de placer son fils comme domestique du prince héritier Nasreddine : celui-ci prend en confiance Mirza Taghy, fils du cuisinier, en fait son conseiller, le nomme Khan,* « puis Emyr Nyzam, ou chef suprême de l'armée régulière... » *Mirza-Taghy-Khan se montra d'ailleurs un excellent administrateur — ce qui ne le préserva pas de la plus complète disgrâce : il mourut assassiné sur l'ordre de Nasreddine Schah en janvier 1852*[1].

L'existence romanesque de Mirza-Taghy-Khan aurait pu fournir à Gobineau la matière d'une nouvelle : il lui aurait suffi de développer les dix pages où il la résuma, comme il l'a fait pour l'histoire de Gambèr-Aly, histoire qu'on trouve prestement esquissée dans Trois ans en Asie[2] *et munie de cette conclusion morale :* « [*En Perse*] parce que la fragilité de toute chose y est grande, il n'y a pas plus de pauvreté définitive que de prospérité solide. S'il y a infatuation chez les puissants, ce que l'extrême

1. *Trois ans*, I, 265-278. Gobineau a raconté aussi l'aventure de Mirza-Taghy-Khan dans une lettre à Prokesch du 20 février 1856. Il a fait plusieurs fois allusion à ce personnage dans ses dépêches diplomatiques. Cf. Hytier, 66, 108.

2. *Trois ans*, II, 177-180. Dans une longue et intéressante lettre à Prokesch du 19 septembre 1855, Gobineau s'étend longuement sur les « loutis » persans et évoque avec humour la carrière d'un paysan qui devient domestique et s'élève par degrés jusqu'à devenir gouverneur de ville ou vizir. L'épisode de Gambèr-Aly rencontrant dans l'asile de Schah-Abdoulazym un Français devenu musulman est également une « chose vue ». Voir dans Hytier, 83, 87, 93-94, les dépêches où Gobineau raconte ses démêlés avec un aventurier français nommé Richard et que, dans sa nouvelle, il nomme tout simplement M. Brichard.

légèreté du caractère national permet très facilement, il n'y a jamais désespoir chez les petits. »

***

La Guerre des Turcomans *est une des meilleures du recueil. Avec la même verve savoureuse et précise que son cher Cervantes parlant dans* Rinconete et Cortadillo *et dans* l'Illustre Servante *du petit peuple espagnol, Gobineau réussit à nous faire partager les émotions de ses modestes héros. Sans doute trouvait-il dans Morier le point de départ de son récit : Hadji-Baba, comme Ghoulam-Hussein, a été captif chez les Turcomans* [1]. *Mais c'est surtout sa propre expérience de diplomate que Gobineau met à contribution. A maintes reprises, particulièrement pendant son second séjour, le ministre de France en Perse a eu à signaler les incursions incessantes des Turcomans dans les provinces du nord et du nord-est de l'Iran* [2]. *De plus, dès son retour à Téhéran en 1862, Gobineau a dû s'occuper d'un ressortissant français, Henri de Coulibœuf de Blocqueville, officier au service du Schah, fait prisonnier par les Turcomans en octobre 1860 et libéré, non sans difficultés, en décembre 1861* [3].

Des souvenirs de Blocqueville, Gobineau a su tirer parti pour l'épisode principal de sa nouvelle [4]. *Il les suit d'assez*

1. *Hadji-Baba*, trad. Finbert, I, ch. II.

2. Voir notamment Hytier, 49, 155, 174, 183, 261. Dans *Trois ans*, I, 178, Gobineau signale la terreur que font peser les Turcomans sur les provinces caspiennes de la Perse.

3. Gobineau à sa sœur, 5 avril 1862 : « Tu as su peut-être par les journaux que j'ai réussi à délivrer un M. de Blocqueville, prisonnier des Turcomans depuis deux ans. Entre nous soit dit, il ne valait pas la peine. C'est un triste sire. » Voir aussi Hytier, 163-164, 172.

4. *Quatorze mois de captivité chez les Turcomans* par Henri de Coulibœuf de Blocqueville, *le Tour du Monde*, 1866, I, 225 et suiv. Une note préliminaire à ce texte renvoie le lecteur à deux autres articles parus antérieurement, un *Voyage à Meschéd* de Khanikoff (*Tour du Monde*, 1861) et *les Aventures d'Arminius Vambéry* prisonnier des Turcomans (*ibid.*, 1865). Gobineau, qui a été très lié avec Khanikoff et qui n'a pu

près (il ne connaît personnellement ni Meshhed ni le Nord-Est iranien), mais il les allège avec bonheur, il les dramatise en nous faisant voir les événements par les yeux du personnage qu'il a créé. Art qui rappelle celui de Stendhal racontant l'expérience, à Waterloo, du naïf Fabrice [1].

L'itinéraire que Gobineau fait suivre à Ghoulam-Hussein de Téhéran aux confins turcomans est exactement celui de Blocqueville, et c'est à celui-ci qu'il emprunte tous les détails sur le désordre pittoresque de cette armée où les généraux vendent les munitions [2] *et demeurent à l'arrière, où les soldats ont des ânes pour porter leurs bagages, terrorisent les paysans par leurs pillages et désertent à la première occasion. On mettra surtout en parallèle les deux récits de la bataille entre Persans et cavaliers turcomans : Blocqueville donne un compte rendu sec et précis des événements, mais fournit à Gobineau la trame d'une narration vivante et colorée* [3].

***

Avec les Amants de Kandahar, *nous quittons les* loutis *persans, les Gambèr-Aly et les Ghoulam-Hussein, pour l'univers féodal de l'aristocratie afghane.*

L'intrigue, assez banale et d'un romanesque très conventionnel, a pour but de montrer que l'Asie recèle encore des chevaliers dignes de l'épopée des anciens Aryans. A la Perse que le mélange des sangs entraîne vers la décadence, Gobineau oppose en contraste les nobles enfants de Kandahar

---

ignorer les aventures de Vambéry dont le retentissement fut immense, a probablement lu ces deux articles.

1. On connaît l'admiration de Gobineau pour Stendhal. Il l'a exprimée dès 1845 dans un article publié le 14 janvier par *le Commerce*, journal de Tocqueville, *Œuvre de M. Stendhal (M. Beyle)*, et réimprimé chez Champion en 1926. Voir aussi sa lettre à sa femme, 4 mai 1869, où il raconte à celle-ci qu'il a défendu *la Chartreuse de Parme* auprès de l'empereur du Brésil.

2. Sur la vénalité des militaires en Perse, cf. *Trois ans*, II, 142-148.

3. Voir Blocqueville, 238-244.

dont la race demeurée pure conserve les plus hautes traditions de l'honneur et de l'amour. L'imagination de Gobineau, de l'Afghanistan, a tiré un mythe qui s'épanouit dans son Histoire des Perses [1]. *Dans* Trois ans en Asie, *il a déjà crayonné la rapide esquisse de ce* « gentilhomme afghan à cheval, suivi d'une troupe de ses stipendiés. C'est la figure dure, sauvage, intrépide des lansquenets, et c'est aussi leur air débraillé. Turbans bleus, collés sur la tête, habits de couleur sombre déguenillés, de grands sabres, de grands couteaux, de longs fusils et de petits boucliers sur l'épaule [2]. » *Et plus loin, il suggère le caractère passionné de l'Afghan, toujours prêt à laver son honneur dans le sang* [3].

L'origine de ce mythe chez Gobineau est intéressante parce qu'elle fournit un exemple frappant du fonctionnement de sa pensée. Ce soi-disant philosophe est en réalité peu porté à la réflexion abstraite et ses idées prennent leur source dans des impressions toutes subjectives. Le personnage de Mohsèn, « descendant authentique [*des*] anciens Parthes », *preuve vivante à ses yeux de l'aryanisme des montagnards afghans, est né de l'expérience du diplomate. Pendant ses deux séjours à Téhéran, la guerre entre la Perse et les Afghans est incessante et ses dépêches y font d'innombrables allusions. Il a rencontré d'ailleurs des types doués de la même bravoure que Mohsèn, par exemple Mirza-Rezid-Khan,* « un homme plein d'honneur et de chevalerie et qui était à Hérat, a voulu monter à l'assaut en aveugle, pour faire un de ces traits de hardiesse qu'on admirait autrefois chez nous et qui se font encore ici. Il a reçu deux balles; pendant trois heures, abandonné des siens, il s'est caché dans une tour [4]. » *Par exemple*

1. Voir surtout *Histoire des Perses* I, 322, et lettres à Prokesch du 20 juin au 14 septembre 1856.
2. *Trois ans*, II, 182-183.
3. *Ibid.*, II, 206.
4. A Prokesch, 10 décembre 1856.

encore le courageux et téméraire Mir-Elem-Khan, « neveu du feu souverain de Kandahar, jeune homme de vingt-quatre ans, d'une beauté remarquable, d'une rare distinction de formes et d'esprit »[1] *et dont Gobineau a raconté la mort héroïque dans l'*Histoire des Perses[2].

Les Amants de Kandahar *sont donc une vision épique, une rêverie autour d'un Afghanistan imaginaire, réplique asiatique à ce grand poème d'*Amadis *dont Gobineau à la même époque aligne infatigablement les rimes.*

Enfin, comme l'Illustre Magicien, *cette nouvelle est marquée par l'influence de Mme de la Tour. Comment ne pas reconnaître Gobineau dans ce Mohsèn, terrassé soudain par la puissance de l'amour* « sans comprendre ce qui arrivait, ni ce qu'il faisait » *et qui, révélé à lui-même par la rencontre de Djemylèh, s'aperçoit qu'* « auparavant, il n'avait nullement vécu » ?

C'est encore l'auteur lui-même que nous retrouvons dans la Vie de voyage. *Plutôt qu'une véritable nouvelle, en effet, ces pages fort complexes rapportent des souvenirs et la plupart des épisodes s'en retrouvent dans* Trois ans en Asie[3]. *Il est curieux de remarquer que Gobineau met sur le compte d'un couple d'amoureux italiens, Valerio et Lucie, ces aventures qui ont été vécues par lui et par sa jeune femme.*

---

1. *Trois ans*, II, 200-201. Sur Mir-Elem-Khan « très afghan, très intelligent, très spirituel et d'une beauté extraordinaire », cf. *Persanes*, 65. Une lettre en persan de Mir-Elem à Gobineau figure dans le ms. 3516 f° 146 de Strasbourg.

2. *Histoire des Perses*, II, 622. Cf. aussi lettre à sa sœur, 20 mai 1862 : « Mir-Elem-Khan, Serdar, a été tué par les Turcomans entre Hérat et Meshhed; il a eu la folle bravoure d'en attaquer une vingtaine avec quatre cavaliers. Ils ont emporté sa tête avec eux. » Il semble bien que Gobineau ait éprouvé une profonde amitié pour Mir-Elem-Khan.

3. Voir ci-dessous l'annotation de *la Vie de voyage*, particulièrement notes 1, p. 296; 1, p. 300; 4, p. 301; 1, p. 306; 1, p. 308; 1, p. 309; 2, p. 314; 1, p. 316; 1, p. 334.

Transposition analogue à celle qui, dans la Danseuse de Shamakha, *le déguisait en officier espagnol : on saisit là une preuve de plus de son impatience d'être né Français* [1], *et, peut-être, un hommage inconscient à l'Italienne Mathilde de la Tour. En racontant ce lumineux voyage accompli jadis avec Clémence qu'il n'aime plus, Gobineau, en rêve, reparcourt les mêmes étapes en compagnie de celle qui lui a révélé les profondeurs de la passion et qui est Lucie, après avoir été Amynèh et Djémylèh.*

On voit donc qu'au total, les Nouvelles asiatiques *sont liées indissolublement à l'expérience de leur auteur. A chaque page, c'est Gobineau qu'on rencontre. Confidences sur sa vie amoureuse, sur ses goûts et ses dégoûts, sur ses idées philosophiques, sur les personnages pittoresques qu'il a croisés en Orient, de la petite lesghienne Péry jusqu'à M. Richard, de Blocqueville à Mir-Elem-Khan. Autant que d'un conteur, ces nouvelles sont l'œuvre d'un tempérament lyrique que la réalité amuse ou irrite. Comme il l'écrivait à l'empereur du Brésil, au moment même où il achevait ce livre curieux, pour Gobineau,* « l'unique procédé est d'aller, pour chercher son minerai, dans les entrailles de son propre esprit [2] ».

---

1. Nombreux sont les textes où Gobineau affirme une sorte de haine pour la France. L'un des plus piquants est sans doute celui où il redoute comme un malheur que sa fille Christine soit amenée à épouser un Français (lettre à sa femme, 19 septembre 1873).
2. A dom Pedro, 18 août 1874.

IV. Fortune des *Nouvelles asiatiques*.

Les Pléiades *avaient suscité une vingtaine d'articles : personne ne parla des* Nouvelles asiatiques [1]. *Ni Paul de Saint-Victor, ni Barbey d'Aurevilly, ni Bourget, ni Albert Sorel ne jugèrent opportun de saluer ce recueil. Une seule étude, due à un ami anglais de Gobineau, Robert Lytton, parut dans* The Nation *du 7 décembre 1876; assez juste de ton, cette étude insistait sur la connaissance profonde que l'auteur possédait de l'Orient, affirmait que le mérite de Gobineau ne réside pas dans la forme, mais bien dans la substance de son ouvrage, et donnait un aperçu intelligent de chaque nouvelle* [2].

L'entourage même de l'auteur ne montra guère d'enthousiasme. On sait que sa famille s'intéressait peu à ses ouvrages, que sa femme et sa fille lui reprochaient « de se délasser dans la littérature au lieu de continuer ses grands travaux historiques [3] ».

Le bon Prokesch, lecteur attentif de Gobineau, et presque toujours indulgent, avait attendu le livre mais n'était plus là au moment de la publication [4]. *Deux témoignages pourtant sont à retenir : celui de la princesse Caroline Wittgenstein qui loua Gobineau de n'avoir jamais été* « aussi poète »

---

1. La B. N. U. Strasbourg conserve un dossier (ms. 3541) de comptes rendus concernant les ouvrages de Gobineau rassemblés par lui-même ou par Mme de la Tour. Un seul article sur les *Nouvelles asiatiques* y figure.

2. Texte repris par Schemann, *Quellen*, II, 140-145.

3. Lettre de Diane de Gobineau à Eugène Kreutzer, 20 mai 1914 (B. N. U. Strasbourg, ms. 5051).

4. « J'aurai soin de me procurer vos *Nouvelles asiatiques* dès que ces fruits de vos loisirs paraîtront. Mon commissionnaire à Paris est déjà averti. » Prokesch à Gobineau, 15 octobre 1875.

que dans les Amants de Kandahar, « histoire tissée avec les fils d'or de l'amour sur la trame sombre de la mort »[1], *et surtout celui de Cosima Wagner qui, de Bayreuth, transmettait à Gobineau le 16 janvier 1881 l'admiration de Wagner pour* l'Illustre Magicien *et pour* la Danseuse de Shamakha[2].

Et le public? Avec son habituel pouvoir d'illusion, Gobineau crut un instant que la littérature allait apporter une compensation à ses déboires de carrière : de Paris, où il essaye de parer à la menace d'une mise à la retraite, il écrit à Mme de la Tour, le 10 janvier 1877 : « Il paraît que le succès des *Nouvelles asiatiques* est très grand... » *Et rentré à Stockholm, le 24 janvier :* « Les *Nouvelles asiatiques* se sont admirablement vendues ici et on en redemande à Paris. »

En fait, l'écoulement du livre se fit très lentement, comme le prouve un curieux document. En 1896, Mme de la Tour, légataire de Gobineau, désirant servir sa mémoire par la réimpression de ses œuvres, chargea un avoué parisien d'une enquête auprès des éditeurs. De ce rapport précis et objectif[3] *qui conclut qu'* « une réimpression ne peut être qu'un pieux hommage rendu à la mémoire de M. le Comte de Gobineau et non une affaire lucrative », *j'extrais ces lignes concernant les* Nouvelles asiatiques : « Cet ouvrage a paru en 1876. Le droit d'auteur était de 10 % du prix fort, d'après les anciens traités Didier. Le tirage s'est fait à 1 500 exemplaires et les droits ont été réglés à Gobineau par un versement de 420 francs. Il restait, à la liquidation Didier, 1 096 exemplaires acquis par Perrin et non encore épuisés. »

Ainsi vingt ans n'ont pas suffi pour écouler la première édition au tirage pourtant très modeste! Gobineau aurait

---

1. Texte dans *Quellen*, II, 282-283.
2. *Ibid.*, II, 297-298.
3. *Rapport établi le 25 juillet 1896 pour Mme la Comtesse de la Tour, 18 rue Spontini, à Paris,* B. N. U. Strasbourg, ms. 3540.

pu dire des Nouvelles asiatiques *ce qu'il disait des* Pléiades *à Mme de la Tour :* « Que vous êtes donc timide et peu croyante en moi ! Il vous faut des preuves matérielles ! En ai-je besoin, moi?... Entendons-nous bien : il ne faut pas songer à un succès comme le *Récit d'une sœur* dans le faubourg ou l'*Affaire Clémenceau* sur les boulevards. Savez-vous bien que les gens les plus spirituels, M. de Rémusat, ont considéré pendant vingt ans *la Chartreuse de Parme* comme un livre sans valeur? Que Sainte-Beuve était de cet avis et qu'il a fallu des années pour qu'on le citât comme un livre classique, ce qui a lieu aujourd'hui [1]... »

En contraste avec l'indifférence du public de 1876, depuis 1920, le succès des Nouvelles asiatiques *s'est affirmé. Ainsi que le prouvent les éditions de luxe et les traductions, Gobineau a conquis, comme il le souhaitait,* « la sympathie d'un petit nombre d'hommes répandus en Europe [2] » *et ce nombre est allé sans cesse croissant. M. Mistler, par exemple, voit* « dans les *Nouvelles asiatiques* deux ou trois récits qui laisseront loin derrière eux *Carmen* et *Colomba* » [3] *et M. Duff les juge comme* « un des plus grands livres de la littérature exotique française [4] ».

Les qualités intrinsèques de l'ouvrage considéré dans sa « substance » *et dans sa* « forme », *pour reprendre les termes de Robert Lytton, justifient-elles ce revirement de l'opinion ?*

---

1. A Mme de la Tour, 20 juin 1874.
2. Voir ci-dessous l'orientation bibliographique.
3. Préface à l'édition critique des *Pléiades*, édition du Rocher, Monaco, 1946, p. VII.
4. *Persanes*, p. 10.

V. « *De telles historiettes sont aussi des documents* [1]... »

« Vous reviendrez orientaliste complet et vous aurez de l'étoffe pour une douzaine de livres », *écrit Prokesch à Gobineau le 13 juin 1856, au moment où celui-ci commence son premier séjour en Perse.*

Parce que Gobineau a consacré plusieurs ouvrages à l'Iran, parce que ses prétentions à l'estime du monde savant ont été maintes fois affirmées [2], *il passe fréquemment pour un spécialiste de l'Orient. Presque tous ses biographes* [3] *se plaisent à citer ce passage des souvenirs de sa sœur comme preuve d'une vocation précoce d'orientaliste :* « Parmi les professeurs [*du collège de Bienne*] il s'en trouvait plusieurs très versés dans les langues orientales qui, voyant en Arthur des dispositions spéciales pour les langues, furent enchantés de trouver un élève si intelligent. Il se jeta avec son ardeur habituelle dans toutes les difficultés des écritures sanscrites, arabes, zend, et les obscurités de toutes les grammaires comparées ne l'effrayaient pas. De cette manière, les bases de ce qui devait être l'attrait de toute sa vie étaient posées [4]. »

---

1. *Religions et Philosophies*, 94.

2. Dès 1855, il rêve d'entrer à l'Institut. Plus tard, ses lettres abondent en récriminations contre les orientalistes qui ne veulent pas prendre au sérieux ses recherches sur les cunéiformes. En 1876, de Russie, il écrit à Mme de la Tour avec une satisfaction évidente : « J'arrive du Congrès des orientalistes où on m'a traité d'homme célèbre et mes ouvrages, d'ouvrages admirables ».

3. Entre autres Schemann, *Quellen*, I, 110; Minorsky, *Europe*, 1er oct. 1923, 116; Lange, 17; Faure-Biguet, 11; Hytier, 9-10.

4. *Enfance et première jeunesse d'Arthur de Gobineau*, B. N. U. Strasbourg, ms. 3537, fos 4-5.

Un autre témoignage, aussi fragile parce que postérieur lui aussi à la mort de Gobineau, celui de son amie d'enfance, Amélie Laigneau, prétend que Gobineau tout jeune rêvait « de mosquées et de minarets »...

Or il est invraisemblable que le collège de Bienne en 1830 ait compté des professeurs aussi érudits[1] *et qu'un enfant de quatorze ans ait pu aborder avec fruit des études de grammaire comparée. Il s'agit d'une légende familiale qui ne résiste pas à l'examen, nous l'avons montré ailleurs*[2]. *S'il est exact que la curiosité de Gobineau pour l'Orient soit née vers 1830, c'est par obéissance à la mode de l'époque, c'est sous l'action des poèmes de Byron, de Hugo, de tant d'autres qui enchantèrent son adolescence romantique. Au surplus, nous pouvons juger par des textes indiscutables la fragilité des connaissances de Gobineau en arabe et en persan : dans un carnet de 1855, il a noté pendant son séjour en Égypte quelques mots arabes, toujours transcrits de façon très approximative*[3]. *D'autre part, Strasbourg conserve un registre intitulé par Schemann, non sans exagération,* Dictionnaire persan-français[4] : *il contient une liste de mots persans avec un seul équivalent français, rangés sans aucun classement, ni alphabétique, ni par matières. Il est manifeste que ce « dictionnaire », absolument inutilisable, représente seulement une liste d'acquisitions quotidiennes, notées par Gobineau sous la dictée d'un interprète ou d'un domestique. S'il est parvenu à une certaine pratique du persan parlé, il semble certain qu'il n'a jamais possédé une véritable maîtrise de la langue lui permettant d'accéder aux textes littéraires. D'où l'extravagante fantaisie de ses*

---

1. Une enquête à Bienne, menée avec l'appui du professeur Charlie Guyot que je suis heureux de remercier ici, m'a prouvé que le collège n'a gardé aucune trace de ces maîtres prestigieux. M. Duff pense pourtant que les assertions de Caroline ne sont pas à rejeter entièrement et me suggère que ce maître en orientalisme pourrait être le mystérieux La Coindière, précepteur du jeune Gobineau, qui avait étudié à Heidelberg et dont Caroline ne saurait citer le nom après sa dramatique aventure avec Mme de Gobineau mère.

2. *Un mythe : la science orientaliste de Gobineau* in *Australian Journal of French Studies*, I, 1964.

3. B. N. U. Strasbourg, ms. 3557. Exemples de mots notés par Gobineau : de la menthe, *nabne*; étriers, *rekab*; nécessaire, *lazim*; du savon, *saboun.* On voit le caractère rudimentaire de ce vocabulaire.

4. B. N. U. Strasbourg, ms. 3515.

travaux d'érudition, Histoire des Perses *ou* Traité des cunéiformes.

Les Nouvelles asiatiques *elles-mêmes incitent l'orientaliste à quelques réserves. Leur titre d'abord paraît étendre à toute l'Asie une expérience qui a été limitée en fait au Proche-Orient*[1] *: généralisation abusive et bien peu « scientifique » ! On s'étonne aussi de voir l'auteur emprunter des termes à l'usage chrétien, manifestement impropres à traduire des réalités musulmanes*[2]. *On lui reprochera de plus de recourir, pour atteindre à des effets de pittoresque, à un procédé simpliste qui rend parfois lassante la lecture de ses contes : il juxtapose trop fréquemment à son équivalent français un mot persan transcrit d'ailleurs de façon imparfaite, ce qui entraîne une sorte de pédantisme inutile. Pourquoi écrire :* « Son tesbyh ou chapelet »? « Un vieux bakkal ou épicier »? « On arrivait au menzil, c'est-à-dire à la station »? — *Enfin on contestera son habitude de traduire certains noms propres*[3] *:* « On l'appelait [...] Zemroud-Khanoum, madame Émeraude »... « Loulou-Khanoum, madame la Perle » — *ce qui fait surgir du récit une impression fausse, car l'usage de ces noms a rendu insensible leur valeur métaphorique que la traduction au contraire exagère.*

Mais ce sont là des erreurs de surface qui n'empêchent pas les Nouvelles asiatiques *d'être un documentaire d'une rare justesse sur la psychologie des Persans. Gobineau éprouve une sympathie profonde pour l'Iran, qui n'exclut pas la clairvoyance*[4] *et s'exprime sans niaiserie.*

---

1. Ainsi dans *Religions et Philosophies*, ch. 1, Gobineau croit pouvoir attribuer le caractère des Persans à tous les Asiatiques. Ou encore ce passage d'une lettre à Tocqueville, 15 janvier 1856 : « Les nations asiatiques, j'entends ici par excellence celles de la Perse et de l'Inde... »
2. Nous en avons relevé plusieurs exemples dans les notes.
3. Procédé d'ailleurs utilisé avec arbitraire : pourquoi ne traduit-il pas *tous* les noms de ses héros ? Pourquoi par exemple dans *la Danseuse de Shamakha* les Splendeurs de la Beauté et Omm-Djéhâne?
4. Voir en particulier ses lettres à Prokesch et à sa sœur de janvier 1862, lorsqu'il s'installe à Téhéran pour son second séjour. Seillière,

Cette Perse du milieu du XIXe *siècle, encore toute traditionnelle, Gobineau l'évoque en observateur attentif. Il excelle à en saisir les types, le loûti effronté, le derviche mystique, les jolies femmes bavardes dans leur* « enderoun », *le marchand au bazar. Rien de plus finement observé que la soirée du Ramadân dans* l'Illustre Magicien, *l'enfance d'un gavroche de Schyraz dans* Gambèr-Aly *ou les marchandages qui accompagnent la promotion sociale du héros; que, dans* la Guerre des Turcomans, *les amours du jeune paysan et de l'astucieuse coquette, les paisibles rapines des soldats en garnison à Téhéran, la revue des troupes à la veille d'entrer en campagne; que, dans* la Vie de voyage, *le tableau de la caravane et les preuves de sagesse et d'honnêteté du chef muletier. A chaque page une remarque pénétrante, un tableau de genre prestement enlevé, un détail savoureux, attestent une connaissance vivante des mœurs iraniennes* [1]. *Çà et là, on entrevoit les théories de Gobineau, mais on ne fait que les entrevoir : il a compris d'instinct que des considérations philosophiques ou historiques auraient alourdi ces pages de narration rapide.*

On remarquera aussi que les paysages, hormis ceux du Caucase dans la Danseuse de Shamakha, *tiennent fort peu de place dans les* Nouvelles asiatiques : *ce contemporain de Gautier et de Flaubert croirait perdre son temps à peindre des décors. Ce qui l'intéresse, c'est l'homme, saisi dans la diversité des mœurs, comme il l'annonce dans sa préface, beaucoup plus que le cadre géographique où se déploie une société. Gobineau apparaît ainsi, beaucoup plus que de sa propre génération, proche des moralistes classiques, des philosophes du* XVIIIe *siècle ou des idéologues.*

Son admiration pour Stendhal, lui aussi adversaire déter-

190-194, a bien montré la partialité constante de Gobineau en faveur de la Perse.

1. L'absurde *Traité des Cunéiformes*, lui-même, dans son fatras d'érudition aberrante, contient d'heureuses remarques sur le caractère des Orientaux et leur propension à croire au surnaturel.

miné des excès de pittoresque et amateur d'analyse psychologique, est hautement significative. L'Orient de Gobineau ressemble, plus qu'à l'Orient de Nerval, à celui que Volney a décrit dans son Voyage en Égypte et en Syrie.

Le Persan, tel que l'a vu Gobineau, se trouve l'héritier d'une très ancienne civilisation. Les bouleversements de son histoire, dont le plus humble des illettrés a le sentiment obscur, l'ont rendu sceptique sur la stabilité des choses de ce monde, mais sans lui dessécher le cœur, sans lui faire perdre sa croyance au merveilleux quotidien. Il est toujours prêt à saisir les hasards heureux, à en profiter pleinement, à les faire naître, au besoin, sans excessifs scrupules; mais il sait aussi, aux coups de l'adversité, opposer les trésors d'une inaltérable patience. Il possède « un fonds de bonne humeur, d'absence d'ennui, d'équilibre moral[1] ». *Mirza Kassem comme Gambèr-Aly, Ghoulam-Hussein comme Mohsèn, Omm-Djéhâne comme Amynèh, si différents qu'ils soient l'un de l'autre, sont tous* « des gens qui ne vivent que par l'imagination et par le cœur, dont l'existence entière se passe dans une sorte de rêverie active[2] ».

*Cet Iran sans mirage, vu par le plus réaliste des psychologues, est d'une vérité absolue qu'on n'attendait pas du sombre visionnaire de l'*Essai, *une vérité capable d'enchanter tous ceux qui, après Gobineau, ont parcouru les vieux pays d'Orient et, dans ses pages, retrouvent leurs propres souvenirs. En lisant les* Nouvelles asiatiques, *on rêve souvent de les accompagner d'un album d'images saisies sur le vif dans les bazars des grandes villes ou au hasard des routes persanes : rien ne confirmerait mieux leur saisissante et suggestive exactitude.*

1. *Trois ans*, I, 50.
2. *La Vie de voyage.*

VI. L'ART DE GOBINEAU

En littérature comme en orientalisme, Gobineau est un amateur : l'insuccès qu'ont rencontré les Nouvelles asiatiques *en 1876 tient, au moins en partie, à ce qu'il est étranger à toute coterie. Sous la monarchie de Juillet, dans sa jeunesse, il a pris quelques contacts avec les milieux littéraires de Paris : mais retenu loin de France par sa carrière entre 1855 et 1877, au surplus peu curieux de nouveauté, il connaît mal la littérature de l'époque et sa copieuse correspondance ne cite jamais aucun des grands écrivains du second Empire* [1].

C'est donc dans l'isolement qu'il a forgé sa conception de l'art.

Les sujets en eux-mêmes ne lui importent guère : l'art n'est pas créé pour représenter des faits, écrivait-il le 16 juillet 1874 à Mme de la Tour, mais « expressément pour ne pas les représenter », *pour suggérer au lecteur des thèmes et des réflexions. De là que Gobineau conteur paraît parfois un peu traînant, incapable de donner à son récit le mouvement qui caractérise les narrations vivantes. Il s'en est expliqué lui-même, non sans hauteur, dans une lettre importante et peu connue du 4 janvier 1873 — au moment*

---

1. Gobineau possède d'ailleurs une culture d'autodidacte comportant d'immenses lacunes : il découvre *Werther* en 1875 dans la traduction de Pierre Leroux « si admirable qu'elle vaut l'original *(sic)* » (à Mme de la Tour, 16 juin 1875) et, la même année, *Corinne* « fort grand et fort beau livre » (à Mme de la Tour, 5 septembre 1875). Dans le monde littéraire, il n'a de relations suivies qu'avec Mérimée et Renan, et pour des raisons étrangères à la littérature. Sur le tard, il rencontrera Barbey d'Aurevilly qui lui a d'abord paru un « terrible polichinelle » (à Mme de la Tour, 26 mai 1874), Banville et Coppée, sans d'ailleurs se lier avec eux.

même où il travaille aux Nouvelles asiatiques. *A d'Héricault qui avait critiqué sur ce point les* Souvenirs de voyage, *il répond :* « Le *mouvement* dans les œuvres littéraires c'est une invention jacobine, comme la pomme de terre en cuisine. Les maîtres anciens se sont très peu souciés du mouvement. On laissait cela à Cyrano de Bergerac et à tous les gens qui ont abouti à M. Alexandre Dumas. Une des nouvelles les plus accomplies de Cervantès et des plus vraies et des plus riches de couleur n'a même pas de sujet. C'est *Rinconete y Cortadillo*... Au temps de Térence, il fallait fondre deux comédies de Ménandre pour en faire une latine. Mettez toutes les comédies de Térence ensemble, vous n'arriverez pas au quart du mouvement qu'il y a dans *Gaspard le pêcheur*. Lequel est l'artiste véritable et l'homme de bonne compagnie? à coup sûr, c'est Ménandre... Quel mouvement y a-t-il dans Molière et quel dans Gœthe, excepté Goetz?... »

On voit qu'il apporte dans la critique la désinvolture tranchante de l'homme de qualité qui sait tout sans l'avoir appris, comme dans l'histoire ou dans l'épigraphie...

Si la nouvelle pour lui peut se passer de « mouvement », *elle ne saurait se passer de style. Il le proclame dès 1845 :* « Ce genre de composition est beaucoup plus près que le roman de la poésie... Toute la finesse d'observation possible, toute la philosophie, toute la raison du monde ne sauraient suffire à produire une nouvelle... Dans une nouvelle, traitez la prose comme vous feriez pour des vers, car rien n'est trop bon ni trop soigné pour ce petit cadre où tout doit se voir de si près [1]. »

Force est d'avouer que les Nouvelles asiatiques *ne répondent guère à cette déclaration de principe. Sans souscrire entièrement à la sévérité de Suarès défiant* « qu'on reconnaisse du Gobineau à quelque page ou ligne que ce

1. *Études critiques*, 66-67.

soit[1] », *que d'imperfections à souligner dans ce texte !*

Certes, on n'oubliera pas que Gobineau n'a pas revu ses épreuves lui-même et qu'il aurait pu y corriger certaines inadvertances et gaucheries. Mais sa langue n'est pas sûre, frise parfois le barbarisme, tombe trop souvent dans l'impropriété. Nombreux sont les tours maladroits de ce genre :

« Vilain trou [...]? répliqua Assanoff, *tandis que*, *ainsi que* tous les convives, il se mettait à table. » *(Danseuse de Shamakha.)* — « J'ai vu miroiter assez de pierreries pour n'avoir pas eu longtemps la passion d'en contempler. » *(Illustre Magicien.)* — « Elle avait dix ans *au moins de plus* que Klassem. » *(Illustre Magicien).* — « [*Il*] ambitionnait, à en mourir, une paire de pistolets. » *(Amants de Kandahar.)*

Les phrases enchevêtrées abondent, à peu près incompréhensibles[2] *:* « Maintenant que, une fois vengé, non pas de ses injures personnelles — où étaient celles-ci? qui jamais s'était adressé à lui pour l'offenser? — mais vengé des taches infligées à ses proches, l'estime générale, la justice du prince lui assignassent promptement le rang et les avantages, dignes loyers de l'intrépidité, rien n'était plus naturel. » *(Amants de Kandahar.)*

Que de négligences, telles que :

— « Ses *regards* fort aiguisés [...] tenaient *le pied* de guerre... » *(Danseuse de Shamakha.)* — « *Fait* plus certain, la belle maîtresse du Grand Hôtel [...] s'était *fait* [...] remarquer. » *(Id.)* — « *L'attention* la suivait, *attendait* une activité qui ne venait pas... » *(Id.)* — « Grégoire ayant pris place, l'eau-de-vie *se trouvant* entre lui et la dame [...], deux ou trois accolades furent données à la bouteille, puis les interlocuteurs *se trouvant* dans

1. Suarès, *Portraits sans modèles*, 206.
2. Et pourtant Gobineau reproche à Balzac « les phrases entortillées » du *Lys dans la vallée*, cf. *Études critiques*, 31.

un état confortable, ils commencèrent la conversation. » *(Id.)*

Dans la même page, reviennent deux fois la même comparaison banale et le même détail :

« Ils mirent pied à terre et montèrent *comme des fourmis* [...] Les voilà qui se mettent à grimper sur le talus du fort *comme des fourmis...* » *(Guerre des Turcomans.)* — « Son turban de toile bleu clair rayé de rouge... Son turban bleu, rayé de rouge, était de soie... » *(Amants de Kandahar.)*

On veut bien admettre qu'en 1876, l'électricité n'avait pas encore perdu tout son mystère : est-ce une raison suffisante pour que Gobineau, chaque fois qu'il veut caractériser la force de la passion, demande au courant électrique une image digne de Joseph Prudhomme ; (Danseuse de Shamakha) : « Il sortait de la personne entière de la jeune fille une sorte de courant électrique... »; *(Id.)* : « Celle-ci, en l'apercevant, eut une sorte de spasme électrique... »; *(Amants de Kandahar)* : « Ce fut une commotion électrique... » *(Id.)* : « Cette magnétique influence que l'amour étend sur ceux dont il est maître... »

Sans se montrer d'un purisme exagéré, on conviendra donc que les Nouvelles asiatiques *sont fort mal écrites, ne présentent ni la solidité classique, la tension nerveuse de l'*Essai, *ni l'allégresse de* Trois ans en Asie, *et on ne se risquera pas à dire de Gobineau avec un de ses récents critiques :* « Il est essentiellement un styliste [1] ».

Et pourtant, à ne considérer que ses qualités de forme, le recueil n'est pas sans mérite. Gobineau a su y introduire une grande variété de ton : la Danseuse de Shamakha *et* les Amants de Kandahar *sont de romanesques et tragiques histoires de passion;* l'Illustre Magicien *ressemble à un conte des* Mille et Une Nuits ; Gambèr-Aly *et* la Guerre

1. Riffaterre, 211.

des Turcomans *ont la saveur des récits picaresques;* la Vie de voyage *se déroule comme de vivants souvenirs. Ce souci évident de variété révèle l'écrivain attentif à séduire son lecteur. Il écrivait à sa sœur, le 17 juillet 1869 :* « Les œuvres d'art sont faites pour plaire non seulement à l'esprit et au goût critiques, mais avant tout au cœur, au tempérament, à ce que sont les gens qui les lisent, les voient ou les écoutent. »

« Les gens qui les *écoutent* » *: mot à retenir. Gobineau est essentiellement un* causeur. *Tous ceux qui l'ont connu insistent sur le charme de sa conversation. D'après Albert Sorel, Gobineau est* « un vrai causeur »[1]. *Mme de la Tour nous le montre* « causant avec beaucoup d'entrain », *merveilleux lecteur :* « Il lisait avec tant de verve et des nuances si graduées qu'à sa voix, tout semblait prendre une vie intense »[2]. *Et Barbey d'Aurevilly :* « Gobineau, l'esprit le plus chaud que j'aie connu, l'homme qui avait le plus de verve... Gobineau, c'est l'expansion, c'est l'ouverture, c'est la chaleur... la conversation par nappes d'idées et de bien dire, c'était une de ces conversations qui font penser à celle de Diderot[3]... »

Ces nouvelles, écrites à la diable, sans excessif respect du vocabulaire ni de la syntaxe, ont l'allure désinvolte d'une causerie[4]. *Il faut imaginer Gobineau en train de les raconter, prenant son auditoire à témoin, soulignant d'un geste ou d'une intonation tel détail et par là, donnant au cliché le plus plat la valeur d'un clin d'œil complice. La qualité qu'il prise entre toutes, c'est le naturel,* « la peur des phrases *le* tenant toujours à la gorge », *écrit-il à Prokesch*[5]. *Sa*

1. *Moniteur universel*, 26 avril 1874.
2. *Les Dernières Années du comte de Gobineau*, B. N. U. Strasbourg, ms. 3568, f° 11.
3. *Le Constitutionnel*, 16 septembre 1878, recueilli dans *les Œuvres et les Hommes*, t. X, *les Historiens*, 67-82.
4. On notera comme preuve la singularité de sa ponctuation.
5. A Prokesch, 15 septembre 1854.

littérature se moque de la littérature : « C'est une très grande faute littéraire que d'outrer l'expression, — on risquerait moins peut-être à la tenir au-dessous de la vérité [1]. »

Il s'agit pour lui de voir et de faire voir [2]. *De là la précision de ses portraits, l'art avec lequel il sait rendre une attitude, esquisser en trois lignes une grosse Orientale qui fume* « méthodiquement » *son narghilé, le visage d'un Turcoman* « rond comme une pastèque » *ou Gambèr-Aly dans la splendeur de son costume d'intendant en chef.*

Dessins plaisants, relevés souvent d'un trait d'ironie. Mérimée, bon juge en la matière, reconnaissait en Gobineau « un humoriste charmant » *qui a* « la bosse de l'observation comique » [3]. *Comme le Voltaire de* Zadig *ou de* Candide, *il se tient toujours derrière ses personnages, s'amuse visiblement en nous contant leurs aventures. Si son humour paraît quelquefois forcé* [4], *quelquefois aussi d'une féroce amertume* [5], *le plus souvent il l'emploie avec bonheur, recourant aux procédés les plus divers. Par exemple il utilisera en savoureuse parodie le style fleuri dont se servent les poètes orientaux :* « Un visage de pleine lune, des yeux comme deux diamants noirs... » *pour peindre une vieille danseuse; ou encore, il ponctue les malheurs de Ghoulam-Hussein dans la bataille contre les Turcomans de ces formules*

---

1. *Études critiques*, 58 (à propos de la *Confession d'un enfant du siècle*).
2. M. Riffaterre (189) estime que 70 % des images gobiniennes sont visuelles. Tendance profonde qui explique sa passion, à partir de 1868, pour la sculpture. Ses œuvres de statuaire sont au-dessous du médiocre, mais elles attestent son goût du concret.
3. Mérimée à Gobineau, 13 décembre 1860.
4. Par exemple après avoir évoqué la demi-disgrâce où tombe Gambèr-Aly pour n'avoir pas donné à ses protecteurs le pourboire que ceux-ci demandaient, il note gravement : « C'était ce que les journaux de Paris appellent une situation tendue ».
5. Par exemple son appréciation dans *la Vie de voyage* de la canaille européenne, « triste multitude, et qui rampe bas dans la série descendante des créatures ». Le pessimisme de Gobineau se révèle à des traits semblables où l'humour se change en satire.

musulmanes qui reviennent comme des refrains résignés : « Dieu est grand !... » « Dieu sait parfaitement ce qu'il fait !... » « Dieu très haut [...] l'avait voulu ainsi... »

D'autres fois, une remarque incisive établit un contraste amusant entre le ton du narrateur et l'objet de la narration. Ainsi l'admiration qu'il simule dans Gambèr-Aly *pour les procédés les plus discutables de l'administration persane, ou la morale de l'histoire qui est* « que le vrai mérite finit toujours par obtenir sa récompense ».

Rapides caricatures, rapprochements inattendus d'où jaillit en éclair l'absurdité de l'existence, allusions mordantes, sourires pincés et négateurs, insolences calculées et sarcasmes, iusqu'à la coupe habile de conclusions comme celles de la Danseuse de Shamakha, *de* Gambèr-Aly *et de* la Guerre des Turcomans *qui suggèrent un recommencement indéfini de la sottise humaine, Gobineau est sans doute un des princes français de l'ironie. Ironie d'un accent très personnel, qui, par la présence en lui d'une permanente colère refoulée, se différencie de celle des Stendhal et des Mérimée. Et c'est par là peut-être qu'il se trouve principalement en accord avec le public d'aujourd'hui qui a lu Barrès, Malraux et Montherlant.*

Singularité de Gobineau ! Cet égotiste que consolent de l'universelle bassesse son orgueil de Pléiade et la conviction de sa propre grandeur méconnue, ce misanthrope désespéré dont l'œuvre philosophique et politique semble inspirée du conservatisme le plus étroit, ne serait-il pas, armé de son humour corrosif, un vrai maître d'anarchie ?

J. GAULMIER

ORIENTATION BIBLIOGRAPHIQUE

I. *Le manuscrit des* Nouvelles asiatiques *ne figure dans aucun fonds public d'archives et on le considère généralement comme perdu.*

Le texte que nous présentons est celui de la première édition (Paris, Didier, 1876) la seule qui ait paru du vivant de Gobineau. Les éditions suivantes ne diffèrent de celle-ci que par d'insignifiantes variantes, négligeables au surplus puisque les éditeurs successifs n'ont disposé d'aucun manuscrit qui pût les légitimer.

Voici les principales éditions :

— Nouvelles asiatiques, *avec un avant-propos de Tancrède de Visan, Paris, Perrin, 1913.*
— Nouvelles asiatiques, *édition illustrée par Maurice de Becque, Paris, Crès, 1924.*
— Les Nouvelles asiatiques, *illustrées par Henri Le Riche, Paris, Devambez, 1927.*
— Nouvelles asiatiques, *avec préface de Clément Serpeille de Gobineau, Paris, Gallimard, s.d. (1939). Nombreuses réimpressions ultérieures.*
— Nouvelles asiatiques, *préface de Faure-Biguet, Paris,* Club français du Livre, *1948.*
— Nouvelles asiatiques, *Paris, Bibliothèque mondiale, 1956.*
— Nouvelles asiatiques, *illustrées par G. Cenquini,* Bibliolâtres de France, *Brie-Comte-Robert, 1957.*
— Nouvelles asiatiques, *Paris, Pauvert, 1963.*

Éditions partielles :

Nouvelles d'Arthur de Gobineau, *préface de Jean Mistler, Paris, Hachette, 1961.*

L'Illustre magicien, *illustré par Picart Le Doux, Paris, Pichon, 1920.*

Principales traductions :

Novelas Asiaticas - *Madrid, 1923.*
Asiatische Novellen - *Schroll, Vienne, 1924.*
Der Turkmen Krieg - *Mathes, Leipzig, 1924.*
Les Amants de Kandahar - *Éd. d'État, Moscou, 1926.*
L'Illustre magicien - *Éd. d'État, Moscou, 1926.*
The dancing girl of Shamakha and other asiatic tales - *New York, 1926.*

Enfin Jean-Richard Bloch a adapté pour la scène l'Illustre Magicien, *sous le titre* Forces du Monde, *Cahiers de Paris, 1926.*

Les Nouvelles asiatiques *sont évidemment inséparables des autres ouvrages de Gobineau consacrés partiellement ou en totalité à la Perse, et de sa correspondance.*

II. Cycle iranien dans l'œuvre de Gobineau.

Essai sur l'inégalité des races humaines, *2 vol., Paris, Didot, 1922* (Essai) [1].

Mémoire sur l'état social de la Perse actuelle, *Séances et travaux de l'Académie des sciences morales et politiques, 1856, 4ᵉ trimestre, Paris, Durand, 1856.*

Trois ans en Asie, *2 vol., Paris, Grasset, 1922* (Trois ans).

Ce qui se passe en Asie, *Cahiers libres, Paris, 1928.*

Les Religions et les Philosophies dans l'Asie centrale, *Paris, Crès, 1928* (Religions et Philosophies).

Lectures des textes cunéiformes, *Paris, Didot, 1858.*

Traité des écritures cunéiformes, *Paris, Didot, 1864.*

Histoire des Perses, *2 vol., Paris, Plon, 1869.*

1. Je place entre parenthèses l'abréviation utilisée dans l'Introduction et les notes pour renvoyer aux ouvrages souvent cités.

III. Correspondance de Gobineau.

— Lettres à sa sœur, *B. N. U. Strasbourg, ms. 3518-3521.*
M. Duff a publié avec un soin parfait quelques-unes de ces lettres, sous les titres suivants :
Lettres persanes *(1855-1857), Paris, Mercure de France, 1958* (Persanes).
Écrit de Perse *(1862-1863), Paris, Mercure de France, novembre 1957.*
Correspondance *(1872-1882), 2 vol. avec la collaboration de R. Rancœur, Paris, Mercure de France, 1958.* (Duff).

— Lettres à sa femme, *B. N. U. Strasbourg, ms. 3522.*

— Lettres à sa fille, *B. N. U. Strasbourg, ms. 3523, publiées par M. J. Mistler,* Revue de Paris, *juillet 1950.*

— Lettres à Mme de la Tour, *B. N. U. Strasbourg, ms. 3517.*
Un choix de ces lettres a été publié par M. Jean Mistler dans la Table Ronde, *avril-mai 1950, et celles de 1876 l'ont été médiocrement par Mlle J. Buenzod dans* Études de Lettres, *Faculté des Lettres de Lausanne, 1961, N° 4.*

— Lettres à Zoé et Marie Dragoumis, *B. N. Paris, nouv. acq. fr. 13787-13789.*
Un choix en a été publié par Mme Méla, Lettres à deux Athéniennes, *Athènes, 1936* (Méla). *D'autres ont paru par les soins de M. Duff dans* Hommes et Mondes, *octobre 1954, et de M. Jean Mistler dans la* Revue des Deux Mondes, *1er octobre 1954.*
M. Duff en prépare une édition complète, en collaboration avec M.-L. Concasty.

— Lettres à Prokesch-Osten, *B. N. U. Strasbourg, ms. 3524.*
Publiées de façon très imparfaite par Clément Serpeille de Gobineau, Plon, 1933.

— Lettres à Alexis de Tocqueville.
Excellente édition de M. Degros, t. IX des Œuvres complètes *de Tocqueville, Paris, Gallimard, 1958.*

— Lettres à dom Pedro, empereur du Brésil.
Convenablement publiées par G. Raeders, Dom Pedro II e o Conde de Gobineau, *Sao Paulo, 1938.*

— Les dépêches diplomatiques du comte de Gobineau en Perse, *publiées par Adrienne Hytier, Paris-Genève, Droz et Minard, 1959.* (Hytier.)

IV. Ouvrages généraux sur Gobineau, l'homme et le penseur.

— *Catalogue de l'exposition de la B. N. U. de Strasbourg pour le cinquantenaire de la mort de Gobineau, Strasbourg, 1933.*

— Kretzer (Eugen) - Graf von Gobineau. Sein Leben und sein Werk, *Leipzig, 1902.*

— Seillière (Ernest) - Le Comte de Gobineau et l'aryanisme historique, *Paris, Plon, 1903.*

— Dreyfus (Robert) - La Vie et les Prophéties du comte de Gobineau - Cahiers de la Quinzaine *(XVI*e *cahier de la VI*e *série), Paris, 1905.*

— Schemann (Ludwig) - Gobineaus Rassenwerk, *Stuttgart, 1910.*

— Schemann (Ludwig) - Gobineau. Eine biographie. *2 vol., Trübner, Strasbourg, 1913-1916.*

— Schemann (Ludwig) - Quellen und Untersuchungen zum Leben Gobineaus, *2 vol., Strasbourg, 1914. Leipzig, 1919* (Quellen).

— Lange (Maurice) - Le Comte Arthur de Gobineau, Publications de la Faculté des Lettres de Strasbourg, *t. XXII, Strasbourg, 1924.*

— Faure-Biguet (J. N.) - Gobineau, *Paris, Plon, 1930 (biographie romancée).*

— GAULMIER (Jean) - Connaissance de Gobineau, Revue de Littérature comparée, *oct. - déc. 1960.*
— HASSAN EL-NOUTY - Gobineau et l'Asie, Cahiers de l'Association Intern. des Ét. Françaises, *XIII, juin 1961.*
— BUENZOD (Janine) - Gobiniana, Revue d'Histoire littéraire de la France, *oct. - déc. 1961.*

Plusieurs revues ont consacré des numéros spéciaux à Gobineau. Notamment :

— Europe, *1er octobre 1923.*
— Le Nouveau Mercure, *octobre 1923.*
— La Nouvelle Revue française, *1er février 1934. (Bibliographie précieuse établie par Clément Serpeille de Gobineau.)*

V. Sur Gobineau écrivain.

— GOBINEAU - Études critiques *(1844-1848), Paris, Kra, 1927 (recueil d'articles de critique donnés par Gobineau à divers journaux, intéressants pour connaître ses goûts littéraires).*
— DOMINIQUE (Pierre) - Gobineau, l'Artiste, le Romancier, le Conteur, Nouveau Mercure, *oct. 1923.*
— SOUDAY (Paul) - Les Livres du Temps, *2e série 1929 (souligne l'influence de Stendhal sur Gobineau).*
— ALAIN - Gobineau romanesque, N. R. F., *1er février 1934.*
— RIFFATERRE (Michael) - Le style des Pléiades de Gobineau, *Paris et Genève, Droz et Minard, 1957 (remarques sur le style de Gobineau aussi valables pour les* Nouvelles asiatiques *que pour* les Pléiades).

VI. Sur Gobineau et l'Orient.

— BLOCH (Jean-Richard) - Les Itinéraires parallèles : Gobineau et Loti en Perse, Europe, *1er octobre 1923.*

— VILDRAC (Charles) - Sur les Nouvelles asiatiques, *ibid.*
— MINORSKY (Vladimir) - Gobineau et la Perse, *ibid.*
— HYTIER (Jean) - L'Iran de Gobineau, *Alger, 1939.*
— BACHELOT (Jean) - Gobineau ou le Vrai Guide du voyageur en Asie, *Bulletin de la Société des Bibliolâtres de France, décembre 1957.*
— DOLLOT - Gobineau, Tocqueville et la rivalité anglo-russe en Asie. Revue d'Histoire diplomatique, *janvier-mars 1961.*
— GAULMIER (Jean) - Un mythe : la science orientaliste de Gobineau, Australian Journal of French Studies, I, 1964.
— DUFF (A. B.) - /Gambèr Aly/ En marge d'une Nouvelle asiatique, Mercure de France, *décembre 1959, 648-702.*

Il n'est pas sans intérêt de confronter les impressions de Gobineau en Perse avec celles de son prédécesseur CHARDIN, Voyages du chevalier Chardin en Perse, *édit. Langlès, Paris, 1811, et avec celles de ses successeurs,* PIERRE LOTI, Vers Ispahan, *Œuvres complètes, t. X, Paris, Calmann-Lévy, 1910, ou* MAURICE PERNOT, L'inquiétude de l'Orient, Revue des Deux Mondes, *1927. Enfin, pour vérifier l'exactitude (ou l'inexactitude) des connaissances philosophiques, historiques et linguistiques de Gobineau, on se référera principalement aux travaux suivants d'orientalistes qualifiés :*

— KHANIKOFF - Mémoire sur l'ethnographie de la Perse, *Paris, 1866.*
— ROSEN (Friedrich) - Persien, *Berlin, 1926.*
— MASSÉ (Henri) - Croyances et coutumes persanes, *Paris, Maisonneuve, 1938,*

*et plus généralement à l'*Encyclopédie de l'Islam, *Leyde, Brill, 1913-1938, dont une édition refondue et mise à jour est en cours de publication (le tome I, A-B, a paru en 1960).*

NOUVELLES ASIATIQUES

INTRODUCTION[1]

Le livre le meilleur qui ait été écrit sur le tempérament d'une nation asiatique, c'est assurément le roman de Morier, intitulé : *Hadjy-Baba*[2]. Il est bien entendu que les *Mille et une Nuits* ne sont pas en question : elles demeurent incomparables ; c'est la vérité même : on ne les égalera jamais[3]. Ainsi, ce chef-d'œuvre mis à part, *Hadjy-Baba* tient le premier rang. Son auteur était secrétaire de la légation britannique à Téhéran, à un moment où tout ce qui appartenait au service de la Compagnie des Indes brillait d'une valeur indiquant l'Age d'or. Morier a bien vu, bien connu, bien pénétré tout ce qu'il a décrit, et, dans ses tableaux, il n'a fait usage que d'un dessin précis et de couleurs parfaitement harmonieuses. Cependant, un point est à observer. Ce charmant auteur a fait un livre,

---

1. Cette introduction présentait de l'importance aux yeux de Gobineau. Le 14 avril 1874, il écrivait en effet à Zoé Dragoumis : « Je vais avoir terminé ces jours-ci la sixième et dernière de mes *Nouvelles Asiatiques*. Je ferai de suite *(sic)* pour ce volume une introduction aux idées de laquelle je tiens beaucoup et le livre sera prêt. »

2. *Les Aventures de Hadji-Baba d'Ispahan*, publiées en 1824, sont un des meilleurs ouvrages modernes consacrés à l'Iran. Leur auteur, James-Justinian Morier, né à Smyrne en 1780, y a utilisé une documentation savoureuse et précise, recueillie pendant le séjour qu'il avait fait en Perse comme secrétaire du diplomate anglais Jones Harford, entre 1808 et 1814.

A côté du juste éloge adressé par Gobineau à cette plaisante évocation des mœurs persanes, on placera celui de Barrès dans *le Mystère en pleine lumière* : « Inspire-moi, cher Esprit, quelques histoires du pays des nuages... et qu'à mon tour je puisse comme fit Morier avec les récits de son petit domestique, les rendre légendaires auprès des plus belles colombes qui voudront me lire. » Une bonne traduction du livre de Morier a été donnée par E. J. Finbert, Attinger, Paris, 1933.

3. Gobineau possédait dans sa bibliothèque la traduction célèbre des *Mille et Une Nuits* par Galland (B. N. U. Strasbourg, C 147 531). « A chaque pas qu'on fait en Asie, on comprend mieux que le livre le plus vrai, le plus exact, le plus complet sur cette partie du monde, ce sont les *Mille et Une Nuits*, et on ne fera jamais rien qui en approche. » *Trois ans*, I, 189-190. Cf. aussi *Essai*, I, 122.

et ce livre, assujetti aux conditions de tous les livres, est placé à un point de vue unique. Ce qu'il dépeint, c'est la légèreté, l'inconsistance d'esprit, la ténuité des idées morales chez les Persans. Il a admirablement développé et traité son thème. Il a pris une physionomie sous un aspect, et ce que cet aspect présente, il l'a rendu en perfection sans en rien omettre; mais il n'a ni voulu, ni pu, ni dû rien chercher au delà : il lui aurait fallu sortir des lignes tracées par la position du modèle. Il ne l'a pas fait et on ne saurait l'en blâmer. Seulement, le résultat demeure qu'il n'a pas tout montré. Pour ce motif et parce qu'il n'y avait pas lieu de copier de nouveau la figure qu'il avait si bien réussie, je n'ai pas voulu produire un livre, mais une série de Nouvelles; ce qui m'a permis d'examiner et de rendre ce que je voulais reproduire sous un nombre d'aspects beaucoup plus varié et plus grand.

Je n'ai pas eu seulement pour but de présenter, après Morier, l'immoralité plus ou moins consciente des Asiatiques et l'esprit de mensonge qui est leur maître; je m'y suis attaché pourtant, mais cela ne me suffisait pas. Il m'a paru à propos de ne pas laisser en oubli la bravoure des uns, l'esprit sincèrement romanesque des autres; la bonté native de ceux-ci, la probité foncière de ceux-là; chez tels, la passion patriotique poussée au dernier excès; chez tels, la générosité complète, le dévouement, l'affection; chez tous, un laisser-aller incomparable et la tyrannie absolue du premier mouvement, soit qu'il soit bon, soit aussi qu'il soit des pires. Je n'ai pas cherché davantage à peindre un paysage unique, et c'est pourquoi j'ai transporté le lecteur tantôt dans les aouls[1] des Tjerkesses, tantôt dans les villes turques ou persanes ou afghanes, tantôt au sein des vallées fertiles, souvent au milieu des plaines arides et poussiéreuses; mais malgré le soin apporté par moi à réunir des types différents, sous l'empire de préoccupations variées et au sein de régions très dissem-

1. Les « aoul » sont les villages du Caucase où les populations se sont retranchées pendant les guerres incessantes qui ont agité la montagne. La pénétration russe au cours du XIXe siècle s'est heurtée souvent à ces forteresses courageusement défendues par les indigènes.

blables, je suis loin de penser que j'aie épuisé le trésor dans lequel je plongeais les mains.

L'Asie est un pays si vieux, qui a vu tant de choses et qui de tout ce qu'il a vu a conservé tant de débris ou d'empreintes, que ce qu'on y observe est multiplié à l'infini. J'ai agi de mon mieux pour saisir et garder ce qui m'était apparu de plus saillant, de mieux marqué, de plus étranger à nous. Mais il reste tant de choses que je n'ai pu même indiquer ! Il faut se consoler en pensant qu'eussé-je été plus enrichi, j'aurais diminué de peu la somme des curiosités intéressantes demeurées intactes dans la mine.

C'est un sentiment commun à tous les artisans que de vouloir restreindre leur tâche et la rendre plus prompte à se terminer. L'ouvrier qui fait une table ou tourne les barreaux d'une chaise n'est pas plus enclin à cette paresse que le philosophe attaché à la solution d'un problème. Celui-ci poursuit un résultat tout comme l'autre, et, d'ordinaire, n'est pas assez difficile sur la valeur absolue de ce qu'il élabore et dont il se contente comme d'un résultat effectif et de bon aloi. Parmi les hommes voués à l'examen de la nature humaine, les moralistes surtout se sont pressés de tirer des conclusions de belle apparence; ils s'en sont tenus là, et, par conséquent, ils se perdent dans les phrases. On ne se rend pas très bien compte de ce que vaut un moraliste, à quoi il sert depuis le temps que cette secte parasite s'est présentée dans le monde; et les innombrables censures qu'elle mérite par l'inconsistance de son point de départ, l'incohérence de ses remarques, la légèreté de ses déductions, auraient bien dû faire classer, depuis des siècles, ses adeptes au nombre des bavards prétentieux qui parlent pour parler et alignent des mots pour se les entendre dire. Au nombre des non-valeurs que l'on doit aux moralistes, il n'en est pas de plus complète que cet axiome : « L'homme est partout le même. » Cet axiome va de pair avec la grande prétention de ces soi-disant penseurs de réformer les torts de l'humanité, en faisant admettre à celle-ci leurs sages conseils. Ils ne se sont jamais demandé comment ils pourraient réussir à changer ce mécanisme humain qui crée, pousse, dirige, exalte les passions et détermine les torts et les vices, cause unique en définitive de ce qui se produit dans l'âme et dans le corps.

Au rebours de ce qu'enseignent les moralistes, les hommes ne sont nulle part les mêmes[1]. On s'aperçoit sans peine qu'un Chinois possède deux bras et deux jambes, deux yeux et un nez comme un Hottentot ou un bourgeois de Paris; mais il n'est pas nécessaire de causer une heure avec chacun de ces êtres pour s'apercevoir et conclure qu'aucun lien intellectuel et moral n'existe entre eux, si ce n'est la conviction qu'il faut manger quand on a faim et dormir quand le sommeil presse. Sur tous les autres sujets, la manière de colliger les idées, la nature de ces idées, l'accouplement de ces idées, leur éclosion, leur floraison, leurs couleurs, tout diffère. Pour le nègre de la contrée au sud du lac Tjad, il est raisonnable, indispensable, louable, pieux, de massacrer l'étranger aussitôt qu'on peut le saisir, et si on lui arrache le dernier souffle du corps au moyen d'une torture finement graduée, modulée et appliquée, tout n'en est que mieux et la conscience de l'opérateur s'en trouve à merveille. Laissez tomber le même étranger dans les mains d'un Arabe d'Égypte, celui-ci n'aura ni paix ni trêve, ni repos ni contentement que de façon ou d'autre il ne lui ait arraché son dernier sou, et, s'il est possible, retiré jusqu'à sa chemise. Le Nègre et l'Arabe ne s'entendent assurément pas sur la manière de traiter l'humanité. Mais supposez-les tous les deux en conférence avec saint Vincent de Paul? Quel sera le point commun entre ces trois natures? Introduisez un moraliste comme juge de l'entretien, pensez-vous qu'il soit en droit de soutenir, comme il l'aura fait jusqu'alors, que les hommes sont partout les mêmes? En droit, assurément, non; en fait, il n'y manquera pas, pour le triomphe du système et la simplicité du mécanisme.

C'est parce que les hommes sont partout essentiellement différents que leurs passions, leurs vues, leur façon

1. C'est là une idée chère à Gobineau et l'un des fondements de son *Essai sur l'inégalité des races humaines*. « La civilisation d'un peuple reste en définitive incommunicable à un autre peuple », écrit-il dans *Religions et Philosophies*, 102.

d'envisager eux-mêmes, les autres, les croyances, les intérêts, les problèmes dans lesquels ils sont engagés, c'est pour cela que leur étude présente un intérêt si varié et si vif, et qu'il est important de se livrer à cette étude, pour peu que l'on tienne à se rendre compte du rôle que les hommes, et non pas l'homme, remplissent au milieu de la création. C'est là ce qui donne à l'histoire sa valeur, à la poésie une partie de son mérite, au roman toute sa raison d'être.

Dans les Nouvelles ici rassemblées, le but qu'on s'est proposé a donc été de montrer un certain nombre de variétés de l'esprit asiatique et en quoi cet esprit, observé en général, s'éloigne du nôtre. Ce sont les observateurs pénétrés de cette vérité qui se sont montrés les plus propres à vivre au milieu des Persans, des Afghans, des Turcs et des gens du Caucase. Quand on l'a oubliée et qu'on se place ensuite en face de ces populations avec l'intention de les décrire, on ne formule plus à leur égard que des jugements ridicules : on se borne à les trouver perverses, et rien que perverses, par cela seul qu'elles ne ressemblent pas aux Européens. La conclusion nécessaire à tirer de ce jugement serait qu'elles représentent la corruption, tandis que les Occidentaux sont la vertu. Afin de ne pas tomber dans un pareil non-sens, il ne faut pas parler des Asiatiques en moraliste.

Peut-être aussi trouvera-t-on quelque avantage à se rendre compte de ce que sont devenus aujourd'hui les premiers civilisateurs du monde, les premiers conquérants, les premiers savants, les premiers théologiens que la planète ait connus. Leur sénilité donnera probablement à réfléchir sur certains signes qui se produisent actuellement en Europe, et qui ne sont pas sans présenter des analogies avec la même décrépitude[1].

---

1. Ces lignes traduisent, en même temps que le désenchantement personnel de Gobineau, son pessimisme devant l'évolution politique de l'Europe et surtout de la France après 1870. Cette évolution confirme, croit-il, les sombres perspectives sur l'avenir de l'humanité qu'il a esquissées dès 1854 dans l'*Essai sur l'inégalité*.

Le 19 juillet 1874, il écrit à Mme de la Tour : « Je ne rêve que de violences gigantesques depuis la préface des *Nouvelles asiatiques.* » (B. N. U. Strasbourg, ms. 3517.)

LA DANSEUSE DE SHAMAKHA

CAUCASE

DON JUAN MORENO Y RODIL était lieutenant dans les chasseurs de Ségovie, quand son régiment se trouva entraîné à prendre part à une insurrection militaire qui échoua. Deux majors, trois capitaines et une couple de sergents furent pris et fusillés. Quant à lui, il s'échappa, et, après avoir erré pendant quelques mois en France, dans un état fort misérable, il réussit, au moyen de quelques connaissances qu'il s'était faites, à se procurer un brevet d'officier au service de Russie, et reçut l'ordre d'aller rejoindre son corps au Caucase où, dans ce temps-là[1], bonne et rude guerre était le pain quotidien.

Le lieutenant Moreno s'embarqua à Marseille. Il était naturellement d'une humeur assez austère; son exil, sa misère et, plus que tout cela, le chagrin profond de quitter pour bien des années au moins une femme qu'il adorait, redoublaient ses dispositions naturelles, de sorte que personne moins que lui n'était tenté de rechercher les joies de l'existence.

---

1. La date de l'histoire racontée par Gobineau n'est pas précisée autrement. On peut la situer en 1861-1862, à l'époque où, rejoignant la Perse comme ministre plénipotentiaire, il suit, de Poti à Bakou, le même trajet que son héros.

Entre 1858 et 1862, le gouvernement russe assure sa domination sur le Caucase, en écrasant la résistance de Schamyl au Daghestan (25 août 1859).

Au moment où Gobineau traverse le Caucase, le pays est loin d'être pacifié. L'occupation russe, supportée avec impatience par les populations indigènes, se développe non sans brutalité : colonisation officielle (octroi de grands domaines à des officiers), immigration de sectaires tels que le *doukhoboretz* Grégoire Ivanitch Vialgue. « Le Caucase, cette Algérie de la Russie, siège d'une guerre acharnée », écrit Mérimée dans ses *Études de littérature russe* (édition Mongault, Champion, 1931, p. 13) que Gobineau connaît bien.

A la même époque, l'Espagne sous Isabelle II est plongée dans

A force de naviguer, le bâtiment qui le portait vint prendre terre au fond de la mer Noire, à la petite ville de Poti. C'était alors le port principal du Caucase du côté de l'Europe.

Sur une plage, sablonneuse en partie, en partie boueuse, couverte d'herbes de marécage, une forêt épaisse, à moitié plongée dans l'eau, s'éloignait à l'infini dans l'intérieur des terres, en suivant le cours d'un fleuve large, au lit tortueux, plein de roches, de fanges et de troncs d'arbres échoués. C'était le Phase, la rivière d'or de l'antiquité, aujourd'hui le Rioni. Au milieu d'une végétation vigoureuse, ici règne la fièvre, et tout ce qui appartient à la nature mouvante en souffre autant que la nature végétale y prospère. La fièvre a usurpé là en souveraine le sceptre d'Acté[1] et des enfants du Soleil. Les maisons, construites au milieu des eaux stagnantes et sur les souches des grands arbres élagués, s'élèvent en l'air sur des pilotis afin d'éviter les inondations; d'énormes trottoirs de planches les unissent les unes aux autres; les toits lourds couverts de bardeaux projettent en avant leur carapace épaisse et garantissent, autant que faire se peut, des pluies fréquentes, les croisées étroites de ces habitations semblables à des coques d'escargot.

Moreno fut saisi par l'aspect de ces nouveautés. A bord de son navire, on connut sa qualité d'officier russe, et il était annoncé comme tel dès son débarquement. C'est pourquoi, dans une rue assez large où il errait dépaysé, il vit venir à lui un grand jeune homme extrêmement blond, le nez sensiblement aplati, les yeux bridés en l'air et la lèvre supérieure ornée d'une petite moustache rare, hérissée comme celle d'un chat. Ce jeune homme n'était pas beau, mais leste, découplé, et avait l'air ouvert et cordial. Il portait la tunique d'officier du génie et l'aiguillette d'argent, particulière aux membres de ce corps qui se

---

l'anarchie et l'armée y fomente de fréquents complots, ce qui explique la situation de Juan Moreno.

1. Acté — inadvertance de Gobineau ou faute d'impression? — est en réalité *Aétès*, roi de Colchide, père de Médée, qui facilita à Jason la conquête de la fabuleuse Toison d'or.

sont distingués dans leurs études. Sans s'arrêter à l'accueil réservé de Don Juan, ce garçon lui tint brusquement, en français, le petit discours que voici :

— Monsieur, j'apprends à la minute qu'un officier aux dragons d'Iméréthie[1] se trouve à Poti, allant rejoindre son corps à Bakou. Cet officier, c'est vous-même. Comme camarade je viens me mettre à votre disposition. Je fais la même route que vous. S'il vous plaît, nous voyagerons ensemble, et, pour commencer, je sollicite l'honneur de vous offrir un verre de champagne au Grand Hôtel de Colchide[2] que vous apercevez là-bas. D'ailleurs, si je ne me trompe, l'heure du dîner n'est pas loin, j'ai invité quelques amis et vous ne me refuserez pas le plaisir de vous les présenter.

Tout cela fut dit de bonne grâce, avec cet air sémillant, dont les Russes ont hérité depuis que les Français, qui passent pour l'avoir inventé, l'ont perdu.

L'exilé espagnol accepta la main du nouveau venu, et lui répondit :

— Monsieur, je m'appelle Juan Moreno.

— Moi, monsieur, je m'appelle Assanoff[3], c'est-à-dire je m'appelle en réalité Mourad, fils de Hassan-Khan; je suis Russe, c'est-à-dire Tatare de la province de Shyrcoan[4] et musulman, pour vous servir, c'est-à-dire à la façon dont aurait pu l'être M. de Voltaire, grand homme !

1. L'Iméréthie, région du Caucase située entre la mer Noire et la Géorgie, était province de la Russie asiatique depuis sa soumission volontaire au tzar en 1804.

2. Dans son *Voyage à la mer Caspienne et à la mer Noire* (*Tour du Monde*, 1860, t. I, 332) Moynet a noté que la légende des Argonautes est restée si populaire en Iméréthie que les noms de Jason et de Colchide sont utilisés à toute occasion.

3. On reconnaît sous ce nom le musulman Hassan, russifié par un indigène qui s'est mis au service du conquérant. Gobineau a été très lié avec un personnage analogue, Khanikoff, consul de Russie à Tebriz. Cf. *Trois ans*, II, 165, Hytier, 155, et lettre à Tocqueville du 29 nov. 1856.

4. *Shyrcoan* est une faute évidente d'impression. Gobineau a dû écrire *Shyrvan*, région située au sud du Caucase, dont Shamakha (Chamakhi) est une des villes principales. Rappelons que Gobineau n'a pas corrigé lui-même les épreuves des *Nouvelles asiatiques*.

et dont je lis avec plaisir les ouvrages, quand je n'ai pas sous la main ceux de M. Paul de Kock[1].

Là-dessus, Assanoff, passant son bras sous celui de Moreno, l'entraîna vers la place en face du fleuve, où s'apercevait d'assez loin une grande maison basse, longue baraque, au fronton de laquelle on lisait en lettres blanches sur une planche bleu de ciel : *Grand Hôtel de Colchide, tenu par Jules Marron (aîné);* le tout en français.

A leur entrée dans la salle de l'hôtel où le couvert était mis, les deux officiers trouvèrent leurs convives déjà réunis, buvant à petits coups de l'eau-de-vie de grains, et mangeant du caviar et du poisson sec, dans le but d'irriter leur appétit. De ces convives quelques-uns méritent tout au plus d'être mentionnés : deux commis français dont l'un venait au Caucase pour acheter de la graine de vers à soie[2], et l'autre pour se procurer des loupes d'arbres; un Hongrois, voyageur taciturne; un passementier saxon allant en Perse chercher fortune.

Ce ne sont là que des comparses étrangers à notre histoire. Nous nous attacherons davantage à ceux qui suivent. D'abord se présentait la maîtresse de la maison, Mme Marron (aîné), laquelle devait présider le festin.

C'était une bonne grosse personne; elle avait certainement franchi la quarantaine, mais nullement laissé de

1. Voltaire et Paul de Kock cités par Assanoff attestent la diffusion de la « culture » occidentale dans les milieux soi-disant évolués de l'Orient. Gobineau a relevé à plusieurs reprises la vogue de Voltaire en Perse vers 1850. Cf. *Religions et Philosophies*, 97-98 : « Les Russes ont appris aux Persans l'existence de Voltaire. Les mirzas ont volontiers à la bouche le nom de cet écrivain... » Et *Trois ans*, II, 53 : « Il existe aussi des soufys qui ont entendu parler de Voltaire et le regardent comme un grand homme. On peut considérer les Russes comme la source de cette doctrine... Penser comme Voltaire, c'est détester les moullahs. » On rapprochera de l'ironie de Gobineau celle de Flaubert écrivant à Bouilhet le 19 décembre 1850, de Constantinople : « Les ulémas se grisent comme des suisses. On parle de Voltaire. Tout craque ici, comme chez nous... » Quant à la diffusion des innombrables romans de Paul de Kock, elle était proverbiale dès les années 1840.

2. Expression commerciale qui désigne les œufs de ver à soie. La maladie des vers à soie, générale en Europe, avait épargné le Caucase, de sorte que, vers 1860, Lyonnais et Marseillais y venaient chaque année s'approvisionner en cocons.

l'autre côté de cette frontière la prétention de séduire : du moins ses regards fort aiguisés l'affirmaient et tenaient le pied de guerre. Mme Marron (aîné), haute en couleurs, dépassant peut-être, dans l'envergure entière de sa personne, une mesure modeste de moyens de plaire, les développant, au contraire, avec une générosité prodigue, portait des boucles noires répandues en cascades le long de ses joues et ralliant sa ceinture d'un air fort agaçant. Cette dame avait une conversation vive, relevée d'expressions pittoresques et animée par l'accent marseillais. La maison était tenue au nom de Marron (aîné), comme on l'a appris déjà; mais ce que les confidents les plus intimes de Mme Marron (aîné) savaient sur le compte de cet époux, se bornait à dire qu'ils ne l'avaient jamais connu et n'en avaient entendu parler que par sa femme, qui, de temps en temps, de loin en loin, trahissait l'espoir de le voir enfin arriver. Fait plus certain, la belle maîtresse du Grand Hôtel de Colchide à Poti s'était fait longtemps remarquer à Tiflis, sous le nom de Léocadie; elle y avait été modiste, et l'armée du Caucase entière, infanterie, cavalerie, artillerie, génie et pontonniers (s'il y en a!), s'était inclinée sans résistance sous le pouvoir de ses perfections.

— Je le sais bien, dit Assanoff à Moreno en lui racontant en gros ces circonstances, je le sais bien! Léocadie n'est ni jeune, ni très jolie; mais que voulez-vous faire à Poti? Le diable y est plus malin qu'ailleurs, et, songez donc! une Française, une Française à Poti! Comment voulez-vous qu'on résiste?

Il présenta ensuite son camarade à un homme fort grand de taille, vigoureux, blond, avec des yeux gris pâle, de grosses lèvres, un air de jovialité convaincue. C'était un Russe. Ce colosse souriait, portait un costume de voyage peu élégant, mais commode, et qui trahissait d'abord l'intention arrêtée d'éviter toute gêne. Grégoire Ivanitch Vialgue était un propriétaire riche, une sorte de gentilhomme campagnard et, en même temps, un sectaire. Il appartenait à une de ces Églises réprouvées, mais toujours présentes dans le christianisme, à une de ces Églises, que les grandes communions extirpent de temps en temps par le fer et par la flamme, mais qui, pareilles aux traînées du chiendent, conservent quelque bouture inaperçue et reparaissent. C'était, en un mot, un Doukhoboretz ou « Ennemi de l'Esprit[1] ». Le gouvernement et le clergé russes se sont armés contre les religionnaires dont Vialgue faisait partie. Quand ils les découvrent dans les provinces intérieures de l'empire, ils ne les mettent pas à mort, ainsi qu'on le faisait au moyen âge, mais ils les saisissent et les déportent au Caucase.

Les Ennemis de l'Esprit sont d'opinion que la partie saine, bonne, innocente, inoffensive de l'homme, c'est la chair. La chair n'a d'elle-même aucun mauvais instinct, aucune tendance perverse. Se nourrir, se reproduire, se reposer, ce sont là ses fonctions : Dieu les lui a données et les lui rappelle sans cesse par les appétits. Tant qu'elle n'est pas corrompue, elle recherche purement et simplement les occasions de se satisfaire; ce qui est marcher dans les voies de la justice céleste; et plus elle se satisfait, plus elle abonde dans le sens de la sainteté. Ce qui la corrompt, c'est l'Esprit. L'Esprit est d'origine diabolique. Il est parfaitement inutile au développement et au maintien de l'Humanité. Lui seul invente des passions, de prétendus besoins, de prétendus devoirs qui, contrariant à tort et à travers la vocation de la chair, engendrent des maux sans fin. L'Esprit a introduit dans le monde le génie de la contradiction, de la controverse, de l'ambi-

1. Sur les Doukhobortzi, secte d'hérétiques dont l'origine paraît remonter aux environs de 1750, voir le *Voyage dans les provinces du Caucase* de Basile Vereschaguine, in *Tour du Monde*, 1869, I, 315. Ce voyage a été accompli en 1864-1865, presque en même temps que celui de Gobineau. C'est à partir de 1842 que les Doukhobortzi ont été déportés au Caucase. Gobineau lui-même, dans un carnet inédit (B. N. U. Strasbourg, ms. 3553) écrit lors de son passage au Caucase : « Les Doukhoborsi (combattants de l'Esprit) secte russe déportée dans le district d'Akhaltside, arrondissement d'Akhalkalaki, au nombre de quatre à cinq mille âmes dans le village. Ils pratiquent la communauté des femmes par suite de la suppression de tous les sacrements. Ils ne croient pas à la divinité de J. C. et n'admettent même pas l'évangile. Déistes à ce qu'il semble et matérialistes. Ils *combattent contre l'esprit* et ne s'occupent que des intérêts matériels. Bons agriculteurs, assez peu de marchands; s'occupent des femmes et du vin; grands ivrognes. »

tion et de la haine. C'est de l'Esprit que vient le meurtre; car la chair ne vit que pour se conserver et nullement pour détruire. L'Esprit est le père de la sottise, de l'hypocrisie, des exagérations dans tous les sens, et partant, des abus et des excès que l'on a coutume de reprocher à la chair, excellente personne, facile à entraîner à cause de son innocence même; et c'est pourquoi les hommes vraiment religieux et vraiment éclairés doivent défendre cette pauvre enfant en bannissant vivement les séductions de l'Esprit. Dès lors, plus de religion positive pour éviter de devenir intolérant et persécuteur; plus de mariage pour n'avoir plus d'adultère; plus de contrainte dans aucun goût pour supprimer radicalement les révoltes de la chair, et, enfin, l'abandon systématique de toute culture intellectuelle, occupation odieuse qui, n'aboutissant qu'au triomphe de la méchanceté, n'a opéré jusqu'ici qu'en faveur de la puissance du diable.

Les Ennemis de l'Esprit, bannissant tout résultat d'un effort de l'intelligence, n'estiment pas même l'industrie et opinent à la réduire aux fabrications les plus indispensables et aux procédés les plus simples. En revanche, ils estiment grandement la charrue et se montrent agriculteurs expérimentés et éleveurs de bétail admirables. Les fermes établies par eux dans le Caucase sont belles, bien tenues, prospères, et s'il n'était trop classique et trop fleuri de comparer les mœurs qui y règnent à celles qui fleurirent jadis dans l'intérieur des temples de la déesse syrienne [1], on peut cependant affirmer avec assez d'exactitude que le Doukhoboretz dépasse de bien loin, dans ses habitudes, les façons d'agir et de se régler des Mormons d'Amérique.

— Vous ne rencontrerez jamais un plus aimable homme que celui-là, dit Assanoff à son ami, en lui montrant l'adversaire du sens commun; un plus brave homme, plus gai,

---

1. La déesse syrienne, parfois confondue avec l'Astarté des Phéniciens, avait son temple à Hiérapolis. Strabon la nomme *Atargatis* et Ctésias *Dercéto*. Son culte comportait des orgies sacrées. Voir l'admirable évocation qu'en donne Michelet dans sa *Bible de l'Humanité* (Paris, 1864, II, 2) que Gobineau a lue.

plus obligeant n'existe pas ! J'ai été en cantonnement près de chez lui, dans le voisinage des montagnes ; et combien je m'y suis amusé et à quel point il m'a été utile, c'est ce qu'il est impossible de vous raconter, vous ne me croiriez pas ! Hé, Grégoire Ivanitch ! vieux drôle ! infernal coquin ! viens que je t'embrasse ! Pars-tu demain avec nous ?

— Oui, monsieur le lieutenant, je l'espère ; je ne crois pas avoir de raison pour ne pas partir demain avec vous. Mais aller jusqu'à Bakou, non ! n'y comptez pas ! je m'arrêterai à Shamakha [1].

— Vilain trou, n'est-ce pas ? répliqua Assanoff, tandis que, ainsi que tous les convives, il se mettait à table et dépliait sa serviette.

— Vous ne savez ce dont vous parlez, répliqua le sectaire en enfournant dans sa bouche une énorme cuillerée de soupe, car Mme Marron (aîné) servait les convives à leur rang, et une petite servante abaze [2] venait de remettre une assiette pleine à Grégoire Ivanitch.

Léocadie, qui connaissait le Caucase dans tous ses détails, crut devoir intervenir dans la conversation.

— Taisez-vous, s'écria-t-elle en jetant sur Grégoire Ivanitch un regard où se peignait une indignation profonde ; je sais qui vous êtes et je sais aussi ce que vous voulez insinuer. Mais je ne souffrirai jamais qu'à ma table et dans la maison respectable de M. Marron (aîné) on tienne des propos qui feraient rougir des sapeurs !

Léocadie rougit fortement elle-même, pour prouver que sa modestie n'était nullement inférieure à celle des membres du corps militaire, dont elle venait de signaler la vertu.

---

1. Shamakha (Chamakhi) est la ville principale du Shirvan. Gobineau y est passé et note dans un carnet inédit (B. N. U. Strasbourg, ms. 3553) : « Shamakha peuplée par des familles arabes au temps de la conquête d'Abou-Moslem. » Sur cette ville, voir Moynet, *Tour du Monde*, 1860, I, 306-309, qui estime sa population à 15 000 habitants.

2. Les Abases ou Abkhases habitent le versant nord-ouest du Caucase, en bordure de la mer Noire. L'Abkhazie, aujourd'hui République soviétique autonome du Caucase, a été cédée par la Perse au traité de Gulistan (1813) et définitivement incorporée à la Russie en 1864.

— Allons, jalouse, allons, répliqua Assanoff en agitant la main d'un air conciliant; il paraît que votre expérience découvre des pièges là où ma candeur n'en soupçonne pas. Soyez donc tranquille! ma fidélité à mes serments est inébranlable! Explique-moi, Grégoire Ivanitch, ce que tu prétends me faire entendre, car je suis d'un naturel curieux!

— Il est bien connu, reprit alors le Doukhoboretz en se versant un énorme verre de vin de Kakhétie [1], que la ville de Shamakha est célèbre pour le choix délicat de ses plaisirs. Ce fut autrefois la résidence d'un prince tatare indépendant. On y entretenait une école de danseuses admirées de tous les pays et célèbres jusque dans les provinces persanes. Naturellement les peuples se rendaient en foule dans ce délicieux séjour, pour y jouir de la vue et de l'entretien de tant de belles personnes. Mais la Providence ne voulut pas laisser à jamais les Mahométans uniques possesseurs de ces trésors. Nos troupes impériales attaquèrent Shamakha, comme elles avaient fait des autres résidences des souverains du pays. La résistance des infidèles fut vive, et, au moment de succomber, la fureur les prit. Afin de ne pas voir les Russes heureux à leur tour, ils résolurent d'exécuter un massacre général de toutes les danseuses.

— Voilà une de ces infamies qui finiraient par me faire embrasser ta religion, si elles devaient se répéter souvent! interrompit Assanoff.

— Mais le massacre ne fut pas complet.

— Ah! tant mieux!

— Les régiments russes enlevèrent la place d'assaut, au moment où la tuerie commençait. C'était un spectacle affreux; la brèche béante donnait passage à des flots de soldats; ceux-ci s'empressaient de faire main basse sur les défenseurs de la ville, enragés à ne pas reculer d'un pouce. A leur grand étonnement, nos hommes trouvaient çà et là des cadavres de jeunes filles richement parées de gazes rouges et bleues, pailletées d'or et d'argent, couvertes de joyaux et jetées sur le pavé, dans leur sang.

---

1. La Kakhétie est une province de Géorgie, au nord du Caucase.

En gagnant plus avant l'intérieur des rues, ils aperçurent des groupes nombreux de ces victimes encore vivantes; les Musulmans les poussaient à coups de sabre. Alors ils se jetèrent plus hardiment au milieu de la bagarre, et c'est ainsi que, lorsque toute résistance eut cessé, on se trouva avoir sauvé peut-être le quart des adorables personnes qui avaient porté jusqu'au ciel la gloire de Shamakha.

— Si ton histoire n'avait pas fini à peu près heureusement, s'écria Assanoff, je n'aurais pas pu continuer mon dîner. Mais de la façon dont tu t'y es pris je crois que j'irai jusqu'au dessert. Madame, seriez-vous assez bonne pour me faire donner du champagne?

Le mouvement qui suivit cette demande interrompit un moment l'entretien; mais quand on eut porté la santé du nouvel officier arrivé au Caucase, ce que Mme Marron (aîné) proposa d'une manière tout aimable et d'une façon qui eût pu troubler le joyeux ingénieur, s'il eût possédé un naturel capable de s'arrêter à de pareilles vétilles, un des convives renoua le fil de l'entretien :

— Je suis allé, dit-il, il y a quelques mois jusqu'à Shamakha, et l'on m'y a raconté que la danseuse la plus estimée était une certaine Omm-Djéhâne. Elle faisait tourner toutes les têtes.

— Omm-Djéhâne, répondit brusquement l'Ennemi de l'Esprit, est une pitoyable fillette, pleine de caprices et de sottise! Elle danse mal, et, si on parle d'elle, c'est uniquement à cause de son humeur insociable, et de ses bizarreries méchantes. D'ailleurs, elle n'est aucunement jolie, il s'en faut de tout!

— Il paraît, notre ami, s'écria Assanoff, que nous n'avons pas eu à nous louer de cette jeune personne?

— Dans le sens où vous paraissez l'entendre, reprit le premier interlocuteur, Omm-Djéhâne n'est pas, en effet, fort digne d'attention. Je me suis rencontré avec un officier d'infanterie en retraite qui la connaît depuis son enfance. Cette belle est originaire d'une tribu lesghy [1] aujourd'hui

1. Le Lesghistan se trouve au nord du Caucase, entre le pays des Tchetchènes à l'ouest et le Daghestan à l'est. Moynet (*Tour du Monde*,

détruite, et vous savez que ses compatriotes n'ont pas une grande réputation de douceur. Recueillie par des soldats, quand elle avait trois ou quatre ans, au milieu des ruines d'un village montagnard qui brûlait et sur le corps de sa mère, tombée morte par-dessus un officier poignardé par la dame, la femme d'un général la réclama et prétendit la faire élever à l'européenne. On la soigna très fort, on l'habilla bien et absolument comme les deux filles de la maison. On lui donna l'institutrice chargée d'instruire ces demoiselles, et elle apprit vite, et mieux qu'elles le russe, l'allemand et le français. Mais un de ses jeux favoris était de plonger les jeunes chats dans l'eau bouillante. Elle avait dix ans quand elle faillit étrangler, au détour d'un escalier, sa gouvernante, la digne Mlle Martinet, qui l'avait appelée *petite sotte* huit jours auparavant, et elle lui mit un magnifique tour de cheveux châtains hors d'état de servir jamais. A six mois de là, elle fit mieux. Elle se rappela ou plutôt elle n'avait jamais oublié qu'un an auparavant la plus jeune fille de sa bienfaitrice l'avait poussée en jouant; elle était tombée et il en était résulté une bosse au front. Elle crut devoir aviser à effacer cet outrage, et d'un coup de canif bien appliqué, atteignit et fendit la joue de sa petite compagne, heureusement, car elle avait dessein de l'éborgner. La générale eut assez de ce dernier trait, et, renvoyant la jeune rebelle de son cœur et de sa maison, elle la confia à une femme musulmane, avec une petite somme.

1860, I, 310-315) a noté les coutumes des « terribles Lesghiens », « ennemis irréconciliables de la Russie », et remarqué que la vengeance est chez eux une passion redoutable. « L'amour de la patrie est profondément enraciné dans ces âmes que la civilisation n'a pas encore amollies. » Gobineau lui-même a noté dans *Religions et Philosophies*, 87, le caractère passionné d'un prédicateur lesghy, Moulla Aga, qui monte en chaire « le gama ou sabre droit au côté ». Et dès l'*Essai*, II, 338-339, avant de prendre contact avec eux, il écrit que les Lesghy sont les héritiers de ces Sarmates qui « dominèrent entre la Caspienne et la Mer Noire »; et voit en eux « le type le plus accompli de la race blanche », capable d'opposer une farouche résistance « à ce souffle d'avilissement qui, sans pouvoir toucher les Lesghy, atteint autour d'eux les multitudes sémitiques, tatares et slaves ».

En fait, les Lesghy, ardents partisans de Schamyl, ont remporté, notamment en 1843 et 1844, de sanglantes victoires sur les troupes russes.

Arrivée à l'âge de quatorze ans, Omm-Djéhâne s'enfuit de Derbend [1], où résidait sa nouvelle mère adoptive. On n'a pas su ce qu'elle était devenue pendant deux ans. Aujourd'hui, la voilà une des danseuses de la troupe, instruite, conduite et gouvernée par Mme Forough-el-Husnet, autrement dit les Splendeurs de la Beauté. D'ailleurs Grégoire Ivanitch a raison. Beaucoup de gens ont cherché à séduire Omm-Djéhâne, mais personne n'y a réussi.

Assanoff trouva ce récit tellement merveilleux, qu'il voulut faire partager son enthousiasme à Moreno. Mais ce fut peine perdue. L'Espagnol ne prit aucun intérêt à ce qu'il appela les équipées d'une fille de rien. Le trouvant donc silencieux, l'ingénieur le jugea maussade et cessa de s'occuper de lui, à mesure que sa propre imagination allumait dans le vin de Champagne un surcroît d'ardeur.

Le dîner terminé, les Français, le Hongrois gagnèrent leur chambre, Moreno de même; et Assanoff se mit à jouer à la préférence [2] avec deux des autres hôtes et Mme Marron (aîné), tandis que l'Ennemi de l'Esprit les considérait d'un œil de plus en plus troublé en buvant de l'eau-de-vie. Ces plaisirs variés durèrent jusqu'au moment où les joueurs furent comme mis en sursaut par un bruit sourd, qui retentit à côté d'eux. C'était Grégoire Ivanitch qui s'écroulait sur sa base. Assanoff avait perdu son argent. Deux heures du matin venaient de sonner. Chacun alla se coucher, et le Grand Hôtel de Colchide, tenu par M. Marron (aîné), entra dans le repos.

Il était à peine cinq heures, quand un domestique de l'hôtel vint frapper à la porte de la chambre à coucher de Moreno pour l'avertir que le moment du départ était

---

1. Derbend est une des villes principales du Daghestan sur la Caspienne. Gobineau y est passé le 22 octobre 1863, au retour de son second séjour en Perse. Il y a dessiné sommairement (carnet inédit B.N.U. Strasbourg ms. 3553) un coin de rempart. On sait que Derbend, qui commande le passage entre les montagnes et la Caspienne, a marqué pendant des siècles un des points stratégiques de la frontière nord du monde musulman. Les chroniqueurs arabes l'appellent la Porte des Portes *(Bâb al-Abwâb)*.

2. La « préférence » est une variété du jeu de piquet où, à valeurs égales des cartes, une couleur l'emporte sur les autres.

proche. Quelques instants après, Assanoff parut dans le corridor. Sa capote d'uniforme était jetée sur ses épaules plus que négligemment; sa chemise de soie rouge, fort chiffonnée, tenait mal à son cou, et sa casquette blanche était comme plaquée sur son épaisse chevelure bouclée, où aucun soin de toilette n'avait mis de l'ordre. Quant à la figure, elle était ravagée, pâle, tirée, les yeux étaient rougis; et l'ingénieur aborda Don Juan avec un bâillement effroyable, en se tirant les bras de toute leur longueur.

— Hé bien! cher ami, s'écria-t-il, il faut donc s'en aller? Est-ce que vous aimez à vous lever si matin quand vous n'êtes pas de service, et même quand vous en êtes? Holà! Georges! double brute! Apporte-nous une bouteille de champagne pour nous mettre en train, ou le diable si je ne te casse pas les os!

— Non! pas de champagne! dit Moreno, allons-nous-en! Vous oubliez qu'on nous a montré hier combien il était important de nous mettre en mouvement de bonne heure, avec la longue route que nous avons à faire.

— Certainement, certainement je m'en souviens; mais je suis avant tout un gentilhomme; et un homme comme moi est tenu de couronner sa journée autrement qu'en pleutre!

— Commençons-la comme des gens sensés, et allons-nous-en.

L'ingénieur se laissa persuader, et, chantonnant l'air des *Fraises* [1], alors fort à la mode dans le Caucase, il s'achemina avec son compagnon vers le bord du fleuve qu'ils allaient remonter. Leur moyen de transport était des plus simples et des moins en harmonie avec les prétentions de l'officier tatare, homme raffiné. On avait simplement mis à leur disposition une longue nacelle étroite et quatre bateliers, lesquels, dans leur propre intérêt, devaient faire beaucoup moins usage de leurs rames que d'une longue ficelle à laquelle deux d'entre eux allaient s'atteler, et

1. *Les Fraises* sont une chanson de Pierre Dupont :

Rouge en dehors, blanche en dedans,
Comme la lèvre entre les dents...

marchant sur la rive, en façon de chevaux de halage, tirer le bateau à la cordelle. L'état-major de *l'Argo,* quand il visita cette contrée sous le commandement du capitaine Jason, aurait trouvé cet attelage primitif. Ce n'est pas qu'il n'existât un service de steamers, dont les journaux d'Europe et d'Amérique avaient fait quelque bruit; mais tantôt pour une raison, tantôt pour une autre, ce service ne fonctionnait pas; et, bref, Moreno et Assanoff, voulant s'en aller à Koutaïs [1] et de là gagner Tiflis et Bakou, n'avaient d'autre parti à choisir que de prendre place dans leur pirogue : ce qu'ils firent.

Il était beau de les voir dans cette embarcation étroite, qu'une banne blanche mettait à l'abri des rayons du soleil, assis ou couchés, au milieu de leurs caisses, fumant, causant, dormant ou se taisant et s'avançant avec la plus majestueuse lenteur, tandis que deux de leurs mariniers poussaient avec des gaffes, et que les deux autres, la cordelle sur l'épaule, tiraient de leur mieux, en marchant courbés sur la berge et à pas comptés.

On ne peut pas dire que la forêt commence seulement au sortir de Poti. Poti est comme absorbé dans la forêt; mais, quand on laisse derrière soi l'enceinte carrée en pierre flanquée de tours où les musulmans parquaient jadis les esclaves [2], dont ce lieu était l'entrepôt principal au Caucase, on n'y voit plus d'habitations, et on peut se croire dans des lieux que les humains n'ont jamais visités. Rien de si abandonné, en apparence, rien de si inhospitalier, de si farouche, de si rébarbatif. Un fleuve hâté, roulant des eaux limoneuses ou chargées de sable sur un lit rempli de roches, contre lesquelles ses eaux rebroussent à chaque instant; des rives lacérées, déclivées par les crues subites et impitoyables de la saison d'hiver, présentant ici une plage dépouillée, là un escarpement subit; des troncs

---

1. Koutaïs, où Gobineau passa en décembre 1861, était la ville principale de l'Iméréthie.

2. Poti a été depuis le XIIIe siècle un des centres les plus actifs du commerce des captifs mingréliens et abazes qui furent à l'origine de la célèbre milice des mamelouks dont le rôle fut si important dans l'histoire de la Turquie, de la Syrie et de l'Égypte. Cf. *Encyclopédie de l'Islam*, III, 230, notice de Sobernheim s. v. *Mamluk*.

d'arbres charriés et dressant leurs bras mutilés en l'air comme pour crier miséricorde, puis roulés par trois ou par quatre les uns sur les autres et enterrés à demi, mais toujours frissonnants, toujours remuant en vain; car le fleuve irrité passe sur eux en grondant plus fort ou au travers de leurs rameaux; et aux deux côtés de cette rage, le silence solennel d'une forêt qui paraît sans limites; on voit la scène : le fleuve mugit, rugit, saute, tourbillonne et court; le bateau où sont les officiers le remonte lentement au pas cadencé des deux hommes qui le halent; les feuilles de la forêt frissonnent sous le vent du matin, les unes larges, les autres menues, celles-ci dans le sombre, celles-là dans la lumière; par des éclaircies lointaines, des rayons de soleil chatoient dans la verdure et y font passer des bandes de clarté semblables à la présence des lutins; sur le ciel bleu et clair se détachent les cimes délicates de quelques frênes, de quelques hêtres, de quelques chênes plus grands que le peuple de leurs compagnons.

Moreno considérait ce spectacle, en définitive merveilleux, avec un intérêt étrange, quand Assanoff, un peu ranimé et revenu à lui, proposa de sauter sur la rive, et, en allégeant d'autant le bateau, de se donner le plaisir d'une promenade. Cette idée fut accueillie avec empressement par l'officier espagnol, et les deux compagnons se mirent à marcher dans les hautes herbes, en devançant leur embarcation, et, de temps en temps, sûrs de la rattraper, poussant une pointe dans quelques clairières. Ce fut ainsi que Moreno eut des occasions de s'apercevoir que la contrée forestière, traversée par le Rioni, n'est nullement aussi déserte qu'il en avait d'abord eu l'impression. De temps en temps, lui et son camarade voyaient sortir brusquement des fourrés quelques bandes effarées de petits porcs [1], très semblables à des marcassins, noirs, avec des soies longues et dures, aux jambes fines, brusques, lestes, agiles et jolies, au point de se faire

1. Klaproth, *Reise in den Kaukasus und nach Georgien*, I, Halle-Berlin, 1812, 459, a noté que certaines populations du Caucase, quoique musulmanes, n'observent pas l'interdiction rituelle de consommer la viande de porc.

renier par tous leurs congénères d'Europe. Ce petit monde, à l'aspect des étrangers, s'enfuyait à toutes jambes à travers les taillis et faisait découvrir une case carrée en bois cachée sous les arbres, envoyant vers le ciel la fumée bleuâtre de son foyer et habitée toujours, il faut le dire, par des êtres, hommes, femmes, enfants, sur lesquels le don de la beauté a été aussi libéralement répandu que les haillons de la misère. Depuis qu'il existe des sociétés humaines, on sait que les populations de la vallée du Phase sont belles. On leur a prouvé ce qu'on en pensait en les enlevant, en les vendant, en les adorant, en les massacrant, parce que les hommes, pris en masse ou en particulier, n'ont pas reçu du ciel d'autre façon de démontrer leur amour. Après tout, il est certain que cette beauté ne peut pas être considérée comme fatale, puisqu'il est sorti des forêts du Phase et des misères de ses cahutes tant de reines fameuses et puissantes, tant de favorites souveraines et des lignées de rois. Pour asseoir les unes et les autres, femmes et hommes, sur le trône ou mettre le trône sous leurs pieds, la destinée ne leur a rien demandé, ni génie, ni talent, ni naissance glorieuse, elle s'est contentée de voir leur beauté. Quelquefois l'histoire exagère, et pour une jolie fille rencontrée par hasard et laissant à un passant une heureuse impression qu'il répartit sur toute une province, combien d'hôtesses rousses imposant par la grâce du même juge leurs défauts à toutes les hôtesses d'un royaume ! Mais ici rien de semblable n'est arrivé. La nature s'est vraiment surpassée et l'imagination n'a pu monter plus haut qu'elle. Tout ce qu'on a dit, écrit et chanté sur les perfections physiques des gens du Phase est vrai à la lettre, et l'examen le plus maussade, s'il veut parler vrai, ne trouve rien à en rabattre. Ce qui est surtout remarquable et semble sortir de toutes les règles, c'est que ces paysans, ces paysannes, ces malheureux et ces malheureuses, sont doués d'une distinction et d'une grâce extrême ; leurs mains sont charmantes, leurs pieds sont adorables ; la forme, les attaches, tout en est parfait, et l'on peut imaginer à quel point est pondérée et juste la démarche de créatures qui n'ont pas un défaut dans leur construction.

Assanoff était trop accoutumé à la vue des filles imérithiennes et gourielles [1] pour en être aussi frappé que Moreno. Il les trouvait jolies, mais comme la civilisation le passionnait, il jugeait Mme Marron (aîné) douée de perfections d'un ordre très supérieur, bien qu'un peu défraîchie par le frottement des années.

On s'est peut-être aperçu que l'Ennemi de l'Esprit n'avait pas pris passage avec les deux officiers. Pourtant, suivant ses déclarations de la veille, on aurait dû lui en supposer l'intention. Assanoff, peu maître de ses sens au moment du départ, ne s'était nullement enquis de l'absence de son ami; il y songea seulement quand le bateau était déjà loin. Moreno n'avait pas pris part à la conversation de la veille, de sorte que Grégoire Ivanitch s'était trouvé en parfaite liberté d'agir à sa guise. La nuit lui avait porté conseil. Il avait réfléchi, en y songeant un peu à travers l'ivresse (et il n'était jamais si prudent et si avisé que lorsqu'il était gris), à la sottise d'arriver à Shamakha avec un étourdi fort occupé de ses plaisirs et pas du tout à lui être agréable. Grégoire Ivanitch était loin de s'aveugler au point de supposer que, pour tant d'occasions de plaisirs que ses principes religieux et son bon caractère lui avaient fait mettre sur le chemin de l'ingénieur, celui-ci se piquerait de générosité à son égard et aurait scrupule, une fois dans sa vie, de marcher sur ses brisées ou de lui causer des désagréments. Au contraire, il savait de science certaine que rien ne serait plus agréable au Tatare civilisé qu'un conflit d'où résulterait sans faute un recueil de plaisanteries bonnes ou mauvaises, de goguenardises et de vanteries de quoi défrayer pendant un an toutes les garnisons, tous les cantonnements du Caucase.

En conséquence, il revint sur sa promesse, se résolut à voyager seul, à voyager vite, et, quelques heures après le départ des militaires, il prit à son tour une barque, s'arrangea de façon à maintenir une petite distance entre lui et ceux qui le précédaient, puis, lorsque la nuit fut

1. Les Gourielles sont les habitantes de la région qui s'étend de Poti à Batoum.

tombée, au lieu d'aller la passer avec les deux amis dans un cabanon de planches appartenant à l'État et réservé à l'usage des voyageurs, il doubla le relais de ses bateliers, atteignit au matin Koutaïs, prit la poste, ne fit que traverser Tiflis sans s'arrêter, et atteignit Shamakha.

Shamakha n'est pas une grande ville; ce n'est plus même une ville curieuse. L'ancienne cité indigène a disparu presque entièrement, pour faire place à un amas de constructions modernes, peut-être assez bien entendues, mais, à coup sûr, tout à fait dénuées de physionomie. Les Musulmans riches se sont fait bâtir des maisons russes appropriées à leurs besoins et à leurs habitudes; on aperçoit des magasins du gouvernement, des casernes, une église, ce que l'on rencontre partout; et le maître de police, ancien officier de cavalerie, brave homme, qui élevait des oiseaux chanteurs et passait une partie notable de sa vie dans l'énorme cage où il avait logé ses pensionnaires, était, avec le gouverneur, l'homme le mieux logé du pays, parce que son habitation ressemblait le plus à celle d'un bourgeois allemand. Grégoire Ivanitch Vialgue s'y rendit d'abord, frappa à la porte et fut admis.

Il entra dans le salon de l'air dégagé qui lui était propre, ne salua aucunement la sainte image placée dans un angle, au sommet du plafond.

— Mon excellent ami, lui dit-il, j'ai fait un grand voyage; j'arrive de Constantinople et, en dernier lieu, de Poti; je n'ai pas pris une heure de repos et je vous apporte la fortune.

— Elle est la bienvenue, répondit Paul Petrowitch, bienvenue assurément; c'est une bonne dame, d'un certain âge, capricieuse; mais, personne au monde, je pense, ne lui a jamais sciemment fermé sa porte.

— Bref, j'ai réussi dans nos projets au delà de toute espérance.

— Racontez le tout par le menu, répliqua Paul Petrowitch, d'un air de béatitude, en étendant sur ses genoux son mouchoir de cotonnade bleue à raies rouges et s'introduisant dans le nez une forte prise de tabac.

— Voilà l'histoire. Ainsi que nous étions convenus, je me suis rendu, en vous quittant, il y a deux mois, à Redout-

Kalé [1], où j'ai rencontré l'Arménien à qui j'avais donné rendez-vous. Il m'a exposé la situation. Lui et ses associés ont acheté à bon compte, ma foi ! six petites filles et quatre petits garçons. Il estime que sur ces dix enfants, qui promettent beaucoup, au moins quatre seront d'une beauté exceptionnelle et une petite fille (il l'a eue vraiment pour un morceau de pain) semble devoir atteindre à une perfection inouïe !

— Tu me réjouis le cœur, ma chère âme, s'écria Paul Petrowitch.

— L'Arménien m'a fait observer que, ayant parfaitement vendu l'année dernière ce qu'il avait de mieux et de prêt, il s'était résolu cette fois à perfectionner encore la marchandise.

— C'est un homme intelligent; je l'ai toujours dit et pensé, grommela Paul Petrowitch.

— Dans ce dessein, poursuivit Grégoire, il a fait l'acquisition d'une jolie maison de campagne, où il habite avec quatre filles, ses deux nièces, un neveu et un cousin de sa femme, en tout dix. Vous suivez le détail.

— Parfaitement !

— Pour tout ce petit monde, il s'est procuré des passeports, des papiers, des actes parfaitement en règle, enfin ce qu'il faut. J'ai vu les prix sur ses livres, et là, franchement, ça n'a pas coûté cher.

— J'en suis presque fâché, dit le maître de police; c'est ce que j'appelle déconsidérer l'autorité, quand ceux qui en sont revêtus se laissent aller à des concessions trop faciles. Mais j'ai peut-être des principes un peu sévères. Continuez !

— L'Arménien a engagé un maître de russe, un maître de français, qui enseigne en même temps la géographie, et une gouvernante suisse. Ces différents frais d'établissement ne sont pas ruineux, et le résultat de la spéculation est que notre compagnie se trouve désormais en état de fournir des épouses et des intendants de mérite à tous les Turcs élevés en Europe et qui tiennent à se faire un

1. Redout-Kalé, port sur la mer Noire, au nord de l'embouchure du Rioni (Phase).

intérieur convenable, ou encore aux personnes appartenant à des communions différentes et qui savent apprécier la beauté et le talent

— Cet Arménien est assurément un homme de génie! murmura Paul Petrowitch, levant les yeux au ciel et croisant les mains sur son ventre.

— C'est presque ce qu'a dit notre associé américain à Constantinople, quand nous avons partagé nos bénéfices de l'année dernière. Mais il est hors de doute que la voie dans laquelle nous marchons aujourd'hui, et l'extension illimitée de nos affaires, va nous faire monter au-dessus de nos espérances.

— Je le pense ainsi, mon bon, mon parfait ami, et qui plus est (car je ne songe pas qu'à ma seule propriété! je m'occupe aussi du bonheur de mes semblables! je suis avant tout un philanthrope, moi!), regarde quel bien nous faisons!

— La chose est claire, repartit Grégoire Ivanitch avec une grimace de supériorité. Nous achetons, pour une centaine de roubles pièce, des pauvres diables de marmots condamnés à végéter ici dans la fange, dans la faim; nous les rendons gentils, doux, aimables, sociables, cela devient des grandes dames et des messieurs, à tout le moins de bons bourgeois ou de braves domestiques. Je voudrais bien savoir qui peut se vanter d'être plus utile au monde que nous? Mais ce n'est pas pour théorifier que je viens te voir. Voici tes dividendes.

Là-dessus, Grégoire tira de la poche de sa redingote un gros portefeuille, du portefeuille une liasse de billets, et pendant une bonne demi-heure, les deux amis furent plongés dans des calculs qui causaient évidemment par leur résultat une satisfaction vive à Paul Petrowitch. Quand tout ce tripotage eut pris fin, le digne maître de police demanda à grands cris de l'eau-de-vie, et pendant que les verres s'emplissaient, se vidaient et s'emplissaient de nouveau, l'Ennemi de l'Esprit dit à son camarade :

— Les plus belles étoffes ont un revers. L'année écoulée a été bonne, l'année prochaine sera meilleure; cette année-ci, nous n'avons guère que des non-valeurs, grâce à cette imbécile de Léocadie Marron, qui a été nous acheter trois filles dont la taille a tourné. Si notre excellente maîtresse de danse, Forough-el-Husnet, voulait nous aider, elle le pourrait, et son secours viendrait bien à point.

— Mon petit père, il ne faut pas chercher à me tromper. Tu as envie de vendre les Splendeurs de la Beauté ellemême. Mais tu as tort, elle n'y consentirait pas, ni moi non plus.

— Quelle idée bizarre vas-tu chercher là, Paul Petrowitch? Les Splendeurs de la Beauté aurait pu se placer aussi bien, si elle avait vécu, et nous aussi, il y a une cinquantaine d'années, où le goût était différent de ce que nous le croyons. Cette femme-là doit peser... Qu'est-ce qu'elle ne pèse pas? Désormais, on ne veut plus que des femmes minces, et on appelle cela avoir l'air distingué. Je suis sûr que les Splendeurs de la Beauté ne rapporterait pas deux cents ducats et elle en voudrait garder au moins la moitié, sinon plus. Ce n'est pas ce que j'appellerais une opération. Non, ne me prête pas d'idées ridicules. Je n'ai pas songé une minute aux Splendeurs de la Beauté : à Omm-Djéhâne, je ne dis pas! Elle n'est pas jolie; mais elle parle français et russe. Il faudrait lui faire une remise assez forte; mais, comme nous n'avons pas eu avec elle de frais d'éducation, de nourriture, ni d'entretien, on s'en tirerait. J'ai justement rencontré à Poti un marchand de loupes d'arbres, Français, qui m'a assuré connaître à Trébizonde un ancien Kaïmakam [1] retiré, occupé à rechercher une femme bien élevée; il la veut musulmane afin de s'épargner les ennuis de la conversion. Omm-Djéhâne, ce me semble, conviendrait parfaitement à cette occasion-ci.

— Omm-Djéhâne sera l'affaire de ton Kaïmakam, s'il est l'affaire d'Omm-Djéhâne, répondit le maître de police sentencieusement. Parles-en aux Splendeurs de la Beauté. Tu entendras son avis.

Sur ce dernier mot, les associés se séparèrent; mais ici une remarque doit trouver sa place. On aurait tort de

1. Fonctionnaire de l'empire ottoman équivalent d'un sous-préfet. Le mot a été emprunté par les Turcs à l'arabe *qâim-maqâm ;* celui qui commande à la place d'un autre, le lieutenant.

voir dans l'Ennemi de l'Esprit quelque disciple des traîtres de mélodrame, ou simplement un homme tant soit peu méchant. Il n'était ni l'un ni l'autre. En tant que moralité, il avait les idées de ses coreligionnaires : ce n'était pas sa faute, puisqu'il avait été élevé par eux, avec eux et comme eux; mais on pourrait presque dire qu'il y allait innocemment, puisqu'il ne voyait aucun mal dans ce qu'il supposait être la raison et la vérité. C'était un esprit tortu et dévoyé, mais non pas un drôle à proprement parler, et, quant à son commerce, il le conduisait avec une tranquillité de conscience peut-être aussi justifiée que celle dont MM. les entrepreneurs d'entreprises matrimoniales, à Paris, sont assurément pourvus après quarante ans de succès. Les lois européennes défendent sévèrement la traite des esclaves; cela est exact; à ce titre, le maître de police russe, le marchand arménien, le spéculateur américain et le commis voyageur français, tous chrétiens, étaient des coquins purs et simples. Mais l'Ennemi de l'Esprit et sa clientèle asiatique avaient de quoi se tenir l'âme en repos, dans un pays où les mariages ne se contractent jamais, en suivant les conditions même les plus régulières, que par ces ventes, au moins simulées, de la femme et où l'esclave homme prend rang dans la famille immédiatement après les enfants et avant les domestiques. Ceci soit dit non pas pour élever Grégoire Ivanitch sur un pavois, mais uniquement pour le présenter sous son vrai jour. C'était, et voilà ce qu'on en peut affirmer avec justice, un bon vivant par démonstration, dogmatiquement débarrassé de toute espèce de scrupule quant à la poursuite de ses plaisirs et de ceux des autres, nativement obligeant, et, du reste, ne voulant du mal à qui que ce soit au monde, excepté bien entendu à l'Esprit, à cause de tous nos malheurs d'ici-bas. Il tenait à ce point.

Quand il eut quitté le maître de police, il se rendit chez les Splendeurs de la Beauté, et trouva cette dame dans un état de santé aussi satisfaisant qu'il l'avait laissée lors de leur dernière entrevue. Elle se tenait dans une chambre, qui, pour être de construction à peu près européenne, n'en était pas moins meublée et accommodée à la tatare. A la vérité on voyait pendre sur les murailles, blanchies à la chaux, des cadres dorés contenant des gravures coloriées représentant l'histoire de Cora et d'Alonzo [1], plus un portrait lithographié du maréchal Paskewitch [2] orné de moustaches épouvantables, et, par une idée vraiment très ingénieuse de l'artiste, regardant d'un œil du côté d'Érivan et suivant de l'autre la direction de Varsovie; mais à part ces emprunts à un luxe exotique, le tapis jeté sur le sol était persan, et le long des murs s'étendaient des petits matelas étroits, formant divans et recouverts d'étoffes du pays. Les Splendeurs de la Beauté, avec un visage de pleine lune, des yeux comme deux diamants noirs un peu éteints, une bouche de grenade et une opulence de formes dans toute sa personne, qui eût ravi en extase un véritable Osmanli, était affaissée sur elle-même au milieu d'un amas de coussins, et fumait méthodiquement son tjibouk [3], qu'elle soutenait de la main droite, tandis que de la gauche, paresseusement posée sur le matelas, elle tournait les grains de son tesbyh [4] ou chapelet

---

1. Personnages d'un opéra de Valadier, musique de Méhul, *Cora et Alonzo*, créé le 15 février 1791 à Paris. Le livret est tiré du célèbre roman épique de Marmontel, *les Incas* (1778). La scène se passe au moment de la conquête du Mexique par les Espagnols de Pizarre. Cora est une jeune Mexicaine, consacrée malgré elle au culte du Soleil, (chap. III). Alonzo de Molina, officier de l'armée conquérante, rencontre Cora, l'aime et en est aimé (chap. XXVII). Le roman se termine par la mort des deux amants (chap. LII).

L'intrigue de Marmontel, basée sur l'amour passionné, malgré la différence de race, d'une jeune fille pour un noble officier espagnol, n'est pas sans quelque lointaine analogie avec *la Danseuse de Shamakha.*

2. Ivan Paskewitch (1782-1855) se distingua d'abord dans les campagnes de 1812 et 1813, puis fut l'un des meilleurs soldats de la Russie contre la Perse et la Turquie, conquit l'Arménie, après avoir pris d'assaut Erivan (1827), ce qui lui valut le titre d'*Erivanski.* En 1831, il succéda à Diebitsch au commandement en chef de l'armée russe en Pologne où il réprima la révolte de Varsovie. Nicolas Ier le nomma alors prince et vice-roi de Pologne.

3. *Tjibouk*, en turc *baguette*, ou tuyau de pipe et, par extension, la longue pipe elle-même.

4. Ce mot signifie au sens propre de l'arabe la *louange de Dieu.* Les Persans lui ont donné le sens du chapelet que les Arabes appellent *subha.* Les musulmans égrènent ce chapelet en prononçant à chaque grain l'un des 99 « noms les plus beaux » de Dieu *(al-Asmâ al-husnâ)* par application du Coran, VII, 180.

musulman. Bref, elle suivait consciencieusement le cours de ses occupations journalières qui consistaient à ne rien faire.

Il serait hardi de prétendre qu'elle ne pensait à rien. Cet état paradisiaque existe pour les hommes dans beaucoup de pays, mais il est à douter que nulle part il soit accessible aux femmes. La maîtresse danseuse songeait donc probablement à quelque chose. En apercevant Grégoire Ivanitch, elle lui dit avec une sorte de vivacité :

— Selam Aleykum! Vous êtes le bienvenu!

— Aleyk-ous-Selam [1] ! madame, repartit l'Ennemi de l'Esprit, mes yeux deviennent brillants du bonheur de vous voir!

— Bismillah [2] ! Asseyez-vous, je vous prie!

Elle frappa des mains. Une servante fort sale apparut.

— Apporte ici une bouteille de raki et deux verres.

Grégoire ayant pris place, l'eau-de-vie se trouvant entre lui et la dame de céans, deux ou trois accolades furent données à la bouteille, puis les interlocuteurs se trouvant dans un état confortable, ils commencèrent la conversation.

— Madame, dit l'Ennemi de l'Esprit, je viens de proposer au respectable Paul Petrowitch une très belle occasion de faire le bonheur d'Omm-Djéhâne.

— Si vous faites son bonheur, répondit les Splendeurs de la Beauté, elle en sera peut-être reconnaissante, mais, encore faudrait-il savoir comment vous l'entendez.

Grégoire Ivanitch agita la main droite en l'air et secoua la tête d'un air de désintéressement et de magnanimité.

— Bah! dit-il, je le sais! Si j'étais pour quelque chose dans l'affaire, elle ne se montrerait pas plus touchée aujourd'hui qu'elle ne l'a été il y a trois mois; elle ne veut pas entendre parler de son serviteur, c'est convenu, et son

1. La forme arabe correcte serait *Aleyki s-Salam*.

2. *Bismillah,* en arabe, *au nom de Dieu*. Cette formule qui ouvre toutes les sourates du Coran (à l'exception de la sourate IX) est dite par les musulmans dans les occasions les plus diverses. Prononcée au moment d'accomplir une action, elle attire sur cette action la bénédiction divine. Elle entre fréquemment dans la composition des talismans.

serviteur n'est pas du tout disposé à se laisser venir du mal à l'estomac pour qu'on le dédaigne. Ces sottises-là sont du ressort des serviteurs de l'Esprit. Non! Laissez-moi de côté. Je viens bonnement proposer à Omm-Djéhâne de la marier à un Kaïmakam. Pour tout vous dire, j'avais emporté l'autre jour sa photographie, telle qu'il y a huit ans la femme du général l'avait fait faire. Je l'ai montrée au digne homme dont je vous parle, et, vraiment, il a pris feu. C'est un digne homme, je le répète. Il n'a que soixante-dix ans; on le trouve Musulman sévère; il ne boit ni vin ni eau-de-vie, cela plaira à Omm-Djéhâne qui déteste si fort ce qui est bon; il a une horreur encore plus prononcée pour les Européens, ce qui lui conviendra également, à elle, dont le sentiment n'est pas bien caché là-dessus; enfin il est riche. Je lui connais des terres dans trois villages des environs de Batoum, et il a par-dessus le marché un joli revenu provenant des mines d'argent de Gumush-Khanêh [1]. Voyez ce que vous voulez faire.

— J'aime tendrement Omm-Djéhâne, répliqua les Splendeurs de la Beauté. C'est ma fille adoptive. Mon cœur saigne déjà en entendant vos paroles; que sera-ce lorsqu'il faudra me séparer de cette enfant? Je vais mourir de mille morts; on m'enterrera; on m'enterre! Cela mérite considération. Combien me donnera-t-on pour consentir à de pareils sacrifices?

Grégoire Ivanitch se caressa le menton :

— C'est, en effet, une affaire de conséquence. Omm-Djéhâne recevra un tiers de ce que donne le Kaïmakam; j'aurai le second tiers comme ayant été le promoteur de cette heureuse union, et vous partagerez le troisième tiers avec notre bon et cher ami le maître de police. L'acheteur offre deux mille roubles argent.

— Deux mille roubles argent? répondit la maîtresse danseuse, d'un air consterné; y pensez-vous? Comment avez-vous pu écouter une pareille proposition sans éclater de rire! Une fille, qui est une perle de vertu et d'innocence,

---

1. Gumush-Khanêh = *(la maison d'argent)* est une ville du vilayet de Trébizonde. Gobineau l'a traversée en mars 1858 au retour de son premier séjour en Perse. Cf. *Trois ans*, II, 273-274.

qui n'a jamais dansé que devant les personnes les plus respectables, comme des généraux et des colonels; tout au plus (une fois ou deux!) devant des majors! Une fille qui parle le russe et le français comme ceux qui les ont inventés et qui peut écrire et lire, et qui sait la géographie! Une fille qui...

Grégoire Ivanitch lui mit la main sur la bouche avec une douce familiarité et continua lui-même la litanie :

— Une fille qui est charmante, mais très maigre, avec des yeux assez jolis, mais bleus [1], et pas très tendres à l'ordinaire; une fille qui sait une foule de belles choses, je l'avoue, mais qui manie également le couteau d'une manière fort agréable, comme j'en ai reçu moi-même la preuve dans l'épaule, et qui, par malheur, n'est pas toujours d'une humeur accorte; une fille, enfin, qui est un diable incarné! Pour ma part, je considère que la payer deux mille roubles, c'est faire son propre malheur aussi cher qu'il est possible.

— Mais un sixième de la somme et rien de plus pour moi!

— Vous voulez dire un tiers!

— Comment? Mais je partagerai avec Paul Petrowitch!

— C'est-à-dire que vous lui prendrez tout, en outre de ce que vous lui enlevez déjà. Croyez-vous que, lorsqu'il a bu, il ne pleure pas dans mon sein pour la misère où vous le réduisez? — Grégoire Ivanitch, me dit-il, cette femme-là est si belle, si aimable, si souriante, qu'elle me mettra au tombeau dans le même costume que j'avais en venant au monde! — Et alors il verse des flots de larmes, il faut que je lui essuie le visage et que je le couche moi-même. Ne me dites donc pas des folies! Vous aurez un tiers pour vous, et c'est à prendre ou à laisser!

— Hé bien! Grégoire Ivanitch, vous êtes pour moi un véritable père, je ne me lasse pas de le répéter. Je m'écrie souvent, quand je suis toute seule : Splendeurs

1. Les yeux bleus passent parfois en Orient pour porter malheur. Un proverbe populaire persan dit : « Il y a trois êtres à craindre, une femme bavarde, un chien enragé, une personne aux yeux bleus. »

de la Beauté, souviens-toi que Grégoire Ivanitch est ton père! Dites seulement à Paul Petrowitch de me donner une montre en or, avec des fleurs en émail dessus, pareille à celle de la gouvernante de la province, et alors je parlerai à Omm-Djéhâne!

— Je ne me mêle pas de ces affaires-là. Vous tirerez de Paul Petrowitch ce que vous voudrez, et vous n'avez pas besoin d'intermédiaire. D'ailleurs, le temps presse. Voulez-vous ou ne voulez-vous pas commencer dès aujourd'hui notre affaire?

Les Splendeurs de la Beauté balança sa tête de droite à gauche d'un air subjugué.

— On ne peut rien vous refuser, Grégoire Ivanitch. Vallah! Billah! Tallah [1]! Je vais me mettre à l'œuvre à l'instant; mais donnez-moi seulement, pour me souvenir de vos bontés, cette petite bague turquoise que vous portez là, à la main gauche. Les turquoises sont un gage de bonheur [2]!

L'Ennemi de l'Esprit ôta galamment la bague de son doigt et la présenta à la dame, qui la posa d'abord sur son front, puis tira de son sein une bourse de cachemire où elle enferma sa nouvelle conquête parmi d'autres plus anciennes. Cela fait, Grégoire Ivanitch prit congé; et, tout aussitôt, les Splendeurs de la Beauté, faisant un effort sensible, souleva sa masse opulente, la dressa sur ses pieds, et, avec un balancement de hanches, qui, journellement, ravissait en extase d'innombrables admirateurs, elle

---

1. Formule solennelle de serment, composée de *Allah* précédé des prépositions *wa, ta, bi* = Par Dieu ! Gobineau l'emploie très fréquemment pour donner à son récit une couleur « orientale » un peu facile.

2. La turquoise (en arabe *firûzedj*, persan *fîrôzeh*), dont la couleur va du bleu ciel au vert clair, passe pour écarter tout danger de mort violente, ce qui explique qu'elle était le bijou préféré des anciens rois de Perse. On la trouve assez couramment dans le Khorassan près de Meshhed où elle donnait lieu à un commerce assez important. Grossièrement taillées à Meshhed, les turquoises se répandaient de là, par l'intermédiaire des nombreux pèlerins de la ville sainte ou des marchands de Bukhara et de Nijni-Novgorod. Selon la croyance populaire, les turquoises montées en bague devaient pour porter bonheur être serties en argent et non en or.

sortit de la chambre, son tjibouk d'une main et son chapelet de l'autre. Elle passa, sans s'y arrêter, devant chaque porte des cellules habitées par plusieurs de ses élèves, et elle ouvrit, enfin, celle d'Omm-Djéhâne. Elle entra.

L'appartement était petit, étroit. Il n'y avait, dans un angle, qu'un sopha très court. Pas de gravures européennes; aucune espèce de luxe nulle part; pas de tjibouk; Omm-Djéhâne ne fumait pas; aucun verre, aucune bouteille; elle ne buvait pas; non, rien, pas même un pot de rouge ni de blanc de céruse, elle ne se fardait pas, ce qui était inouï chez une personne de la ville, et les personnes qui lui voulaient le plus de bien citaient cette bizarrerie comme un des traits les plus regrettables de son caractère.

Lorsque sa maîtresse entra, la jeune danseuse était assise, la joue appuyée sur sa main gauche, le coude sur un coussin. Elle regardait droit devant elle, livrée à une abnégation absolue de sa pensée et de ses sens. Elle était vêtue d'une robe étroite de soie cramoisie à raies jaunes parsemées de fleurs bleues; un mouchoir de gaze rouge, brodé d'or, était entortillé dans ses cheveux noirs; elle portait au cou un collier d'or émaillé, et aux oreilles ainsi qu'aux bras des ornements de même matière.

Grégoire Ivanitch avait raison : Omm-Djéhâne n'était pas ce qui s'appelle jolie. Cependant il en avait été touché et préoccupé, et cela s'expliquait. Une séduction puissante s'exhalait de cette jeune fille. A vouloir en détailler les causes, on ne les retrouvait pas; cependant on ne cessait pas d'en sentir l'action. C'était une de ces créatures qui entraînent, qui enivrent, qui ensorcellent, et qui ne vous disent ni pourquoi, ni comment. En vérité, un critique froid n'eût trouvé qu'un seul adjectif à lui appliquer. Il eût dit d'elle : Elle est étrange; mais aucun critique n'eût pu rester froid en sa présence.

— Mon âme, dit les Splendeurs de la Beauté, en s'asseyant à côté de sa pensionnaire, écoutez-moi bien, il s'agit d'un grand mystère.

Là-dessus, quand elle vit les yeux d'Omm-Djéhâne attachés sur les siens, elle lui raconta, d'un bout à l'autre, la conversation qu'elle venait d'avoir avec Grégoire Ivanitch.

Aux nombreuses précautions oratoires qu'elle employa, aux phrases séduisantes intercalées dans son récit, à l'accent mielleux et caressant donné à toutes ses paroles, à ses réticences, à ses nombreux serments, il était clair que la maîtresse danseuse ne s'attendait pas à convertir aisément la jeune lesghy. Aussi fut-elle agréablement surprise, quand, après un moment de réflexion assez court, celle-ci lui fit une réponse encourageante et qu'elle n'avait pas prévue.

— Comment, dit-elle, serais-je sûre que ce Grégoire Ivanitch et les autres ne me tendent pas un piège?

— Tu serais donc disposée, fleur de mon âme, à accepter le Kaïmakam pour mari ?

— Tout de suite, mais je ne veux pas être trompée.

Elle dit ces mots rudement; ses yeux qui, déjà, n'étaient pas naturellement à fleur de tête, mais un peu tragiquement enfoncés sous un front bombé, semblèrent se creuser davantage, et toute l'expression de son visage fut si parlante, que les Splendeurs de la Beauté répondit avec conviction :

— Comment veux-tu que l'on s'y joue? On aurait, je crois, fort à faire.

Omm-Djéhâne ne répondit rien. Elle attacha son regard sur le plancher et tomba dans la rêverie. Sa maîtresse, saisie d'une docilité si merveilleuse, lui passa le bras autour du cou et allait l'embrasser, quand la petite servante sale entra.

— Madame, dit-elle, le seigneur maître de police vous envoie dire qu'il faut venir ce soir chez le gouverneur avec Djemylèh et Talhemèh pour danser.

— Est-ce qu'il y a une fête?

— Il y a des hôtes étrangers.

— Des officiers?

— Des officiers. C'est son domestique qui me l'a dit. Mais il y aura aussi des Musulmans, Aga-Khan et Shems-Eddyn-Bey.

— Sais-tu si Grégoire Ivanitch y sera?

— Je ne sais pas; mais le seigneur maître de police dit qu'il faudra mettre vos plus beaux habits; vous aurez de grands cadeaux.

La petite souillon sortit.

— De grands cadeaux, de grands cadeaux! c'est facile

B. N. Imprimés — Carte du Caucase à l'époque du voyage de Gobineau (*Tour du Monde*, I, p. 308, 1860). — *Cl. Josse-Lalanc*

CARTE
des pays voisins du
CAUCASE
pour servir a l'itinéraire de Mr. Moynet
de Bakou a l'embouchure du Phase
en 1858
Apchéron
Steppe Oubadar
Steppe Näsr

à dire, murmura les Splendeurs de la Beauté; on ne manque jamais de m'en promettre autant chaque fois, et, si j'y croyais, je mourrais de faim. Enfin, on ira, c'est clair. Comment s'en empêcher? Pour toi, mes yeux, puisque te voilà comme mariée à un Kaïmakam, tu n'as pas besoin d'amuser ces chiens, et tu peux rester ici, si cela t'arrange.

— Cela ne m'arrange pas du tout; j'irai au contraire avec vous et les autres chez le gouverneur. Voyez! je viens de faire trois fois de suite l'istikharêh [1] pendant que vous parliez à Dourr-al-Zemân (la Perle du Temps, c'était le nom authentique de la jeune maritorne), et trois fois j'ai eu le même nombre de grains.

Elle montrait son chapelet qu'elle serrait des deux mains; elle balbutia entre ses dents un bout de prière et se leva. Les Splendeurs de la Beauté ne trouva absolument rien à répliquer à un argument aussi fort que celui d'une décision de l'istikharêh, et comme elle venait de se donner des fatigues inusitées, elle rentra dans sa chambre pour dormir jusqu'à l'heure de sa toilette, laissant Omm-Djéhâne réfléchir, s'il lui plaisait, à la nouvelle aventure, où la vie déjà si agitée de cette dernière semblait se trouver entraînée.

Il était parfaitement exact que le gouverneur de Shamakha avait l'intention de se mettre en frais. Il donnait à dîner à deux officiers voyageurs en route pour Bakou, le lieutenant Assanoff et le cornette Moreno, et, à cette occasion, il avait invité les officiers du bataillon d'infanterie en garnison dans la ville et son ami de cœur, le maître de police.

Assanoff et Don Juan, pour être arrivés plus tard que l'Ennemi de l'Esprit, étaient arrivés pourtant, un peu

---

1. Prononciation persane de l'arabe *Istikhâra,* survivance dans l'Islam de l'*incubatio* antique. Ce terme s'est appliqué d'abord à une prière qu'on doit réciter lorsqu'on se trouve dans l'indécision et qu'il faut prendre un parti. Puis le mot s'est étendu à un rite consistant essentiellement à s'endormir, après avoir récité cette prière, et à attendre une révélation divine, en songe, sur le parti à prendre. Enfin le même mot s'est appliqué, par extension logique, à plusieurs procédés de divination, comme celui qui est évoqué ici (interroger les grains du chapelet) ou comme celui qui consiste à ouvrir le Coran au hasard pour y trouver un conseil.

fatigués, un peu ennuyés du voyage, mais d'autant plus heureux de se trouver près du but, car Shamakha n'est pas loin de Bakou [1]. Ils étaient à peine restés quelques heures à Tiflis. L'autorité supérieure les avait engagés à rejoindre sans retard leurs corps respectifs, attendu qu'il était question de mouvements sérieux dans le Daghestan. C'était une perspective consolante pour Moreno. A mesure qu'il s'éloignait de l'Espagne et de la femme qu'il aimait, le découragement des premières heures se transformait en une résignation maladive, qui lui détruisait le prix de la vie. Il sentait que son existence antérieure était finie, et il n'éprouvait aucun désir d'en ressaisir une nouvelle. Hérodote raconte qu'en Égypte, autrefois, l'armée se trouvant mécontente des façons d'agir du souverain, les hommes de la caste guerrière prirent leurs armes, formèrent leurs bandes et s'en allèrent gagnant la frontière. Les serviteurs du monarque abandonné coururent, sur son ordre, après eux et leur dirent : « Que faites-vous? Vous abandonnez vos familles? Vous perdez de gaîté de cœur vos maisons et ce que vous possédez de biens? » — Ils répondirent fièrement : « Des biens? Avec ce que nous avons au poing, nous tâcherons d'en conquérir de meilleurs! Des maisons? On en bâtit. Des femmes? Il en existe dans tout l'univers, et de celles que nous rencontrerons, nous aurons d'autres fils! » Puis, sur cette réponse, ils partirent sans que rien pût les arrêter [2].

Moreno n'était pas un de ces rudes manieurs d'épée, dont l'espèce ne se rencontre guère dans les temps actuels. Soit résultat des mœurs, soit délicatesse et faiblesse plus grande de l'imagination et du cœur, il existe peu d'hommes aujourd'hui, dont le bonheur et la force vitale ne résident en dehors d'eux-mêmes, dans un autre être ou dans une chose. Presque chacun ressemble à l'embryon : il reçoit ce qui le fait vivre d'un foyer de vie qui n'est pas le sien,

---

1. D'après le carnet inédit de Gobineau (B. N. U. Strasbourg ms. 3553) la route Shamakha-Bakou en 1861 comptait 111 verstes.

2. Hérodote, *Histoires*, II, 30. Gobineau professait une estime particulière pour Hérodote dont il a fait un bel éloge dans l'*Histoire des Perses*, II, 1.

et, si on l'en sépare mal à propos, il est douteux, sinon impossible, qu'il subsiste à son aise. En outre, tout ce que Don Juan avait vu jusqu'alors dans le milieu où il était transplanté, lui faisait l'effet d'un rêve, d'un de ces rêves particulièrement embrouillés où la raison ne se retrouve pas. Assanoff lui avait expliqué, à sa manière, ce qui s'agitait autour d'eux; mais outre que l'ingénieur n'y apercevait rien que de naturel, ce qui le faisait passer légèrement sur les points les plus dignes de commentaires, il était d'humeur inconstante et ne savait suivre ni une explication, ni un raisonnement. Cependant Moreno s'attachait à lui. L'ivrognerie flagrante d'Assanoff le rebutait; sa gaîté le ramenait. Assanoff avait l'esprit brouillon, mais il avait de l'esprit; il divaguait à l'ordinaire, mais en quelques rencontres il montra du cœur. Pendant la longue route et l'interminable tête-à-tête, il raconta beaucoup de choses à Moreno, et Moreno se laissa aller de son côté à lui faire des confidences. Assanoff fut vivement ému des malheurs de l'exilé et montra une tendresse presque féminine pour l'amant. Quelquefois, parlant de lui-même, il avouait n'être, à son avis, qu'un sauvage mal dégrossi, et, ajoutait-il, assez peu débarbouillé, mais il revenait bientôt sur cette déclaration et se proclamait un gentilhomme. En somme, il se fit gloire désormais de reconnaître chez Moreno la supériorité de l'intelligence et du caractère.

On peut se rappeler que, dans les récits des Croisades, il est toujours question d'un généreux émir, d'un brave Bédouin, ou, à tout le moins, d'un esclave fidèle attachant son sort à celui du chevalier chrétien. A l'occasion, ce subalterne se fait tuer volontiers pour le maître, après avoir sacrifié ses intérêts aux siens. Une pareille conception s'est si bien emparée de l'imagination des Occidentaux, qu'on la trouve encore dans les nouvelles de Cervantes [1], et Walter Scott l'a consacrée par les personnages des deux

1. Gobineau admirait fort les nouvelles de Cervantes dont il possédait un exemplaire dans sa bibliothèque (B. N. U. Strasbourg Cd 168 895, texte espagnol, et Cd 168 899, traduction de Viardot, 1858). Je ne vois pas à laquelle de ces nouvelles il fait allusion ici.

serviteurs sarrasins du templier Brian de Boisguilbert [1]. C'est parce que, en réalité, cette fiction repose sur un fond assez vrai. Le cœur et l'imagination, mobiles uniques du dévouement, tiennent une place énorme dans l'organisation des Asiatiques; susceptibles de beaucoup aimer, ces gens-là se sont de beaucoup sacrifiés à ce qu'ils aiment. Ainsi, du moment où Assanoff trouvait dans Don Juan une nature sympathique à la sienne, il l'aimait pour tout de bon et sans se défendre.

Le dîner du gouverneur ressembla à toutes les fêtes de ce genre. On but beaucoup. Assanoff, Dieu garde qu'il eût manqué cette occasion! Il était tellement en verve, qu'il se serait surpassé lui-même, si les observations de Don Juan ne l'eussent un peu contenu, de sorte qu'il en resta à un visage enflammé, avec une démarche légèrement titubante et un décousu de discours encore plus prononcé qu'à l'ordinaire. Pour ne pas contrarier Moreno, il s'arrêta à cette limite. Au sortir de table, on passa dans le salon, où l'on se mit à fumer. Au bout d'une demi-heure, deux des personnages marquants de la population indigène firent leur entrée au milieu de ces officiers, dont la plupart étaient dans un état plus avancé que celui d'Assanoff. Agha-Khan et Shems-Eddyn-Bey saluèrent avec dignité et avec l'affabilité la plus aimable tous les assistants, sans paraître s'apercevoir le moins du monde de rien d'irrégulier. Ils s'assirent, après avoir refusé des pipes et déclaré qu'ils ne fumaient pas. La retenue en toutes choses et la sobriété étaient alors à la mode par esprit de contraste et recommandées aux Musulmans du Caucase. Au bout de quelques

1. Allusion à *Ivanhoe* (1819). Walter Scott dont Gobineau possédait la traduction Defauconpret (B. N. U. Strasbourg Cd 168 932) lui a inspiré d'abord une vive admiration : ses romans de jeunesse, et notamment *Ternove*, montrent l'influence qu'il en a reçue. Plus tard, il écrit à sa fille, 16 juillet 1863 : « Je viens de relire *Ivanhoe;* ma foi, c'est très joli, on ne peut pas nier cela... Il n'y a réellement au monde que les romans de chevalerie. » (B. N. U. Strasbourg ms. 3523.) Et à l'empereur du Brésil, 3 sept. 1879 : « J'ai répété avec l'esthétique actuelle que *Ivanhoe* était de la littérature de pendule. Il n'y a décidément pas de jugement plus faux. » Schemann, *Quellen*, II, 381, d'après Mme de la Tour, avance que, dans le dernier été de son existence, à Chaméane, Gobineau relisait Walter Scott.

instants, on annonça les danseuses. Le gouverneur ordonna de les introduire. Elles parurent.

Les Splendeurs de la Beauté marchait en tête, puis venait Omm-Djéhâne, suivie de Djémylèh et de Talhemèh, deux jeunes demoiselles très agréables, non moins peintes que leur maîtresse, et toutes vêtues de robes longues tombant droit jusqu'aux pieds avec des plis nombreux. L'or et l'argent scintillaient sur la soie et la gaze, qui abondaient dans leurs vêtements d'une magnificence et d'une somptuosité bizarres. Les colliers superposés, les boucles d'oreilles longues et tombantes, les bracelets nombreux, or et pierreries, tout luisait et résonnait à chaque mouvement de ces belles personnes. Cependant les regards se portaient instinctivement sur Omm-Djéhâne, soit que ce fût l'absence de fard, soit que ce fût la sévérité plus grande de sa parure, soit plutôt, et c'est bien certainement la vraie raison, le charme vainqueur de sa personne. Une fois qu'on l'avait regardée, les yeux ne s'en détachaient plus. Elle promenait sur chacun un regard froid, indifférent, presque insolent, presque irritant, et ce n'était pas un petit attrait. Aussi, bien qu'elle eût les yeux infiniment moins beaux que Djémylèh, que sa taille n'eût pas la rondeur de celle de Talhemèh, et que, sous aucun rapport, elle ne pût rivaliser avec l'exubérance de perfections des Splendeurs de la Beauté, cette reine sûre de ses triomphes, elle troublait chacun, et il fallait un effort pour se soustraire à sa magie.

Jamais cantatrice à la mode ni comédienne en renom n'ont exécuté leur entrée dans un salon européen avec plus de dignité que ne le firent les danseuses, et ne furent reçues avec plus d'hommages! Elles ne saluèrent personne que les deux dignitaires musulmans à qui elles adressèrent toutes, sauf Omm-Djéhâne, un coup d'œil d'intelligence des plus flatteurs, coup d'œil auquel ils répondirent par un sourire discret et en se caressant la barbe d'un air dont se fût honoré le maréchal duc de Richelieu [1]. Cela

1. Allusion à Louis-François-Armand Duplessis, maréchal de Richelieu (1696-1788), petit-neveu du cardinal, dont la longue existence de courtisan fut une suite d'aventures galantes et souvent scandaleuses.

B. N. Imprimés — *Cl. Josse-Lalance*

Soirée à Shamakha (*Tour du Monde*, I, p. 312, 1860). Dessin de Beaucé d'après Moynet.

fait, les dames s'assirent pressées les unes contre les autres, dans un coin de la salle, sur le tapis, et prirent l'air parfaitement désintéressé de personnes qui sont là pour faire tapisserie.

Cependant, derrière elles, avaient paru quatre hommes, auxquels personne ne donna la moindre attention. Ils allèrent s'accroupir dans l'angle du salon opposé à celui qu'occupaient les danseuses; c'étaient les musiciens. L'un tenait une guitare légère appelée târ; l'autre une sorte de rebec, violon à long manche, ou kémantjêh; le troisième avait un rebab, autre instrument à cordes, et le quatrième un tambourin, élément indispensable de toute musique asiatique, où le rythme doit être extrêmement marqué [1].

D'une voix unanime, la société demanda le commencement de la danse. Le gouverneur et le maître de police se firent plus particulièrement les interprètes du vœu général auprès des Splendeurs de la Beauté, et celle-ci, après s'être laissé prier le temps convenable pour une artiste qui connaît sa valeur, et avoir montré sa modestie par une aimable confusion, se leva en pied, s'avança lentement jusqu'au milieu du salon, et fit un signe de tête imperceptible aux musiciens dont les instruments partirent tous à la fois. Chacun avait reculé sa chaise contre le mur, de façon à laisser un vaste espace absolument libre.

Alors, sur un air extrêmement lent et monotone, accompagné par le tambourin roulant d'un bruit saccadé, sourd et nerveux, la danseuse, sans bouger de place, appuyant ses mains sur ses hanches, fit quelques mouvements de la tête et du haut du corps. Elle tourna lentement sur elle-même. Elle ne regardait personne, elle était impassible, et semblait comme absorbée. L'attention la suivait, attendait une activité qui ne venait pas, et, précisément à cause de cette attente trompée, devenait à chaque instant plus intense. On ne saurait mieux comparer l'impression produite par

---

1. Voir dans Moynet, *Tour du Monde*, 1860, I, 307, le récit d'une soirée à Shamakha. Sur les instruments de musique persans, cf. *Trois ans*, I, 252. Voir aussi Huart, *Musique persane* dans *Encyclopédie de la musique*, t. V, Paris, 1922.

ce genre d'émotion qu'à celui qu'on éprouve au bord de la mer, quand l'œil demande constamment à la vague de faire plus, de monter plus haut, d'aller plus loin que la vague précédente, et qu'on écoute son bruit dans l'espérance, successivement déçue, que le bruit qui va venir sera de quelque peu plus fort, et, cependant, on reste là, assis sur la grève; des heures entières s'écoulent et l'on a peine à s'éloigner. Il en est ainsi de la séduction opérée sur les sens par les évolutions des danseuses de l'Asie. Il n'y a point de variété, il n'y a point de vivacité, on ne variera que rarement un mouvement subit, mais il s'exhale de ce tournoiement cadencé une torpeur, dont l'âme s'accommode et où elle se complaît comme dans une ivresse amenant un demi-sommeil.

Puis, la puissante danseuse se mut lentement sur le parquet, en étendant à moitié ses bras arrondis; elle ne marchait pas; elle glissa par une vibration imperceptible; elle s'avança vers les spectateurs, et passant lentement près de chacun, donna à chacun une sorte de frisson en lui laissant croire, espérer peut-être, qu'elle allait lui accorder un signe d'attention. Elle n'en fit rien. Seulement, quand elle fut devant les deux Musulmans, elle leur laissa soupçonner un nouvel indice bien apprécié de sa déférence, de sa partialité, en doublant la durée du temps d'arrêt très court dont elle avait flatté les autres, ce qui fut vivement senti et applaudi; car, dans cette danse discrète, la moindre nuance ressort avec précision. Quand la musique s'arrêta, l'enthousiasme des spectateurs éclata en applaudissements. Moreno seul restait froid. On ne goûte pas ces sortes de choses à première vue, et le plaisir causé par les divertissements nationaux exige, en tous les pays, une expérience et une initiation. Il n'en fut pas ainsi d'Assanoff; son exaltation s'exprima d'une manière tout à fait inattendue.

— Pardieu! dit-il, je suis un homme civilisé et j'ai été à l'École des cadets, à Saint-Pétersbourg; mais je veux bien que le diable m'emporte si, dans l'Europe entière, on trouve rien d'égal à ce que nous venons de voir! Je demande que quelqu'un d'ici danse la lesghy avec moi. N'y a-t-il plus une seule goutte de sang dans les veines de personne! Êtes-vous tous abrutis ou tous Russes?

Un officier tatar, engagé dans l'infanterie, se leva et vint prendre Assanoff par la main.

— Allons, dit orgueilleusement le fantassin, Mourad, fils de Hassan-Bey, si tu es fils de ton père, montre ce que tu sais !

L'ingénieur lui répondit par un coup d'œil dont Moreno n'avait jamais vu l'expression à la fois dure et sauvage, mais pleine de flammes, et, dans leurs capotes d'uniforme, les deux Tatars se mirent à danser la lesghy. La musique avait vigoureusement attaqué la mélodie barbare particulière à ce pas. Ce n'était rien de langoureux, ce n'était rien de languissant. Mourad, fils de Hassan, n'était plus ivre; il semblait le fils d'un prince et prince lui-même. On l'eût pris pour un des soldats de l'ancien Mongol Khoubilaï [1]; le tambourin sonnait, palpitait avec ardeur, avec un emportement de cruauté et de conquête. Les assistants, à l'exception de l'Espagnol, étaient possédés par le vin et l'eau-de-vie et n'avaient ni entendu les paroles d'Assanoff, ni compris rien aux émotions qui l'agitaient. Tout ce qu'on savait de cette scène, en définitive étrange, c'est que l'ingénieur dansait la lesghy à merveille, et ce drame qui figure la bataille, le meurtre, le sang, et partant, la révolte, se jouait devant ces conquérants, sans qu'ils songeassent le moins du monde à en comprendre, encore bien moins à en redouter le sens. Seul, Don Juan restait stupéfait de l'expression nouvelle répandue sur les traits d'Assanoff, et, quand la danse se fut terminée au milieu des trépignements de joie de tous les officiers russes, et que l'attention générale fut distraite par l'entrée dans la salle d'un assez grand nombre de domestiques apportant de nouvelles pipes, du thé et de l'eau-de-vie, il attira son ami dans un coin de la chambre qui se trouvait être celui où étaient les danseuses, toutes debout pendant la lesghy, et lui dit à demi-voix :

— Es-tu fou? Qu'est-ce que c'est que cette comédie-là, que tu viens de jouer? Pourquoi te donnes-tu en spectacle? Si tu aimes ton pays, ne peux-tu le témoigner autrement que par des convulsions?

---

1. Khoubilaï, descendant de Djinghiz-Khan, fut grand Khan de Tartarie de 1279 à 1294, et l'un des plus célèbres chefs des hordes mongoles.

— Tais-toi, lui répondit brusquement Assanoff, tu ne sais ce dont tu parles ! Il est des choses que tu ne peux pas connaître ! Certes, je suis un lâche, je suis un misérable et le dernier des hommes est cet infâme coquin de Djemiloff, qui vient de danser avec moi, il n'est pas moins avili, quoiqu'il ait dansé comme un homme ! Mais, vois-tu, il y a pourtant des moments encore où, si bas qu'on ait le cœur, on le sent qui se relève, et le jour n'est pas venu où un Tatar verra danser les filles de son pays sans que des larmes de sang se forment sous sa paupière !

Des larmes de sang se formaient peut-être là où disait Assanoff; mais comment le savoir? Ce qui est certain, c'est que, de vrais, de gros pleurs roulaient sur sa joue. Il les essuyait rapidement d'une main, avant qu'on eût eu le temps de les remarquer, quand il se sentit prendre l'autre; il se retourna et vit Omm-Djéhâne. Elle lui dit rapidement, en français :

— Cette nuit ! deux heures avant le destèh [1] ! à ma porte ! ne frappe pas !

Elle s'écarta aussitôt; quant à lui, cette parole d'une belle personne, d'une personne qui avait passé jusqu'alors pour insensible et parfaitement invincible, et qui était comme la gloire des danseuses de la ville, précisément parce qu'elle consentait peu à montrer ses talents, cette charmante parole le rendit subitement à la civilisation que, depuis quelques minutes, il paraissait oublier d'une façon si complète, et, passant son bras sous celui de Moreno, il entraîna l'officier espagnol à quelques pas et lui murmura dans l'oreille :

— Peste ! je suis un heureux coquin ! J'ai un rendez-vous !

— Avec qui?

— Avec la Fleur des Pois ! Je te raconterai tout demain. Mais, attention ! Il ne faut plus que je me grise !

— Non ! il me semble que tu as assez perdu la tête comme cela, ce soir.

— La tête ! le cœur ! les sens ! l'esprit par-dessus le marché !

---

1. Le *destèh* désigne l'heure variable du lever du soleil et constitue dans le langage courant en Perse le point de repère à partir duquel on compte les heures.

La bonne histoire! la bonne histoire! J'en ferai mon brosseur de cette petite personne! Je l'emmènerai à Bakou, et nous donnerons des soirées d'artistes! Mais, motus! Soyons discrets comme des troubadours jusqu'à demain matin.

Les nouvelles santés qu'on porta en foule, aidées de l'éclat des yeux des Splendeurs de la Beauté, de Djemylèh et de Talhemèh, car Omm-Djéhâne se tint à part, sous la protection des deux braves Musulmans qui, sans en avoir l'air, étendirent vers elle une protection fort efficace; le bruit épouvantable, les danses qui recommencèrent et se poursuivirent encore quelques heures, toutes les délices de cette soirée, enfin, eurent le résultat qu'on en devait attendre. Le gouverneur fut porté dans son lit; le maître de police gagna le sien sur les épaules de quatre hommes; une moitié des officiers dormit sur le champ de bataille, l'autre joncha les rues de corps généreux, mais vaincus. Les trois danseuses rentrèrent ou ne rentrèrent pas au logis : on n'a jamais su au juste ce qui était advenu de ce détail. Omm-Djéhâne, seule, regagna paisiblement la demeure commune sous la protection des amis qu'elle s'était assurés, et qui la quittèrent en maudissant de tout leur cœur les ignobles pourceaux de chrétiens que la prudence les obligeait de ménager. Pour Assanoff, ayant reconduit Moreno jusqu'à leur habitation, la maison de poste, et voyant que l'heure du rendez-vous était à peu près arrivée, il se hâta et courut se placer contre la porte des danseuses, sans donner d'ailleurs aucun signe de vie, ainsi qu'Omm-Djéhâne le lui avait recommandé.

La rue était déserte et complètement silencieuse, la nuit sombre; il s'en fallait de trois heures environ que l'aube ne pointât. On était au commencement de septembre. Il avait plu dans la journée; il ne faisait pas chaud. Mais l'attente fut courte. Assanoff, qui était tout oreilles, entendit marcher dans la maison ; l'huis s'entr'ouvrit doucement. On demanda tout bas :

— Êtes-vous là? Il passa le bras à travers la fente de la porte, saisit une main qui s'avançait et répondit :

— Sans doute! Comment n'y serais-je pas? Suis-je une bête!

Omm-Djéhâne attira l'officier dans l'intérieur et referma le battant sans bruit comme elle l'avait ouvert; puis, précédant son hôte, elle traversa à la hâte la petite cour centrale du logis, d'où ils entrèrent dans la salle principale. Là, se trouvaient des divans contre les murs, quelques chaises et une table sur laquelle brûlait une lampe.

Omm-Djéhâne se tourna vers l'officier et le regarda d'un air si arrogant, qu'il fit involontairement un pas en arrière. Alors, il contempla, stupéfait, la jeune fille. Elle avait ôté sa toilette de danseuse; elle était vêtue comme une femme noble du Daghestan et portait à sa ceinture une paire de pistolets et un couteau. Soit hasard, soit intention, sa main droite se porta un instant vers ses armes. Elle montra une chaise à Assanoff d'un geste impérieux, et s'assit elle-même sur le divan à quelques pas de lui. Elle tenait à la main ce chapelet avec lequel elle avait accompli les cérémonies de l'istikharêh [1], la première fois qu'on l'a vue apparaître en personne dans ce récit, et, pendant l'entretien qui va suivre, elle revint souvent aux grains de corail et les fit rouler et glisser entre ses doigts.

— Sois le bienvenu, Mourad ! Depuis quatre ans je demande sans cesse à ce chapelet si je vais te voir; aujourd'hui il me l'a assuré; c'est pourquoi je suis allée chez le gouverneur, et te voilà !

— A la façon dont tu me reçois, je ne comprends pas trop ce que je viens faire ici.

— Tu vas le comprendre, fils de ma tante.

— Que veux-tu dire?

— J'avais quatre ans et tu en avais douze, je me rappelle et tu as oublié ! Ah ! fils de mon sang, frère de mon âme, s'écria-t-elle tout à coup avec une explosion passionnée et en étendant ses mains frémissantes vers le jeune homme; est-ce que, quand tu dors, tu ne vois pas notre aoûl, notre village, sur son pic de rochers, montant droit au milieu de l'azur du ciel, avec les nuages au-dessous de lui, dans les vallons pleins d'arbres et de pierres? Tu ne vois donc plus le nid où nous sommes nés, bien au-dessus des plaines, bien au-dessus des montagnes communes, bien au-dessus

1. Cf. note 1, ci-dessus p. 42.

des hommes esclaves, parmi les demeures des oiseaux nobles, au sein de l'atmosphère de Dieu? Tu ne les vois donc plus, nos murailles protectrices, nos tours penchées sur les abîmes, nos manoirs en terrasses, montant les unes au-dessus des autres, toutes vigilantes et, par leurs lucarnes, avides de voir l'ennemi de plus loin? Et leurs toits plats où nous dormions l'été, et les rues étroites et le logis de Kassem-Bey en face du nôtre, et celui d'Arslan-Bey devant et tes camarades de jeu, Sélym et Mouryd qui sont morts dans leur sang, et mes compagnons à moi, Ayeshah, Loulou, Péry, la petite Zobeydêh, que sa mère portait dans ses bras! Ah! misérable lâche! les soldats les ont tous jetés dans les flammes, et l'aoûl a brûlé sur eux!

Assanoff commença à se sentir extrêmement mal à son aise. Quelques gouttes de sueur perlèrent sur son front. Il étendit machinalement les mains sur ses genoux, qu'il tint fortement serrés. Mais il ne prononça pas un mot. Omm-Djéhâne continua d'une voix sourde :

— Tu ne rêves donc jamais la nuit? Tu te couches, et le sommeil te prend, et tu restes là, n'est-ce pas, comme une masse de chair inerte, abandonné par tes pensées jusqu'au matin, jusqu'au milieu du jour, si l'on veut. Au fond, tu fais bien! Ta vie entière n'est qu'une mort! Tu ne te rappelles rien? rien du tout? Ton oncle, mon père à moi, mon père, sais-tu cela? Non! tu ne le sais pas! Je vais te le dire : mon père, Élam-Bey, enfin, pendu à l'arbre de gauche en montant le sentier; ton père à toi, mon oncle, cloué d'un coup de baïonnette sur la porte de sa maison. Tu ne te rappelles pas? Tu n'avais que douze ans; mais moi j'en avais quatre et je n'ai rien oublié! Non, rien! rien, te dis-je, pas la moindre, pas la plus minime circonstance! Ton oncle, quand je suis passée devant, portée par un soldat, ton oncle pendait à son arbre, comme ce vêtement-là, contre la muraille, pend à ce clou qui est derrière toi!

Assanoff eut un frisson glacial dans les os; il lui sembla sentir les pieds ballants de son oncle sur ses épaules, mais il ne dit pas un mot.

— Alors, poursuivit Omm-Djéhâne, on te prit avec quelques garçons échappés par hasard à l'incendie et au massacre. On t'envoya à l'École des cadets à Pétersbourg et on t'éleva, comme disent les Francs! On t'enleva ta mémoire, on t'enleva ton cœur, on te prit ta religion sans même se soucier de t'en donner une autre; mais on t'apprit à bien boire, et je te retrouve les traits déjà flétris par la débauche, les joues marbrées de bleu, un homme? Non! Une guenille! Tu le sais toi-même.

Assanoff, humilié, maté par cette fille et par les images, surtout, par les images trop exactes, trop crues, trop vraies qu'elle évoquait devant lui, Assanoff essaya de se défendre.

— J'ai pourtant appris quelque chose, murmura-t-il, je sais mon métier de soldat, et on ne m'a jamais accusé de manquer de courage. Je ne fais pas honte à ma famille, j'ai de l'honneur!

— De l'honneur? Toi! s'écria Omm-Djéhâne avec le dernier emportement; va raconter ces billevesées aux gens de ta sorte! mais ne pense pas m'en imposer avec ces grands mots. N'ai-je pas été nourrie aussi par les Russes? L'honneur! C'est de vouloir être cru quand on ment, de vouloir passer pour honnête quand on n'est qu'un coquin, et de vouloir être tenu pour loyal quand on vole au jeu. Si l'on rencontre un drôle de son espèce, tous deux, gens d'honneur, on se bat et on est tué justement le jour où, par hasard, on n'avait pas tort. Voilà ce que c'est que l'honneur; et si tu en as vraiment, fils de ma tante, tu peux te considérer comme un Européen parfait, méchant, perfide, larron, assassin, sans foi, sans loi, sans Dieu, un pourceau ivre de toutes les ivresses imaginables et roulé dans tous les bourbiers du vice!

La virulence de cette sortie parut à Assanoff dépasser la mesure, ce qui lui rendit quelque chose de la possession de lui-même :

— Qui veut trop prouver ne prouve rien, dit-il froidement; ne disputons pas là-dessus à tort ou à raison, mais, dans tous les cas, sans qu'on m'ait demandé mon avis, on a fait de moi un homme civilisé; je le suis devenu. Il faut que je le reste. Tu ne me prouveras pas que je fasse aucun mal, en vivant à la façon de mes camarades. D'ailleurs, pour ne te rien cacher, je m'ennuie; je ne sais pas pourquoi, rien ne me manque, tout me manque. Si une balle veut de moi, je l'épouse. Si l'eau-de-vie m'emporte, grand bien lui fasse ! C'est tout ce que je désire... Tiens ! Omm-Djéhâne, je suis content de te voir. Pourquoi n'es-tu pas restée chez la générale ? Cela valait mieux que cette maison.

— Cette femme, répondit la danseuse avec l'accent de la haine et du mépris, cette femme ! Elle a eu l'insolence de déclarer plusieurs fois, et devant moi, qu'elle voulait remplacer ma mère ! Elle a dit plusieurs fois, et devant moi, que les Lesghys n'étaient que des sauvages, et, un jour, où je lui ai répondu que leur sang était plus pur que le sien, elle a ri. Cette femme, elle m'a prise une fois par le bras et mise hors de la chambre comme une servante, parce que j'étais montée sur un fauteuil, étant trop petite pour atteindre à leurs idoles, les jeter en bas ! D'ailleurs, tu le sais bien ! c'est son mari qui avait mené les troupes contre notre aoûl !

Omm-Djéhâne se tut une minute, et tout à coup s'écria :

— Je n'attendais que le jour où je me sentirais assez forte ! Six mois plus tard, je lui tuais ses deux filles !

— Tu n'y vas pas de main morte, dit Assanoff en riant. Heureusement que tu t'es laissé deviner, et on t'a chassée à propos.

Il parlait d'un ton léger qui ne contrastait pas mal avec celui de la minute précédente. Omm-Djéhâne le considéra une seconde sans souffler mot, puis elle étendit le bras sur le divan, prit un târ, une mandoline tatare qui était jetée là, et, d'un air distrait, se mit à l'accorder ; peu à peu, sans paraître y vouloir mettre aucune intention, elle commença à jouer et à chanter. Sa voix était d'une douceur infinie et pénétrante à l'extrême. Elle chanta d'abord très bas et à peine l'entendait-on. Il semblait que ce n'étaient que des accords isolés, des notes se suivant sans qu'aucune intention les enchaînât les unes aux autres. Insensiblement, un air déterminé se détacha de cette mélodie indistincte, absolument comme du fond d'un brouillard naît, s'avance peu à peu et se fait reconnaître une apparition éthérée. Saisi par une émotion irrésistible, par une curiosité violente, par un souvenir tout-puissant, Assanoff releva la tête et écouta. Oh ! il était visible qu'il écoutait de toutes ses oreilles et de toute son intelligence, de tout son cœur, de toute son âme !

Au chant se mêlèrent bientôt des paroles. C'était une poésie lesghy ; c'était, précisément, l'air que les filles de la tribu chantaient avec le plus de plaisir et le plus souvent quand Assanoff était enfant. On connaît assez le pouvoir souverain, la magie victorieuse que ce genre d'influence exerce, en général, sur les hommes nés dans les montagnes, au sein de petites sociétés, où, les distractions étant peu nombreuses, la mémoire qu'on en conserve reste à jamais souveraine de l'imagination. Les Suisses ont *le Ranz des Vaches*, et les Écossais *l'Appel de la cornemuse*. Assanoff se trouva saisi par une force toute pareille.

Il était né à une distance assez peu considérable de Bakou, au sein d'une accumulation d'escarpements présentant l'aspect le plus singulier et le plus grandiose qui se puisse contempler. C'est un assemblage de pics aigus, largement séparés les uns des autres par des vallées profondes, et s'élevant, sur des bases étroites, jusqu'à la région des nuages. Couvrant les plateaux rocheux de ces aiguilles gigantesques, plateaux étroits où l'on jurerait de loin que les aigles seuls peuvent avoir leur nid, se posent, s'accrochent comme ils peuvent, les villages, les aoûls de ces hommes terribles, qui n'ont jamais connu que le combat, le pillage et la destruction. Les Lesghys se tiennent là, toujours en sentinelle, guettant la proie, se méfiant de l'attaque, voyant de loin, surveillant tout.

La chanson d'Omm-Djéhâne évoqua, jusqu'à produire la réalité la plus poignante, le souvenir de l'aoûl paternel devant l'âme ébranlée d'Assanoff. Il revit tout, tout ce qu'il avait ou croyait avoir oublié. Tout ! La muraille fortifiée de l'extérieur, les précipices dont son œil d'enfant avait sondé jadis les profondeurs meurtrières avec une curiosité indomptable ; la rue, les terrasses plates brûlées par le soleil ou disparaissant sous la neige, les maisons, sa maison, sa chambre, son père, sa mère, ses parents, ses amis, ses ennemis ! Rien ne resta qu'il n'eût revu ! Les paroles que prononçait Omm-Djéhâne, les rimes qui s'entre-croisaient, le saisissaient comme avec des serres et l'emportaient dans les ravins de la montagne, dans les sentiers où, du fond d'un buisson, il avait épié si souvent la marche des colonnes russes pour aller en avertir son père. Car, chez les Lesghys, les enfants nobles sont des guerriers rusés et hardis dès le jour où ils marchent. Un enchantement sublime remplissait l'âme du barbare mal converti. Ses habitudes étaient européennes, ses vices parlaient russe et français; mais le fond de sa nature, mais ses instincts, mais ses qualités, mais ses aptitudes, ce qu'il avait de vertus, tout cela était encore tatar, comme le meilleur de son sang.

Que devint Mourad, fils de Hassan, l'officier d'ingénieurs au service de Sa Majesté Impériale, l'ancien élève de l'École des cadets, le lauréat des examens, lorsque sa cousine se levant, sans cesser de chanter et de jouer du târ, commença à mener à travers la chambre une danse lente et vigoureusement rythmée? Il quitta sa chaise, se jeta par terre dans un coin, prit sa tête entre ses deux mains, convulsivement crispées dans ses cheveux, et, à travers les larmes qui obscurcissaient ses regards, suivit avec une avidité douloureuse les mouvements de la danse, absolument comme il avait fait pour Forough-el-Husnêt, mais avec bien plus d'anxiété, bien plus de passion, on le peut croire. Et ce qui est vrai également, c'est qu'Omm-Djéhâne dansait d'une bien autre manière que sa maîtresse! Ses pas signifiaient plus, ses gestes, encore plus réservés, saisissaient davantage; c'était la danse de l'aoûl, c'était la chanson de l'aoûl; il sortait de la personne entière de la jeune fille une sorte de courant électrique enveloppant de toutes parts son parent. Soudain, brusquement, elle s'arrêta, cessa de chanter, jeta le târ sur les coussins, et s'accroupissant à côté d'Assanoff et lui jetant les bras autour du cou :

— Te souviens-tu? dit-elle.

Il sanglota tout à fait, poussa des cris d'angoisse, cacha sa tête dans le sein et entre les genoux de sa cousine. C'était pitié que de voir ce grand garçon secoué par une pareille douleur.

— Tu te souviens donc? poursuit la Lesghy. Tu vois comme tu me retrouves? J'ai été la servante des Francs, je me suis enfuie; j'ai été la servante des Musulmans, on

B. N. Imprimés — *Cl. Josse-Lalance*

Aoùl lesghien (*Tour du Monde*, I, p. 320, 1860). Dessin de Doré d'après Moynet.

m'a battue; j'ai couru les bois; j'ai failli mourir de faim et de froid; je suis ici, je n'y veux pas rester... tu comprends bien pourquoi... Toi-même, pourquoi es-tu venu cette nuit? Vois-tu, tu comprends bien? On veut me vendre à un Kaïmakam, quelque part en Turquie; j'ai accepté crainte de pis et pour qu'on ne me tourmente plus. Je suis ta chair, je suis ton sang, sauve-moi! Garde-moi près de toi, fils de mon oncle, Mourad, mon amour, mon bien, ma chère âme, sauve-moi!

Elle lui prit la tête et l'embrassa avec passion.

— Je te sauverai, répondit vivement Assanoff; je veux bien que tous les diables m'étranglent, si je ne te sauve pas! Tu es toute ma famille! Ah! les Russes! que le ciel les confonde! Ils m'ont tout tué, ils m'ont tout brûlé, ils m'ont tout détruit! Mais je leur rendrai au centuple le mal dont ils m'ont accablé, et toi aussi! Veux-tu que je déserte?

— Oui, déserte!

— Veux-tu que nous allions dans la montagne rejoindre les autres tribus rebelles?

— Oui, je le veux!

— Sur mon honneur, je le veux aussi! Et cela sera tout de suite, c'est-à-dire dans le jour de demain ou plutôt dans le jour d'aujourd'hui, car l'aurore va naître! Nous redeviendrons ce que nous sommes, des Lesghys et libres! Et je t'épouserai, fille de ma tante, et tu seras sauvée et moi aussi! Car, en définitive, je suis tatar, moi! Qu'y a-t-il de commun entre Mourad, fils d'Hassan-Bey et tous ces messieurs francs! Est-ce que je ne sais pas ce qu'ils valent? As-tu lu Gogol? Voilà un écrivain! Et qui les arrange comme ils le méritent [1]! Oh! les canailles!

Et se relevant tout à coup, il parcourut la chambre à grands pas, livré à un accès de frénésie. Puis il s'arrêta devant Omm-Djéhâne, la regarda fixement, lui prit les deux mains et lui dit :

---

1. Allusion à la célèbre comédie de Gogol, *le Revizor*, où sont dépeintes les mœurs de la province russe et notamment la corruption des fonctionnaires. Gobineau avait pu voir en 1854, à la Porte-Saint-Martin, une adaptation de cette pièce sous le titre *les Russes peints par eux-mêmes*.

— Tu es vraiment très jolie, je t'aime de tout mon cœur, et je t'épouserai, parole d'honneur! Nous aurons des têtes de Russes sur la table du festin des noces, cela t'arrange-t-il?

— Beaucoup! et, par tête, mille baisers!

— Tu sais le français?

— Oui, je le sais!

— Tant mieux! Cela nous distraira de le parler quelquefois.

— Mourad, fils d'Hassan-Bey, quelle honte! oublie pour jamais toutes ces infamies!

— Tu as raison! Je suis un Tatar et rien autre, et je ne veux être que ça, et puissé-je être mis en dix mille morceaux, si nos enfants ne sont des Musulmans parfaits! Mais c'est assez raisonner! Voici ce qui reste à faire : je vais te quitter parce que le jour arrive. A midi, viens me trouver à la maison de poste. Là, je t'habillerai comme mon ordonnance. Nous partons à une heure dans un grand tarantass qu'on m'a prêté; nous filons rapidement; à six lieues d'ici, nous quittons la route, et bonsoir! Les Russes ne te reverront jamais ici; moi, ils ne me regarderont que le sabre à la main!

Omm-Djéhâne se jeta dans ses bras. Ils s'embrassèrent, et Assanoff sortit.

Quand il fut dans la rue, il était enchanté de lui-même, enchanté de ses projets, et très amoureux de sa cousine, la trouvant adorable. Il le faut avouer, accoutumé à ne jamais suivre qu'une idée à la fois, il avait complètement oublié son compagnon de route, et, lorsqu'il avait assigné pour rendez-vous à Omm-Djéhâne la maison de poste, il ne songeait nullement que Moreno l'y attendait.

Ce souvenir lui revint tout à coup.

— Peste! dit-il, c'est une bonne étourderie!

Il ne resta pas longtemps soucieux, n'en ayant pas l'habitude, plus que de réfléchir.

— Je m'ouvrirai de tout à Moreno. Il a conspiré, il sait ce que c'est. Au lieu de me gêner, il m'aidera.

Quand il entra dans la salle où l'Espagnol dormait sur un lit de cuir, il le réveilla sans cérémonie.

— Compliment! lui dit-il, qui est-ce qui t'a vendu cette couche magnifique, que je ne te connaissais pas?

— Tu me la connais parfaitement. Je l'ai eue à Tiflis par les soins d'un compatriote à moi, et tu devrais te souvenir qu'à cette occasion tu m'as expliqué savamment, à ma grande surprise, que tous les Juifs du Caucase étaient de souche espagnole. Mais j'imagine que tu ne me réveilles pas au petit jour, après un dîner et une soirée comme ceux d'hier, pour me faire passer un examen sur les persécutions de Philippe II, par suite desquelles les Hébreux ont fui à Salonique, et de Salonique poussent jusqu'ici des reconnaissances.

— Non, pas précisément; mais pardonne-moi, je suis un peu troublé. Je me fie à ta foi. Omm-Djéhâne est ma cousine. J'ai résolu de l'épouser. Je vais me sauver avec elle dans la montagne. Bref, je déserte et je déclare la guerre aux Russes.

Don Juan sauta au bas de son lit, au comble de l'étonnement.

— Es-tu fou? dit-il à son compagnon.

— Je l'ai été toute ma vie et pense bien l'être jusqu'à mon dernier soupir. Mais je ferai ici l'action la plus généreuse, la plus chevaleresque et la plus noble qui se puisse imaginer, et je pense que ce n'est pas toi qui m'en voudrais détourner.

— Et pourquoi cela, s'il te plaît?

— Parce que tu as fait exactement le même chose, et que c'est pour ce motif que j'ai le bonheur d'être ton ami.

— Allons donc! il n'y a pas le moindre rapport! J'ai conspiré parce que mes camarades conspiraient, et je ne me séparais pas d'eux; et, d'ailleurs, il s'agissait de mon prince légitime! Toi, ce que tu veux faire, c'est tout bonnement du brigandage. Tu t'en vas avec des bandits, avec une sauteuse, permets-moi de te le dire; et d'un homme élégant, aimable comme tu l'es, d'un officier brillant, né pour être distingué dans tous les salons, tu médites de faire une manière de sauvage grossier, bon à fusiller au coin d'un bois.

— Tu oublies que mon père était un sauvage grossier, et que, précisément, il a été fusillé comme tu le dis.

— Mon pauvre ami, je serais désolé de t'affliger; mais,

puisque ton père a eu cette fin-là, qui n'est pas enviable, tu dois n'y pas aboutir de ton plein gré. Voyons, Assanoff, soyons raisonnable, si nous pouvons ! Ton père a été un sauvage? Eh bien ! toi tu n'en es pas un. Où est le mal? Les hommes ne peuvent cependant pas, de génération en génération, se ressembler tous. Veux-tu que je te dise l'effet que tu me produis ?

— Parle franchement.

— Tu me donnes envie de rire, parce que, si tu continues, tu seras ridicule.

L'ingénieur rougit profondément. La peur de devenir ridicule le bouleversa. Cependant il tint bon :

— Mon cher ami, Omm-Djéhâne va arriver tout à l'heure. Tu penses que je ne la renverrai pas. D'autre part, me trahiras-tu? Ridicule ou non, le vin est tiré, il faut le boire.

Là-dessus il s'assit, se mit à siffler et se versa un verre d'eau-de-vie d'un carafon qui se trouva à sa portée.

Moreno comprit qu'il ne fallait pas le buter. Il cessa donc d'insister, et s'occupa de sa toilette du matin presque en silence. Assanoff, de son côté, n'était pas fort loquace et n'interrompait sa rêverie que par quelques paroles insignifiantes, jetées de temps en temps au hasard. Il était devenu très perplexe. Il était gêné par l'opposition de son ami; d'autre part, il ne trouvait plus, lui-même, maintenant qu'il était de sang-froid, ses projets aussi praticables ou plutôt aussi agréables à pratiquer que cela lui avait semblé dans un moment d'enthousiasme et d'emportement; ensuite, Omm-Djéhâne avait produit sur son âme l'impression la plus vive, un peu à cause de la parenté, beaucoup à cause de la beauté, plus encore par la singularité de sa nature; mais l'épouser ! En conscience, il la trouvait bien arriérée, toute savante qu'elle fût en français. La vérité était que le pauvre Assanoff n'était pas Russe, n'était pas sauvage, n'était pas civilisé, mais de tout cela était un peu, et les pauvres êtres, que les périodes et les pays de transition déforment de la sorte, sont fort incomplets, fort misérables et réservés à plus de vices et de malheurs que de vertus et de félicités. Pour se donner des idées et trouver un expédient, il se mit à boire, et, après quelques verres, il rencontra une solution à son plus grand embarras actuel, l'arrivée imminente d'Omm-Djéhâne. Cette solution fut des plus simples; elle consista pour lui à prendre sa casquette, pendant que Moreno avait le dos tourné, et à laisser son fidèle ami accommoder, comme il l'entendrait, toutes choses avec sa cousine, dont il venait de faire si brusquement sa compagne de voyage, sa complice et sa fiancée.

Quand midi sonna, Omm-Djéhâne, ayant sans peine quitté son logis, attendu que les danseuses, rentrées par la grâce de Dieu, n'avaient eu rien de plus pressé comme de plus nécessaire que de chercher le repos de leurs lits, Omm-Djéhâne avait pris des rues détournées, et étant arrivée à la maison de poste, voilée à la façon des femmes tatares, avait frappé discrètement à la porte d'entrée. L'ordonnance d'Assanoff lui avait ouvert : elle avait passé vivement devant le soldat sans lui rien dire; et, lui, jugeant que cette femme était attendue par les officiers, n'avait pas même songé à lui adresser une question. La danseuse entra ainsi dans la salle où était Moreno, occupé à boucler sa valise pour le départ, qui allait avoir lieu dans une heure.

Il leva les yeux au bruit, vit la jeune fille, et machinalement chercha du regard Assanoff. Omm-Djéhâne ne lui laissa pas le temps de se trouver embarrassé.

— Monsieur, lui dit-elle, je viens ici chercher le lieutenant Assanoff. Il a dû vous dire que je suis sa cousine, et, comme il ne peut pas manquer d'être confiant, il aura certainement ajouté que j'étais sa fiancée. Ainsi, comme il me paraît absent, permettez-moi de l'attendre.

— Mademoiselle, répondit Moreno froidement, en offrant toutefois une chaise à la nouvelle arrivée, vous avez raison, Assanoff est confiant; je sais que vous êtes sa cousine ou que, du moins, il le croit. Mais, quant à devenir sa fiancée et tout ce qui s'ensuit, dont vous ne me parlez pas, nous n'y sommes pas encore, et je vous engage à changer de visées.

— Pourquoi? monsieur.

— Mademoiselle, vous perdriez Assanoff et sans profit pour vous.

Omm-Djéhâne prit un air agressif.

— Qui dit que je cherche un profit? Assanoff vous a-t-il chargé de me parler comme vous le faites?

Moreno sentit qu'il ne devait pas se laisser emporter par son zèle; il rompit, comme disent les maîtres d'armes, et engagea le fer autrement.

— Voyons, mademoiselle, vous n'êtes pas une personne ordinaire, et il ne faut pas vous avoir regardée longtemps pour lire votre âme dans vos traits. Aimez-vous Assanoff?

— Pas du tout!

Elle avait du mépris plein les yeux.

— Que voulez-vous donc faire de lui?

— Un homme. C'est une femme, c'est un lâche, c'est un ivrogne. Il croit tout ce qu'on lui dit, et je le fais tourner comme je veux. Pourquoi pensez-vous que je puisse l'aimer? Mais il est le fils de mon oncle, l'unique parent qui me reste; je n'entends pas qu'il se déshonore plus longtemps; il me prendra chez lui, je suis sa femme, qui voulez-vous que j'épouse sinon lui? Je le détacherai de ses habitudes honteuses, je le servirai, je le garderai; et, quand il sera tué, ce sera comme un brave, par les ennemis, et je le vengerai.

Moreno fut un peu étonné. Il avait des parents dans les montagnes de Barcelone; mais il ne connaissait ni Catalane, ni Catalan de la force de cette petite femme. Pour lui trouver une rivale digne d'elle, il lui eût fallu remonter jusqu'aux Almogavares [1], et il n'avait pas le temps de chercher si loin.

— Je vous en prie, mademoiselle, soyons moins vifs. Assanoff ne mérite pas qu'on parle de lui sur ce ton-là; c'est un galant homme, et vous ne l'entraînerez pas à la dérive.

— Qui m'en empêchera?

— Moi!

— Vous?

— Parfaitement!

— Qui êtes-vous donc, vous?

---

1. Ce terme dérive de l'arabe *al-mughâwir = celui qui fait une incursion*, et désigne des mercenaires plus ou moins indisciplinés qui combattaient au service des rois d'Aragon et de Castille au XIIIe siècle. Dans une lettre du 4 juillet 1863, Gobineau explique longuement ce terme à sa fille (Ms. Strasbourg 3523).

— Juan Moreno, ancien lieutenant aux chasseurs de Ségovie, aujourd'hui cornette aux dragons d'Imérétie, grand serviteur des dames, mais assez entêté.

Il n'avait pas fini qu'il vit briller une lame scintillante à un pouce de sa poitrine. Instinctivement, il étendit le bras et il eut le temps de saisir le poignet d'Omm-Djéhâne, au moment où le couteau affilé lui entrait dans la chair. Il tordit le bras de l'ennemie, la repoussa sans la lâcher (elle-même ne laissa pas tomber son arme); elle le regardait avec des yeux de tigresse; lui la fixait avec des yeux de lion, car il était en colère, et il la colla violemment contre la muraille :

— Eh bien! mademoiselle, lui dit-il, qu'est-ce que cet enfantillage? Si je n'étais pas celui que je suis, je vous traiterais comme vous le cherchez.

— Qu'est-ce que tu ferais? répliqua impétueusement Omm-Djéhâne.

Moreno se mit à rire et la lâchant tout à coup sans faire le moindre geste qui impliquât l'envie de la désarmer, il lui répondit :

— Je vous embrasserais, mademoiselle; car voilà ce que gagnent les jeunes filles qui se permettent d'agacer les garçons.

En parlant ainsi, il tira son mouchoir de sa poche et l'appuya sur sa poitrine. Le sang coulait fort et tachait sa chemise. Le coup avait été bien appliqué; heureusement il n'avait pas pénétré, sans quoi Moreno aurait mesuré sa longueur sur le plancher sans plus se relever jamais. Omm-Djéhâne souriait et dit d'un air de triomphe :

— Il ne s'en est pas fallu de beaucoup! une autre fois, j'aurai la main plus sûre.

— Grand merci! Une autre fois je serai sur mes gardes, et remarquez que vous avez gâté tout à fait vos affaires. Arrive, Assanoff, regarde la belle imagination de mademoiselle!

Assanoff était sur le seuil, le visage cramoisi, les yeux hors de la tête. Il venait d'achever son hébétement avec le raki du maître de police, et le ciel voulait que l'ivresse lui eût fait prendre Omm-Djéhâne en horreur.

— Que le diable l'emporte, cette mademoiselle! Qu'est-ce

qu'elle a encore fait? Tiens! vois-tu, Omm-Djéhâne, laisse-moi tranquille! Quelles vieilles histoires viens-tu me conter! Est-ce que tu crois que je me soucie du Caucase et des brutes qui l'habitent? Mon père et ma mère? Vois-tu, je te le dis entre nous, c'étaient d'infâmes brigands, et quant à ma tante, ah! la sorcière! Tu ne peux pas nier que c'était une sorcière! D'ailleurs, moi, je veux aller passer l'hiver prochain à Paris! j'irai souper aux plus fameux cafés! je fréquenterai les petits théâtres! Tu viendras avec moi, Moreno! n'est-ce pas, Moreno, tu viendras avec moi! Ah! mon petit frère, ne m'abandonne pas! Allons à l'Opéra! Omm-Djéhâne! tiens, viens, donne-moi le bras! Tu verras là! ah! tu verras là des jeunes personnes qui dansent un peu mieux que toi, je te l'avoue! Écoute! non, viens plus près, que je te dise quelque chose : veux-tu que nous allions chez Mabille?... Il paraît que c'est tout ce qu'il y a de plus...

On prétend que la fixité du regard de l'homme opère sur les brutes d'une manière merveilleuse, qu'elle les terrifie, les fait reculer et les réduit, en quelque sorte, à néant. Que cela soit vrai ou non, Assanoff ne put soutenir l'expression des yeux que la jeune fille tenait attachés sur les siens; il se tut, puis il tourna à droite et à gauche, cherchant visiblement à se soustraire à un malaise; enfin cette cause nouvelle de désordre achevant de mettre le trouble dans ses facultés, il tomba sur le lit et ne bougea plus. Alors Omm-Djéhâne se tourna vers Moreno et lui dit froidement :

— Monsieur, vous devez être satisfait. Je vois et vous voyez aussi votre ami hors d'état de faire la folie dont vous aviez peur, je vous félicite. C'est un homme encore plus civilisé que je ne le croyais. Il vient de renier son père, il vient de frapper sur la mémoire de la femme qui l'a mis au monde! Vous l'avez entendu insulter sa famille, et ce qu'est son pays à ses yeux, il vous l'a confessé. Pour moi, je ne peux pas deviner pourquoi le ciel nous a épargnés l'un et l'autre, dans la destruction de la tribu; moi qui suis une femme, pour me mettre dans la poitrine le cœur qu'il aurait dû avoir, et lui, en lui donnant la lâcheté dont je n'aurais pas dû rougir! Enfin, les choses sont ainsi; nous ne les changerons pas. Dieu m'en est témoin! Depuis que je me connais, je n'ai jamais eu qu'un désir : celui de le voir, celui-là même qui est là couché, celui qui est là aplati comme une bête immonde! Oui! Dieu le sait! le sachant vivant, je me répétais dans mes plus grandes souffrances : Tout n'est pas perdu! Rien n'est perdu! Il vit, Mourad! Il viendra à mon aide!... Je me rappelle, entre autres, une certaine nuit des plus misérables dans ma misérable existence; j'étais seule au fond d'un bois, accroupie entre des racines d'arbres : je n'avais mangé depuis deux jours qu'un morceau de biscuit gâté, jeté par des soldats au bord d'un campement; c'était l'hiver; la neige tombait sur moi. Je consultais mon chapelet, et le sort infaillible me répétait : Tu le reverras! tu le reverras! Et, au fond horrible de mon épouvantable misère, l'espérance me soutenait. Tous les jours, depuis ce temps, je me disais : Je le reverrai! Mais où? mais quand? L'istikharèh me disait que c'était bientôt, que c'était ici. Je suis venue ici. Hier, j'ai été avertie de même. J'étais assurée que le moment approchait et, en vérité, je l'ai vu, le voilà, vous le voyez aussi! Vous qui êtes un Européen, vous êtes fier, sans doute, de ce que vos pareils en ont fait; pour moi, qui ne suis qu'une barbare... vous me permettrez d'être d'un autre avis. Gardez-le donc! Il ne me retrouvera pas au milieu des guerriers de sa nation, il ne combattra pas pour venger son pays, je ne dirai pas pour l'affranchir, je sais que ce n'est plus possible. Il ne protégera pas sa cousine, la dernière, l'unique fille de sa race, il ne la tirera pas de la misère et du désespoir. Non! non! non! Il l'y replonge! Adieu, monsieur, et si la malédiction d'un être faible et qui ne vous avait jamais fait de mal peut être de quelque poids dans la balance de votre destinée, qu'elle y pèse tout ce que...

— Non, Omm-Djéhâne, non! Ne me maudissez pas, je ne le mérite point! Pardonnez-moi les paroles malsonnantes dont j'ai usé envers vous, je ne vous connaissais pas. Maintenant que je sais qui vous êtes, je donnerais beaucoup pour vous venir en aide. Voyons, ma chère enfant, asseyez-vous là. Parlez-moi comme à un frère. Je suis de votre avis, nous vivons dans un monde fâcheux, et, barbare ou policé, le meilleur ne vaut rien. Que vous faut-il? De l'argent peut-il vous aider? Je n'en ai pas beaucoup. Tenez, voilà ce qui me reste, prenez-le. Pour tout au monde, je voudrais vous servir. Vous me regardez! Je ne vous tends pas de piège! Et, tenez, le pauvre Assanoff! Je ne l'aurais pas détourné de vous, qu'il s'en serait détourné lui-même. Vous savez maintenant ses habitudes. Que pourriez-vous attendre de lui?

— Vous ne vous enivrez donc pas, vous? demanda Omm-Djéhâne avec un certain accent de surprise.

— Ce n'est pas l'usage de mon pays, répondit-il. Enfin, parlons de vous. Qu'allez-vous devenir? Que comptez-vous faire?

Elle tint ses yeux attachés sur ceux de Moreno pendant quelques instants et lui dit :

— Aimez-vous une femme dans votre pays?

Don Juan pâlit légèrement, comme il arrive aux blessés dont on touche à l'improviste la chair vive; il répondit toutefois :

— Oui! j'aime une femme!

— Vous l'aimez bien?

— De toute mon âme!

Omm-Djéhâne ramassa son voile autour d'elle, couvrit son visage, s'avança vers la porte et là, s'arrêtant un instant sur le seuil, elle se retourna vers Moreno et lui dit avec l'emphase que les Asiatiques mettent à prononcer de telles paroles :

— Que la bénédiction de Dieu soit sur elle!

L'officier fut touché jusqu'au fond du cœur. Omm-Djéhâne avait disparu. Assanoff ronflait comme une toupie. L'ordonnance vint dire que les chevaux étaient attelés et que le tarantass attendait; on transporta l'ingénieur dans la voiture et, partant au galop, les deux amis sortirent de Shamakha, laissant bientôt cette petite ville se perdre loin derrière eux dans les tourbillons de poussière que leurs quatre roues soulevaient avec impétuosité.

Le paysage, en avant et en arrière de Shamakha, du côté de Bakou, est d'une grandeur et d'une majesté singulières. Ce n'est plus précisément l'aspect ordinaire du Caucase. Là, abondent les escarpements farouches, les forêts pleines d'ombres et d'horreurs, les vallées où le soleil s'aventure et ne reste pas; les torrents énormes tombant par nappes épaisses sur des rochers géants, et, dans leur lutte avec ces masses, s'éparpillant en écume et en courants furieux; des défilés resserrés, étouffants; des gorges comme celles du Sourâm [1], dont les pentes, les hauteurs, les vertiges rappellent ce qu'on lit dans les contes; puis, au travers de tout cela, des rivières paresseuses; ce sont elles qui font la transition de ces tableaux tourmentés avec ce qu'étale la grande vallée qui mène à Bakou. Là, au contraire, beaucoup d'espace, beaucoup d'air clair, de lumière limpide; un sol argileux, poussière en été, mais poussière fine, impalpable, étouffante; en hiver, boue profonde où les troïkas les plus légères s'engloutissent par-dessus les moyeux; puis, courant parallèlement de droite et de gauche, les rangées lointaines des montagnes : c'est déjà un avant-poste des grandes vallées, des grandes chaînes, des immenses étendues de la Perse.

Moreno avait été si affecté de sa rencontre inopinée avec la danseuse, et surtout de ce qu'il se figurait d'elle et de la façon dont il la comprenait, qu'il restait presque insensible à la grande scène que traversait la voiture, emportée par ses quatre chevaux, et il restait perdu dans ses réflexions. Sa blessure à la poitrine ne laissait pas que d'être un peu douloureuse. La chair avait été bien entamée. Don Juan s'était pansé comme il avait pu, mais cette sensation rude, cette secousse violente par lesquelles la jeune lesghy avait, en quelque sorte, appris en un clin d'œil à l'officier ce qu'elle était et le souvenir qu'il devait garder de son entrevue avec elle, ne mettait pourtant aucune amertume dans les réflexions qui en étaient la conséquence, et le jugement final de Moréno était assez sain et judicieux. Peut-être un Allemand, un homme du Nord, eût-il eu de la peine à s'expliquer un tempérament qu'un Espagnol sentait plus en rapport avec le sien.

---

1. Le Sourâm est l'un des points les plus escarpés du Caucase, au-dessus de la petite ville du même nom entre Koutaïs et Tiflis. Gobineau est passé par là lors de son second voyage vers la Perse. Moynet, *Tour du Monde*, 1860, I, 329, en donne un dessin impressionnant.

Omm-Djéhâne, la pauvre fille, n'était pas sortie un seul instant de sa vie de l'émotion produite sur elle par la prise de l'aoûl. Toujours elle avait gardé sous ses yeux, elle y gardait encore les flammes dévorant sa maison, les cadavres des siens tombant les uns sur les autres, les figures farouches et exaspérées des soldats; elle avait gardé dans ses oreilles les cris de désespoir et de détresse, les détonations des armes à feu, les vociférations des vainqueurs. Aux soins que l'on avait eus d'elle, pendant sa petite enfance, dans la famille du général, elle n'avait absolument rien compris, sinon qu'elle était au milieu des assassins; elle se considérait, non seulement comme une esclave, mais comme une esclave humiliée, et l'abandon avec lequel sa protectrice, excellente femme, racontait à chaque visiteur nouveau l'histoire authentique de la petite lesghy, dans le but, assurément, de rendre l'enfant plus intéressante, n'avait jamais manqué d'être ressenti par Omm-Djéhâne comme le comble de l'insulte. Elle n'y voyait que les vanteries et l'arrogance des vainqueurs. On avait eu peine à l'instruire; comme tous les Asiatiques, et surtout comme les gens de sa nation, elle était d'une intelligence merveilleuse; d'ailleurs, ayant eu l'occasion de remarquer que savoir passait pour un mérite, et que les filles de la générale, apprenant moins bien et avec moins de facilité, étaient grondées et pleuraient à chacun de ses succès, elle avait redoublé d'efforts et éprouvé beaucoup de joie de leur valoir ce mal. Un moment, elle avait même conçu une idée d'une bien autre portée. Ne doutant pas un instant que les Russes, pour lesquels elle professait, dans sa petite imagination, autant de dédain que de haine, ne dussent tous leurs succès qu'à la sorcellerie, et que cette sorcellerie n'eût ses secrets dans les livres dont elle voyait faire tant de cas, elle se proposa de devenir magicienne à son tour. Mais elle eut beau lire ce qui lui tomba sous la main, comme elle ne trouva rien qui la conduisît à son but, elle se découragea. Cependant, elle ne douta jamais que des maléfices puissants ne fussent au fond de toutes ses affaires; car, d'esprit comme de cœur, elle resta toujours lesghy, et la forme et la nature de son esprit ne changèrent pas plus que ses affections.

Ainsi qu'elle le dit à Assanoff, elle avait su de tout temps qu'il avait échappé au massacre et qu'il était élevé à l'École des cadets. Dès lors, elle avait vu en lui son mari futur ; suivant sa façon de raisonner, elle ne devait pas en avoir un autre. Sur ce point s'étaient attachés ses rêves; les résolutions qu'elle avait pu prendre, en dehors de celles de l'emportement, de l'aversion, dont elle n'était jamais trop maîtresse, avaient toujours eu pour but principal de la rapprocher de son cousin. Elle était trop méfiante pour prendre conseil de personne que de l'istikharêh, mais elle mettait une confiance absolue dans les oracles de ses grains de chapelet. Devenue danseuse pour subsister, elle ne s'était pas trouvée rabaissée le moins du monde; les danseuses de Shamakha ont une réputation qui ressemble à de la gloire; et, d'ailleurs, les femmes d'Asie ne sont ni en haut, ni en bas d'une échelle sociale quelconque; elles peuvent tout faire; elles sont femmes ou impératrices ou servantes, et restent femmes, ce qui leur permet de tout dire, de tout faire et de n'avoir aucune responsabilité de leurs pensées ni de leurs actes devant la raison et l'équité; elles comptent uniquement avec la passion, qui, à son gré, les ravale, les tue ou les couronne. Omm-Djéhâne n'était pas vicieuse, il s'en fallait; elle était complètement chaste et pure; mais elle n'était pas vertueuse non plus, parce que, si quelqu'une de ses inclinations l'eût commandé, elle eût renoncé à cette chasteté en une seconde, sans combat, sans résistance et même sans le moindre soupçon d'avoir tort. Il n'était pas à croire, pourtant, qu'elle se départît de sa réserve en faveur d'un Franc, tant elle professait d'éloignement pour cette race. Grégoire Ivanitch, l'Ennemi-de-l'Esprit, avait cru, un instant, éprouver pour la jeune danseuse un goût vif, et ne s'était, naturellement, fait aucun scrupule de le lui témoigner; de ce côté, le danger avait été nul pour elle; mais il s'en était suivi, de la part des Splendeurs de la Beauté, sa maîtresse, une suite de conseils et d'insinuations, mêlés de critiques, de reproches tempérés, il est vrai, par la peur qu'inspirait Omm-Djéhâne à tout ce qui l'approchait. La jeune fille ne cédait pas parce qu'elle attendait Assanoff, et que l'istikharêh lui garantissait de plus en plus qu'il allait arriver bientôt. Ce fut pour avoir la paix qu'elle consentit à être vendue comme esclave ou comme femme, c'était tout un, au vieux Kaïmakam des environs de Trébizonde. Elle gagnait du temps et ne s'embarrassait guère de rompre sa parole, s'il le fallait, au moment de conclure. Voilà ce qu'était Omm-Djéhâne; voilà ce qu'elle avait été jusque-là : en somme, une pauvre créature, profondément malheureuse et à plaindre, bien qu'elle ne pleurât pas sur elle-même et ne réclamât la pitié de personne.

Ainsi qu'il a été dit, Moreno apprécia bien l'essentiel de la situation. Après quelques heures, Assanoff finit par se réveiller. Il fut grognon et maussade, ne prononça pas le nom d'Omm-Djéhâne, ne fit aucune allusion à ce qui s'était passé à Shamakha, et tomba dans une prostration morale et physique dont Moreno eut compassion. Il s'apercevait que, dans le cœur du tatar, un combat terrible se livrait entre des instincts, des goûts, des habitudes, des faiblesses, des concessions et des remords, où aucune des forces contendantes n'était assez vigoureuse pour l'emporter. Le voyage s'acheva donc fort tristement, et par un contre-coup de l'état où il voyait son ami, l'exilé espagnol commençait à trouver la vie intolérable. Quand la voiture entra à Bakou, l'aspect premier de la ville ne lui rendit pas la gaîté.

La Caspienne, cette mer mystérieuse et sombre, plus inhospitalière encore que l'Europe [1], sur les deux tiers de ses rivages, couvrait au loin l'horizon de ses eaux plombées, sur lesquelles le ciel pesait gris et bas. Il venait de pleuvoir; les rues et les chemins montraient trois pieds de boue jaunâtre, boue tenace dont les voitures, les hommes, les animaux ont bien de la peine à sortir. Les faubourgs, composés de maisons de bois bâties à la russe, de magasins du gouvernement, de chantiers et de fabriques, dont les hautes cheminées envoient jusqu'au ciel la fumée du charbon de terre, étaient peuplés d'une foule à moitié tatare, à moitié soldatesque. De loin en loin passait une dame habillée à l'Européenne, avec un chapeau qui rappelait les modes occidentales. L'ancienne enceinte fortifiée de la résidence des souverains tatars gardait encore sa porte

1. Faut-il lire plutôt *l'Euripe ?*

en forme de trèfle, et, quand l'équipage passa, de petits mendiants indigènes se mirent à le poursuivre, en faisant la roue et en hurlant d'une voix lamentable et en français :

— Donnez de l'argent, mousiou ! Bandaloun !

Ce qui voulait dire qu'ils demandaient de l'argent et qu'on leur voulût bien accorder aussi un pantalon. Telle est l'éducation que de jeunes officiers en gaîté dépensent d'une façon toute libérale. Dans les rues étroites, où la plupart des maisons sont encore à la mode ancienne, on aperçoit, au milieu de nombreuses enseignes de marchands et d'artisans russes, des indications comme celles-ci : *Bottier de Paris; Marchande de modes.* Il faut avouer que ces amorces à la crédulité publique sont à peine fallacieuses, et que ce que l'on achète dans ces boutiques n'est pas de nature à tromper sur la provenance la plus robuste ingénuité [1].

Une fois arrivé, Assanoff fut distrait enfin par le mouvement. Il se secoua, il reprit son humeur ordinaire. D'ailleurs, il eut son réveil. De son côté, Moreno présenté à son colonel, bien reçu par ses camarades, fêté par les Européens et se sentant acculé dans la nécessité, s'ingénia à moins regarder en arrière. Au bout de trois mois il avait reconquis son épaulette de lieutenant. Il fit partie d'une expédition, s'acquitta bien de son devoir et passa capitaine. Les militaires considèrent la vie d'une façon spéciale; si on leur donnait à choisir entre le paradis, en perdant leur ancienneté, et l'enfer avec le grade supérieur, fort peu hésiteraient; et quant à ceux qui choisiraient la présence de Dieu, nul doute que leur éternité ne se passât à déplorer leur sacrifice. Cependant Don Juan garda pendant plusieurs années les désirs de son cœur tournés vers l'Espagne. Son amour ne lui causait plus le mal irritant des premiers mois; c'était une habitude tendre, une préoccupation

---

1. Gobineau est passé deux fois par Bakou : en décembre 1861, il s'y embarque pour Enzeli allant en Perse pour son second séjour; au retour, il s'y arrête du 16 au 21 octobre 1863 (Carnet inédit B. N. U. Strasbourg ms. 3553). La ville ne comptait encore que 13 000 habitants et était sans doute plus proche de la description qu'en donne Abd ar-Rachîd al-Bâkuwî en 1403 que de ce qu'elle devait devenir après la « fièvre du pétrole » des années 1880.

mélancolique dont son âme restait comme saturée. Il écrivait souvent, on lui répondait; ils espérèrent autant qu'ils purent espérer de voir leur séparation finir. Quand la politique releva la hache qu'elle avait laissé tomber entre eux, il fallut bien reconnaître que les conditions matérielles de l'existence ne permettaient pas à Moreno de quitter le Caucase, puisqu'il n'avait que sa solde et ne pouvait recommencer un nouveau métier; et la jeune femme, elle, n'était pas non plus assez riche pour rejoindre son amant. Tout en resta là. Ils ne se marièrent ni l'un ni l'autre, cessèrent avec le temps d'être malheureux; mais, heureux, ils ne le furent jamais.

Bien longtemps avant l'époque indiquée ici, Moreno rentrant une nuit assez tard de chez le général gouverneur, où il avait passé la soirée, vit, de loin, dans la rue déserte qui longe l'ancien palais du khan tatar, réduit alors à la condition de magasin à poudre, une femme qui marchait dans la même direction que lui. C'était l'hiver; il faisait froid, la neige couvrait la terre à plusieurs pouces d'épaisseur, tout était gelé, et la nuit était assez noire.

Moreno se dit :

— Quelle peut être cette malheureuse?

Le capitaine avait vu beaucoup de misères, il avait contemplé beaucoup de désastres; sa propre existence n'avait pas été gaie. Dans de pareilles circonstances, l'homme devient mauvais ou excellent : Moreno était excellent.

Aussi bien que les ténèbres s'y prêtaient, il suivait des yeux, avec compassion, cette créature qui s'en allait là, seule; et comme il crut remarquer qu'elle hésitait en marchant et chancelait, il hâtait le pas pour la rejoindre et lui porter secours, quand, à son grand étonnement, il la vit s'arrêter précisément devant sa porte, et, alors, il entendit derrière lui des pas précipités.

Il se retourna et reconnut à l'instant le Doukhoboretz. Grégoire Ivanitch était nu-tête, sans pelisse, et se hâtait autant que son embonpoint déjà fort accru le lui pouvait permettre. Moreno pensa, ce qui, d'ailleurs, était vrai, que l'Ennemi-de-l'Esprit cherchait à rejoindre la femme, et il lui passa l'idée que c'était à mauvaise intention.

Il le saisit donc par le bras et s'écria vivement :

— Où allez-vous?

— Ah! monsieur le capitaine, je vous en prie, ne me retenez pas! La pauvre fille s'est échappée!

— Qui? De quelle fille parlez-vous?

— Ce n'est pas le moment de causer, monsieur le capitaine; mais puisque vous voilà, aidez-moi à la sauver. Nous le pouvons peut-être encore, hélas! et il est certain que, si quelqu'un doit la calmer, ce sera vous!

Il entraîna Moreno. Celui-ci, étonné, se laissa faire, et quand il ne fut plus qu'à quelques pas de sa maison, il vit avec épouvante la femme étendre les bras contre la porte en cherchant à se soutenir et chanceler; elle allait tomber sur le seuil; il la retint, la saisit dans ses bras, la regarda en face : c'était Omm-Djéhâne.

Celle-ci, en l'apercevant, eut une sorte de spasme électrique qui lui rendit un éclair de force; elle jeta ses mains autour de son cou, l'embrassa avec force et ne lui dit que ce mot seul :

— Adieu!

Puis ses bras se détendirent, elle se laissa aller en arrière; il la regarda stupéfait, et, vraiment, il vit qu'elle était morte.

Dans ce moment, Grégoire Ivanitch le rejoignit et l'aida à maintenir le corps insensible. Moreno voulait le porter dans son logis.

— Non, dit l'Ennemi-de-l'Esprit en secouant la tête, la malheureuse enfant a été malade chez moi, c'est moi qui l'ensevelirai et c'est à mes frais qu'elle sera enterrée. La voilà morte; elle ne m'aimait pas! mais je lui voulais du bien, moi, et c'est assez pour que je me regarde comme son seul parent.

— Enfin, dit Moreno, qu'est-il arrivé?

— Peu de chose. Elle n'a pas voulu être vendue, elle a refusé d'aller à Trébizonde; elle a refusé de danser, et, ce qui ne lui était jamais arrivé, ce que l'on n'avait jamais vu, elle passait ses jours et ses nuits à pleurer, elle se frappait la poitrine et se déchirait le visage avec ses ongles. Les Splendeurs de la Beauté ne savait plus qu'en faire et avait grande envie de s'en débarrasser.

Pour moi, je dis à Omm-Djéhâne : Ma fille, tu l'entends fort mal, et c'est visiblement l'Esprit qui te tourne la tête. Laisse là tes sottes idées ! Bois, ris, chante, amuse-toi, ne te refuse aucune fantaisie; tu es jeune, tu es jolie, on t'admire, tu danses comme une fée; le général lui-même sera à tes pieds si tu veux. Pourquoi ne veux-tu pas?

Elle me répondit : parce que j'aime et qu'on ne m'aime pas !

Nous ne pûmes jamais en apprendre davantage. Cependant moi, qui avais été d'abord amoureux d'elle, tout en n'y tenant guère, je la pris en amitié et l'emmenai à ma ferme où elle consentit à venir. Je la soignai, je tâchai de la distraire, et, que voulez-vous? à force de pleurer, elle a commencé à tousser, et j'ai fait venir un médecin. Cet homme lui déclara qu'elle devait se soigner et éviter de prendre froid. Savez-vous ce qu'elle a fait? Elle est allée se rouler dans la neige ! Ah ! l'Esprit ! l'Esprit ! Ne m'en parlez pas ! Mais vous êtes tous aveugles, vous autres Gentils ! A la fin, il y a trois jours, elle m'a dit positivement ce que je vais vous répéter, c'est de la folie pure; mais, pourtant, ce sont bien ses paroles exactes ; elle m'a dit :

— Mène-moi à Bakou !

— Pour quoi faire? ai-je répondu.

— Pour mourir, me répliqua-t-elle.

Le chagrin me serra la gorge, et je lui répondis brusquement :

— On meurt aussi bien ici qu'à Bakou.

— Non ! Je veux mourir sur le seuil de la porte du capitaine Moreno.

Je la crus en délire; elle n'avait jamais prononcé votre nom; jamais, dis-je, pas une seule fois ! Mais elle s'irrita et me répliqua en colère :

— Ne comprends-tu pas?

Quand elle se fâchait, le sang partait de sa gorge et elle en avait pour des heures de souffrance ! Je cédai.

— Eh bien ! partons !

Nous sommes venus ici. Elle m'a envoyé chercher du secours tout à l'heure, m'assurant qu'elle se sentait plus mal et ce n'était que trop vrai; et, pendant que je lui obéissais... vous voyez !

Un sanglot coupa la voix du pauvre diable.

Moreno eut un chagrin profond. Ce n'était pas raisonnable. Ce qui pouvait advenir de plus heureux à Omm-Djéhâne était arrivé justement. Que fût-elle devenue dans la vie? Si elle était restée une vraie et fidèle lesghy, l'abandon d'Assanoff et de ses premiers rêves n'eût pas bouleversé son âme; elle avait souffert beaucoup, elle aurait souffert encore, sans doute, mais l'orgueil satisfait et la conscience assurée l'auraient soutenue jusqu'au bout, et, soit qu'elle eût continué à ravir les hommes de goût de Shamakha par le prestige de sa danse, soit qu'elle eût préféré le harem obscur du vieux Kaïmakam, elle aurait pu, désormais, obtenir une longue vie, et, comme les femmes des anciens patriarches, en voir tomber le crépuscule paisible dans une mort paisible et honorée. Mais elle aussi, elle avait fini par être infidèle aux dieux de la patrie. Elle s'en était défendue, elle s'était raidie, elle était tombée bravement victime de sa résistance : mais, enfin, il n'est que trop vrai, au fond du cœur elle avait faibli : elle avait aimé un Franc !

Quand Moreno raconta toute cette affaire à Assanoff, le Tatar civilisé en fut extrêmement ému; il ne dégrisa pas de huit jours, et on le rencontrait partout chantant la *Marseillaise*. Ensuite, il se calma.

L'ILLUSTRE MAGICIEN

PERSE

Le derviche Bagher raconta un jour l'histoire suivante, sur l'autorité d'Abdy-Khan qui, lui-même, l'avait apprise de Loutfoullah Hindy, lequel la tenait de Riza-Bey, de Kirmanshah [1], et ce sont tous gens parfaitement connus et d'une véracité au-dessus de tout soupçon [2].

Il y a peu d'années, vivait, à Damghan [3], un jeune homme appelé Mirza-Kassem. C'était un excellent musulman. Marié depuis peu, il faisait bon ménage avec sa charmante femme. Il ne buvait ni vin ni eau-de-vie, de sorte que jamais le voisinage n'entendait de bruit du côté où il demeurait; circonstance, soit dit en passant, qui devrait être plus commune chez des peuples éclairés de la lumière de l'Islam; mais Dieu arrange les choses comme il lui plaît! Mirza-Kassem n'étalait point de luxe, ni de dépenses extravagantes; il dépensait, d'une façon tout à fait convenable, une rente sise sur deux villages [4] et les revenus d'une somme assez forte, confiée à des marchands respectables. Il n'exerçait aucune profession; et, n'ayant ambition aucune, ne se souciant pas de devenir un grand personnage, il s'était constamment refusé à se faire domestique. Ce n'est

1. Kirmanshah se trouve dans le Kurdistan persan, à 430 km au sud-ouest de Téhéran. Voir la carte de l'itinéraire de Gobineau en Perse.

2. Ce début pastiche la manière arabe du *hadiss* où l'on invoque une « chaîne » de transmetteurs sûrs pour accréditer un fait du passé.

3. Damghan, ou mieux *Damaghan*, chef-lieu du Kûmis, est située sur la route de Téhéran à Meshhed, à 130 km de Téhéran. Que Riza-Bey, citoyen de Kirmanshah, soit invoqué comme garant d'une histoire qui s'est passée à Damghan est une marque d'humour de Gobineau.

4. Gobineau n'ignore pas l'importance dans la vie économique de tous les pays musulmans des biens de mainmorte *(waqf)*, assignés par un testateur au profit de ses descendants ou d'une œuvre pieuse, moyen séculaire de soustraire la propriété à l'avidité et aux caprices d'un pouvoir despotique. Sur le mécanisme de la propriété des villages, cf. *Trois ans*, II, 149.

pas que son bon caractère connu ne lui eût valu, à plusieurs reprises, les propositions les plus séduisantes.

Ayant ainsi renoncé à devenir premier ministre, et, comme il faut pourtant qu'un homme s'occupe, il avait senti s'éveiller en lui une certaine curiosité pour les choses de l'intelligence. Dans sa jeunesse, après avoir quitté l'école, il avait appris la théologie, dans ce beau collège neuf de Kâchan [1], où, sous de magnifiques ombrages, il avait écouté les doctes leçons de professeurs qui n'étaient pas sans mérite, et recueilli sur ses cahiers assez d'opinions diverses des meilleurs exégètes du Livre Saint. La jurisprudence aussi l'avait un moment attiré; mais, pourtant, ces connaissances diverses, pour vénérables qu'elles lui parussent, ne parlaient pas beaucoup à son imagination. De sorte, que, après avoir pris un plaisir modéré à des questions comme celle-ci : l'Imam Mehdy [2] existe-t-il

---

1. « Kâchan est une des grandes villes de l'Empire... Nous admirâmes beaucoup le collège... L'architecture en est curieuse... On nous dit que les professeurs étaient savants. » *Trois ans*, I, 278-285. Gobineau y est passé à son premier voyage en Perse, en juin 1855.

2. L'*imâm* (de l'arabe *amma*, se tenir en tête) était primitivement le guide de la caravane. Dans la religion musulmane, il désigne essentiellement le personnage qui se tient devant les fidèles alignés pour la prière et qui accomplit les divers gestes rituels imités par l'assistance. Tout individu de bonnes mœurs peut être *imâm* dans ce sens précis.

Par extension, le titre d'*imâm* désigne le chef de la communauté musulmane.

On sait que les musulmans persans, ou *chiites*, représentent une secte de l'Islam majoritaire. Alors que celui-ci admet comme successeurs de Mahomet les califes Abû-Bakr (632-634), Omar (634-644) et Othmân (644-656), les chiites voient en eux des usurpateurs et estiment que le véritable successeur du Prophète, désigné par celui-ci, aurait dû être son gendre, Ali, qui devint finalement calife et fut assassiné en 661, au profit du fondateur de la dynastie des Omayyades. Pour les chiites, l'*imâm* légitime ne pouvait être après Ali, que l'un de ses descendants. Les Persans reconnaissent douze *imâm* légitimes, issus du sang d'Ali (cf. article de Lewis dans *Encyclopédie-Islam*, 1960, I, 412, s. v. *Alides*). Le douzième *imâm*, Mohamed, né en 873, disparut mystérieusement; — pour les croyants, il n'est pas mort, mais caché et reviendra un jour, guidé *(Mahdi)* par la volonté divine pour rétablir la justice et la foi dans le monde.

La différence entre l'Islam persan et l'Islam orthodoxe ou *sunnite*, d'abord d'origine historique et politique, repose aussi sur des conceptions où se mêlent des éléments complexes, dont quelques-uns peuvent

B. N. Imprimés *Cl. Josse-Lalance*

Carte de l'itinéraire en Perse de Gobineau (*Tour du Monde*, II, p. 19, 1860).

dans le monde avec ou sans conscience de lui-même? il s'était retiré peu à peu de ces délices de la réflexion, et il menaçait de tomber dans une oisiveté assez morne, quand la fortune le mit en rapport avec un personnage qui exerça sur lui une influence décisive.

C'était un soir de Ramazan. Malheureusement, les fidèles observent rarement de façon très exacte le jeûne commandé par la loi dans ce temps consacré [1]. Cependant, il faut aussi l'avouer, il n'est presque personne qui ne tienne à passer pour le faire, et, de cette façon, les apparences du moins sont sauvées. De sorte que ce sont précisément les hommes sans conscience qui ont mangé leur pilau, tout à l'aise, dans un coin, à l'heure ordinaire du déjeuner, qui, lorsque le soir arrive, sont les plus empressés à se plaindre de la faim qui ne les tourmente pas, de la faiblesse qui ne les envahit guère, et à appeler, avec les cris les plus suppliants, le coucher du soleil. Il faut remercier Dieu et son Prophète de ce que ce spectacle édifiant est abondamment fourni dans toutes les villes de l'Iran, à l'époque sainte.

Un soir donc, à la porte de la ville, Mirza-Kassem et une douzaine de ses amis étaient assis sur leurs talons, devant l'éventaire d'un marchand de melons, et ils attendaient le moment où le disque du soleil, déjà s'approchant

---

provenir de l'ancienne religion des Perses, — « L'Iran, remarque Massignon (*Salman Pâk*, 1934, 11), à la lumière de sa nouvelle croyance, contemple l'univers visible à travers le prisme illuminé de ses anciens mythes », — dont d'autres sont dus à la réflexion philosophique et aux tendances mystiques de l'Iran. Suivant le mot de Renan (*Mélanges d'Histoire*, 141), Ali est devenu « le déversoir des besoins mystiques et mythologiques de la Perse ».

L'Islam chiite est religion d'État en Perse depuis 1501. Gobineau a consacré un chapitre intéressant de *Religions et Philosophies*, 18-50, à en étudier les particularités doctrinales et souligné dans *Trois ans* II, 10-11, l'attachement passionné des Persans au souvenir d'Ali.

1. Le jeûne du mois de Ramazan constitue, pour les chiites comme pour tous les musulmans, une des obligations les plus rigoureuses *(arkân ad-dîn)* de l'Islam. Les croyants doivent l'observer strictement du lever au coucher du soleil (cf. *Coran*, II, 183-187). L'année musulmane étant lunaire, le mois de Ramazan est mobile et le jeûne devient particulièrement pénible lorsqu'il tombe pendant les longues journées d'été. Voir dans *Trois ans* I, 192, une évocation des musulmans qui attendent avec impatience le coucher du soleil en Ramazan.

Cl. Daniel Schlumberger

Le marchand de melons.

de l'extrême bord de l'horizon, allait leur faire le plaisir de disparaître. La moitié au moins de ces réguliers et consciencieux personnages, dont le visage fleuri ne dénonçait pas les austérités, tenaient à la main le kalioun [1] bien allumé, n'attendant que l'absorption de l'astre dans le commencement du crépuscule, pour fourrer dans leur bouche le bout du tuyau et s'envelopper d'un nuage de fumée.

— Descends donc! descends donc! murmurait d'une voix piteuse le gros Ghoulam-Aly, pressant l'instrument chéri à un pouce de ses lèvres; descends donc, soleil, fils de chien, et que ton père soit brûlé, pour la souffrance que tu nous prolonges.

— Oh! Hassan! oh! Hussein [2]! saints Imams! Je jure que le soleil est déjà disparu depuis une grande heure, s'écriait lamentablement Kouly-Aly, le drapier; je ne sais pas quels aveugles nous sommes de ne pas voir qu'il fait nuit!

S'il avait fait nuit, comme ce bon musulman l'assurait, il était encore assez grand jour pour s'en apercevoir. Mais son insinuation n'eut pas de succès.

Quant à Mirza-Kassem, il était patient et ne disait rien. Seulement, il considérait avec assez de complaisance deux œufs durs placés devant lui, quand tout à coup le canon de la citadelle se fit entendre. Il était désormais

1. Le kalioun (arabe *ghaliûn*) désigne en Iran l'appareil à fumer où la fumée d'un tabac spécial (tombéky) arrive à la bouche après s'être refroidie dans un vase plein d'eau. Gobineau emploie tantôt *kalioun'* tantôt *kaliân :* simple différence de prononciation, l'une plus populaire, l'autre plus littéraire, qui ne répond, semble-t-il, à aucune intention de l'auteur. Par inadvertance, il lui arrive d'écrire *kalyan*. Gobineau était un amateur de *kalioun*, comme on peut en juger par les nombreuses lettres où, après son retour en Europe, il demande à des amis de lui envoyer du tombac ou des tuyaux de narghilé.

2. Hassan (né approximativement en l'an 3 et mort en l'an 49 de l'Hégire) était le fils aîné de Fatima, fille du Prophète, et d'Ali; Hussein, né en l'an 4 ou 5 et assassiné à Kerbela en 61 de l'Hégire (680), était le second fils d'Ali et de Fatima. Ils sont vénérés, par les musulmans chiites comme des *imâm* légitimes; l'anniversaire de leur mort donne lieu en Perse à des cérémonies de deuil populaire et leurs noms sont invoqués à la moindre occasion.

officiel que le soleil avait disparu; tous les kaliouns se mirent donc à fumer de compagnie, la boutique de melons, d'œufs durs et de concombres fut à l'instant mise au pillage; pendant ce temps, les marchands de thé remplissaient leurs verres de la boisson bouillante; la foule s'en emparait avec emportement; les verres se vidaient et se remplissaient, on chantait, on criait, on riait, on se poussait, on se bousculait, on s'amusait beaucoup.

Alors, un grand derviche [1], maigre comme une pierre, noir comme une taupe, brûlé par mille soleils, vêtu seulement d'un pantalon de coton bleu, la tête nue, couverte d'une forêt de cheveux noirs ébouriffés, des yeux flamboyants, l'aspect sauvage, dur et sévère, se trouva à deux pas de Mirza-Kassem. Il portait sur l'épaule un bâton de cuivre jaune terminé par un enlacement de serpents; à son côté, était suspendue la noix de coco appelée kouskoul, particulière à sa confrérie [2]. Cet homme avait une apparence si étrange, même pour un derviche, que les yeux de Mirza-Kassem s'attachèrent involontairement sur lui et ne purent s'en détourner. A son tour, l'étranger considéra celui qui le fixait ainsi.

---

1. Le mot *derviche* est généralement rapporté au persan « *chercheur de portes* » = mendiant. Dans la plus grande partie du monde musulman, un *derviche* est le membre d'une confrérie religieuse. En Perse et en Turquie, c'est plutôt un mystique mendiant qui cherche son salut individuel dans la pratique de l'ascétisme, s'éloignant souvent de la doctrine musulmane rigoureuse. Le derviche néophyte, comme va le devenir Mirza-Kassem, est un *murîd* et l'initiateur porte le nom de *murchîd*. (Cf. D. B. Macdonald, *Religious attitude and life in Islam*, Chicago, 1909.)

L'existence des derviches est un fait social important en Iran, où sont nombreuses encore les associations de dévots qui se réunissent pour des récitations pieuses. Par contre, est en voie de disparition le derviche errant ou *qalandar*, portant, comme celui dont parle ici Gobineau, une gourde en noix de coco fréquemment remplacée aujourd'hui par un récipient de métal. Cf. Monteil, *De la Perse à l'Iran*, Mélanges Massignon III, 61 et suiv., Damas 1957. Gobineau a donné une esquisse précise du derviche persan dans *Trois ans, II*, 156.

2. Sur les confréries diverses auxquelles appartiennent les derviches, cf. *Religions et Philosophies,* 311; et aussi lettre à Prokesch-Osten du 19 septembre 1855. On complétera ces vues de Gobineau par l'excellent article de L. Massignon, *Encycl. de l'Islam*, IV, 722, s. v. *Tarîka*.

— Le salut soit sur vous ! lui dit-il, d'une voix douce et mélodieuse bien inattendue chez un être pareil.

— Et sur vous le salut et la bénédiction ! lui répondit poliment Mirza-Kassem.

— Je suis, poursuivit le derviche, ainsi que Votre Excellence peut le voir, un misérable pauvre, moins qu'une ombre, dévoué à servir Dieu et les Imams. J'arrive dans cette ville et si vous pouvez me loger cette nuit sur votre terrasse, dans votre écurie, où vous voudrez, je vous en serai reconnaissant.

— Vous me comblez ! répondit Mirza-Kassem, par une telle faveur. Daignez suivre votre esclave, il va vous montrer le chemin.

Le derviche porta la main à son front, en signe d'acquiescement et s'en alla avec son guide. Ils traversèrent ensemble plusieurs rues tortueuses où les chiens du bazar commençaient déjà à se rassembler ; on fermait les quelques boutiques restées ouvertes ; des lanternes de couleur brillaient à la porte d'un certain nombre de masures, tandis que les gardes du quartier faisaient la conversation avec les commères occupées à laver leur linge dans le ruisseau courant au milieu de la rue, en ménageant les plus pénibles surprises aux jambes des passants un peu distraits. La marche des deux nouveaux amis ne fut pourtant pas trop longue ; car, au bout d'un quart d'heure environ, Mirza-Kassem fit halte devant une petite porte ogivale entourée d'un mur de pierre ; il souleva le marteau de fer étamé, frappa trois coups, et un nègre esclave ayant ouvert, il introduisit le derviche dans la maison et lui souhaita la bienvenue d'une façon tout à fait cordiale.

Il lui fit traverser la petite cour de dix pieds carrés environ, dallée en grandes briques plates, et au milieu de laquelle était un bassin revêtu de tuiles émaillées du plus beau bleu d'azur, où une eau assez fraîche faisait plaisir à voir. Des rosiers étaient à l'entour couverts de fleurs incarnates. Après avoir monté quelques marches, le derviche se trouva dans un salon de médiocre grandeur, ouvert en face des rosiers ; les murailles étaient agréablement peintes en rouge et en bleu avec des ramages d'or et d'argent ; des vases chinois pleins de jacinthes et d'anémones étaient placés dans les encoignures; un beau tapis kurde couvrait le sol et des coussins d'indienne blanche à raies rouges couvraient le sopha un peu bas, qu'on nomme takhteh, sur lequel Mirza-Kassem invita son hôte à prendre place.

Celui-ci fit les difficultés exigées par le savoir-vivre. Il se défendit de tant d'honneur, en alléguant son indignité.

— Je ne suis, répéta-t-il plusieurs fois avec modestie, qu'un très misérable derviche, un chien, moins que de la poussière sous les yeux de Votre Excellence. Comment aurais-je l'audace d'abuser à ce point de ses bontés?

Le derviche parlait ainsi; mais, pourtant, il y avait sur toute sa personne, un cachet de distinction, et, pour tout dire, de dignité si évidente, que l'honnête Mirza-Kassem était intimidé et se demandait s'il ne devait pas demander humblement pardon à un tel homme de l'audace qu'il avait eue de l'amener chez lui. En lui-même, il se disait : Quel est ce derviche? Il a l'air d'un roi, et plus fait pour commander une armée que pour errer sur les grands chemins!

Cependant le derviche avait pris place. Le petit esclave nègre apporta le thé; mais le derviche ne voulut boire que la moitié d'un verre d'eau. Le kalioun fut de même présenté; le derviche le refusa, alléguant que ses principes ne lui permettaient pas l'usage de pareilles superfluités, de sorte que Mirza-Kassem qui aurait volontiers tiré quelques bouffées pleines de saveur, se crut obligé de louer le zèle du saint personnage et de renvoyer l'instrument tentateur en affirmant que, pour sa part, il n'avait pas non plus l'habitude de s'en servir. Était-ce vrai, ne l'était-ce pas? Dieu sait avec exactitude ce qui en est! *Amen.*

Alors le derviche prit la parole et s'exprima ainsi :

— Votre Excellence daigne me combler de beaucoup de faveur; je dois lui dire qui je suis. Le royaume du Dekkan, dont vous avez certainement entendu parler, est un des plus puissants États de l'Inde; il m'a vu naître. J'ai été le favori et le ministre du souverain pendant quelques années. C'est assez vous dire qu'aucune des inutilités de la vie ne m'a fait défaut, je sais par expérience propre ce que peut donner d'ennui un nombreux harem; je connais tous les dégoûts de la richesse; j'ai vu miroiter assez de pierreries pour n'avoir pas eu longtemps la passion d'en contempler, et quant à la faveur du prince, il n'est pas sur ce sujet une seule observation des philosophes, dont je ne sache, mieux que la plupart d'entre eux, apprécier la vérité et la valeur. Jugez du cas que j'en fais!

Je ne m'arrêtai donc pas de longues années dans une situation si fausse, et je me retirai pour me livrer uniquement à l'étude. Le résultat de mes travaux m'a conduit à abandonner encore cette position comme trop gênante et entraînant trop de distractions indignes. J'ai quitté tout. Vivant seul et content désormais de mon kouskoul et de mon pantalon de coton bleu, je crois pouvoir vous dire une grande vérité que vous ne croirez pas, mais qui, cependant, n'en est pas moins ce qu'elle est : ce pauvre diable qui n'a rien, et qui est devant vous, possède le monde!

En prononçant ces paroles, le derviche regarda en face Mirza-Kassem et avec une telle expression de majesté et d'autorité, que celui-ci en resta tout interdit; il eut à peine le temps de prononcer les paroles indiquées par la circonstance :

— Gloire à Dieu! Qu'il en soit béni et remercié!

— Non! poursuivit le derviche, et toute sa personne prit de plus en plus un caractère imposant et dominateur; non, mon fils, vous ne me croyez pas! La puissance, à vos yeux, s'annonce par un grand appareil; on ne saurait en être investi, à moins que, magnifiquement vêtu de soie, de velours, de cachemire et de gaze brodés d'argent et d'or, on ne s'avance sur un cheval dont le harnachement est semé de perles et d'émeraudes, entouré d'un immense cortège de serviteurs armés, dont la turbulence et les airs insolents font connaître la dignité du maître. Vous pensez comme tout le monde sur ce point. Mais vous avez été bon pour moi; sans me connaître, sans soupçonner d'aucune façon qui je suis, vous m'avez accueilli et traité comme un roi. Je vous en montrerai ma gratitude, en vous délivrant d'une fausse manière de penser qui ne doit pas plus longtemps rabaisser l'esprit d'un homme tel que vous. Sachez donc que telle ou telle chose, impossible au commun des hommes, est pour moi simple et d'une exécution facile. Je vais vous en donner une preuve immédiate. Prenez ma main, et tenez mes doigts de façon à sentir le battement de l'artère; qu'en dites-vous?

— L'artère, répondit Mirza-Kassem un peu étonné, bat aussi régulièrement qu'elle le doit.

— Attendez, reprit le derviche en inclinant la tête, et d'une voix plus basse, comme s'il concentrait toutes ses facultés sur ce qu'il allait faire; attendez, et le pouls va graduellement cesser de battre.

— Que dites-vous là? s'écria Mirza-Kassem au comble de la surprise. C'est ce qu'aucun homme ne saurait faire.

— C'est pourtant ce que je fais, répondit le derviche avec un sourire.

Et, en effet, le pouls se ralentit degré par degré, puis devint si faible que le doigt de Mirza-Kassem avait peine à le retrouver et, enfin, cessa absolument. Mirza-Kassem resta confondu [1].

— Quand vous le commanderez, dit le derviche, le mouvement renaîtra.

— Faites-le donc renaître!

Il se passa quelques secondes et le mouvement tressaillit de nouveau, s'accentua, et, peu à peu, reprit son ampleur naturelle. Mirza-Kassem regardait le derviche, et était partagé entre des sentiments, qui tantôt tenaient de l'admiration, et tantôt de l'effroi.

— Je viens de vous montrer, dit le personnage singulier, qui le tenait ainsi sous le charme, ce que je peux sur moi-même; maintenant, je vais vous montrer ce que je peux sur le monde matériel. Faites apporter un réchaud.

Mirza-Kassem donna au petit nègre l'ordre de fournir ce que le derviche souhaitait, et un réchaud, rempli jusqu'au bord de charbon bien allumé, fut placé devant celui qui allait s'en servir pour la démonstration si curieuse de sa puissance illimitée sur les éléments. La démonstration eut

---

1. Le phénomène décrit ici par Gobineau, influence de la concentration de la pensée sur le fonctionnement de l'organisme, n'est pas purement imaginaire. Cf. Laubry et Brosse, *Documents recueillis aux Indes*, *Presse médicale*, n° 83, 14 octobre 1936.

lieu, en effet. Le derviche parut se recueillir fortement; sa bouche se serra à tel point, que ses lèvres paraissaient soudées l'une à l'autre; ses yeux s'enfoncèrent plus encore dans leurs orbites; des gouttes de sueur perlèrent sur son front, ses joues se tirèrent, et, sous le hâle, devinrent livides; tout à coup, il étendit le bras, comme si un ressort était parti, et le posa juste au milieu des charbons, où il enfonça son poing fermé; Mirza-Kassem poussa un cri d'épouvante; mais le thaumaturge sourit, et maintint sa main crispée au milieu du feu. Deux ou trois minutes s'écoulèrent; il retira sa main, la montra à son hôte, et celui-ci vit qu'il n'y avait ni brûlure ni blessure.

— Ce n'est pas tout, dit le derviche. Vous savez ce que je peux pour dompter mon corps et faire obéir les éléments à mes caprices les plus contraires à leur nature; regardez maintenant ce que je peux sur les hommes; je dis sur tous les hommes, je dis sur toute l'humanité!

Il prononça ces mots avec une expression si méprisante et qui ressemblait si fort à une invective, que Mirza-Kassem en fut de plus en plus troublé. Mais le derviche n'y prit pas garde et lui dit :

— Faites-moi donner un morceau de plomb ou de fer.

On apporta une douzaine de balles de fusil; il les mit sur les charbons, et elles commencèrent bientôt à entrer en fusion, d'autant plus qu'il activait le feu avec son souffle. Puis il prit, dans la ceinture de coton noir qui soutenait son pantalon, une petite boîte d'étain, où Mirza-Kassem aperçut de la poudre rouge. Le derviche en prit une pincée et la jeta sur le plomb; peu d'instants étaient écoulés que, se penchant, il dit d'une voix calme :

— C'est fait!

Et il mit sur le sopha, devant Mirza-Kassem, un lingot d'un jaune pâle, que celui-ci reconnut immédiatement pour être de l'or.

— Et voilà! s'écria le derviche d'un air de triomphe, ce que je peux sur les hommes! Est-ce assez! Ai-je besoin de splendeurs, de magnificences, de luxe, d'insolence! Et vous, mon fils, apprenez désormais à savoir que la puissance n'est pas dans ce qui s'affiche, mais uniquement dans l'autorité des âmes fortes, ce que le vulgaire ne croit pas!

— Hélas! mon père, répondit Mirza-Kassem d'une voix tremblante d'émotion, il ne suffit même pas que les âmes soient fortes pour jouir de si sublimes prérogatives; il faut qu'elles aient su les trouver et les prendre. Il faut la science!

— Et mieux que cela, répliqua le derviche. Il faut le renoncement, la macération, la soumission complète du cœur, et ce ne sont pas des mérites qui s'obtiennent sans peine et sans travail. Mais c'en est assez sur ce sujet.

— Non! oh, non! s'écria Kassem, en attachant sur son hôte des yeux brûlant de désir; non! puisque j'ai le bonheur d'être ainsi à vos pieds, ne me retirez pas si vite vos enseignements! Ne fermez pas la source dont vous m'avez laissé prendre une gorgée! Parlez, mon père! Instruisez-moi! Enseignez-moi! Je saurai ce qu'il faut faire! Je le ferai! Je ne veux plus traîner dans le monde cette existence inutile et vide qui, jusqu'ici, a été la mienne.

Kassem venait d'être saisi de la plus dangereuse des convoitises : celle de la science; ses instincts endormis s'éveillaient et ne devaient plus lui laisser un moment de trêve. Le derviche commença alors à lui parler à voix basse. Il lui révéla sans doute des choses bien étranges. La physionomie de l'auditeur était bouleversée. Elle passait à chaque minute par les expressions les plus diverses et subissait les changements les plus brusques. Tantôt elle exprimait une admiration sans bornes et presque un état extatique. Il semblait, à voir ces yeux noyés, ce regard perdu vers quelque chose de caché et d'insaisissable, que Kassem allait s'évanouir, maîtrisé par la plus auguste et la plus captivante des révélations. Tout d'un coup, l'horreur remplaçait la joie; les traits de Kassem se tiraient, sa bouche s'entr'ouvrait, ses regards devenaient fixes. Il paraissait apercevoir des abîmes effroyables, se penchant au-dessus au risque de perdre l'équilibre et de rouler au fond. Toute la nuit se passa à écouter les discours, qui produisaient des révolutions si terribles dans son âme et bouleversaient ainsi ses pensées. Enfin, l'aurore blanchit les sommets de la terrasse, et le derviche, qui l'avait plusieurs fois engagé en vain à chercher un peu de repos, insista cette fois plus fortement, et jura qu'il ne parlerait plus et ne révélerait rien davantage.

Kassem était épuisé, haletant; il obéit. Le derviche resta seul dans le salon et s'étendit sur le sopha, tandis que lui, il s'en alla, soucieux et d'un pas chancelant, à travers les corridors étroits, descendit, puis monta quelques marches, et, soulevant une portière, entra dans l'enderoun [1]. Le nègre dormait sur une natte de paille dans la première pièce, où la lueur grise de l'aurore luttait faiblement contre la clarté rougeâtre et fumeuse d'une petite lampe de terre, qui teignait encore les objets atteints par elle, tandis que le reste demeurait plongé dans une obscurité presque noire. De là, le jeune homme entra dans la chambre où sa femme dormait paisiblement sur leur vaste lit, qui, recouvert d'immenses étoffes de soie bariolée d'incarnat, de vert et de jaune, à la façon du tartan écossais, laissait çà et là apparaître le drap d'indienne grise, rehaussé de fleurs de diverses nuances. Les oreillers, en grand nombre, de toutes formes et de toutes grandeurs, les uns triangulaires, les autres carrés, d'autres ronds, s'affaissaient sous la tête de la dormeuse, soutenaient ses bras ou gisaient au hasard.

Kassem contempla un moment la jolie Amynèh et poussa un soupir. Puis, il alla s'asseoir, sombre et préoccupé, dans un coin de la chambre, et resta là sans bouger.

Il tenait le lingot d'or fortement serré dans sa main et ne l'avait pas quitté, depuis que l'Indien le lui avait remis. De temps en temps, il le regardait, il le contemplait, il s'enivrait et s'exaltait de cette vue; c'était la preuve matérielle que tout ce qui s'agitait dans sa tête n'était pas un rêve, mais une franche et ferme réalité. Il regardait ce lingot d'or, et ses yeux se fermaient, et, tout à coup, dans un demi-assoupissement, il lui semblait que le morceau de métal se gonflait dans la paume de sa main, et respirait, que c'était un être animé. Il se réveillait en sursaut, dans un état d'angoisse indescriptible, considérait encore cette

1. L'*enderoun* dans la maison iranienne est l'appartement intérieur, réservé strictement à la vie familiale. Il s'oppose au *birouni*, appartement où le chef de famille reçoit ses hôtes qui ne sont pas admis dans l'*enderoun*.

merveille dont il était devenu le possesseur, la trouvait immobile comme un morceau de métal doit l'être, et, fermant de nouveau ses paupières, sommeillait, emporté dans le tourbillon de ses idées. Enfin, la lassitude fut victorieuse de la méditation, et Kassem s'endormit profondément.

Un baiser sur le front le réveilla. Il regarda. Amynèh était à genoux à côté de lui, le pressait entre ses bras, et lui disait :

— Es-tu malade, mon âme? Pourquoi ne t'es-tu pas couché cette nuit? Oh! saints Imams[1]! Il est malade! Qu'as-tu, ma vie? Ne veux-tu pas parler à ton esclave?

Kassem vit qu'il était grand jour, et, rendant à sa femme le baiser qu'il en avait reçu, il lui répondit :

— La bénédiction soit sur toi! Je ne suis pas malade, grâce à Dieu!

— Grâce à Dieu! s'écria Amynèh.

— Non, je ne suis pas malade.

— Qu'as-tu donc fait hier au soir avec ce derviche étranger? Est-ce que, contrairement à tes habitudes, tu aurais bu de l'eau-de-vie et mangé des grains de pastèque rôtis pour te donner plus de soif?

— Dieu m'en préserve! s'écria Kassem; rien de semblable n'a eu lieu; nous avons seulement causé très tard de ses voyages... Où est-il, mon hôte? Il faut que j'aille le rejoindre.

Et, en parlant ainsi, Kassem se mit sur ses pieds; mais Amynèh continua :

— Le jour est déjà haut depuis longtemps et le soleil n'était pas levé, quand notre nègre, Boulour, a vu le derviche accroupi dans la cour auprès du bassin; il disait ses prières et accomplissait les ablutions légales. Ensuite, il a fait cuire, dans une coupe de cuivre, un peu de riz sur lequel il a jeté une pincée de sel; il l'a mangé et est parti.

— Comment, parti! s'écria Kassem consterné, comment parti? Ce n'est pas possible! Il avait encore mille choses de la dernière importance à m'apprendre! Il n'est pas possible qu'il soit parti!

---

1. Cf. ci-dessus, p. 82, n. 2, et p. 86, n. 2.

— Il l'est, cependant, répondit Amynèh un peu étonnée de l'agitation de son mari. Quelle affaire avais-tu donc avec cet homme?

Kassem ne répondit rien, et d'un air sombre, irrité, concentré, il sortit de la chambre et quitta la maison. Il n'avait pas cessé de tenir le lingot d'or. En droite ligne, il courut au bazar et entra chez un joaillier de sa connaissance.

— Le salut soit sur vous, maître Abdourrahman! lui dit-il.

— Et sur vous le salut, Mirza! répliqua le négociant.

— Faites-moi une faveur; dites-moi ce que vaut ce métal.

Maître Abdourrahman mit ses vastes lunettes sur son nez, considéra le lingot, le passa à l'éprouvette et répondit paisiblement :

— C'est du bel et bon or, pur de tout alliage et qui vaut à peu près une centaine de tomans. Si vous le désirez, je le pèserai exactement, et vous remettrai le prix avec déduction d'un très petit bénéfice.

— Je vous remercie, répondit Kassem, mais, pour le moment, rien ne me presse de me séparer de cet objet, et j'aurai recours à vous, en temps et lieu.

— Quand il vous plaira, repartit le marchand.

Il salua Kassem, qui prit congé et sortit.

Il s'en alla à travers les bazars, frôlant les boutiques; mais les apostrophes enjouées des femmes qui, sous le voile, se permettent tout (on ne le sait que trop), les appels et les compliments de ses connaissances, les avertissements brusques des muletiers et des chameliers, pour qu'il eût à faire place à leurs bêtes, qui se succédaient en files interminables attachées à la queue les unes des autres et chargées de ballots dont il fallait craindre le contact pour chacun de ses membres, tout cela, qui l'amusait d'ordinaire, le fatiguait jusqu'à l'irriter aujourd'hui. Il avait un besoin impérieux d'être seul, livré à ce monde de pensées qui le tyrannisaient et le voulaient posséder sans conteste. Il sortit de la ville, et ayant atteint dans le désert un endroit où s'élevait un groupe de grands tombeaux en ruines, il entra sous une des coupoles à moitié effondrées et se mit dans un coin, à l'ombre. Là, s'étant assis, il s'abandonna aux idées dominatrices qui fondaient sur lui comme un essaim d'oiseaux de proie.

Il existe dans toutes les rues de nos villes de l'Iran, des puits [1]. Nos rues sont étroites et le puits est juste au milieu. Jamais on n'a pensé à l'entourer d'un mur comme dans les villes d'Europe, de sorte qu'il s'ouvre à fleur de terre, disposition beaucoup plus commode. Quand, pour une cause ou pour une autre, il se tarit, on ne s'amuse pas à le combler, ce qui prendrait trop de temps et donnerait trop de peine. On le couvre de deux ou trois planches, et, avec le temps, la terre s'accumule dessus. Naturellement, les planches pourrissent, des pieds maladroits les font s'effondrer, et, partout ailleurs que dans notre pays, un passant, un enfant, un animal quelconque s'abîmerait à chaque instant dans le vide et irait se tuer au fond du trou. Chez nous, c'est rare, parce que le Dieu très bon et très miséricordieux qui nous a dispensés de réfléchir à beaucoup de choses, prend soin de nous épargner les conséquences fâcheuses que pourrait avoir notre confiance en lui. Pourtant on ne peut jurer que quelqu'un ne disparaisse parfois dans l'abîme. Kassem avait un pareil abîme dans un coin de sa cervelle; il ne le connaissait pas lui-même; il venait d'y tomber. Il était au fond; il s'y agitait et ne devait pas en sortir.

D'ailleurs, il n'y songeait en aucune façon. Saisi, serré par ce qui s'était emparé de son imagination, de son intelligence, de son cœur, de son âme, par ce qui en maîtrisait toutes les puissances, il n'avait pas l'idée d'y résister; et non seulement il se laissait faire, mais il se laissait dévorer avec passion. Bref, une seule idée le possédait : marcher et marcher résolument dans la voie de son révélateur,

Que valait le monde au milieu duquel il avait vécu

---

1. Souvenir de chose vue par Gobineau : « Le seul reproche que j'aie à faire à Kazeroun, c'est d'ouvrir tant de puits à fleur de terre au milieu de ses rues étroites. » *Trois ans,* I, 170. Même impression chez Loti : « Oh ! les étonnantes petites rues... Quelquefois, en leur milieu, s'ouvre un puits profond sans la moindre margelle au bord... » *Vers Ispahan,* O. C. Loti, Paris, 1910, X, 78.

jusqu'alors? Rien, rien absolument; c'était de la fange au physique, de la fange au moral; en un mot, néant. Il voulait s'élever plus haut et planer au-dessus de cet univers, entrer dans le secret des forces qui font tout mouvoir, et cet univers, et bien d'autres plus grands, plus braves, plus augustes. Il savait que la substance première pouvait être trouvée, dominée, transformée; l'Indien le faisait; il en tenait, lui, Kassem, la preuve matérielle dans la main; il voulait le faire aussi! Il savait qu'on pouvait saisir, diriger toutes les forces motrices et créatrices, même les plus indomptées, même les plus sublimes; il voulait ce pouvoir; il savait qu'on pouvait ne plus mourir. Sans doute aucun être ne meurt! Mais il savait qu'on pouvait garder la vie actuelle, sous l'enveloppe actuelle, sans perdre la notion de l'individualité présente. Eh bien! c'était là qu'il prétendait atteindre. Alors, dans un moment d'enthousiasme sans nom, en pensant à ce que lui, Kassem, allait devenir, il s'écria :

— Et moi, moi, qui suis moi, ai-je donc tant de peine à entrer dans la sphère où désormais je vais agir, que me voilà conservant entre mes doigts ce morceau d'or, absolument comme s'il avait à mes yeux la valeur que je lui attribuais hier?

Il le considéra et le jeta avec mépris dans les décombres. Mais rien ne s'acquiert, et c'était là surtout ce qui l'occupait, qu'à un prix proportionné au mérite de ce qu'on recherche. C'est là ce qu'il venait de méditer, et il ne laissait pas que de trouver la condition bien dure. Mais il ne luttait pas cependant contre la passion transformée en devoir, et, après avoir déchiré lui-même ses derniers regrets, il se leva, prit le chemin de sa maison, rentra chez lui et parut devant sa femme.

Celle-ci se leva pour le recevoir et l'accueillit comme d'ordinaire avec l'enjouement le plus tendre. Mais, en voyant l'air sombre et le sourcil froncé de son mari, spectacle auquel elle n'était pas accoutumée, son cœur se serra et la pauvre enfant s'assit en silence à son côté.

— Amynèh, dit Kassem, tu sais si je t'aime et si jamais affection plus grande a réuni deux âmes. Pour moi, je n'en crois rien; l'affection de mon cœur au vôtre est incomparable. Aussi ce cœur saigne; il va affliger son compagnon.

— Qu'as-tu donc? Que veux-tu? répondit Amynèh prenant la main qu'on ne lui tendait pas.

— Je dis que chaque homme a sa part dans la vie, son kismèt [1]; cette part lui est destinée longtemps avant sa naissance. Elle est toute prête quand il vient au monde, et soit qu'il y consente ou qu'il résiste, il lui faut l'accepter, la prendre et s'en accommoder.

— Il n'y a pas de doute à cela, repartit Amynèh d'un petit air capable. Mais ta part n'est pas si mauvaise, et tu n'as pas raison, en y songeant, de froncer ainsi les sourcils. Ta part, c'est moi, et tu m'as assuré quelquefois, plus d'une fois, et même souvent, que tu n'en demandais pas d'autre.

Kassem, malgré ses sombres dispositions, ne put s'empêcher de sourire à la gentillesse de la jeune femme; ce que voyant, celle-ci s'accouda tout à fait sur les genoux de son mari et chercha, bien certainement, par la manière dont elle le regarda, à lui faire perdre la tête. Elle y avait réussi souvent; pour ce coup, elle échoua.

— Amynèh, reprit-il, ma part, mon kismèt est de partir aujourd'hui même et de te quitter pour jamais!

— Pour jamais? Me quitter? Partir? Je ne veux pas!

— Ni moi non plus, je ne veux pas! Mais c'est mon kismèt, et il n'y a rien à objecter. Le derviche m'a ouvert les yeux. J'ai senti à quoi le ciel m'appelle. Il faut que j'aille.

— Où?... Mon Dieu! Dieu miséricordieux, je vais devenir folle!

Et la pauvre Amynèh se tordit les bras, et deux torrents de larmes jaillirent de ses yeux. Puis elle saisit le bras de Kassem et lui cria :

— Parle donc! parle donc! Où veux-tu aller?

— Je veux rejoindre le derviche.

— Où est-il?

— Il est parti pour le Khorassan, il va traverser Meshed,

---

1. *Kismet,* de l'arabe *kasama,* partager; notion qui revient fréquemment dans le Coran où Dieu est présenté comme l'auteur équitable de tous les biens que l'homme reçoit de lui. Cf. entre autres *Coran,* XX, 132.

Hérat et le pays de Kaboul; je le retrouverai au plus tard dans les montagnes de Bamyân [1].

— Quel besoin as-tu de lui?

— J'ai besoin de lui, il a besoin de moi. Aussi bien je ferai mieux de te dire tout.

— Tu feras mieux, sans doute, dis-moi tout. Ah! mon Dieu! mon Dieu! je deviens folle! Parle, mon amour, mon enfant, ma vie! Parle!

Kassem, ému de douleur, de tendresse et de pitié, prit la main d'Amynèh, la serra et la garda dans la sienne pendant qu'il raconta ce qui suit :

— Le derviche peut tout, tout au monde! Il me l'a prouvé cette nuit! Il peut tout, hormis une seule chose, et, sans un compagnon, il ne la réalisera jamais. Depuis plusieurs années, il a cherché ce compagnon. Il a parcouru la Perse, l'Arabistan, la Turquie pour le trouver; il a été le chercher en Égypte et s'est rendu même au delà, dans le pays du Magreb, traversant les terres occupées par ces Férynghys, qu'on appelle les Fransès. Il n'a partout vu que des gens d'un esprit borné ou d'un cœur irrésolu. La plupart l'écoutaient avec complaisance, tant qu'il leur parlait des moyens de faire de l'or; mais quand il voulait élever leurs esprits, plus de ressort! Les zélés devenaient froids. Le derviche ne se décourageait pas. Il était certain que l'homme nécessaire à ses vues existait dans le monde; les opérations du Raml [2], les points jetés et combinés sur la table de sable le lui avaient fait connaître par des calculs infaillibles. Seulement, il ignorait le lieu où cet ami de son cœur se trouvait. Il allait le chercher dans le Turkestan, quand, hier, il a traversé la ville. Il m'a parlé, il m'a ouvert son cœur tout entier. Le mien s'est éclairé. C'est de moi qu'il s'agit. Je suis l'élu! Moi seul, je peux résoudre le mystère. Me voilà! Je suis prêt! Il faut que je parte! Je pars! Mort

1. Ville de l'Hindû-Kûch sur l'une des routes les plus importantes reliant les bassins de l'Indus et de l'Oxus.

2. En arabe *ilm ar-raml,* science du sable, désigne la géomancie : au moyen de figures géométriques ou talismaniques tracées sur la poussière, le devin suppute le résultat promis à une action. Ce mode de divination est populaire dans tous les pays musulmans.

ou vivant, j'aiderai le derviche à arracher le dernier secret!

Kassem avait parlé avec un tel enthousiasme, ses dernières paroles étaient empreintes d'une conviction, d'une résolution si inébranlables, qu'Amynèh baissa la tête. Mais il s'agissait de l'anéantissement de son bonheur; elle ne resta pas longtemps vaincue, et, à son tour, elle reprit d'une voix ferme :

— Mais moi?

— Toi! toi! que veux-tu que je te dise? Je t'aime plus que tout au monde; mais ce qu'il faut que je fasse, je ne saurais l'empêcher. Une force, plus terrible que tu ne saurais le concevoir, m'entraîne malgré l'amour que j'ai pour toi. Il faut que j'obéisse... J'obéis! Tu te retireras chez tes parents... Si je reviens... alors... mais, reviendrai-je? Que vais-je devenir? Qui peut le savoir? Dois-je rien désirer autre que ma tâche? Enfin, si je reviens...

— Si tu reviens, seras-tu à moi?

— Tout entier! répondit Kassem, avec un attendrissement et une chaleur qui prouvaient bien que l'amour n'avait pas été éteint par la nouvelle passion; oui, tout entier! Pour toujours! Je ne songerai qu'à toi! Je ne voudrai que toi! Cependant... écoute! Cela est si peu probable que je revienne!... Tout est ténèbres dans ce que je fais... Peut-être, aurais-tu plus raison... Si tu veux m'en croire, je demanderai le divorce, tu prendras un autre mari... Tu auras des enfants...

Là, Kassem se mit à pleurer avec une amertume extrême. Amynèh, au milieu de sa douleur, ressentit quelques tressaillements de joie et même déjà de l'espérance, et elle répondit :

— Non, je ne consens pas au divorce; je t'attendrai, un an, deux ans, trois ans, dix ans... jusqu'à la mort! Jusqu'à ma mort, entends-tu? Et elle arrivera bien plus tôt, si tu meurs toi-même. Je ne veux pas non plus me retirer chez mes parents. Je les connais. Ils croiraient que je suis malheureuse, non de ton absence mais d'être seule; ils voudraient me remarier. J'irai demeurer avec ta sœur, et c'est là qu'il faut venir me rejoindre le plus tôt que tu pourras.

Kassem essuya ses yeux, et, ayant embrassé Amynèh,

laissa reposer sa tête pendant assez longtemps sur le cœur fidèle dont il allait se séparer. Le silence n'était interrompu que par des sanglots et de longs soupirs. Enfin Amynèh demanda à voix basse :

— Quand veux-tu partir?

— Ce soir, répondit Kassem.

— Non! Accorde-moi cette nuit encore, tu partiras demain. Pour moi, je vais aller chez ta sœur la prévenir; demain, tu m'aideras à faire tout transporter chez elle. Quand tu m'y verras installée, alors... alors tu me quitteras... Mais, je prétends que tu me croies là, afin que, quand tu seras loin, tu puisses regarder dans ta pensée, moi, mes vêtements, ma chambre... et tout ce qui m'entoure!

Et elle recommença à pleurer, mais plus doucement; puis, sentant qu'elle n'avait pas trop de temps à perdre, elle se leva enfin d'auprès de son mari, passa de grands pantalons à pied que les femmes mettent pour sortir, s'enveloppa dans le grand hyâder ou manteau de coton bleu qui enveloppe la tête et toute la personne, attacha, au moyen de deux agrafes d'or incrustées de grenats et en forme de colombes, le roubend ou voile de percale épaisse percé à la place des yeux d'un treillis étroit, et ainsi prête, elle serra encore une fois la main de Kassem plongé dans une sorte de prostration, et sortit.

Quand elle fut dans la rue, elle avait le cœur si gros et se sentait si malheureuse, si abandonnée, qu'il s'en fallut peu qu'elle ne se mît à pousser de grands cris pour implorer la pitié des passants; elle l'eût fait sans doute et chacun l'eût plainte, mais elle changea d'idée en passant devant la mosquée.

Elle y entra et dit ses prières. Elle en récita avec une volubilité passionnée un bon nombre de rikaats [1] et égrena plus de dix fois son chapelet, en répétant avec ferveur les quatre-vingt-dix noms du Dieu miséricordieux [2]. Par

---

1. Un *rikaat* est constitué par la série des huit attitudes successives que prend le musulman pendant la prière canonique. Selon les heures, la prière comporte un nombre variable de *rikaat*.

2. Cf. p. 33, n. 4. Erreur de Gobineau : il y a 99 noms de Dieu et non 90.

bonheur, d'autres femmes se trouvaient aussi dans le sanctuaire, une entre autres. Celle-ci racontait que son enfant unique, âgé de trois ans, était à toute extrémité; ces affligées ensemble, et Amynèh avec elles, se soutenaient réciproquement en priant de tout leur cœur.

Après une bonne heure ainsi employée, la jeune femme partit; à la porte, trouvant de pauvres malades rassemblés autour de la fontaine, elle leur distribua de nombreuses aumônes et s'éloigna couverte de bénédictions.

Toutes ces formules : Que le salut soit avec vous! Que Dieu vous donne un bonheur parfait! Puissiez-vous être comblée de tous les biens, vous et les vôtres! et d'autres semblables ne laissaient pas de résonner mélodieusement aux oreilles de la pauvre souffrante, et elle se disait que peut-être Dieu aurait pitié d'elle. Elle rencontra des cavaliers; ils passaient entourant un personnage grave monté sur un beau cheval. Elle s'approcha humblement et demanda l'aumône. On voyait bien, à son manteau de la plus fine toile, à son roubend d'une blancheur éclatante et à ses petites pantoufles neuves de chagrin vert, que ce n'était nullement par besoin qu'elle tendait ainsi la main, et les guerriers et le vieux seigneur, considérant que c'était pour s'humilier devant Dieu et obtenir quelque grâce, ne manquèrent pas de déposer une petite pièce de monnaie dans la main qui leur était tendue enveloppée, par modestie, d'un coin du manteau, et accompagnèrent chacun leur offrande d'un signe de tête bienveillant et d'une formule de propitiation. Amynèh, ayant ainsi fait ce qui était en son pouvoir pour se concilier la bonté et l'indulgence divines, se dirigea vers la maison de sa belle-sœur et y arriva bientôt.

Cette belle-sœur n'était pas un caractère ordinaire. Elle mérite la peine d'un portrait. On l'appelait de son nom Zemroud-Khanoum, madame Émeraude. Elle avait dix ans au moins de plus que Kassem et lui avait servi de mère. Aussi, éprouvait-il pour elle une profonde considération, un respect très grand, et le tout mélangé de quelque crainte, sentiment, je dis le dernier, qui était partagé, à un degré éminent, par Aziz-Khan, mari de la dame. A la vérité, Zemroud-Khanoum ne faiblissait pas sur les points où elle avait fixé ses convictions. Épousée comme seconde femme par le général son époux, elle avait mis six mois à faire renvoyer la première; mais elle avait réussi. Depuis lors, bien qu'Aziz-Khan eût plusieurs fois essayé de lui faire comprendre cette vérité palpable, qu'un homme de son rang et de sa fortune se faisait tort en n'ayant qu'une seule personne sacrée dans l'enceinte de son enderoun, c'est-à-dire en ne possédant qu'une seule et unique femme, absolument comme un petit bourgeois, elle n'avait voulu entendre à aucune innovation de ce genre, et la verve avec laquelle elle distribuait des soufflets, et même parfois des coups de tuyau de kalioun aux servantes et aux domestiques, avait donné à réfléchir à Aziz-Khan. Il évitait de compromettre sa barbe et sa dignité dans des discussions dont la fin ne lui était pas connue d'avance. Aussi, lorsqu'il avait de l'humeur, se gardait-il de le montrer chez lui; dans ce cas, il allait se promener au bazar.

Ainsi, maîtresse absolue de son terrain, vénérée et crainte, entourée d'un troupeau de huit enfants, dont l'aîné, un garçon, avait une quinzaine d'années à peu près, et, faisant marcher tout cela dans un ordre, un silence et une componction louables, Zemroud-Khanoum était une excellente femme. Elle était prompte à se fâcher, prompte à s'attendrir. Sa voix devenait, dans la colère, de beaucoup la plus aiguë du quartier; mais il lui arrivait aussi d'en être la plus douce quand elle se prenait à consoler quelqu'un. Elle était généreuse comme un Sultan, charitable comme un Prophète, et par-dessus le marché, ayant été extraordinairement jolie, il lui en restait encore quelque chose à quarante ans sonnés; elle avait beaucoup d'esprit, faisait les vers d'une manière charmante, et jouait du târ [1] avec une telle perfection, que son mari Aziz-Khan, lorsqu'elle daignait jouer pour lui, commençait à dodeliner de la tête pendant un quart d'heure, puis se mettait à murmurer : « Excellent ! excellent ! excellent ! » en extase, et finissait par pleurer et se cogner la tête contre la muraille.

Quand Amynèh entra dans le salon de sa belle-sœur,

1. Cf. p. 48, n. 1.

elle y trouva des visites [1], comme le lui avait indiqué d'ailleurs la présence de deux paires de pantoufles, toutes pareilles aux siennes qui se trouvaient devant la porte. Les deux dames, assises à ce moment sur les coussins, n'étaient rien moins que Bulbul-Khanoum, madame le Rossignol, et Loulou-Khanoum, madame la Perle, l'une troisième femme du gouverneur, et l'autre seule et unique épouse du chef du clergé, le jeune et aimable Moulla-Sâdek, l'amateur le plus éclairé de pâtisseries qui se trouvât dans tout Damghân. Ces dames étaient jolies l'une et l'autre, fort élégantes et très sérieuses. Comme Zemroud-Khanoum, de son côté, n'était portée à la mélancolie que lorsqu'on l'y obligeait en la contrariant, la conversation allait bon train; on parlait modes nouvelles, ajustements, santé des enfants, singularités des époux, emportements même de ces messieurs; ce qui tient toujours une grande part dans les confidences féminines, comme étant le moyen le plus sûr de faire apprécier ses mérites si recherchés, et, enfin, les médisances, les médisances, les médisances! ce sel, ce poivre, ce piment, ce *nec plus ultra* des délices sociaux; bref, tout ce qui peut se dire et même, et surtout, ce qui pourrait se taire, tout allait bon train, et c'étaient des éclats de rire qui ne finissaient que pour recommencer.

Trois servantes, dont deux béloutches [2] et une négresse, vêtues de soie et de cachemire, présentaient à ce moment des kaliouns d'or émaillés et garnis de pierreries, et ces dames fumaient à cœur joie, quand la triste Amynèh entra. D'ordinaire, elle n'était pas une associée indigne de pareilles conférences; au contraire, elle y apportait une gaieté et un rire si frais, si joli, qu'on en avait fait des chansons qui se répétaient partout : *Le Rire d'Amynèh.* Hélas, il ne s'agissait guère du rire d'Amynèh, aujourd'hui! La pauvre petite laissa tomber son manteau et son voile, baisa la main de sa belle-sœur, qui l'embrassa tendrement sur les yeux, et s'assit, après avoir salué, comme deux amies, les dames présentes.

---

1. Sur le cérémonial des visites en Perse, voir *Trois ans,* II, 193-194.
2. Originaires du Balûchistan, région montagneuse qui borde à l'est la province persane du Kermân.

— Mon Dieu ! ma fille, s'écria Zemroud-Khanoum, qu'as-tu donc? Les yeux rouges? As-tu pleuré par hasard? Serait-ce la faute de Kassem? En ce cas, envoie-le-moi; je le remettrai dans le droit chemin ! Ah ! ces hommes ! ces hommes ! C'est ce que nous étions justement en train de dire ! Mais console-toi, console-toi ! Il ne faut pas abîmer tes beaux yeux !

— Abîmer ses yeux pour un mari ! dit Loulou, la femme élégante du dignitaire ecclésiastique [1], quelle folie ! A propos, chère Amynèh, mon âme, mes yeux, peut-être pourrez-vous me raconter dans le détail ce qui est arrivé, hier, à Gulnar-Khanoum avec son mari. Il paraît qu'il y a eu une scène épouvantable !

— Je n'en savais rien, répondit bien bas Amynèh, en s'essuyant les yeux et en étouffant un soupir.

— Je connais l'histoire avec la dernière exactitude, s'écria la compagne du gouverneur, qui avait de longs yeux noirs taillés en amande, sur les cils une bonne provision de surmeth [2], ce qui lui donnait un éclat surnaturel. Il paraît que, dans un moment d'épanchement, Sèyd-Housseyn s'est avisé de vouloir contempler les oreilles de son épouse.

— Quelle horreur ! s'écrièrent tout d'une voix Zemroud et Loulou.

— Une grossièreté ! poursuivit Bulbul, en levant les épaules et avec un accent de pruderie incomparable; mais, bref, il l'a voulu, et, bien que Gulnar se soit fort défendue et même fâchée, Sèyd-Housseyn a fini par lui déranger son tjargât [3], si bien qu'il a aperçu le bout de l'oreille droite, et à cette oreille des boucles d'or et de saphirs

1. Il est à peine besoin de faire remarquer l'impropriété de ce terme que Gobineau emploie par analogie avec le vocabulaire chrétien. L'Islam n'est pas une « Église » séparable de l'État et ne connaît pas de clergé doué de pouvoir surnaturel, mais seulement des savants *(ulemas)* dont la mission est d'interpréter et d'expliquer la Loi.

2. Ou plutôt *surmeh,* fard noir utilisé par les femmes pour les sourcils comme pour les cils.

3. La musulmane était tenue de cacher ses cheveux. Le *tjargât* est une sorte de serre-tête.

qu'il ne se souvient pas d'avoir données ! De là grand tapage, comme vous pouvez vous l'imaginer.

— Aussi, Gulnar-Khanoum est d'une imprudence ! déclama Loulou. Comment va-t-on porter de telles boucles d'oreilles, quand on n'est pas sûr de la moralité de son mari ? Ce n'est jamais le mien qui se permettrait...

— Gulnar, répliqua Bulbul, se croyait à l'abri de tout, parce que, comme c'est d'usage, elle portait les autres boucles d'oreilles, celles qui étaient inoffensives, non à ses oreilles, mais attachées sur son tjargât, absolument comme nous autres.

— A propos, interrompit Loulou, puisque nous parlons de modes...

Ici on apporta de nouveau les kaliouns et le thé, et Amynèh espéra, avec raison, que les premiers étant fumés et l'autre bu, la visite allait prendre fin bientôt, et tandis que chacune des belles personnes tenait sa tasse dans la main, Loulou continuant son propos :

— Puisque nous parlons de modes, disais-je, avez-vous vu cette nouvelle forme de veste que les Arméniens ont apportée de Téhéran ? Il paraît que toutes les femmes en raffolent, parce que c'est ce que les Européens mettent sous leurs habits, et ils appellent cela yiletkeh. Je m'en suis commandé trois...

— Et moi, deux seulement, répliqua Bulbul, un en drap d'or et l'autre en étoffe d'argent à fleurs rouges. C'est extrêmement commode pour les nourrisons.

L'entretien se prolongea encore quelque temps sur ce ton, puis les deux dames prirent congé, embrassèrent Zemroud et Amynèh, et se retirèrent emmenant avec elles servantes, kaliares [1], domestiques, non sans grand tapage, comme il convenait pour des personnes si considérables.

Alors Amynèh se trouva libre de raconter ce qu'elle avait sur le cœur. Elle le fit avec une passion extrême, et Zemroud, transportée d'indignation et de colère et en même temps de curiosité et de crainte pour un cas

---

1. Le *kaliare* est le serviteur préposé à l'entretien des narghilés.

aussi surprenant, lui dit en prenant son manteau et son voile :

— Reste ici, ma fille, je vais aller parler à Kassem, et je te promets bien... Enfin, reste ici, attends-moi, et, sur toutes choses, cesse de te désoler. Ce garçon est mon frère, mais je le regarde comme mon fils; c'est moi qui l'ai élevé, c'est moi qui l'ai marié. Ton père en a agi avec lui de la manière la plus généreuse, car les deux cents tomans que Kassem a donnés pour t'avoir et dont, par parenthèse, mon mari avait prêté la moitié, ton père les a employés entièrement à ton trousseau et quelque chose par-dessus. Vallah! Billah! Tallah [1]! nous allons voir de quel air maître Kassem va me répondre! Calme-toi, te dis-je, et sois sûre que tout cela ne signifie rien.

Là-dessus, Zemroud-Khanoum, armée en guerre et s'étant bien enveloppée, ne prenant avec elle ni servante, ni domestique, partit d'une telle façon, qu'on ne saurait la comparer qu'à l'éclair sillonnant un ciel d'orage et en annonçant la majestueuse horreur.

Amynèh resta assise sur le tapis dans un accablement profond, écoutant à peine la voix de l'espérance qui cherchait encore à éveiller un écho dans son cœur. Elle attendit deux heures pleines; au bout de ce temps, Zemroud revint. Elle ôta ses voiles, elle était décontenancée, pâle, et on voyait que la femme forte avait pleuré. Elle s'assit à côté d'Amynèh, lui prit la main, et, voyant que celle-ci ne prononçait pas un mot, ne levait pas les yeux et regardait fixe devant elle, elle l'attira sur son cœur, et la couvrant de baisers, lui dit :

— Nous sommes bien malheureuses!

Elles étaient bien malheureuses, en effet. Kassem avait été très doux pour sa sœur aînée, très déférent; mais il s'était montré inébranlable dans sa résolution de partir le lendemain, déclarant qu'il n'avait accordé ce retard qu'à l'amour tendre qu'il avait pour Amynèh; mais que, si on devait le tourmenter et le soumettre à des plaintes que sa propre douleur lui rendait intolérables, il partirait

1. Cf. p. 37, n. 1.

le soir même; et toutes les supplications, tous les raisonnements, tous les reproches de Zemroud n'avaient pu en obtenir autre chose.

— Il est ensorcelé, ma chère âme, dit Zemroud en finissant le récit de son expédition manquée, ensorcelé par ce terrible magicien. Les gens de cette sorte disposent d'un pouvoir irrésistible, et là où ils commandent, il est certain qu'il n'y a qu'à se soumettre. Kassem est au pouvoir de celui-ci. Il faut espérer, il faut croire même que c'est pour son bien; car, d'après ce qu'il m'a raconté, le derviche paraît avoir les meilleures et les plus affectueuses intentions. C'est un homme pieux et incapable de faire le mal. Moi aussi j'ai connu des magiciens; c'étaient les gens les plus vénérables du monde, des prodiges de science! Je te le répète donc, calme-toi! Il vaut mieux que ton mari fasse des choses grandes et puissantes sous la protection de l'Indien, que si, par exemple, il s'en allait à la guerre, où même la faveur du roi (que sa grandeur augmente et soit fortifiée!) ne pourrait jamais l'empêcher de recevoir un mauvais coup.

Ce genre de consolation prodigué par Zemroud à sa petite belle-sœur valait beaucoup ou valait peu, il n'importe. Elle n'en avait pas d'autre à sa disposition, et elle en usa tant qu'elle put, le reproduisant sous toutes les formes et terminant toujours chaque démonstration par l'assurance ferme, par la promesse sous serment que Kassem ne resterait, dans tous les cas, pas plus d'un an absent, et qu'il n'était que raisonnable et naturel d'admettre qu'il reviendrait possesseur d'une fortune immense qui les mettrait, tous et toutes dans la famille, en situation de se passer leurs fantaisies. A la fin, Amynèh, ayant un peu pris sur elle, dit qu'elle voulait s'en aller et elle retourna au logis.

Elle y trouva Kassem dans un état qui ne valait guère mieux que le sien. Au moment de quitter sa femme, sa maison, ses habitudes, son bonheur, son amour, l'enthousiasme avait baissé. La résolution restait, parce qu'il ne pouvait l'arracher ni de son imagination ni de sa volonté; mais elle était voilée de noir, et le cœur s'en donnait tant et plus de se tordre, de se plaindre, de gémir, de réclamer : enfin, pour bien dire, Kassem était très malheureux, comme on l'est, quand, placé entre le devoir et la passion, on se croit entraîné par le devoir. Il importe peu de rechercher ce que peut valoir toujours ce dernier mot. Kassem admettait que son devoir était de chercher et de rejoindre le magicien. Il lui fallait se soumettre.

Avec ce sentiment si fin, si tendre, si divin qui appartient, en tous pays, aux femmes, quand elles aiment et qui seul suffirait à en faire les êtres vraiment célestes de la création, Amynèh comprit la lutte qui se soutenait dans l'âme de son mari, et, instinctivement, évita ce qui pouvait la rendre plus difficile et plus cruelle pour le patient.

— Peut-être, se dit-elle en elle-même, pourrais-je réussir à le garder auprès de moi huit jours, un mois au plus! Mais comme il souffrirait!... Et à la fin?... Quoi? il voudrait encore s'en aller!...

Elle cesse de combattre et se montre résignée. Elle dit seulement :

— Tu reviendras?

— Oui! oui! je reviendrai... je te le jure, Amynèh! Comment ne reviendrais-je pas? Sois sûre que, si tu ne devais plus me revoir, c'est qu'alors...

Elle lui mit la main sur la bouche.

— Je te reverrai, dit la meilleure des femmes en affermissant sa voix. Assurément, je te reverrai! Pense à moi, n'est-ce pas?

— Oui, j'y penserai... j'y penserai souvent!... Non! Tiens! j'y penserai toujours! O Amynèh! mon Amynèh! ma chérie! Comment veux-tu que je fasse pour ne pas penser toujours à toi? Songe donc à ce que tu es pour moi!... Est-ce que je le savais bien jusqu'à ce moment?... Je n'avais jamais songé que je pouvais te perdre... Te perdre... Est-ce que je te perdrai?

— Non! tu ne me perdras pas. Je serai là, tranquille, chez ta sœur. J'aurai beaucoup de patience... j'aurai beaucoup de courage... Je suis sûre qu'il ne t'arrivera rien, Kassem! Mets encore une fois ta tête sur mes genoux.

C'est ainsi que la nuit se passa entre le désespoir le plus poignant et les caresses les plus tendres, l'un consolant l'autre, et le plus souvent c'était Amynèh qui relevait la tête courageusement sous le mauvais traitement que leur infligeait le sort.

Quand le jour parut, ce fut elle qui appela les domestiques et leur ordonna de lever les tapis, d'enfermer toutes choses dans les coffres, de vider la maison; elle envoya chercher des mulets et on transporta le ménage chez Zemroud-Khanoum. Les gens du quartier, mis en éveil par le mouvement, étaient sortis de leurs maisons comme une fourmilière; ils se tenaient, qui sur le pas de sa porte, qui dans la rue ou assis sur quelques auvents de boutiques, sans compter ceux qui étaient montés sur leurs terrasses. Il y avait foule. Amynèh, quand elle vit qu'il ne restait rien au logis et que les quatre murs de chaque chambre étaient nus, s'enveloppa dans ses voiles et partit. Kassem la suivit, puis revint au bout d'une heure. Il était seul avec le petit esclave nègre. On l'attendit encore un peu. Alors l'esclave vint allumer un grand feu au milieu de la place la plus vaste du quartier, et, quand le bûcher flamba tout haut, Kassem parut dans la rue à son tour.

Il avait la tête et le buste nus, les pieds et les jambes nus et ne portait qu'un caleçon de toile blanche. Il tenait à la main les habits qu'il avait mis la veille, pantalon de soie rouge, koulydjèh [1] de drap d'Allemagne gris, passementé de noir, djubètz [2] de laine de Verman rouge à fleurs, et bonnet de peau d'agneau très fine. Il marcha vers le bûcher; il y déposa tous ces vêtements qui furent consumés

1. Gobineau définit lui-même le *koulydjèh* dans *Trois ans,* I, 302, en racontant la réception que lui réserva le Schah à Téhéran (5 juillet 1855) : « Le roi était vêtu d'un koulydjèh, espèce de tunique courte de soie, de couleur claire, bordée de perles ».

2. Le *djubètz* ou plutôt *djubbeh* est un manteau assez ample. Volney dans son *Voyage en Égypte et en Syrie* le signale comme une partie du costume des Mamelouks, manteau « de drap sans doublure » dont « les manches sont coupées au coude. Dans l'hiver, ce djoubé est garni d'une fourrure et devient pelisse. » Volney, *Voyage,* État politique de l'Égypte, ch. VI, I. J'ai en vain cherché ce qu'est la « laine de Verman ». On peut supposer qu'il s'agit d'une faute d'impression et que Gobineau a écrit *laine de Kerman,* Kerman étant célèbre par ses tissages de soie et de laine. Gobineau, *Trois ans,* I, 136, signale une « robe en cachemire de Kerman ».

sous ses yeux. Il faisait ainsi vœu de pauvreté et d'ascétisme. La multitude le regardait faire; elle était très émue. On l'aimait. Quoi d'étonnant? On l'avait connu tout petit; il était jeune, il était beau; jusque-là il avait toujours été heureux et s'était montré obligeant pour les uns, très charitable pour les autres. Les femmes pleuraient; quelques-unes criaient, agitant leurs bras et disant : Quel malheur! Quel malheur! Au fond, on était profondément édifié. Aux yeux de ceux à qui les domestiques avaient expliqué l'affaire, Kassem était l'esclave dévoué de la science et du renoncement, et rien ne semblait plus beau.

Quand le sacrifice fut fini, le nouveau derviche s'écria d'une voix stridente, à la façon de ses confrères :

— « Hou [1] ! »

C'est-à-dire : « Lui! » l'Être par excellence, celui qui contient en son sein et y réserve tout ce qui est vivant, Dieu. Les bénédictions éclatèrent :

— Que Dieu le garde! Que les saints Imams [2] veillent sur lui! Oh! Dieu! Conservez-le! Que tous les prophètes l'accompagnent.

Kassem remercia d'un signe de tête et sortit de la place. Au moment où il atteignait la rue qui menait hors de la ville, un vieux bakkal ou épicier [3] lui tendit une petite coupe en cuivre, en le priant de l'accepter comme souvenir de lui, ce qu'il fit; puis, il avança de quelques pas, et l'enfant du menuisier, qui avait cinq ans et qu'il avait bien souvent caressé, marcha vers lui, envoyé par son père et traînant un fort bâton de voyage. Kassem le prit encore. Mais sa fermeté l'abandonna un instant; il ne put retenir quelques sanglots et saisit convulsivement l'enfant qu'il pressa dans ses bras. C'était l'amer souvenir de ce qu'il perdait. Il se remit pourtant assez à temps, et, s'étant éloigné à

---

1. Le pronom personnel arabe de la 3e personne masculin singulier, *Hou*, traduit pour le mystique l'état de l'individu dont l'unité personnelle parfaite atteste l'unicité de Dieu dans le monde.

2. Cf. ci-dessus, p. 82, n. 2.

3. *Bakkal* signifie étymologiquement en arabe *revendeur de légumes*. Le mot a pris le sens étendu que lui donne ici Gobineau en Turquie et en Perse.

grands pas, il se trouva bientôt hors de la ville, marchant dans la direction de l'est, c'est-à-dire vers le Khorassan, où il sentait que l'Indien l'attendait et l'appelait.

Aussitôt qu'il se trouva dans le désert, cheminant ainsi et frappant de son bâton les cailloux du chemin, il se trouva libre dans le vaste monde, et son cœur se calma. Son esprit s'exalta et il se vit déjà en pensée maître et maître absolu de tous les glorieux secrets dont l'Indien lui avait annoncé et promis la révélation. Il n'y avait rien, de bas ni de cupide dans son enthousiasme; ce qu'il voulait, ce n'était pas le pouvoir de courber les hommes sous la puissance des prestiges et encore moins d'avoir, par la transmutation des métaux, la richesse universelle. Il voulait la sagesse et la pénétration dans les plus augustes mystères de la nature. Il se voyait d'avance transfiguré, au-dessus des désirs, au-dessus des besoins; il se voyait comme un ascète, auquel rien ne manque des richesses morales et des perfections intellectuelles, et qui, placé par sa science et son dédain absolu des choses terrestres, dans le sein même de la Divinité, devient ainsi copartageant d'une félicité sans limites. Pour en arriver à ce point, il avait craint de bien grands combats, des luttes terribles contre ses affections mondaines. Mais pas du tout. Lui-même, il s'étonnait maintenant de la facilité avec laquelle il s'était séparé d'Amynèh, que la veille encore il idolâtrait, et, en se trouvant ainsi, le cœur libre et léger, presque indifférent à la perte qu'il venait de s'infliger, il reconnaissait avec admiration la profonde sagesse du derviche indien. Celui-ci, lorsque Kassem avait insisté sur l'impossibilité de se séparer de sa jeune femme, lui avait prédit absolument ce qui arriverait de l'indifférence qu'il ressentait à cette heure.

— Les passions humaines, ainsi s'était exprimé le sage, ne sont nullement si fortes, ni si dures à briser, que le commun des hommes se l'imagine. Inépuisables dans leur essence, elles n'ont qu'un semblant de puissance, et, quand on met violemment le pied dessus, elles gémissent d'abord, puis se taisent, et, comme des ombres qu'elles sont, finissent bientôt par s'anéantir devant la volonté inexorable. Qui en doute? Les âmes faibles; mais nous, qui sommes faits pour la domination du monde, des autres hommes et surtout de nous-mêmes, nous savons qu'il en est ainsi. Quittez votre maison, partez, et votre tête, débarrassée de soucis nuisibles, ne sera pas plutôt dans l'air libre, que vous vous étonnerez des craintes dont votre imagination voit en ce moment les fantômes, et qui n'oseront pas même vous assaillir.

Et il en était ainsi. Kassem ne pensait à Amynèh que comme à un rêve lointain et qui n'a plus d'action sur l'esprit; et, tout entier, comme on vient de le voir, à la dévotion de ses idées immenses, il lui semblait flotter sur leurs ailes. Il se reconnaissait calme et heureux.

Huit jours se passèrent ainsi. Chaque soir, il entrait dans un village et s'asseyait sous l'arbre qui masquait [1] le milieu de la place principale. Les plus âgés des paysans, le moulla [2], quelquefois un ou plusieurs autres derviches, des passants comme lui, venaient se mettre à ses côtés, et une partie de la nuit s'écoulait dans les entretiens de la nature la plus diverse. Tantôt c'étaient des récits de voyages, tantôt des récits de batailles; souvent les questions les plus ardues de la métaphysique étaient agitées par ces cerveaux rustiques, comme il est d'usage dans tout l'Orient, et on écoutait volontiers les observations de Kassem, car on s'apercevait qu'il avait étudié. Quant aux choses nécessaires de la vie, il trouvait partout aisément une natte pour se coucher et sa part de pilau. Il s'était informé à plusieurs reprises de celui qu'il allait rejoindre. On l'avait vu passer : il pensait que l'Indien ayant sur lui peu d'avance, il le rejoindrait aisément.

Le neuvième jour du voyage, il s'avançait, comme à l'ordinaire, d'un pas allègre, et regardait sans ennui et sans fatigue l'étendue infinie du désert pierreux, ondulé, coupé de ravins, de rochers, de mamelons, bordé, bien

---

1. Gobineau a-t-il écrit *masquait* ou *marquait* — ce qui paraîtrait plus logique ?

2. *Moulla* (de l'arabe *maula,* maître) désigne en Perse d'une façon générale tous ceux qui ont étudié les différentes branches de la science religieuse. Gobineau a tendance à assimiler à tort le *moulla* au curé de village chrétien.

loin à l'horizon, de deux rangées de montagnes magnifiques, colorées comme des pierreries par les jeux de la lumière, quand il sentit au fond de son âme une compression inattendue, une émotion spontanée, une douleur, un appel. Son âme, se tournant pour ainsi dire sur elle-même, lui dit :

— Amynèh !

Elle l'avait dit tout bas. Il l'entendit pourtant et, avec lui, son cœur l'entendit, et avec son cœur, toutes les fibres de son être et tous les échos qui étaient dans sa mémoire, dans sa sensibilité, dans sa raison, dans son imagination, dans sa pensée, tout cela, se réveillant, se mit à crier avec passion :

— Amynèh !

C'étaient comme des enfants qui demandent leur mère, comme devaient être les malheureux submergés dans les flots du déluge, quand ils levaient leurs bras au ciel et pleuraient en disant :

— Sauvez-nous !

Il fut bien surpris, Kassem, il fut bien surpris ! Il croyait que tout le passé avait disparu; pas du tout; le passé se montrait droit devant lui, bruyant, dominateur, réclamant son bien, sa proie, réclamant lui, Kassem, et il entendait comme un murmure menaçant :

— Qu'as-tu à faire avec la science? Que veux-tu de la puissance souveraine? Que t'importent la magie et la domination des mondes ! Tu appartiens à l'amour ! Tu es l'esclave de l'amour ! Esclave échappé de l'amour, reviens à ton maître !

Et comme Kassem continuait sa route, tête basse, la compagne presque inséparable d'un amour profond, sa compagne vengeresse l'atteignit, et une tristesse irrésistible s'empara de lui, absolument comme l'obscurité nocturne envahit, le soir, la campagne.

Le jeune homme avait beau se débattre, il était pris, il était repris. Il avait cru que ce n'était rien que d'aimer Amynèh et de la quitter. Mais l'amour s'était joué de lui. Il se répétait :

— La passion n'est rien; qu'on la regarde en face, et elle tombe !

Il la regardait bien en face; elle ne tombait pas ; elle le maîtrisait, et c'était lui qui se sentait faiblir, faiblir, faiblir, et qui se prosternait. Il voulait la chasser; mais qui était le maître en lui-même? L'amour ou lui? C'était l'amour! et l'amour répétait sans se lasser :

— Amynèh!

Et tout, dans l'être entier du pauvre Kassem, recommençait et disait :

— Amynèh!

Et cette voix et ces voix suppliantes, irritées, volontaires, enfin toutes-puissantes ne s'arrêtaient plus, et Kassem n'entendit plus rien en lui-même que ces seuls mots :

— Amynèh! mon Amynèh!

Que faire? Ce qu'il fit. Il tint bon et continua à marcher. Il allait devant lui; il avait perdu tout son entrain, toute son exaltation, toutes ses espérances et même le goût de ses espérances, et il rongeait l'amertume d'un profond et irrémédiable chagrin. A chaque pas, il sentait qu'il s'éloignait, non de son bonheur, mais de la source de sa vie; son existence était plus lourde, plus étouffée, plus pénible, plus combattue, moins précieuse, et donnait moins de désirs de la garder à celui qui la traînait. Il marchait, toutefois, le pauvre amant.

— Je ne peux pas retourner; j'ai promis, j'ai fait vœu de rejoindre l'Indien. Comment ne pas savoir ses secrets? Oh! Amynèh! mon Amynèh! ma chère, ma bien-aimée Amynèh!

C'est grand dommage que les hommes, qui ont beaucoup d'imagination et de cœur, ne soient pas mis par la destinée à ce régime de ne vouloir qu'une seule chose à la fois. Comme tout irait bien pour eux! Comme ils se donneraient libéralement, entièrement, sans réserve, sans scrupule et sans souci, à la passion unique qui les prendrait! Malheureusement, le ciel leur impose toujours plusieurs tâches. Sans doute, parce qu'ils voient plus et mieux que les autres, ils ont laissé leurs pensées entrer en bien des endroits; ils aiment ceci, ils aiment cela. Ils veulent, comme Kassem, posséder les secrets ineffables, et, comme lui, ils aiment une femme en même temps qu'ils aiment la science, et ne peuvent pas aimer avec modération, avec calme; ce qui arrangerait tout. Non! il faut, pour leur malheur, que les gens comme Kassem ne sachent rien faire à demi et demandent toujours d'eux-mêmes l'absolu en beaucoup de sens. Il leur arrive d'être, à peu près toujours, profondément malheureux par l'impuissance d'atteindre tout à la fois.

Si, au moins, il avait eu cette confiance que sa sœur Zemroud s'était efforcée d'inspirer à Amynèh : revenir dans un an, dans deux ans... Mais, non! Il ne pouvait admettre cette consolation possible. Il savait que, une fois entre les mains du derviche indien, il pratiquerait pour toujours cette règle de conduite : la science est longue et la vie est courte. C'en était donc fait de ces images que le passé lui montrait; sa félicité était éteinte.

— Je deviendrai vieux, à la fin, se dit-il; je deviendrai vieux; j'oublierai Amynèh.

Cette idée lui fit plus de mal que tout le reste à la fois. Il aimait mieux souffrir, il aimait mieux se sentir torturé par la douleur jusqu'à la mort. Il ne voulait pas oublier! C'était se renoncer soi-même, s'anéantir et faire place à un nouveau Kassem qu'il ne connaissait pas et haïssait profondément.

Il essaya de se calmer par la pensée des belles choses qu'il allait apprendre, et des merveilles que, chaque jour, il lui serait donné de contempler et qui surpassent de beaucoup, ajoutait-il avec conviction, la magnificence des choses terrestres les plus éclatantes, et même, se dit-il tout bas, la beauté d'Amynèh.

Cette suggestion de son esprit lui fit horreur, et une voix s'éleva dans son âme, qui répliqua aigrement :

— Et la tendresse d'Amynèh, y a-t-il quelque chose aussi dans le plus haut des cieux qui la dépasse en valeur?

Kassem était donc aussi complètement malheureux qu'un homme peut l'être, aussi abattu, aussi triste. Il faisait des vœux ardents pour rencontrer le plus tôt possible le derviche; car il lui prenait de tels découragements que, par intervalles, il se laissait tomber sur la terre et s'abandonnait à sangloter.

— Quand il sera avec moi, se dit-il, je serai distrait, je penserai à ce qu'il me dira. Il me ramènera à la contemplation auguste de la vérité. Je ne serai pas heureux, mais je retrouverai du courage, car il faut que j'en aie. Mon sort est de servir aux grands desseins de mon maître, je subis mon sort.

Au fond, il n'avait plus rien au monde qui l'attachât. Tiré entre deux passions, il ne souhaitait plus, tant il souffrait, que d'obtenir un moment de repos, et d'apprendre ce que c'était que le calme et de savourer la paix. A mesure que les jours passaient, il en arrivait à ce point de ne plus même savoir ce qui pouvait le rendre heureux dans ce monde, tant il semblait ne rêver que des choses impossibles. Amynèh! Elle était si loin! Elle s'éloignait tous les jours! Il l'avait perdue; cette image idolâtrée était noyée dans ses larmes; il ne la voyait pas bien; à force de la regretter, de la désirer, de l'appeler, de pleurer, de ne pouvoir l'atteindre, elle lui semblait ne plus exister dans le monde où il était lui-même, ne pas avoir de réalité sur la terre; il n'osait plus croire à la possibilité de la reprendre jamais, et, quant à l'amour de la science, première, unique cause de son chagrin, il n'était pas bien sûr de le ressentir encore.

Mais, sur ce point-là, il se trompait. La curiosité poignante, dont les paroles du derviche l'avaient fait devenir l'esclave, le tenait, en réalité, plus serré qu'il ne croyait. Il ne sentait pas bien pourquoi, dans son isolement, dans son abandon, l'amour, irrité et souffrant, ne lui ménageait pas les peines, et, cependant, il aurait dû comprendre que cet amour si fort pour le torturer, n'était cependant pas absolument victorieux; car, après tout, malgré tout, Kassem, transpercé par cet aiguillon, ne rebroussait pas chemin; il marchait, mais non pas vers Amynèh; il marchait pour retrouver le derviche, et il semblait avoir au cou une chaîne qui le tirait. Cette chaîne, c'était son Kismèt, sa Part. Il s'était traîné, malgré lui, malgré ses sentiments, ses désirs, son cœur, sa passion, tout; il marchait cependant et ne pouvait s'en défendre.

Ce qui était plus étrange, c'est qu'au fond il était loin de savoir ce qu'il allait chercher, et encore moins ce qu'il prétendait obtenir. L'Indien lui avait seulement prouvé toute sa puissance et assuré qu'il avait besoin de lui. La tête excitée, son imagination subitement embrasée, faisaient, disaient le reste. Il voulait voir, il voulait servir; il entrevoyait vaguement des hauteurs et des profondeurs où planait le vertige; il voulait irrésistiblement se jeter dans les bras, au cou de ce vertige, génie gigantesque dont les regards fixés sur ceux de son âme le fascinaient, et une fois dans ce giron terrible, il ne savait pas ce qui allait lui arriver; mais il ne cherchait pas même à le pressentir. C'était, en vérité, le vertige auquel il en voulait.

Je ne sais pas si l'amour passionné peut jamais accepter qu'une autre passion soit pour lui une digne rivale; mais, s'il en est une à laquelle il soit disposé à accorder, ou du moins à laisser prendre ce titre sans s'indigner par trop, il semble que ce doit être celle-là même qui étreignait Kassem dans ses bras convulsifs. Exaltation pour exaltation, frénésie pour frénésie, celle de l'une vaut celle de l'autre; il y a, de part et d'autre, autant d'abnégation, autant de discernement, peut-être autant d'aveuglement; et si l'amour peut se vanter d'emporter au-dessus des vulgarités de la terre l'âme qu'il transporte dans les plaines azurées du désir, sa rivale, celle-là précisément qui tenait l'âme de Kassem en même temps que l'amour, a le droit de répondre d'une manière assurée qu'elle n'exerce pas un pouvoir dirigé vers des buts moins sublimes. Ainsi le malheureux amant parcourait les campagnes caillouteuses, brûlées d'un soleil inexorable, vides de tout ce qui ressemblait à de la végétation, ayant toujours devant les yeux distraits des horizons dont les cercles étaient immenses et s'allongeaient sans cesse; il s'avançait, et il souffrait, et il pleurait, et il se sentait mourir, et pourtant il marchait.

Il avait beau faire du chemin, il ne parvenait pas à atteindre son maître. Depuis quinze jours déjà, il avait perdu ses traces; il avait interrogé, il interrogeait les gens des villages, les voyageurs; personne n'avait vu l'Indien. On ne le connaissait pas. Sans doute Kassem avait pris, à un certain moment, une autre direction, ce qui n'est pas malaisé dans ces contrées où il n'existe, à proprement parler, aucune route. Mais, Kassem ne put pas s'empêcher de reconnaître, dans cette circonstance, la puissance de son Kismèt.

— Si j'avais rencontré mon maître, se disait-il avec amertume, dans les premiers jours où la douleur m'a assailli, je n'aurais sans doute pas eu la force de la lui cacher. Il m'aurait rudement repris, et je n'aurais rien gagné à cette confidence imprudente que des reproches constants, et peut-être... quoi ! peut-être ?... Bien certainement une défiance qui, sans me rendre Amynèh, m'aurait sans doute tenu bien loin, pendant des années, du sanctuaire de la science dont j'aurais été déclaré indigne. Maintenant, je ne suis pas plus maître de moi, parce que, beaucoup plus malheureux et ayant touché le fond de mon infortune, j'y suis comme prosterné et je ne songe pas même à m'en tirer jamais ! Non ! je ne dirai pas un mot à l'Indien ! Je ne lui montrerai pas mon secret. Il ne pourrait le comprendre ! C'est une âme dure et fermée à tout ce qui n'est pas la sublimité qu'il recherche. Il est déjà Dieu ; moi, hélas ! hélas ! que suis-je ? Oh ! hélas ! que suis-je ?

Kassem traversa bien des pays, des lieux déserts, des lieux habités ; il fut ici humainement reçu, ailleurs mal ; il entra dans des villes ; il parcourut les rues de Hérât, et, ensuite, celle de la grande Kaboul. Mais il était à tout d'une indifférence profonde. En réalité, on ne pouvait pas dire qu'il vécût. La double exaltation qui entraînait et déchirait son être ne le laissait pas un moment tomber au niveau des intérêts communs. Il voyageait, mais il rêvait et ne voyait que ses rêves. C'était merveille qu'il touchât la terre du pied, car il n'était pas du tout sur la terre. Quand il eut atteint Kaboul, sans s'arrêter nullement, comme je viens de le dire, à visiter les singularités de cette ville fameuse qui a, comme on le sait, des maisons construites en pierre, et à plusieurs étages, il s'empressa d'en partir, et, après quelques journées, il arriva aux cavernes de Bamyân [1], où il était certain de trouver le derviche. En effet, en entrant dans une des grottes, après en avoir visité deux ou trois, il aperçut son maître assis sur une pierre, et traçant avec le bout de son bâton des lignes, dont les combinaisons savantes annonçaient un travail divinatoire.

---

1. Cf. ci-dessus p. 100, n. 1.

Sans tourner la tête, l'Indien s'écria de la voix mélodieuse qui était si remarquable chez lui :

— Loué soit le Dieu très haut! Il a donné à ses serviteurs les moyens de n'être jamais surpris! Approche, mon fils! C'est précisément à ce moment du jour que tu devais arriver! Tu arrives, te voilà! Je loue ton zèle, dont la pureté immense m'est garantie; je loue l'élévation de tes sentiments et de ton cœur; mes calculs me les démontrent, et je n'en puis douter. De toi, je ne saurais attendre que tout bien, toute vertu, tout secours, et, cependant, je ne sais comme d'inexplicables obstacles s'élèvent devant nos travaux!

Kassem s'avança modestement et baisa la main du sage. Mais celui-ci, concentré dans ses réflexions, ne leva pas même les yeux sur lui et resta contemplant avec fixité les combinaisons de lignes qu'il avait tracées sur le sable et qu'en réfléchissant il modifiait. Le jeune homme le regardait avec une sorte de bonheur mélancolique. Il ne se sentait plus seul. Il était près d'un être qui, à sa façon, l'aimait, qui faisait cas de lui, pour lequel il était quelque chose et qui comptait sur lui. Il eût bien volontiers embrassé le derviche; il eût voulu se jeter à son cou, le presser contre son cœur dolent. Mais il n'y avait pas d'apparence que rien de semblable fût possible; Kassem écarta ces idées presque en souriant de lui-même; il se contenta de regarder silencieusement son maître avec une tendre affection, sans chercher à l'interrompre dans les méditations que celui-ci poursuivait et dont, sans les comprendre, il admirait la profondeur. Enfin, pourtant, l'Indien releva la tête et contempla fixement son compagnon.

— L'heure est venue, dit-il; nous sommes à l'endroit fixé; nous allons commencer notre travail. Espérons tout, quoi qu'il en soit!

— Que cherchez-vous? lui dit Kassem; qu'attendez-vous? Que voulez-vous?

— Je ne sais pas, répondit l'Indien; ce que je veux, c'est ce que je ne connais pas. Ce que je connais est immense. Il me faut le par-delà. Il me faut le dernier mot. Quand je l'aurai, tu le partageras, et, sans avoir passé par les routes innombrables que j'ai parcourues, tu auras tout, sans peine, sans mes angoisses, sans mes chagrins, sans mes doutes, sans mes désespoirs. Comprends-tu? Es-tu heureux?

Kassem tressaillit.

— Sans désespoirs? se dit-il en lui-même, est-ce bien vrai? N'aurai-je pas payé autant que lui?

Cependant, il se sentit entraîné par les paroles de son maître. Son cœur se ranima et bondit. Il espéra de son côté. Il touchait à un des buts de sa vie. Un instant, il oublia l'autre.

— Allons! s'écria-t-il avec énergie, marchons! Je vous suis! Je suis prêt!

— Tu n'as pas peur? murmura le derviche.

— De rien au monde! repartit Kassem. En vérité, la vie était de toutes les choses celle à laquelle il tenait le moins.

Le derviche se leva et marcha dans la grotte. Kassem le suivait. Ils s'enfoncèrent dans les profondeurs de la terre. Bientôt la clarté du jour les abandonna. Ils s'avancèrent dans le crépuscule, puis bientôt dans les ténèbres. Ils ne prononçaient un mot ni l'un ni l'autre. Au bout de quelque temps, Kassem sentit, sous ses mains portées en avant, la roche vive, et il s'aperçut que le derviche la tâtait de ses doigts. Autour d'eux, s'accumulaient des blocs de pierre jetés là par les éboulements souterrains et qu'ils avaient escaladés. Le derviche soupirait profondément, prenait haleine et recommençait à soupirer. Kassem se rendit compte que son maître cherchait à déranger les roches. Tout à coup, il se sentit pris fortement par le poignet, et le derviche, le traînant violemment en arrière, le ramena dans un endroit où passait une bande de jour.

— Il y a quelque chose en toi, s'écria-t-il, qui nous empêche de réussir! Je le vois maintenant, je le sais, j'en suis sûr! Tu es honnête, tu es dévoué, tu es bon et fidèle! Mais il y a quelque chose! Je ne sais quoi! Tu n'es pas tout entier à l'œuvre sainte! Parle! avoue!

— C'est vrai, répondit Kassem en tremblant, c'est vrai; pardonnez-moi. Je ne suis pas tel que je devrais.

— Qu'y a-t-il! s'écria le derviche en serrant les dents; ne me cache rien mon fils, il faut que je sache tout pour y porter remède. N'aie pas peur, parle!

Kassem hésita un moment. Il était devenu tout pâle. Il comprenait qu'il ne fallait pas hésiter. Il n'était pas là en présence du monde, mais en présence d'un redoutable infini.

— J'aime, dit-il.

— Quoi?

— Amynèh!

— Ah! malheureux!

L'Indien se tordit les mains et resta comme absorbé dans une douleur qui ne trouvait pas de paroles. Enfin, il fit un effort.

— Tu ne saurais me servir à grand'chose, dit-il. Ton bon vouloir est paralysé. Il faut ici une âme libre; la tienne ne l'est pas. Cependant, tu es bien pur de tout mal; tu étais celui qu'il me fallait... Tu peux encore quelque chose... Moi, je ne reculerai pas... J'aurai tout... j'aurai ce que je veux!... Mais à quel prix!... Pour toi, tu n'auras rien! Rien! Entends-tu?... Ce n'est pas ma faute! ce n'est pas la tienne! Ah! une femme!... une femme!... Maudites soient les femmes! C'est la ruine! C'est le fléau irrésistible! c'est la perte!... Marchons, pourtant, retournons! dans un quart d'heure, il serait trop tard!

Comme il achevait ces derniers mots, une voix s'écria à l'entrée de la caverne :

— Viens, Kassem, viens!

Kassem frissonna de tous ses membres. Il lui sembla reconnaître cette voix. Mais l'Indien le saisit avec force, et l'entraînant moitié contraint, lui cria :

— N'écoute pas, ou tout est perdu!

La voix se fit entendre de nouveau.

— Viens, Kassem, viens!

Kassem devint comme fou. Il reconnaissait tout à fait la voix ; mais son vieux maître l'entraînait toujours et lui criait :

— Ne te retourne pas! n'écoute pas! Suis-moi! Je sais que je vais mourir! Mais, au moins, au moins, qu'en mourant, je trouve!

Kassem se laissait emporter. Il allait, il était traîné, mais il ne résistait pas. Son affection pour son maître, une curiosité fébrile, furieuse, le dominait. Il savait qui l'appelait :

il n'avait plus d'autre volonté que de courir au-devant du terrible mystère. Tout à coup, il se trouva contre la roche, à l'endroit même où quelques instants auparavant ses mains avaient touché.

— Mets-toi là, dit l'Indien en le poussant dans le fond d'une sorte d'anfractuosité; là! là! Bien!... Tu risques moins, et maintenant, je le sais, je le sens, je vais tout savoir!

Kassem l'entendit de nouveau gémir, pousser, tirer, frapper; et, en même temps, ses cheveux se dressèrent d'horreur, car le derviche prononçait, dans une langue absolument inconnue, des formules gutturales dont la puissance était certainement irrésistible. Soudain un fracas épouvantable se fit entendre dans la grotte; Kassem sentit les pierres s'agiter, la terre vaciller sous ses pieds, les rochers glissèrent sous ses mains, la lumière entra de toutes parts; un éboulement épouvantable venait d'ouvrir la voûte; il regarda, il ne vit plus le derviche, et, à la place où ce sage et tout-puissant magicien avait dû être un instant auparavant, s'élevait un amoncellement de débris énormes que toutes les forces humaines eussent été impuissantes à soulever de leur place; mais, à l'entrée de la caverne, désormais inondée de la lumière du jour, Kassem vit Amynèh, pâle, pantelante et qui lui tendait les bras. Il courut à elle, il l'embrassa, il la contempla; c'était bien elle. Elle n'avait pas eu le courage de l'attendre. Elle avait marché après lui, elle l'avait suivi; elle le retrouvait, elle le garda.

HISTOIRE DE GAMBÈR-ALY

PERSE

Il y avait, à Shyraz [1], un peintre appelé Mirza [2]-Hassan, et on ajoutait *Khan* [3], non pas qu'il fût, le moins du monde, décoré d'un titre de noblesse; seulement sa famille avait jugé à propos de lui conférer le khanat dès sa naissance; c'est une précaution souvent usitée, car il est agréable de passer pour un homme distingué; et si, par hasard, le roi oubliait à perpétuité de vous accorder une qualification à tout le moins élégante, où est le mal de la prendre? Mirza-Hassan s'appelait donc Mirza-Hassan-Khan, gros comme le bras, et quand on lui parlait, on l'apostrophait toujours ainsi : « Comment vous portez-vous, Khan? » Ce qu'il recevait sans sourciller.

Malheureusement sa situation de fortune n'était pas propre à soutenir son rang. Il habitait une maison modeste, pour ne pas dire misérable, dans une des ruelles avoisinant le Bazar de l'Émir [4], encore debout en ce temps-là, n'ayant pas été secoué par les tremblements de terre. Cette demeure, où l'on entrait par une porte basse, percée dans un mur sans fenêtres ni lucarnes, consistait en une cour carrée

---

1. Gobineau a traversé cette grande ville lors de son premier voyage en Perse, en juin 1855, et en gardera une mauvaise impression. Il écrit à Prokesch-Osten le 12 juin : « Nous avons vu Shyraz qui est bien le plus infâme trou du monde, où il n'y a pas une maison debout ». (B. N. U. Strasbourg, ms. 3524.) Et dans *Trois ans,* I, 183 : « Shyraz est le seul point de l'Iran où je n'aie pas la moindre envie de retourner ».

2. Mirza est une abréviation persane de *Mir-Sâda* ou *Amir-Sâda,* prince. Dans l'acception courante, il équivaut à l'appellation turque de *Agha* et a fini par n'être qu'un terme de politesse. Cf. *Trois ans,* II, 127 : « Un mirza est à peu près ce que les Anglais nomment un gentleman... »

3. *Khan* est un titre honorifique turc, dont l'usage est attesté depuis le xe siècle.

4. Le *Bazar de l'Émir* est une partie du quartier commerçant *(sûq)* de Shyraz. Cf. *Trois ans,* I, 193. Il a été construit à l'époque de la dernière splendeur de Shyraz, au milieu du XVIIIe, par Kerim-Khan. Description dans Loti, *Vers Ispahan,* 94-95.

de huit mètres de côté, avec un bassin d'eau au centre et un pauvre diable de palmier dans un coin. Le palmier ressemblait à un plumeau en détresse et l'eau du bassin croupissait. Deux chambres en ruines n'avaient plus de toitures; une troisième restait à moitié couverte; la quatrième tenait bon. Le peintre y avait établi son Enderoun, c'est-à-dire l'appartement de sa femme, Bibi-Djânèm [1] (Mme Mon Cœur), et il recevait ses amis dans l'autre pièce, où l'on jouissait de l'avantage d'être moitié à l'ombre et moitié au soleil, puisqu'il ne restait qu'un fragment de plafond. Du reste, Mirza-Hassan-Khan vivait en parfaite intelligence avec Bibi-Djânèm, toutes les fois que celle-ci n'était pas contrariée. Mais si, par hasard, elle avait à se plaindre d'une voisine, si on lui avait tenu au bain, où elle passait six à huit heures le mercredi, quelque propos douteux quant aux mœurs ou aux allures de son époux, alors, il faut l'avouer, les coups pleuvaient sur les oreilles du coupable. Aucune dame de Shyraz, ni même de toute la province de Fars, ne pouvait prétendre à manier cette arme dangereuse, la pantoufle, aussi adroitement que Bibi-Djânèm, passée maîtresse en ce genre d'escrime [2]. Elle vous saisissait l'instrument terrible par la pointe, et, avec une adresse merveilleuse, assénait, de-ci de-là, le talon ferré sur la tête, sur la figure, sur les mains de son malheureux conjoint! Rien que d'y penser donne le frisson; mais encore une fois, c'était un ménage heureux; de pareilles catastrophes ne se renouvelaient guère plus souvent que deux fois par semaine, et, le reste du temps, on fumait ensemble le kalyan [3], on prenait le thé bien sucré dans de

---

1. *Bibi,* mot d'origine turque orientale, signifie une femme de haut rang; il est passé très tôt en Perse avec le sens de « maîtresse de maison » et désigne fréquemment « une dame de qualité ». D'où l'ironie de Gobineau.

2. Dans les querelles conjugales « les femmes persanes ont surtout une tendance marquée à faire usage de leur pantoufle, et cette pantoufle toute petite qu'elle soit, est construite en cuir très dur et armée au talon d'un petit fer à cheval d'un demi-pouce d'épaisseur. C'est une arme terrible... » *Trois ans,* II, 192.

3. Cf. p. 86, n. 1.

la porcelaine anglaise, et on chantait les chansons du Bazar en s'accompagnant avec le kémantjeh [1].

Mirza-Hassan-Khan se plaignait, non sans raison, de la dureté des temps qui, le plus souvent, l'obligeait à tenir engagés la majeure partie de ses effets et quelquefois ceux de sa femme. Mais, à moins de se résigner à cet ennui, il n'aurait jamais fallu songer à se régaler de confitures, de pâtisseries, de vin de Shyraz et de raki, ce qui n'était pas probable. On se résignait donc. On empruntait à ses amis, aux marchands, aux Juifs, et, comme c'était une opération toujours difficile, attendu que le Khan jouissait d'un faible crédit, on livrait des habits, des tapis, des coffres, ce qu'on avait. Lorsque le bonheur venait à sourire et laissait tomber quelque pièce de monnaie dans les mains du ménage, on appliquait un système financier très sage : on s'amusait avec un tiers de l'argent; avec l'autre, on spéculait; avec le troisième, on dégageait quelque objet regretté ou bien on amortissait la dette publique. Cette dernière combinaison était rare.

Il ne faut pas chercher loin les causes d'une situation si triste : des gens moroses et inquiets prétendaient les trouver dans le désordre et l'imprévoyance chronique des époux. Pure calomnie! L'unique raison, c'était l'indifférence coupable des contemporains pour les gens de naissance et de talent. L'art était dans le marasme, il faut tout dire, et ce marasme tombait droit sur Mirza-Hassan-Khan et sa femme Bibi-Djânèm. Les kalemdans ou encriers peints se vendaient mal; les coffrets étaient peu demandés; des concurrents déloyaux et sans le moindre mérite fabriquaient des dessous de miroirs dont ils auraient dû rougir, et n'avaient pas plus de honte de les abandonner à vil prix; enfin les reliures de livres passaient de mode. Le peintre, quand il arrêtait sa pensée sur ce déplorable sujet, débordait en paroles amères. Il se considérait comme la dernière et la plus pure gloire de l'école de Shyraz, dont les principes hardiment coloristes lui semblaient supérieurs aux élégantes manières des artistes Ispahanys, et il ne se lassait pas de le

1. Cf. p. 48, n. 1.

proclamer. Personne, à son gré, ne l'égalait... comment! ne l'égalait, ne l'approchait dans la représentation vivante des oiseaux; on eût pu cueillir ses iris et ses roses, manger ses noisettes, et quand il se mêlait de représenter des figures, il se surpassait lui-même! Sans aucun doute, si ce fameux Européen qui a composé autrefois une image d'Hezrêt-è-Mériêm (Son Altesse la Vierge Marie), tenant sur ses genoux le prophète Issa dans sa petite enfance (la bénédiction de Dieu soit sur lui et le salut!), avait pu contempler la manière dont il le copiait, comme il rendait le nez d'Hezrêt-è-Mériêm et la jambe du bambin, et, surtout, surtout le dossier de la chaise, ce fameux Européen, dis-je, se serait jeté aux pieds de Mirza-Hassan-Khan et lui aurait dit : « Quel chien suis-je donc pour baiser la poussière de tes souliers [1]? »

Cette opinion, sans doute juste, que Mirza-Hassan-Khan avait de sa valeur personnelle ne lui appartenait pas exclusivement, circonstance bien flatteuse et qu'il aimait à relever. Si les gens grossiers, les marchands, les artisans, les chalands de rencontre lui payaient mal ses ouvrages et l'insultaient en en discutant le prix, il était dédommagé par les suffrages des hommes éclairés et dignes de respect. Son Altesse Royale le prince gouverneur l'honorait de temps en temps d'une commande; le chef de la religion, lui-même, l'Imam-Djumé [2] de Shyraz, ce vénérable pontife, ce saint, ce majestueux, cet auguste personnage, et le Vizir du prince et encore le chef des Coureurs, ne consentaient pas à recevoir dans leurs nobles poches un encrier qui ne fût pas de sa fabrique. Se pourrait-il concevoir rien de plus propre à donner une idée exacte de l'habileté, du génie même déployé par ce peintre hors ligne qui avait le bonheur de s'appeler Mirza-Hassan-Khan! C'était pourtant dommage; tant d'illustres protecteurs de l'art croyaient faire assez pour leur grand homme en acceptant ses œuvres, et oubliaient

---

1. Gobineau dans *Trois ans,* II, 213-214, a parlé d'un jeune Persan envoyé en Europe pour y étudier la peinture et qui en a rapporté une copie de *la Vierge à la chaise* « qui a fait fortune et est aujourd'hui reproduite partout ».

2. C'est l'imâm attaché à la grande mosquée de Shyraz.

toujours de le payer, et il était assez simple pour ne pas le leur rappeler. Il se contentait d'en gémir et de parer de son mieux les coups de pantoufle arrivant à chaque déconvenue de ce genre, car Bibi-Djânèm ne manquait pas d'attribuer tout ce qui, au monde, se produisait de fâcheux, à la bêtise, à l'ineptie ou à la légèreté de son cher époux.

Ce couple avait un fils, déjà assez grand, et qui promettait de devenir un fort joli garçon. Sa mère en raffolait; elle l'avait appelé Gambèr-Aly. Mirza-Hassan-Khan avait proposé de le doter de son titre, devenu héréditaire, mais Bibi-Djânèm s'y était opposée avec force, et parlant avec son mari comme elle en avait l'habitude :

— Nigaud! lui avait-elle dit, laisse-moi en repos et ne me fatigue pas les oreilles de tes sottises! N'es-tu pas le fils, le propre fils de Djafèr, le marmiton, et existe-t-il quelqu'un qui l'ignore? D'ailleurs à quoi t'a-t-il servi de t'intituler comme tu fais? On se moque de toi et tu n'en gagnes pas plus d'argent! Non! mon fils n'a pas besoin de ces absurdités! Il a de meilleurs moyens de faire fortune. Quand j'étais grosse de lui, j'ai accompli à son intention un pèlerinage à l'Imam-Zadéh-Kassèm [1], et cette dévotion ne manque jamais son effet; quand il est né, je m'étais pourvue à l'avance d'un astrologue... moi, entends-tu, et non pas toi, mauvais père! car tu ne songes jamais à rien d'utile! je m'étais précautionnée, dis-je, d'un astrologue excellent : je lui ai donné deux sahabgrans (trois francs). Il m'a bien promis que Gambèr-Aly, s'il plaît à Dieu, deviendrait premier ministre! Il le deviendra, j'en suis certaine, car aussitôt j'ai cousu à son cou un petit sac contenant des grains bleus pour lui porter bonheur, et des grains rouges pour lui donner du courage; je lui ai mis aux deux bras des boîtes à talismans où sont renfermés des versets du livre de Dieu qui le préserveront de tous malheurs. Inshallah! inshallah! inshallah!

---

1. Gobineau signale dans *Trois ans*, II, 189, « le pèlerinage de l'Imam Zadèh-Kassem dans le joli village de Tedjrisch », près de Téhéran.

— Inshallah ! avait répondu Mirza-Hassan d'une voix profonde et avec docilité.

Et voilà comme Gambèr-Aly fut lancé dans l'existence par les soins d'une mère prudente. Pourvu, comme il l'était, de toutes les sauvegardes nécessaires, la raison voulait qu'on lui accordât une honnête liberté. Il put donc, à son gré, jusqu'à l'âge de sept ans, se promener tout nu, dans son quartier, avec ses jeunes compagnons et ses jeunes compagnes. Il devint de bonne heure la terreur des épiciers et des marchands de comestibles, dont il savait à merveille détourner les dattes, les concombres et quelquefois même les brochettes de viande rôtie. Quand on l'attrapait, on l'injuriait, ce qui lui était parfaitement égal, et quelquefois on le battait, mais pas souvent, parce qu'on craignait sa mère. Elle était, en ces occasions, comme une lionne et plus terrible encore. A peine le petit Gambèr-Aly se réfugiait-il auprès d'elle, noyé dans ses larmes, en se frottant d'une main les parties offensées par l'irascible marchand et s'essuyant de l'autre les yeux et le nez, à peine la matrone avait-elle réussi à saisir, à travers les sanglots et les cris, le nom du coupable, qu'elle ne perdait pas une minute; elle ajustait son voile et se précipitait hors de sa porte, comme une trombe, secouant les bras en l'air et poussant ce cri :

— Musulmanes ! on égorge nos enfants !

A cet appel, cinq à six commères qui, mues par un esprit belliqueux, étaient accoutumées à lui servir d'auxiliaires dans les expéditions de cette sorte, accouraient du fond de leurs demeures et la suivaient en hurlant et en gesticulant comme elle; en route, on se recrutait, on arrivait en force devant la boutique du coupable. Le scélérat voulait s'expliquer, on ne l'écoutait pas, on faisait main basse sur tout. Les désœuvrés du bazar s'empressaient de se mêler à l'action; les gens de la police se jetaient dans la bagarre et cherchaient vainement à rétablir l'ordre à coups de pieds et de gaules. Ce qui pouvait arriver de plus heureux au marchand, c'était de ne pas être mis en prison; car, une amende, il finissait toujours par la payer, s'étant permis de troubler la paix publique.

Insensiblement, Gambèr-Aly arriva à ce jour solennel

où sa mère, interrompant ses ébats, lui passa un shalwàr ou pantalon, lui mit un koulidjêh ou tunique, une ceinture et un bonnet, et l'envoya à l'école. Il faut bien que tout le monde passe par là; Gambèr-Aly le savait et se résigna. D'abord, il fréquenta l'établissement d'instruction de Moulla-Salèh, dont la boutique était située entre celle d'un boucher et celle d'un tailleur. Une quinzaine d'élèves, filles et garçons, se tenaient là, pressés avec le maître comme des oranges dans un panier, car l'espace était à peine de quelques pieds. On apprenait à lire et à réciter des prières, et, du matin au soir, les environs étaient ahuris par la psalmodie de la bande étudiante [1]. Gambèr-Aly ne resta pas longtemps chez Moulla-Salèh, parce que cet illustre professeur ayant été conducteur de mulets de caravane, avant de se consacrer à l'enseignement public, avait la mauvaise habitude de taper très fort sur ses élèves, quand ils se laissaient aller à des espiègleries à l'égard des passants, au lieu de donner toute leur attention à ses doctes avis. Gambèr-Aly se plaignit à sa mère, qui fit une irruption chez le professeur, lui jeta à la tête les trois sous qu'elle lui devait pour le mois échu et lui déclara net qu'il ne verrait plus son fils.

Au sortir de cette école, le petit bonhomme passa sur l'établi de Moulla-Iousèf, où il étudia six mois; après ce temps, l'école ferma, attendu que le maître se fit droguiste et abandonna le turban blanc de la science [2] pour le bonnet de peau de la vie civile. Le troisième instituteur de Gambèr-Aly fut un ancien mousquetaire d'un ancien gouverneur dont la tradition ne savait plus qu'un trait, c'était d'avoir eu le cou coupé. Moulla-Iousèf, quand il parlait de ce patron, assurait d'un air convaincu que le juge n'avait

---

1. Ces petites écoles coraniques, répandues dans tout le monde musulman (*kuttab* en Syrie, *msid* au Maroc), si misérables qu'elles soient, ont joué et jouent encore un rôle important dans la diffusion d'un savoir élémentaire. On en trouvera une évocation pittoresque dans les souvenirs de l'écrivain égyptien Taha Hussein, *al-Ayyâm*, traduits en français par Jean Lecerf, *les Jours*, Paris, 1934.

2. Le turban blanc signale l'*uléma* qui étudie la religion. Abandonner le turban blanc signifie qu'on abandonne l'étude des sciences sacrées.

pas prévariqué. Pour lui, il était doux, aimait les enfants, ne les battait pas, vantait leurs progrès et recevait, outre son salaire régulier, beaucoup de petits cadeaux des mères, enchantées de ses façons d'être; sa maison voyait affluer les gâteaux au miel, les pâtisseries en farine crue pétrie dans la graisse de mouton et saupoudrées de sucre, sans compter les fruits confits et le raki.

A seize ans, Gambèr-Aly avait terminé son éducation. Il lisait, écrivait, calculait; il connaissait par cœur toutes les prières légales [1], pouvait même chanter les ménadjâts [2], savait un peu d'arabe, récitait d'une voix très agréable quelques poésies lyriques et des fragments d'épopée, et aimait sincèrement ses parents. Il éprouvait une envie folle de courir les aventures et de s'amuser à tout prix, sauf au prix de sa peau, car il était extrêmement poltron.

Cette qualité ne l'empêcha pas, non plus que la plupart de ses condisciples entrés en même temps que lui dans le monde, de prendre les façons, les allures, le débraillé, qui, en Perse, caractérisent ce qu'on nomme en Andalousie les majos, c'est-à-dire les jeunes gens élégants de la basse classe. Il eut de larges pantalons de coton bleu, fort sales, une tunique de feutre gris à doubles manches tombantes, la chemise ouverte et laissant sa poitrine libre, le bonnet sur l'oreille, le gâma ou sabre large et pointu à deux tranchants, tombant sur le devant de sa ceinture et servant d'appui à sa main droite, tandis que de la gauche il tenait une fleur, quelquefois placée dans sa bouche. Cette allure de fanfaron lui seyait à merveille. Il avait des cheveux bouclés d'un noir admirable, des yeux peints de kohol, aussi beaux que ceux d'une femme, une taille de cyprès, et, dans tous ses mouvements, de la grâce à revendre.

Dans sa jeunesse et cet équipage, il fréquentait les

---

1. Les « prières légales » sont au nombre de cinq : à l'aube, à midi, à l'*asr* (au moment où le cadran solaire présente une ombre d'une double longueur de son aiguille), au coucher du soleil, et de nuit. *Coran,* LII, 48-49; II, 238; VII, 204; III, 36; IV, 104.

2. Ce terme dérive de l'arabe *nâdja,* se confier, ouvrir son cœur, et fait partie du vocabulaire populaire des mystiques (musulmans ou chrétiens) d'Orient. Chez les chiites, il s'applique à des oraisons jaculatoires versifiées et propres à être psalmodiées.

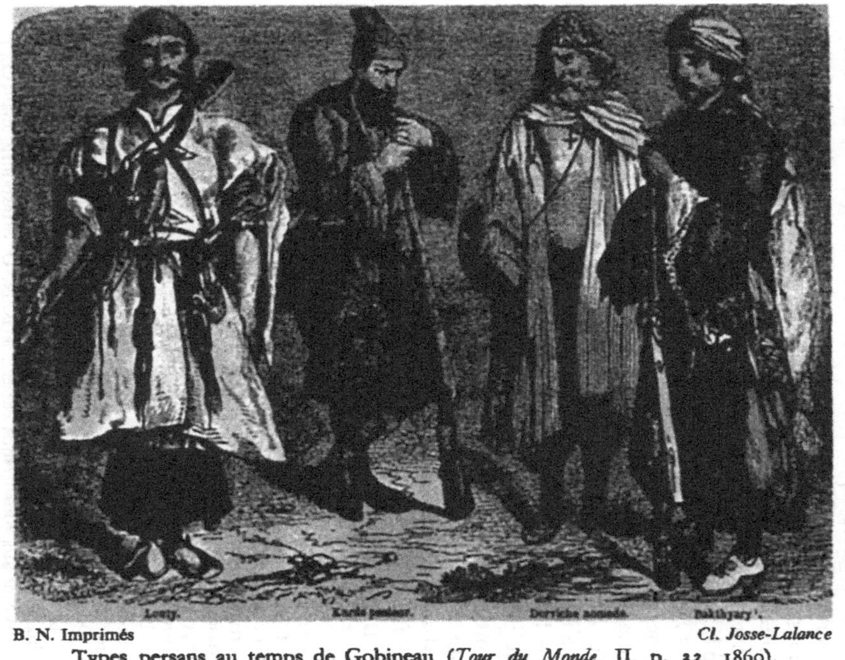

B. N. Imprimés — *Cl. Josse-Lalance*

Types persans au temps de Gobineau (*Tour du Monde*, II, p. 32, 1860).
Dessin de J. Laurens.

taverniers arméniens; il y trouvait, sans doute, peu de musulmans rigides, mais, en revanche, beaucoup d'étourneaux de son espèce, des vagabonds dangereux, de ceux que l'on appelle loûtys [1] ou dépenaillés, et qui regardent aussi peu à donner un coup de couteau pour passer leur colère qu'à se verser un verre de vin; en un mot, il voyait fort mauvaise compagnie; ce qui, pour beaucoup de gens d'humeur joviale, équivaut à s'amuser parfaitement.

Où se procurait-il l'argent indispensable à cette existence délicieuse? C'est ce que, pour bien des raisons, on aurait tort de rechercher de près, et cette façon de s'établir des rentes aurait pu le conduire où il n'avait pas envie d'aller, si sa destinée, dirigée ou prévue par l'habileté de l'astrologue, n'avait tracé assez promptement la ligne qu'il devait suivre, et cet événement arriva un des premiers jours de la pleine lune de Shâban [2]. Vers quatre heures, après la prière du soir, il s'était rendu dans un bon petit cabaret assez peu éloigné du tombeau où dort le poète Hafyz [3].

Il y avait là belle assemblée : deux Kurdes de mauvaise

---

1. D'après Morier, *Hadji Baba,* trad. Finbert, I, ch. 10, les loûtys sont des vagabonds montreurs d'animaux savants. Ce type social particulièrement pittoresque a retenu l'attention de Gobineau. Au passage de *Trois ans,* II, 144, on ajoutera cette lettre du 19 septembre 1855 à Prokesch-Osten : « L'amour du pillage est la base d'une association singulière qu'on appelle les *loutis... Louti* veut dire proprement un baladin, et en effet, les danseurs, les montreurs d'ours, les escamoteurs font presque tous partie de cette société, publique parce que son existence est bien connue, mais secrète en ce qu'on ignore la plupart de ses menées... Il y a parmi les *loutis* la plupart des hommes de la basse classe, beaucoup de petits employés et quelques-uns des plus gros — quand il y a tempête dans l'État, les *loutis* s'en mêlent et se livrent aux plus grands excès... » (B. N. U. Strasbourg, ms. 3524.) Il a dû en parler également à Mérimée (on sait que les lettres de Gobineau à Mérimée sont perdues), qui, dans une lettre du 9 février 1855, compare les *loutis* de Perse aux bohémiens de l'Europe (B. N. U. Strasbourg, ms. 3526).

2. *Shâban* est le 8e mois de l'année musulmane, qui précède immédiatement le mois de Ramazan.

3. Il s'agit du grand poète de Shyraz, Schams ad-Din Mohammed Hâfiz, né vers 1320, qui acheva son célèbre Diwân en 770 H (1368-1369) et mourut en 1389.

mine; un moulla, de ceux qui vendent des contrats de mariage pour des termes de deux jours, vingt-quatre heures et au-dessous, manière de morale peu approuvée par la partie pédante du clergé; quatre muletiers, forts gaillards, que l'aspect des Kurdes n'intimidait nullement; deux petits jeunes gens, les pareils de Gambèr-Aly; un énorme toptjy ou artilleur, originaire du Khorassan, long à n'en plus finir, mais large à proportion, ce qui rétablissait l'équilibre; plus un pishkedmèt ou valet de chambre du prince-gouverneur, venu là en contrebande. L'Arménien, hôte du logis, étendit une peau de bœuf sur le tapis, et apporta successivement des amandes grillées, ce qui excite à boire, du fromage blanc, du pain et des brochettes de kébab ou filet de mouton rôti entre des fragments de graisse et des feuilles de laurier, le nec plus ultra de la délicatesse. Au milieu de ces bagatelles furent placés solennellement une douzaine de ces baggalys ou flacons de verre aplatis, que les buveurs timorés peuvent aisément cacher sous leurs bras, et emporter au logis sans que personne s'en aperçoive et qui ne contiennent rien moins que du vin ou de l'eau-de-vie [1]. On but assez tranquillement pendant deux heures. Les propos étaient agréables, tels qu'on devait les attendre de gens aussi distingués. On venait d'apporter des chandelles et de les mettre sur la nappe avec un nouveau train de bouteilles quand le moulla interrompit un des deux Kurdes qui, à tue-tête et du fond de son nez, chantait un air lamentable, et fit la proposition que voici :

— Excellences, puisque les miroirs de mes yeux ont le bonheur insigne de refléter aujourd'hui tant de physionomies avenantes, il me vient l'idée de présenter une offre qui sera sans doute accueillie avec indulgence par quelqu'un des illustres membres de la société.

— L'excès de la bonté de Votre Excellence me transporte, répondit un des muletiers, qui avait encore un certain sang-froid, mais dodelinait de la tête d'une manière

1. Usage fréquent encore dans tous les pays musulmans, qui permet aux buveurs invétérés de se soustraire à la contrainte sociale.

à donner le vertige; tout ce que vous allez nous ordonner est précisément ce que nous allons faire.

— Que votre indulgence ne diminue pas! repartit le moulla. Je connais une jeune personne; elle désire se marier avec un homme de considération, et je lui ai promis de lui découvrir un époux digne d'elle. À vous parler en toute confiance, comme on le doit avec des amis éprouvés, et pour ne rien vous dissimuler de la vérité la plus exacte, la dame en question est d'une beauté à faire pâlir les rayons du soleil et à désespérer la lune elle-même! Les plus scintillantes étoiles sont des cailloux sans lustre auprès du diamant de ses yeux! Sa taille est comme un rameau de saule, et quand elle appuie son pied sur la terre, la terre dit merci et se pâme d'amour!

Cette description, qui rendait pourtant un compte assez avantageux de l'amie du moulla, ne produisit que peu d'effet, et si peu qu'un des loûtys se mit à chanter avec un tremblement de voix qui ressemblait à un gargarisme :

« Le premier ministre est un âne et le roi ne vaut pas mieux! »

C'était le début d'une chanson nouvellement importée de Téhéran. Le moulla ne se laissa pas détourner de son idée et continua d'une voix larmoyante qui luttait avec avantage contre le chevrotement nasal de son camarade :

— Excellences! cette divine perfection possède, derrière le bazar des chaudronniers, une maison de trois chambres, huit tapis presque neufs et cinq coffres remplis d'habits. Elle a, de plus, des kabbalèhs [1] ou contrats pour pas mal d'argent ; je n'en connais pas la somme; mais elle ne saurait être inférieure à quatre-vingts tomans [2]!

Ce second chapitre des qualités de la fiancée réveilla tout le monde, et un des loûtys s'écria :

— Me voilà! Elle veut un mari? qu'elle me prenne!

---

1. De l'arabe *kabbala,* donner une caution. Sur le rôle des emprunts dans la société persane vers 1860, cf. *Trois ans*, II, 137-142.

2. Le toman, pièce d'or, valait officiellement quand Gobineau se trouvait en Perse 11 francs 14 centimes. Khanikoff, *Tour du Monde,* 1861, II, 270, l'évalue en 1858 à 12 francs. Il se divise en 10 *krans* et chaque *kran* en 20 *shahys*.

Où trouverait-elle aussi bien? Vous me connaissez, moulla? Si je ne l'ai pas, je meurs d'amour et de regrets!

Là-dessus, il se mit à pleurer, et, pour donner une idée de la force de son sentiment, il tira son gâma et voulut s'en appliquer un bon coup sur la tête; mais le canonnier le retint, et, comme chacun, devenu attentif, s'apercevait que le moulla n'avait pas tout dit, on conjura celui-ci d'aller jusqu'au bout du panégyrique afin de savoir s'il n'y avait pas quelque ombre au tableau délicieux qu'il venait de tracer.

— Une ombre, Excellences! Que votre bonté ne diminue pas! Puissent toutes les bénédictions tomber comme une pluie sur vos nobles têtes! Quelle ombre pourrait-il y avoir? Une beauté incomparable, est-ce une tache? Une fortune comme celle que je viens de vous supputer, est-ce un défaut? Une vertu immaculée, comparable seulement à celle des épouses du Prophète, sera-ce pour vous un motif de blâme? Or, cette vertu, magnanimes seigneurs, elle n'est pas de celles que l'on affirme sans pouvoir les démontrer! Elle est incontestable, établie sur preuves sans réplique, et ces preuves, les voici! Ce sont des lettres de tôbèh datées de ce matin.

A ces mots, l'enthousiasme ne connut plus de bornes; le loûty qu'on avait empêché tout à l'heure de s'assommer lui-même, profita du moment où chacun, s'absorbant dans sa propre pensée, levait les yeux et les mains au ciel en murmurant : « Bèh! bèh! bèh! » et s'administra une balafre sur le crâne, qui se mit à saigner. Pendant ce temps, le moulla avait déplié le précieux document et, le mettant sous les yeux de son public, commença à lire d'une voix imposante. Mais avant de se joindre aux auditeurs, si vivement intéressés, il faut que le lecteur sache ce que sont des lettres de tôbèh.

Quand une dame a donné des occasions de scandale trop indiscrètement répétées, l'opinion publique se tourne malheureusement contre elle, et il en résulte des propos fâcheux. Alors le juge prend l'étourdie sous sa conduite; il lui demande des cadeaux fréquents, il se tient au courant de ses faits et gestes, et, après quelques mésaventures, la dame, assez généralement, éprouve le besoin de changer de vie. Elle ne peut y parvenir qu'en se mariant. Mais comment se marier dans une situation aussi difficile que la sienne? D'une façon toute simple. Elle va trouver un personnage religieux, lui expose son cas, lui peint sa désolation, et le personnage religieux tire son écritoire. Il lui remet un bout de papier attestant le regret du passé qui dévore la pénitente, et comme Dieu est essentiellement miséricordieux, lorsqu'on a le ferme propos de ne pas retomber dans ses torts, l'ancienne pécheresse se trouve blanchie de la tête aux pieds; personne n'a plus le moindre droit de suspecter la solidité de ses principes, et elle est aussi mariable que n'importe quelle autre fille, pourvu qu'elle trouve un époux. Il ne peut se rien voir de plus admirable que cette transformation subite, et elle ne coûte pas cher, se faisant même à prix débattu.

Le moulla lut donc, d'une voix claire et incisive, le document dont la teneur suit :

« La nommée Bulbul (Rossignol), ayant eu le malheur « de mener pendant plusieurs années une conduite incon- « sidérée, nous affirme qu'elle le déplore profondément « et regrette d'avoir affligé l'âme des gens vertueux. Nous « attestons son repentir, qui nous est connu, et nous « déclarons sa faute effacée. »

Au-dessous de l'écriture, il y avait la date, qui se trouvait être, en effet, celle du matin, et le cachet d'un des principaux ecclésiastiques [1] de la ville.

La lecture n'était pas achevée que le plus ivre des deux Kurdes se déclara résolu à tuer tout personnage assez imprudent pour lui disputer la main de la protégée du moulla. Mais le canonnier ne se laissa pas intimider et allongea au provocateur un coup de poing en plein visage; sur quoi un des camarades de Gambèr-Aly jeta un des flacons à la tête d'un des muletiers, tandis que l'autre, presque aussitôt, lui renversait le moulla sur le corps; ici, la mêlée devint générale.

Le pishkedmèt du Prince, personnage officiel, avait des mesures à garder; il comprit instinctivement que sa dignité

1. Cf. p. 106, n. 1.

se trouvait engagée, et que, s'il est désagréable en soi-même de recevoir des coups, il peut être compromettant d'en porter les traces sur le nez ou tout autre endroit du visage : car comment espérer que des gens grossiers tiendront compte des considérations les plus nécessaires? Le digne serviteur, se levant donc de son mieux et s'assurant sur ses jambes, tout en se garantissant la tête avec les mains, fit un mouvement pour se retirer, mais sa pantomime fut mal interprétée.

Quelques-uns des combattants s'imaginèrent qu'il avait l'idée d'aller quérir la garde. Ils se réunirent donc contre lui dans un commun effort, mais ils n'étaient pas tous à ses côtés, et Gambèr-Aly se trouva faire matelas entre le pauvre pishkedmèt et ses assaillants, parmi lesquels se distinguaient deux des muletiers, plus ivres et, partant, plus furieux que les autres. Le malheureux fils du peintre était dans le délire de la peur; il poussait des cris aigus et appelait sa mère à son aide. Assurément, la vaillante Bibi-Djânèm ne se serait pas laissé adjurer en vain par l'enfant chéri de ses entrailles; hélas! elle était loin et n'entendait pas. Cependant Gambèr-Aly avait entouré le pishkedmèt de ses bras, le serrait avec force, et plus il recevait de coups adressés au pauvre homme, plus il le suppliait de le sauver, par tout ce qu'il y avait de plus sacré au monde, et c'était lui-même qui, sans s'en douter, servait de bouclier rudement frappé à celui qu'il implorait. Il est probable que la lutte aurait fini au grand dommage du dignitaire du palais et du petit jeune homme, si le cabaretier arménien, grand gaillard vigoureux et accoutumé de longue main à de pareilles scènes, qui ne lui causaient ni étonnement ni émotion, n'était tout à coup apparu dans la chambre. Sans s'amuser à savoir qui avait tort ou raison, il empoigna d'une main le collet du pishkedmèt; de l'autre, le dos de l'habit de Gambèr-Aly, et, par une poussée vigoureuse, lança les deux infortunés au travers de la porte ouverte, qu'il referma derrière eux. Ils allèrent rouler sur le sable, chacun de leur côté, et restèrent un bon moment étourdis du choc et éprouvant de la difficulté à se relever. Cependant la même idée leur travaillait la cervelle; sans se rien dire, ils étaient dans une égale angoisse que la garnison ne fît une sortie, et, jugeant fort à propos de gagner le large, par un violent effort, ils se remirent sur leurs pieds. Le pishkedmèt dit à Gambèr-Aly :

— Fils de mon âme, continue à me défendre! Ne m'abandonne pas! Les saints Imams [1] te béniront!

Gambèr-Aly n'avait garde de chercher la solitude. Il se rapprocha de son protégé, et tous deux, se tenant par la main, flageolant un peu, sortirent au plus vite de l'impasse où était situé le cabaret; puis quand ils se trouvèrent sur la route, le courage et la voix leur revinrent :

— Gambèr-Aly, dit le domestique du palais, les lions n'ont pas tant d'intrépidité que toi. Tu m'as sauvé la vie et, par Dieu, je ne l'oublierai jamais! Tu n'auras pas obligé un ingrat. Je ferai ta fortune. Viens me trouver demain au Palais, et, si je ne suis pas sur la porte, fais-moi demander, j'aurai certainement quelque chose à t'annoncer. Mais, avant tout, jure-moi que tu ne parleras à personne de ce qui nous est arrivé ce soir, et que tu n'en souffleras pas un mot à ton père, à ta mère, à ton oreiller! Je suis un homme pieux et honoré de tout le monde pour la sévérité des mœurs, dont je ne me dépars jamais; tu comprends, lumière de mes yeux, que, si l'on venait à me calomnier, j'en éprouverais beaucoup de chagrin!

Gambèr-Aly s'engagea par les serments les plus terribles à ne pas confier même à une fourmi [2], le plus taciturne et le plus discret des êtres, le secret de son nouvel ami. Il jura sur la tête de cet ami, sur celle de sa mère, de son père et de ses grands-pères paternel et maternel, et consentit à être appelé fils de chien et de damné, s'il ouvrait jamais la bouche sur leur commune aventure. Puis, après avoir multiplié ces redoutables serments pendant un gros quart d'heure, il prit congé du pishkedmèt, un peu calmé, qui l'embrassa sur les yeux et promit d'être fidèle au rendez-vous assigné pour le lendemain matin.

Gambèr-Aly avait souffert d'être battu, et il avait craint d'être assommé. Le danger passé, et la douleur des meurtrissures un peu amortie, il se sentit fort libre; il n'en

---

1. Cf. p. 82, n. 2.
2. Allusion à *Coran,* XXVII, 18.

était pas à sa première affaire et n'avait pas de motifs analogues à ceux du pishkedmèt pour s'inquiéter de sa réputation. Il put donc, sans distraction, laisser son imagination s'allumer sur les promesses qu'il venait de recevoir, et, la tête pleine de feux d'artifice éblouissants, saturée des splendeurs qui allaient naître, il arriva à la maison paternelle dans la plus belle humeur du monde. Tous les chiens errants du quartier le connaissaient et ne faisaient aucune démonstration hostile contre ses jambes. Les gardiens de nuit, étendus sous les auvents des boutiques, levaient la tête à son approche et le laissaient passer sans le questionner. Il se glissa ainsi dans sa demeure.

Là, bien que la nuit fût avancée, il trouva ses dignes parents en face d'un flacon d'eau-de-vie et d'un agneau rôti auquel il manquait une bonne quantité de chair déjà consommée. Bibi-Djânèm jouait de la mandoline, et Mirza-Hassan-Khan, ayant ôté son habit et son chapeau, la tête rasée de huit jours et la barbe à moitié peinte en noir avec un pouce de blanc à la racine, frappait avec enthousiasme sur un tambourin. Les deux époux, les yeux blancs d'extase, chantaient à pleine voix de tête :

« Mon cyprès, ma tulipe, enivrons-nous de l'amour divin ! »

Gambèr-Aly s'arrêta respectueusement devant le seuil de la chambre et salua les auteurs de ses jours. Il avait, plus que jamais, la main droite sur le pommeau de son gâma; son bonnet était défoncé, sa chemise déchirée, ses boucles de cheveux fort en désordre. Il avait l'air, de l'avis secret de Bibi-Djânèm, qui s'y connaissait, du plus délicieux chenapan que le bon goût d'une femme pût rêver.

— Assieds-toi, mon chéri, dit la dame en posant sa guitare, pendant que Mirza-Hassan-Khan terminait brusquement un trille audacieux et une savante roulade. D'où viens-tu? T'es-tu bien diverti ce soir?

Gambèr-Aly s'accroupit, ainsi que sa mère venait de le lui permettre, mais modestement, et restant contre le chambranle de la porte, il répondit :

— Je viens de sauver la vie au lieutenant du prince-gouverneur. Il était attaqué dans la campagne par vingt hommes de guerre, des tigres en fait d'audace et de férocité, tous des Mamacènys ou des Bakhtyarys [1], je crois bien! Car il n'est que ces deux tribus pour présenter des hommes aussi gigantesques! Je les ai abordés et les ai mis en fuite, avec la faveur de Dieu!

Là-dessus, Gambèr-Aly prit une pose modeste.

— Voilà, cependant, le fils que j'ai mis au monde, moi seule! s'écria Bibi-Djânèm en dévisageant son mari d'un air de triomphe. Embrasse-moi, mon âme! embrasse ta mère, ma vie!

Le jeune héros n'eut pas besoin de se déranger beaucoup pour satisfaire la tendresse de son admiratrice; la chambre était exiguë; il avança un peu le corps et plaça son front sous les lèvres qui se tendaient vers lui. Quant à Mirza-Hassan-Khan, il se contenta de dire avec un sentiment vraiment pratique :

— C'est une bonne affaire!

— Que t'a donné le seigneur lieutenant? continua Bibi-Djânèm.

— Il m'a invité à déjeuner pour demain au palais et il me présentera à Son Altesse elle-même.

— Tu vas être nommé général! prononça la mère avec conviction.

— Ou conseiller d'État! dit le père.

— Je ne détesterais pas d'être chef de la douane pour commencer, murmura Gambèr-Aly d'une voix méditative.

Il croyait plus d'à moitié ce qu'il venait d'inventer à la minute même, et cela provenait des lois particulières qui régissent l'optique des esprits orientaux [2]. Un pishkedmèt du prince, qui voulait du bien au pauvre et inté-

1. Les Bakhtyaris dont le territoire s'étend d'Ispahan au Khûziztân, forment un conglomérat de tribus d'origine non iranienne selon eux. Ils sont musulmans chiites, mais possèdent des coutumes qui leur sont particulières. Nomades et batailleurs, ils passent pour redoutables auprès des citadins. Gobineau, qui en a rencontré une fraction au sud de Shyraz, les juge comme une population turbulente. *Trois ans,* I, 163-166. Les Mahmacenis étaient des nomades du Sud iranien, volontiers pillards, en qui Gobineau voit un fléau pour les populations sédentaires. *Trois ans,* I, 175.

2. Gobineau, à maintes reprises, a souligné la capacité d'illusion dont les Persans sont doués. Voir *Trois ans* et *Religions et Philosophies, passim,* et surtout sa lettre à Prokesch-Osten du 19 septembre 1855.

ressant Gambèr-Aly, était nécessairement un homme du plus rare mérite, et, dès lors, comment n'eût-il pas été le favori de son maître? Puisqu'il était le favori de son maître, il était son véritable lieutenant, toute affaire lui était nécessairement confiée, et, avec un tel pouvoir, était-il possible d'admettre qu'il lésinât dans les récompenses à accumuler sur la tête de son sauveur? A la vérité, Gambèr-Aly n'avait pas mis en déroute une bande de farouches et terribles maraudeurs, mais pourquoi aller dire qu'il sortait de la taverne? A qui cette indiscrétion faisait-elle du bien? Ne valait-il pas mieux revêtir toute son histoire d'un vernis honorable, puisqu'elle devait finir, pour lui, de la façon la plus extraordinaire? D'ailleurs, il était évident, et le pishkedmèt ne le lui avait pas caché, qu'il avait montré un courage au-dessus de tout éloge.

Ce que le père, la mère et le fils élaborèrent de rêveries dans cette nuit heureuse ne se pourrait enregistrer. Bibi-Djânèm voyait déjà son idole dans la robe de brocart du premier ministre et elle se passait la fantaisie de faire bâtonner la femme du rôtisseur, qui avait dit du mal d'elle la veille au soir. Il fallut pourtant dormir un peu. Les trois personnages s'étendirent sur le tapis vers le matin, et, pendant trois heures, goûtèrent, comme on dit, les douceurs du repos; mais, à l'aube, Gambèr-Aly sauta sur ses pieds; il fit ses ablutions, débita tant bien que mal et assez sommairement sa prière, et s'avança dans la rue en se balançant sur les hanches, comme il convenait à un homme de sa qualité.

Arrivé devant le palais, il vit comme d'ordinaire, assis ou debout devant la grande entrée, un nombre de soldats, de domestiques de tous grades, de solliciteurs, de derviches et de gens enfin amenés par leurs affaires ou leurs liaisons particulières avec les personnes de la maison. Il se fraya chemin au milieu de la foule, étalant l'insolence particulière aux beaux jeunes garçons, et que l'on souffre d'eux assez aisément, et demanda au portier, d'une voix arrogante, corrigée par un joli sourire, si son ami Assad-Oullah-Bey n'était pas à la maison?

— Le voici précisément, répondit le portier.

— Que la bonté de Votre Excellence ne diminue pas!

répliqua Gambèr-Aly, et il alla au-devant de son protecteur, qui reçut son salut de la façon la plus amicale.

— Votre fortune est faite, dit Assad-Oullah (le Lion de Dieu).

— C'est par un effet de votre miséricorde!

— Vous méritez tout en fait de biens. Voici ce dont il s'agit. J'ai parlé de vous au ferrash-bachi [1], chef des étendeurs de tapis de Son Altesse. C'est mon ami, et un homme des plus vertueux et des plus honorables. J'aurais tort de vanter son intégrité; tout le monde la connaît. La justice, la vérité et le désintéressement brillent dans sa conduite. Il consent à vous admettre parmi ses subordonnés, et, à dater de ce jour, vous en faites partie. Naturellement, il faut que vous lui présentiez un petit cadeau; mais il tient si peu aux biens de ce monde, que ce sera uniquement pour lui témoigner votre respect. Vous lui remettrez cinq tomans en or et quatre pains de sucre.

— Que le salut du Prophète soit sur lui! répliqua Gambèr-Aly un peu déconcerté. Oserais-je vous demander quels seront mes gages dans les fonctions illustres que je vais remplir?

— Vos gages! dit à demi-voix le Lion de Dieu, d'un ton confidentiel et en regardant autour de lui pour s'assurer que personne ne l'écoutait, vos gages sont de huit sahabgrans (à peu près dix francs par mois), mais l'intendant de Son Altesse n'en paie généralement que six. Vous lui en laissez deux pour sa peine; il vous en reste donc quatre. Vous ne voudriez pas témoigner de l'ingratitude à votre digne chef en ne lui en offrant pas, au moins la moitié? Je vous connais, vous en êtes incapable; ce serait le procédé le plus inconvenant! Nous disions donc qu'il vous reste deux sahabgrans. Que pouvez-vous en faire, si ce n'est d'en régaler le naybèferrash [2], le chef

1. Au sens propre, le *ferrasch* était le domestique spécialement chargé d'étendre les tapis à l'heure du campement d'une caravane ou dans un palais; par extension, le mot a pris le sens de serviteur en général. *Bachi* vient du turc, *celui qui commande*.

2. Le *nayb-ferrasch* est celui qui commande les domestiques en sous-ordre; de l'arabe *naqîb* : sous-officier.

de votre escouade, pour vous faire un ami sûr et dévoué, car, ne vous trompez pas ! sous des formes un peu abruptes, c'est un cœur d'or !

— Puisse le ciel le combler de ses bénédictions ! repartit Gambèr-Aly devenu fort triste; mais que me restera-t-il, à moi?

— Je vais vous le dire, mon enfant, reprit le Lion de Dieu, de l'air grave et composé qui seyait si bien à sa haute expérience et à son immense barbe. Chaque fois que vous irez porter un cadeau à quelqu'un de la part du prince ou de vos supérieurs, naturellement, vous recevrez une récompense des personnes honorées de pareilles faveurs, et d'autant plus que vous êtes fort gentil, mon enfant ! Il faudra, sans doute, que vous partagiez ce que vous aurez accepté avec vos camarades; mais vous n'êtes pas obligé de leur dire exactement ce qu'on aura mis dans vos poches; il y a là-dessus des petites réserves à faire que vous apprendrez bien promptement. Ensuite, quand vous serez chargé de donner la bastonnade à quelqu'un, il est d'usage que le patient offre une bagatelle aux exécuteurs, afin qu'ils frappent moins fort ou même tout à fait à côté. Vous aurez là encore un peu d'habitude à acquérir. Ce genre d'adresse innocente vient promptement, surtout à un garçon d'esprit comme vous. Comme je ne doute pas que vos chefs n'en arrivent promptement à vous estimer, on vous donnera quelque commission pour aller recueillir les taxes dans les villages. C'est affaire à vous d'accorder vos intérêts avec ceux des paysans qui ne veulent jamais payer, de l'État qui veut toujours recevoir, du prince qui se fâcherait s'il avait les mains vides. Croyez-moi, ceci est une mine d'or ! Enfin, mille occasions, mille circonstances, mille rencontres se présenteront où je ne doute pas un seul instant que vous ne fassiez des merveilles; et, pour moi, je serai vraiment heureux d'avoir pu contribuer à vous mettre dans une bonne position en ce monde [1].

---

1. Sur la vénalité qui seule permettait aux fonctionnaires royaux de vivre, cf. Morier, *Hadji-Baba,* trad. Finbert, I, ch. 33, et *Trois ans,* II, 142-144.

Gambèr-Aly saisit le côté séduisant du tableau si complaisamment détaillé sous ses yeux, et il fut charmé de tant de perfections brillantes. Un seul point l'inquiétait :

— Excellence, dit-il d'une voix émue, que toutes les félicités vous récompensent pour le bien que vous faites à un pauvre orphelin sans appui ! Mais, ne possédant rien au monde que mon respect pour vous, comment pourrais-je donner cinq tomans et quatre pains de sucre au vénérable Ferrash-Bachi ?

— Bien simplement, repartit le Lion de Dieu. Il est si bon qu'il sait attendre. Vous lui ferez la petite offrande sur vos premiers profits.

— En ce cas, j'accepte avec bonheur votre proposition, s'écria Gambèr-Aly, au comble de la joie.

— Je vais vous présenter à l'instant, et vous entrerez en fonctions aujourd'hui même.

Le pishkedmèt, tournant alors sur ses talons, emmena son jeune acolyte à travers la foule et le fit pénétrer dans la cour. C'était un grand espace vide entouré de constructions basses exécutées en briques séchées au soleil, de couleur grise, relevées aux angles de cordons de briques cuites au four et dont les tons rouges donnaient à l'ensemble assez d'éclat. Ici et là, des mosaïques de faïence bleue, ornées de fleurs et d'arabesques, relevaient le tout. Par malheur une partie des arcades étaient écroulées, d'autres ébréchées, mais les ruines sont l'essentiel de toute ordonnance asiatique. Au milieu du préau s'étalaient une douzaine de canons avec ou sans affûts, et des artilleurs étaient assis ou couchés à l'entour ; des djelodârs [1] ou écuyers tenaient des chevaux, dont les croupes satinées étaient en partie couvertes de housses à fonds cramoisis et à broderies bigarrées ; ici, un groupe de ferrashs se promenaient, la baguette à la main, pour maintenir un bon ordre qui n'existait pas ; plus loin des soldats faisaient cuire leur repas dans des marmites ; des officiers traversaient la cour d'un air insolent, doux ou poli, suivant qu'ils se souciaient des regards attachés sur eux. On saluait

1. Le *djelodar* était un soldat de cavalerie légère, employé souvent comme éclaireur.

celui-ci; celui-là, au contraire, s'inclinait respectueusement devant un plus puissant; c'était le train du monde, dans tous les royaumes de la terre, seulement avec une complète naïveté.

De la grande cour, Assad-Oullah, suivi de sa recrue, ébloui par tant de magnificence, pénétra dans un autre enclos, un peu moins vaste, dont le milieu était occupé par un bassin carré rempli d'eau; les ondes se teignaient agréablement des reflets azurés du revêtement, formé par de grandes tuiles émaillées d'un bleu admirable. Sur les marges de ce bassin, s'élevaient d'immenses platanes, dont les troncs disparaissaient sous les enlacements touffus et plantureux de rosiers gigantesques couverts de fleurs fraîches et multipliées. En face de l'entrée basse et étroite par où les deux amis avaient pénétré, une salle très haute, qu'un Européen aurait prise pour la scène d'un théâtre, car elle était absolument ouverte par-devant et reposait sur deux minces colonnes peintes et dorées, montrait, pareil à une toile de fond et à des portants de coulisses, le plus attrayant, le plus séduisant mélange de peintures, de dorures et de glaces. De riches tapis couvraient le sol élevé, à six pieds environ au-dessus du niveau de la cour, et, là, appuyé sur des coussins, Son Altesse le Prince-Gouverneur, lui-même, daignait déjeuner d'un énorme plat de pilau et d'une douzaine de mets contenus dans des porcelaines, entouré de plusieurs seigneurs d'une belle mine et de ses principaux domestiques.

Des trois côtés de la cour que n'occupait pas le salon, deux étaient en décombres, le troisième présentait une rangée de chambres assez habitables.

Gambèr-Aly se sentit très intimidé de se trouver, en propre personne, dans un lieu si auguste, et, en même temps, il se trouva grand comme le monde, rien que pour avoir eu l'heureuse fortune d'y pénétrer. Désormais, il lui sembla qu'il n'avait plus d'égaux sur cette terre, puisqu'il appartenait à un parangon d'autorité qui, sans que personne y trouvât à redire, pouvait le faire mettre en tout petits morceaux. Avant d'être entré dans cette royale demeure, il était parfaitement libre de sa personne, et jamais le Prince-Gouverneur, ignorant son existence, n'eût pu aller le chercher. Désormais, devenu « noou-kèr », domestique, il faisait partie de la classe heureuse qui comprend le dernier marmiton et le premier ministre, et il pouvait avoir la joie d'entendre le Prince s'écrier, avant un quart d'heure : « Qu'on mette Gambèr-Aly sous le bâton ! » Ce qui signifierait évidemment que Gambèr-Aly n'était pas le premier venu, comme son triste père, puisque le Prince voulait bien condescendre à s'occuper de lui.

Pendant qu'il s'abandonnait à ces réflexions présomptueuses, Assad-Oullah lui dit en le poussant du coude :

— Voilà le Ferrash-Bachi ! N'ayez pas peur, mon enfant !

La recommandation n'était pas de trop. Le chef des étendeurs de tapis du Prince-Gouverneur de Shyraz possédait une mine assez rébarbative; la moitié de son nez était mangée par la maladie qu'on nomme le bouton [1]; ses moustaches noires, pointues, s'étendaient à un demi-pied à droite et à gauche de ce nez en ruines; ses yeux brillaient sombres sous d'épais sourcils, et sa démarche paraissait imposante. Il se drapait dans une magnifique robe de laine du Kerman, portait un djubbèh ou manteau de drap russe richement galonné, et la peau d'agneau de son bonnet était si fine que, à la voir seulement, on pouvait en calculer le prix à huit tomans pour le moins, ce qui, d'après les calculs de l'Occident, ne faisait pas loin d'une centaine de francs.

Ce majestueux dignitaire s'avança d'un air composé vers le pishkedmèt, qui le salua en mettant sa main sur son cœur; mais Gambèr-Aly ne se permit pas une pareille familiarité; il fit glisser ses mains contre ses jambes depuis le haut de la cuisse jusqu'au-dessous du genou, et, s'étant ainsi incliné, autant que la chose était possible, sans donner

---

1. Il s'agit d'une affection répandue dans mainte ville d'Orient (Alep, Bagdad, Bassorah) et sans gravité, sorte d'ulcère purulent qui laisse, surtout au visage, une cicatrice profonde et disgracieuse, après avoir duré en général un an (d'où son nom, en arabe vulgaire syrien, *habbet seni*, bouton d'un an.).

du nez en terre, il se redressa, cacha ses doigts dans sa ceinture, et attendit modestement et les yeux baissés qu'on lui fît l'honneur de lui adresser la parole.

Le Ferrash-Bachi passa la main sur sa barbe d'un air approbateur, et, par un coup d'œil gracieux, avertit Assad-Oullah de sa satisfaction. Celui-ci s'empressa de dire :

— Le jeune homme a du mérite, il est rempli d'honnêteté et de discrétion; je puis le jurer sur la tête de Votre Excellence. Je sais qu'il recherche les gens convenables et fuit la mauvaise compagnie! Votre Excellence le couvrira, certainement, de son inépuisable bonté. Il fera tout au monde pour la satisfaire et nous en sommes expressément convenus.

— C'est au mieux, répondit le Ferrash-Bachi, mais avant de conclure, j'ai une question à adresser en particulier à ce digne jeune homme.

Il prit Gambèr-Aly à part et lui dit :

— Le seigneur Assad-Oullah se conduit avec vous comme un père. Mais, avouez-moi-le, combien lui avez-vous offert?

— Que votre bonté ne diminue pas! dit ingénument Gambèr-Aly; je ne me permettrais pas d'offrir un cadeau à n'importe qui, alors que ma misérable fortune m'oblige à attendre, en comptant les jours, jusqu'à ce que j'aie pu présenter mes respects à Votre Excellence.

— Mais, au moins, tu lui as promis quelque chose? reprit le Ferrash-Bachi en souriant. Combien lui as-tu promis?

— Par votre tête, par celle de vos enfants! s'écria Gambèr-Aly, je ne me suis avancé en aucune manière, me réservant de prendre vos ordres à ce sujet.

— Tu as bien fait. Agis toujours aussi discrètement et tu t'en trouveras mieux. Voici le conseil désintéressé que je te donne. Pour ce qui est de moi, ne te gêne pas. Je suis trop heureux de pouvoir te servir. Mais comme tu débutes dans le monde, il te faut apprendre à rendre à chacun selon son rang, sans quoi les étoiles elles-mêmes ne pourraient pas fonctionner dans le ciel, et l'univers entier serait la proie du désastre. Tu sais qu'un pishkedmèt n'est pas un ferrash-bachi; dès lors, tu ne peux légitimement donner au premier que la moitié juste de ce que tu destines au second, et afin de te préciser les choses, remets à Assad-Oullah-Bey, aussitôt que tu le pourras, cinq tomans et quatre pains de sucre, pas davantage! Tu vois que je tiens à ménager tes petits intérêts!

Là-dessus, le Ferrash-Bachi donna une légère tape d'amitié sur la joue de Gambèr-Aly, et, après lui avoir notifié qu'il faisait désormais partie des hommes du Prince, il se retira, se rendant où son devoir l'appelait. Le nouveau serviteur des grands ne put s'empêcher d'éprouver quelque souci de sa situation. Le Lion de Dieu ne lui avait indiqué que le tiers de ce qu'il aurait à débourser; au lieu de cinq tomans et quatre pains de sucre, il se trouvait engagé pour quinze tomans et douze pains de sucre. Ce n'était pas la même chose. Mais il s'étourdit sur ces misères, remercia avec effusion son protecteur, baisa le bas de sa robe, et, comme il en avait désormais le droit, se mit à errer de côté et d'autre dans les cours du palais, accostant ses camarades, dont il connaissait déjà quelques-uns pour les avoir rencontrés chez les gens rangés qu'il fréquentait d'ordinaire, et liant conversation avec les autres. Il fut, tout de suite, apprécié et on lui témoigna des amitiés incroyables. Le thé du Prince lui parut bon, et il put même faire passer, sans qu'on y prît trop garde, un certain nombre de morceaux de sucre dans ses poches. Ensuite on joua à toutes sortes de jeux inoffensifs, et, comme Gambèr-Aly n'y était pas novice, il retira de cette opération, conduite avec art, une douzaine de sahabgrans (une quinzaine de francs) et l'estime générale. Bref, il parut à chacun ce qu'il était en réalité, un fort joli garçon au physique et au moral.

Quand il rentra le soir chez lui, sa mère s'empressa de l'interroger.

— Je suis accablé de fatigue, répondit-il d'un air nonchalant. Le Prince a tenu absolument à me faire dîner avec lui. Nous avons eu les cartes toute la journée, et, par discrétion, je n'ai voulu lui gagner que le peu de monnaie que voici. Une autre fois, quand je serai tout à fait ancré dans ses bonnes grâces, je ne le traiterai pas si bien. Nous sommes convenus que, pour ne pas donner d'ombrage aux jaloux, je feindrais, pendant quelque temps, de faire partie de ses ferrashs, ensuite je deviendrai vizir. En attendant, je n'aurai rien à faire que m'amuser tout le jour. Nous partons sous peu pour Téhéran, et Son Altesse a l'intention de me recommander au Roi.

Bibi-Djânêm serra son adorable fils dans ses bras. Lui trouvant un peu d'agitation, elle lui promit, pour le lendemain matin, un bol considérable d'infusion de feuilles de saule, préservatif merveilleux contre la fièvre, et, comme Mirza-Hassan-Khan avait rapporté à la maison dix sahabgrans, produit de la vente de deux encriers, elle préparait des pâtisseries feuilletées et un plat de kouftehs, boulettes de hachis, frites dans des feuilles de vignes, dont la perfection lui avait toujours valu une gloire incontestée. On mangea et on but, et la moitié de la nuit se passa au sein d'une joie parfaite.

Au matin, Gambèr-Aly, ayant pris son élixir et reçu pour recommandation maternelle de ne se laisser attraper par personne, alla reprendre ses fonctions au Palais.

C'est une chose admirable que la vérité! Elle se glisse partout, au travers du mensonge, sans que les hommes puissent savoir comment. Le prochain départ du Prince-Gouverneur pour la capitale, annoncé par le jeune ferrash, qui n'avait sur ce point que les indices fournis par la fougue de son imagination, se trouva être parfaitement exact, et Gambèr-Aly fut tout étonné quand ses camarades lui annoncèrent qu'on s'en allait sous huit jours, attendu que le prince était rappelé et même remplacé, preuve nouvelle de la sagesse bien connue du gouvernement.

On ne s'amuse pas, dans ces pays-là, à compter minutieusement avec les mandataires du pouvoir. On les nomme, on les envoie; ils recueillent le produit des impôts; ils en gardent la plus grande partie pour eux, sous le prétexte que les récoltes ont été mauvaises, que le commerce ne va pas, que les travaux publics absorbent les ressources. On ne leur cherche pas de mauvaises chicanes et on reçoit pour bon ce qu'ils disent. Puis, au bout de quatre ou cinq ans, on les destitue; on les fait venir; on leur demande ce qu'ils préfèrent, ou rendre des comptes ou payer une somme d'argent indiquée. Ils choisissent toujours le second terme de la proposition, parce qu'il leur serait difficile de présenter des pièces en règle. On leur enlève ainsi la moitié ou les deux tiers de ce qu'ils ont amassé, et avec ce qui leur reste, ils font des cadeaux au Roi, aux ministres, aux dames du harem, aux gens influents, et, à bon prix, on leur confère un autre gouvernement qu'ils vont administrer, sans changer de système, pour arriver à la même conclusion. C'est une méthode dont il n'est pas besoin de faire ressortir les mérites; l'avantage en saute aux yeux. Les peuples sont charmés de voir leurs gouverneurs rendre gorge : les gouverneurs passent leur vie à s'enrichir, et, finalement, ils meurent pauvres, sans jamais s'être doutés que telle devait être leur fin inévitable. Quant au pouvoir suprême, il s'épargne les soucis de la surveillance et une taquinerie de mauvais goût envers ses agents.

Son Altesse le Prince ayant exploité la province dont Shyraz est la capitale pendant une durée de temps suffisante, on le priait de venir raconter ses affaires aux colonnes de l'Empire, c'est-à-dire aux chefs de l'État; tout marchait ainsi, suivant la règle; mais, comme de coutume, et parce que rien n'est parfait en ce monde, c'était un dur moment à passer pour le disgracié. Il ne savait pas au juste dans quelle mesure on allait le rançonner.

Le matin, de bonne heure, et même avant le jour, son intendant avait pris la fuite, emportant quelques menus souvenirs de valeur. Le Ferrash-Bachi était sombre. Il se défiait de sa situation qui, difficilement, pouvait continuer à être aussi lucrative que par le passé. Les pishkedmèts se communiquaient tout bas bien des réflexions; les gens de l'écurie, les ferrashs, les soldats, les kavédjys [1], n'ayant rien à perdre, étaient au comble du bonheur de changer de place. De moment en moment, un objet ou l'autre disparaissait et se serait retrouvé à un mois de là dans une boutique quelconque du Bazar. Quant au peuple de Shyraz, lorsqu'il apprit la nouvelle, il s'abandonna à une joie pareille à un délire. Partout on éleva au ciel la justice, la

1. Prononciation persane de l'arabe *kahwadjî,* employé préposé à la fabrication et au service du café turc, qui était attaché à toute administration en Turquie et en Syrie, comme en Perse.

générosité et la bonté du Roi ; on le compara à Noushirwan[1], un ancien monarque auquel on prête des vertus que, de son temps, sans doute, on prêtait à quelqu'autre, et ce fut une explosion de chansons, toutes plus malveillantes et plus audacieusement calomniatrices les unes que les autres, sur toute l'étendue des bazars de la ville. Rien n'égale l'ingratitude du peuple.

Le Ferrash-Bachi prit à part Gambèr-Aly :

— Mon enfant, lui dit-il, tu vois que je suis fort occupé; il me faut mettre les tentes en bon état pour le voyage, avoir soin que les mulets soient ferrés et que, enfin, rien ne manque. Je n'ai donc pas le temps de m'occuper de mes propres intérêts. Tiens, voilà un billet de huit tomans qui m'a été souscrit par un des écrivains de l'arsenal, Mirza-Gaffar, lequel demeure sur la place Verte, à gauche, à côté de la mare. Va trouver mon débiteur; dis-lui que je ne peux pas attendre davantage, parce que je ne sais quand je reviendrai, et que je pars la semaine prochaine. Termine cette petite affaire à ma satisfaction, et tu n'auras pas lieu d'en être fâché.

Là-dessus, il cligna de l'œil d'une manière hautement significative. Gambèr-Aly, enchanté, lui promit de réussir et s'en alla rapidement où son supérieur l'envoyait. Il n'eut aucune peine à découvrir la maison de Mirza-Gaffar, et, s'étant approché, il frappa rudement à la porte. Il avait mis son bonnet de travers et s'était armé de son air le plus délibéré.

Au bout d'une minute, on vint lui ouvrir; il se trouva en présence d'un petit vieillard qui portait, sur son nez crochu, une immense paire de lunettes.

— Le salut soit sur vous ! dit brusquement Gambèr-Aly.

— Et sur vous le salut, mon aimable enfant ! repartit le vieillard d'une voix mielleuse.

— Est-ce au très élevé Mirza-Gaffar que je parle?

— A votre esclave.

— Je viens de la part du Ferrash-Bachi, et j'ai là un

---

1. Forme persane courante de la vieille expression du pehlvi *anoshagh-ruvân, à l'âme immortelle,* surnom de Chosroès Ier, souverain sassanide de la Perse au VIe siècle.

billet de huit tomans que Votre Excellence va me payer sur l'heure.

— Assurément. Mais ne me laisserez-vous pas me charmer à l'aspect de votre beauté? Les anges du ciel ne sont rien en comparaison de vous. Honorez ma maison en y acceptant une tasse de thé. Il fait chaud, et vous avez pris trop de peine en daignant transporter Votre Noblesse jusqu'ici.

— Que votre bonté ne diminue pas ! répondit Gambèr-Aly, devenant plus rogue en voyant la grande politesse du petit vieillard.

Cependant il consentit à entrer et s'assit dans la salle. En un tour de main, Mirza-Gaffar apporta un réchaud, y mit du feu, posa une bouilloire de cuivre au-dessus des charbons, disposa du sucre, atteignit la boîte à thé, alluma le kaliân, l'offrit à son hôte et, après s'être informé des nouvelles de son illustre santé et avoir rendu grâces au ciel de ce que tout allait bien de ce côté, il entama la conversation ainsi :

— Vous êtes un jeune homme si parfaitement accompli et orné des dons du ciel, que je n'hésite pas à vous dire toute la vérité, et puisse la malédiction et la damnation tomber sur moi, si je m'écarte d'une ligne de la sincérité la plus parfaite, soit à droite, soit à gauche. Je vais vous payer à l'instant, seulement je ne sais pas comment faire, parce que je n'ai pas le sou.

— Que votre bonté ne diminue pas ! répondit froidement Gambèr-Aly, en lui passant le kaliân; mais je ne suis pas autorisé par mon vénérable chef à entendre de pareils discours, et il me faut de l'argent. Si vous ne me le donnez pas, vous savez ce qui arrivera : je brûlerai votre grand-père et le grand-père de votre grand-père, lui-même !

Cette menace parut agir fortement sur le vieil écrivain qui, probablement, ne se souciait pas d'un tel dégât parmi ses ascendants. Il s'écria alors d'une voix lamentable :

— Il n'y a plus d'Islam ! Il n'y a plus de religion ! Où trouverai-je un protecteur, puisque cette figure de houri, cette pleine lune de toutes les qualités, me regarde sans bienveillance? Si je vous offrais humblement deux sahabgrans, parleriez-vous en ma faveur?

— Votre bonté est excessive! repartit Gambèr-Aly. Où a-t-on vu un ferrash du Prince se déshonorer en acceptant pareille somme?

— Je déposerais à vos pieds tous les trésors de la terre et de la mer, si je les possédais, et ne voudrais en rien garder pour moi; mais je ne les possède pas! Sur votre tête, sur vos yeux, par pitié pour un misérable vieillard, acceptez les cinq sahabgrans que je vous offre de bon cœur, et veuillez bien dire à Son Excellence le très élevé Ferrash-Bachi que vous avez vu vous-même ma profonde misère.

— Je soumets une humble requête, interrompit le ferrash. Je ne demande pas mieux que de vous aider et d'obtenir le bénéfice de vos prières; mais il faut aussi que Votre Excellence soit raisonnable. J'accepterai, pour vous faire plaisir, le cadeau d'un toman dont vous m'honorez; c'était inutile, mais j'aurais une confusion inexprimable si je vous désobligeais. Ainsi, un toman et n'en parlons plus. Vous me remettrez deux tomans pour mon chef, et je me charge d'arranger l'affaire. Seulement, comme notre homme est assez vif et impétueux, il est à propos que d'ici à huit jours Votre Excellence ne paraisse pas dans sa noble maison. Il pourrait arriver des désagréments.

On discuta une heure, on prit plusieurs tasses de thé, on s'embrassa fort, puis, comme Gambèr-Aly resta inébranlable, l'écrivain de l'arsenal s'exécuta, lui remit un toman pour lui et deux tomans pour son chef, et on se sépara avec les assurances réciproques de la plus parfaite affection.

— Que le salut soit sur vous! dit Gambèr-Aly au chef des ferrashs.

— C'est bon! Qu'as-tu obtenu?

— Excellence, j'ai trouvé ce misérable sur la route, il s'enfuyait; je l'ai pris au collet, je lui ai reproché son crime, et, malgré des passants qui voulaient s'interposer entre nous, j'ai retourné ses poches et je vous apporte le toman que j'ai trouvé dedans, il n'y avait rien de plus!

— Tu mens!

— Sur votre tête! sur ma tête! sur mes yeux! sur ceux de ma mère, de mon père et de mon grand-père! Par le livre de Dieu, par le Prophète et tous ses prédécesseurs (que le salut soit sur eux et la bénédiction!) je ne vous dis que la vérité pure!

Le Ferrash-Bachi partit comme une flèche et, bouillant d'indignation, il courut à la maison de l'écrivain, frappa, on ne répondit rien. Il demanda des nouvelles à un cordier qui demeurait à peu de distance. Le cordier lui assura que Mirza-Gaffar était parti depuis deux jours et soutint son dire par un flot de serments. Ce qui était incontestable, c'est que le Ferrash-Bachi était attrapé. Il revint au Palais fort triste. Évidemment, Gambèr-Aly n'avait aucun tort.

— Mon fils, lui dit son supérieur, tu as fait ton possible, mais le destin était contre nous!

Après cette affaire, la faveur de Gambèr-Aly s'accrut encore et il fut considéré comme la perle de la maison du Prince. On le chargeait de toutes les commissions; il y trouvait ses intérêts, et bien que, en général, il ne réussît pas complètement au gré de ceux qui l'employaient, sa candeur était si grande et sa figure si sincère, qu'on ne pouvait s'en prendre à lui du malheur des circonstances. Sur ces entrefaites, les préparatifs de départ étant achevés, le prince donna l'ordre de se mettre en chemin.

En tête du convoi marchaient des cavaliers armés de longues lances, des soldats, des hommes d'écurie conduisant des chevaux de main, puis des bagages, les écuyers du Prince, les principaux officiers de sa maison, enfin le Prince lui-même, sur un magnifique cheval, et toutes les autorités de la ville et leurs suites, qui devaient l'accompagner jusqu'à une lieue et demie de Shyraz, puis encore des bagages et d'autres soldats, et d'autres ferrashs et des muletiers en foule. Sur une route parallèle, suivait le harem, les dames, enfermées dans des takht-è-réwans ou litières, portées devant et derrière par un mulet, admirable invention, soit dit par parenthèse, pour procurer une idée exacte du mal de mer le mieux conditionné; les servantes étaient dans des kédjavêhs, sortes de paniers placés à droite et à gauche d'une monture quelconque. On entendait de très loin la conversation, les cris, les gémissements de ces illustres personnes, et les injures dont elles accablaient les pauvres muletiers. Cette sortie triomphale ne laissa pas que d'avoir des côtés peu brillants. Le beau sexe de la ville

était accouru en foule, les derviches l'accompagnaient; il y avait aussi bien des anciennes connaissances de Gambèr-Aly, dont les habits déchirés, le gâma, les longues moustaches, les airs de mauvais garçon ne promettaient pas grand'-chose d'édifiant. Aussitôt que le convoi parut, ce fut un concert de cris, et on hurlait avec d'autant plus de perfection, que Bibi-Djânèm se tenait sur les premiers rangs avec une troupe de ses amies, façonnées de longtemps à toutes les agressions, et terribles aux plus braves. Les qualifications les plus relevées étaient trouvées facilement par ces vétéranes : chien, fils de chien, arrière-petit-fils de chien, bandit, voleur, assassin, pillard, et bien d'autres épithètes que la langue française ne supporterait pas, et surtout ces dernières, sortaient brûlantes de la bouche de ces guerrières. Au milieu de telles éjaculations, une réserve de gamins, en sûreté derrière leurs mères, chantaient à pleine voix des fragments comme celui-ci :

Le prince de Shyraz,
Le prince de Shyraz,
C'est un imbécile,
C'est un imbécile;
Mais sa mère est une coquine.
Et sa sœur autant !

Pendant quelques minutes, Son Altesse, vivement intéressée, sans doute, par la conversation des seigneurs qui l'entouraient, ne parut pas voir ce qui se passait, ni entendre ce qui se disait, ou plutôt se criait à ses oreilles. A la longue, cependant, il perdit patience et fit un signe au Ferrash-Bachi. Celui-ci donna l'ordre à ses hommes de dissiper le rassemblement à coups de gaules. Chacun s'y porta de tout cœur, et Gambèr-Aly, frappant comme les autres, entendit une voix, bien connue, qui lui vociférait dans les oreilles :

— Ménage ta mère, mon bijou! Et fais-nous venir à Téhéran le plus vite possible, ton père et moi, pour partager tes grandeurs!

— S'il plaît à Dieu, il en sera bientôt ainsi! s'écria Gambèr-Aly avec enthousiasme. Là-dessus il tomba à bras raccourcis sur une autre vieille émeutière, et, empoignant un derviche par la barbe, il le secoua vigoureusement. Cet acte de vaillance fit reculer la multitude. Les ferrashs considérèrent plus que jamais leur camarade comme un lion, et voyant le désordre se calmer, ils rejoignirent leur arrière-garde en riant comm des fous.

Le voyage se fit sans encombre. Après deux mois de marche, on arriva à Téhéran, la Demeure de la Souveraineté, suivant l'expression officielle, et les négociations commencèrent entre le Prince et les colonnes de l'État. De part et d'autre, beaucoup de ruses furent déployées, on menaça, on fit des promesses sans nombre, on chercha des moyens termes. Tantôt la question avançait, tantôt elle reculait. Le grand-vizir était porté à la sévérité; la mère du Roi inclinait à l'indulgence, ayant reçu une belle turquoise [1], bien montée et entourée de brillants d'un prix convenable. La sœur du Roi montrait de la malveillance; mais le chef des valets de chambre était un ami dévoué; il était contredit, il est vrai, par le trésorier particulier du palais, soit! mais, quant au porteur de pipe ordinaire, on ne pouvait douter de son désir de voir tout finir pour le mieux. Gambèr-Aly se souciait peu de ces grands intérêts. Ses affaires commençaient à tourner assez mal et, souvent, des inquiétudes lui venaient sur son sort. Il y avait de sa faute.

Se voyant un peu gâté, il avait résolu, à part lui, de ne rien donner ni au Ferrash-Bachi, ni au pishkedmèt Assad-Oullah. Bien que, à la connaissance universelle, il eût eu déjà des occasions fréquentes de réaliser des profits, il avait toujours prétendu, contre l'évidence, que son dénuement était extrême, ce qui ne l'empêchait pas d'être au jeu une partie du jour et de montrer de l'or avec assez d'ostentation. Ses deux protecteurs avaient, à la fin, ouvert les yeux. C'étaient des gens graves; ils ne dirent mot. Cependant Gambèr-Aly s'aperçut vite qu'il n'était plus traité avec la même distinction, ni surtout avec la même affabilité. Les commissions lucratives ne lui étaient plus conférées; elles allaient à d'autres; les travaux durs ou

1. Cf. p. 37, n. 2.

astreignants, enfoncer les piquets, raccommoder les tentes, secouer les tapis, l'occupaient une bonne partie du jour. S'il se permettait, comme autrefois, d'aller rôder du côté des cuisines, le chef de service, grand ami d'Assad-Oullah-Bey, le renvoyait à son quartier avec des paroles maussades, enfin, tout était changé, et le pauvre enfant sentait que les adversaires qu'il s'était créés, par la subtilité de son esprit et ses tours d'adresse, n'attendaient qu'une occasion pour faire tomber sur lui tout le poids de leur ressentiment. C'était ce que les journaux de Paris appellent une situation tendue.

Un matin que les ferrashs s'amusaient devant la porte, Gambèr-Aly, toujours de belle humeur, malgré ses soucis, toujours leste et dispos, luttait contre deux ou trois de ses camarades, et, tour à tour les poursuivant, poursuivi par eux, il se trouva acculé contre l'échoppe d'un boucher. Un des joueurs, appelé Kérym, garçon faible et poitrinaire, prit, pour plaisanter, un des couteaux placés sur l'étal et en menaça Gambèr-Aly en riant; celui-ci, sans malice, lui arracha l'instrument des mains, mais en se débattant avec lui, par une fatalité presque inexplicable, il l'atteignit dans le côté. Kérym tomba baigné dans son sang. Quelques minutes plus tard, il expirait.

L'innocent meurtrier, au désespoir, perdait complètement la tête; les autres ferrashs, témoins de l'action et sûrs de ce qu'elle avait d'involontaire, s'empressèrent de le mettre à l'abri des dangers du premier moment. Ils le poussèrent dans l'écurie, et, tout courant, Gambèr-Aly s'en alla tomber contre la jambe droite du cheval favori de Son Altesse, bien décidé à ne plus sortir de cet asile inviolable pendant le reste de ses jours.

Au bout de deux heures, cependant, il était un peu calmé. Le sous-aide de cuisine lui avait confié, sous le sceau du plus grand secret, que le frère du mort avec deux cousins était venu au Palais. Ils avaient parlé au Ferrash-Bachi, et celui-ci, devant tout le monde, leur avait demandé comment ils entendaient faire valoir leurs droits. Ils avaient répondu qu'on leur donnerait le meurtrier pour qu'ils en fissent à leur guise ou bien cinquante tomans. « Cinquante tomans ! avait répondu le Ferrash-Bachi d'un ton méprisant, cinquante tomans pour le plus mauvais de mes hommes, qui serait mort de lui-même avant un mois ! Que votre bonté ne diminue pas ! Vous vous moquez du monde ! Si vous voulez dix tomans, je les donnerai moi-même, pour qu'on ne fasse pas de peine à mon pauvre Gambèr-Aly. »

Voilà ce que vint raconter le marmiton Kassem, et Gambèr-Aly se réjouit de tout son cœur de la tournure favorable que prenait son affaire. Il admirait l'aveuglement de son chef à son égard. Mais il se savait si aimable que, au fond, il concevait tout. Il causa longtemps avec son ami ; puis, vers minuit, il se coucha dans la litière, à côté du cheval sacré, et s'endormit profondément. Tout d'un coup, une main vigoureuse le secoua par l'épaule : il ouvrit les yeux ; devant lui se tenait le mirakhor [1], le chef de la mangeoire, personnage redouté qui a le domaine des chevaux et des écuries dans toute grande maison et auquel obéissent même les djelôdars ou écuyers.

— Garçon, dit-il à Gambèr-Aly, tu vas décamper d'ici et haut le pied, à moins que tu n'aies cinquante tomans à donner à ton maître, le Ferrash-Bachi, autant à Assad-Oullah, le pishkedmèt, et tout autant à ton esclave. Si tu ne veux pas ou si tu ne peux pas, en route !

— Mais on me tuera ! s'écria le pauvre diable.

— Que m'importe ! Paye ou sors !

En parlant ainsi, le mirakhor, qui était une sorte de géant, un Kurde Mâfy, véritable fils du diable, comme ses compatriotes s'en vantent, enleva Gambèr-Aly par le cou avec autant de facilité qu'il eût fait d'un poulet, le traîna, malgré ses cris et ses efforts, jusqu'à la porte de l'écurie, et, là, le regardant en face, avec des yeux de tigre, il lui cria :

— Paye ou pars !

— Je n'ai plus rien ! hurla Gambèr-Aly, et, par un hasard qui ne s'est pas renouvelé souvent, il disait vrai. Ses derniers sous avaient été perdus le matin au jeu.

— Eh bien ! en ce cas, repartit son terrible dompteur, va te faire saigner comme un mouton par les parents de Kérym !

---

1. De l'arabe *amîr akhûr* : intendant, connétable.

Il secoua vigoureusement sa victime et la jeta dans la cour; puis, rentrant dans l'écurie, il ferma la porte. Gambèr-Aly, au comble de l'épouvante, se crut, d'abord, au milieu de ses ennemis; la lune éclairait, brillante; le ciel était d'une limpidité magnifique, les terrasses de la ville recevaient ses rayons, les arbres se balançaient avec mollesse, les étoiles étaient suspendues, pareilles à des lampes, dans une atmosphère dont l'infini se poursuivait au-dessus d'elles. Mais Gambèr-Aly ne se sentait aucune disposition à s'exalter devant les beautés de la nature. Il s'aperçut seulement que le silence était profond; les palefreniers dormaient çà et là dans leurs couvertures; l'excès de la terreur donna au fils de Bibi-Djânèm une inspiration subite et une espèce de courage. Sans plus consulter, il courut à l'entrée de la cour et la franchit, il parcourut les rues rapidement, tourna à gauche et se trouva contre les murailles de la ville. Il ne lui fut pas difficile d'y découvrir un trou; il se laissa dévaler dans le fossé, et, remontant la contrescarpe, il partit grand train à travers le désert. Les chacals piaulaient, mais il ne s'en souciait pas. Une ou deux hyènes lui montrèrent leurs yeux phosphorescents et s'enfuirent devant lui. Les gens d'imagination forte n'ont jamais qu'une seule sensation à la fois. Gambèr-Aly avait trop peur des parents de Kérym pour redouter autre chose. Il courut ainsi sans s'arrêter, sans prendre haleine, pendant trois heures, et le jour pointait, quand il entra dans le bourg de Shah-Abdoulazym [1]. Il ne s'amusa

---

1. « Il y a le pèlerinage de Schah-Abdoul-Azym, à deux lieues de Téhéran, dans un joli village ombragé d'arbres et peuplé de boutiques où les élégants de la ville vont faire leurs galeries tous les vendredis. » *Trois ans,* II, 189. Le « village » en question s'appelle Rey.

Il s'agit, comme dit lui-même Gobineau dans une dépêche diplomatique du 18 mai 1857, « d'une mosquée très révérée » (Hytier, 93) où est enterré Hamza, fils du septième Imam. Le 20 juillet 1863, Gobineau signale au ministre français que « le Roi vient d'ordonner qu'à l'avenir, les assassins, les voleurs et les adultères ne seraient plus admis à réclamer le bénéfice du sanctuaire. Il en résulte qu'il n'y a plus d'asile aujourd'hui que dans les écuries du Roi. » (Hytier, 262.) Abdoul-Azym est un descendant de Hassan fils d'Ali. Sur le droit d'asile dans ce sanctuaire vénéré, cf. art. de Savary dans *Encycl. Islam,* 1960, I, 1120, s. v. *Bast.*

B. N. Imprimés Cl. Josse-Lalance

Porte de Shah-Abdoulazym (*Tour du Monde*, II, p. 36, 1860). Dessin de J. Laurens.

pas à en regarder les maisons; mais, précipitant encore sa fuite, il arriva devant la mosquée au moment où le jour naissait; il ouvrit brusquement la porte, se précipita sur le tombeau du Saint, et, comme il se sentit sauvé, il s'évanouit tranquillement.

Abdoulazym était, en son temps, un très pieux personnage, agnat ou cognat de Leurs Altesses Hassan et Houssein, fils de Son Altesse le cousin du Prophète, que le salut soit sur lui et la bénédiction! Les mérites d'Abdoulazym sont immenses; mais, en ce moment, Gambèr-Aly n'en appréciait qu'un seul, c'est que la mosquée, au dôme doré, bâtie sur le tombeau du Saint, est, de tous les asiles, le plus inviolable. De sorte que, une fois arrivé là, Gambèr-Aly se voyait aussi en sûreté qu'il l'avait été quelque dix-huit ans en deçà sous le sein précieux de Bibi-Djânèm. Quand il se fut assez rafraîchi dans l'état de syncope, il revint à lui et s'assit au pied du tombeau. Il n'était pas seul; un homme à figure sale et terreuse se tenait à son côté.

— Calmez-vous, mon garçon, lui dit ce bonhomme. Quels que soient vos persécuteurs, vous êtes ici en parfaite sécurité, et autant que moi-même.

— Que votre bonté ne diminue pas, repartit Gambèr-Aly. Oserais-je vous demander votre noble nom?

— Je m'appelle Moussa-Riza, répliqua l'étranger d'un air assuré : je suis Européen et même Français, et on me nomme, parmi mes compatriotes, M. Brichard[1]. Mais j'ai embrassé l'islamisme, par la grâce de Dieu, pour arranger quelques petites affaires que j'avais en souffrance, et le ministre de ma nation a l'indignité de vouloir me faire sortir de Perse. Je reste donc ici, afin de ne pas tomber dans ses mains, et je fais des miracles pour prouver la grandeur de notre auguste religion.

— Que la bénédiction soit sur vous! dit Gambèr-Aly dévotement; mais il prit peur de cet Européen défroqué et se résolut à le surveiller exactement. La visite du pré-

---

1. Allusion à un souvenir de Gobineau qui, au cours de ses deux missions diplomatiques en Perse, a eu plusieurs occasions de se plaindre des ressortissants français. Cf. *Trois ans,* I, 241, et Hytier, 87, 93-94.

posé à la mosquée, qui eut lieu dans la matinée, lui fut plus agréable; on lui donna à manger, on lui promit pour tous les jours un bon ordinaire fondé sur les dotations du lieu [1], et on lui garantit que personne ne s'aviserait de le tourmenter dans le sanctuaire vénérable où il avait eu le bonheur de se retirer. On voulut même lui persuader de ne pas se confiner à l'intérieur de la mosquée; il pouvait, sans crainte, vaguer à son aise dans les cours, fût-ce à la barbe du chef de police; mais il n'entendit pas de cette oreille. En vain les réfugiés, assez nombreux habitants de cette partie plus vaste du territoire consacré et faisant leur ménage dans tous les coins, lui offrirent l'attrait d'une conversation aimable et enjouée, et mille occasions de dresser quelque petit commerce; il avait trop peur, il ne voulut jamais s'éloigner du saint tombeau. Il leur était aisé, à ces autres, de se confier à une protection modérée! Qu'avaient-ils fait, après tout? Volé quelque marchand? Escroqué leur maître? Fâché un employé subalterne? Il était clair que, pour de pareilles peccadilles, on n'irait pas enfreindre les prérogatives de la mosquée et s'attirer l'indignation du clergé et de la populace; mais lui! c'était bien une autre affaire! Il avait eu le malheur de tomber sur cet imbécile de Kérym, qui s'était laissé mourir bêtement. Il avait du sang sur lui, de plus, l'inimitié de ce scélérat de Ferrash-Bachi le poursuivait. Ce n'était pas trop que du tombeau, que des cendres du saint Imam pour le garantir; encore l'Imam aurait-il dû ressusciter et venir lui-même. Il s'obstina donc à tenir compagnie à Moussa-Riza. Ces deux braves vivaient dans des alertes perpétuelles. Toute figure nouvelle apparaissant dans la mosquée leur représentait un espion; Gambèr-Aly croyait reconnaître dans chacun un émissaire de la maison du prince, et son associé un des hommes de son ministre. Deux existences déplorables! Les malheureux maigrissaient à vue d'œil, quand, un matin, il se fit un grand mouvement, et ils se crurent perdus : les gardiens

1. La plupart des mosquées sont entretenues sur des fonds provenant de biens de mainmorte *(waqf)*, donations souvent très anciennes et gérées plus ou moins scrupuleusement.

leur apprirent que le Roi avait annoncé son intention de faire ses dévotions, le jour même, à Shah-Abdoulazym. En conséquence, on nettoyait un peu, on époussetait légèrement et on étendait des tapis. La population du bourg était en l'air. Moussa-Riza communiqua à son camarade une idée fort juste : c'était de prendre garde d'être enlevés par leurs persécuteurs à la faveur du tumulte qui, certainement, accompagnerait l'entrée, le séjour et la sortie de Sa Très Haute Présence le Roi des Rois. Le fils de Bibi-Djânèm trouva cette observation raisonnable, et, à dater du moment où elle s'empara de son esprit, il se colla tout vif contre la pierre du tombeau et n'en sépara ses épaules que pour y rapporter sa poitrine. Sur ces entrefaites, le tapage devint épouvantable au dehors. Le bruit des petits canons montés à dos de chameau retentit de toutes parts. On entendit naître au loin, puis croître, puis éclater les hautbois et les tambourins, composant la musique de cette artillerie, appelée zambourèk [1], une foule de ferrashs royaux et de coureurs en tuniques rouges et en grands et hauts chapeaux ornés de pailleteries, se précipitèrent dans la mosquée. A leur suite entrèrent, d'un pas moins pressé, les ghoulâms [2] ou cavaliers nobles, décorés de chaînes d'argent, le fusil sur l'épaule, et les domestiques supérieurs, et les aides de camp, et les seigneurs de l'Intimité, les mogerrèbs-oul-hezrèt, ceux qui approchent la Présence, et les mogerrèbs-oul-khaghân, ceux qui approchent du

1. Il s'agit de cette artillerie originale, montée à dos de dromadaire et dont l'idée première est due aux Afghans : sur le pommeau de la selle, était fixé une sorte de mangonneau analogue au fusil à mèche du XVIe siècle. Vers 1850, cette formation militaire comptait, y compris sa musique, trois cents à quatre cents hommes. Voici comment un voyageur la décrit en 1899 : « La musique persane, juchée sur des dromadaires décorés des couleurs nationales (rouge et vert) fait entendre son charivari, avec accompagnement des détonations de petits obusiers portés également à dos de chameaux et qui sont un des traits distinctifs du cortège royal. Rien de plus drôle que cette artillerie-là. Chaque chameau a sur chaque bosse un drapeau persan et porte, outre sa bouche à feu, trois canonniers. Un soleil resplendissant prête à ce tableau une richesse de couleurs inoubliable. » (Henri Moser, *En Perse,* Bibliothèque des voyages, Paris, Plon, 1899, 28.)

2. *Ghoulâm* (arabe) signifie proprement *jeune homme, jeune serviteur* en général. Gobineau en restreint le sens par sa définition.

Souverain, et, enfin, le Souverain lui-même, Nasr-Eddin Shah [1], le Kadjâr, fils de Sultan, petit-fils de Sultan apparut, et s'approcha du reliquaire. On étendit un tapis de prière sous ses pieds augustes, et le maître de l'État commença à exécuter un certain nombre de rikâats [2], d'inclinations et de génuflexions, accompagnées d'oraisons jaculatoires, telles que sa piété, la situation de ses affaires personnelles et la disposition du moment les lui suggéraient.

Mais, au milieu du tapage, qui ne se ralentissait pas, si absorbé que fût le prince par ses exercices de dévotion, il n'était pas possible qu'il n'aperçût les deux faces blêmes remparées sous la protection du Saint, à l'intervention duquel lui-même avait recours. Le premier, Moussa-Riza, il le connaissait et ne se mêlait pas de son affaire [3] ; le second lui était tout à fait nouveau; sa jolie figure, sa pâleur, sa détresse évidente, sa jeunesse l'intéressèrent, et, quand il eut terminé, à son gré, ses prières, il demanda au gardien de la mosquée quel était cet homme et pour quelle cause il se tenait ainsi contre le tombeau de l'Imam.

Le gardien de la mosquée, de sa nature très pitoyable, exposa au Roi l'aventure de Gambèr-Aly de la façon la plus propre à exciter sa commisération. Il y réussit sans peine, et la Haute Présence dit au pauvre diable :

— Allons, au nom de Dieu ! lève-toi et pars ! Il ne te sera rien fait !

C'en était assez sans doute, et Gambèr-Aly aurait dû comprendre que, sous l'ombre de la protection souveraine, si miraculeusement étendue sur lui, il ne devait conserver désormais aucune appréhension. Mais il ne vit pas la lumière où elle était. Son esprit fut tellement troublé qu'il supposa les choses les plus absurdes. Il s'imagina

---

1. Nasr ad-Din Shah, né en 1831, régna sur la Perse de 1848 à 1896. Gobineau, qui le connut d'assez près lors de ses deux missions en Perse, a signalé à plusieurs reprises les efforts entrepris par ce souverain à l'esprit ouvert pour moderniser l'administration du pays. Cf. ci-dessus, p. 164, n. 1.

2. Cf. p. 102, n. 1.

3. Moussa-Riza est en querelle avec le ministre de France, Gobineau, qui veut le faire expulser : le souverain n'a donc pas à s'occuper de la question directement.

que le Roi ne lui parlait ainsi que pour le faire sortir de l'asile, et que l'ordre était donné aux ghoulâms de l'égorger à la porte de la mosquée. Pourquoi, comment se persuada-t-il que son maître, lui-même, condescendrait à se faire le complice des parents de Kérym? C'était une de ces folies qui naissent dans un cerveau malade. Au lieu de se jeter aux pieds de son sauveur, de le remercier, de le combler de bénédictions, ce qui lui aurait, par-dessus le marché, valu quelque généreuse aumône, il se mit à pousser des cris affreux, à invoquer le Prophète et tous les saints, et à déclarer qu'on pouvait le massacrer où l'on voulait, sur la place même, mais qu'il ne sortirait pas.

Le Roi eut la bonté de raisonner avec lui. Il chercha à le rassurer, lui répéta à plusieurs reprises qu'il n'avait, en vérité, rien à craindre de personne, et que, désormais, sa vie était sauve, il ne parvint pas à le persuader; et alors, naturellement, la Haute Présence s'impatienta, laissa tomber sur Gambèr-Aly un regard terrible et lui dit rudement :

— Meurs donc, fils de chien, puisque tu le veux!

Et, là-dessus, la Haute Présence s'en alla, et sa suite quitta l'église [1]. Aussitôt, sans perdre de temps, Gambèr-Aly, certain que son dernier moment approchait et usant de ses ressources suprêmes, défit la pièce d'étoffe qui lui servait de ceinture, la déchira en plusieurs bandes, en fit une corde, attacha un bout de cette corde autour de son corps, et l'autre autour du tombeau, afin de pouvoir prolonger la résistance, lorsque les exécuteurs allaient venir. Il eut peur aussi, car de quoi n'avait-il pas peur? que, pour l'enlever avec plus de facilité et sans scandale, l'on ne mêlât quelque narcotique à la nourriture que les gardiens de la mosquée lui donnaient. Il se résolut à ne plus manger du tout. Ce jour-là, il refusa donc les aliments. Les supplications les plus affectueuses de la part des prêtres [2], les encouragements des dévots, visiteurs ordinaires de la mosquée, et qui se faisaient tour à tour raconter son histoire, rien ne put l'ébranler. Il s'obstina.

1. Cf. p. 106, n. 1.
2. Cf. p. 106, n. 1.

La nuit, il ne dormit pas ; il avait l'oreille au guet. Chaque bruit, le tressaillement du feuillage des arbres que le vent touchait, la moindre chose le mettait hors de lui.

Pendant la journée du lendemain, il resta étendu sur le pavé, ne relevant la tête de temps en temps que pour voir si on n'avait pas détaché sa corde ; puis il laissait retomber son front sur ses mains et rentrait dans un demi-sommeil plein d'hallucinations menaçantes.

Cependant, dans toutes les maisons de Téhéran, sur les places, dans les bazars, aux bains, on ne parlait d'autre chose que de son aventure. Les récits de sa conversation avec le Roi, colportés, augmentés, modifiés, changés, embellis de toutes manières, servaient de texte à des commentaires interminables. Les uns voulaient qu'il eût assassiné Kérym avec connaissance de cause ; les autres soutenaient au contraire, que c'était Kérym qui avait voulu le tuer et qu'il n'avait fait que se défendre. Un troisième plus avisé était certain que Kérym n'avait jamais existé et que le pauvre Gambèr-Aly était la victime d'une calomnie inventée par le Ferrash-Bachi de son prince et Assad-Oullah le pishkedmèt ; les femmes, sur le bruit de la beauté remarquable du réfugié à Shah-Abdoulazym, lui étaient toutes favorables et toutes aussi voulaient le voir, de sorte que, le troisième jour dès l'aurore, des bandes de dames montées sur des ânes, d'autres montées sur des mules, quelques-unes à cheval avec des servantes et des domestiques, bref la population féminine en masse se mit en route pour la mosquée sainte, et si grande était la multitude que depuis la porte de la ville jusqu'au bourg, il n'y avait pas d'interruption dans la ligne indéfiniment longue des pèlerines. Ce monde eut bientôt fait de remplir la mosquée, on se foulait, on se pressait, on se montait les unes sur les autres pour avoir au moins le bonheur de contempler Gambèr-Aly ; on s'écriait :

— Qu'il est beau ! Bénie soit sa mère ! Mon fils, mange ! Mon fils, bois ! Mon oncle chéri, ne te laisse pas mourir ! Oh ! mon frère adoré ! Veux-tu déchirer mon cœur ? Gambèr-Aly de mon âme ! Voilà des confitures ! Voilà du sucre ! Voilà du lait ! Voilà des gâteaux ! Parle-moi ! Ne regarde que moi ! Écoute-moi ! Personne ne te touchera !

Sur ma tête, sur mes yeux, sur la vie de mes enfants! Qui oserait te regarder de travers, nous le mettrions en pièces!

Mais, à ces paroles rassurantes, Gambèr-Aly ne répondait pas un mot. Il était épuisé par les émotions et par la faim, et, en toute réalité, s'en allait doucement vers le passage du pont de Sirat [1], où les morts ont leur chemin.

Et pendant que les femmes, vieilles et jeunes, mariées et filles se transportaient ainsi à Shah-Abdoulazym et que, tour à tour, ces flots de voiles bleus et de roubends ou tours de tête blancs, entraient et sortaient du lieu saint en poussant des soupirs, jetant des cris et se tordant les bras de chagrin pour la perte imminente du plus beau jeune homme qui eût jamais existé, on vit tout à coup, à la porte de la ville, les soldats de garde quitter leurs kalyans [2], se mettre sur les pieds et saluer profondément. Un cavalier, deux, trois cavaliers franchirent lestement le pont jeté sur le fossé; derrière eux passa non moins rapidement un groupe de domestiques bien montés, et, derrière encore, apparut, soulevant des flots de poussière, une voiture européenne fort élégante, attelée de six grands turcomans ornés de pompons rouges et bleus menée, comme on dit, à la daumont, et dans la voiture étaient assises quatre dames entièrement recouvertes de leurs voiles bleus et de leurs roubends. Cette galante apparition se frayait sans façon un chemin au travers des cavalcades d'ânes et de mulets, de sorte que, bientôt, elle arriva à Shah-Abdoulazym; les kaleskadjys [3] ou postillons arrêtèrent devant la grande porte de la mosquée; les cava-

---

1. As-Sirat est un pont tendu au-dessus de l'enfer et qui a la largeur d'un fil d'araignée : le musulman doit le franchir pour parvenir au Paradis. Chardin a noté que les Persans attachent une importance particulière à cette tradition : menacer quelqu'un, en lui disant qu'il ne pourra pas traverser ce pont, est le meilleur moyen d'obtenir de lui ce qu'on désire. Cette tradition est originaire non du Coran, mais des commentaires qu'en ont donnés de nombreux exégètes. Dans le Coran, même dans la sourate eschatologique Yâ-Sin, le mot *Sirat* n'a que le sens de *voie,* chemin.

2. Cf. p. 86, n. 1.

3. Ce mot a été forgé par les Persans vers 1830, lors de l'importation en Iran de véhicules européens, sur le mot russe *kaleske*.

liers aidèrent les quatre dames à descendre et celles-ci entrèrent immédiatement dans le lieu saint; leurs domestiques ne se gênèrent là non plus aucunement pour leur ouvrir passage, de sorte que, malgré les vociférations et les injures des femmes jetées de côté brusquement, les nouvelles arrivées se trouvèrent, comme elles le voulaient, juste en face de Gambèr-Aly.

L'une d'elles s'accroupit à terre à côté du jeune garçon et lui dit d'une voix douce :

— Tu n'as plus rien à craindre, mon âme! Les parents de Kérym ont transigé pour trente tomans; voilà tes lettres de rémission; personne n'a plus de droit sur ta vie. Viens et suis-moi! j'ai donné les trente tomans.

Mais Gambèr-Aly n'était plus en état de rien comprendre. Il regarda d'un œil morne le papier que la dame lui présentait et ne fit pas un mouvement. Alors, s'annonçant par cela même comme une personne de décision, la bienfaitrice du réfugié élevant la voix, dit à ses gens :

— Appelez tout de suite le gardien de la mosquée!

Ce dignitaire n'était pas loin; il accourut, et comme un des cavaliers lui avait dit quelques mots à l'oreille, il exécuta un salut non moins humble que les portiers de la ville l'avaient fait, et déclara que sa vie répondait de son obéissance.

— Voici la libération de cet homme, dit la dame; comme il est hors d'état de rien comprendre en ce moment, je vais l'emporter dans ma voiture. Ce n'est pas, j'espère, violer le saint asile, puisque n'étant plus ni coupable ni poursuivi, il ne peut être réfugié. Qu'en pensez-vous?

— Tout ce qu'il plaît à Votre Excellence d'ordonner est nécessairement bien, répondit le vieux prêtre [1].

— Ainsi, vous consentez à ce que je demande?

— Sur mes yeux!

La dame fit un signe, et ses cavaliers se mirent en devoir de détacher la corde et d'enlever dans leurs bras Gambèr-Aly qui, tout aussitôt, poussa des cris lamentables. A cette voix douloureuse, les femmes, qui remplissaient la mosquée,

1. Cf. p. 106, n. 1.

s'émurent; plusieurs d'entre elles avaient conçu des préventions contre les manières un peu promptes des ghoulâms accompagnant l'inconnue, et il s'éleva un murmure général, au milieu duquel on distinguait des apostrophes comme celles-ci :

— Quelle infamie ! Il n'y a plus d'Islam ! à l'aide, musulmans ! On viole l'asile ! Qu'est-ce que c'est que cette vieille goule affamée qui veut manger les jeunes gens ! Fille de chien ! Fille d'un père qui brûle en enfer ! Nous allons rôtir ton aïeul ! Laisse ce garçon ! Si tu te permets d'y toucher ou seulement d'y regarder, nous te déchirons avec les ongles et les dents !

La colère grandissait et les domestiques de la dame en étaient déjà à se ranger autour d'elle et de ses suivantes pour l'isoler des agressions. Il faut rendre justice à cette dame, son courage était à la hauteur de la circonstance. Elle répondait injure pour injure et ne se montrait pas moins imaginative en ce genre que les assaillantes. On l'appelait vieille, elle appelait ses ennemies caduques; on suspectait la pureté de ses intentions : elle répliquait par les accusations les plus énormes. Dans ce colloque passionné entre personnes du sexe faible et timide, on se prodigua des trésors d'injures, et il n'y a pas d'exagération à affirmer que les plus respectables et les plus érudites parmi les détaillantes de poissons, qui font un des principaux ornements de Paris et de Londres, eussent eu quelque chose à apprendre dans ce beau jour. Rien n'est châtié, mesuré et fleuri comme le langage d'un Oriental; mais une Orientale ne se pique que d'exprimer le plus énergiquement possible ce qu'il lui plaît de dire.

Pour mettre fin à cette scène, le gardien de la mosquée prit la lettre de rémission, monta dans le membèr [1], ce qui veut dire la chaire, fit un petit préambule, lut le document, célébra en termes pompeux la charité, la vertu, la bonté et

---

1. Prononciation persane de l'arabe *minbar* ; à l'origine, le Prophète s'asseyait sur un escabeau élevé pour prêcher et, après lui, les califes que leur *minbar* suivait dans leurs déplacements, comme un trône. C'est sous sa forme relativement tardive (à partir de la fin du VIIe siècle) qui persiste actuellement que le *minbar* évoque la *chaire* des églises chrétiennes. Cf. Golvin, *la Mosquée,* Alger, 1960, ch. IV.

toutes les vertus cardinales et principales, immaculées et autres dont sont ornés les êtres voilés et purs que la langue ne doit pas nommer, ni même l'imagination contempler en rêve, et termina par une adjuration éloquente de laisser libre cours à l'exercice des susdites vertus de la susdite charité, attendu que, si l'on ne prenait pas soin, et cela tout de suite, du pauvre Gambèr-Aly, sa vie n'allait pas se prolonger au delà de quelques heures.

A une si lugubre conclusion, les sanglots éclatèrent de toutes parts. Plusieurs femmes commencèrent à se donner d'horribles coups de poing dans la poitrine en criant : « Hassan! Hussein! Ya Hassan! Ya Hussein[1]! » (invocations aux saints martyrs). D'autres tombèrent en convulsions; les plus rapprochées de la dame inconnue, précisément celles qui lui avaient déclaré leur intention précise de la déchirer avec les ongles et les dents, se mirent à embrasser le bas de son voile et la déclarèrent un ange descendu du ciel et, certainement, aussi remarquable par sa jeunesse et sa beauté que par la perfection de son cœur, et elles l'aidèrent à contenir Gambèr-Aly qui se débattait, mais qui fut pourtant transporté dans la voiture dont on ferma les stores. Ceci fait, les cavaliers remontèrent à cheval, les kaleskadjys fouettèrent leurs attelages, tournèrent bride, reprirent la route de Téhéran, et disparurent.

Le fils de Bibi-Djânèm s'était absolument évanoui dans la persuasion que c'en était fait, qu'il était pris et qu'il allait être mis à mort. Affaibli outre mesure par l'état de son esprit et par le jeûne, la fièvre et le délire s'emparèrent de lui, et il tomba fort malade. Dans les instants où la connaissance lui revenait il se croyait dans une prison. Pourtant l'aspect de la chambre où on l'avait transporté n'avait rien pour le confirmer dans ce triste sentiment. C'était une charmante chambre. Les murs en étaient peints en blanc, et les enfoncements réguliers, carrés, où l'on place des coffrets et des vases de fleurs étaient encadrés dans des peintures roses et or, relevées de vert clair. Le lit était garni d'immenses couvertures piquées en soie rouge; des oreillers et des coussins, grands

1. Cf. p. 86, n. 2.

et petits, recouverts de fine toile et brodés étaient multipliés sous sa tête et sous ses bras. Il était gardé par une négresse, vieille à la vérité et laide, mais très bienveillante, qui obéissait à chacune de ses demandes, qui le dorlotait, qui l'appelait l'oncle de son âme et ne ressemblait nullement à un bourreau. Deux ou trois fois par jour, il recevait la visite d'un hakim-bachi ou médecin en chef, lequel était juif, bien connu de lui pour le praticien à la mode dans le beau monde et il ne pouvait s'empêcher de convenir en lui-même que le seul fait d'être traité par Hakim-Massy constituait déjà un véritable honneur dont on pouvait être fier. Hakim-Massy lui avait dit, avec sa bonté ordinaire, que tout allait au mieux, qu'il serait sur pied avant peu de jours et que sa guérison marcherait d'autant plus vite que la persuasion lui viendrait de n'avoir plus rien à craindre des parents de Kérym, ni du Roi, ni de personne. Ces assurances venant d'un personnage aussi distingué que Hakim-Massy ne laissaient pas que de faire impression sur le jeune homme, et comme la négresse les confirmait toute la journée, le trouble de son imagination se remettait peu à peu. Lorsque le malade fut en état de prendre goût aux distractions, il fut visité par un moulla fort aimable qui le félicita de son heureux destin; par un marchand très connu au bazar qui lui offrit une jolie bague de turquoises; par un cousin au septième degré du chef de la tribu des Sylsoupours qui l'invita à venir chasser chez lui au faucon, aussitôt qu'il se trouverait tout à fait remis. Dès qu'il commença à se lever, il apprit de sa négresse qu'il avait quatre domestiques à son service et pouvait demander sans crainte ce qui lui serait agréable.

— Mais, tante de mon âme, s'écria enfin Gambèr-Aly, où suis-je donc? Qui êtes-vous? Est-ce que par hasard on m'aurait coupé le cou sans que je m'en aperçusse? Suis-je déjà dans le paradis?

— Il ne tient absolument qu'à toi, mon fils, repartit la négresse, de faire en sorte qu'il en soit ainsi et cela sans te chagriner d'aucune façon. En tout cas, et pour le moment, tu es certainement un personnage de condition, puisque te voilà nazyr, te voilà intendant en chef de la fortune et du domaine de Son Altesse Perwarèh-Khanoum

(Mme le Papillon) qui a, depuis huit jours, reçu des bontés du Roi le titre officiel de Lezzêt-Eddooulèh (les Délices du Pouvoir).

A ces mots, Gambèr-Aly se submergea dans les flots d'une telle extase, qu'il resta absolument sans pouls, sans souffle et sans parole.

La première fois qu'il parut dans la cour du palais, il trouva les domestiques rangés devant lui, d'après leurs grades hiérarchiques, bien entendu. Tous le saluèrent avec le plus profond respect et il les passa en revue, comme le comportaient les devoirs de sa charge. Il était vêtu d'une immense djubbèh [1] ou manteau à manches, en drap blanc passementé de soie bariolée; il avait dessous une robe en cachemire et tirait de temps en temps de sa poitrine, sans y mettre aucune affectation, un petit sac de satin brodé de perles, d'où il sortait une jolie montre, et il y regardait l'heure. Il avait des pantalons de soie rouge. Bref, il était habillé à sa parfaite satisfaction.

Quand il voulut aller se promener au bazar, on lui amena un charmant cheval harnaché à la façon des seigneurs de la Cour. Un des djélodars le soutint sous les bras afin qu'il se mît en selle et quatre ferrash marchèrent devant lui, tandis que son kaliândjy portait sa pipe à son côté. Il fut reconnu dans les galeries, et un concert de bénédictions éclata sur son passage. Les femmes surtout l'accablèrent de compliments. A la vérité elles lui firent plusieurs questions assez indiscrètes qui le forcèrent à rougir et lui adressèrent des recommandations et des conseils dont il pensait n'avoir pas besoin. Mais, en somme, il fut enchanté de sa popularité. Il avait raison de l'être, ce qui prouve bien, soit dit en passant, pour faire plaisir aux gens qui veulent un sens moral à chaque histoire, que le vrai mérite finit toujours par obtenir sa récompense.

Tout doit porter à penser que Gambèr-Aly développa des qualités supérieures dans son métier d'intendant, car on le vit graduellement passer d'un état de richesse relative à une opulence évidente. Un an ne s'était pas écoulé qu'il ne montait plus que des chevaux de prix; il avait

---

1. Cf. p. 111, n. 2.

aux doigts des rubis, des saphirs, des diamants de la plus belle eau. Arrivait-il chez les principaux joailliers quelque perle d'une valeur peu ordinaire, on se hâtait de l'en avertir et il était rare qu'il ne devînt l'heureux acquéreur du trésor. Les affaires de l'ancien gouverneur de Shyraz ayant mal tourné, le Ferrash-Bachi et Assad-Oullah-Bey se trouvèrent sans emploi. Ce ne fut pas pour longtemps; Gambèr-Aly, devenu Gambèr-Aly-Khan, les prit à son service et il se déclara très satisfait de leur zèle.

Aussitôt qu'il s'était vu dans une position heureuse, il n'avait pas tardé à faire venir ses parents. Malheureusement son père mourut au moment de se mettre en route. Le désespoir de Bibi-Djânèm éclata et renversa toutes les bornes; elle se déchira le visage avec un tel emportement et poussa sur la tombe du défunt des cris si aigus, que, de l'aveu de ses amis, on n'avait jamais connu dans le monde une femme aussi fidèle et aussi attachée à ses devoirs. Cependant elle rejoignit son fils, et fut charmée de le revoir beau et bien en point. Mais elle ne demeura pas dans le palais parce que, sans qu'on pût s'en expliquer la cause, une personne si accomplie ne plut pas à la princesse. Elle eut donc une maison pour elle seule et la choisit aux environs de la grande mosquée où, bientôt, elle conquit la réputation la mieux méritée de dévote hors ligne et très au courant de ce qui se passait dans le quartier. Elle n'a jamais souffert, il faut le dire à sa gloire, qu'un tort du prochain restât ignoré; et, sous le rapport de la publicité la plus étendue donnée à tous les faits et gestes de ses voisins et voisines, elle resta une trompette incomparable.

Au bout de deux ans, la princesse, non moins pieuse que Bibi-Djânèm, se sentit le désir de faire le saint pèlerinage de la Mecque, et, en ayant pris la résolution, elle déclara que l'intègre Gambèr-Aly-Khan serait son mari de voyage [1]. Le mari de voyage est, sans contredit, une des institutions persanes les plus judicieuses. Une femme de qualité, qui va faire une longue route et passer de

---

1. « L'usage de prendre un mari pour faire un voyage en pèlerinage à Kerbala ou à la Mecque lorsque le vrai mari ne peut accompagner sa femme existe encore en Perse. » *Trois ans,* II, 190.

ville en ville, peut bien sacrifier sa tranquillité et prendre de la peine pour le salut de son âme. Toutefois, elle tient aux convenances et ne saurait supporter l'idée d'entrer directement en relations avec des muletiers, des marchands, des douaniers, ou les autorités des lieux où elle passe. C'est pour ce motif que, lorsqu'elle ne possède pas un mari, elle en prend un pour cette circonstance. Il est bien entendu que l'heureux mortel ne représente rien de plus qu'un majordome plus autorisé. Qui voudrait y voir davantage? Gambèr-Aly-Khan était un homme important; bref, il partit avec les Délices du Pouvoir, et celle-ci, arrivée à Bagdad, fut si satisfaite de sa probité et de sa façon de tenir les comptes, qu'elle l'épousa pour tout de bon, et il est charitable de penser qu'elle n'eut jamais sujet de s'en repentir. C'est ce qu'affirmait, du reste, Bibi-Djânèm.

L'histoire finit ici : elle a souvent été racontée avec des variantes par l'admirable et profond astrologue dont il a été question au commencement. Il la citait comme une preuve sans réplique de la solidité de son art. N'avait-il pas prédit, au jour de la naissance de Gambèr-Aly, que ce nourrisson serait premier ministre? Il ne l'est pas encore, sans doute; mais pourquoi ne le deviendrait-il pas?

LA GUERRE DES TURCOMANS

Je m'appelle Ghoulam-Hussein. Mais comme c'était le nom de mon grand-père, et que, naturellement, mes parents, en parlant de lui, disaient toujours « Aga [1] », c'est-à-dire monseigneur, on m'appelait seulement Aga, par respect pour le chef de la famille, dont le nom ne saurait se prononcer légèrement ; et c'est ainsi que je me nomme, comme les innombrables compatriotes que j'ai dans le monde et qui répondent à ce nom d'Aga, par le même motif que leurs grands-pères se nommaient comme eux Aly, Hassan, Mohammed ou tout autre chose. Ainsi je suis Aga. Avec le temps et quand la fortune m'a souri, c'est-à-dire quand j'ai eu un habit un peu propre et quelques shahys [2] dans ma poche, j'ai trouvé convenable de me donner le titre de « Beg [3] ». Aga-Beg ne fait pas mal. Malheureusement, j'ai été d'ordinaire si peu chanceux, que mon titre de Beg a disparu en maintes circonstances devant la triste physionomie de mon équipage. Dans ce cas-là, je suis devenu Baba-Aga, l'oncle Aga. J'en ai pris mon parti. Depuis que des circonstances dans lesquelles, je l'avoue, ma volonté n'est entrée pour rien, m'ont permis de visiter, dans la sainte ville de Meshhed, le tombeau des Imams [4], et de manger la soupe de la mosquée le plus souvent que j'ai

1. Ce mot en turc oriental signifie exactement « frère aîné ». Utilisé chez les Mongols comme titre honorifique, il signifiait dans l'empire ottoman, au sens général, *maître, chef,* et était attribué à de nombreux fonctionnaires d'importance variable.

2. Aux XVIIe et XVIIIe siècles, le *shahy* était la plus petite monnaie d'argent en Perse. Au temps de Gobineau, c'était une monnaie de cuivre, valant 5 centimes français de l'époque. Cf. p. 138, n. 2.

3. *Beg* ou *bey* est un titre turc employé dès le VIIIe siècle qui ne correspond pas à une fonction définie et est essentiellement honorifique.

4. « Meshed est une ville sainte peuplée d'habitants fanatiques très éloignée de Téhéran, peu soumise à l'action du pouvoir royal », dit Gobineau dans sa dépêche diplomatique du 20 mars 1857 (Hytier, 73). Il semble que Gobineau ne soit pas allé à Meshhed. Sur cette ville,

pu, il m'a paru au moins naturel de me décorer du titre de Meshhedy, pèlerin de Meshhed. Cela donne un air d'homme religieux, grave et posé. J'ai ainsi le bonheur de me voir généralement connu, tantôt sous le nom de Baba-Meshhedy-Aga, ou sous celui que je préfère de Meshhedy-Aga-Beg. Mais Dieu dispose de tout ainsi qu'il lui plaît!

Je suis né dans un petit village du Khamsèh, province qui confine à l'Azerbeydjân. Mon village est situé au pied des montagnes, dans une charmante petite vallée, avec beaucoup de ruisseaux murmurants, qui courent à travers les grandes herbes en gazouillant de joie, et sautant sur les pierres polies. Leurs rives sont comme encombrées de saules épais dont le feuillage est si vert et si vivant, que c'est un plaisir de le regarder, et les oiseaux y nichent en foule et y font un remue-ménage qui jette la joie dans le cœur. Il n'y a rien de plus agréable au monde que de s'asseoir sous ces abris frais en fumant un bon kaliân plein de vapeurs odorantes. On cultivait chez nous beaucoup de blé; nous avions aussi des rizières et du coton nain, dont les tiges délicates étaient soigneusement abritées contre les chaleurs de l'été par des ricins plantés en quinconce; leurs larges feuilles faisaient parasol au-dessus des flocons blancs de leurs camarades. Un moustofy [1], conseiller d'État de Téhéran, homme riche et considéré nommé Abdoulhamyd-Khan, touchait la rente du village. Il nous protégeait avec soin, de sorte que nous n'avions rien à craindre ni du gouverneur du Khamsèh, ni de personne. Nous étions parfaitement heureux.

Pour moi, j'avoue que le travail des champs ne m'agréait pas, et je préférais infiniment savourer les raisins, les pastèques, les melons et les abricots, à m'occuper de leur

---

une excellente notice de Streck dans l'*Encycl. de l'Islam* (s. v. *Meshhed*) et un bon récit de voyage de Khanikof, ami de Gobineau, *Meched la ville sainte*, dans *Tour du Monde*, 1861, II, 269. Meshhed abrite le tombeau vénéré de Rezâ, huitième imâm. Elle compte actuellement 200 000 habitants et une population flottante de 25 000 pèlerins venus d'Iran, du Pakistan et d'Afghanistan.

1. Contrôleur des finances.

culture. Aussi, j'avais à peine quinze ans que j'avais embrassé une profession qui me plaisait beaucoup plus que la paysannerie. Je m'étais fait chasseur. J'abattais les perdrix, les gélinottes, les francolins, j'allais chercher les gazelles et les chevreuils dans la montagne; je tuais par-ci par-là un lièvre, mais j'y tenais peu, attendu que cet animal ayant la mauvaise habitude de se nourrir de cadavres, personne n'aime à en manger, et comme il est difficile de le vendre, tirer sur lui c'est de la poudre perdue [1]. Peu à peu, j'étendis mes courses fort loin en descendant au milieu des forêts du Ghylàn; j'appris des habiles tireurs de ce pays à ne jamais manquer mon coup, ce qui me donna comme à eux la confiance d'aller à l'affût du tigre et de la panthère. Ce sont de bons animaux et leurs peaux se vendent bien. J'aurais donc été un homme extrêmement content de son sort, m'amusant de mon métier et gagnant assez d'argent, ce que, naturellement, je ne disais ni à mon père ni à ma mère, si, tout à coup, je n'étais devenu amoureux, ce qui gâta tout. Dieu est le maître!

J'avais une petite cousine âgée de quatorze ans qui s'appelait Leïla. J'aimais beaucoup à la rencontrer et je la rencontrais fort souvent. Comme nous avions à nous dire une foule de choses et que nous n'aimions pas à être interrompus, nous avions fait choix d'une retraite précieuse sous les saules qui bordaient le ruisseau principal, à l'endroit le plus épais, et nous restions là pendant des heures sans nous apercevoir de la longueur du temps. D'abord, j'étais très heureux, mais je pensais tant et tant à Leïla, que, lorsque je ne la voyais pas, je me sentais de l'impatience et de l'inquiétude, et je courais de côté et d'autre pour la trouver. C'est ainsi que je découvris un secret qui me précipita dans un abîme de chagrin; je m'aperçus que je n'étais pas le seul à qui elle donnait des rendez-vous.

Elle était si candide, si gentille, si bonne, si tendre, que je ne la soupçonnai pas un seul instant d'infidélité. Cette pensée m'aurait fait mourir. Pourtant je fus bien

---

1. La chair du lièvre est réputée impure et tombe donc sous l'interdiction prononcée par le *Coran*, II, 168-173; V, 1-5. De nombreuses croyances populaires attribuent un rôle maléfique au lièvre.

fâché de trouver que d'autres pouvaient l'occuper, l'amuser, au moins la distraire, et, après m'être beaucoup demandé si je devais lui confier mon chagrin, ce qui m'humiliait, et être convenu qu'il ne fallait pas me plaindre, je lui dis tout.

— Vois-tu, fille de mon oncle, m'écriai-je un jour en pleurant à chaudes larmes, ma vie s'en va et dans quelques jours on me portera au cimetière ! Tu causes avec Hassan, tu parles avec Kérym, tu ris avec Suleyman et je suis à peu près sûr que tu as donné une tape à Abdoullah ! Je sais bien qu'il n'y a pas de mal et qu'ils sont tous tes cousins comme moi et que tu es incapable d'oublier les serments que tu m'as faits de n'aimer que moi seul et que tu ne veux pas me faire de la peine ! Mais avec tout cela, je souffre, j'expire, je meurs, je suis mort, on m'a enterré, tu ne me verras plus ! O Leïla, mon amie, mon cœur, mon trésor, prends pitié de ton esclave, il est extrêmement malheureux !

Et en prononçant ces mots, je redoublai mes pleurs, j'éclatai en cris, je jetai mon bonnet, je me donnai des coups de poing sur la tête et je me roulai par terre.

Leïla se montra fort émue à l'aspect de mon désespoir. Elle se précipita à mon cou, m'embrassa sur les yeux et me répondit :

— Pardonne-moi, ma lumière, j'ai eu tort, mais je te jure par tout ce qu'il y a de plus sacré, par Aly, par les Imams, par le Prophète, par Dieu, par ta tête, que je ne recommencerai plus, et la preuve que je tiendrai parole, c'est que tu vas tout de suite me demander en mariage à mon père ! Je ne veux pas d'autre maître que toi et je serai à toi, tous les jours de ma vie !

Et elle recommença à m'embrasser plus fort qu'auparavant. Moi, je devins fort inquiet et soucieux. Je l'aimais bien sans doute, mais je ne lui avais jamais dit que j'eusse de l'argent, parce que j'avais peur qu'elle ne voulût l'avoir et ne réussît à me le prendre. La demander en mariage à mon oncle, c'était inévitablement être obligé d'avouer à mon père, à ma mère, à toute la parenté aussi bien qu'à elle l'existence de mon petit trésor. Alors que deviendrais-je ? J'étais un homme ruiné, perdu, assassiné ! D'autre part, j'avais une envie extrême d'épouser Leïla, ce qui me comblerait des bonheurs les plus grands que l'on puisse imaginer dans ce monde et dans l'autre. En outre, je n'aurais plus rien à craindre des empressements de Hassan, de Kérym, de Suleyman et d'Abdoullah, qui me faisaient cuire à petit feu. Pourtant je n'avais pas encore envie de donner mon argent, et je me vis dans une perplexité si grande que mes sanglots redoublèrent, et je serrai Leïla dans mes bras en proie à une angoisse inexprimable.

Elle crut que c'était elle seule qui était cause de ces transports et elle me dit :

— Mon âme, pourquoi as-tu tant de chagrin au moment où tu sais que tu vas me posséder?

Sa voix m'arriva si douce au fond du cœur, lorsqu'elle prononça ces paroles, que je commençai à perdre le tête et je répliquai :

— C'est que je suis si pauvre, que je dois même l'habit que je porte! Je jure sur ta tête que je n'ai pas été en état de le payer, bien qu'il ne vaille pas à coup sûr cinq sahabgrâns! Comment donc pourrai-je payer à mon oncle la dot qu'il réclamera de moi [1]? S'il voulait se contenter d'une promesse!... Crois-tu que ce serait impossible?

— Oh! Impossible! Tout à fait impossible! répliqua Leïla en secouant la tête. Comment veux-tu que mon père donne pour rien une fille aussi jolie que moi? Il faut être raisonnable.

En disant cela, elle se mit à regarder l'eau et à cueillir d'une main distraite quelques menues fleurettes qui couraient dans les herbes, le long de la rive; en même temps, elle faisait une petite moue si gentille que je me sentis hors de moi. Cependant, je répondis avec sagesse :

— C'est un bien grand malheur! Hélas! je ne possède rien au monde!

— Bien vrai? dit-elle, et elle me jeta les bras autour du cou, me regardant d'un tel air en penchant sa tête de côté, que, sans savoir comment et perdant tout à fait l'esprit, je murmurai :

— J'ai trente tomans en or, enterrés à deux pas d'ici.

1. Sur la dot que doit payer le fiancé à la famille de la future, *Trois ans*, II, 185.

Et je lui montrai du doigt le tronc d'arbre au pied duquel j'avais enfoui mon trésor.

Elle se mit à rire, pendant qu'une sueur froide me coulait du front.

— Menteur ! s'écria-t-elle en me donnant un baiser sur les yeux : comme tu m'aimes peu ! Ce n'est qu'à force de prières que je t'arrache la vérité ! Maintenant va trouver mon père et demande-moi à lui. Tu lui en promettras sept, et tu lui en donneras cinq, en lui jurant que tu lui apporteras les deux autres plus tard. Il ne les verra jamais. Pour moi, je saurai bien lui en arracher deux que je te rapporterai et, de cette façon-là, je ne t'aurai coûté que trois tomans. Est-ce que tu ne vois pas combien je t'aime ?

Je fus ravi de cette conclusion et m'empressai d'aller trouver mon oncle. Après deux jours de débats qui furent mêlés de bien des supplications, des serments et des larmes de ma part, je finis par réussir et j'épousai ma bien-aimée Leïla. Elle était si charmante, elle avait un art si accompli de faire sa volonté (plus tard je sus comment elle s'y prenait et d'où venait ce pouvoir si irrésistible), que, lorsque quelques jours après la noce Leïla m'eut persuadé d'aller m'établir avec elle à Zendjân [1], capitale de la province, elle trouva moyen de se faire donner encore un âne superbe par son père et, de plus, elle lui emporta un beau tapis, sans lui en demander la permission. La vérité est que c'est la perle des femmes.

Nous étions à peine installés dans notre nouvelle demeure où, grâce aux vingt-cinq tomans qui me restaient, nous commençâmes à mener joyeuse vie parce que Leïla voulait s'amuser et que j'y étais moi-même fort consentant, nous vîmes arriver Kérym, un de ses cousins dont j'avais été si jaloux. Dans le premier moment, j'eus quelques velléités de l'être encore; mais ma femme se moqua de moi si bien qu'elle me fit rire moi-même et, d'ailleurs, Kérym était si bon garçon ! Je me pris pour lui d'une amitié extrême, et, à vrai dire, il le méritait, car je n'ai jamais vu un rieur si déterminé; il avait toujours à nous raconter des histoires

---

1. Gobineau est passé par Zendjân au retour de son premier séjour en Perse, en janvier 1858. Cf. *Trois ans*, II, 255.

qui me faisaient pâmer. Nous passions une bonne partie des nuits à boire du raky ensemble, et il avait fini, sur ma prière, par demeurer dans la maison.

Les choses allèrent ainsi très bien pendant trois mois. Puis je devins de mauvaise humeur. Il y avait des choses qui me déplaisaient. Quoi? je ne saurais le dire; mais Leïla m'ennuyait et je me pris à chercher pourquoi je m'étais si fort monté la tête pour elle. J'en découvris un jour la raison en raccommodant mon bonnet qui s'était décousu dans la doublure. Là je trouvai avec étonnement un petit paquet composé de fil de soie, de laine et de coton, de plusieurs couleurs, auxquels était mêlée une mèche de cheveux, précisément de la couleur de ceux de ma femme, et il ne me fut pas difficile de reconnaître le talisman qui me tenait ensorcelé. Je me hâtai d'enlever ces objets funestes et quand je remis mon bonnet sur ma tête, mes pensées avaient pris un tout autre cours; je ne me souciais pas plus de Leïla que de la première venue. En revanche, je regrettais amèrement mes trente tomans dont il ne me restait guère, et cela me rendit songeur et morose. Leïla s'en aperçut. Elle me fit des agaceries auxquelles je restai parfaitement insensible, comme cela devait être, puisque ses sortilèges n'agissaient plus sur moi; alors, elle se fâcha. Kérym s'en mêla, il s'ensuivit une dispute. Je ne sais pas trop ce que je dis ni ce que mon cousin me répondit, mais, tirant mon gama, je voulus lui en donner un bon coup à travers le corps. Il me prévint, et du sien qu'il avait levé, il me fit une entaille à la tête d'où le sang commença à couler abondamment. Aux cris affreux de Leïla, les voisins accoururent et avec eux, la police, de sorte que l'on mettait déjà la main sur le malheureux Kérym pour le conduire en prison, quand je m'écriai :

— En Dieu ! pour Dieu ! et par Dieu [1] ! ne le touchez pas ! C'est mon cousin, c'est le fils de ma tante ! C'est mon ami et la lumière de mes yeux, mon sang lui est permis !

J'aimais beaucoup Kérym et infiniment plus que Leïla, et j'aurais été désolé qu'il lui arrivât malheur pour une

1. Cf. p. 37, n. 1.

méchante histoire, que nous étions bien libres, je pense, de débrouiller ensemble. Je parlais avec tant d'éloquence que, bien que le sang me ruisselât sur la figure, tout le monde finit par se calmer : on nous laissa seuls, Kérym banda ma blessure, ainsi que Leïla, nous nous embrassâmes tous les trois, je me couchai et je m'endormis.

Le lendemain, je fus mandé par le ketkhoda [1] ou magistrat du quartier qui m'apprit que j'avais été enregistré parmi les hommes destinés à être soldats. J'aurais bien dû m'y attendre ou à quelque chose de semblable. Personne ne me connaissait à Zendjân où j'étais étranger; et je n'y avais pas de protecteur. Comment ne serais-je pas tombé tout des premiers dans un trou pareil où chacun, naturellement, s'était empressé de me pousser, afin de s'exempter soi ou les siens? Je voulus crier et faire des représentations; mais, sans s'émouvoir autrement, le ketkhoda me fit attacher au fèlekeh [2]. On me jeta sur le dos; deux ferrashs, prenant les bouts du bâton me soutinrent les pieds en l'air, deux exécuteurs brandirent, d'un air féroce, chacun une poignée de verges et ils administrèrent au bâton auquel j'étais attaché une volée de flagellations, parce que je leur avais, en tombant, glissé à chacun un sahabgrân dans la paume de la main [3].

Il n'est pas moins vrai que je comprenais désormais fort bien à quoi je devais m'attendre, si j'essayais de faire plus longtemps opposition à mon sort. Puis, je réfléchis que je n'avais pas le sou, que je ne savais à quel saint me vouer; qu'il était peut-être ennuyeux de tourner à droite et à gauche et de faire ces mouvements ridicules qu'on force les fantassins à exécuter, mais que, en somme, il y avait peut-être aussi, dans ce métier, des consolations et des

---

1. Du persan *kedh*, maison, et *khuda*, propriétaire. Ce terme désigne un magistrat chargé de l'administration dans un village ou dans un quartier de ville.

2. Prononciation persane de l'arabe *falaka*, instrument de châtiment populaire dans tout l'Orient. Gobineau en a parlé dans *Trois ans*, I, 207.

3. Voir Morier, *Hadji-Baba*, trad. Finbert, I, ch. XXXIV, sur l'usage pour le condamné au *falaka* de verser quelque argent à l'exécuteur afin qu'il adoucisse la correction.

revenants-bons que je ne connaissais pas encore. Enfin, par-dessus tout, je réfléchis que je ne pouvais pas échapper à mon destin, et que, mon destin étant d'être soldat, il fallait s'y résigner et faire bonne mine.

Quand Leïla apprit ce qui m'arrivait, elle poussa des cris affreux, se donna des coups de poing dans le visage et dans la poitrine, et s'arracha quelque chose de la tête. Je la consolai de mon mieux et Kérym ne s'y épargna pas. Elle finit par se laisser persuader, et, la voyant dans une disposition plus calme, je lui tins le discours que voici :

— Lumière de mes yeux, tous les Prophètes, les Imams, les Saints, les Anges et Dieu lui-même me sont témoins que je ne peux vivre qu'auprès de toi, et, si je ne t'avais pas, je jure sur ta tête que je serais comme si j'étais mort et bien pis ! Dans ce triste état, je ne me suis occupé que de ton bonheur, et puisqu'il faut que je m'en aille, que vas-tu devenir? Le plus sage est que tu reprennes ta liberté et puisses trouver un mari moins infortuné que moi !

— Cher Aga, me répondit-elle en m'embrassant, ce que tu éprouves d'amour infini pour moi, je l'ai de même dans mon cœur pour ce cher et adoré mari, qui est le mien, et comme, par un effet naturel de ce que les femmes sont bien plus dévouées que les hommes à ce qu'elles chérissent, je suis encore beaucoup plus disposée, que tu ne peux l'être, à me sacrifier; je pense donc, quoi qu'il m'en coûte, que je ferai mieux de te rendre ta liberté. Quant à moi, mon sort est fixé : je demeurerai ici, à pleurer, jusqu'à ce qu'il ne demeure plus une seule larme dans mon pauvre corps, et alors j'expirerai !

A ces tristes paroles, Leïla, Kérym et moi, nous commençâmes à gémir de compagnie. On aurait pu nous voir, tous les trois, assis sur le tapis, en face les uns des autres, avec un baggaly de raky, en verre bleu, entre nous et nos trois tasses, et balançant nos têtes en poussant des cris lamentables, entrecoupés d'exclamations :

— Ya Aly ! Ya Hussan ! Ya Houssein [1] ! ô mes yeux ! ô ma vie ! Je suis mort !

1. Cf. p. 82, n. 2, et p. 86, n. 2.

Puis nous nous embrassions, et nous recommencions de plus belle à sangloter. La vérité est que Leïla et moi nous nous adorions, et jamais le Dieu tout-puissant n'a créé et ne saura créer une femme plus attachée et plus fidèle. Ah! oui! ah! oui! C'est bien vrai, et je ne peux m'empêcher de pleurer encore quand j'y songe!

Le lendemain, au matin, ma chère épouse et moi, nous nous rendîmes de bonne heure chez le moulla et nous fîmes dresser l'acte de divorce, puis elle rentra chez elle, après m'avoir fait les plus tendres adieux. Quant à moi, je me rendis tout droit au bazar, dans la boutique d'un Arménien, vendeur de raky, où j'étais sûr de rencontrer Kérym. J'avais depuis trois jours une idée qui, au milieu de mes chagrins, ne laissait pas de me préoccuper fortement.

— Kérym, lui dis-je, j'ai l'intention de me présenter aujourd'hui devant mon sultan, c'est-à-dire mon capitaine. On m'a dit que c'était un homme pointilleux et qui se pique de délicatesse. Si je vais lui faire ma révérence dans cet habit troué et taché que je porte, il me recevra fort mal et ce fâcheux début pourra influer malheureusement sur mon avenir militaire. Je te prie donc de me prêter ton koulydjèh [1] neuf pour cette occasion importante.

— Mon pauvre Aga, me répondit Kérym, je ne peux absolument t'accorder ce que tu souhaites. J'ai une grande affaire aujourd'hui; je me marie, et il faut absolument, pour ma considération aux yeux de mes amis, que je sois habillé de neuf. En outre, je tiens extrêmement à mon koulydjèh; il est de drap jaune foulé d'Hamadan, bordé d'un joli galon en soie de Kandahar; c'est l'œuvre de Baba-Taher, le tailleur qui travaille pour les plus grands seigneurs de la province, et il m'a assuré lui-même qu'il n'a jamais confectionné quelque chose d'aussi parfait. Je suis donc décidé, après la cérémonie de mes noces, à mettre mon koulydjèh en gage, parce que, n'ayant pas d'argent aujourd'hui, j'aurai beaucoup de dettes demain, et, d'après cela, tu conçois que je ne saurais, même pour te faire plaisir, me priver de mon unique ressource.

---

1. Cf. p. 111, n. 1.

— Alors, répliquai-je, en m'abandonnant au plus profond désespoir (car, vraiment, ce koulydjèh me ravissait, et je ne pensais qu'à cela), je suis un homme perdu, ruiné, abandonné de l'univers entier et sans personne qui prenne le moindre souci de mes peines.

Ces paroles cruelles émurent mon ami. Il commença à me raisonner; il me dit tout ce qu'il put imaginer de consolant, continua à s'excuser sur son mariage, sur sa pauvreté notoire, sur mille autres choses encore, et, enfin, me voyant si désolé, il s'attendrit et me jeta ces paroles consolantes :

— Si j'étais sûr que tu me rendes mon koulydjèh dans une heure!

— Par quoi veux-tu que je te jure? répondis-je avec feu.

— Tu me le rendras?

— De suite! Avant une heure! Le temps de me montrer et de revenir! Par ta tête! Par mes yeux! Par la vie de Leïla! Par mon salut! Puissé-je être brûlé comme un chien maudit pendant toute l'éternité, si tu n'as pas ton habit avant même de l'avoir désiré!

— Alors, viens.

Il me mena dans sa chambre, et je vis le magnifique vêtement. Il était jaune! Il était superbe! J'étais ravi; je l'endossai vivement. Kérym s'écria que c'était un habit comme on n'en voyait pas, que le tailleur était un homme admirable, et que, certainement, il le paierait quelque jour par reconnaissance.

— Mais, ajouta-t-il, il n'est pas possible, sans déshonneur, de porter un tel habit avec des pantalons déchirés de toile bleue. Tiens! voilà mes shalvars neufs en soie rouge.

Je les passai rapidement. J'avais l'air d'un prince, et je me précipitai hors de la maison. Je me promenai pendant deux heures dans tous les bazars. Les femmes me regardaient. J'étais au comble du bonheur. Je rencontrai alors deux garçons, engagés, comme moi, dans le régiment. Nous allâmes ensemble nous rafraîchir chez un Juif. Ils partaient le soir même pour Téhéran et rejoignaient le corps. Je me décidai à m'en aller avec eux, et, ayant emprunté de l'un d'eux quelques vêtements, de l'autre le reste, je pliai avec soin mon magnifique costume, et, pendant que le Juif avait le dos tourné, nous gagnâmes la porte, puis la rue, puis la sortie de la ville, et, en riant à gorge déployée de toutes sortes de folies que nous disions, nous entrâmes dans le désert et nous marchâmes la moitié de la nuit.

Notre voyage fut très gai, très heureux, et je commençai à trouver que la vie de soldat me convenait parfaitement. Un de mes deux compagnons, Roustem-Beg, était vékyl [1], sergent d'une compagnie. Il me proposa d'entrer sous ses ordres et j'acceptai avec empressement.

— Vois-tu, frère, me dit-il, les imbéciles s'imaginent que c'est fort malheureux d'être soldat. Ne tombe pas dans cette erreur. Il n'y a de malheureux en ce monde que les nigauds. Tu n'en es pas, ni moi non plus, ni non plus Khourshyd, que voilà. Sais-tu un métier?

— Je suis chasseur.

— A Téhéran, ce n'est pas une ressource. Fais-toi maçon; il est forgeron, notre ami Khourshyd; moi, je suis cardeur de laine. Tu me donneras un quart de ta solde; le sultan aura la moitié, en sa qualité de capitaine; tu feras de temps en temps un petit cadeau au nayb ou lieutenant, qui n'est pas trop fin, mais non plus pas méchant; le colonel, naturellement, prend le reste, et tu vivras comme un roi avec ce que tu gagneras.

— Les maçons gagnent donc beaucoup à Téhéran?

— Ils gagnent quelque chose. Mais il y a, en outre, une foule de moyens de se rendre la vie agréable et je te les enseignerai.

Il m'en enseigna un en route et ce fut bien amusant. Comme il avait sur lui sa commission de vékyl, nous nous présentâmes dans un village en qualité de collecteurs des impôts. Les paysans furent complètement nos dupes, et, après beaucoup de pourparlers, nous firent un petit présent pour que nous consentissions à ne pas lever les

---

1. Gobineau donne ici un sens restreint au mot *vékyl,* prononciation persane de l'arabe *wakîl* qui a le sens général de *substitut, représentant, mandataire.* Le *vékyl* serait plutôt le caporal, le sergent étant *nayb.*

tailles et à leur donner un sursis de quinze jours; ce que nous accordâmes volontiers, et nous partîmes couverts de bénédictions [1]. Après quelques autres plaisanteries du même genre, qui, toutes, tournèrent à notre profit, à notre amusement et à notre gloire, nous fîmes enfin notre entrée dans la capitale, par la porte de Shimiran [2], et nous allâmes, un beau matin, nous présenter à notre serheng, le colonel Mehdy-Khan.

Nous saluâmes profondément ce grand personnage au moment où il traversait la cour de sa maison. Le vékyl, qui le connaissait déjà, nous présenta, Khourshyd et moi, et fit, en fort bons termes, l'éloge de notre bravoure, de notre soumission et de notre dévouement à notre chef. Le colonel parut enchanté de nous et nous envoya aux casernes avec quelques bonnes paroles. Je me trouvai dès lors incorporé dans le 2e régiment du Khamsèh.

Il faut avouer, pourtant, que certains côtés de l'existence militaire ne sont pas gais du tout. Ce n'est rien que de perdre sa solde, et, au fond, puisque les vizirs mangent les généraux, j'avoue qu'il me paraît naturel que ceux-ci mangent les colonels qui, à leur tour, vivent des majors, ceux-ci des capitaines et les capitaines de leurs lieutenants et des soldats [3]. C'est à ces derniers à s'ingénier pour trouver ailleurs de quoi vivre, et, grâce à Dieu, personne ne le leur défend. Mais le mal, c'est qu'il y a des instructeurs européens [4], et tout le monde sait qu'il n'est rien de plus brutal et d'inepte comme l'un ou l'autre de ces Férynghys. Ils ont toujours à la bouche les mots d'honnêteté, de probité et prétendent

---

1. Aventure analogue à celle que raconte Morier, *Hadji-Baba*, trad. Finbert, I, ch. XXXIV.

2. Shimiran est un lieu d'estivage à une douzaine de km de Téhéran.

3. Sur les expédients auxquels étaient réduits les soldats en Perse vers 1850 pour subsister, cf. *Trois ans*, II, 146 et suiv. Voir la bibliographie des voyageurs européens qui ont décrit l'armée persane au milieu du XIXe siècle dans Hytier, 17.

4. Voir dans Hytier, *passim*, les difficultés que rencontra Gobineau avec plusieurs officiers français recrutés comme instructeurs par le gouvernement persan et dont l'action n'eut guère de résultats pratiques sur l'amélioration de l'armée iranienne. Il y avait en Perse une mission militaire française officielle, commandée par le colonel Brongniart.

vouloir que la paye du soldat soit régulièrement acquittée. Cela, en soi, ne serait pas mauvais; mais, en revanche, ils voudraient faire de nous des bêtes de somme, ce qui serait détestable et, franchement, s'ils devaient réussir dans leurs projets, nous serions tellement à plaindre que la vie ne vaudrait plus rien. Ils voudraient, par exemple, nous forcer à demeurer effectivement dans les casernes, à y coucher chaque nuit, à rentrer et à sortir précisément aux heures que leurs montres leur indiquent. De sorte que l'on deviendrait absolument comme des machines, et on n'aurait plus même la faculté de respirer qu'en mesure : ce que Dieu n'a pas voulu. Ensuite, ils nous feraient tous, sans distinction, venir sur la plaine au soleil l'été, à la pluie l'hiver, pour quoi faire? Pour lever et baisser les jambes, agiter les bras, tourner la tête à droite ou à gauche. Vallah! Billah! Tallah! Il n'y a pas un d'entre eux qui soit capable d'expliquer à quoi ces absurdités peuvent servir! J'avoue, quant à moi, que, lorsque je vois passer quelqu'un de ces gens-là, je me range, parce qu'on ne sait jamais quel accès de frénésie va les saisir. Heureusement le ciel, en les créant très brutaux, les a faits au moins aussi bêtes, de sorte que, généralement, on leur peut persuader tout ce qu'on veut. Gloire à Dieu, qui a donné ce moyen de défense aux Musulmans!

Pour moi, j'ai vu tout de suite ce que c'étaient que les instructeurs européens et je m'en suis tenu le plus loin possible; comme le vékyl, mon ami, avait eu soin de me recommander au sultan, je n'allais jamais à ce qu'on appelle l'exercice, et mon existence était fort supportable. Notre régiment était venu remplacer celui de Souleymanyèh, qu'on avait envoyé à Shyraz; de sorte que j'appartenais à un détachement occupant un des postes dans le bazar. Ces chiens d'Européens, que Dieu maudisse! prétendaient que, tous les jours, on devait relever les postes et renvoyer les hommes à la caserne. Ils ne savent qu'inventer pour tourmenter le pauvre soldat. Heureusement, le colonel ne se souciait pas d'être ennuyé et dérangé constamment, de sorte qu'une fois dans un corps de garde, on s'y établit, on y prend ses aises et on s'y loge, non pas pour vingt-quatre heures, mais pour deux ou trois ans, quelquefois, enfin, pour le temps que le régiment tient garnison dans la ville.

Notre poste était assez agréable. Il tenait le coin de deux avenues du bazar. C'était un bâtiment composé d'une chambre pour le nayb [1] et d'une vaste salle pour les soldats. Il n'y avait pas de fenêtres, mais seulement une porte qui donnait sur une galerie en bois, longeant la rue, et le tout était élevé de terre de trois pieds. Aux environs de notre édifice beaucoup de boutiques nous présentaient leurs séductions. D'abord, c'était un marchand de fruits, qui avait ses raisins, ses melons, et ses pastèques étalés en pyramides ou dessinant des festons au-dessus de la tête des chalands. Dans un coin de l'établi, se carrait une caisse de figues sèches, dont le digne marchand nous permettait toujours de prendre quelque chose, lorsque, le soir, nous allions causer avec lui de toutes sortes de sujets intéressants. Un peu plus loin logeait un boucher, qui nous vendait du mouton excellent; mais, pour un quartier qu'on lui en payait, je crois bien qu'il y en avait quatre dont la disparition restait pour lui un mystère insondable. Il nous racontait chaque jour avec désespoir les détournements dont il était victime, et, comme nous lui amenions de temps en temps un voleur qui reconnaissait la fraude, restituait l'objet volé, se faisait pardonner, il n'eut jamais l'injustice de nous soupçonner. Je me rappelle encore avec attendrissement un rôtisseur dont les fourneaux exhalaient des parfums dignes du paradis. Il savait une manière de préparer des kébabs, qui était absolument inimitable. Chaque morceau de viande était grillé si à point et si bien saturé des sucs de la feuille de laurier et du thym, que l'on croyait avoir dans la bouche tout le bonheur céleste. Mais, un des grands attraits de notre voisinage, c'était surtout le conteur d'histoires [2] établi dans la cour d'une maison en ruines; il récitait chaque jour, devant un auditoire pénétré d'admiration et haletant de curiosité, des histoires de fées, de génies, de princes, de princesses, de héros terribles, le tout entremêlé de pièces de vers tellement doux à entendre que l'on en sortait à moitié fou.

1. Cf. p. 146, n. 2.

2. La plupart des voyageurs français en Orient ont signalé l'existence de ces conteurs. Cf. Nerval, *Voyage en Orient, les Nuits du Ramazan,* III, Les conteurs. Voir aussi *Trois ans,* II, 215 et suiv.

J'ai passé là bien des heures qui m'ont causé des délices que je ne saurais exprimer.

En somme, il est parfaitement vrai que c'est une vie charmante que celle du corps de garde. Notre nayb, un beau garçon, ne paraissait jamais. Non seulement il abandonnait sa solde entière à ses supérieurs, mais il leur faisait encore de jolis cadeaux, de sorte qu'il lui était permis d'être pishkedmèt, valet de chambre dans une grande maison, ce qui valait mieux que sa lieutenance. Le vékyl, mon ami, partait chaque matin, et je le vois encore dans ses grands pantalons qui avaient été blancs autrefois, sa veste en toile rouge percée aux coudes, son baudrier d'une couleur incertaine, son bonnet défoncé et son grand bâton à la main. Il s'en allait exercer sa profession de cardeur de laine et souvent ne rentrait pas de huit jours. Nous autres, qui ne savions où coucher, nous revenions d'ordinaire au poste entre minuit et deux heures du matin; mais, généralement, à huit ou neuf heures, nous étions tous partis, sauf un ou deux qui, pour une raison quelconque, consentaient à garder la maison. Il est bien connu que des soldats, dans un poste, ne servent absolument qu'à présenter les armes aux grands personnages qui passent. C'est aussi ce que nous faisions très régulièrement. Du plus loin qu'un seigneur à cheval, entouré de domestiques, se montrait dans une des avenues aboutissant à notre corps de garde, tous les boutiquiers nous avertissaient à grands cris. Notre détachement, composé d'une vingtaine d'hommes, n'avait jamais plus de quatre ou cinq représentants qui, naturellement, s'occupaient à causer ou à dormir; souvent même, il n'y avait personne. Alors, de toutes les boutiques s'élançaient des auxiliaires qui enlevaient nos fusils des coins où nous les avions jetés, se mettaient en rang dans une superbe ordonnance, un d'entre eux faisait le vékyl, un autre le nayb, et tous présentaient les armes avec la gravité martiale des Européens les plus farouches. Le grand personnage s'inclinait avec bonté et chaque chose était en ordre. Je me rappelle avec plaisir cet excellent corps de garde, ces braves voisins, la vie charmante que j'ai menée alors, et je souhaite fortement, dans mes vieux jours, de retrouver une situation pareille. Inshallah! Inshallah!

Ce n'est pas que je fusse beaucoup plus casanier que mes camarades. Suivant le conseil du vékyl, j'étais devenu maçon et, en effet, je gagnais quelque argent; mais, ce qui me réussissait mieux, c'était d'en prêter. Le magnifique habit de Kérym, que je n'avais pas tardé à vendre à un fripier, m'avait mis en fonds, et je commençai à faire des avances, soit à mes camarades, soit à des connaissances, que je ne tardai pas à voir pulluler autour de moi. Je n'accordais que des prêts très petits et je voulais des remboursements très prompts. Tant de prudence était absolument nécessaire, elle me réussissait assez. Cependant, il m'arrivait aussi d'avoir affaire à des débiteurs dont je ne pouvais rien obtenir; pour contre-balancer ces inconvénients, j'empruntais moi-même et ne rendais pas toujours. De sorte que, en somme, j'estime que je n'ai jamais subi de bien fortes pertes. Entre temps, je prenais soin de me rendre agréable à mes supérieurs; je me présentais quelquefois chez le colonel; je me montrais empressé auprès du major; j'étais, j'ose le dire, l'ami du sultan; le nayb me faisait des confidences; je cultivais constamment la bienveillance du vékyl, à qui je présentais souvent des petits cadeaux; tout cela me permit de ne jamais mettre les pieds à la caserne; on ne m'a pas vu davantage à l'exercice, et j'employais le reste de mon temps, soit à mes affaires, soit à mes plaisirs, sans que personne y ait trouvé à redire. J'avoue que je fréquentais volontiers les cabarets des Arméniens et des Juifs; mais, un jour que je passais devant le collège du Roi, il me prit fantaisie d'entrer, et j'assistai dans le jardin à une leçon du savant Moulla-Aga-Téhérany. J'en fus charmé. À dater de ce jour, je pris goût pour la métaphysique, et l'on me vit souvent parmi les auditeurs de ce professeur sublime [1]. Il y avait là, du reste, bonne et nombreuse compagnie : des étudiants, des soldats comme moi, des cavaliers nomades, des seigneurs, des bourgeois. Nous discutions sur la nature de l'âme et sur les rapports de Dieu avec l'homme. Il n'y avait rien de plus ravissant. Je commençai alors à fréquenter

1. Gobineau a souvent signalé la curiosité des Persans « de la plus humble condition pour les choses de l'esprit ». Cf., entre autres, *Trois ans*, II, 9.

la société des gens doctes et vertueux. Je me procurai la connaissance de quelques personnages taciturnes qui me communiquèrent certaines doctrines d'une grande portée, et je commençai à comprendre, ce que je n'avais pas fait jusque-là, que tout va de travers dans le monde [1]. Il est incontestable que les empires sont gouvernés par d'horribles coquins, et si on mettait à tous ces gens-là une balle dans la tête, on ne ferait que leur rendre justice; mais, à quoi bon? Ceux qui viendraient après seraient pires. Gloire à Dieu qui a voulu, pour des raisons que nous ne connaissons pas, que la méchanceté et la bêtise conduisent l'univers!

Il m'arrivait aussi assez souvent de penser à ma chère Leïla et à mon bien-aimé Kérym. Alors, je sentais que les larmes me montaient aux yeux, mais ce n'était pas de longue durée. Je retournais à mes débiteurs, à mes créanciers, à mon ouvrage de maçon, à mes cabarets, à mes camarades de compotation, à la philosophie de Moulla-Aga-Téhérany, et je m'abandonnais absolument à la volonté suprême qui a tout arrangé suivant ses vues.

Pendant un an, tout alla de la sorte, c'est-à-dire fort bien. Je suis un vieux soldat et puis dire que l'on n'a jamais rien vu de mieux ordonné. Un soir, après être resté trois jours absent, je rentrai au corps de garde vers dix heures et je fus extrêmement étonné d'y trouver presque tous mes camarades et le nayb lui-même. Ils étaient assis par terre, en cercle; une lampe bleue les éclairait à peu près et tous fondaient en larmes. Mais celui qui pleurait le plus fort, c'était le nayb.

— Le salut soit sur vous, Excellence! lui dis-je; qu'est-ce qu'il y a donc?

— Le malheur s'est abattu sur le régiment, me répliqua l'officier avec un sanglot. L'auguste gouvernement a résolu d'exterminer la nation turkomane, et nous avons l'ordre de partir demain pour Meshhed!

1. Allusion probable au bâbisme que Gobineau a été le premier à faire connaître en France dans *Religions et Philosophies*, 115-295, et qui avait agité tout particulièrement la région de Zendjân d'où son héros est originaire.

A cette nouvelle, je sentis mon cœur se serrer et je fis comme les autres : je m'assis et je pleurai.

Les Turkomans [1] sont, comme chacun sait, des gens terribles. Ils font constamment des incursions, qu'ils appellent « tjapaô », dans les provinces de l'Iran Bien Gardé qui avoisinent leurs frontières, et ils enlèvent par centaines les pauvres paysans [2]. Ils vont les vendre aux Ouzbeks de Khiva et de Bokhara [3]. Je trouve naturel que l'auguste gouvernement ait pris la résolution de détruire jusqu'au dernier de ces pillards, mais il était extrêmement pervers d'y envoyer notre régiment. Nous passâmes donc une partie de la nuit à nous désoler; pourtant, comme tout ce désespoir ne nous avançait à rien, nous finîmes par nous mettre à rire, et nous étions de très bonne humeur quand, à l'aube du jour, des hommes du régiment de Damghan vinrent nous remplacer. Nous prîmes nos fusils et, après une bonne heure employée à faire nos adieux à nos amis du quartier, nous sortîmes de la ville et allâmes rejoindre le reste du régiment, qui était rangé en bataille devant la porte de Dooulèt. J'appris alors que le roi, lui-même, allait nous passer en revue. Il y avait là quatre régiments; chacun devait être d'un millier d'hommes, mais, par le fait, n'en comptait guère plus de trois ou quatre cents. C'était le nôtre, le second du Khamsèh, un régiment

---

1. Gobineau écrit tantôt *Turcomans* et tantôt *Turkomans*. Ses transcriptions de mots orientaux sont d'ailleurs incohérentes.

2. Les attaques des Turcomans étaient une plaie pour les régions du nord-est de la Perse. Tous les voyageurs en Perse en ont parlé et Gobineau y a fait mainte allusion dans ses dépêches diplomatiques. Voir bibliographie de cette question dans Hytier, 49 (note).

3. Le meilleur ouvrage sur ces populations est Frye, *The History of Bukhara,* Cambridge, 1958. Voir aussi le *Voyage dans l'Asie Centrale* d'Arminius Vambery, *Tour du Monde,* 1865, II, 33-112.

Plus bas, les Sylsoupours, Kakevends et Alavends désignent des tribus du nord de la Perse que Gobineau a rencontrées pendant l'été de 1856, lors d'un séjour au camp royal de Gherk-Boulak :

« De tous les côtés, des tribus nomades turques et persanes avec qui j'entretiens des rapports de bienveillance. A tous moments, les Alavends qui sont ici, les Séïlsoupours qui sont là, m'envoient en cadeau des moutons, du fromage et du poisson... » Lettre à sa sœur du 1er août 1856, dans *Lettres persanes,* 55-56.

d'Ispahan, un autre de Goum et le premier d'Ardébyl; puis deux batteries d'artillerie et à peu près mille cavaliers des Sylsoupours, des Kakevends et des Alavends. Le coup d'œil était magnifique. Nos uniformes rouges et blancs faisaient un effet superbe à côté des habits blancs et bleus des autres corps; nos officiers avaient des pantalons étroits avec des bandes d'or et des koulydjèhs orange, ou bleu de ciel ou roses; puis arrivèrent successivement le myrpendj, général de division, avec sa suite; l'Emyr Touman, qui commande deux fois plus de monde, avec une grosse troupe de cavaliers; le Sypèh-Salar, encore plus entouré, et, enfin, le Roi des Rois lui-même, les ministres, toutes les colonnes de l'Empire, une foule de serviteurs; c'était magnifique. Les tambours roulaient avec un tapage épouvantable; la musique européenne jouait en mesure, pendant que les hommes, pourvus de leurs instruments extraordinaires, se dandinaient sur place afin de ne pas manquer d'ensemble, les flûtes et les tambourins de l'artillerie à chameaux sifflaient et ronflaient; la foule d'hommes, de femmes et d'enfants qui nous entouraient de toutes parts était ivre de joie, et nous partagions, avec orgueil, la satisfaction générale.

Tout à coup, le Roi s'étant placé avec les grands seigneurs sur une éminence, on donna l'ordre de faire courir de côté et d'autre les officiers de tamasha. Il est assez curieux que les Européens dont les langages sont aussi absurdes que l'esprit, aient eu l'avantage de nous emprunter ce mot qui rend parfaitement la chose. Seulement dans leur impuissance de bien prononcer, ces imbéciles disent « État-Major ». « Tamasha », comme on sait, c'est tout ce qui sert à faire un beau spectacle et c'est la seule chose utile que j'aie jamais remarquée dans la tactique européenne. Mais il faut avouer que c'est charmant. De très jolis jeunes gens, habillés le mieux possible, montés sur de beaux chevaux, se mettent à courir ventre à terre, de tous les côtés; ils vont, ils viennent, ils retournent; c'est ravissant à voir; il ne leur est pas permis d'aller au pas, ce qui détruirait le plaisir, c'est une très jolie invention, Dieu en soit loué!

Quand le Roi se fut amusé quelque temps à considérer

ce tamasha, on voulut lui montrer comment on allait traiter les Turcomans, et pour cela on avait préparé une mine que l'on fit sauter. Seulement, on ne se donna pas le temps d'attendre que les soldats, aux environs, fussent avertis de se retirer, de sorte qu'on en tua trois ou quatre; sauf cet accident, tout alla très bien et on s'amusa beaucoup. Ensuite, on fit partir trois ballons, ce qui excita de grands applaudissements et enfin, infanterie, cavalerie, artillerie défilèrent devant le Roi, et le soir, on reçut l'ordre de se mettre en marche immédiatement, ce que l'on fit deux jours après.

La première semaine de notre voyage se passa bien. Le régiment s'avançait en longeant le pied des montagnes, et suivant la direction du nord-est. Nous devions trouver notre général, notre colonel, le major, la plus grande partie des capitaines, après deux mois de route, à Meshhed ou ailleurs. Nous étions tous simples soldats, avec trois ou quatre sultans, les naybs et nos vékyls. On marchait de bon courage. Chaque jour, vers deux heures du matin, on se mettait en route, on arrivait vers midi à un endroit quelconque où il y avait de l'eau, et on s'installait. La colonne s'avançait par petits groupes, chacun s'unissant à ses amis, suivant sa convenance. Si l'on était fatigué, on s'arrêtait en route et on dormait son comptant, puis on rejoignait. Nous avions avec nous, suivant l'usage de tous les régiments, une grande file d'ânes portant nos bagages, les provisions de ceux qui en avaient, et nos fusils, avec nos gibernes, car vous pouvez bien penser que personne n'était si sot que de s'embarrasser de ses armes pendant le chemin; à quoi bon? Quelques officiers possédaient à eux seuls dix ou douze ânes, mais deux soldats de notre compagnie en possédaient une vingtaine qu'ils avaient achetés à Téhéran au moment du départ et je m'étais associé à eux, car ils avaient eu là une bonne idée.

Ces vingt ânes étaient chargés de riz et de beurre. Quand on arrivait au menzil, c'est-à-dire à la station, nous déballions notre riz, notre beurre, et même du tombéky, et nous vendions à un prix assez élevé. Mais on achetait, et notre spéculation était fort heureuse, car il fallait bien avoir recours à nous, sans quoi on se fût trouvé dès les premiers jours dans une grande pénurie. Chacun sait que, dans les grandes vallées de l'Iran, celles précisément que traversent les routes, il y a fort peu de villages ; les paysans ne sont pas si fous que d'aller s'établir précisément sur le passage des soldats. Ils n'auraient ni trêve ni repos et finiraient par mourir de faim, sans compter les désagréments de toute espèce qui ne manqueraient pas de leur arriver. Ils se mettent donc, au contraire, loin des routes et de façon à ce qu'il ne soit pas toujours facile de parvenir jusqu'à eux. Mais les soldats, non plus, ne sont pas maladroits; en arrivant au menzil, ceux d'entre nous qui connaissaient le pays, nous renseignaient. Les moins fatigués de la marche se mettaient en quête; il s'agissait quelquefois de faire encore trois ou quatre lieues pour aller et autant pour revenir. Mais l'espoir d'augmenter nos provisions nous soutenait. Il fallait surprendre un village. Ce n'était pas toujours facile. Ces paysans, les chiens maudits, ont tant de ruse! Nous avait-on aperçus de loin, tout le monde, hommes, femmes, enfants s'enfuyait, emportant avec soi jusqu'au dernier atome de son bien. Alors nous trouvions les quatre murs de chaque maison, et rien à emporter, et il fallait nous en revenir à l'étape avec notre surcroît de fatigue pour subir les mauvaises plaisanteries de nos camarades. Quand nous étions plus chanceux et que nous mettions la main sur les villageois, par Dieu! le bâton faisait rage, nous tapions comme des sourds et nous revenions avec du blé, du riz, des moutons, des poules. Mais ça n'était pas souvent, il nous arrivait aussi de rencontrer des gens cruels et hargneux qui, plus nombreux que nous, nous recevaient à coups de fusils et alors, il fallait prendre la fuite, trop heureux de revenir sans quelque pire aventure. En ces occasions-là, qui ne possède pas de bonnes jambes, n'est réellement qu'un pauvre diable!

Il serait injuste de cacher que l'auguste gouvernement nous avait annoncé que nous serions fort bien nourris pendant toute la campagne. Mais personne n'y avait cru. Ce sont de ces choses que les augustes gouvernements disent tous, mais qu'il leur est impossible d'exécuter. Le général en chef ne va jamais s'amuser à dépenser, pour faire bonne chère aux soldats, son argent qu'il peut garder dans sa poche. La vérité est qu'au bout de quinze jours, n'ayant plus de riz à vendre, mes deux camarades et moi fermâmes boutique; on n'eût pas trouvé deux malheureux pains dans tout le régiment, et nous commençâmes à manger les ânes. Je n'ai jamais vu de paysans plus féroces que ceux du Khorassan. Ils habitent dans des villages fortifiés; quand un pauvre soldat s'approche, ils ferment leurs portes, montent sur leurs murailles et si l'on ne prend la précaution de s'éloigner en toute hâte, on reçoit une volée de balles qui ne vous manquent pas. Puissent les pères et les grands-pères de ces horribles assassins brûler éternellement dans le plus profond de l'enfer et jamais ne trouver de soulagement! Inshallah! Inshallah! Inshallah!

Nous commençâmes donc à manger les ânes. Les malheureux! j'ai oublié de vous dire qu'il n'en restait pas beaucoup. N'ayant rien à recevoir eux-mêmes, ils avaient pris le parti de mourir successivement et leurs cadavres marquaient notre route. Le peu que nous en gardions avec infiniment de peine était mal sustenté; nous avions, en arrivant à chaque station, la peine d'aller chercher de l'herbe pour eux encore loin dans les montagnes. Ils étaient d'ailleurs épuisés de fatigue. Je sais bien que nous avions commencé à les décharger assez tôt de nos fusils et de nos fourniments que nous jetions dans le désert; mais nous avions tenu le plus longtemps possible à conserver nos bagages. Bref, il fallut nous mettre nous-mêmes sur le dos, ce que nous considérions comme le plus précieux. Ce qui était terrible, c'est que l'eau manquait. Il fallait passer plus de la moitié du jour à faire des trous dans la terre pour en découvrir un peu. Quand nous étions le plus favorisés, nous réussissions à mettre au jour une boue saumâtre, qu'on clarifiait du mieux possible à travers des chiffons. Nous finîmes par n'avoir plus que de l'herbe à manger, un peu d'herbe. Beaucoup de nos camarades firent comme nos ânes : ils moururent. Cela ne nous empêchait pas de chanter; car s'il fallait se désespérer des maux inséparables de la vie, mieux vaudrait n'être pas au monde, et, d'ailleurs, avec de la patience, tout s'accommode.

La preuve en est que les restes du régiment parvinrent à gagner Meshhed [1].

En vérité, nous n'avions pas une grande mine, quand nous entrâmes dans la ville Sainte. Le major était venu au-devant de nous avec quelques capitaines et un certain nombre de marchands de toutes sortes de victuailles. Nous payâmes assez cher ce qu'ils nous donnèrent; nous avions si faim que nous n'eûmes pas la peine de trop marchander. On ignore, quand on n'a pas éprouvé de telles traverses, on ignore, ce que c'est que de contempler tout à coup, de ses deux yeux, une tête de mouton bouillie qui vous est offerte. Le bon repas que nous fîmes là nous remit la joie au cœur. Le major nous appela fils de chiens parce que nous avions perdu nos fusils; mais il nous en fit distribuer un certain nombre d'autres que l'on emprunta au régiment de Khosrova pour cette circonstance, et, nous étant cotisés pour lui faire un petit présent, la bonne harmonie se rétablit entre lui et nous. Il fut convenu qu'il ferait de notre conduite un rapport favorable au colonel pour lequel nous préparâmes encore un cadeau qui se montait à une dizaine de tomans. Ces arrangements pris, notre entrée à Meshhed fut fixée pour le lendemain.

A l'heure dite, les tambours des autres régiments déjà arrivés dans la ville vinrent se mettre à notre tête. C'était indispensable, car nous avions jeté les nôtres aussi bien que nos fusils. Une grande troupe d'officiers montés sur les chevaux que l'on avait pu trouver, se plaça derrière les tambours et ensuite nous nous avancions en aussi bon ordre que possible. Nous pouvions bien être deux à trois cents environ. Les gens de la ville nous reçurent avec assez d'indifférence, car depuis un mois on les régalait souvent du spectacle de pareilles entrées qui n'avaient rien de bien attrayant pour eux. On nous assigna ensuite un terrain pour y camper; mais, comme le sol en était marécageux, chacun se dispersa, espérant trouver en ville un abri et de quoi se pourvoir.

Pour moi, je me dirigeai de suite vers la mosquée des

1. Cf. ci-dessus, p. 183, n. 4.

B. N. Imprimés — *Cl. Josse-Lalance*

Mosquée de Meshhed au temps de Gobineau (*Tour du Monde*, II, p. 281, 1861). Dessin d'A. de Bar d'après une photographie.

saints Imams. La dévotion m'y attirait, mais aussi l'idée que je pourrais y attraper une des portions de soupe que l'on y distribue d'ordinaire aux malheureux; et, malheureux, j'avais des droits à prétendre l'être. L'univers entier ne connaît rien de plus beau que la vénérable mosquée de Meshhed. Sa grande coupole, sa porte somptueuse et magnifique, les clochetons élégants dont elle est flanquée, le tout revêtu, du haut en bas, de tuiles émaillées de bleu, de jaune et de noir, et sa superbe cour avec le vaste bassin destiné aux ablutions, ce spectacle transporte d'admiration. Du matin au soir des multitudes de pèlerins, venant de l'Iran, du Turkestan, du fond de l'Inde, et des pays lointains du Roum, apportent à l'Imam Riza (que son nom soit glorifié!) un tribut incessant de génuflexions, de prières, de dons et d'aumônes. L'espace sacré est toujours rempli d'une foule bruyante; des bandes de pauvres viennent recevoir la nourriture que les Moullas leur préparent chaque jour. Aussi se feraient-ils tuer avec joie pour les privilèges de la mosquée [1]. Je m'avançai, avec respect et émotion, à travers les groupes, et comme je demandais discrètement à un des portiers, dont la tête était couverte d'un vaste et scientifique turban blanc [2], où je devais me rendre, pour obtenir ma part de la distribution, ce digne et respectable turban ou plutôt la tête qui en était chargée me montra une physionomie surprise, puis joyeuse, et une large bouche, s'ouvrant au milieu d'une vaste barbe noire, pendant que des yeux de jais s'illuminaient de joie, se mit à pousser des cris de satisfaction.

— Que les saints Imams soient bénis! C'est toi, c'est toi-même, Baba Aga?

— Moi-même, répondis-je en regardant fixement mon

1. « Le chiffre des revenus de la mosquée ne dépasse guère 80 000 tomans; mais ses dépenses sont très considérables. Non seulement l'administration est obligée d'entretenir un énorme personnel d'employés, mais encore elle dépense chaque année des sommes considérables pour les réparations et nourrit gratis une véritable armée de pèlerins pour lesquels on cuit chaque jour dans la cuisine de l'imam à peu près 750 kilogs de riz. » Khanikof, *Tour du Monde,* 1861, II, 287.

2. Cf. p. 133, n. 2.

interlocuteur, et, après un moment d'hésitation, l'ayant parfaitement reconnu :

— Vallah ! Billah ! Tallah ! m'écriai-je, c'est toi, cousin Souleyman ?

— Moi-même, mon ami, mon parent, lumière de mes yeux ! Qu'as-tu fait de notre Leïla ?

— Hélas ! lui dis-je, elle est morte !

— Oh ! mon Dieu ! quel malheur !

— Elle est morte, continuai-je d'un air désolé, car sans cela serais-je ici ? Je suis capitaine dans le 2e régiment du Khamsèh et bien heureux de te revoir !

Il m'était venu dans l'esprit de dire à Souleyman que Leïla était morte, parce que je n'aimais pas à lui parler d'elle et que je voulais passer, le plus vite possible, à un autre sujet de conversation; mais il ne s'y prêta pas.

— Dieu miséricordieux ! s'écria-t-il, morte ! Leïla est morte ! Et tu l'as laissée mourir, misérable que tu es ! Ne savais-tu donc pas que je n'aime qu'elle seule au monde et qu'elle n'a jamais aimé que moi !

— Oh ! que toi, lui répondis-je avec colère, que toi, c'est un peu hardi ce que tu me dis là ! Pourquoi, dans ce cas, ne l'as-tu pas épousée ?

— Parce que je ne possédais absolument rien du tout. Mais, le jour même de ton mariage, elle m'a juré qu'elle divorcerait d'avec toi, pour venir me trouver, aussitôt que je pourrais lui donner une maison convenable. C'est pourquoi je suis parti, je suis venu ici, je suis devenu un des portiers de la Mosquée, et j'allais lui faire connaître ma fortune présente, quand voilà que tu m'accables par ce coup inattendu !

Là-dessus, il se mit à crier et à pleurer, en balançant la tête. J'avais grande envie de lui assener un bon coup de poing à travers le visage, car je n'étais pas content du tout de ce qu'il venait de me révéler; heureusement, je me rappelai soudain que c'était beaucoup plus, désormais, l'affaire de Kérym que la mienne et je me bornai à m'écrier :

— Pauvre Leïla ! Elle nous a bien aimés tous les deux ! Ah ! quel malheur qu'elle soit morte !

Souleyman, à ce mot, se laissa tomber dans mes bras et me dit :

— Mon ami, mon cousin, nous ne nous consolerons jamais ni l'un ni l'autre! Viens dans ma maison; je veux que tu sois mon hôte, et, pendant tout le temps que tu resteras à Meshhed, j'entends que tout ce que je possède soit à toi!

Je fus profondément attendri par cette marque de bonté de ce cher Souleyman, que j'avais toujours chéri du fond du cœur, et, le voyant si affligé comme il l'était, je pris la part la plus sincère à son chagrin et mêlai mes larmes aux siennes. Nous nous en allâmes à travers la cour, et, chemin faisant, il me présentait aux Moullas que nous rencontrions.

— Voilà, leur disait-il, mon cousin Aga-Khan, major du régiment de Khamsèh, un héros des anciens temps! ni Roustem [1], ni Afrasyâb [2] ne l'ont égalé en valeur! Si vous voulez venir prendre une tasse de thé avec nous, vous honorerez singulièrement ma pauvre maison.

Je passai quinze jours chez Moulla-Souleyman. Ce fut un moment, un bien court moment de délices. Pendant ce temps on rassemblait les débris des régiments, dont la plupart n'étaient pas en meilleur état que le nôtre, ce qui est bien concevable, après un long voyage. On nous donna, à quelques-uns du moins, des souliers; on nous remit des fusils, ou, du moins, des instruments qui ressemblaient à des fusils [3]. J'en parlerai plus tard. Quand nous fûmes à peu près équipés, nous apprîmes un beau matin, que l'ordre du départ était donné et que le régiment allait se mettre en route pour Merw. Je ne fus pas trop content. C'était aller, cette fois, au milieu des hordes turkomanes, et Dieu sait ce

---

1. Roustem est le héros légendaire de la Perse dont le *Shah-Nameh* de Firdousi célèbre la force et le courage. Voir la traduction de cet ouvrage par Mohl, orientaliste qui fut lié avec Gobineau, publiée en 1876-1878.

2. Afrâsyâb, roi légendaire des Touraniens, est également un héros chanté par Firdousi dans son épopée du *Shah-Nameh*.

3. Gobineau, ministre de France, eut à s'occuper d'une escroquerie commise par un officier français, le capitaine Rous, qui avait passé contrat avec le gouvernement persan pour la fourniture de 20 000 fusils, avait reçu à cet effet une subvention de 27 000 tomans et fournit des armes inutilisables. Cf. dépêches de Gobineau du 20 juin et du 8 juillet 1862 dans Hytier, 186 et 191.

qui pouvait arriver ! Je passai une soirée fort triste avec Moulla-Souleyman ; il tâcha de me consoler de son mieux, le brave homme, et me versa force thé bien sucré ; nous bûmes aussi un peu de raky. Il revint sur l'histoire de Leïla et me fit raconter les circonstances de la mort de cette pauvre enfant pour la dixième fois, peut-être. J'eus quelque idée de le détromper, mais puisque j'avais tant fait que de lui raconter les choses d'une façon, il me parut plus naturel de continuer et de ne pas le jeter dans de nouvelles perplexités. Le pauvre ami ! Il avait été si bon pour moi, que je me fis un plaisir mélancolique, dans la disposition où j'étais, de me rappeler de nombreux détails où, cette fois, je mêlai des souvenirs qui m'avaient échappé jusque-là, et d'où il résultait que, avant d'expirer, la chère enfant que nous regrettions tous les deux, s'était souvenue de lui avec beaucoup d'affection. Je ne peux pas prétendre tout à fait que mes récits fussent mensongers ; car j'avais tant besoin de m'attendrir sur moi et sur les autres qu'il m'était tout à fait aisé de parler de choses tristes et touchantes, et, vraiment, je puis affirmer que je le faisais d'abondance de cœur. Souleyman et moi nous mêlâmes encore nos larmes, et, quand je le quittai vers le matin, je lui jurai du plus profond de mon cœur de ne jamais l'oublier, et on voit que j'ai tenu parole. Il m'embrassa, de son côté, avec une véritable affection. Je rejoignis alors mes camarades : le régiment se mit en marche, et moi, avec lui, dans les rangs, à côté de mon vékyl.

Nous étions fort nombreux. Je vis passer de la cavalerie ; c'étaient des hommes des tribus du sud et de l'ouest. Ils avaient assez bonne mine, meilleure que nous ; mais leurs chevaux mal nourris ne valaient pas grand'chose. Les généraux étaient restés à Meshhed. Il paraît que c'est absolument nécessaire ainsi ; parce que de loin on dirige mieux que de près. Les colonels avaient imité les généraux, sans doute pour la même raison. En somme, nous avions peu d'officiers au-dessus du grade de capitaine, et c'est très à propos, attendu que les officiers ne sont pas faits pour se battre, mais pour toucher la paye des soldats. Presque tous les chefs étaient des cavaliers nomades : ceux-là étaient venus avec nous ; mais on sait que ce genre d'hommes est très peu cultivé, grossier et ne pensant qu'à la bataille. On avait envoyé l'artillerie en avant.

Nous marchions depuis trois jours. Il pleuvait à verse et il faisait un temps très froid. Nous marchions avec beaucoup de peine sur un terrain limoneux, où ceux qui ne glissaient pas s'enfonçaient quelquefois à mi-jambe; à chaque instant, on avait à franchir de larges coupées pleines d'eau bourbeuse ; ce n'était pas une petite affaire. J'avais déjà perdu mes souliers et, comme mes compagnons, à force de tomber dans les bourbiers, de me mettre à l'eau jusqu'à la ceinture et de grimper à quatre pattes sur des berges abruptes, j'étais couvert de fange et tellement mouillé que je grelottais. Depuis la veille au soir, je n'avais rien mangé. Tout à coup, nous entendîmes le canon. Nos bandes s'arrêtèrent subitement.

Nous entendîmes le canon. Il y eut plusieurs décharges; puis, tout d'un coup, nous n'entendîmes plus rien. Il y eut un moment de silence; soudain nous vîmes tomber au milieu de nous un train de canonniers, fouettant les chevaux à toute outrance et se jetant sur nous. Quelques hommes furent écrasés, ceux qui purent se rangèrent. Les canons cahotés, sautant, s'arrêtant, tombèrent les uns dans la boue, les autres dans l'eau; les canonniers coupèrent les traits des attelages et s'enfuirent, vite comme le vent. Ce fut un hourvari, un tourbillon, une mêlée, un éclair : nous n'eûmes pas le temps de comprendre, et presque aussitôt ceux qui étaient en première ligne aperçurent un nuage de cavalerie qui se dirigeait rapidement de notre côté. Un cri général s'éleva :

— Les Turcomans ! les Turcomans ! faites feu !

Je ne distinguai absolument rien, je vis quelques hommes qui, au lieu d'abaisser leurs armes, se jetaient à la suite des canonniers. J'allais faire de même, quand le vékyl, m'arrêtant par le bras, cria dans mon oreille au milieu du tapage :

— Tiens bon, Aga-Beg ! Ceux qui fuient aujourd'hui sont des gens perdus !

Il avait raison, tout à fait raison, le brave vékyl, et mes yeux m'en portèrent immédiatement le témoignage. Je vis, comme je vous vois, cette masse de cavalerie dont je viens de parler, se diviser, comme par enchantement, en des myriades de pelotons, qui courant à travers la plaine et évitant les obstacles avec l'habileté de gens au fait du pays, tournaient, enveloppaient, saisissaient les fuyards et les accablant de coups, prenaient leurs armes et faisaient des centaines de prisonniers.

— Vous voyez ! vous voyez, mes enfants ! s'écria de nouveau le vékyl, voilà le sort qui vous attend, qui nous attend, si nous ne savons pas nous tenir ensemble ! Allons ! Courage ! Ferme ! Feu !

Nous étions là une cinquantaine à peu près. Le spectacle effrayant étalé sous nos regards donna une telle force aux exhortations du sergent que, lorsqu'un gros de ces pillards maudits s'avança vers nous, notre troupe se pelotonna rapidement et nous fîmes feu en effet, et nous rechargeâmes, et nous fîmes feu une seconde fois, et une troisième fois, et une quatrième fois. Par les saints Imams ! nous vîmes tomber quelques-uns de ces hérétiques, de ces chiens maudits, de ces partisans d'Aboubeckr, d'Omar et d'Osman [1]; puissent ces monstre brûler éternellement dans l'enfer ! nous les vîmes tomber, vous dis-je, et cela nous donna un tel entrain que, sur le commandement du vékyl et sans nous disjoindre, nous partîmes d'un mouvement en avant, pour aller chercher cet ennemi qui s'était arrêté et ne venait pas à nous. Après un moment d'hésitation, il recula et s'enfuit. Pendant ce temps, les autres bandes turcomanes continuaient à donner la chasse aux fuyards, à les ramasser, à en tuer quelques-uns, à battre les autres, à emmener ceux qui pouvaient marcher. Nous poussâmes des cris de triomphe : Allah ! Allah ! ya Aly ! ya Hassan ! ya Houssein ! Nous étions au comble de la joie; nous étions délivrés et nous n'avions peur de rien.

Au fond, nous étions parfaitement heureux. Sur cinquante environ que nous étions, nous avions éprouvé que trente de nos fusils étaient en état de servir. Le mien, je ne dis pas; d'abord, il n'avait pas de chien et, ensuite, le canon était fendu. Mais c'était pourtant une bonne arme, comme je l'éprouvai par la suite; j'avais attaché la baïonnette, qui

1. Les Turcomans sont musulmans sunnites. Cf. p. 82, n. 2.

n'avait pas de douille, avec une forte corde; cette baïonnette tenait à merveille et je n'attendais qu'une occasion de m'en servir.

Je vous dirai que notre exemple avait été suivi. Nous aperçûmes, à une petite distance, trois ou quatre groupes de soldats faisant feu, et les Turcomans n'osaient approcher. En outre, une troupe de trois à quatre cents cavaliers, à peu près, avait chargé lestement l'ennemi, et lui avait repris des prisonniers et un canon. Malheureusement on ne savait ce que les canonniers étaient devenus, ni leurs caissons. Nous jetâmes la pièce dans un fossé. Pendant une heure, nous aperçûmes les Turcomans, qui, au loin, continuaient à prendre des hommes; puis ils disparurent à l'horizon avec leurs captifs. Alors, nos différents groupes se rapprochèrent, nous vîmes qu'en tout nous pouvions être à peu près au nombre de 7 à 800. Ce n'était pas beaucoup sur 6 à 7.000 qui étaient sortis de Meshhed. Mais, enfin, c'était quelque chose, et quand nous nous retrouvâmes, considérant quels lions terribles nous étions, nous ne doutâmes pas un instant d'être en état de regagner un terrain où les Turcomans ne seraient pas en état de nous prendre. Nous étions si contents que rien ne nous semblait difficile.

Notre chef se trouva être le Youz-Bashy[1] des cavaliers. C'était un Kurde, appelé Rézy-Khan, grand, bel homme, avec une barbe courte, des yeux de feu et magnifiquement équipé. Il était tellement joyeux que son bonheur semblait exalter son cheval même, et l'homme et la bête lançaient des flammes par tous leurs mouvements. Il y avait aussi un certain Abdoulrahym des Bakhtyarys[2], un grand gaillard avec des épaules d'éléphant. Il nous criait :

— Mes enfants! mes enfants! Vous êtes de vrais Roustems, et des Iskenders[3]! Nous exterminerons cette canaille turcomane jusqu'au dernier homme!

1. Dans la hiérarchie militaire ottomane, imitée par les Persans, le *Yüz-bachi* était le grade immédiatement supérieur au *Bin-bachi*, équivalant à notre général de brigade.

2. Cf. p. 144, n. 1.

3. Alexandre le Grand qui est cité dans le *Coran*, XVIII, 59, tient une place considérable dans la légende poétique de l'Iran. Cf. l'*Iskander Nameh* de Nizâmi et *la Sagesse d'Iskander* de Djâmi, entre autres ouvra-

Nous étions ravis. On se mit à chanter. L'infanterie avait deux chefs : un lieutenant que je ne connaissais pas et notre vékyl. Le brave homme s'écria :

— Maintenant, il faut des vivres et de la poudre!

On s'aperçut qu'on mourait de faim. Il y avait pourtant du remède. Nous nous mîmes tous à arracher des herbes dans la plaine. Une partie fut réservée pour les chevaux. Avec le reste, on résolut de faire la soupe. Mais la pluie continuait à tomber à flots, et il était d'autant plus difficile d'allumer du feu, qu'il n'y avait pas de bois. On aurait pu en faire avec de l'herbe sèche. De l'herbe desséchée, on en avait tant qu'on voulait; seulement elle était gonflée d'eau. On prit donc son parti de manger de l'herbe comme elle était. Ça n'était pas bon, mais l'estomac était rempli et ne criait plus. Pour la poudre, la question restait difficile. En partant de Meshhed, on ne nous en avait guère donné. Les généraux l'avaient vendue. Quand il fallut s'en procurer, cette fois, ce fut laborieux. Sur les morts on ramassa quelques cartouches. Nous avions environ trois cents fusils en état de partir, et tout compte fait, pour chaque fusil on eut trois charges. Rézy-Khan recommanda bien à chacun de ne pas tirer avant qu'il en donnât l'ordre. Mais on était si content que quelques-uns brûlèrent leurs charges le soir même pour célébrer la victoire : du reste, il importait peu; nous avions de bonnes baïonnettes.

Par un hasard très favorable, on découvrit aux environs une sorte de camp retranché, construction des anciens païens, avec quatre remparts de pierre et au milieu une sorte de mare. Nous allâmes nous renfermer là pour y passer la nuit; nous fîmes bien; car, à l'aube, les Turcomans revinrent, et comme ils étaient plus nombreux que nous, s'ils nous avaient attaqués de nouveau en rase campagne, nous aurions pu avoir assez de peine.

Derrière nos murs, nous fîmes feu sur les ennemis et nous en tuâmes quelques-uns. Enragés, ils mirent pied à terre et montèrent comme des fourmis sur nos pierres accumulées; alors nous tombâmes dessus à la baïonnette,

---

ges à la gloire du conquérant macédonien. Cf. Spiegel, *Alexandersaga bei der Orientalien.*

et Rézy-Khan à notre tête; nous les maltraitâmes tellement que, après dix minutes d'efforts, ils lâchèrent pied et s'enfuirent. Malheureusement Rézy-Khan et le grand Bakhtyary qui combattaient comme des tigres furent tués l'un et l'autre. Moi, je reçus au bras un coup de couteau; mais, Dieu est grand ! ce fut une égratignure.

Voyez, néanmoins, quels scélérats sont ces Turcomans ! Ils s'enfuirent, mais pas bien loin. Ils revinrent presque tout de suite et commencèrent à cavalcader autour de nos murailles. Ils avaient, à ce qu'il paraît, remarqué que nous n'avions pas tiré beaucoup. Ils s'aperçurent aisément que nous ne tirions plus du tout. La raison en était bonne : de poudre, il n'en restait rien ! Pas un grain, pas un atome ! Dieu sait parfaitement ce qu'il fait !

Nos ennemis voulurent alors essayer d'un nouvel assaut et une partie d'entre eux se transforma encore une fois en infanterie. Les voilà qui se mettent à grimper sur le talus du fort comme des fourmis ! Le vékyl à notre tête, nous sortîmes; nous les bousculons encore, nous en tuons une douzaine, ils s'enfuient, la cavalerie nous charge, nous n'avons que le temps de rentrer dans notre trou, et nous voyons, de loin, la tête du vékyl au bout d'une lance courir au milieu des Turcomans.

Ah ! Je ne dois pas oublier de vous dire que nous avions eu grand froid la nuit. Pas un fil n'était sec sur nos pauvres corps. La pluie tombait toujours. Un peu d'herbe mouillée dans nos estomacs nous soutenait mal. Pour moi je souffrais beaucoup, et il nous était mort une soixantaine d'hommes, sans qu'on puisse s'expliquer pourquoi ni comment. Dieu très haut et miséricordieux l'avait voulu ainsi !

La nuit fut encore très mauvaise; nous n'avions que la ressource de nous serrer les uns contre les autres pour essayer de nous rappeler un peu ce que c'était que la chaleur. Pourtant vers le matin, le ciel s'éclaircit. Il faisait froid. Nous nous attendions à être attaqués. Le lieutenant se trouva mort.

Vers midi seulement les Turcomans parurent, mais ils restèrent assez loin; le soir ils s'enhardirent et vinrent à portée de mousquet, tourner autour du retranchement. Puis ils se retirèrent.

La nuit nous emporta encore du monde. En définitive, nous n'étions plus que quatre cents, et personne ne nous commandait. Mais nous savions ce qu'il fallait faire, et, en cas d'attaque, nous serions encore tombés à la baïonnette sur les impies. Pourtant nous étions très affaiblis tous.

C'était à peu près vers l'heure de la prière de l'asr [1] et le soleil penchait vers l'horizon, quand au loin, nous vîmes arriver des bandes turcomanes, en plus grand nombre que les jours précédents. Chacun se leva comme il put et prit son fusil. Mais à notre grand étonnement, toute cette multitude s'arrêta à une longue distance de nous, et quatre ou cinq cavaliers, seulement, se détachant du gros de leurs camarades, s'avancèrent vers nous, en nous faisant des signes d'amitié et indiquant de leur mieux qu'ils désiraient nous parler.

Plusieurs des nôtres étaient d'avis de sortir brusquement et d'aller leur couper la tête; mais à quoi bon? C'est ce que je fis remarquer, ainsi que d'autres camarades, et, après une courte discussion, tout le monde se rangea à mon avis. Nous allâmes donc au-devant de ces fils de chiens, et, leur ayant fait de profonds saluts, nous les introduisîmes dans notre enceinte. Chacun s'assit par terre, de manière à former un cercle autour des nouveaux venus, que nous fîmes prendre place sur des couvertures de chevaux.

Vallah! Billah! Tallah! Il y avait une grande différence entre eux et nous! Nous, nous avions l'air de fantômes roulés dans la boue et ruisselants de misère; eux, ils portaient de bons habits avec des fourrures, des armes brillantes et des bonnets magnifiques. Quand ils eurent pris place, ayant été chargé de porter la parole, je dis à ces maudits :

— Que le salut soit avec vous!

— Et sur vous le salut! répondirent-ils.

— Nous espérons, repris-je, que les santés de Vos Excellences ne laissent rien à désirer, et puissent tous vos cœurs être comblés dans ce monde et dans l'autre!

— Les bontés de Vos Excellences sont infinies, répli-

1. Cf. p. 134, n. 1.

qua le plus âgé des Turcomans. C'était un grand vieillard avec un nez aplati, un visage rond comme une pastèque, des poils de barbe par-ci par-là et des yeux en croissant de lune retournée.

— Quels ordres veulent nous transmettre Vos Excellences? poursuivis-je.

— C'est nous, dit le vieux Turcoman, qui venons présenter une requête à Vos Altesses. Vous savez que nous sommes de malheureux pères de famille, de pauvres laboureurs, esclaves du Roi des Rois et serviteurs de l'Iran Bien Gardé! Depuis des siècles, nous nous efforçons par tous les moyens qui sont en notre pouvoir de prouver à l'auguste Gouvernement l'excès de notre affection. Malheureusement, nous sommes très pauvres; nos femmes et nos enfants crient la faim; les champs que nous cultivons ne rapportent pas assez pour les nourrir, et, si nous n'avions pas quelques occasions de réussir dans un petit commerce d'esclaves, ce qui ne fait de mal à personne, il nous faudrait expirer de misère nous et les nôtres. Pourquoi nous persécuter?

— Tout ce que vient de nous exposer Votre Excellence est de la plus exacte vérité, repartis-je. Pour nous, nous sommes de très humbles soldats; si on nous a envoyés ici, nous ne savons pas pourquoi, et, maintenant, déjà comblés de Vos Excellences, nous osons vous prier de nous permettre de retourner à la sainte ville de Meshhed d'où nous sommes venus.

Le Turcoman s'inclina de la manière la plus aimable et me répondit :

— Plût au ciel que cela fût pos ible! Mes compagnons et moi sommes tout prêts à vous offrir nos chevaux et à vous prier d'accepter mille marques de notre amitié. Mais jugez vous-mêmes de notre triste position. L'auguste Gouvernement nous a attaqués sans motifs, nous qui ne faisions de mal à personne, et en outre les vivres sont rares. Vous n'avez rien à manger; nous, nous n'avons guère mangé depuis une semaine. Venez avec nous. Vous serez bien traités. Nous ne vous vendrons ni à Bokhara ni à Khiva. Nous vous garderons chez nous, et, si vos amis veulent vous racheter, nous serons tout prêts à accep-

B. N. Imprimés *Cl. Josse-Lalance*

Esclave persan chez les Turcomans (*Tour du Monde*, II, p. 49, 1865). Dessin d'Émile Bayard d'après Vambéry.

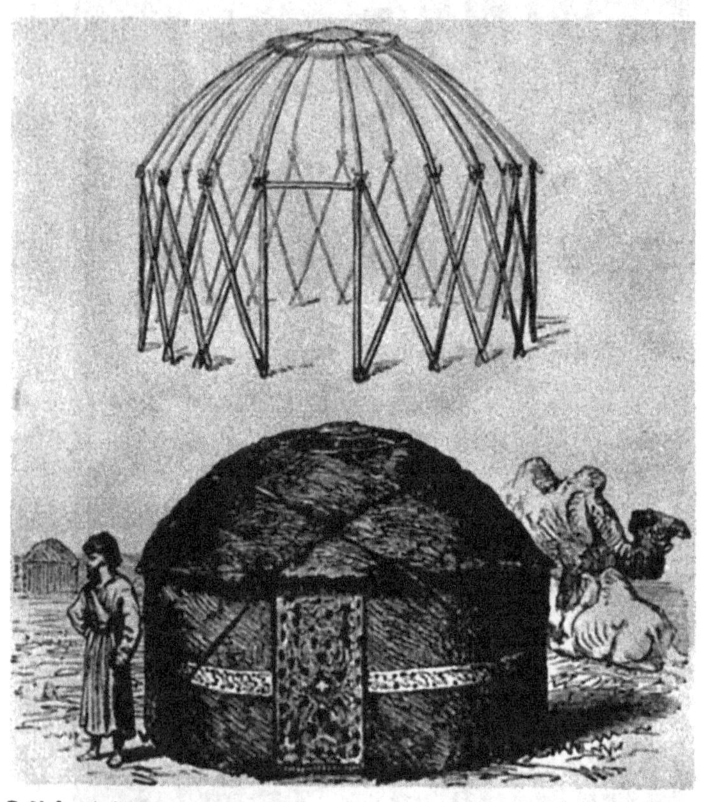

B. N. Imprimés *Cl. Josse-Lalance*

Tente turcomane, d'après Vambéry (*Tour du Monde*, II, p. 48, 1865).

ter les rançons les plus raisonnables. Cela ne vaut-il pas mieux d'attendre patiemment votre délivrance sous nos tentes, auprès d'un bon feu, que de risquer d'aller mourir de misère sur la route?

Le vieux Turcoman avait la mine d'un brave homme. Ses camarades se mirent à nous parler de pain frais, de lait caillé et de mouton rôti. Il y eut une grande émotion parmi nous. Subitement, chacun jeta son fusil, et les ambassadeurs s'étant levés, on les suivit de plein gré.

Quand nous arrivâmes avec eux auprès des cavaliers, nous fûmes parfaitement accueillis; on nous plaça au milieu de la bande, et, tandis que nous marchions, nous causions avec nos maîtres qui nous parurent de braves gens; de temps en temps, à la vérité, quelqu'un de nous recevait un bon coup de fouet, mais c'était parce qu'il ne marchait pas assez vite : du reste, tout se passa très bien sauf que, pour des gens aussi fatigués que nous l'étions, ce fut un peu dur d'avoir à faire un trajet de huit heures, à travers les terres épaisses, avant d'avoir atteint le campement vers lequel on nous menait.

Les femmes et les enfants étaient venus à notre rencontre. Ce fut le moment le plus difficile à passer. Il paraît que, dans cette foule, il y avait des veuves de quelques jours, dont nous avions tué les maris et des mères qui étaient fâchées de ce que nous avions fait à leurs fils. Les femmes sont méchantes dans tous les pays du monde; celles-là étaient atroces. Le moins qu'elles auraient voulu nous faire eût été de nous déchirer avec leurs ongles, si on les eût laissées libres. Les enfants ne demandaient pas mieux que de nous traiter aussi mal, et, pour débuter, ils nous accueillirent par des hurlements et une volée de pierres. Par bonheur, les hommes ne se montrèrent pas du tout disposés à nous laisser abîmer et moitié grondant, moitié riant, donnant aussi çà et là quelques horions à ces furies, ils réussirent à nous introduire dans le camp et à mettre nos ennemies et leurs petits auxiliaires, sinon hors d'état de nous injurier, ce qui ne nous causait aucun mal, du moins hors de portée de nous mettre en sang. Quand nous fûmes tous rassemblés sur la place, on nous compta, et on nous avertit que ceux qui chercheraient à s'enfuir seraient tués aussitôt. Après cette déclaration, on nous distribua entre les cavaliers qui nous avaient pris, et dont nous devînmes les esclaves. Tel acquit ainsi dix prisonniers, tel autre cinq et celui-ci deux. Pour moi, je fus adjugé à un garçon encore très jeune, qui m'emmena aussitôt chez lui.

Mon maître n'était pas pauvre; je m'en aperçus en entrant sous sa tente [1]. Cette tente était de l'espèce de celles que l'on nomme alatjyk, faite avec des cloisons et des murs d'osier tressé, recouverts de feutres épais; le plancher était en bois avec des tapis; il y avait trois ou quatre coffres peints de toutes sortes de couleurs, un grand lit avec des coussins, et, au milieu de la tente, un poêle, d'où s'exhalait une agréable chaleur. Dans cette charmante habitation, j'aperçus une jeune femme; elle allaitait un nourrisson. Je la saluai avec respect, c'était certainement ma maîtresse, mais elle ne leva pas les yeux sur moi, et à peine regarda-t-elle son mari. Je vous dirai de suite [2] ce que c'est que les femmes turcomanes. Rien de bien intéressant.

Elles sont laides à faire fuir le diable; témoin la jeune dame de la tente où j'étais amené, et que j'appris ensuite être une des beautés du pays. Je ne m'en serais guère douté au premier abord. Elle ressemblait à un portefaix de Tébryz. Elle avait des épaules larges et plates, une grosse tête, des petits yeux, des pommettes saillantes, une bouche comme un four de boulanger, le front plat, et sur la poitrine, deux montagnes. J'en ai vu de pires encore. Ces femmes sont stupides, méchantes, brutales et ne savent que travailler, mais aussi on les fait travailler comme des mules, et on a raison.

Le maître dit à la dame :

— Mets l'enfant de côté et sers-moi à souper.

La dame obéit tout de suite. Elle commença à remuer des plats et des assiettes, et elle me fit signe de la suivre

1. Pour tout l'épisode de la captivité chez les Turcomans, Gobineau utilise les souvenirs de Blocqueville, *Quatorze mois de captivité chez les Turcomans, Tour du Monde,* 1866, II, 225, et ceux de Vambéry, *ibid.* 1865, II, 33.

2. Gobineau a écrit *de suite.* L'édition Gallimard corrige cette faute, fréquente chez Gobineau.

hors de la tente; j'obéis immédiatement, ayant conçu l'idée de l'attendrir par mon zèle. Elle me conduisit dans une espèce de cabane qui servait de cuisine, où bouillait je ne sais quoi dans une marmite. Elle me fit un signe, que je ne compris pas bien; sans me rien expliquer, elle prit un bâton et m'en déchargea un coup sur la tête.

— Voilà, pensai-je, une manière de monstre qui ne me rendra pas la vie facile.

Je me trompais. C'était une brave femme. Elle me battait souvent, elle était ponctuelle, voulait que tout se fît à sa manière; mais elle me nourrissait bien, et, quand elle se fut un peu habituée à moi, elle me parla davantage, et je réussis plus d'une fois à la tromper, sans qu'elle s'en soit jamais aperçue. Quand elle était de bonne humeur, elle me disait en riant aux éclats :

— N'est-ce pas que vous autres gens de l'Iran, vous êtes plus bêtes que nos chevaux?

— Oui, maîtresse, répondais-je avec humilité, c'est bien vrai. Dieu l'a voulu ainsi!

— Les Turcomans, continuait-elle, vous pillent, vous volent, vous emportent vous-mêmes, et vous vendent à qui ils veulent, et vous ne savez pas trouver un moyen de les en empêcher.

— C'est vrai, maîtresse, répliquais-je encore; mais c'est que les Turcomans sont des gens d'esprit, et nous nous sommes des ânes.

Alors elle recommençait à rire aux éclats et ne s'apercevait jamais que son lait et son beurre diminuaient à mon profit. J'ai toujours remarqué que les gens les plus forts sont toujours les moins intelligents. Ainsi voyez les Européens! On les trompe tant que l'on veut, et, partout où ils vont, ils s'imaginent qu'ils sont supérieurs à nous, parce qu'ils sont les maîtres; ils ne savent pas et ne sauront jamais apprécier cette vérité que l'esprit est bien au-dessus de la matière. Les Turcomans se montrent exactement pareils. Ce sont des brutes comme eux.

Je fus employé par mes propriétaires à fendre du bois, à porter de l'eau, à conduire les moutons à la pâture. Quand je n'avais pas d'ouvrage, j'allais me promener à la campagne. Je m'étais fait quelques amis, et je chantais des chansons. Je savais aussi fabriquer des pièges pour prendre les souris et j'appris à quelques femmes à confectionner des plats persans que les hommes trouvaient admirables. On me récompensait, en me donnant du thé beurré et des galettes. Il y avait aussi assez souvent des noces et j'y dansais, ce qui faisait rire beaucoup toute l'assistance, qui, d'ailleurs, était de très bonne humeur, et on peut bien comprendre pourquoi. Notre camp, les camps voisins et toute la nation étaient dans un état d'exaltation à cause de la victoire. Les prisonniers regorgeaient et on s'attendait à gagner gros avec eux. Ensuite, le premier mouvement d'humeur passé, toutes les veuves avaient été enchantées de leur situation, et il ne se pouvait pas qu'il en fût autrement, car une jeune fille turcomane ne vaut pas cinq tomans en or, et il faut des circonstances particulières pour qu'on aille en chercher une, quand on veut se marier. Au contraire, une veuve a beaucoup de valeur, et elle est souvent estimée très haut. Cela dépend de l'expérience qu'elle a acquise pour la conduite d'un ménage, de sa réputation d'économie et de l'habitude qu'elle a de diriger tout autour d'elle. Et, en outre, on sait précisément si elle peut on non donner des enfants à son mari. Quant à l'amour, vous pouvez bien penser que, avec la figure de ces dames-là, il n'en est pas question, personne n'y songe, ni ne comprend ce que ça peut être. J'essayai une fois de raconter à ma maîtresse la passion si touchante et si belle que Medjnoun éprouvait pour Leïla [1] et qui me rappelait ma Leïla à moi-même, et me jetait dans des transports de douleur. Ma maîtresse me battit outrageusement pour avoir osé l'ennuyer de pareilles sottises. Elle était encore bien jeune; mais elle avait déjà eu deux maris avant celui qu'elle tenait pour le moment, et trois enfants par-dessus le marché. Aussi jouissait-elle d'une immense considération, et c'était un honneur pour moi, auquel j'étais sensible, que d'appartenir à une pareille dame.

Il y avait environ trois mois que je vivais là assez pai-

1. Allusion au couple célèbre dans la poésie arabe de l'époque omayyade, dont plus tard s'inspirèrent les Persans Nizâmi et Djâmi en donnant à cette aventure d'amour une signification mystique.

siblement, et je commençais à m'habituer à mon sort (en vérité, et comme je l'ai dit, il n'était pas très dur), quand un matin, me promenant désœuvré dans le camp, je fus abordé par deux autres esclaves persans comme moi, soldats du régiment de Goum, qui me dirent savoir d'une façon certaine, et qui me jurèrent sur leurs têtes, que nous allions être délivrés dans la journée et renvoyés à Meshhed.

On avait déjà fait courir ce bruit si souvent, et si souvent il s'était trouvé faux, que je me mis à rire et conseillai à mes camarades de ne pas trop croire à ce qu'on leur avait annoncé et de continuer à faire provision de patience. Cependant, en les quittant, je me trouvais, comme chaque fois que j'entendais de pareilles nouvelles, assez troublé et ému. Je sais bien qu'il se passe assez de vilaines choses dans l'Iran, et qu'on y trouve bien du mal; pourtant, c'est l'Iran, et c'est le meilleur, le plus saint pays de la terre. Nulle part au monde on n'éprouve autant de plaisir ni autant de joie. Quand on y a vécu, on y veut retourner; et quand on y est, on y veut mourir. Je ne croyais pas du tout à ce que mes deux camarades m'avaient dit, pourtant le cœur me battait et je me sentais triste, et si triste que, au lieu de continuer à me promener, je retournai chez mon maître.

Il venait précisément de descendre de cheval et je le vis qui causait avec sa femme. En m'apercevant, il m'appela.

— Aga, me dit-il, tu n'es plus mon esclave, on t'a racheté; tu es mon hôte, et tu vas partir pour Meshhed.

Je fus tellement saisi en entendant ces paroles, que je me crus sur le point d'étouffer, et il me sembla voir la tente tourner autour de moi.

— Est-ce vrai? m'écriai-je.

— Que ces Iraniens sont bêtes! dit la femme en riant; qu'est-ce qu'il y a là d'extraordinaire? Ton Gouvernement a racheté ses soldats au prix de dix tomans par tête. On aurait pu les lui vendre moins bon marché, mais puisque cette sottise est faite et que nous avons touché notre argent, va-t'en chez toi et ne fais pas le sot.

A peine entendis-je ce que disait cette créature. Il me passa comme une vision devant les yeux. Je vis, oui, je vis la jolie vallée du Khamsèh où je suis né; j'aperçus distinctement le ruisseau, les saules, l'herbe touffue, les fleurs, l'arbre au pied duquel j'avais enfoui mon argent, ma belle, mon adorée Leïla dans mes bras, mes chasses, mes gazelles, mes tigres, mon cher Kérym, mon excellent Souleyman, mon bien brave Abdoullah, tous mes cousins, le bazar de Téhéran, la boutique de l'épicier et celle du rôtisseur, les figures des gens que je connaissais; oui, oui, oui, ma vie entière m'apparut à cette minute, et une voix criait en moi : Tu vas la recommencer! Je me sentis ivre de bonheur! J'aurais voulu chanter, danser, pleurer, embrasser tous ceux qui se montraient à mon esprit, en ce moment de félicité suprême, et je me mis à pousser des cris d'angoisse.

— Imbécile! me dit la femme, tu as bu du raky hier soir, et peut-être encore ce matin. Si je t'y reprends jamais!...

Le mari se mit à rire.

— Tu ne l'y reprendras jamais, car il part aujourd'hui même, et, à dater de ce moment, je te le répète, Aga, tu es libre!

J'étais libre! Je me précipitai hors de la tente, et je me dirigeai en courant vers la grande place au milieu du camp. De toutes les habitations sortaient mes pauvres camarades, aussi exaltés que moi. Nous nous embrassions, nous ne manquions pas de remercier Dieu et les Imams; nous criions de tout notre cœur : Iran! cher Iran! Lumière de mes yeux! Et, alors, j'appris peu à peu comment il se faisait que nous sortions tout à coup des ténèbres, pour entrer dans une si belle clarté.

Il paraît que depuis la perte de notre armée et le commencement de notre captivité, il s'était passé bien des choses. Le Roi des Rois, en apprenant ce qui s'était passé, était entré dans une grande colère contre ses généraux, et les accusait d'avoir laissé ses pauvres soldats s'en aller tout seuls contre l'ennemi sans les accompagner; il les avait accusés aussi d'avoir vendu les vivres, la poudre, les armes et les vêtements qui leur étaient destinés, et, enfin, il avait déclaré sa ferme résolution de faire couper le cou à tous les coupables.

Il aurait peut-être bien agi en exécutant cette menace.

Mais, après tout, à quoi bon? Après ces généraux-là, il y en aurait eu de tout pareils : c'est le train du monde. Rien n'est à y changer. De sorte que Sa Majesté se conduisit beaucoup plus sagement, en calmant sa colère. Il arriva seulement que les Ministres et les Colonnes de l'Empire reçurent force cadeaux de la part des accusés; on révoqua un ou deux de ceux-ci pour quelques mois; le Roi eut des présents magnifiques, et il fut résolu que les chefs rachèteraient tous les soldats captifs chez les Turcomans, et les rachèteraient à leurs frais, puisqu'ils étaient cause du malheur arrivé à ces pauvres diables.

La question étant ainsi réglée, les généraux avaient naturellement pris à partie les colonels et les majors, qui avaient fait absolument comme eux. Ils les menacèrent de les mettre sous le bâton, de les destituer et même de leur couper la tête, et firent si bien qu'à la fin on s'entendit encore de ce côté-là. Les colonels et les majors donnèrent des cadeaux à leurs supérieurs, et ceux-ci rentrèrent un peu dans les dépenses que le soin de leur sûreté venait de leur faire faire à Téhéran.

Cependant ils avaient envoyé des émissaires parmi les tribus turcomanes, pour traiter du rachat des captifs. On avait eu quelque difficulté à s'entendre. Pourtant on était tombé d'accord, et voilà comment et pourquoi, après avoir passé dans une agitation incroyable, dans une sorte d'extase de bonheur, et après avoir pris congé de nos anciens maîtres et de nos anciens amis turcomans, nous nous mîmes en route pour Meshhed, marchant, je vous en réponds, comme l'oiseau qui va s'envoler.

Le temps était superbe; la nuit, les étoiles brillaient aux cieux comme des diamants; le jour, un beau soleil éclatant couvrait le ciel et la terre de paillettes d'or, qui tombaient à flots de son cercle enflammé. L'univers entier nous riait, à nous autres pauvres malheureux soldats, oui, les plus malheureux, les plus abandonnés, les plus maltraités des êtres, qui sortions d'un excès de mal, pour retomber au moins dans l'espérance, et nous marchions allègrement, et nous chantions à plein gosier, et ainsi nous arrivâmes à deux heures de Meshhed. Nous voyions clairement devant nous venir, sur le ciel bleu, et les coupoles, et les minarets, et les murs émaillés de la mosquée sainte, et les innombrables files des maisons de la ville; et, comme nous pensions à ce que nous allions trouver tout à l'heure de bon pour nous dans le sein de cette apparition céleste, nous nous trouvâmes tout à coup arrêtés par deux régiments rangés en travers du chemin et devant lesquels se tenait une troupe d'officiers. Nous nous arrêtâmes et fîmes de profonds saluts.

Un moulla sortit du groupe des officiers et s'avança vers notre troupe. Quand il fut à portée de la voix, il éleva les deux mains en l'air et nous adressa le discours suivant :

— Mes enfants! gloire à Dieu, le Seigneur des mondes, puissant et miséricordieux, qui a retiré le prophète Younès [1] du ventre de la baleine et vous des mains des féroces Turcomans!

— *Amen !* s'écria toute notre troupe.

— Il faut l'en remercier, en entrant humblement dans Meshhed, humblement, vous dis-je, et comme il convient à des malheureux prisonniers!

— Nous sommes prêts! Nous sommes prêts!

— Vous allez donc tous, mes enfants, comme des hommes pieux, et des musulmans fidèles, mettre à vos mains des chaînes, et la population entière, attendrie par cette preuve de vos malheurs, vous comblera de ses bénédictions et de ses aumônes.

Nous trouvâmes cette idée excellente et nous en fûmes charmés. Alors, des soldats sortis des rangs des deux régiments s'approchèrent. Ils nous mirent au cou des carcans de fer et aux mains des menottes, et on forma ainsi de nous des bandes de huit à dix enchaînés. Cela nous faisait rire beaucoup et nous nous trouvions très bien ainsi, quoique le poids de métal fût un peu accablant; mais il ne s'agissait que de le porter pendant quelques heures et c'était une vétille.

Quand notre toilette fut terminée, les tambours, la

1. La légende de Jonas est racontée dans le *Coran,* XXXVII, 139-148, et célèbre dans tout le monde musulman.

musique, les officiers et un régiment partirent en tête ; nous venions ensuite dans notre équipage lamentable, mais fort contents, et sur nos talons marchait l'autre régiment. Bientôt nous aperçûmes la foule des Meshhedys venant à notre rencontre. Nous la saluâmes, et nous eûmes le plaisir de nous entendre couvrir de bénédictions. Cependant le tambour roulait, la musique jouait et quelques pièces de canon firent des salves en notre honneur.

Une fois dans la ville, on nous sépara; les uns prirent une rue, les autres une autre, et des soldats nous escortaient. Pour moi, avec les sept camarades enchaînés du même train, les menottes aux poings, le carcan au cou, on nous mena dans un corps de garde et il nous fut permis de nous asseoir sur la plate-forme. Là, le sergent qui commandait notre escorte nous engagea à solliciter la charité des passants. Cette idée était excellente; nous la mîmes à l'instant à exécution avec un succès merveilleux. Les hommes, les femmes, les enfants nous apportaient à l'envi du riz, de la viande et même des friandises; on nous donnait peu d'argent. Je crois que les braves gens qui venaient à notre aide n'en avaient pas beaucoup pour eux-mêmes.

Le soir, un officier arriva. Nous le priâmes de nous faire détacher et de nous laisser vaquer chacun à nos affaires. Pour moi, je ne songeais qu'à aller passer une bonne nuit, dont j'avais grand besoin, chez mon ami et parent, Moulla Souleyman. L'officier nous dit :

— Mes enfants, il faut être raisonnable. Vous autres, vous avez été délivrés par la générosité incomparable et surhumaine de mon oncle, le général Aly-Khan. Il a donné pour chacun de vous, à vos maîtres, dix tomans. Serait-il juste qu'il perdît une si forte somme? Non! ce ne serait pas juste, vous en conviendrez. D'autre part, s'il vous laissait aller, bien que vous soyez tous très honnêtes et incapables de renier vos dettes, le malheur veut que vous n'ayez aucune ressource. De pauvres soldats, où trouveraient-ils de l'argent? Dans cette pensée, mon oncle, la bonté même, va vous en faire trouver. En vous laissant la chaîne au cou jusqu'à ce que vous ayez réuni chacun quinze tomans que vous lui remettrez fidèlement, il vous procure le moyen de toucher le cœur des musulmans et d'exercer la charité publique. Ne vous désolez pas. Racontez vos malheurs, continuez à solliciter ceux qui vous approchent. Appelez-les tous, ces braves gens qui passent là ! Ils viendront ! Vous voyez qu'ils vous nourrissent très bien. Peu à peu la pitié les touchera davantage, et leurs bourses s'ouvriront. Je ne vous trompe pas. Dans quelques jours, quand vous n'aurez plus d'espoir de rien recueillir ici, on vous fera partir. Vous retournerez ainsi à Téhéran; de là, vous irez à Ispahan, à Shyraz, à Kermanshah, par toutes les villes de l'Iran Bien Gardé, et vous finirez par payer cette dette.

L'officier se tut, mais nous nous mîmes en colère; le désespoir nous prit, nous commençâmes à l'appeler fils de chien, et nous étions en bonne voie de ne pas épargner davantage ni son oncle, ni les femmes, ni la mère, ni les filles de son oncle (il n'en avait peut-être pas), quand, sur un signe de notre bourreau, nos gardiens nous tombèrent dessus, on nous battit, on nous jeta par terre, on nous foula aux pieds. J'eus presque une côte enfoncée, et ma tête fut toute enflée de deux grosses bosses. Alors, il fallut se rendre sage. Chacun se soumit, et après avoir, pour ma part, pleuré dans un coin une bonne demi-heure, je me résignai et commençai, d'une voix lamentable, à solliciter de nouveau les aumônes des passants.

Il ne manquait pas de gens charitables, et tout le monde sait que, grâces soient rendues au Dieu tout-puissant ! il y a dans l'Islam grande bonne volonté à venir en aide aux malheureux. Les femmes, surtout, se pressaient en grand nombre autour de nous; elles nous regardaient, elles pleuraient; elles nous demandaient le récit de nos malheurs. Ils étaient grands, et, comme on le peut croire, nous ne cherchions pas à les diminuer; au contraire, nous ne manquions jamais d'ajouter à nos récits que nos femmes, nos cinq, six, sept, huit petits enfants en bas âge nous attendaient à la maison et mouraient de faim. Nous recueillions ainsi force menue monnaie et quelquefois des pièces d'argent. D'ailleurs, certains d'entre nous étaient plus chanceux que les autres.

On sait que nos régiments sont recrutés parmi les

pauvres [1], qui, n'ayant ni amis, ni protecteurs, ne peuvent se soustraire à la vie militaire. Quand on veut des soldats, on ramasse dans les rues et dans les cabarets des villes, et dans les maisons des villages, ce qui ne peut pas se faire réclamer. Ainsi, nous étions là, à notre chaîne, des hommes faits, des enfants de quinze ans et des vieillards de soixante-dix, parce que, quand on est soldat, c'est pour toute sa vie, à moins qu'on ne trouve moyen de se faire exempter ou de s'enfuir.

Ceux qui parmi nous recevaient le plus d'aumônes, c'étaient les plus jeunes. Il y en avait un, joli garçon de seize ans, né à Zendjân, qui fut délivré au bout de quinze jours tant on le comblait de toutes parts. Il est vrai qu'il avait la figure d'un ange. Pour moi, je réussis à faire prévenir Moulla Souleyman de mon triste sort. Le brave homme accourut, se jeta à mon cou, et, au nom de notre chère Leïla, il me donna un toman. C'était beaucoup. Je le remerciai fort. Peut-être en aurais-je obtenu davantage; mais, le lendemain, on nous fit partir de Meshhed pour nous diriger sur Téhéran.

Mes camarades et moi, nous fîmes une chanson qui racontait nos malheurs, et nous en régalions les paysans le long de la route. Cela nous valait toujours quelque peu. D'ailleurs, la charité des Musulmans nourrissait les pauvres captifs mieux qu'elle ne l'avait fait jadis pour les soldats du Roi, et nos gardiens en profitaient comme nous. Seulement, il fallait que chacun de nous prît garde à ses petites recettes, car soit nous-mêmes, soit nos soldats, nous ne pensions naturellement qu'à nous emparer de ce qui n'était pas à nous. Pour moi, je tenais mon argent serré dans un morceau de coton bleu; je ne le montrais à personne et l'avais attaché sous mes habits, par une corde. Quand nous arrivâmes dans la capitale, je peux bien avouer maintenant que je possédais, avec le toman en or que m'avait donné mon cousin, quelques sahabgrans en argent et force shahys de cuivre [2], environ trois tomans et demi.

---

1. Cf. *Trois ans,* II, 143-144.
2. Cf. p. 138, n. 2.

Certains de mes camarades étaient, j'en suis sûr, plus riches que moi; mais d'autres étaient plus pauvres; car un vieux canonnier appelé Ibrahim, qui était mon voisin de chaîne, n'obtenait jamais rien, tant il était laid.

En arrivant à Téhéran, on nous conduisit justement à mon ancien corps de garde et on nous mit en exposition sur la plate-forme. Les gens du quartier, me reconnaissant, accoururent : je fis le récit de nos malheurs, et on était en train de nous donner beaucoup, lorsque arriva un véritable miracle. Dieu soit loué! Que les Saints Imams soient bénis et que leurs noms sacrés soient exaltés! Amen! Amen! Gloire à Dieu, le Seigneur des mondes! Gloire à Dieu!

Un miracle, dis-je, arriva et ce fut celui-ci. Comme toujours, il s'était rassemblé autour de nous beaucoup de femmes. Elles se pressaient les unes sur les autres et s'avançaient de leur mieux pour nous bien considérer, de sorte que moi, qui racontais nos infortunes au public, je me trouvais avoir en face comme un mur de voiles bleus et blancs, aligné devant moi. J'en étais à cette phrase, que je répétais souvent avec onction et désespoir :

— Oh! Musulmans! Oh! Musulmans! Il n'y a plus d'Islam! La religion est perdue! Je suis du Khamsèh! Hélas! hélas! je suis des environs de Zendjân! J'ai une pauvre mère aveugle, les deux sœurs de mon père sont estropiées, ma femme est paralytique et mes huit enfants expirent de misère! Hélas! Musulmans! si votre charité ne se hâte de me délivrer, tout cela va mourir de faim et, moi, je mourrai de désespoir.

A ce moment même, j'entendis un cri perçant à côté de moi, et une voix que je reconnus tout aussitôt, et qui me traversa le cœur comme une flèche de feu, s'écria :

— En Dieu! par Dieu! pour Dieu [1]! c'est Aga! Je n'hésitais pas une seconde.

— Leïla! m'écriai-je.

Elle avait beau être couverte de son voile épais, sa figure resplendissait vraiment devant mes regards! Je

1. Cf. p. 37, n. 1.

me trouvai transporté par la joie au plus haut de la septième sphère.

— Tiens-toi tranquille, me dit-elle. Tu seras délivré aujourd'hui même ou demain au plus tard !

Là-dessus, se détournant, elle disparut avec deux autres femmes qui l'accompagnaient, et, le soir, comme je mourais d'impatience, un officier arriva avec un vékyl; on rompit ma chaîne et l'officier me dit :

— Va où tu voudras, tu es libre !

Comme il prononçait ces paroles, je me trouvai serré dans les bras, oui, dans les bras de qui? De mon cousin Abdoullah !

Dieu ! que je fus ravi de le voir !

— Ah ! mon ami, mon frère, mon bien-aimé, me dit-il, quel bonheur ! Quelle réunion ! Lorsque j'appris de notre cousin Kérym que tu avais été enlevé par la milice, je ne sais à quel excès de chagrin je ne fus pas sur le point de m'abandonner !

— Ce bon Kérym ! m'écriai-je. Nous nous sommes toujours tendrement aimés, lui et moi ! Bien que quelquefois, j'avoue que je lui aie préféré Souleyman, et, à ce propos, sais-tu que Souleyman...

Là-dessus, je lui racontai ce que notre digne cousin était devenu et comme il était en train de devenir un moulla très savant et un grand personnage à Meshhed. Ce récit charma Abdoullah.

— Je regrette, me dit-il, que notre parent Kérym n'ait pu obtenir un sort aussi beau. C'est un peu sa faute. Tu sais qu'il avait l'habitude déplorable d'aimer le thé froid avec excès.

Cette expression « le thé froid » indique, comme chacun sait, entre gens qui se respectent, cette horrible liqueur qu'on appelle du raky. Je secouai la tête d'un air désolé et indigné tout à la fois :

— Kérym, répondis-je, buvait du thé froid, je ne le sais que trop; j'ai fait longtemps des efforts extraordinaires pour l'arracher à cette honteuse habitude; je n'y ai jamais réussi.

— Pourtant, continua Abdoullah, sa situation pourrait être pire. Je l'emploie comme muletier, et il conduit pour moi des marchandises sur la route de Tébryz à Trébizonde [1]. Il gagne bien sa vie.

— Qu'entends-je? m'écriai-je, serais-tu devenu marchand?

— Oui! mon frère, répliqua Abdoullah d'un air modeste. J'ai acquis quelque bien, et c'est ce qui m'a permis aujourd'hui de venir à ton aide, quand la malheureuse position où tu te trouvais m'a été révélée par ma femme.

— Par ta femme!

J'étais au comble de la surprise.

— Sans doute; Kérym n'ayant pas le moyen de l'entretenir suivant le mérite de cette créature adorable, a consenti à divorcer avec elle et je l'ai épousée.

Je ne fus pas trop content. Mais que pouvais-je faire? Me soumettre à ma destinée. On n'y échappe pas. Bien souvent, j'avais eu l'occasion de reconnaître cette vérité. Elle venait me frapper encore une fois, et, je l'avoue, d'une manière qui me fut sensible. Je ne soufflai pas mot. Cependant je suivais Abdoullah. Quand nous fûmes arrivés près de la Porte-Neuve, il m'introduisit dans une fort jolie maison et me conduisit à l'enderoun.

Là, je trouvai Leïla assise sur le tapis. Elle me reçut très bien. Pour mon malheur, je la trouvai plus jolie que jamais, plus saisissante, et j'avais des larmes qui me gonflaient le cœur. Elle s'en aperçut, et lorsque, après avoir pris le thé, Abdoullah, qui avait des affaires, nous eut laissés seuls, elle me dit :

— Mon pauvre Aga, je vois que tu es un peu malheureux.

— Je le suis beaucoup, répliquai-je en baissant la tête.

— Il faut être raisonnable, poursuivit-elle, et je ne te cacherai rien. J'avoue que je t'ai beaucoup aimé et que je t'aime encore; mais aussi je n'ai pas été insensible aux bonnes qualités de Souleyman; la gaîté et l'entrain de Kérym m'ont ravie, et je suis pleine d'estime et d'attendrissement pour les mérites d'Abdoullah. Si l'on me demandait de déclarer quel est celui de mes quatre cousins que je préfère, je demanderais que des quatre on pût faire un seul homme; et celui-là, je suis bien sûre que je l'aimerais passion-

---

1. C'est la route que Gobineau a suivie pour rentrer en France, après son premier séjour en Perse, en février 1858.

nément et pour toujours. Mais est-ce possible? je te le demande. Ne pleure pas. Sois persuadé que tu vis toujours dans mon cœur. Je ne pouvais pas épouser Souleyman, qui ne possédait rien. Je me suis adressée à toi. Tu as été un peu léger; mais je te pardonne. Je sais que tu m'es tendrement attaché. Kérym me mettait sur la grande route de la misère. Abdoullah m'a faite riche. Je dois être sage à mon tour, et je lui serai fidèle jusqu'à la mort, tout en pensant à vous trois comme à des hommes... Enfin je t'en ai dit assez. Abdoullah est ton cousin; aime-le; sers-le; et il fera pour toi ce qui sera possible. Tu penses bien que je n'y nuirai pas.

Elle me dit encore beaucoup de paroles affectueuses qui, dans le premier moment, me causèrent un redoublement de tristesse. Cependant, puisqu'il n'y avait pas de ressource, et je ne le comprenais que trop, je me résignai à ne plus être pour Leïla que le fils de son oncle.

Abdoullah, en sa qualité de marchand, avait souvent affaire à de grands personnages. Il leur rendait des services et avait du crédit auprès d'eux. Grâce à lui, on me fit sultan dans le régiment Khassèh ou Particulier [1], qui demeure toujours à Téhéran, dans le palais, monte la garde, porte l'eau, fend le bois et travaille à la maçonnerie. Me voilà donc capitaine, et je me mis à manger les soldats, comme on m'avait mangé moi-même, ce qui me donna une position très honorable et dont je ne me plains pas.

Nous sommes les Gardes du Roi; il a souvent été question de nous donner un uniforme magnifique, et même on en parle toujours. Je crois qu'on en parlera jusqu'à la fin du monde. Quelquefois on se propose de nous habiller comme les hommes qui veillent sur la vie de l'Empereur des Russes, et qui, à ce qu'il paraît, sont verts avec des galons et des broderies en or. D'autres fois, on veut nous habiller en rouge, toujours avec des galons, des broderies et des crépines d'or. Mais, vêtus ainsi, comment les soldats pourraient-ils se rendre utiles? Et qui est-ce qui paierait ces beaux costumes? En attendant qu'on ait trouvé un

1. Équivalent de la Garde royale.

moyen, nos gens n'ont que des culottes déchirées et souvent pas de chapeaux.

Quand je me vis officier, je voulus vivre avec mes pareils et je fis beaucoup de connaissances. Mais parmi eux, je m'attachai singulièrement à un sultan, un garçon d'un excellent caractère. Il a vécu longtemps chez les Férynghys [1], où on l'avait envoyé pour faire son éducation. Il m'a raconté des choses très curieuses. Un soir que nous avions bu un peu plus de thé froid qu'à l'ordinaire, il m'exprima des opinions que je trouvai parfaitement raisonnables.

— Vois-tu, frère, me dit-il, tous les Iraniens sont des brutes, et les Européens sont des sots. Moi, j'ai été élevé chez eux. On m'a mis d'abord au collège, et, ensuite, comme j'avais appris aussi bien que ces maudits ce qu'il faut pour passer les examens, j'entrai à leur école militaire, qu'ils appellent Saint-Cyr. J'y restai deux ans, comme ils font eux-mêmes, puis, devenu officier, je suis revenu ici. On a voulu m'employer; on m'a demandé ce qu'il était à propos de faire. Je l'ai dit, on s'est moqué de moi, on m'a pris en haine; on m'a traité d'infidèle et d'insolent, et j'ai été mis sous le bâton. Dans le premier moment, j'ai voulu mourir parce que les Européens regardent pareil accident comme un déshonneur.

— Les niais! m'écriai-je, en vidant mon verre.

— Oui, ce sont des niais, ils ne comprennent pas que tout chez nous, les habitudes, les mœurs, les intérêts, le climat, l'air, le sol, notre passé, notre présent rendent radicalement impossible ce qui, chez eux, est le plus simple. Quand je vis que ma mort ne servirait à rien du tout, je refis mon éducation. Je cessai d'avoir des opinions, de vouloir réformer, de blâmer, de contredire, et je devins comme vous tous : je baisai la main des Colonnes du Pouvoir, et je dis oui! oui! certainement! aux plus grandes

---

1. Gobineau a raconté dans *Religions et Philosophies*, 108-110, la curieuse histoire de ce jeune Persan, Hussein-Kouly-Agha qui, envoyé en France, élève-officier à Saint-Cyr, après avoir assisté à la révolution de 1848, était rentré dans son pays où il avait voulu, sans succès, promouvoir des réformes dans un esprit nationaliste convaincu.

absurdités ! Alors on cessa peu à peu de me persécuter; mais comme on continue à se défier de moi, je ne serai jamais que capitaine. Nous connaissons tous les deux des généraux qui ont quinze ans et des maréchaux qui en ont dix-huit. Nous connaissons aussi de braves guerriers qui ne savent pas comment on charge un fusil; moi, j'ai cinquante ans sonnés et je mourrai dans la misère, et sous le poids d'une suspicion incurable, parce que je sais comment on mène des troupes et ce qu'il faudrait faire pour venir à bout en trois mois des Turcomans de la frontière. Maudits soient ces scélérats d'Européens qui sont cause de mes malheurs ! Passe-moi le raky !

Cette nuit-là, nous bûmes si bien, que ce fut seulement le soir du lendemain que je pus me lever du tapis sur lequel j'étais tombé, et j'y laissai mon camarade.

Grâce à la protection d'Abdoullah, je crois bien que je passerai major cette année, à moins qu'on ne me fasse colonel. Inshallah ! Inshallah !

LES AMANTS DE KANDAHAR

Cl. Daniel Schlumberger

«... le sang afghan le plus pur animait son essence... »

Vous demandez s'il était beau? Beau comme un ange! Le teint un peu basané, non de cette teinte sombre, terreuse, résultat certain d'une origine métisse [1]; il était chaudement basané comme un fruit mûri au soleil. Ses cheveux noirs bouclaient, en profusion d'anneaux, sur les plis serrés de son turban bleu rayé de rouge; une moustache fine, ondée, un peu longue, caressait le contour délicat de sa lèvre supérieure, nettement coupée, mobile, fière, respirant la vie, la passion. Ses yeux doux et profonds s'allumaient facilement d'éclairs. Il était grand, vigoureux, mince, large des épaules, étroit des hanches. A personne l'idée ne fût venue de s'enquérir de sa race; il était clair que le sang afghan le plus pur animait son essence et que, en le contemplant, on avait sous les yeux le descendant authentique de ces anciens Parthes [2], les Arsaces, les Orodes, sous les pas desquels le monde romain a frémi d'une juste épouvante. Sa mère, à sa naissance, devinant ce qu'il valait, l'avait nommé Mohsèn, le Beau, et c'était de toute justice.

Malheureusement, accompli à ce point quant aux avantages extérieurs, non moins parfait pour les qualités de l'âme, honoré de la plus illustre généalogie, il lui manquait trop : il était pauvre. On venait justement de l'équiper, car il atteignait ses dix-sept ans; ce n'avait pas été chose aisée. Son père avait fourni le sabre et le bouclier; un

---

1. On sent percer ici le théoricien de l'*Essai sur l'inégalité des races humaines*. En même temps qu'aux *Nouvelles asiatiques*, Gobineau travaille à la seconde édition de l'*Essai*.

2. Gobineau a développé ces vues dans son *Histoire des Perses* esquissée dès 1856, comme en témoignent ses lettres à Prokesch-Osten du 1er juin : « Je vais faire une histoire généalogique des Afghans... Je pense avoir trouvé les moyens d'identifier les Afghans avec les Parthes chassés de Perse par les Sassanides... », du 20 juin, du 19 juillet, du 1er août et du 14 septembre 1856.

vieil oncle avait donné le fusil, engin médiocre; Mohsèn ne le regardait qu'avec chagrin et presque avec honte; le misérable mousquet était à pierre, et plusieurs des camarades du jeune gentilhomme possédaient des fusils anglais admirables et du modèle le plus nouveau. Pourtant mieux valait un tel bâton démodé que rien. D'un cousin il tenait un excellent couteau de trois pieds de long et de quatre pouces de large, pointu comme une aiguille et d'un tel poids qu'un coup bien assené suffisait pour détacher un membre. Mohsèn avait passé à sa ceinture cette arme redoutable et ambitionnait, à en mourir, une paire de pistolets. Mais il ne savait aucunement quand et par quel miracle il pourrait jamais entrer en possession d'un tel trésor; car, encore une fois, l'argent lui manquait de façon cruelle.

Cependant, et il ne le savait pas, il avait, ainsi armé, la mine d'un prince. Son père, quand il parut devant lui, le considéra de la tête aux pieds, sans perdre rien de son air froid et sévère; mais, à la façon dont il passa la main sur sa barbe, il était clair que le vieillard éprouvait un mouvement intérieur de puissant orgueil. Sa mère eut les yeux noyés de larmes et embrassa son enfant avec passion. C'était un fils unique. Il baisa la main de ses parents et sortit avec l'intention arrêtée d'exécuter trois projets, dont l'accomplissement lui semblait nécessaire pour entrer dignement dans la vie.

La famille de Mohsèn, comme on devait s'y attendre au rang qu'elle occupait, avait deux haines bien établies et poursuivait deux vengeances. Elle était un rameau des Ahmedzyys, et, depuis trois générations, en querelle avec les Mouradzyys [1]. Le dissentiment avait eu pour cause un coup de cravache donné jadis par un de ces derniers à un vassal des Ahmedzyys. Or, ces vassaux, qui, n'étant pas de sang afghan, vivent sous l'autorité des gentilshommes, cultivent la terre et exercent les métiers, peuvent bien être

---

1. La structure sociale de l'Afghanistan est essentiellement tribale (cf. article de Morgenstierne dans *Encycl. de l'Islam*, s. v. *Afghân*). Gobineau a été documenté sur les clans afghans par un ami de Kandahar. (Lettre à Prokesch-Osten du 1er juin 1856.)

malmenés par leurs seigneurs directs, sans que personne ait rien à y voir; mais qu'un autre que leur maître lève la main sur eux, c'est là une offense impardonnable, et l'honneur commande à leur maître d'en faire une revendication aussi terrible que si le coup donné ou l'injure infligée étaient tombés sur un membre même de la famille seigneuriale. Le Mouradzyy coupable avait donc été tué d'un coup de couteau par le grand-père de Mohsèn. Depuis lors, huit meurtres s'étaient accomplis entre les deux maisons, et les derniers avaient eu pour victimes un oncle et un cousin germain du héros de cette histoire. Les Mouradzyys étaient puissants et riches : il y avait danger imminent de voir la famille périr tout entière sous la colère de ces terribles ennemis, et Mohsèn n'imaginait rien moins que de s'attaquer immédiatement à Abdoullah Mouradzyy lui-même, un des lieutenants du prince de Kandahar et de le tuer; action qui ferait, dès l'abord, connaître la grandeur de son courage et ne pourrait manquer de rendre son nom redoutable. Cependant, ce n'était pas encore là ce qui pressait le plus.

Son père, Mohammed-Beg, avait un frère cadet, appelé Osman, et cet Osman, père de trois fils et d'une fille, s'était acquis quelque fortune au service des Anglais, ayant été longtemps soubahdar ou capitaine dans un régiment d'infanterie, au Bengale. Sa pension de retraite payée régulièrement par l'intermédiaire d'un banquier hindou, lui donnait, avec assez d'aisance, une certaine vanité; en outre, il avait sur l'art de la guerre des idées obstinées, très supérieures, suivant lui, à celles de son frère aîné, Mohammed; celui-ci ne faisait cas que du courage personnel. Plusieurs altercations assez aigres avaient eu lieu entre les deux frères, et l'aîné, à tort ou à raison, avait trouvé le respect dû à son âge médiocrement observé. Les relations étaient donc assez mauvaises, quand un jour, Osman-Beg, recevant la visite de Mohammed, se permit de ne pas se lever à son entrée dans la chambre. A la vue de cette énormité, Mohsèn qui accompagnait son père, ne put contenir son indignation, et n'osant s'en prendre directement à son oncle, il appliqua un vigoureux soufflet au plus jeune de ses cousins, Elèm. Cet accident était d'autant plus à regretter, que jusqu'alors Mohsèn et Elèm avaient éprouvé l'un pour l'autre l'affection la plus vive; ils ne se quittaient pour ainsi dire pas et c'était, entre ces deux enfants, que se tramaient perpétuellement les rêves de vengeance, qui devaient rendre à leur famille l'éclat d'honneur obscurci par les Mouradzyys d'une façon si déplorable.

Elèm, exaspéré de l'action de son cousin, avait tiré le poignard et fait un mouvement pour se jeter sur lui ; mais les vieillards s'étaient à temps interposés et avaient séparé les champions. Le lendemain une balle venait se loger dans la manche droite des vêtements de Mohsèn. Personne ne s'y trompa; cette balle sortait du fusil d'Elèm. Six mois se passèrent et un calme menaçant planait sur les deux habitations qui se touchaient et d'où on se surveillait mutuellement. Les femmes seules avaient encore quelquefois des rencontres; elles s'injuriaient; les hommes paraissaient s'éviter. Mohsèn, depuis huit jours, avait résolu de pénétrer chez son oncle et de tuer Elèm; ses mesures étaient prises en conséquence. Tel était le deuxième dessein qu'il voulait mettre à exécution. Quant à la troisième idée, la voici. Après avoir tué Elèm et Abdoullah-Mouradzyy, il irait se présenter au prince de Kandahar et le sommerait de lui donner un emploi parmi ses cavaliers. Il ne doutait pas qu'un guerrier, tel qu'il allait se faire connaître, ne fût traité avec respect et reçu d'acclamation.

Ce serait, toutefois, lui faire tort que de supposer à la double action, dont son âme était si fortement occupée, un motif d'intérêt vénal. On se tromperait encore, si l'on pensait que mettre à mort son cousin Elèm lui paraissait une action simple et ne lui coûtait pas. Il avait aimé, il aimait encore son compagnon d'enfance; vingt fois dans chaque vingt-quatre heures, quand sa pensée, courant après ses rêves, en heurtait quelqu'un de plus brillant que les autres, il lui passait comme une flamme devant l'esprit; c'était l'image d'Elèm et il se disait : Je le lui raconterai ! Qu'en pensera-t-il? Puis soudain, il se retrouvait dans la réalité, et, sans se permettre un soupir, renvoyait de son cœur cette ancienne pensée qui n'y devait plus vivre. L'honneur parlait, il fallait que l'honneur et seulement l'honneur fût écouté. Les Hindous, les Persans peuvent librement s'abandonner au courant de leurs amitiés, aux influences de leurs préférences, mais un Afghan ! Ce qu'il se doit à lui-même passe avant tout. Ni affection ni pitié ne sauraient arrêter son bras, quand le devoir parle. Mohsèn le savait, c'était assez. Il lui fallait être considéré comme un homme de cœur et de courage; il voulait que jamais l'ombre d'un reproche, que jamais le soupçon d'une faiblesse n'approchassent de son nom. La persistance d'un sentiment si haut coûte quelque chose : on n'a pas sans peine un renom enviable. Est-il trop cher à tout prix? Non. C'était l'opinion de Mohsèn, et la fierté brillante, qui éclatait sur son beau visage, était le reflet des exigences de son âme.

Maintenant que, une fois vengé, non pas de ses injures personnelles — où étaient celles-ci? qui jamais s'était adressé à lui pour l'offenser? — mais vengé des taches infligées à ses proches, l'estime générale, la justice du prince lui assignassent promptement le rang et les avantages, dignes loyers de l'intrépidité, rien n'était plus naturel, et ce n'était pas chez lui un défaut, un tort, une erreur, une convoitise coupable que de prétendre à son droit.

Le jour était encore trop peu avancé pour qu'il se mît à l'œuvre. Il lui fallait la première heure du soir, le moment où les ténèbres allaient descendre sur la ville. Afin de laisser venir le moment, il s'en alla, marchant d'un pas calme, vers le bazar, conservant dans sa tenue cette dignité froide convenable à un jeune homme de bonne extraction.

Kandahar est une magnifique et grande ville [1]. Elle est enceinte d'une muraille crénelée, flanquée de tours, où les boulets ont souvent mordu. Dans un angle s'élève la citadelle, séjour du prince, théâtre agité de bien des révolutions, et que l'éclat des sabres, le bruit de la fusillade, l'étalage des têtes coupées, accrochées aux montants des portes, n'étonne ni ne fâche. Au milieu du massif des maisons, dont beaucoup sont à plusieurs étages,

---

1. Gobineau n'est pas allé à Kandahar. La ville actuelle remonte au XVIIIe siècle, et a été précédée, sur un site très anciennement habité, par la vieille Kandahar, détruite par Nadir-Shah en 1738 et abandonnée depuis lors.

circulent, comme les artères dans un grand corps, ces vastes couloirs emmêlés, où s'alignent les boutiques des marchands, assis, fumant, répondant à leurs pratiques du haut des petites plates-formes, sur lesquelles sont rangées les étoffes de l'Inde, de la Perse, de l'Europe, tandis que, au long de la voie tortueuse, non pavée, raboteuse, tantôt étroite, parfois très large, circule la foule des Banians [1], des Ouzbeks, des Kurdes, des Kizzilsbashs [2] s'entassant les uns sur les autres, achetant, vendant, courant, formant groupes. Des files de chameaux se succèdent sous les cris de leurs conducteurs. Çà et là passe à cheval un chef richement vêtu, entouré de ses hommes, qui, le fusil sur l'épaule, le bouclier sur le dos, écartent rudement les passants et se font place. Ailleurs un derviche étranger hurle un mot mystique, récite des prières, demande l'aumône. Plus loin, un conteur, assis sur les talons dans une chaise de bois grossier, retient autour de lui un auditoire excité, tandis que le soldat, serviteur d'un prince ou d'un grand ou simplement cherchant fortune, comme était Mohsèn, passe silencieux, jetant un regard de mépris sur ces gens de rien et timidement évité par eux. La vie est bien différente, en effet, pour eux et pour lui. Ils peuvent rire : rien que les coups les blessent ou les affectent. A moins d'un hasard, ils vivront longtemps : ils sont libres de gagner leur vie de mille manières; toutes leur sont bonnes; personne ne leur demande ni sévérité d'allures, ni respect d'eux-mêmes. L'Afghan, au contraire, pour être ce qu'il doit être, passe son existence à se surveiller lui et les autres et, toujours en soupçon, tenant son honneur devant lui, susceptible à l'excès et jaloux d'une ombre, il sait d'avance combien ses jours seront peu nombreux. Ils sont rares les hommes de

1. Les Banians sont les membres de la classe des marchands aux Indes qui voyagent pour des raisons commerciales.

2. Le terme de *Kizzilbach* (au sens propre *tête rouge*) désigne en Afghanistan les descendants des tribus turkmènes venues à la suite de Nadir-Shah s'établir à Kaboul et à Hérat. Au temps de Gobineau, à Kaboul, on recrutait parmi les *Kizzilbach* le personnel de la Cour et des bureaux; à Hérat, ils formaient le corps des marchands. Leur nombre était alors d'une cinquantaine de mille individus.

Cl. Daniel Schlumberger

« Kandahar est une magnifique et grande ville. »

cette race, qui, avant quarante ans, n'ont pas reçu le coup mortel à force d'avoir atteint ou menacé les autres.

Enfin, le jour inclina sous l'horizon, et les premières ombres s'étendirent dans les rues : les terrasses supérieures étaient seules encore dorées par le soleil. Les muezzins, tout d'un accord, se mirent, du haut des mosquées, grandes et petites, à proclamer la prière d'une voix stridente et prolongée. Ce fut, comme de coutume, un cri général qui s'éleva dans les airs, affirmant que Dieu seul est Dieu et Mahomet prophète de Dieu. Mohsèn savait que chaque jour, à cette heure, son oncle et ses fils avaient l'habitude de se rendre à l'office du soir [1]; tous ses fils, sans aucune exception; mais cette fois, il devait y en avoir une. Elèm, atteint de la fièvre, restait malade et couché depuis deux jours. Mohsèn était certain de le trouver dans son lit, la maison déserte, car les femmes, de leur côté, seraient à la fontaine. Depuis le commencement de la semaine, il guettait, et il savait ces détails de point en point.

En marchant, il secoua son long couteau dans sa ceinture, afin de s'assurer que la lame ne collait pas au fourreau. Arrivé à la porte de la maison de son oncle, il entra. Derrière lui, il repoussa les battants, il les assujettit avec la barre, il tourna la clef dans la serrure. Il ne voulait pas être surpris ni empêché. Quelle honte, s'il eût manqué sa première entreprise !

Il traversa le corridor sombre conduisant dans la cour étroite et cette cour, elle-même, en sautant par-dessus le bassin, qui en marquait le centre. Puis il monta trois degrés, se dirigeant vers la chambre d'Elèm. Tout à coup il se trouva face à face avec sa cousine, qui, debout au milieu du corridor, lui barrait le passage. Elle avait quinze ans et on l'appelait Djemylèh, « la Charmante ».

— Le salut soit sur toi, fils de mon oncle! lui dit-elle, tu viens pour tuer Elèm!

Mohsèn eut un éblouissement et ses yeux se troublèrent. Depuis cinq ans, il n'avait pas vu sa cousine. Comme l'enfant, devenue femme, était changée! Elle se tenait devant lui dans toute la perfection d'une beauté qu'il

1. Cf. p. 106, n. 1.

n'avait imaginée jamais, ravissante par elle-même, adorable dans sa robe de gaze rouge à fleurs d'or, ses beaux cheveux entourés, il ne savait comment, dans des voiles bleus, transparents, brodés d'argent, éclairés d'une rose. Son cœur battit, son âme s'enivra, il ne put répondre un seul mot. Elle, d'une voix claire, pénétrante, douce, irrésistible, continua :

— Ne le tue pas! c'est mon favori; c'est celui de mes frères que j'aime le plus. Je t'aime aussi; je t'aime davantage, prends-moi pour ta rançon! Prends-moi, fils de mon oncle, je serai ta femme, je te suivrai, je deviendrai tienne, me veux-tu?

Elle s'inclina doucement vers lui. Il perdit la tête : sans comprendre ce qui arrivait, ni ce qu'il faisait, il tomba sur les genoux, et contempla avec ravissement l'apparition adorable qui se penchait sur lui. Le ciel s'ouvrait à ses yeux. Il n'avait jamais songé à rien de semblable. Il regardait, il regardait, il était heureux, il souffrait, il ne pensait pas, il sentait, il aimait, et, comme il était absolument perdu dans cette contemplation infinie et muette, Djemylèh, d'un geste charmant, se renversant un peu en arrière, s'appuyant contre la muraille et nouant ses deux bras derrière sa tête, acheva de le rendre fou, en laissant tomber sur lui, du haut de ses beaux yeux, des rayons divins dont il fut comme enveloppé sans pouvoir en soutenir, ni la chaleur, ni l'enchantement. Il baissa le front, si bas, si bas, que sa bouche se trouvant près d'un pan de la robe pourprée, il en saisit le bord avec tendresse et le porta à ses lèvres. Alors Djemylèh soulevant son petit pied nu, le posa sur l'épaule de celui qui, sans parler, se déclarait si bien son esclave.

Ce fut une commotion électrique; ce contact magique portait en lui la toute-puissance; l'humeur fière du jeune homme, déjà bien ébranlée, se brisa comme un cristal sous cette pression presque insensible, et un bonheur sans nom, une fidélité sans bornes, une joie d'une intensité sans pareille, pénétra par tous ses débris dans l'être entier de l'Afghan. L'amour demande à chacun le don de ce qu'il a de plus cher; c'est là ce qu'il faut céder; et, si l'on aime, c'est précisément ce que l'on veut donner.

Mohsèn donna sa vengeance, donna l'idée qu'il se faisait de son honneur, donna sa liberté, se donna lui-même, et, instinctivement, chercha encore, dans les plus profonds abîmes de son être, s'il ne pourrait donner plus. Ce qu'il avait estimé jusqu'alors au-dessus du ciel lui semblait mesquin en présence de ce qu'il eût voulu prodiguer à son idole, et il se trouva en reste devant l'excès de son adoration.

A genoux, le petit pied tenant son épaule, et, lui, courbé jusqu'à terre, il releva de côté la tête, et Djemylèh le regardant aussi, palpitante, mais sérieuse, lui dit :

— Je suis bien à toi ! Maintenant, va-t'en ! Viens par ici de peur que mes parents ne te rencontrent, car ils vont rentrer. Il ne faut pas que tu meures ; tu es ma vie !

Elle retira son pied, prit la main de Mohsèn, le releva. Il se laissait faire. Elle l'entraîna dans le fond de la maison, le conduisit vers une porte de sortie, et écouta si aucun bruit dangereux ne se faisait entendre. En vérité, la mort les entourait. Avant de lui ouvrir passage, elle le regarda encore, se jeta dans ses bras, lui donna un baiser et lui dit :

— Tu pars ! Hélas ! Tu pars !... Oui ! Je suis bien à toi !... pour toujours, entends-tu ?

Des pas retentirent dans la maison ; Djemylèh ouvrit rapidement la porte :

— Va-t'en ! murmura-t-elle. Elle poussa le jeune homme, et celui-ci se trouva dans une ruelle déserte. Le mur s'était refermé derrière lui.

La solitude ne le calma pas ; au contraire, le délire, devenu son maître à la vue de sa cousine, et porté alors, du moins il le semblait, à son point le plus extrême, prit une autre direction, une autre forme, et ne diminua pas. Il lui parut qu'il avait toujours aimé Djemylèh, que les quelques minutes écoulées comprenaient sa vie, sa vie entière. Auparavant, il n'avait nullement vécu ; il ne se rappelait que vaguement ce qu'il avait voulu, cherché, combiné, approuvé, blâmé une heure en çà. Djemylèh était tout, remplissait l'univers, animait son être ; sans elle, il n'était rien, ne pouvait rien, ne savait rien ; surtout en dehors d'elle, il eût eu horreur, s'il l'avait pu, de désirer ni d'espérer quoi que ce fût.

— Qu'ai-je fait ? se disait-il avec amertume ; je suis

parti! Quel lâche! J'ai eu peur! Ai-je eu peur? Pourquoi suis-je parti? Où est-elle? La revoir! Oh! la revoir! Seulement la voir encore! Mais quand? Jamais! Jamais je ne la reverrai! Je ne le lui ai pas demandé! Je n'ai pas même eu le courage de lui dire que je l'aimais! Elle me méprise? Que peut-elle penser d'un misérable comme moi? Elle! elle! Djemylèh! Il lui faudrait à ses pieds, sous ses pieds... un Sultan ! Un maître du monde! Que suis-je? Un chien! Elle ne m'aimera jamais!

Il cacha son visage dans ses mains et pleura amèrement. Cependant le souvenir d'une musique céleste s'éleva dans son esprit.

— Elle m'a dit : Je suis bien à toi!... L'a-t-elle dit? l'a-t-elle réellement dit?... Comment l'a-t-elle dit!... Je suis à toi!... Pourquoi?... Toujours?... Peut-être qu'elle n'y a pas mis... Elle voulait seulement par là me faire entendre... Ah! que je souffre et comme je voudrais mourir! Elle voulait sauver son frère, rien davantage! Elle voulait me troubler! Elle voulait s'amuser de moi... Les femmes sont perfides! Eh bien! qu'elle s'amuse! qu'elle me trouble! qu'elle me torture! Si cela lui plaît, qui le lui défend? Est-ce moi? Non, certes, je suis son bien, je suis son jouet, la poussière de ses pieds, ce qu'elle voudra! Qu'elle me brise, elle fera bien! Ce qu'elle veut est bien! Ah! Djemylèh! Djemylèh!

Il rentra chez lui, pâle, malade; sa mère s'en aperçut. Elle le prit dans ses bras; il appuya sa tête sur ses genoux et resta une partie de la nuit sans dormir, sans parler. La fièvre le rongeait. Le lendemain, il était tout à fait mal et demeura étendu sur son lit. A la faiblesse étrange qui l'envahissait, détendait ses membres, il lui sembla que sa fin était proche, et il en était content. Une hallucination presque perpétuelle lui montrait Djemylèh. Tantôt elle prononçait, du même accent dont il se souvenait si bien, ces mots qui, désormais, formaient son existence même : « Je suis bien à toi. » Tantôt, et le plus souvent, elle laissait tomber sur lui ce regard de dédain qu'il ne lui avait pas vu, mais qu'il était sûr d'avoir trop bien mérité. Alors il souhaitait d'en finir avec une existence sans bonheur.

Il lui arrivait aussi de chercher les moyens de revoir

la fille de son oncle. Mais aussitôt son imagination était bridée par les impossibilités. Il avait pu une fois, une fois unique, en bravant tout, pénétrer dans l'intérieur de la maison ennemie. On sait ce qu'il allait y faire. Voulait-il, maintenant, risquer de perdre, avec lui-même, celle qu'il aimait? Que penserait-elle, d'ailleurs, en le revoyant? Le voulait-elle? L'appelait-elle? Ce lui serait, sans doute, une joie que de mourir dans les lieux où elle vivait, que de tomber sur le sol même foulé par ses pieds chéris, que d'expirer dans l'air sacré qu'elle respirait; non, ce ne serait pas autre chose qu'un bien suprême; mais, au moment de fermer les yeux, sous la morsure cruelle du fer ou de la balle, rencontrer le regard de Djemylèh et en éprouver la glaciale indifférence, quoi? la haine méprisante, ce serait trop. Non, il ne fallait pas aller tomber dans cette maison.

Mohsèn n'était certain, convaincu que d'une chose : c'est qu'il n'était pas aimé. Pourquoi le croyait-il? C'est qu'il aimait trop. La folie de la tendresse l'avait saisi à l'improviste, brusquement, rudement, complètement; il n'avait rien compris à ce qui lui arrivait. Il se rappelait toutefois ce que Djemylèh lui avait dit. Hélas! les paroles, une à une, comme des perles, étaient conservées dans son cœur; mais, à force de les écouter, de les redire, de les écouter encore, de les considérer, il ne les comprenait plus, et il savait seulement qu'il n'avait pu répondre un seul, un unique mot; il était bien misérable.

Sa mère le voyait s'éteindre. La poitrine du pauvre enfant s'embarrassait, une chaleur torpide le dévorait. Il s'en allait. Toutes les maisons voisines connaissaient son état, et, comme rien n'expliquait un mal si subit, on était généralement d'accord qu'un maléfice avait été jeté sur lui, et on se demandait d'où venait le coup. Les uns prétendaient savoir que les Mouradzyys l'avaient commandé, les autres accusaient tout bas le vieil Osman d'être le meurtrier et d'avoir payé l'assassinat magique à un docteur juif.

C'était un soir, assez tard. Depuis deux jours, le jeune homme n'avait plus dit une seule parole. Sa tête était tournée contre la muraille, ses bras traînaient insensibles sur le lit; sa mère, après avoir étalé bien des amulettes autour de lui, n'ayant plus d'espérance, s'attendait à le voir expirer, le regardait avec des yeux avides, quand soudain, à la grande surprise de la pauvre, presque à son effroi, Mohsèn retourna brusquement la tête vers la porte; et, l'expression de son visage changeant, une lueur de vie l'illumina. Il écoutait. Sa mère n'entendait rien. Il se souleva, et d'une voix assurée prononça ces paroles :

— Elle sort de sa maison et vient ici!

— Qui? mon fils! qui vient ici?

— Elle-même, ma mère, elle vient! Ouvrez-lui la porte! reprit Mohsèn d'une voix éclatante. Il était hors de lui ; mille flammes étincelaient dans ses yeux. La vieille femme, sans savoir elle-même ce qu'elle faisait, obéit à cet ordre impérieux, et, sous sa main palpitante, la porte s'ouvrit toute grande. Elle ne vit personne. Elle écouta; elle n'entendait rien; elle regarda dans le corridor; tout était sombre, elle ne vit rien; une minute, deux minutes passèrent dans cette attente pleine d'angoisse pour elle, pleine d'une foi certaine pour lui. Alors un léger bruit s'éveilla; l'entrée de la maison s'ouvrait; un pas furtif, rapide, frôla les dalles de pierre; une forme, d'abord indistincte, se détacha des ténèbres; une femme se montra, arriva sur le seuil de la chambre, un voile tomba, Djemylèh se précipita vers le lit, et Mohsèn, poussant un cri de bonheur, la reçut dans ses bras.

— Te voilà! c'est toi! Tu m'aimes?

— Plus que tout!

— Malheureux enfant, s'écria la mère, c'était donc là ce qui te tuait!

Les deux amants restaient embrassés et ne parlaient pas; ils balbutiaient; ils étaient noyés de larmes, ils se regardaient avec une passion inextinguible, et, comme une lampe presque épuisée dans laquelle on verse de l'huile, l'âme de Mohsèn reprenait la vie et son corps se ranimait.

— Que signifie cela? dit la vieille. Avez-vous juré votre perte et la nôtre? Est-ce que ton oncle ne va pas s'apercevoir de la fuite de Djemylèh? Qu'arrivera-t-il? Quelles calamités vont tomber sur nous? Ne sommes-nous pas assez éprouvés? Fille de malheur, retourne chez toi! Laisse-nous!

— Jamais ! s'écria Mohsèn. Il se leva tout à fait, rattacha sa robe, serra sa ceinture, étendit la main vers la muraille, décrocha ses armes, les mit sur lui, renouvela l'amorce de son fusil, le tout en une seconde. La dernière trace d'abattement avait disparu. S'il avait la fièvre, c'était une fièvre d'action. L'enthousiasme éclatait sur sa figure. Djemylèh l'aida à boucler le ceinturon de son sabre. Des sentiments pareils à ceux du jeune homme animaient ses traits charmants. En ce moment, le vieux Mohammed suivi de deux de ses hommes entra dans la chambre. En voyant sa nièce qui se précipita à ses pieds et lui baisa la main, il eut un moment de surprise et ne put cacher une sorte d'émotion. Ses traits rudes et hautains se contractèrent.

— Ils s'aiment ! dit sa femme en montrant les deux enfants.

Mohammed sourit et caressa sa moustache.

— Que la honte soit sur mon frère et sur sa maison ! murmura-t-il.

Il eut un instant l'idée de jeter Djemylèh à la porte et d'aller dire partout qu'il l'avait traitée comme une fille perdue. Sa haine eût été franchement repue du mal qu'il aurait fait. Mais il aimait son fils ; il le regarda ; il comprit que les choses ne se passeraient pas aisément ainsi et se contenta de la mesure de vengeance possible.

— Fermons les portes, dit-il. Nous ne tarderons pas à être attaqués, sans doute, et vous, femmes, chargez les fusils !

Djemylèh n'avait pas quitté la maison de son père depuis un quart d'heure, qu'on s'était déjà aperçu de son absence. Elle ne pouvait pas être à la fontaine ; il était trop tard, ni chez aucune amie, sa mère en eût été prévenue. Où était-elle ? On soupçonna quelque malheur. Depuis plusieurs jours, on l'avait trouvée sombre et agitée. Qu'avait-elle ? Le père, les frères, la mère sortirent dans le quartier. La rue était déserte ; on n'entendait plus aucun bruit. Osman, guidé par une sorte d'instinct, s'approcha à pas de loup de la demeure de Mohammed, et il entendit, en se serrant contre la muraille de la cour, que l'on parlait dans la maison. Il écouta. On entassait des pierres contre la porte. On apprêtait des armes, on s'arrangeait pour repousser une attaque.

— Quelle attaque? se dit Osman. S'il s'agissait des Mouradzyys, mon frère m'eût prévenu; car, à cet égard, nous nous entendons. Il le sait bien. Je l'aiderais. Si ce n'est pas de cela qu'il s'agit, c'est de moi. Il écouta avec un surcroît d'attention et, par malheur, il entendit cet échange de paroles :

— Djemylèh, donne-moi la carabine.

— La voici!

C'était la voix de sa fille. Un frisson lui parcourut le corps depuis la pointe des cheveux jusqu'à la plante des pieds. Il comprit tout. Quand, dans ces derniers jours, lui et ses fils avaient raconté en riant que Mohsèn allait mourir, Djemylèh n'avait pas dit un mot, n'avait exprimé aucune joie et il se souvenait même de lui en avoir fait un reproche. Maintenant tout s'expliquait : La malheureuse aimait son cousin, et, ce qui était horrible à penser, elle venait de pousser l'égarement au point de trahir sa famille, son père, sa mère, ses frères, leurs aversions, leur haine, pour se précipiter, à travers les lambeaux de sa réputation, dans les bras d'un misérable! Jamais Osman n'avait rêvé qu'un si sanglant outrage eût pu l'atteindre. Il restait comme anéanti sur la place où le son des voix, une imperceptible vibration de l'air, venait de lui assener un coup, de lui ouvrir une blessure plus cruelle et plus douloureuse que jamais plomb ni acier n'auraient pu faire.

Dans les premiers instants, le mal fut si intense, la souffrance si poignante, l'humiliation si complète, si profonde, qu'il ne songeait même pas à ce qu'il lui fallait décider. Il n'apercevait pas l'idée d'une revanche. Mais cette atonie dura peu. Le sang reprit son cours, la tête se dégagea, le cœur recommença à battre, il eut une conception rapide, se secoua, rentra chez lui. Il dit à sa femme et à ses fils :

— Djemylèh est un monstre. Elle aime Mohsèn et s'est enfuie chez ce chien de Mohammed. Je viens d'entendre sa voix dans la cour de ces gens-là. Toi, Kérym, avec trois de mes hommes, tu iras frapper à la porte de ces bandits : tu leur diras que tu veux ta sœur à l'instant. Tu feras beaucoup de bruit, et, comme ils parlementeront, tu les écouteras, tu répondras, tu laisseras traîner les choses en longueur. Toi, Serbâz, et toi, Elèm, avec nos cinq autres soldats, vous prendrez des pioches et des pelles et me suivrez. Nous attaquerons, sans bruit, le mur de ces infâmes du côté de la ruelle, et, quand nous aurons pratiqué un trou suffisant, nous entrerons. Maintenant, écoutez-moi bien et ce que je vais vous dire, répétez-le à vos hommes et forcez-les d'obéir : Dans cette encoignure, ici, à la tête de mon lit, vous la voyez? demain matin, j'aurai trois têtes : celle de Mohammed, celle de Mohsèn, celle de Djemylèh! Maintenant, au nom de Dieu, à l'ouvrage!

Les habitants de la maison de Mohammed avaient à peine achevé leurs préparatifs de défense, que l'on frappa à leur porte.

— C'est le début! murmura le chef de la famille. Il se plaça à la tête des siens, dans le corridor conduisant à l'entrée du logis. Derrière lui se tenait sa femme, portant un fusil de rechange; près de lui était Mohsèn avec son mousquet; près de Mohsèn, tout contre lui, Djemylèh, tenant la pique de son amant; derrière eux, les trois vassaux armés de dagues. La garnison n'avait pour elle ni la bonté ni le nombre des armes; mais elle était résolue. Personne n'y tremblait. Les sentiments les plus forts, qui puissent occuper le cœur, régnaient là sans partage; aucune sensation mesquine ne se tenait à leur côté; aimer, haïr, et cela dans une atmosphère d'intrépidité héroïque, avec l'oubli le plus absolu des avantages de la vie et des amertumes supposées de la mort, il n'y avait pas autre chose qui planât sur ces têtes.

On n'avait rien répondu au premier appel des assiégeants. Une nouvelle avalanche de coups de crosse et de coups de pied donna à la porte un second ébranlement qui retentit dans la maison.

— Qui frappe ainsi? dit Mohammed d'une voix brusque.

— C'est nous, mon oncle, répondit Kérym. Djemylèh est chez vous; faites-la sortir!

— Djemylèh n'est pas ici, repartit le vieil Afghan. Il est tard; laissez-moi en repos.

— Nous enfoncerons vos planches et vous savez ce qui arrivera!

— Sans doute! vos têtes seront cassées et rien de plus.

Il y eut un moment de silence. Alors Djemylèh, se penchant vers Mohsèn, lui dit tout bas :

— J'entends du bruit de l'autre côté de la muraille. Permets-moi d'aller dans la cour savoir ce qui se passe.

— Va, dit Mohsèn.

La jeune fille s'avança vers l'endroit qu'elle avait désigné et prêta l'oreille un instant. Puis, sans s'émouvoir, elle revint à sa place et dit :

— Ils creusent et vont faire une brèche.

Mohsèn réfléchit. Il savait que la muraille n'était qu'en pisé; un peu épaisse, à la vérité, mais, en somme, de faible résistance. Kérym avait repris l'entretien par de longues menaces embrouillées, auxquelles Mohammed répondait. Son fils l'interrompit et lui communiqua ce qu'il venait d'apprendre.

— Montons sur la terrasse, dit-il en finissant, nous ferons feu de là-haut et on aura peine à nous prendre.

— Oui, mais à la fin, on nous prendra et nous ne serons pas vengés. Monte sur la terrasse; de là, saute avec Djemylèh sur la terrasse voisine; fuyez, gagne l'extrémité de la rue; de là, descends et cours sans t'arrêter jusqu'à l'autre bout de la ville chez notre parent Iousèf. Il te cachera. Djemylèh sera perdue pour les siens. Jusqu'à ce qu'on sache où tu es et où tu l'as mise, il se passera des jours. Le visage de nos ennemis sera noir de honte.

Sans répondre, Mohsèn jeta son fusil sur son dos, instruisit la jeune fille de ce qu'il fallait faire, embrassa la main de sa mère, et les deux amants gravirent à la hâte l'escalier étroit et raboteux qui menait à la plate-forme dominant la maison; ils sautèrent un mur, franchirent une terrasse, deux, trois, quatre terrasses en courant, Mohsèn soutenant avec une tendresse infinie la compagne de sa fuite, et ils atteignirent la coupure au fond de laquelle serpentait la rue étroite. Il sauta en bas et reçut celle qu'il aimait dans ses bras, car elle n'hésita pas une seconde à l'imiter. Puis ils partirent. Ils s'enfoncèrent dans les détours ténébreux de leur chemin.

Cependant, Mohammed feignant d'être dupe, continuait d'échanger avec les assaillants placés de l'autre côté de la porte, des injures et des cris dont il comprenait désormais très bien le but. La porte, sans cesse ébranlée par de nouveaux assauts, plia, les ais se disjoignirent, l'amas de planches tomba avec grand bruit; Mohammed et les siens ne firent pourtant pas feu. Presque au même moment, une ouverture assez grande béait dans la muraille, et ainsi les habitants de la maison se trouvèrent entre les deux bandes d'adversaires qui les prenaient comme dans un étau.

Mohammed s'écria :

— Je ne tirerai pas sur mon frère, ni sur les fils de mon frère! Dieu me garde d'un pareil crime! mais, par le salut et la bénédiction du prophète! qu'avez-vous donc? Quelle est cette rage? Que parlez-vous de Djemylèh? Si elle est ici, cherchez! Emmenez-la! Pourquoi venez-vous troubler au milieu de la nuit des gens pacifiques, vos parents?

Ce langage plaintif, si peu conforme aux habitudes du maître du logis, étonna ceux auxquels il était adressé. D'ailleurs, on leur assurait que Djemylèh n'était pas là. S'étaient-ils trompés? L'indécision les calma un peu. Les colères se tempérèrent. Osman s'écria avec dureté :

— Si Djemylèh n'est pas ici, où est-elle?

— Suis-je son père? repartit Mohammed. Que ferait-elle chez moi?

— Cherchons! cria Osman aux siens.

Ils se répandirent dans les chambres, levèrent les tentures, ouvrirent les coffres, visitèrent les recoins, et on sait qu'ils ne pouvaient rien rencontrer. Cette déconvenue, l'air de profonde innocence affecté par Mohammed et ses hommes augmenta leur désarroi.

— Fils de mon père, reprit Mohammed d'une voix affectueuse, il me paraît qu'un grand chagrin vous accable et j'en prends ma part. Que vous est-il arrivé?

— Ma fille s'est enfuie, répondit Osman, ou bien on me l'a prise. Dans tous les cas, elle me déshonore.

— J'en prends ma part, répéta Mohammed, car je suis votre aîné et son oncle.

Cette remarque fit quelque impression sur Osman, et un peu honteux du bruit inutile qu'il venait de faire, il prit congé de son frère presque amicalement et emmena son monde. Le vieux Mohammed, quand il se trouva seul, se mit à rire; non seulement il avait frappé au cœur son ennemi, mais encore il l'avait trompé et bafoué. Quant à Osman, complètement découragé, ne sachant quel parti prendre, livré à un transport de rage que l'impuissance exaltait, il rentra chez lui avec ses fils et ses hommes, non pour se coucher, non pour dormir, mais pour s'asseoir dans un coin de sa chambre et, les deux poings fermés appuyés sur son front, chercher dans les ténèbres de sa raison une façon de s'y prendre pour retrouver les traces de sa fille. L'aube naissante le trouva dans cet état.

A ce moment, un de ses hommes, son lieutenant, son nayb, entra dans la chambre et le salua :

— J'ai trouvé votre fille, dit-il.

— Tu l'as trouvée?

— Du moins je ne crois pas me tromper; et, dans tous les cas, si la femme que je prends pour elle, n'est pas elle, j'ai trouvé Mohsèn-Beg.

Osman eut une illumination subite dans l'esprit. Il s'aperçut pour la première fois que, lorsqu'il était entré dans la maison de son frère, il n'avait pas aperçu son neveu, en effet; mais il était tellement hors de lui et si occupé alors à se modérer, afin de ne pas manquer son but, qu'à peine avait-il pu se rendre compte des faits les plus nécessaires. Il s'indigna secrètement contre lui-même de son aveuglement, mais, d'un geste impérieux, il ordonna au nayb de poursuivre son récit. Celui-ci, pour bien maintenir l'égalité du rang auquel sa naissance lui donnait droit, s'assit et reprit la parole en ces termes :

— Quand nous entrâmes chez Mohammed-Beg, je considérai tous les assistants; cela sert à savoir avec précision à qui l'on a affaire. Mohsèn-Beg n'était pas présent. Je m'en étonnai. Je ne trouvai pas naturel que, dans une nuit où il devait y avoir des coups de fusil échangés, un si brave jeune homme se fût absenté. Cette étrangeté m'ayant donné à réfléchir, je ne rentrai pas au logis avec vous, mais m'en allai par le bazar, tournant autour de la demeure de votre frère. Je demandai aux gardes de police s'ils n'avaient pas connaissance d'un jeune homme que je leur décrivis, seul ou suivi d'une femme. Aucun n'avait rien remarqué de semblable, jusqu'à ce que j'en interrogeai un qui, non seulement, satisfit à ma demande par un oui, mais encore ajouta que le personnage qu'il venait de voir passer, accompagné comme je le lui disais, était précisément Mohsèn-Beg, fils de Mohammed-Beg, des Ahmedzyys; il étendit le bras dans la direction suivie par les deux fugitifs et me dit l'heure où il les avait aperçus; c'était précisément pendant que nous commencions à enfoncer la porte de votre frère. Je continuai ma recherche, certain, désormais, qu'elle en valait la peine, et, après plusieurs heures passées à suivre un chemin, à le quitter, à en prendre un autre, à interroger les guetteurs de nuit [1], à me tromper, à retrouver la piste, j'arrivai enfin à découvrir de loin les deux fugitifs que je cherchais.

C'était dans un quartier désert, au milieu de maisons ruinées. Mohsèn soutenait la marche de sa compagne, épuisée de fatigue, à ce qu'il semblait, et jetait autour de lui des regards inquiets et soupçonneux. Je me cachai à sa vue derrière un pan de muraille, et, de là, j'observai bien ce qu'il faisait. Il cherchait un abri, évidemment, dans l'intention de trouver quelque repos. Il eut ce qu'il voulait. Il descendit dans un caveau à moitié effondré et y fit entrer celle qu'il conduisait. Au bout de peu d'instants, il remonta seul, considéra avec soin les alentours et, croyant n'avoir pas été aperçu, car je me dissimulais avec un soin extrême, il disposa quelques grosses pierres afin de masquer le lieu de sa retraite, et rejoignit la femme dans le souterrain. Je restai quelques minutes pour me convaincre qu'il n'allait pas sortir. Il ne bougea pas. L'aube commençait à rougir le ciel; je vous avertis, et, maintenant, prenez tel parti qui vous paraîtra le plus sage.

Osman n'avait pas interrompu le récit de son nayb. Quand celui-ci cessa de parler, il se leva et lui donna l'ordre de réveiller ses fils et ses hommes. Ce monde s'étant mis sur pied, la troupe vengeresse entra en campagne sous la conduite de celui qui venait de révéler la retraite des amants et on ne doutait pas qu'ils ne fussent

1. L'usage d'entretenir des veilleurs de nuit dans les grandes villes et surtout dans le quartier marchand (*sûq*) est général dans tout l'Orient.

à cette heure profondément endormis, se croyant en parfaite sécurité.

Pour se trouver ainsi réduits à l'asile des chacals et des chiens, il fallait qu'un accident imprévu les eût privés de la protection qu'ils avaient la confiance de trouver, quand ils étaient sortis de la demeure assiégée de Mohammed. En effet, les malheureux enfants n'avaient pas eu de bonheur. Ils étaient, à la vérité, arrivés sans malencontre jusqu'à la maison de leur parent Iousèf, très éloignée de celle qu'ils quittaient. Djemylèh, peu accoutumée à des marches si longues, et, d'ailleurs, frêle et délicate, éprouvait une fatigue extrême, mais qu'elle n'avouait pas; elle se consolait par le bonheur d'être auprès de Mohsèn et l'espérance de se trouver bientôt en sûreté avec lui. Mais celui-ci eut beau ébranler la porte à coups de crosse de fusil; après avoir frappé longtemps d'une manière plus modeste, il ne réussit pas à se faire ouvrir, et, comme il pensait sérieusement à défoncer l'obstacle, un voisin lui cria que, depuis quinze jours, Iousèf-Beg et tous les siens étaient partis pour Peshawèr et ne reviendraient certainement pas de l'année.

Ce fut la foudre sur la tête des fugitifs. Pendant tout le trajet, Mohsèn avait marché derrière Djemylèh, la main sur la batterie de son mousquet, s'attendant à chaque minute à entendre les pas de l'ennemi. Il ne pouvait imaginer combien de temps son père parviendrait à tenir bon; il savait, au contraire, de façon certaine, que la maison finirait par être forcée; sur ce qui se passerait alors, il ne s'interrogeait pas, et son courage et sa gaieté étaient tenus debout par la certitude d'avoir un refuge assuré, où, pendant des semaines, il resterait caché avec son trésor, sans que celui-ci courût aucun risque.

Mais quand il vit que son oncle lui manquait et qu'il était dans la rue, et qu'il ne savait où aller, et qu'il n'avait pas un endroit sur la terre, non, pas un endroit dans l'univers entier où Djemylèh pût être à l'abri de l'injure et de la mort, lorsque au contraire, il sentit, aux frissons de sa chair, aux angoisses de son âme, que l'injure, la vengeance couraient après la passion de sa vie, après la fille charmante qu'il emmenait et dont il était si tendrement aimé, qu'il aimait, lui, à en mourir, et que la mort, l'injure, allaient atteindre cette merveille sacrée, tout à l'heure, peut-être avant une minute; qu'elles tournaient, peut-être, à ce moment, le coin de la rue où il était, là, avec elle, ne sachant que devenir, alors il ne sentit pas son courage s'éteindre, non, il ne sentit pas cela, mais il s'aperçut que ce courage s'alanguissait, s'étonnait, se raidissait, et quant à sa gaieté, elle disparut.

Djemylèh, tout au contraire, regarda son amant, et le voyant pâle :

— Qu'as-tu dit-elle, ne suis-je pas avec toi? Ma vie n'est-elle pas dans la tienne? Si l'un de nous meurt, l'autre ne va-t-il pas mourir tout de suite aussi? Qui nous séparera?

— Personne! répondit Mohsèn. Mais, toi, toi, toi, devenir malheureuse! Toi, frappée!

A cette pensée, il cacha son visage dans ses mains et se mit à pleurer amèrement. Elle écarta gentiment les doigts mouillés de larmes, crispés sur le front et sur les joues qu'elle aimait, et jetant les bras autour du cou de Mohsèn :

— Non! oh! non! non! continua-t-elle, ne pense pas à moi seule, pense à nous deux, et tant que nous sommes ensemble, tout est bien! Cachons-nous! Que sais-je? Gagnons du temps! ne nous laissons pas prendre!

— Mais que faire! s'écria Mohsèn en frappant du pied. Pas une ressource! et ton père nous poursuit certainement à cette heure! Il nous trouvera, il va nous trouver! Où aller? Que devenir?

— Oui, où aller? poursuivit Djemylèh; moi, je ne sais pas : mais tu le trouveras, j'en suis sûre! tu vas le trouver tout à l'heure dans ta tête; parce que, toi, tu es brave, tu ne trembles devant aucun péril, mon cher, cher Mohsèn, et tu sauveras ta femme!

Elle le tenait toujours enserré, seulement sa main droite s'était retirée du cou du jeune homme et lui caressait les yeux et en essuyait les larmes. Soit réaction du mouvement de faiblesse qu'il venait d'éprouver, soit effet de cette magnétique influence que l'amour étend sur ceux dont il est maître, Mohsèn, tout à coup, revint à lui, la clarté rentra dans sa tête, et se dégageant doucement de l'étreinte chérie qui le retenait, il regarda Djemylèh d'un air calme, et, devenant un autre homme, il dit posément :

— Ce quartier est absolument désert et contient bien des ruines. Cherchons un abri momentané, une cave, s'il se peut. Tu vas t'y reposer, y dormir. Ce serait un grand hasard si l'on nous y découvrait. Dans la journée, je tâcherai de sortir avec les précautions possibles et d'avoir à manger. A tout prendre, nous pouvons supporter la faim jusqu'à ce soir, et, ayant ainsi douze à quinze heures devant nous, peut-être une idée heureuse nous viendra-t-elle et saurons-nous comment employer la prochaine nuit pour notre salut.

Djemylèh approuva le plan que venait de lui exposer son jeune protecteur, et ils se mirent en route. Ils commencèrent bientôt à entrer dans les décombres. Ils franchirent plusieurs murailles. Quelques serpents et des bêtes venimeuses fuyaient, çà et là, devant eux; mais ils ne s'en inquiétèrent pas. Ils avaient une impression générale de méfiance et regardaient autour d'eux, mais ne se doutaient pas qu'ils étaient découverts et ne sentaient pas sur eux les regards de l'espion.

Ils arrivèrent de la sorte jusqu'au caveau où le nayb d'Osman les avait vus entrer. Après un instant, Djemylèh, qui avait posé sa tête sur les genoux de Mohsèn, s'endormit d'un sommeil profond, résultat naturel de sa grande jeunesse et de l'épuisement de ses forces, et pendant quelques minutes, son amant subit la même influence. Mais, tout à coup, il se réveilla complètement. Un malaise indéfinissable chassa, pour lui, jusqu'à l'apparence de la lassitude. Son sang courait vif dans ses veines et bouillait. Il sentait un danger. Il avait trop à perdre. Il ne pouvait pas trop garder, pas trop se tenir prêt à tout; il contempla la dormeuse avec un attendrissement, avec une passion, avec une émotion d'attachement dévoué, qui courut dans toutes les fibres de son être, et alors, ayant soulevé doucement la tête de Djemylèh, il posa cette tête adorée sur une touffe d'herbes et sortit pour surveiller les alentours.

Il n'aperçut rien. Le jour grandissait rapidement. Sur l'horizon bleu se découpaient, comme une silhouette dorée et verte, les terrasses de quelques maisons et plusieurs arbres touffus, ornements des cours voisines. Il se coucha par terre, afin d'être mieux caché et pendant assez longtemps, peut-être pendant une heure, resta ainsi, entouré d'un calme absolu. A la fin, il entendit distinctement des pas assez nombreux. Il prêta l'oreille et saisit des chuchotements.

— Les voici ! pensa-t-il rapidement. Rien qui ressemblât à de la peur ne toucha son courage, dur comme l'acier. Il se releva sur un genou et tira son long couteau qu'il assura fortement dans sa main, et, à peine était-il ainsi préparé, un homme franchit le mur derrière lequel il se tenait. C'était le nayb d'Osman-Beg. Il servait de guide à l'ennemi. Mohsèn se releva brusquement et presque avant que le nayb l'eût même aperçu, il porta à celui-ci un coup furieux sur la tête, fendit son turban de toile bleu clair rayé de rouge et l'étendit mort sur la place, puis se jeta sur un autre assaillant qui parut à côté du nayb : c'était un de ses cousins, l'aîné : il l'abattit d'un vigoureux coup de taille et aborda son oncle lui-même. Celui-ci n'eut que le temps tout juste de parer du sabre; alors, le plus inégal de tous les combats commença entre Mohsèn et la bande qui le poursuivait.

Mais, sans le savoir, il avait deux avantages sur ses adversaires. D'abord la rapidité, la violence, le succès de son attaque les avait jetés dans la défensive et ils en étaient tellement abasourdis qu'en eux-mêmes ils se demandaient si, vraiment, Mohsèn était seul. Ensuite, Osman-Beg avait donné l'ordre de le prendre vivant; on n'irait donc pas le frapper, et, tandis que ses coups à lui portaient dru, on se contentait de le serrer, ne se fiant pas à approcher de trop près et on ne comptait que sur sa fatigue pour le mettre à bas. Il était loin encore de cette extrémité; ses forces semblaient s'accroître à chaque coup porté à droite et à gauche. Cependant, le calcul d'Osman-Beg se fût à la longue trouvé juste. L'épuisement serait venu pour le brave combattant. Par bonheur, un incident, sur lequel personne ne comptait, vint changer bientôt la face des affaires.

Mohsèn, en tuant le nayb, en blessant son cousin,

en en atteignant bien d'autres, avait poussé devant lui tous ses assaillants et ceux-ci embarrassés de tenir pied continuaient à reculer, si bien que, sans le vouloir et sans le prévoir, ils sortirent tous ensemble des ruines et se trouvèrent sur le bord de la rue. La population s'assembla pour juger des coups avec l'intérêt extrême qu'une affaire de ce genre excite en chaque pays, mais surtout parmi des gens aussi belliqueux que le sont les Afghans. Un intérêt très prononcé se manifestait dans la foule pour le beau et brave jeune homme, malmenant d'une façon si rude et à lui seul un si grand nombre d'adversaires. On n'était pas précisément choqué de voir ses ennemis l'assaillir avec des forces disproportionnées; de semblables délicatesses ne sont ni de tous les temps ni de tous les lieux, et, en général, on conçoit l'utilité de tuer son ennemi comme on peut; mais Mohsèn était vaillant, on le voyait, on en jouissait, chacun de ses coups d'audace excitait un frémissement d'enthousiasme et de sympathie; néanmoins, on ne faisait rien pour le tirer du péril, sinon de prononcer tout haut des vœux dont les femmes surtout, garnissant le haut des terrasses, étaient prodigues. A ce moment, parut un jeune homme à cheval.

Son turban bleu, rayé de rouge, était de soie fine et la frange en retombait élégamment sur l'épaule. Il avait une tunique courte de cachemire, serrée à la taille par un ceinturon garni de pierreries, auquel pendait un sabre magnifique et ses pantalons étaient de cendal rouge [1]. Quant aux harnachements de sa monture, vrai turcoman blanc de pure race, ils reluisaient d'or, de turquoises, de perles et d'émaux. Devant ce cavalier, marchaient douze serviteurs militaires, armés de boucliers, de sabres, de poignards, de pistolets et le fusil sur l'épaule. Il s'arrêta brusquement avec ses hommes, pour regarder ce qui se passait et cela lui déplut. Son sourcil se fronçait, sa physionomie revêtit une expression arrogante et terrible, et il s'écria d'une voix forte :

---

1. Le *cendal* est une étoffe de soie légère, jadis fabriquée en Égypte et dans l'Inde, dont l'usage, très répandu en Occident au Moyen Age, est resté vivant en Perse jusqu'au milieu du XIXe siècle.

— Quels sont ces hommes?

— Des Ahmedzyys! répondit une voix dans la foule; et pourquoi Osman-Beg Ahmedzyy veut-il prendre le sang du jeune homme qui est là à se défendre depuis un quart d'heure, Dieu le sait!

— Mais, moi, je ne le sais pas, et il semble trop insolent qu'une famille maudite vienne assassiner les gens dans un quartier qui n'est pas le sien et qui est le mien! Holà, Osman-Beg, cède, recule, laisse ta proie, va-t'en, ou, j'en jure par les tombeaux de tous les saints, tu ne sortiras pas d'ici vivant!

Et comme si ces paroles n'eussent pas été assez péremptoires, le cavalier mit le sabre à la main, fit sauter son cheval au milieu des combattants, et ses serviteurs, empoignant leurs boucliers et tirant leurs sabres, bousculèrent les hommes d'Osman-Beg, et, beaucoup plus nombreux, les éloignèrent brusquement de Mohsèn, qui se trouva d'un coup protégé par un rempart vivant, bien vivant et prêt à ôter la vie à ceux qui menaçaient la sienne.

Osman-Beg jugea tout de suite sa situation. Il comprit l'impossibilité de la lutte, et, dédaignant toute récrimination, donna, d'un ton bref, le signal à son monde, le rallia et partit, non sans avoir affronté son nouvel adversaire d'un regard chargé de haine, de défi et de promesses vengeresses.

Alors on put se reconnaître. Mohsèn, délivré inespérément des étreintes d'une lutte si inégale et dominé par la pensée de celle qu'il aimait, eut tout d'abord l'instinct de se retourner vivement vers l'endroit où il l'avait cachée; mais, elle était à côté de lui et lui tendait son fusil qu'il avait laissé dans le caveau. Cette action de femme soumise et dévouée, apportant, au milieu du combat, une arme à son mari, plut à la foule rassemblée et parut impressionner plus favorablement encore le jeune cavalier qui avait pris le parti du faible. Il salua Mohsèn avec une courtoisie grave et lui dit :

— Béni soit Dieu qui m'a fait arriver à propos!

Et indiquant du doigt le corps du nayb expirant :

— Vous avez le bras ferme pour votre âge!

Mohsèn sourit froidement; ce compliment l'enchantait;

il mit le pied sur la poitrine de son ennemi, avec la même indifférence affectée qu'il eût fait pour quelque reptile écrasé, et, sans plus s'en occuper autrement, répondit :

— Quel est le noble nom de Votre Excellence afin que je puisse la remercier comme je le dois?

— Mon nom, repartit le cavalier, est Akbar-Khan et je suis de la tribu des Mouradzyys.

C'était à l'adversaire acharné de sa race que, pour le moment, Mohsèn devait la vie et cet adversaire ajouta en élevant la voix :

— Mon père est Abdoullah-Khan, et sans doute vous connaissez qu'il est le lieutenant favori et le ministre tout-puissant de Son Altesse, que Dieu conserve!

Ainsi c'était non seulement un homme d'une race héréditairement hostile, c'était le fils même du plus cruel des persécuteurs de sa maison qui venait, à la vérité, de sauver Mohsèn et Djemylèh, mais qui, de fait, les tenait entre ses mains, aussi serrés que le moineau le peut être dans les serres de l'autour.

Le fils de Mohammed-Beg s'était cru sauvé, au moins pour quelque temps, et son imagination rapide venait même de lui présenter dans un tableau délicieux, Djemylèh, reposée, calme, heureuse. Le tableau fut brutalement arraché de sa tête et en place la réalité odieuse se peignit en couleurs noires. Derrière les amants, menaçaient l'oncle et la bande meurtrière; si en cachant leurs noms à la faveur de quelques mensonges, ils réussissaient à se débarrasser d'Akbar-Khan, ils allaient dans quelques minutes, tout au plus dans quelques heures, retomber sous le péril qui, certainement, les guettait. Il était grand jour, ils ne pouvaient plus songer à se cacher. Ne sachant où trouver un refuge, ils allaient être repris et perdus. Se mettre sous la protection d'Akbar-Khan, toujours au moyen de quelque fraude, et en se faisant passer pour autres qu'ils n'étaient, c'était périr à coup sûr. Osman-Beg n'allait probablement pas tarder à les dénoncer, à les faire connaître et alors non seulement Akbar les ferait périr, mais il les traiterait de lâches et leur reprocherait, non sans apparence de raison, d'avoir eu peur de lui; alors que deviendrait Djemylèh?

Dans son angoisse, Mohsèn la regarda; un fier sourire

brillait sur le visage de la jeune fille. Une inspiration singulière était dans ses beaux yeux. Elle ne dit pas un mot, il la comprit :

— Je ne connais pas votre père, dit-il à Akbar, mais qui n'a pas entendu son nom? Vous plaît-il de ne pas retirer la main que vous avez étendue sur ma tête? Alors menez-moi auprès de lui et je vous parlerai à tous deux.

Le jeune chef fit un signe d'assentiment. Mohsèn se plaça à côté de son cheval; Djemylèh marchait derrière lui; les soldats reprirent la tête, et tous les Mouradzyys, avec les deux Ahmedzyys au milieu d'eux, protégés par eux, inconnus de tous, traversèrent les bazars, traversèrent la grande place, arrivèrent devant la citadelle, en franchirent la porte, encombrée de soldats, de serviteurs et de dignitaires, et, ayant parcouru deux ruelles étroites, parvinrent au palais occupé par Abdoullah-Khan, où toute la compagnie entra.

Akbar avait dit deux mots à un esclave beloutje [1], qui s'était hâté de le devancer dans l'intérieur de la cour. Au moment où le chef descendait de cheval, cet esclave revint accompagné d'une servante qui, s'adressant à Djemylèh avec respect, l'engagea à la suivre dans le harem où elle allait la conduire. Aucune proposition ne pouvait être plus convenable et plus polie, et Akbar, en ménageant cet accueil à la femme de son hôte, qu'il n'avait pas même semblé apercevoir, s'était conduit comme on devait l'attendre d'un homme de sa condition.

Mohsèn, d'un geste de sa main gauche, parut engager la jeune femme à accepter l'invitation, et Djemylèh se dirigea vers la porte basse conduisant à l'appartement des femmes; elle était à peine engagée dans le couloir étroit que, tout à coup, par un mouvement rapide, Mohsèn se jeta sur ses pas, l'atteignit au moment où la servante levait le voile intérieur, la prit par la main, l'entraîna, et se mettant à courir avec elle, jetant brusquement de côté deux domestiques qui essayèrent de l'arrêter, il se précipita dans un petit jardin rempli de fleurs, au milieu

1. Cf. p. 105, n. 2.

B. N. Imprimés *Cl. Josse-Lalance*

Intérieur d'un *enderoun* (*Tour du Monde*, II, p. 44, 1860.) Dessin de J. Laurens.

duquel était un bassin de marbre blanc avec un jet d'eau; et, montant les trois degrés qu'il vit conduire à une portière de soie bariolée à fond rouge, il écarta l'étoffe, entra dans une vaste salle, où, apercevant, assises sur le tapis, dans un coin, trois dames, dont l'une était âgée et l'autre très jeune, il se prosterna devant la plus âgée, Djemylèh à son côté, et, prenant dans ses mains le bord de la robe de celle qu'il supposait être la maîtresse de la maison, il s'écria :

— Protection !

La stupéfaction se peignit sur les traits de celle qu'il implorait ainsi et de ses deux compagnes. Leurs regards se portaient alternativement sur le téméraire envahisseur du lieu saint [1] et sur celle qui l'accompagnait; mais, s'ils étaient toujours étonnés, ils n'exprimaient rien d'hostile. La charmante figure de Mohsèn n'indiquait pas un fou, encore moins un insolent, et Djemylèh, qui venait de jeter son voile, était si jolie, si digne, si noble dans toute sa contenance, qu'un sentiment de compassion, de sympathie, d'affection commençait à naître dans les yeux de celles dont on implorait le secours, et qui n'avaient pas encore pu trouver la force de dire un seul mot, quand, par deux portes, Abdoullah-Khan et Akbar entrèrent dans l'appartement.

Le premier, un vieillard, à l'air sombre et préoccupé, arrivait par hasard. Il entrait chez sa femme et venait voir sa fille et sa bru. L'autre, d'abord confondu par l'action inouïe de Mohsèn, courait après lui, résolu à châtier ce qu'il avait quelque droit de considérer comme monstrueux. Voyant son père debout devant la porte, et là, sur le tapis, prosterné, Mohsèn aux pieds de sa mère, il s'arrêta.

— Qu'est cela? demanda Abdoullah-Khan.

— Madame, dit Mohsèn, tenant toujours de ses deux mains la robe de sa protectrice, madame, je suis un Afghan; je suis noble; j'aime cette femme qui est à mon côté; elle m'aime; son père est l'ennemi du mien; nous nous sommes enfuis; on veut nous tuer; je veux bien mourir,

1. L'*enderoun* (cf. p. 94, n. 1) est strictement interdit à tout homme étranger à la proche famille.

mais non pas qu'elle meure, ni qu'on la maltraite, ni qu'on l'afflige... Madame, on nous poursuit, on nous épie, votre noble fils nous a sauvés tout à l'heure; lui, parti, nous péririons plus sûrement. Sauvez-nous !

La dame ne répondit rien, mais regarda son mari d'un air suppliant, et les deux jeunes femmes en firent de même, l'une pour son père et son frère, l'autre pour son mari. Mais Abdoullah-Khan fronça le sourcil, et, s'asseyant dans un angle du salon, laissa tomber ces paroles amères :

— Que signifient ces folles équipées? Eh ! depuis quand un Afghan, un noble, est-il tellement égaré par la peur, qu'il ne se croie pas en sûreté suffisante quand il est chez moi? Du moment que mon fils vous protège, qu'avez-vous à réclamer davantage? Qui vous aurait osé toucher?

— Vous ! repartit Mohsèn en le regardant entre les deux yeux.

— Moi? s'écria le vieux chef.

Il secoua la tête avec dédain et continua :

— Vous êtes fou ! mais comme l'irréflexion ne saurait servir d'excuse pour une témérité telle que la vôtre, vous serez châtié.

Et Abdoullah-Khan fit le signe de frapper dans ses mains pour appeler ses gens. Mais Mohsèn, s'adressant de nouveau à la dame âgée, lui dit :

— Votre époux ne me touchera pas ! Il ne me fera ni châtier, ni insulter, vous me gardez de lui, madame. Je suis Mohsèn, fils de Mohammed, Ahmedzyy, et celle-ci est ma cousine, fille de mon oncle Osman; les vôtres ont fait périr deux de mes proches, il n'y a pas plus de trois ans; me voilà, moi; la voilà, elle, vous pouvez nous tuer sans nulle peine, le ferez-vous?

En prononçant ces dernières paroles, Mohsèn se releva tout droit, et Djemylèh avec lui. Ils se prirent par la main et regardèrent fixement Abdoullah.

Celui-ci serrait avec force le manche de son couteau, et ses yeux creux ne promettaient rien de bon, quand la vieille dame lui dit :

— Monseigneur, écoutez la vérité ! Si vous touchez à ces enfants, qui ont réclamé mon appui en tenant un pan de ma robe, vous perdez votre honneur devant les hommes, et, à leurs yeux, votre visage, qui est étincelant comme l'argent, deviendra noir !

Abdoullah n'eut pas l'air convaincu. Il était clair que les sentiments les plus vindicatifs flambaient dans son cœur, hargneux, féroces, affamés de la proie tombée à leur portée, et que, si d'autres considérations s'élevaient et les contenaient, celles-ci avaient peine à résister, et, d'un moment à l'autre, pouvaient plier.

D'après les usages de ce peuple afghan, belliqueux, farouche, sanguinaire, mais singulièrement romanesque, un ennemi mortel ne saurait plus être attaqué du moment où il s'est jeté dans le harem de son adversaire et a conquis la protection des femmes. L'honneur veut que ce suppliant devienne, à l'instant, sacré; on ne le toucherait pas sans se couvrir d'infamie, et il existe d'illustres exemples de l'empire exercé par cette coutume sur des âmes excessivement difficiles à attendrir. Mais l'honneur étend encore plus loin, s'il se peut, ses exigences, et veut que, lorsque des amants fugitifs réclament l'appui de l'homme le plus étranger à leur cause, cet homme, s'il se pique de vaillance et de générosité, ne puisse décliner son aide et devienne le soutien de ceux qui ont assez bien pensé de lui, pour le choisir comme champion. Encore, en cette circonstance, l'inimitié antérieure ne change rien au devoir; elle doit cesser, elle doit être mise en oubli, au moins pour un temps, et plus les dangers sont grands à embrasser la querelle des amants poursuivis, plus l'obligation de tout braver est étroite. Il est connu dans l'Inde, en Perse et dans le pays de Kaboul, de Kandahar et de Hérat, que la majeure partie des discussions et des combats entre les familles et les tribus afghanes, et souvent des haines héréditaires terriblement ensanglantées, n'ont pas eu d'autre origine que le secours donné et maintenu à des amants malheureux.

Tout cela est certain. Néanmoins épargner ce qu'on déteste, quand, une fois, on le tient, secourir ce qu'on hait, pardonner par point d'honneur, ne sont pas choses faciles, et, lorsqu'il faut s'y soumettre, on hésite. Le silence régna quelque temps dans le salon du harem d'Abdoullah-Khan. Lui, sentait mille serpents ronger son cœur et, reconnaissant enfin la nécessité de les en arracher, il ne le pouvait faire. Akbar, volontiers, aurait poignardé Mohsèn, mais il ne lui était pas difficile de s'en retenir; l'affection et l'estime qu'il avait conçues pour lui dans le quartier désert en le voyant tenir tête si valeureusement à tant de gens acharnés à la perte du jeune homme, lui étaient restées devant les yeux, et, sans peine, il avait écouté la voix de sa mère, compris et accueilli les regards de sa sœur et de sa femme, de sorte qu'il était tombé d'accord avec son honneur que toucher du doigt les deux Ahmedzyys, dans l'intention de leur nuire, serait une honte dont sa maison ne se rachèterait jamais. Mais c'était peu qu'il en fût convaincu; tant que son père ne l'était pas, il n'avait pas même à donner un avis.

Abdoullah regardait Mohsèn et Djemylèh fixement, et, l'un et l'autre le regardaient de même. Ils n'imploraient pas, ils ne demandaient rien, ils avaient sur lui un droit et l'exerçaient. Ce droit, il est vrai, était de ceux que les âmes nobles permettent seules de prendre sur elles; les âmes viles n'en connaissent rien. C'est précisément ce que les yeux des deux captifs disaient à Abdoullah. Du moins, il le comprit ainsi. Il se leva, marcha droit à eux et leur dit :

— Vous êtes mes enfants !

Et il les embrassa sur le front. Ils lui baisèrent les mains avec respect et allèrent remplir le même devoir auprès de la femme du chef, en s'agenouillant devant elle; mais les jeunes femmes prirent Djemylèh dans leurs bras avec passion, et Akbar fut le premier à saluer Mohsèn de cette façon aisée et grande, privilège des hommes d'élite de sa nation. Le jeune Ahmedzyy lui rendit son salut avec déférence comme à un frère aîné et sortit avec lui, après s'être incliné devant les habitantes du harem, où les convenances les plus strictes ne lui permettaient plus de rester, du moment qu'il avait obtenu ce qu'il souhaitait.

Akbar conduisit aussitôt son nouvel ami dans une des chambres du palais, où il fit apporter des kaliâns et du thé, et répéta à Mohsèn qu'il devait se considérer comme dans sa propre demeure et disposer librement de ce qui était autour de lui. Mais le cérémonial même auquel le jeune Mouradzzy se conformait avec une sorte de précision et de pompe, montrait assez qu'il remplissait un devoir et se piquait de le remplir dans toute son étendue, plutôt qu'il n'obéissait à un mouvement spontané. Mohsèn non seulement le comprit ainsi, mais, comme il partageait les sentiments de son hôte à cet égard, il ne lui fut pas difficile de répondre à de telles avances par des démonstrations de reconnaissance fièrement exprimées, et de bien faire sentir à son tour que la nécessité la plus pressante avait pu seule le contraindre à solliciter un appui que, pour lui seul, il n'eût jamais recherché. Ainsi, le protecteur et l'obligé, au milieu de démonstrations assez solennelles d'un mutuel dévouement, maintinrent intacts les droits imprescriptibles de l'animosité ancienne et se les reconnurent l'un à l'autre. Cependant, ils se mirent à causer avec un abandon généreux, et Mohsèn fit le récit complet de ce qui lui était arrivé depuis la veille. Il passa sous silence ce qui avait un rapport direct avec son amour, ne parla de Djemylèh qu'en l'appelant *ma maison*, et, à son tour, Akbar, dans ses questions et ses remarques, évita avec le plus grand soin toute allusion à la jeune fille, bien que, au fond, il ne fût uniquement question que d'elle dans ce long entretien.

Cependant, un prêtre [1] s'était présenté au palais et avait demandé à parler à Abdoullah-Khan. Il avait été introduit auprès du chef qui, l'ayant salué avec respect, le pria de s'asseoir et lui désigna la place la plus distinguée. Après les compliments et quand le thé eut été servi, puis emporté, le prêtre parut se recueillir un instant et se mettre en devoir d'exposer l'objet de sa visite. C'était un homme d'une cinquantaine d'années, de belle figure, d'un aspect bienveillant, et dont le turban blanc faisait valoir le teint un peu olivâtre.

— Excellence, dit ce personnage, je me nomme Moulla-Nour-Eddyn et je suis natif de Ferrah. Ma profession vous explique assez que je cherche partout paix et concorde, et c'est pourquoi j'ai accepté d'Osman-Beg-Ahmedzzy, une mission auprès de vous. Si elle réussit,

1. Cf. p. 106, n. 1.

les conséquences probables d'un malentendu fâcheux pourront être écartées.

— Moulla, répondit Abdoullah-Khan, je suis moi-même un homme pacifique, et ne demande pas mieux que de vivre en termes d'amitié avec le seigneur dont vous venez de prononcer le nom. Malheureusement, il existe entre sa famille et la nôtre plus d'une difficulté, et je voudrais savoir quelle est celle dont vous vous préoccupez en ce moment.

— De la dernière rencontre, répondit Moulla-Nour-Edyn. Un homme sans mœurs a trouvé moyen de pénétrer dans les chambres saintes de la maison d'Osman-Beg et d'en enlever un des ornements principaux. Dans la générosité bien connue de votre âme, vous donnez asile à ce malfaiteur, et Osman-Beg, en vous informant de l'indignité de son adversaire, qui ne vous est certainement pas connue, ne doute pas un instant que vous allez lui livrer le coupable, afin qu'il reçoive un juste châtiment.

— En effet, repartit froidement Abdoullah-Khan, les détails que Votre Sainteté veut bien me donner me sont tout à fait nouveaux, et, réellement, vous m'ouvrez les yeux. On m'avait menti impudemment. Je croyais que Mohsèn-Beg était le propre neveu de Son Excellence Osman-Beg et ne comprenais pas pourquoi une alliance ne pouvait s'effectuer entre deux branches si rapprochées d'une même famille. Je vous demande pardon de ma faute, Moulla.

— Votre Excellence ignore donc que les deux frères, Osman et Mohammed, ne vivent pas en parfaite intelligence?

— Je ne me rappelle pas trop si je l'ignorais, répliqua Abdoullah avec une expression méprisante; les Ahmedzyys sont généralement des gens de trouble, et on n'aurait jamais fini de compter leurs querelles. Pour le moment, d'après ce que vous avez la bonté de me dire, Osman déteste son frère Mohammed et le fils de celui-ci; il ne veut pas d'union entre les deux familles, poursuit son neveu pour l'égorger et sa fille pour l'assassiner, et Mohsèn s'enfuit chez moi, et demande asile aux Mouradzyys. Vous conviendrez, Moulla, que voilà des gens bien dignes d'intérêt.

Ici Abdoullah secoua la tête, enchanté de sa démonstration et du mépris dont il venait d'accabler ses ennemis héréditaires. Mais le Moulla ne se laissa pas intimider par ce ton de sarcasme, et, avec sang-froid, reprit ainsi la parole :

— Sans nul doute, la jeune fille mourra et son complice avec elle. Ce n'est pas là ce qui fait la question. Osman-Beg désire seulement apprendre si vous consentez à lui livrer ses esclaves fugitifs ou prétendez les défendre; c'est uniquement ce que je viens vous demander.

— Supposons, dit Abdoullah, en se penchant vers le prêtre d'un air confidentiel, que je ne sois pas éloigné de vous complaire, qu'en résulterait-il d'avantageux pour moi? Puis-je vous questionner sur ce point, Moulla?

— Assurément. Si Votre Excellence consent à me remettre les complices, je puis lui promettre que la famille d'Osman-Beg tout entière abjurera ses sentiments anciens à l'égard des Mouradzyys. Les fils entreront dans votre maison et vous ne leur donnerez pas de solde, et, quant au père, il sait que vous cherchez un instructeur pour apprendre à vos esclaves militaires la discipline européenne : il sera cet instructeur, et, nuit et jour, vous pourrez compter sur lui. Je n'ai pas besoin de vous donner l'assurance que tous les serments possibles sur le livre saint, Osman-Beg est prêt à les prêter, si vous exigez cette garantie de sa fidélité.

— J'estime grandement de telles propositions, et elles me sont fort avantageuses, s'écria Abdoullah-Khan. Mais, pourtant, admettons que je les repousse. Que m'arrivera-t-il?

— Je pourrais vous l'expliquer d'une façon certaine, répondit le Moulla; mais une visite vous arrive, et vous allez savoir avant une minute à quoi vous en tenir; vous allez le savoir, dis-je, d'une façon beaucoup plus complète et plus propre à vous convaincre que si un pauvre homme tel que moi continuait à porter la parole.

A ce même moment, entrait dans la cour, au milieu d'un flot de serviteurs et dans tout le faste d'une tenue magnifique, le médecin en chef du prince de Kandahar, personnage considérable par la faveur dont il jouissait auprès du maître. Ce n'était pas un Afghan de race, mais, seulement, ce qu'on appelle un Kizzilbash [1], descendu de colons persans, quelque chose d'analogue à un bourgeois. On n'estime pas la naissance de ces gens-là, mais on fait cas de leurs richesses et, à l'occasion, de leurs talents. Celui-ci s'appelait Goulâm-Aly et fut reçu avec la distinction que son poste à la Cour lui méritait. C'était, d'ailleurs, un ami d'Abdoullah-Khan.

— Eh bien! lui dit celui-ci, après que les exigences de l'étiquette eurent reçu satisfaction et qu'on fut sorti des compliments, si j'en crois le Moulla, vous venez ici pour me donner vos conseils?

— Dieu m'en préserve! s'écria le médecin. Comment une telle impertinence serait-elle possible vis-à-vis de plus sage que moi? Est-il vrai que vous ayez recueilli chez vous un certain malfaiteur appelé Mohsèn?

— Mohsèn-Beg, Ahmedzyy, est dans ma maison. Est-ce de lui que Votre Excellence veut parler?

— Précisément. Vous savez que Son Altesse le Prince (Dieu puisse éterniser ses jours!) est un miroir de justice?

— De justice et de générosité! qui en doute?

— Personne. Mais le Prince a juré tout à l'heure que celui qui empêcherait Osman-Beg de punir sa fille et son neveu serait lui-même mis à mort, sa maison pillée et son bien confisqué.

— Le Prince a fait un tel serment?

— Je vous l'affirme sur ma tête.

— Pourquoi prendre une résolution si vive?

— Vous allez le comprendre. Le Prince a un enfant malade dans le harem. Il a fait vœu hier au soir, afin d'obtenir la guérison de l'être aimé et de calmer la mère, d'accorder ce matin la première demande que lui ferait la première personne qu'il rencontrerait. Le sort a voulu que cette première personne fût Osman-Beg. Vous n'ignorez pas que le Prince tient ses promesses?

— Surtout celles-là, murmura Abdoullah-Khan consterné.

---

1. Cf. ci-dessus p. 246, n. 2.

Il regarda le Moulla, il regarda le médecin et se trouva fort embarrassé. Le Prince de Kandahar n'était ni méchant ni tyrannique; mais il aimait tendrement ses femmes et ses enfants, et, puisqu'il avait fait un vœu pour chasser la maladie de son harem, il ne voudrait certainement y manquer, pour rien au monde. En outre, Abdoullah-Khan ne laissait pas de se rendre compte de la magnificence de son propre palais, de la beauté de ses tentures et de ses tapis, de la plénitude connue de ses coffres, et il ne trouvait pas que cette splendeur constituât, en sa faveur, une circonstance atténuante, si, par une rébellion inopportune, il tombait sous le coup de la confiscation. Plus il réfléchissait, plus il devenait perplexe, et ses deux interlocuteurs le laissaient tout à fait libre, par leur silence, de poursuivre une méditation qu'ils jugeaient salutaire et dont ils attendaient les meilleurs résultats. Enfin, Abdoullah-Khan releva la tête et s'écria péremptoirement :

— Qu'on fasse venir mon fils Akbar!

Au bout d'un moment, Akbar entra, salua et se tint debout près de la porte.

— Mon fils, dit Abdoullah d'une voix traînante et assez humble, fort différente de son accent ordinaire, il plaît au Prince (que les vertus de Son Altesse soient récompensées sur la terre et dans le ciel!), il plaît au magnifique Prince de m'ordonner l'expulsion de Mohsèn. Il faut que ce vagabond soit livré à son oncle, qui va le traiter comme il paraît le mériter, ainsi que l'autre personne coupable! Tout ce que le Prince ordonne est bien. Je vais me rendre immédiatement auprès de Son Altesse, afin de prendre ses ordres et d'obtenir de sa bonté souveraine un moyen de faire les choses sans noircir mon visage. Pour vous, gardez bien cette maison pendant ma courte absence. Veillez à ce que les deux scélérats qui y sont entrés ne s'en échappent pas!... Veillez-y avec soin, mon fils! Vous pouvez assez comprendre quel malheur affreux serait leur fuite! S'ils gagnaient la campagne, on ne parviendrait peut-être jamais à les rejoindre! Vous m'avez bien compris, mon fils?

Akbar s'inclina et mit les deux bras en croix sur sa poitrine.

Abdoullah continua son propos en s'adressant au Moulla et au médecin.

— Ne vous étonnez pas des recommandations expresses que je lui fais. La jeunesse est peu intelligente, elle est étourdie, je ne voudrais pour rien au monde qu'un homme condamné par Son Altesse échappât au châtiment mérité, et surtout par une négligence quelconque de ma part.

Les deux assistants, également charmés et édifiés de ce qu'ils voyaient et entendaient, voulurent prendre congé d'Abdoullah-Khan; mais celui-ci les retint.

— Non! leur dit-il, il ne convient pas que vous me quittiez. On pourrait dire beaucoup de choses... L'innocence même et la fidélité ne doivent pas s'exposer au soupçon. Soyez assez bons pour m'accompagner l'un et l'autre auprès du Prince.

Cette demande fut facilement accordée et les trois personnages étant sortis ensemble de la cour, montés sur leurs chevaux de parade et entourés de leurs suites respectives, arrivèrent bientôt au palais et furent introduits en présence du Prince.

Celui-ci accueillit son lieutenant avec sa bonté accoutumée. Mais pendant que l'entrevue durait, et elle fut longue parce que Abdoullah employa tous ses efforts, tout son esprit, toutes les ressources de son intelligence pour la rendre interminable, il arriva chez lui ce qu'on va lire.

Akbar revenu dans l'appartement où se tenait Mohsèn, lui dit :

— Le Prince ordonne qu'on vous livre à vos ennemis. Mon père ne peut pas le braver ouvertement; Son Altesse a trop de forces, mais il vous défendra par la ruse. Nous allons monter à cheval et sans perdre de temps, nous sortirons de la ville, nous gagnerons la campagne. Demain sera demain et on verra alors ce qu'il faudra faire.

— Allons! répondit Mohsèn en se levant. Mais il avait le cœur gros. Depuis une heure et plus il s'était habitué à croire Djemylèh en dehors de toutes les épreuves. Il causait avec son hôte et gardait extérieurement la froide apparence dont un guerrier ne peut se départir; mais derrière cet aspect menteur de son visage et de sa contenance, il rêvait. Toutes les flammes de la joie, toutes les flammes de l'amour possédaient son être. Quand on aime, on ne fait qu'aimer. A travers tout, au-dessus de tout, on aime, et cette trame d'or forme le fond invariable sur lequel se brodent toutes les pensées véritables. Ce qu'on dit en dehors n'est que du verbiage. On n'y tient pas, cela n'est pas de vous, et, si on s'y intéresse c'est que, secrètement, cela tient à l'amour ou y revient. Hors de l'amour, qu'y a-t-il? Que peut-il y avoir? Quelle joie, quels transports de s'y abandonner tout entier, sans rien réserver pour quoi que ce soit qui s'en éloigne. Projets, espérances, désirs, craintes, terreurs profondes, subites bravoures, certitudes infinies, échappées vers l'enfer, perspectives sans fin, fleuries, étincelantes de soleil qui atteignent au paradis, tout est l'amour, et dans celle qui est aimée se viennent enfermer les mondes. En dehors, il n'y a que le néant, moins que le néant et comme voile, par-dessus, le plus profond mépris. C'était ce que sentait Mohsèn.

Mais, à ce moment, il lui fallait passer de la lumière à l'ombre, dans cette ombre où il avait marché depuis la veille, et dont il était sorti depuis quelques instants que le plus poignant bonheur avait envahi et possédé son être. Ce temps de félicité était déjà passé. Il fallait recommencer à gravir dans les ténèbres la route pierreuse et défoncée des périls. Ce qu'il sentait, c'était pourtant toujours l'amour, l'amour éperonné par la douleur même, plus superbe, peut-être, plus intense, plus orgueilleux et puisant dans sa force la certitude de ne jamais mourir, se nourrissant d'amertume, mais préférant ce mal à tout bien. Et d'ailleurs, il faut le dire, il n'y avait pas là cette peine, la plus âpre, la plus dure, la plus impardonnable de toutes au destin qui l'impose : il n'était question, du moins, ni de séparation ni d'absence.

Il ne fut pas facile de faire accepter aux dames du harem la nécessité présente. Khadidjèh, la mère d'Akbar, Amynèh, sa sœur et Alyèh, sa femme, poussèrent d s cris et se mirent à pleurer, mais le temps passait; l'affection même, que les maîtresses du logis avaient conçue pour Djemylèh, aida à leur faire comprendre combien les minutes étaient précieuses, et, malgré leurs sanglots et leurs cris, elles laissèrent la jeune proscrite s'arracher de leurs bras et suivre Akbar qui l'amena à son amant.

On avait en grande hâte équipé et amené les chevaux. Akbar, Mohsèn et Djemylèh se mirent en selle, une douzaine de soldats firent comme eux, et la cavalcade, prenant une rue détournée, gagna au pas une des portes de la citadelle qui donnait sur la campagne, bien résolue à passer sur le ventre des gardes, si ceux-ci cherchaient à l'arrêter; mais ils n'y songèrent pas, et, une fois dehors, Akbar mit sa monture au galop, et ses compagnons l'imitèrent.

Pendant deux heures, l'allure ne se ralentit pas un instant pour laisser souffler les chevaux. Mais ceux-ci étaient de la bonne race du nord, et leur pas allongé, la fermeté avec laquelle ils le soutinrent, firent faire beaucoup de route. On ne parlait pas, naturellement; cependant Akbar, jugeant qu'on était assez loin et que la poursuite n'était plus possible, d'autant que personne ne pouvait savoir, en ville, la direction qu'il avait prise, Akbar se mit au pas, et, discrètement, se tint à une distance assez grande des deux amants pour leur laisser toute liberté de s'entretenir. Il servait de guide. Les cavaliers étaient, partie à ses côtés, partie en arrière-garde, partie dispersés sur les flancs, tous regardant autour d'eux l'horizon, à mesure qu'ils cheminaient; et ainsi, Mohsèn et Djemylèh se voyaient comme seuls.

— Ne te repens-tu pas? dit le jeune homme.

— De quoi?

— De m'avoir aimé, de m'avoir cherché, de m'avoir suivi?

— Tu serais mort, si je n'étais venue. Tu mourais.

— Ce serait fini peut-être à cette heure; tu serais assise, paisible, dans ta maison, auprès de ta mère, entourée des tiens.

— Et tu serais mort! poursuivit Djemylèh. Je t'aurais vu tous les jours que moi-même j'aurais vécu; je t'aurais vu, sous mes yeux, dans mon cœur, ne pouvant pas même, à force de remords et de chagrins, te ranimer une seule seconde, et moi, je serais couverte de honte à mes propres yeux, lâche, fausse, odieuse à ce qui aurait pu deviner mon crime, meurtrière de ma tendresse, traîtresse au maître de mon âme. De quoi me parles-tu? Et qu'imagines-tu donc de meilleur pour moi que ce que j'ai? Mohsèn! ma vie, mes yeux, ma pensée unique! Tu crois donc que je ne suis pas heureuse depuis hier au soir? Mais, songes-y donc! Je ne t'ai pas quitté! Je n'ai plus cessé d'être avec toi! d'être à toi! Chacun sait que je suis à toi! Je ne puis être qu'à toi seul! On parle de danger! Mais, aussitôt, je suis là, avec toi, à côté de toi, contre toi! Et plus le danger est grand, moins je m'éloigne, plus je m'approche, plus je me confonds avec toi! Ne tremble donc pas; si je n'étais là, tu n'aurais peur de rien! Pourquoi veux-tu rejeter de ton être ce morceau qui en est, qui est moi, et qui ne peut ni vivre ni mourir sans toi?

La beauté est belle; la passion, l'amour absolu sont plus beaux et plus adorables. Jamais idole, si parfaite que l'ait imaginée ou faite l'ouvrier, n'approche en perfection d'un visage où l'affection dévouée répand cette inspiration toute céleste. Mohsèn était enivré d'entendre Djemylèh disant de telles choses et de la regarder les disant. Elle le transportait avec elle-même dans cette sphère brûlante, où, devant la sensation présente, l'avenir et le passé sont également anéantis. Et, de la sorte, ces enfants, qu'une protection bizarre entourait, que des haines directes, actives, furieuses, poursuivaient, que le hasard venait de trahir, et qui, sauf un miracle, ne pouvaient s'échapper de l'enceinte étroite où les resserrait leur perte, dans laquelle ils tournaient, oui, ces amants planaient ensemble dans l'éther du plus absolu bonheur que l'homme le plus fortuné puisse respirer jamais!

Ils étaient dans un de ces moments où l'esprit acquiert, par l'effet même de la fidélité qui l'emporte, une activité, une puissance de perception supérieure à celle qu'il a d'ordinaire. Alors, tout absorbé qu'on est dans ce qu'on chérit, rien ne passe inaperçu, rien ne se montre qui ne laisse trace sur le cœur, et, par lui, dans la mémoire. Ce regard ne tombe pas sur un caillou, dont la forme et la couleur ne restent pour jamais fixés dans le souvenir; et l'hirondelle qui traverse l'espace au moment où une parole adorée retentit à votre oreille, vous la verrez toujours,

toujours, jusqu'aux derniers moments de votre vie, passer rapide dans les cieux que vous aurez contemplés alors, et jamais oubliés. Non! Mohsèn ne devait plus perdre l'impression de ce soleil qui se couchait à sa droite, derrière un bouquet d'arbres; et quand Djemylèh lui dit, avec l'accent le plus tendre :

— Pourquoi me regardes-tu ainsi?

Et qu'il lui répondit :

— C'est parce que je t'adore!

Et qu'elle ajouta avec un air de tête enivrant :

— Tu crois?...

A ce moment, Mohsèn s'aperçut que la manche de Djemylèh avait un reflet bleu, et cette sensation lui resta comme empreinte avec le feu dans la mémoire au milieu de son délire.

Cependant, dans le palais de Kandahar, dans la maison d'Abdoullah-Khan, au logis de Mohammed-Bey et chez Osman, tout était en confusion au sujet des deux amants. Les deux frères, suivis chacun de son monde, s'étaient rencontrés dans le bazar, et Mohammed, exaspéré par l'ignorance où il était du sort de son fils, avait attaqué le premier; quelques passants avaient pris parti, des coups de mousquet et des coups de sabre avaient été échangés de part et d'autre; les marchands, comme à leur ordinaire et surtout les marchands hindous, s'étaient répandus en cris de détresse, et on eût cru, au bruit de la mousqueterie et au cliquetis des lames, et surtout aux clameurs aiguës qui se poussaient, que la ville était mise à sac. Il n'y eut pourtant personne de tué, et quand les gens du juge de police eurent réussi à séparer les combattants et à les renvoyer chacun de leur côté, il se trouva que les deux partis s'étaient à peine fait quelques égratignures. Cependant cette rencontre ne resta pas sans conséquences. Elle ébruita le fond de l'affaire. On sut par toute la ville que Mohsén Ahmedzyy avait enlevé Djemylèh, sa cousine, et que les Mouradzyys leur avaient donné asile, mais que le Prince ordonnait de livrer les coupables au père offensé. Là-dessus, il y eut de grands partages dans les opinions. Les uns vinrent offrir leurs services à Mohammed, d'après cette opinion qu'un homme doit toujours soutenir et protéger les amants; les autres furent d'avis qu'au fond il n'y avait là qu'une continuation de la querelle des Ahmedzyys et des Mouradzyys, et que, puisque Mohammed et son fils se liguaient avec les seconds, c'est qu'ils trahissaient leur famille. Sur un tel raisonnement, ces logiciens embrassaient la cause du véritable et fidèle Ahmedzyy, Osman-Beg. Quelques-uns, indifférents à la question en elle-même, furent extrêmement indignés de l'intervention du Prince. Ils trouvèrent que celui-ci n'avait nullement le droit de se mêler d'une querelle qui ne le regardait pas, et, encore moins, d'ordonner à un noble Afghan de livrer ses hôtes. Là-dessus, ils prirent parti pour Mohammed. Mais un nombre considérable se rangea du côté d'Osman, uniquement pour avoir le plaisir de batailler. En somme, ce fut dans ce dernier parti que se trouva la majorité. La ville fut donc subitement en proie à une grande émotion; les Hindous, les Persans, les Juifs, les gens tranquilles et de négoce se mirent à fermer leurs boutiques et à s'amasser dans les préaux des mosquées en poussant des gémissements lamentables et en assurant que le commerce était perdu pour jamais; les femmes du commun montèrent sur les terrasses, d'où on les entendait se lamenter et déplorer d'avance la misère certaine de leurs petites familles; les prêtres se rendaient gravement dans les maisons notables pour prêcher la paix et recommander la modération, en vantant les avantages de la mansuétude, état de l'âme dont personne n'avait jamais eu la moindre nouvelle dans le pays, et voilà comment allaient les choses parmi les pacifiques. En même temps, des groupes plus ou moins compacts, des troupes plus ou moins fortes, gens de pieds et gens de cheval, le turban bleu, rayé de rouge, bien serré aux tempes, la ceinture ajustée étroitement, le bouclier aux bras, le fusil sur l'épaule, l'œil actif, la barbe farouche, se croisaient dans les bazars, bousculant les passants, et prêts à se sauter à la gorge. Pourtant on n'en faisait rien. On attendait d'être organisé, d'avoir une direction; l'incertitude planait; résolu à se battre, on s'en promettait plaisir et honneur, mais il fallait des chefs reconnus et un plan. Cet état de choses devait durer à peu près deux ou trois journées; ensuite tout éclaterait. C'était l'usage.

Le Prince était en conférence amicale avec Abdoullah-Khan, le prêtre Moullah-Nour-Eddyn[1] et le médecin Goulâm-Aly, quand le juge de police de la ville, l'air effaré, vint avertir Son Altesse de ce qui se passait. Le prêtre et le médecin furent satisfaits, intérieurement, de voir les choses prendre cette tournure, attendu que la conclusion rapide de l'affaire en était précipitée; quant à Abdoullah-Khan, il resta consterné; c'était plus qu'il n'avait prévu; une sorte d'insurrection ne l'accommodait pas pour le moment, et voyant, d'ailleurs, le Prince se laisser impressionner par le récit du chef de police, il prévit que, si l'on ne trouvait pas chez lui les deux amants, la colère du Souverain en serait bien autrement excitée qu'elle ne l'eût été sans l'émeute. Il avait fait un calcul un peu compliqué, mais pourtant assez raisonnable : en donnant asile à Mohsèn et à sa compagne, il s'acquérait une belle réputation de générosité, ensuite, il avait le plaisir de donner un rude coup à une partie, sinon à la totalité, des Amedzyys, en facilitant la fuite de ses protégés; il comptait ne jamais avouer la part qu'il y avait eue, et son fils Akbar serait seul compromis. Pendant quelques jours, le Prince aurait de l'humeur, puis un cadeau l'apaiserait, et Akbar resterait en faveur. Mais ces combinaisons manquaient : Abdoullah-Khan avait en face de lui une affaire d'État, le Prince, quand il allait savoir la vérité, deviendrait à craindre. Il fallait prendre un parti. Abdoullah-Khan le prit sur-le-champ.

Jusqu'alors il n'avait nullement mis en question l'extradition des deux enfants : seulement il avait bataillé et épluché des minuties sur la façon dont l'extradition aurait lieu, mettant en avant sans cesse les intérêts de sa considération, et se montrant tellement méticuleux que, au milieu des discours, deux grandes heures s'étaient perdues. Comme le Prince ne rencontrait pas de résistance de la part de son favori, et que, d'ailleurs, l'entretien, poussé par instants sur le terrain de la plaisanterie, lui procurait

---

1. Le mot de *prêtre* est d'autant plus mal venu ici, outre son impropriété générale pour le monde musulman, qu'il a le même sens que *Moullah*, introduit par Gobineau dans le nom de son personnage.

une distraction agréable, il ne s'impatientait pas; il lui était fort indifférent que Mohsèn et Djemylèh tombassent dans les mains de leur juge une demi-heure plus tôt ou plus tard. A la fin, cependant, on était convenu qu'Abdoullah-Khan remettrait purement et simplement les coupables aux mains du Prince, sans s'informer de ce que Son Altesse comptait en faire, et même il lui serait permis de les placer sous l'auguste protection, en exprimant par ses paroles que, dans sa conviction intime, ils y seraient tout à fait à l'aise et en sûreté. Un messager avait alors été envoyé à la demeure du favori. Il revint au moment où le chef de police finissait le récit de ce qui se passait dans la ville, pour déclarer que tout le monde s'était enfui, Akbar, Mohsèn et Djemylèh, qu'on ne savait où ils étaient allés.

Abdoullah-Khan ne laissa pas à son maître le loisir de s'emporter. Il prit gravement la parole :

— Certainement, mon insolent de fils (que la malédiction de Dieu soit sur lui!) aura sottement craint le déshonneur de sa maison et, sans attendre l'effet des bontés de Votre Altesse, il aura emmené avec lui les deux scélérats. Heureusement, je sais où les reprendre. Ils sont dans ma tour de Roudbâr, à quatre heures d'ici, dans les montagnes.

Puis, tirant son anneau de son doigt et le remettant au chef de police :

— Envoyez, dit-il, tout de suite, quelques messagers avec mon écuyer, que vous trouverez en bas. On remettra cet anneau à mon fils Akbar, et je vais écrire l'ordre de délivrer les prisonniers à vos gens. De cette manière, le mal sera réparé et la ville retrouvera son repos.

Abdoullah-Khan parlait d'un ton si net, si précis, que l'indignation ne trouva pas sujet de se répandre. Personne n'osa mettre en doute la parfaite bonne foi du personnage qui, en effet, n'était, à ce moment, que trop sincère. Il était bien résolu à trahir, à livrer les jeunes gens; il eût préféré ne pas céder sur ce point; mais la raison d'État, mais la convenance voulaient qu'il imposât silence aux scrupules de sa fierté, et il le fit. Un homme qui mène, à un degré quelconque, les intérêts des autres, perd nécessairement une grande partie de ses délicatesses de cœur, quand il ne les perd pas toutes. Un courtisan vit de concessions, d'atermoiements, de moyens termes de toute nature. Il ne fait jamais si bien qu'il le souhaiterait, quand il le souhaite, et même, lorsqu'il arrive au développement complet de son genre d'existence, il ne le souhaite plus du tout. Abdoullah-Khan ne se souciait guère de deux victimes de plus ou de moins : mais il lui eût convenu de nuire aux Ahmedzyys. Cela ne se pouvait, pour cette fois, sans des inconvénients trop graves. Il y renonçait donc. Quant au point d'honneur, il se promettait d'en réparer l'échec par un surcroît de morgue. Il se consolait surtout en pensant que nul n'était assez fort pour essayer de le faire rougir, sans qu'il s'en vengeât sur l'heure même.

On approche du terme où finit cette histoire. Les envoyés du chef de police, ayant fait grande diligence, arrivèrent à la tour vers le milieu de la nuit. Ils aperçurent aux rayons de la lune, alors dans son plein, un édifice carré, assez bas, percé d'une porte étroite et de quelques meurtrières d'un aspect sinistre, situé sur une avancée de rocher, à mi-côte d'un escarpement stérile. Rien de plus sombre et de plus tragique.

Les messagers descendirent de leurs chevaux et le principal de la troupe frappa avec force pour se faire ouvrir. Tout le monde dormait. Un soldat de la garnison se présenta à l'entrée; il enleva les barres de fer qui la maintenaient close. On lui montra le cachet et la lettre. Il ne fit aucune observation, se rendit sans hésiter et appela ses compagnons, qui ne se montrèrent pas plus difficiles que lui. Cependant les pourparlers et les allées et venues avaient réveillé Akbar. Le jeune chef parut sur le palier d'un escalier intérieur. La montée en était raide. Akbar dominait les têtes de ceux auxquels il s'adressa brusquement.

— Que signifie ce bruit? Et vous, mes hommes, pourquoi laissez-vous entrer ces étrangers?

— Ce sont des gens envoyés par Son Altesse. Ils apportent une lettre et l'anneau de votre père. Il faut livrer les prisonniers.

Akbar demanda :

— C'est mon père qui a donné cet ordre?

— Lui-même! Voici son anneau, vous dis-je, voici sa lettre.

— Alors Abdoullah-Khan est un chien et je n'ai pas de père!

Ce disant, il déchargea ses deux pistolets sur les hommes rassemblés devant lui : il en tomba un, et il lui fut répondu par une décharge qui ne l'atteignit pas. Il mit le sabre à la main. A la même minute, Mohsèn et Djemylèh parurent aux côtés du jeune homme.

— Ahmedzyy, dit-il avec force, tu vas voir que les hommes de ma tribu ne sont pas des lâches!

Il saisit son fusil et fit feu. Les agresseurs poussèrent un cri de rage et s'élancèrent à l'assaut. Mohsèn tira à son tour. Djemylèh tenait déjà l'arme d'Akbar et la chargeait. Ensuite elle fit de même pour celle de son mari, et, pendant un quart d'heure, elle remplit cet office sans se troubler. Tout à coup, elle porta sa main sur son cœur et chancela; une balle venait de lui traverser la poitrine. A la même seconde, Akbar roulait à ses pieds, mortellement atteint à la tempe.

Mohsèn se jeta sur Djemylèh, la soutint, l'embrassa, leurs lèvres s'unirent. Ils souriaient tous deux et tombèrent tous deux; car une nouvelle décharge vint frapper le jeune homme, et leurs âmes ravies s'envolèrent ensemble.

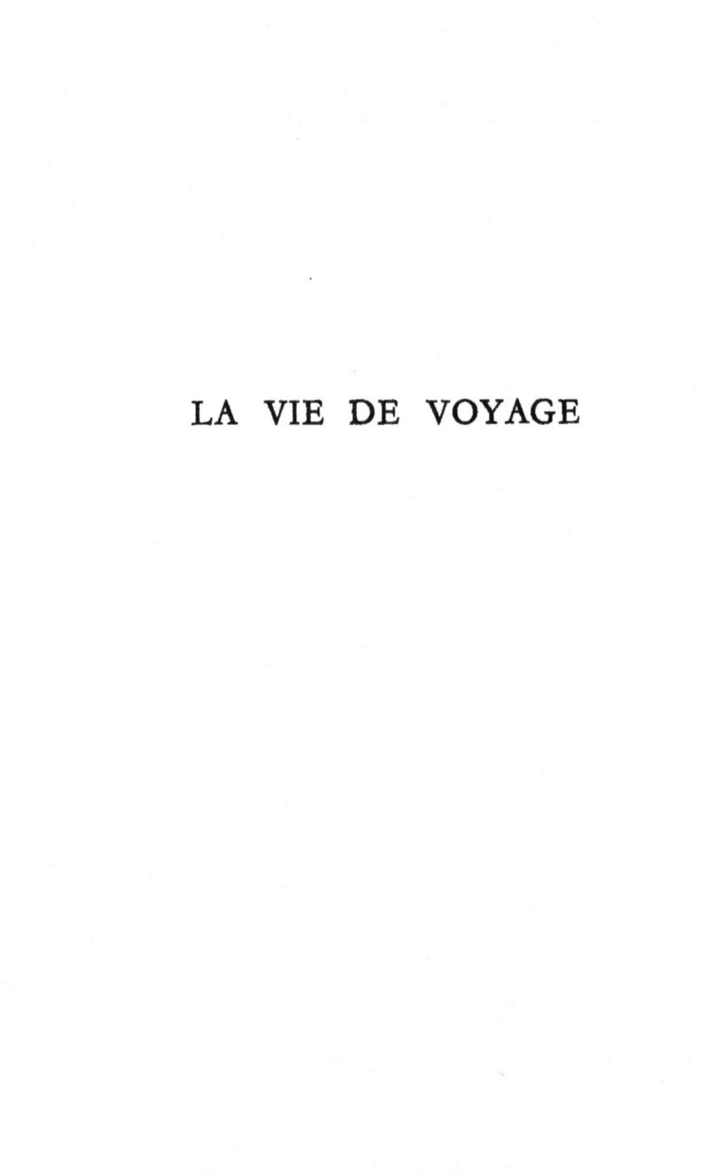

LA VIE DE VOYAGE

J'AIMERAIS mieux, dit Valerio, te laisser chez tes parents.

De grosses larmes roulèrent dans les yeux de Lucie. Elle regarda celui qui lui parlait avec une telle angoisse, qu'on ne saurait rien imaginer de plus douloureux.

— Comment ! murmura-t-elle, nous sommes mariés depuis huit jours !

— Et depuis trois, je connais notre ruine, répliqua Valerio d'un air sombre. Il faut que tu vives, je ne trouve rien à faire ici; une sorte de muraille s'élève autour de ma misère subite, et, si je n'aperçois l'issue par laquelle seule je peux en échapper, je n'aurai à contempler que le désespoir ! Eh bien, ma Lucie, j'ai accepté une proposition. Je partirai, je travaillerai pour toi; mais, franchement, je ne me sens pas la force de t'imposer ma nouvelle existence.

— Si je t'ai aimé, répondit Lucie en lui prenant les mains, ce n'est pas ma faute. Si je ne veux pas et ne peux pas te quitter, ce n'est pas ma faute non plus. Je n'imagine pas ce que je deviendrais. Il faut que je te suive, il faut que je vive auprès de toi; le reste n'est rien.

En parlant de la sorte, Lucie se laissa aller sur la poitrine de son mari; elle prit entre ses mains la tête de celui qu'elle aimait; elle couvrit son front et ses cheveux de baisers passionnés, et Valerio vaincu lui dit, en lui rendant baisers pour baisers :

— C'est fini, tu viendras avec moi.

Il importe peu de savoir ici comment et pourquoi Valerio Conti avait appris, cinq jours après son mariage, qu'un dépositaire infidèle lui emportait sa fortune. Il était homme actif, d'esprit, de science et de mérite. Il avait voyagé plusieurs années en Orient, et tout d'abord un de ses amis, apprenant son désastre, s'était entremis et lui avait offert de retourner à Constantinople, avec la certitude d'y obtenir un emploi, soit dans cette capitale, soit dans les provinces ottomanes.

Il vendit ce qu'il possédait. Le beau-père, exaspéré d'abord d'avoir un gendre ruiné, puis un gendre qui emmenait sa fille, lui donna peu de choses avec de grandes objurgations de ne jamais lui accorder davantage, et les deux pauvres petits amants, l'un qui avait vingt-six ans et l'autre qui en avait dix-huit, partirent de Naples sur le paquebot, qui s'en allait, à travers les flots helléniques, les porter à l'ancienne Byzance.

Savoir voyager n'est pas plus l'affaire de tout le monde que savoir aimer, savoir comprendre et savoir sentir. Tout le monde n'est pas plus en état de pénétrer dans le sens réel de ce que les changements de lieu apportent de spectacles nouveaux, que tout le monde n'est apte à saisir la signification d'une sonate de Beethoven, d'un tableau de Vinci ou de Véronèse, de la Vénus d'Arles [1] ou de la Passion de Bianca Capello [2].

A bord du navire qui emmenait Valerio et Lucie et les poussait sur la nappe bleue des flots entre les îles brillantées et l'Archipel, se trouvait un bon groupe de ces excellents animaux, que la mode chasse tous les printemps de leurs étables, pour les emmener faire, comme ils disent, un voyage en Orient. Ils vont en Orient et ils en reviennent, ils n'en sont pas plus sages au retour. Ni le passé ni le présent des lieux ne leur sont connus; ils ne savent ni le comment, ni le pourquoi des choses. Les paysages ne ressemblant ni à la Normandie, ni au Somersetshire, ne leur paraissent que ridicules. Les rues des villes n'ont pas de trottoirs, il fait très chaud dans le désert; les ruines trop nombreuses sont hantées par des petits animaux qu'on nomme scorpions; les puces se permettent, en nombre indiscret, des expéditions intolérables sur la personne des passants; les indigènes demandent trop de bakschishs, et on ne comprend

---

1. En 1621, en fouillant l'emplacement du théâtre antique d'Arles, on mit au jour une belle statue de Vénus appuyée sur une lance et tenant dans sa main gauche un casque guerrier.

2. La vie sentimentale de Bianca Capello, qui s'enfuit de Venise avec son jeune amant, Pietro Buenaventuri, en 16663, et se réfugia à Florence où elle devint la maîtresse du grand-duc François de Médicis, est une de ces existences passionnées qu'admirait Gobineau et qu'il a célébrées dans sa *Renaissance*.

pas leur jargon. Toutes ces puérilités sont peu de chose, et on croit généralement que le voyageur se contente de ces délicates remarques qui pourraient, à la rigueur, avec un peu de peine, étendre le cercle de ses expériences et pénétrer un peu avant sous l'écorce des choses. Ce qui l'arrête court, c'est qu'il ne sait pas voir; il ne verrait jamais, dût-il voyager aussi longtemps qu'Isaac Laquedem, les beautés, les singularités, les traits curieux de ce qui s'étale sous ses regards. Gloire infinie à cette toute-puissante et bonne Sagesse, qui a bien donné assurément aux sots et aux méchants l'empire du monde, mais qui n'a pas voulu que ces méchants et ces sots pussent en apercevoir les perfections, en mesurer les douceurs et en posséder les mérites!

Il y avait, sur le paquebot, deux ou trois Anglais, trois ou quatre Français, cinq ou six Allemands, fort préoccupés du dîner et du déjeuner du bord, jouant au whist une partie de la journée, et le reste du temps causant avec deux actrices de Marseille engagées pour le théâtre de Péra; plus un marchand de meubles qui allait s'établir à Smyrne. Ces gens sont allés en Orient et en sont revenus avec le même profit qu'ils auraient eu à tourner dans une chambre vide. Gloire, encore une fois, au Dieu bon et bienveillant, qui a réservé quelque chose exclusivement pour les élus [1]!

Valerio savait beaucoup; Lucie ignorait : mais Lucie sentait par instinct le prix de ce qui a du prix; elle en devinait la valeur cachée au moins aussi bien que Valerio,

---

1. Souvenir évident d'un voyage de Gobineau. Au retour de Grèce où il a accompagné dom Pedro, empereur du Brésil, en passant par la Russie et la Turquie (été-automne 1876), il écrit dans un carnet, inédit et malheureusement très peu lisible, après s'être plaint de la lenteur de la traversée Athènes-Brindisi : « Inventaire : un officier anglais de *(un mot illisible)* venant de Bouka. Il a la rage de me faire lire les nouvelles d'une expédition polaire que le diable emporte; 4 italiens membres d'une compagnie comique...; une masse d'anglais impossibles; un juif autrichien venant de Smyrne, prétentieux et en bottes; un petit consul italien, efféminé, poli, anglomane, vomissant du mal de mer. La compagnie comique a *(2 mots illisibles)* : elle se dispute entre elle sur le prix des places. Une des actrices passe son temps à étudier son rôle en se promenant sur le pont... » (B.N.U. Strasbourg, ms. 3554.)

peut-être avec plus de délicatesse encore, et elle était avide d'explications. Rien ne lui échappait; les nouveautés la frappaient et la jetaient dans des contes où son imagination s'enfonçait sans s'arrêter. Un palikare, qui montait à bord, se balançant sur les hanches de cet air arrogant et vainqueur particulier aux Albanais, suffisait pour transporter son esprit dans ces montagnes Acrocérauniennes dont son mari lui racontait, à ce propos, les pittoresques horreurs. Les vagues céruléennes qui se poussaient doucement l'une l'autre entraînaient ses pensées vers les côtes inaperçues de cette Afrique pleine de sable, de lions, de violences des hommes associées aux violences de la nature, et ce semis de pierreries, d'améthystes, de topazes, de tourmalines, de rubis, qu'on nomme l'Archipel, jeté là au milieu des saphirs de la mer, lui faisait comprendre comment les peuples antiques, à l'époque de tant de splendeurs, de tant de merveilles constamment vivantes, variables, séduisantes, avaient reçu dans leurs âmes la persuasion profonde que les dieux étaient là, présents, que les rayons du soleil étaient la chevelure même du divin cocher Apollon, que l'Aurore pétrissait de ses doigts roses le firmament joyeux, et que la Nuit sacrée enveloppait en souriant dans ses voiles, sans songer à les éteindre, et voulant à peine les cacher, les étincelles de feu allumées au front d'Andromède, de Callisto et des Jumeaux homériques, cavaliers sublimes, protecteurs des navires.

Quand Lucie, appuyée sur le bras de Valerio, contempla du bord, par un temps magnifique, cette pointe de rochers bleuâtres sur laquelle s'élèvent les colonnes blanches du temple de Sunium, elle eut une sorte d'éblouissement. La grâce, la majesté, l'éternelle jeunesse lui apparurent à la fois dans ces restes mutilés, et toujours debout, de ce temple qui a vu Platon s'asseoir et enseigner à son ombre.

Une opinion du Dante, acceptée par l'Ordre de Saint-Dominique, enseigne que la damnation des hommes consistera en ceci, qu'ils obtiendront avec surcroît ce qu'ils ont aimé dans cette existence terrestre, ce qu'ils ont cherché, ce qu'ils ont voulu. Mis ainsi en possession de leur désir pour toute la longueur de l'éternité, il leur sera donné en même temps la peine de connaître ce qui est au-dessus, avec la certitude de ne pouvoir jamais l'atteindre [1].

Peu importe. Il est des dons de ce monde dont le pis aller se pourrait accepter, et le sentiment puissant de la nature est du nombre. Quand on voit bien et qu'on aime ce qu'on voit, qu'on le possède pleinement avec ce que l'intuition inventive de l'esprit lui fait contenir, on se rend maître de la nature elle-même : on plane sur ses crêtes, on descend en ses profondeurs.

Avouez que c'est beaucoup que de longer les plaines de la Troade, dominées par l'Olympe d'Asie, et là, de contempler Ténédos. Pas à pas, les rivages rétrécis des Dardanelles s'éloignèrent devant les voyageurs, le bassin de Marmara s'ouvrit; et, au fond de cette coupe large et arrondie, apparut la hauteur majestueuse qu'embrassent les murs byzantins reliés par des tours innombrables, ceinture de Constantinople, enceinte d'où s'élève une forêt de minarets et de dômes au-dessus des cyprès nombreux au feuillage sombre, pareils eux-mêmes à des pyramides [2].

On a comparé l'aspect de Constantinople à celui de Naples. Quel rapport entre le plus charmant des tableaux de genre et la plus vaste page historique que l'on connaisse, entre un chef-d'œuvre du Lorrain et un miracle de Véronèse? On l'a comparé aussi à la baie de Rio-de-Janeiro [3]. Mais qu'est-ce que cet enchevêtrement superbe d'innombrables bassins se succédant sous des montagnes déchiquetées,

---

1. Gobineau a toujours été un admirateur de Dante. Il avait même songé à écrire un *Commentaire sur le Paradis de Dante* qui aurait été « l'histoire du développement intellectuel du premier Moyen-Age ». (Lettre à sa sœur, de Téhéran, 5 août 1863.) Un exemplaire de *la Divine Comédie* figure dans sa bibliothèque (B.N.U. Strasbourg Cd 168863). On ne voit pas, d'ailleurs, où il a pris cette « opinion du Dante ».

2. Gobineau est passé par Constantinople pour la dernière fois en octobre 1876 avec l'empereur du Brésil. Au cours de sa carrière, il y a fait escale au retour de son premier séjour en Perse, en mars 1858, et y a été reçu par son ami Prokesch-Osten; puis lors de son voyage vers la Perse pour son second séjour, en décembre 1862.

3. De février 1869 à mai 1870, Gobineau a été ministre de France au Brésil, et sa correspondance donne maint exemple de comparaisons entre le Brésil et l'Orient — toujours défavorables au Brésil où la nature lui semble « extraordinaire plutôt que belle » (lettre à Zoé, 24 août 1869).

dont les nervures verticales hérissées de forêts semblent des orgues où se montre seule la nature physique, où aucun souvenir humain ne parle, où les yeux seuls sont étonnés, éblouis; qu'est-ce que cette opulence toute matérielle a de commun avec l'aspect de Constantinople, scène animée, magnifique, intelligente, éloquente, domaine du passé le plus grand, que peuplent à jamais les souvenirs, les sublimes créations du génie? Qu'est-ce que le plus achevé des paysages anonymes et muets en face d'un spectacle si parlant? Quand la nature physique n'est pas imprégnée de la nature morale, elle donne peu d'émotions à l'âme, et c'est pourquoi les scènes les plus éblouissantes du Nouveau-Monde ne sauraient jamais égaler les moindres aspects de l'ancien.

Valerio avait emporté de Naples une lettre d'introduction pour un des ambassadeurs représentant d'une grande puissance [1]. Le comte de P... le reçut à merveille et comprit d'abord à quel tempérament fin, pénétrant, impressionnable et rare il avait affaire. Lui-même était un de ces tempéraments. Il avait beaucoup vu, beaucoup éprouvé, beaucoup appris; tout retenu. Sa mémoire et son cœur conservaient les vibrations persistantes des émotions anciennes, ce qui n'est pas un don commun. En un mot, à travers les émoussements des grandes affaires, il était demeuré capable de s'enthousiasmer pour quelqu'un ou pour quelque chose.

Le jeune ménage le charma. Ces deux hirondelles voyageuses, qui n'avaient plus d'abri et passaient effarées à travers le monde, lui inspirèrent de la sympathie. Il s'occupa de leurs intérêts, et, un matin, arrivant chez ses protégés, il leur prit la main à l'un et à l'autre, et leur tint le langage que voici :

---

1. Il s'agit, dans la pensée de Gobineau, de Prokesch-Osten, ambassadeur d'Autriche à Constantinople, qu'il a rencontré à Francfort en 1854, alors que Prokesch était président de la Diète et Gobineau jeune secrétaire d'ambassade. En 1871, Gobineau, mis en disponibilité par le gouvernement de la Défense Nationale, s'est trouvé dans une position pécuniaire si difficile qu'il a demandé à Prokesch de lui obtenir une petite place en Turquie, au service de la Dette ottomane ou des Chemins de fer.

– Votre sort me paraît fixé pour le moment. Sachez que les derniers restes de générosité et de chevalerie, si bien éteints en Europe, subsistent encore ici dans l'âme de quelques Turcs de vieille roche. Bien entendu je vous parle de ces Ottomans qui ont connu les janissaires. Grâce à mes amis de cette sorte, on vous confie, Valerio, sur les frontières orientales de l'Empire, une mission très indéfinie. Ceux qui vous envoient ne savent pas ce que vous aurez à faire et ne se soucient guère de l'apprendre. Ce qui leur importe, c'est que vous entriez au service de la Sublime-Porte. Vous examinerez les forêts, les mines, les lieux où l'on pourrait tracer des routes que, en tout cas, on ne tracera jamais, et vous en direz votre avis, si cela vous agrée. Allez ! Vous êtes recommandé à tous les gouverneurs de l'Empire. Quand vous reviendrez, on vous donnera un emploi qui vous fera peut-être entrer dans ce que le langage moderne appelle superbement « la vie pratique », c'est-à-dire dans toutes les platitudes, les niaiseries, les lâchetés de l'existence actuelle. Encore une fois, allez, mes enfants. Pendant quelques mois, vous n'aurez rien à faire qu'à marcher devant vous, où vous voudrez, comme vous voudrez, vite ou lentement; rien ni personne ne vous presse. J'ai connu cette vie; et je la pleure éternellement. C'est la seule et unique qui soit digne d'un être pensant. Allez, soyez contents, remplissez le monde de votre amour, et votre amour de tout le charme infini du monde.

Voilà Valerio et Lucie débarqués sur les plages lointaines de Trébizonde. Ils ont traversé cette mer Noire, cet Euxin qui a vu tant de choses, et, pourtant, de toutes ces choses, ce dont ils se souviennent le mieux et dont ils parlent davantage, c'est de l'antique Argonaute.

Sur le quai, se pressaient une foule d'Européens, que là on appelle des Franks : marins, marchands, aventuriers de toute espèce, ioniens, grecs, maltais, dalmates, français, anglais, valaques, triste multitude, et qui rampe bas dans la série descendante des créatures [1]. Cependant leur esprit est quelquefois marqué d'un trait qui leur enlève une part

1. C'est l'idéologie de l'*Essai sur l'inégalité des races* qui, une fois de plus, reparaît ici.

de vulgarité; ils ont l'instinct de l'imprévu, l'amour du mouvement et de l'audace : quelquefois aussi une lâcheté digne du capitan de la comédie italienne et qui ne manque pas d'originalité.

Mêlés à cette foule bariolée, remuante, quelques Osmanlis passaient, le chapelet à la main. Presque tous étaient dégradés par le costume moderne, porté et compris à leur façon, c'est-à-dire très mal : redingote marron ou bleue; avec les manches fendues ou déchirées pour rendre les ablutions plus faciles, des pantalons ignobles, tachés, une chemise mal blanchie dont le col se crispait sous l'étreinte d'une cravate mal tordue, un fez rejeté sur l'occiput; quelquefois, avec le chapelet, une grosse cigarette entre des doigts sales. Quand, sur le conseil haineux de la magicienne de Colchide, les pauvres filles d'Æson entreprirent de rajeunir leur père et que, après l'avoir dépouillé et mis tout nu, elles l'eurent coupé en morceaux, établi dans la chaudière bouillante, puis tiré de là pièce à pièce, pétri, dressé, servi, j'imagine que le pauvre Æson devait avoir la figure, la tournure et l'encolure lamentables d'un Turc régénéré [1].

En regard de ce pauvre hère, se tenaient dans une attitude sombre et agressive des émigrés tjerkesses. Ces hommes farouches avaient compté sur l'hospitalité des Turcs, musulmans comme eux, pour leur remplacer la patrie qu'ils laissaient entre les mains des Russes. Ils n'avaient rien trouvé que la famine et l'abandon [2]. Le désespoir assombrissait leurs yeux; la misère pesait sur leur dos; ils avaient la mort en face et la voyaient en plein. Impuissants et à demi résignés, ils regardaient les navires de la rade et les passagers qui débarquaient, tandis qu'un Abaze [3], vêtu de

1. Gobineau se trompe en évoquant la légende de Médée. Ce sont les filles de Pélias, et non celles d'Éson, qui, sur les conseils perfides de la magicienne de Colchide, tuèrent leur père en prétendant le rajeunir.

2. C'est entre 1862 et 1864, après l'écrasement des montagnards de Schamyl, que de nombreux groupes de Circassiens émigrèrent dans l'Empire Ottoman où le sultan leur concéda des terres, notamment en Syrie. La remarque de Gobineau paraît, sinon absolument injuste, au moins très exagérée.

3. Cf. p. 18, n. 2.

brun, avec ses chausses courtes et collantes, et son turban de même couleur que son habit, le fusil sur l'épaule, le poignard à la ceinture, sa femme respectueusement à dix pas derrière lui, considérait, brigand déterminé, les nouveaux venus de l'air d'une bête fauve qui contemple un troupeau de buffles et cherche un moyen de tenir un de ces animaux isolés, sans compagnons et sans pasteurs.

Trébizonde n'a en soi rien de bien curieux [1]. Le nom est ici plus grand que le fait. Les maisons ne sont ni turques ni européennes; elles tiennent des deux modes. Il y a peu de restes du passé, et ces restes sont insignifiants. Les rues sont larges et trop vastes pour les boutiques très humbles qui les bordent. Des constructions peintes en rouge ou en bleu de ciel n'appartiennent à aucun ordre d'architecture appréciable. Après tout, Trébizonde a cet intérêt d'être le dernier mot et le commencement de l'énigme : c'est la porte de l'Asie. Au delà s'ouvre l'inconnu; à ses portes est assise l'Aventure qui monte en croupe derrière le voyageur et s'en va avec lui [2].

Quand Valerio et Lucie, accompagnés de zaptyés [3] fournis par le gouverneur, eurent fait quelques lieues sur la route étroite, pavée en gros blocs de pierre, qui, bien que de construction moderne, est pareille à un débris antique, ils se trouvèrent au milieu d'une nature tout idyllique, des prés, des arbres bordant le cours des ruisseaux et des montagnes courant à leur droite. Bientôt la scène s'agrandit, l'idylle devint une épopée, et la chanson que les deux amants sentaient gazouiller dans leurs cœurs, éclata comme une symphonie dont les accords et les accents remplirent leur être tout entier. C'était un vertige délicieux, qui, avec une égale intensité, les emportait hors d'eux-mêmes. Montés sur des chevaux qui secouaient joyeusement leurs têtes fines, ils marchaient en avant de leur escorte et

---

1. Gobineau est passé deux fois à Trébizonde, notamment au retour de son premier séjour en Perse. Cf. *Trois ans,* II, 274-275.

2. Souvenir de Boileau, *Épîtres,* V, v. 44 :

« Le chagrin monte en croupe et galope avec lui. »

3. Les *zaptyés* formaient un corps de police dans l'ancienne armée ottomane.

se sentaient seuls, bien seuls, bien l'un à l'autre. Comme ils vivaient ! Comme ils s'aimaient ! Et rien ne les empêchait de s'aimer ! Aucun souci ne frôlait de son aile grise ou noire l'épanouissement de leur tendresse et, au sein de la vaste nature, ils étaient aussi libres de s'abandonner à leurs sentiments simples et grands comme elle, que jadis, à l'aurore des âges, l'avait pu faire, avant la période de la chute et du travail asservissant, le couple heureux du premier Paradis. Ils étaient, en effet, entrés dans une sorte d'Eden, car ils s'avançaient au milieu des vallées du Taurus [1].

Pendant plusieurs jours, les rives d'un fleuve large, calme, limpide, descendant avec majesté vers la mer, remontèrent devant leurs regards dans l'intérieur du pays. Des forêts épaisses couvraient la croupe des monts harmonieusement étagés. Des chalets de bois s'attachaient aux pentes et se montraient jusque sur les cimes; des troupeaux erraient dans les pâturages herbeux et jetaient au vent les tintements de leurs clochettes. Au pied des arbres énormes, aux écorces rugueuses, aux branchages luxuriants de verdure et audacieusement tourmentés, dont les racines jaillissaient brusquement hors de terre et étalaient sur leurs nervures toutes les variétés de mousses et de gazons, des fleurs innombrables, des pervenches surtout, étalaient complaisamment leurs corolles. Partout, la vigueur et la fierté, partout la grâce et le charme. Les aigles et les faucons décrivaient leurs cercles de chasse au plus haut de la courbure des cieux. Des oiseaux chanteurs s'ébattaient gaîment sous la verdure. Des roches abruptes, s'élançant tout à coup du sein des bois, formaient au-dessus des nuées comme une vaste esplanade, d'où s'élevait quelque immense fortification, ouvrage démantelé des Empereurs byzantins. L'Europe n'a jamais connu rien de pareil, en étendue, en hauteur et pour les caprices inouïs de l'architecture. C'est là qu'on peut contempler dans une

---

1. Valerio et Lucie, de Trébizonde à Erzeroum, suivent, en sens inverse, la route que Gobineau a faite en mars 1858. La marche d'une caravane, d'un *menzil* (gîte d'étape) à un autre, représentait alors 60 à 80 km par jour.

réalité qui ressemble à un rêve les modèles certains de ces châteaux magiques, que l'enchanteur Atlant et ses pareils faisaient naître d'une parole magique, pour la plus grande gloire de la chevalerie [1]. Avant que les Croisés eussent considéré d'aussi étonnantes architectures, il n'était pas possible que l'imagination du poète le plus dédaigneux de la vraisemblance pût en amuser l'esprit d'auditeurs qui n'y auraient pas cru. Des courtines énormes; à leurs flancs des mousharabys [2] sculptés, entassés les uns sur les autres; des tours portant des faisceaux de tourelles, guirlandées de clochetons; des donjons travaillés comme de la dentelle; des portes qui s'ouvrent sur l'immensité; des fenêtres d'où il semble qu'on pût voir jusqu'au plus profond des cieux, et tout cela énorme, avec une délicatesse et une élégance inouïes, voilà ce qui se présente aux regards; et, je le répète, au-dessous, flottent les nuages, tandis que le soleil miroite amoureusement sur les plates-formes festonnées d'innombrables créneaux [3].

Les amants arrivés à Erzeroum [4] y furent reçus à bras ouverts par le gouverneur. C'était un Kurde. Il avait été élevé à Paris, au collège, et avait passé quelque temps à Constantinople, dans les bureaux de la Porte; nommé secrétaire à la légation de Berlin, il s'y était arrêté trois ans pour être transféré comme ministre dans une cour secondaire. On l'avait fait revenir; il avait été kaïmakam [5] à Beïbourt, et depuis un an, il était pacha d'Erzeroum. C'était un homme de bonne compagnie, médiocrement musulman, mais, en revanche, nullement chrétien; sa

1. En même temps qu'aux *Nouvelles asiatiques,* Gobineau travaille à ce poème de chevalerie, *Amadis,* qui l'occupe depuis longtemps et qu'il considère comme une de ses œuvres maîtresses.

2. Voir une excellente définition de ce mot dans le *Voyage en Orient* de Gérard de Nerval, éd. Pléiade, t. II, 662.

3. Il est impossible d'identifier avec précision les « forteresses byzantines » que Gobineau évoque ici. Cf. cependant *Trois ans,* II, 272.

4. Gobineau connaît Erzeroum, où il a bénéficié de « quelques moments de bien-être dus à une hospitalité empressée », *Trois ans,* II, 273. C'était alors un centre commercial très vivant et un point stratégique important.

5. Cf. p. 31, n. 1.

confiance dans l'avenir de son gouvernement et de son pays ne s'étendait pas loin; il croyait peu au mérite et surtout à la réalité des réformes; mais il croyait avec force à la nécessité de rendre sa position personnelle la meilleure possible. Ses habitudes européennes n'avaient nullement étouffé ses instincts asiatiques; ceux-ci, à leur tour, ne cherchaient pas à trop réagir contre l'acquis et l'éducation. Il aimait les soins délicats de la toilette, bien qu'il ne fût plus jeune; il avait le goût des fauteuils et des meubles de Paris; il s'entourait volontiers d'albums et surtout tenait à ce que sa table fût servie comme s'il avait vécu en plein faubourg Saint-Honoré. A cette fin, il entretenait un cuisinier et un maître d'hôtel français. Il était aussi abonné au *Siècle* et au *Journal illustré* [1]. Bref, Osman Pacha se montrait homme de goût, avec quelques défectuosités; la dorure n'avait pas pénétré dans l'intérieur du métal kurde.

Depuis plusieurs années, ce personnage supérieur s'était marié, et comme il avait sagement compris qu'une fille Osmanli de bonne maison n'apporterait dans son intérieur que des habitudes à la mode ancienne sur lesquelles lui-même n'était nullement façonné, il avait préféré laisser tomber son choix sur une esclave circassienne, qu'un marchand du Caucase, sujet russe, lui avait vendue assez cher. Cette jeune personne était jolie, savait le français, la géographie et jouait habilement sur le piano des valses et des contredanses. C'était plus qu'il n'en fallait pour assurer le bonheur domestique d'Osman Pacha. Ce bonheur était complet. La Hanoum [2], la dame, s'habillait à l'européenne et ne portait que des modes de Paris qu'elle faisait également porter à ses deux enfants, une fille et un garçon. Elle s'ennuyait à Erzeroum. Elle aurait voulu aller au

---

1. *Le Siècle,* journal politique quotidien fondé en 1836, était un journal libéral. Sa grande diffusion date du second Empire où, sous la direction de L. Havin, il fut un des organes de la gauche et du voltairianisme que Gobineau ne peut souffrir. *Le Journal illustré* avait été fondé pour concurrencer *l'Illustration*. Les journaux de mode en France ont été nombreux depuis la création de *la Mode* par E. de Girardin en 1829.

2. *Hanoum* est le féminin de *Khan*. Cf. p. 127, n. 3.

théâtre, au bal, au bois de Boulogne, aux courses de Chantilly, aux soupers du Café Anglais. *Le Journal des Modes* lui avait révélé l'existence de ce monde enchanté et elle en rêvait. Pour les Asiatiques civilisés, l'idéal de la vie intelligente est, chez les hommes, la vie du club et, chez les femmes, celle du demi-monde. Osman Pacha et Fatmèh-Hanoum furent ravis de voir arriver Valerio et Lucie. C'était une distraction.

Elle ne dura que peu de jours. Erzeroum n'est pas une ville attrayante. Placée sur un plateau nu et élevé, les rues y sont livrées au vent, froides, entourées d'une plaine maussade et stérile. Là, il pleut constamment; le ciel y est gris. Valerio n'y resta que juste le temps de s'entendre avec le chef de la caravane qui partait pour la Perse et auquel il avait l'intention de confier sa destinée. Il congédia ses zaptyés, qui ne devaient pas l'accompagner plus loin, et, étant tombé d'accord avec le maître des muletiers, il annonça son départ à Osman-Pacha et prit congé de lui. Lucie en fit autant, dans le harem, à l'égard de Fatmèh-Hanoum. Ce furent de grandes expressions de regrets, beaucoup de larmes et des embrassements sans fin; puis, vers deux heures de la nuit, Valerio et Lucie, avec deux domestiques musulmans, prirent congé de leurs aimables hôtes et se mirent en chemin pour aller s'associer à leurs futurs compagnons de route.

La caravane, comme c'est l'usage, avait quitté la ville depuis deux jours et était campée à une demi-heure du faubourg. Elle était considérable. A la clarté de la lune, on apercevait des lignes de mulets et de chevaux attachés par le pied à des piquets et mangeant l'orge du matin; on allait partir. Des feux étaient allumés çà et là; les ballots de marchandises s'élevaient comme des espèces de murailles et formaient en plusieurs endroits des cellules, dont les propriétaires s'occupaient à enlever le mobilier temporaire, composé des tapis et des couvertures sur lesquels et sous lesquelles ils avaient dormi. Les constructions mobiles formaient comme des rues où déjà la foule circulait très affairée. Çà et là s'élevaient quelques tentes légères dont les toiles laissaient percer les rayons lumineux des lampes matinales, et des ombres passaient et repassaient au-dessous.

Bien des petits boutiquiers tenaient, étalés par terre, auprès d'un réchaud de charbon, des gâteaux, des pains très minces et feuilletés, l'appareil pour faire le thé ou le café, des tasses, du laitage, quelque peu de mouton ou de volaille. On déjeunait. On allait, on venait; les muletiers réunissaient les ballots, ils les couvraient de cordes, et commençaient à charger les bêtes. De saints personnages criaient à haute voix des prières. Valerio se fit conduire auprès du chef des muletiers, après avoir laissé Lucie pour quelques instants auprès d'une famille turque qui allait à Bayazyd et à laquelle le pacha avait recommandé la jeune dame italienne.

Un chef de muletiers, un chef de caravane n'a pas de rang hiérarchique parmi les fonctionnaires publics d'aucun pays musulman. Ce n'en est pas moins un grand personnage, en un certain sens; il jouit de deux privilèges bien rares dans le monde : d'abord, il commande à tout ce qui l'approche, et son autorité n'est jamais mise en doute; ensuite sa probité est toujours incontestée, et il est rare qu'elle ne soit pas incontestable.

En ce qui concerne Kerbelay-Houssein, le maître muletier auquel Valerio se trouva avoir affaire, ce dernier point était assuré, il n'y avait qu'à le considérer avec un peu d'attention pour reconnaître immédiatement dans son visage les signes de l'intégrité native. Kerbelay-Houssein était un homme de taille moyenne, trapu, remarquablement fort; la moitié de la figure couverte jusqu'aux pommettes d'une barbe noire, courte et frisée, des yeux francs et hardis, éclairés de regards droits et fermes, un teint hâlé, l'air grave et prudent comme il sied à un homme accoutumé à se sentir responsable. Kerbelay-Houssein était de la province de Shouster[1], l'ancienne Susiane, à laquelle appartenaient la plupart de ses camarades. Il possédait en propre trois cents mulets de charge, ce qui constituait un avoir assez respectable. Il était donc riche, considéré; mais comme il convient à un homme de sa pro-

---

1. Schouster est une ville du Khouzistan : le nom du chef de la caravane, *Kerbelay,* semble pourtant indiquer qu'il est originaire de *Kerbela.* Inadvertance de Gobineau?

fession, il ne se donnait aucun titre pompeux, ne se faisait pas même appeler *beg*, allait vêtu de laine fort propre, mais très commune, et se contentait d'être le plus despotique et le plus inflexible des législateurs. D'ailleurs, il ne s'emportait jamais, content d'égaler en obstination le plus obstiné de ses mulets.

— Maître, dit Valerio à ce personnage, vous allez à Tebryz [1]?

— Inshallah, s'il plaît à Dieu! répondit Kerbelay-Houssein, avec une dévote réserve.

— Combien de jours comptez-vous mettre dans ce voyage?

— Dieu seul le sait! répliqua le chef toujours du même ton. Cela dépendra du temps beau ou mauvais; de l'état des pâturages pour mes mulets, du prix de l'orge dans les différentes stations, et enfin, du séjour que nous ferons à Bayazyd et ailleurs.

— De sorte que vous ne pouvez pas du tout me dire à l'avance quand nous arriverons?

Le muletier sourit.

— J'ai vu des Européens, dit-il, et j'ai toujours remarqué qu'ils sont pressés. Croyez-moi, l'heure de la mort arrive toujours. Vous avez le temps; ni une minute plus tôt, ni une minute plus tard que le sort ne le veut, nous n'arriverons à Tebryz. Vivez content, croyez-moi, sans vous tourmenter davantage.

— Vous m'avez l'air d'un brave homme, répliqua Valerio, et je crois que vous êtes tel. Je vais donc vous parler à cœur ouvert. J'ai une jeune femme, et je crains que la prolongation des fatigues de la route ne soit une épreuve un peu dure pour elle; c'est pourquoi je viens me consulter avec vous sur ce qu'il y aurait à faire pour que ma femme souffrît le moins possible. Ensuite, j'ai encore quelque chose à vous demander. Pour mon voyage, j'emporte quelque argent, et, avec tant de monde qu'il y a ici, dans la caravane, je ne suis pas bien aise de l'avoir toujours sur moi; je crains qu'on ne me le vole.

---

1. D'Erzeroum à Tebriz : l'itinéraire de Valerio est toujours celui que Gobineau a suivi en sens inverse en 1858.

— C'est ce qui arrivera certainement avant qu'il soit deux jours, répondit le muletier, si vous gardez votre bourse par devers vous. Donnez-la-moi. Je paierai vos dépenses en route, et je vous tiendrai compte du surplus, quand nous serons arrivés à notre destination.

Valerio n'avait voulu que provoquer cette offre, et il s'empressa de remettre ce qu'il possédait entre les mains de Kerbelay-Houssein. Celui-ci compta et recompta l'argent et le mit dans un coffre sans donner le moindre reçu comme c'est l'usage [1]. Il en fit lui-même la remarque, et dit en souriant à Valerio :

— Je suis allé une fois jusqu'à Trébizonde et deux autres fois je suis allé à Smyrne. Il paraît que vous autres Européens, vous êtes de grands voleurs, car vos négociants se demandent constamment des gages les uns aux autres. Mais vous comprenez que, si les muletiers n'étaient pas des gens d'honneur et qui n'ont aucunement besoin d'attester sans cesse leur probité, le commerce ne serait tout simplement pas possible. En ce moment, voyez! Un grand marchand de Téhéran compte sur moi. Il m'avait remis, il y a un an, quatre-vingt mille tomans pour lui rapporter des étoffes de laine et de coton, des porcelaines, des cristaux, des soieries et des velours, que j'ai dû faire demander à Constantinople. J'ai dépensé soixante mille tomans et je lui rapporte le reste. J'ai mon frère qui mène une caravane de Bagdad à Shyraz, de Shyraz à Yezd et de Yezd à Kerman. Il a eu dernièrement, pour cent mille tomans, une commande de châles destinés à un négociant du Caire. Il a dépensé cent cinquante mille tomans que, sur sa parole, on lui a parfaitement payés. Si, nous autres muletiers, nous donnions prise au moindre doute, je vous le répète, qu'est-ce que le commerce deviendrait! Certes, effendum [2], il faut grandement remercier Dieu très haut et très miséricordieux, parce que, ayant

1. Sur l'honnêteté scrupuleuse des marchands persans, cf. *Trois ans*, II, 129-134. Et sur les qualités nécessaires aux muletiers, *ibid.*, I, 139-141.

2. En turc, *monsieur*.

créé tous les hommes voleurs, il n'a pas voulu permettre que les muletiers le fussent!

Là-dessus, Kerbelay-Houssein se mit à rire, et, comme on lui apporta son thé, il en offrit une tasse à Valerio qui accepta.

— Maintenant, poursuivit le brave homme, vous m'avez adressé une autre demande et, comme je l'ai trouvée de beaucoup la plus importante, j'y réponds en dernier. Vous excuserez la liberté avec laquelle je vais vous parler de votre maison [1]; je sais que les Européens ne sont pas sur ce point-là aussi délicats que nous, et je les approuve, car il y a beaucoup de grimaces dans notre prétendue réserve et, en outre, je suis un père de famille; j'ai quatre filles mariées qui ont des enfants, et je vous parlerai de votre femme comme d'une fille à moi, puisque vous avez eu la confiance de me consulter à propos d'elle.

— Kerbelay-Houssein, vous êtes un digne homme, répliqua Valerio; je vous écoute avec toute attention et une confiance entière.

— Pour commencer, vous avez eu tort d'emmener votre maison avec vous dans le voyage que vous entreprenez. Je m'imagine assez ce que sont vos femmes; elles ne ressemblent point aux nôtres; j'ai vu cela du coin de l'œil dans les villes habitées par des Féryngh ys. Les nôtres? On en met deux sur un mulet, une à droite, l'autre à gauche, avec une toile bleue par-dessus et trois ou quatre enfants sur leurs genoux. Elles bavardent et dorment, on ne s'en inquiète pas. Si ce sont de très grandes dames, on leur donne, au lieu de ces kedjavèhs [2], un takht-è-révan, une grande boîte portée sur deux bêtes, l'une devant, l'autre derrière; cela tangue et roule comme un vaisseau; elles sont fort bien là-dedans. Mais vos femmes sont trop raffinées; vous leur apprenez tant de choses, vous les gâtez si fort, qu'il est impossible de les traiter

1. Expression employée par la politesse iranienne pour parler à quelqu'un de sa femme.

2. Le *kedjavèh* est un double panier qui, posé sur le dos d'un mulet, pend sur chaque flanc de l'animal. Cf. *Trois ans*, I, 149. Sur le *takht-è-revan,* sorte de litière, cf. *ibid.*, II, 26.

de cette façon-là. Mon avis est donc qu'elles ne doivent pas venir dans nos pays, où il n'existe pas de voitures, pas de beaux meubles, et où, en revanche, on a trop de soleil, trop de chaleur ou trop de froid, beaucoup de fatigues, et elles n'y peuvent tenir.

— Que signifie cette crainte que vous voulez me donner, Kerbelay-Houssein? répondit-il. Grâces au ciel, ma femme est forte, bien portante et jusqu'ici elle s'est accommodée de tout et n'a souffert de rien.

— Sans doute, sans doute! Gloire à Dieu qu'il en ait été ainsi; mais voilà que les difficultés commencent. Enfin, tout ira bien, inshallah! inshallah! Je ne veux pas vous effrayer sans raison, effendum, mais vous rendre précautionneux; car vous savez que d'ordinaire, vos pareils ne savent guère ce que c'est que le bon sens. J'espère qu'il n'en est pas ainsi pour vous. J'ai un joli petit cheval qui va l'amble. Je vous l'enverrai tout de suite pour porter votre maison; il vaut mieux que sa monture actuelle.

Valerio remerciait le digne muletier quand on entendit des cris aigus, des accents de fureur, un tapage effroyable. Un muletier accourait en gesticulant et fendait la foule qui semblait indignée.

— Qu'y a-t-il? demanda Kerbelay-Houssein avec calme.

— C'est, répondit le muletier, un scélérat de Shemsiyèh [1] qui prétend se joindre à la caravane! Vit-on jamais pareille insolence? Nous voulons le chasser! Il n'obéit pas!

---

1. Allusion à un épisode vécu par Gobineau, *Trois ans*, II, 272-273 : « Je crois que le seul honnête homme qui m'ait apparu sur cette route était un pauvre Yésydy, un de ces gens que les Turcs disent adorateurs du diable et qu'ils maltraitent fort... » Ici cependant, il semble — malgré l'imprécision de Gobineau sur la doctrine du Shamsiyé — qu'il s'agisse non d'un Yézydy, adorateur du diable, mais d'un descendant des Parsis, sectateurs de Zoroastre et adorateurs du feu, dont Gobineau a pu rencontrer de nombreux exemples en Perse et aussi à Bakou où il a vu le temple du Feu. Cf. *Religions et Philosophies*, 7; et aussi lettre de Gobineau à sa sœur, 20 juin 1856, dans *Lettres persanes*, 52-55; lettre à Prokesch-Osten, 10 décembre 1856 (B. N. U. Strasbourg, ms. 3524). Sur cette secte, répandue par petits groupes dans les régions de Mossoul, Alep, Diarbekr, Erivan, et dont les croyances sont complexes, voir l'article de Menzel dans *Encycl. de l'Islam*, IV, 1261-1267 (s. v. *Yazīdī*).

— Je vais lui parler, répondit Kerbelay-Houssein d'un air grave, et il se mit en route dans la direction que les cris et les gesticulations de la foule lui indiquaient. Valerio le suivit et ils arrivèrent au dehors du camp ur le bord d'un petit ruisseau dominé par une roche; au pied de cette roche se tenait un homme que les gens de la caravane insultaient et menaçaient. Les Turcs étaient particulièrement acharnés; les Persans ricanaient et criaient des injures, des Arméniens catholiques levaient les bras au ciel avec des exclamations de douleur et de scandale; plusieurs Juifs branlaient la tête d'un air grave et gémissaient sur la désolation de l'abomination, mais ils ne faisaient pas trop de bruit. Quelques pierres, visant le personnage poursuivi par une animadversion si générale, vinrent rebondir sur la roche. Elles étaient lancées par des enfants Kurdes.

Le Shemsiyèh debout, se contractant de tous ses membres devant les projectiles qu'on lui jetait et que Kerbelay-Houssein arrêta d'un geste, paraissait avoir une quarantaine d'années. Sa figure semblait douce ou plutôt doucereuse et craintive; sa bouche souriait, ses regards s'échappaient en dessous et circulaient rapidement autour de lui. Il était vêtu à la façon kurde, mais portait un bonnet de feutre blanc de dimensions très exiguës; à la main il tenait un petit bouclier rond, couvert de ganses et de glands qu'il serrait convulsivement pour s'en garantir contre la lapidation; il portait un sabre et un poignard, mais ne semblait nullement tenté de s'en servir.

— Que veux-tu, chien? lui dit sévèrement Kerbelay-Houssein.

— Monseigneur, répliqua le Shemsiyèh, avec son sourire inimitable et une extrême humilité, je demande la permission à Votre Excellence de me joindre à la caravane pour aller jusqu'à Avadjyk [1]. Je n'ai pas l'intention d'être à charge à personne; je ne demande pas la charité.

1. Gobineau est resté deux jours à Avadjyk en février 1858; c'était alors le dernier village iranien avant la frontière turco-persane sur la route de Khoï à Bayazid, cf. *Trois ans*, II, 268.

Veuillez seulement m'autoriser à me joindre à vous, il ne m'en faut pas davantage.

Un cri général de réprobation s'éleva de toutes parts.

— Qu'est-ce que cela veut dire? demanda Valerio. Est-ce que cet homme est un malfaiteur ou un pestiféré?

Kerbelay-Houssein leva légèrement les épaules :

— C'est tout bonnement un Shemsiyèh, répondit-il tout bas à son interlocuteur; il adore les idoles des anciens et, à ce qu'on dit, le soleil; les Turcs voudraient le manger parce qu'il ne vénère ni Osman, ni Omar, ni Aboubekr; les Persans voudraient le voir manger parce qu'ils aiment les spectacles et le tapage; les Chrétiens et les Juifs saisissent cette occasion de se montrer zélés partisans de l'unité divine; Dieu sait avec exactitude ce qu'il en est! Pour moi, je mettrais toute ma caravane en désordre, si je blessais les sentiments de ce monde. Le Shemsiyèh ne peut venir avec nous. Allons! s'écria-t-il d'une voix rude, allons! infidèle, scélérat maudit, décampe! Comment as-tu l'impudence de prétendre t'unir à une compagnie si honorable?

— Je suis sujet du sultan, comme vous autres, répliqua le Shemsiyèh d'une voix assez ferme. Si je vais seul à Avadjyk, je serai volé et assassiné sur la route. Vous n'avez pas le droit de me repousser; je ne fais de mal à personne, et les nouvelles lois [1] sont pour moi aussi bien que pour les Musulmans et les autres gens du Livre [2].

Là-dessus, il s'éleva un *tollé* furieux parmi les citoyens de la caravane, les pierres recommencèrent à voler de toutes parts et des sabres mêmes allaient se tirer quand Kerbelay-Houssein, assenant autour de lui trois ou quatre

---

1. Allusion aux chartes de 1839 et de 1856, réformes libérales du *Tanzimat,* établissant des rapports nouveaux entre musulmans et non-musulmans dans l'Empire Ottoman. Cette libéralisation du régime traditionnel de la Turquie semble à Gobineau un signe de décadence, d'où son allusion ironique, plus haut, au « turc régénéré ».

2. Les « gens du Livre » *(Ahl al-Kitab)* sont dans la tradition musulmane les chrétiens et les juifs, croyant au Dieu unique et, sur ce point, proches de l'Islam, ce qui leur vaut de la part des musulmans un traitement de faveur; les « gens du Livre » s'opposent aux idolâtres, qui sont contraints de se convertir à l'Islam sous peine de mort. L'expression *Ahl al-Kitab* revient maintes fois dans le Coran, cf. notamment *Coran,* XXIX, 45-49.

bons coups de bâton qui arrachèrent des cris de douleur aux victimes, mais calmèrent l'élan général, s'écria plus haut que tout le monde :

— Je ne me soucie pas des nouvelles lois ! Va-t'en ! Ne trouble pas plus longtemps d'honnêtes gens qui vont à leurs affaires et si Dieu te permet, dans sa sagesse impénétrable, de souiller le monde de ta présence, au moins que ce ne soit pas parmi nous !

Un applaudissement général couvrit la fin de ce discours édifiant, mais Valerio, considérant la figure du Shemsiyèh, vit des larmes sillonner ses joues ; il fut ému, lui aussi, et il dit brusquement à Kerbelay-Houssein et de façon à être bien entendu par la foule :

— Je prends cet homme pour mon domestique. Je ne sais pas s'il est Shemsiyèh ou autre chose, mais je ne m'en soucie point. Si quelqu'un m'attaque moi ou les miens, il aura affaire au vizir d'Erzeroum. Comprenez-vous cela, Kerbelay-Houssein ?

— Parfaitement, répondit celui-ci avec un clignement d'œil approbatif. Mais je ne veux pourtant faire de la peine à qui que ce soit. Hommes musulmans, chrétiens et juifs, vous entendez ce que vient de dire ce seigneur européen ! Je suis un pauvre muletier et je dois respecter les ordres du gouvernement Sublime ! Si quelqu'un d'entre vous n'est pas content, je l'engage à rester à Erzeroum. Mais voilà les bêtes chargées, en marche !

Sur cette parole magique, toute la foule se dispersa, subitement entraînée par le sentiment et la passion de ses affaires et de ses intérêts directs, et, tandis que défilaient les chameaux chargés et le reste, le Shemsiyèh saisit la main de Valerio et la baisa.

— J'ai, lui dit-il tout bas, ma femme mourante à Avadjyk ; j'étais venu chercher un peu de travail à Erzeroum. Je rapporte de l'argent. Que Dieu vous bénisse et vous sauve !

— Pourquoi ne me recommandes-tu pas à tous les dieux ? répondit Valerio en souriant.

— Je ne veux pas choquer vos opinions, répliqua l'homme de la Foi ancienne, mais bien vous exprimer ma reconnaissance.

Valerio s'empressa de rejoindre Lucie avec son nouveau serviteur et il lui expliqua ce qui venait d'arriver. Le petit cheval amblier de Kerbelay-Houssein arriva, et Lucie l'ayant monté, le trouva fort à son goût. Valerio, comme d'ordinaire, se mit à sa gauche. Le Shemsiyèh allait à pied de l'autre côté, quelques domestiques suivaient; quand le soleil se leva tout grand, il éclaira la caravane en pleine marche. C'était un spectacle très beau et très grand.

Le train immense composé de deux mille voyageurs s'étendait sur un vaste espace de terrain. Des files de chameaux et de mulets se succédaient sans interruption, surveillées par les gardiens qui, la tête recouverte de bonnets de feutre ronds ou cylindriques, absolument comme ceux dont les vases et les sculptures antiques présentent les images, cousaient ou tricotaient de la laine, tout en marchant. Kerbelay-Houssein, monté sur un cheval très modeste, et roulant d'un air fort sérieux son chapelet dans ses doigts, était entouré de quelques cavaliers aussi graves que lui, soit des moullas, soit des marchands de considération. Ce groupe respectable était évidemment l'objet du respect général. Ici des négociants couraient en faisant avancer leurs montures; plus loin c'étaient des gens assez richement vêtus, appartenant à d'autres professions que le commerce, soit qu'ils fussent employés du gouverneur, ou militaires, ou propriétaires terriens. Puis il y avait la foule, le plus souvent marchant à pied, causant, gesticulant, riant, se portant de côté et d'autre; quelquefois un de ces hommes disait à un muletier :

— Frère, voilà une bête qui ne porte rien. Puis-je monter dessus?

— Oui, répondait le muletier; que me donneras-tu?

Le marché se débattait en cheminant et l'homme payait et se prélassait sur la bête. Puis les femmes, qui se tenaient à part, allaient, faisaient un bruit beaucoup plus grand que les hommes. C'étaient des pépitements [1], des rires, des cris, des fureurs, des peurs, des adjurations qui n'avaient point de fin, et les enfants y joignaient de temps en temps des hurlements aigus. On voit cette masse, et les chameaux,

1. L'édition Gallimard corrige opportunément : *pépiements*.

et les chevaux, et les mulets, et les ânes, et les chiens, et les gens refrognés, et les élégants, et les prêtres, et les musulmans, et les chrétiens, et les juifs, et tout, et le tapage on l'entend. La foule marchait en avant, marchait avec lenteur, mais, en même temps, semblait constamment tourbillonner sur elle-même; car les piétons surtout, en agitation perpétuelle, allaient de la tête à la queue du convoi et de la queue à la tête pour parler à quelqu'un, rencontrer quelqu'un, amener quelqu'un à quelqu'un, c'était une agitation permanente et un bouillonnement qui ne s'arrêtait pas. Lucie en était à la fois étourdie, étonnée, amusée à l'excès. Elle demandait à son mari mille explications à la fois sur les diverses parties de ce spectacle nouveau, et rien ne lui avait donné l'idée jusqu'alors qu'un tel tableau fût possible. C'est cependant là, dans ce vagabondage organisé, que se développe le plus à l'aise le caractère et l'esprit des Asiatiques.

Vers huit heures, la caravane s'arrêta pour se reposer toute la journée et ne repartit que dans la nuit, vers deux heures. Kerbelay-Houssein, fidèle à sa sollicitude pour les jeunes Européens, vint lui-même leur désigner un endroit choisi, où il fit élever leur tente. On la plaça au milieu du beau quartier, de ce qu'on appellerait en Europe le quartier aristocratique. Là, n'habitaient que gens sérieux et dignes de considération. C'était plus respectable, mais moins amusant que les autres parties du camp. Aussi Valerio emmena-t-il Lucie très bien voilée pour se promener un peu partout.

Ce qu'on pouvait considérer comme le séjour de la bourgeoisie, comptait encore quelques tentes, mais petites et basses pour la plupart. La plus grande partie des habitations ne se formait que de ballots montés les uns sur les autres et couverts par des pans d'étoffe interposés entre les rayons du soleil et la tête du propriétaire de ce qu'on ne saurait appeler un immeuble. Certains de ces arrangements étaient très jolis et confortables, bien garnis de tapis et de coussins.

Dans le quartier populaire, on ne rencontrait que des bivouacs, des feux allumés, quelques baraques faites avec des bâts de mulets et de chameaux; là, les gens, peu sybarites, dormaient étendus sous la lumière crue, avec leurs abbas [1] sur la tête, et, partout, dans les trois quartiers, se dressaient les rôtisseries, les boutiques d'épiceries, les marchands de thé et de café, et l'on entendait dans plus d'un coin, dont le maître était invariablement un Arménien, le son d'une guitare et d'un tambourin. Il était sage de ne pas trop s'aventurer de ces côtés.

— Madame, dit en italien une voix cassée, madame, je vous salue et me présente à vous comme une femme bien malheureuse.

Lucie s'arrêta, Valerio en fit de même, et ils virent à leur côté une femme habillée en homme, à la mode persane, avec un chapeau de paille sur la tête.

— De quel pays êtes-vous ? demanda Valerio.

— De Trieste, monsieur. Je me nomme madame Euphémie Cabarra. Telle que vous me voyez, j'exécute en ce moment, pour la vingt-septième fois, le voyage de ma ville natale à Téhéran [2].

— Un intérêt bien puissant doit vous avoir imposé un genre d'existence aussi rude ? demanda Valerio.

La femme n'était pas de taille très élevée; sa maigreur paraissait extrême; son nez crochu, sa bouche mince, ses yeux petits, brillants, donnaient à toute sa physionomie une expression de dureté et de rapacité peu agréables à voir. Elle répondit :

— J'ai suivi d'abord mon mari, musicien militaire, engagé par le gouvernement persan. J'ai fait quelques bonnes affaires au moyen d'un petit commerce. M. Cabarra est mort. Je suis retournée à Trieste acheter d'autres marchandises, et je suis retournée. J'ai continué à vendre, à gagner, à perdre. J'ai pris l'habitude d'aller et de venir ainsi. J'aime mieux cette existence que toute autre. Quelquefois je me mets en service comme cuisinière, soit dans les harems curieux de goûter des plats des Européens, soit dans quelque légation. En ce moment j'apporte avec moi

---

1. Transcription fantaisiste de l'arabe *aba,* qui désigne un manteau de laine court et sans manches, utilisé surtout par les nomades bédouins.

2. Comparer cet épisode avec *Trois ans,* I, 245-246, où Gobineau raconte qu'au cours de son premier voyage en Perse, il a rencontré une aventurière analogue.

B. N. Imprimés *Cl. Josse-Lalance*

Repos d'une caravane (*Tour du Monde*, II, p. 29, 1860). Dessin de J. Laurens.

une pacotille de bimbeloterie. J'épargne mon argent, je loge avec les muletiers, mange du pain et du fromage, et je sers Dieu le mieux possible.

— C'est une existence très dure! s'écria Lucie.

— Ma belle dame, reprit la femme d'un air sérieux et morose, chaque créature humaine a son lot. Ce n'est pas la vie que je mène qui cause mon malheur. J'ai vu beaucoup de choses curieuses.

— Je n'en doute pas, repartit Valerio. Vous devriez les raconter à quelqu'un qui pourrait les écrire; ce serait assurément un livre intéressant.

— Le livre est fait, dit Mme Euphémie Cabarra, et elle tira de sa poche un petit volume in-12, imprimé sur gros papier commun en caractères peu élégants [1]. Elle l'offrit à Valerio, qui regarda la première page. On y lisait :

« Les Aventures originales et véridiques d'une dame de Trieste dans les nombreux voyages qu'elle a exécutés toute seule en Turquie, en Perse, dans le pays des Turcomans et dans l'Inde, pour la plus grande gloire de Dieu et le triomphe de la Religion. »

Valerio regarda çà et là, il ne lut absolument rien qui eût trait aux pays visités par l'auteur; tout consistait en une série d'anecdotes relatant d'innombrables occasions où la vertu de Mme Cabarra avait couru les plus grands périls, et d'où elle était sortie pure comme cristal et absolument triomphante. A dater de ce moment, une personne si respectable s'attacha à Lucie et à Valerio, et, moyennant un petit salaire, se chargea de faire leur cuisine.

Au bout de quelques jours, Valerio découvrait encore dans le camp un autre Européen. Celui-ci était un tout jeune homme, venant de Neuchâtel, en Suisse. Il s'était épris de l'Orient sur la lecture des livres des voyageurs et faisait des vers. Il voulait, disait-il, s'inspirer aux sources même de l'exaltation et du sublime, et son idéal était la Lalla-Rookh de Thomas Moore [2]. Ce que Valerio

1. « Elle a bien voulu me donner un volume qu'elle venait justement de faire imprimer à Trieste... » *Trois ans,* I, 245. J'ai en vain recherché cet ouvrage dans la bibliothèque de Gobineau.

2. Ce jeune poète, enthousiaste de l'Orient à la suite de lectures

pensa de lui, c'est qu'il était à moitié fou. Les vers que le jeune enthousiaste lui montra à la première rencontre lui parurent détestables. Le pauvre garçon ne savait pas grand'chose. Il portait de grands cheveux, une ceinture de soie rouge, une épée croisée comme les chevaliers d'autrefois, des bottes fortes avec des éperons dorés et une plume à son chapeau. D'ailleurs, son argent de route était exigu, et, pour le ménager, il faisait comme Mme Cabarra; il mangeait avec les muletiers, et couchait sur leurs couvertures. Il était maigre, pâle, débile; sa poitrine était atteinte. Avant d'arriver à la frontière persane, il mourut et un médecin sanitaire de la quarantaine, ancien étudiant saxon, le fit enterrer et plaça sur sa tombe une pierre où, lui-même, il grava le nom de la victime et une lyre au-dessus. Ce fut, sans doute, une consolation pour l'âme errante de celui qui n'aurait jamais su se servir de cet instrument. Il paraît qu'il ne suffit pas d'avoir la tête montée et une témérité aveugle pour tirer parti des choses. L'aspect de cet infortuné personnage qui, sauf son erreur, aurait pu faire, peut-être, à la Chaux-de-Fonds ou à Moûtiers, un clerc d'avoué très convenable, remplit de tristesse le cœur de Lucie. Mais il n'y avait rien à faire qu'à laisser la destinée jouer à son aise avec sa proie. Chaque jour révélait aux deux amants quelque individualité nouvelle, les unes tragiques comme celle du poète, grotesques et fortes comme celle de la Triestine, touchantes comme cette autre que voici ou digne d'attention comme celle qui vient après.

Lucie remarquait près de sa tente, chaque matin, un petit ménage composé du mari, de la femme et d'un enfant. Le mari pouvait avoir une vingtaine d'années et la femme quatorze ou quinze ans. Elle ne manquait jamais de saluer Lucie, et, bien qu'elle ne pût parler avec elle, elle se faisait comprendre par des signes, et ces signes étaient les plus aimables et les plus gracieux du monde.

---

romantiques, ressemble comme un frère à Gobineau dans sa jeunesse, lecteur passionné du *Giaour* de Byron, des *Orientales* de Hugo et du célèbre poème anglais, *LallaRookh* (1817), de Thomas Moore (1779-1852).

Le mari s'empressait de rendre les petits services qu'il pouvait à ses deux voisins de campement. Il aidait à baisser la tente, à la plier, à charger les mulets, et cela, sans façons obséquieuses, et avec cette bonne grâce et cette gaieté naturelles, partage des Orientaux qui savent vivre. Il raconta lui-même son histoire à Valerio :

— Je m'appelle, lui dit-il, Redjèb-Aly et je suis d'un village aux environs de Yezd [1]. Cette femme, qui est la mienne, est aussi ma cousine; nous avons été élevés ensemble, et nos parents avaient, dès notre naissance à tous deux, résolu de nous marier. Il y a deux ans, et comme ce projet allait s'exécuter, la jeune fille tomba malade et chacun vit bien qu'elle allait mourir. Le médecin juif ne le cacha pas; elle n'en avait plus que pour quelques heures, et quand je la vis sur sa couche, pâle et expirante, son père et le mien, sa mère et la mienne, pleurant, sanglotant et jetant des cris à fendre l'âme, je ne pus supporter ce spectacle; je l'embrassai sur la bouche, pour lui dire adieu à elle et à toutes mes espérances, et je m'élançai dans la rue. Comme je franchissais le seuil de la maison, et, que les yeux aveuglés par les larmes, je ne voyais pas ce que je faisais, je me heurtai contre quelqu'un qui me saisit brusquement dans ses bras.

— Qu'as-tu? me dit-il, d'une voix rauque.

— Laissez-moi, répondis-je avec colère, je ne suis pas en humeur de parler à personne.

— Moi, je suis au monde, s'écria-t-il, pour parler aux affligés et les consoler. Raconte-moi ton mal, peut-être ai-je le remède.

Je regardai alors celui qui me retenait et je vis que c'était un vieux derviche [2] à barbe blanche, l'air à la fois bienveillant et rude.

— Eh bien, mon père, répondis-je, la mort est dans cette maison. Laisse-moi aller maintenant, tu sais tout!

Et me débattant avec force, je le repoussai loin de moi et je m'enfuis. Pour lui, à ce que j'ai su plus tard, il ne fit aucun effort pour me retenir et entra vivement chez

1. Grande ville de la province de Kermân.
2. Cf. p. 87, n. 1.

mes parents ; il pénétra dans la chambre où agonisait ma fiancée, écarta d'un geste les assistants, s'empara du bras de la malade et sans dire un seul mot, tira de sa poche une lancette. Il pratiqua une forte saignée; puis, tandis que le sang coulait en abondance, il prit dans sa ceinture une fiole contenant de la liqueur rouge et en versa plusieurs gouttes dans un verre d'eau dont il fit avaler quelques gorgées à ma cousine. Cela fait, il ouvrit la porte toute grande, ordonna à chacun de sortir et de se tenir dans la cour sans plus entrer, car, disait-il, il faut de l'air à cette enfant.

Pour lui, il s'assit au pied du lit et resta les yeux fixés sur la mourante. Que dis-je, la mourante? Quand je revins une heure après, certain de ne plus trouver qu'un cadavre, je la vis sur son lit, les yeux grands ouverts, ayant repris connaissance, sa bouche essayait de sourire. Elle me regarda... Puisse Dieu très haut et très saint donner le bonheur des Élus au derviche pour ce regard que je lui dois !

Pendant trois jours, le vieillard n'abandonna pas celle qu'il venait de sauver. Nous lui offrîmes tout ce que nous possédions pour lui témoigner notre reconnaissance.

— Je ne saurais qu'en faire, nous répondit-il en souriant. En ne possédant rien, je possède tout; seulement il est en votre pouvoir de me rendre un grand service.

— Parlez, répondîmes-nous, vous avez tout droit et tout pouvoir sur vos esclaves.

— Eh bien ! donc, répliqua-t-il, comme je viens de le dire, je suis vieux et mes forces ne sont plus grandes; dans ma jeunesse, j'avais fait vœu d'exécuter dix fois le pèlerinage de Kerbela [1]. Je l'ai fait neuf et je ne me sens plus en état d'accomplir ma dixième obligation. J'en ai un remords infini, ma vie est troublée et je ne serai sûr de ne pas être châtié après ma mort, comme doit l'être un parjure, que si quelqu'un d'entre vous consent à se

---

1. Kerbela en Irak conserve le tombeau de Hussein, fils d'Ali et de Fatima, qui y fut assassiné par les partisans du calife omayyade Yazîd, le 10 Muharram 61 de l'Hégire (10 octobre 680). C'est une des villes saintes du chiisme, située en Irak, au sud-ouest de Bagdad.

substituer à moi[1] et à se rendre auprès du tombeau des Saints Imams pour leur dire ceci, en se prosternant devant la pierre :

— O Saints Imams, martyrs sacrés de Kerbela, le derviche Daoud vient, en ma personne, baiser la poussière de votre sépulture!

— C'est moi qui ferai cela! m'écriai-je, je vous le jure par votre tête et par la tête que vous avez sauvée; et pas une des parcelles des mérites que peut comporter une aussi sainte action ne sera dérobée par moi de votre part; tout vous reviendra, tout vous appartiendra et, plus tard, quand je serai revenu ici, j'irai une seconde fois et pour mon propre compte, remercier les Imams d'avoir, par votre entremise, sauvé la vie à celle qui doit être ma femme.

Le derviche m'embrassa et je partis. J'accomplis son vœu et j'en tirai un certificat du gardien de la Mosquée sainte; puis, je revins, je lui remis le document, dont il se montra très satisfait et je me mariai.

Le jeune homme s'arrêta sur cette parole et sembla hésiter un instant; mais Valerio s'aperçut que c'était parce qu'il luttait contre l'émotion. En effet, il reprit, après un peu de temps, d'une voix basse et tremblante :

— Je vous dirai que ma femme est si bonne, si douce et que je l'aime tant qu'il me sembla d'autant plus nécessaire d'aller remercier les Imams de me l'avoir donnée. Je leur devais déjà un pèlerinage pour moi-même. Je le fis; puis je revins. Quand je voulus repartir pour le troisième, qui était celui de la reconnaissance, elle m'a dit qu'elle aussi était reconnaissante et voilà pourquoi nous allons ensemble cette fois avec notre enfant. Mais je m'aperçois que je fatigue Votre Excellence. Elle a eu une bonté infinie de m'écouter jusqu'au bout. Je ne suis qu'un pauvre homme et j'ai grandement abusé de votre générosité.

Il y a de ces âmes-là en Asie, des gens qui ne vivent que par l'imagination et par le cœur, dont l'existence entière se passe dans une sorte de rêverie active et qui

1. Si un musulman ne peut accomplir le pèlerinage rituel *(Hajj)* ou un pèlerinage surérogatoire qu'il a fait le vœu d'exécuter, il lui est permis de se faire remplacer par un *wakîl*. Cf. *Coran*, II, 192, III, 91.

peuvent d'autant mieux se passer de tout contact avec ce que l'on appelle ailleurs la vie réelle et pratique, que cette sorte de fardeau et les obligations qu'il accumule sur les épaules des humains n'existent là que pour les riches et les puissants. Les pauvres sont dispensés, s'ils le veulent, de rien faire; la nourriture et l'abri ne leur manqueront jamais ni dans les caravanes, ni dans les villes, et la parabole des oiseaux du ciel auxquels le Père céleste sait ce qu'il faut et le donne, n'est vraie que dans les contrées du Soleil.

Depuis que Redjèb-Aly s'était fait connaître à Valerio, il était devenu, avec le poète suisse, un des commensaux de la tente italienne; mais ils eurent bientôt un nouvel associé. Celui-là se nommait Sèyd-Abdourrahman et c'était un érudit. Il raconta un matin son histoire en ces termes :

— Je suis né à Ardébyl, ville célèbre, peu éloignée de la mer de Khozèr, que vous autres, Européens, vous appelez la mer Caspienne. Comme ma famille ne comptait que des moullas, le moulla, mon père, les trois moullas, mes oncles, les huit moullas, mes cousins, je ne pouvais manquer de devenir un personnage très savant, et c'est ce qui advint. Je fus battu si souvent et si fort que j'appris à fond la théologie, la métaphysique, l'histoire, la poésie, et je n'avais pas quinze ans que l'on me citait dans tous les collèges de la province comme un des argumentateurs les plus subtils que l'on eût jamais entendu vociférer du haut d'une chaire.

Cela ne m'empêcha nullement de prendre un certain goût pour le vin, ce qui me conduisit à l'eau-de-vie, et cette liqueur, d'ailleurs maudite, opérant en moi une réforme intellectuelle d'une valeur prodigieuse, je compris, un beau jour, le néant de toutes choses; le prophète ne me parut plus aussi sublime que vous pouvez le penser; les leçons que j'avais faites au collège à des foules d'étudiants se révélèrent à moi comme aussi absurdes que celles dont on m'avait abreuvé moi-même, et, devant cette ruine générale de toutes mes opinions, je résolus de me mettre à voyager, afin de renouveler mon entendement, de me pourvoir, s'il était possible, de connaissances plus solides que les anciennes et aussi de me distraire par la contemplation de spectacles intéressants et curieux.

Depuis dix ans je mène ce genre de vie et jamais je n'ai eu sujet de m'en repentir. Vous avez peut-être remarqué quelquefois un grand garçon de bonne mine avec lequel je suis généralement associé dans nos marches. C'est un boulanger de Kaboul qui a, de même que moi, la passion des voyages. Pour la huitième fois il suit cette route-ci et il retourne dans l'Afghanistan avec la ferme résolution de partir immédiatement pour le nord de l'Inde et, de là, visiter Kachemyr, Samarcande et Kashgar. Quant à moi j'ai été déjà deux fois dans ces contrées, et, quand j'y retournerai, je pousserai jusqu'à la mer de Chine; en ce moment, je viens de l'Égypte et compte me rendre dans le Béloutchistan [1].

— Hé bien, en somme, dites-nous, Sèyd, répondit Valerio, dites-nous quels fruits vous avez retirés de tant de fatigues.

— De très beaux, répondit le voyageur; d'abord j'ai évité les fatigues bien plus grandes de la vie sédentaire, un métier, la société permanente des imbéciles, l'inimitié des grands, les soucis de la propriété, une maison à conduire, des domestiques à morigéner, une femme à supporter, des enfants à élever. Voilà ce dont je suis quitte; n'est-ce-rien?

— Mais du même coup, vous avez perdu les avantages correspondants.

— Et dont je ne me soucie point, s'écria Sèyd-Abdour-rahman avec un geste de mépris. En revanche, il n'est pas de contrée habitée par des musulmans qui me soit inconnue. J'ai vu les cités les plus illustres et les lieux dont parle l'histoire; j'ai conversé avec les savants de tous les pays: j'ai réuni l'ensemble de toutes les opinions reçues en un lieu, contestées dans un autre, et, somme totale, je ne peux plus douter que la plus grande partie des hommes valent un peu moins que des grains de sable, que les vérités sont des faussetés, que les gouvernements sont des arsenaux

1. Sur le goût des Orientaux pour les voyages, cf. *Trois ans,* II, 156-160.

de scélératesse, que les quelques sages répandus dans l'Univers existent, seuls, d'une manière véritable et que Dieu très haut et très grand, qui a créé cet amas de boue et de turpitudes où brillent si peu de paillettes d'or, a dû avoir, pour agir ainsi, des motifs que nous ne connaissons pas et dont l'apparente absurdité doit recéler certainement des causes d'une profondeur adorable.

— *Amen !* murmura Redjèb-Aly, qui n'avait pas compris le premier mot à cette tirade, sinon que tout respect était rendu au Créateur des mondes. Quant au poète, il cherchait une rime au mot *perdre*, et le Shemsiyèh souriait avec une certaine ironie qui fut remarquée par Sèyd-Abdourrahman, lequel se tourna vivement de son côté et le prit à partie en ces termes :

— Tu te moques, s'écria-t-il d'un air de triomphe, tu te moques des paroles que je viens de prononcer, parce que tu crois, toi, misérable, dont le nom est un objet d'horreur et la personne un objet de dégoût pour les populations au milieu desquelles tu vis, tu crois posséder seul la vérité et cette pauvre vérité se trouverait ainsi, dans le monde, comme une perle écrasée, ternie, jaunie, dépouillée de toute monture et gisant presque inconnue dans la fange! Eh bien! tel que tu es, Shemsiyèh, je te proposerai aux autres pour exemple et ils verront que tu es leur modèle. Tes pères ont été puissants; leurs erreurs se sont étendues sur tant de pays qui désormais professent d'autres dogmes que, sous le ciel, il n'était pas alors de place pour des religions différentes; les folies étaient considérées comme aussi sages que les démonstrations les plus sévères du bon sens; et tes ancêtres les expliquaient avec conviction dans des temples de marbre et de porphyre. Tout est changé. L'esprit des hommes s'est tourné vers d'autres opinions; mais console-toi, ces opinions seront un jour traitées comme la tienne; et les multitudes considéreront un musulman, un juif, un chrétien, du même œil qu'elles te regardent aujourd'hui.

Le Shemsiyèh salua sans répondre et Valerio demanda au Sèyd :

— Vous qui avez parcouru tant de régions, n'êtes-vous jamais entré sur un territoire européen?

— Jamais, répliqua le Sèyd, d'un air embarrassé.

— D'où vient cela? poursuivit Valerio.

— Qu'y pouvais-je chercher? Qu'y pouvais-je trouver? Vous ne prendrez pas mes paroles en mauvaise part, et vous ne les croirez pas dictées par quelque prévention religieuse indigne d'un philosophe?

— En aucune façon, répondit Valerio; je connais la largeur et la liberté de vos idées, Sèyd, et ne saurais jamais vous soupçonner de pareilles faiblesses; parlez donc librement et instruisez-moi par votre expérience.

— Il n'y a pas d'intérêt pour un sage à voyager dans les pays européens, répondit le Sèyd d'un air convaincu. D'abord, on n'y est pas en sûreté. On rencontre à chaque pas des soldats qui marchent d'un air rébarbatif; les hommes de police remplissent les rues et demandent à chaque instant où l'on va, ce qu'on fait et qui l'on est. Si on manque à leur répondre, on est conduit dans une prison d'où l'on a beaucoup de peine à se tirer. Il faut avoir les poches pleines de bouyourouldys, de firmans, de teskerèhs [1] et d'autres papiers et documents sans fin, faute de quoi l'on risque même sa vie. Je vous atteste que les choses sont ainsi : je l'ai entendu rapporter par des gens dignes de foi qui avaient suivi des ambassades musulmanes dans ces pays du diable.

Redjèb-Aly écoutait ces révélations, la terreur peinte sur le visage; Valerio se mit à rire :

— Continuez, je vous prie, Sèyd, il y a du vrai dans ce que vous dites et je vous demande la suite avec insistance.

— Eh bien! donc, puisque je ne vous fâche pas, j'ajouterai que, si l'on a eu le bonheur d'échapper à ces périls et de ne pas être mis en prison pour avoir fait une chose ou l'autre qu'il ne fallait pas faire, on est toujours en grand danger de mourir de faim. Si on est pauvre, il ne faut pas le dire; personne ne songe à vous demander si vous avez

---

1. *Buyuruldu* en turc désigne proprement un *ordre* donné à un subordonné par un haut fonctionnaire et, par extension, un *sauf-conduit*, un *laissez-passer*. Le *ferman* en est l'équivalent en persan. *Teskerèh* (arabe *Tadzkirat*) signifie *certificat, passeport*.

dîné et ce qui, dans les pays musulmans, ne coûte pas un poul [1], exige des sommes folles dans vos pays avares. Alors que peut-on devenir? Ici, et partout ailleurs, que je me couche sur le chemin pour dormir, on ne me dira rien; chez vous, la prison rentre en question; il en est de même pour tout; dureté de cœur chez les hommes, cruauté et sévérité chez les gouvernants, et de la liberté nulle part : il n'y a que contrainte; par-dessus le marché, un climat aussi inhospitalier que le reste. Je ne me suis jamais étonné, effendum, de voir ce que vous avez dû observer comme moi, vu que ceux de vos Européens qui viennent demeurer au milieu de nous, ne peuvent plus s'en détacher, prennent vite nos habitudes et nos mœurs, tandis qu'on n'a jamais cité un des nôtres qui eût la moindre envie de rester dans vos territoires et de s'y établir.

— Tout cela est encore assez exact, repartit Valerio et, pourtant, je vous ferai remarquer que le nombre des Asiatiques faisant le voyage d'Europe devient chaque année plus considérable.

— D'accord! s'écria le Sèyd. Ce sont des militaires que l'on envoie apprendre l'exercice et les façons du nyzam [2]! Ce sont des ouvriers qui devront poser des poteaux du télégraphe [3]! Ce sont des médecins qui apprendront à disséquer des cadavres humains! Tous métiers d'esclaves, métiers stupides ou avilissants! ou immondes! Mais il n'est jamais passé par la tête de personne que les Européens, qui savent les choses grossières et communes, possèdent la moindre idée des connaissances supérieures. Ils ne savent ni théologie ni philosophie. On ne parle point de leurs poètes parce qu'ils ignorent tous les artifices

1. *Poul* (du turc *argent*) désigne une monnaie persane de valeur infime, en laiton.

2. En arabe, ce mot signifie *règlement*. Allusion aux tentatives de réformes militaires entreprises par le gouvernement persan avant et pendant le règne de Nasr ad-Dine.

3. C'est en 1858-1859 qu'une ligne de télégraphe électrique a été ouverte entre Tébriz et Téhéran et devant le succès de cette innovation, en 1862, le gouvernement persan songeait à ouvrir une ligne qui irait à Bagdad. Cf. dépêche diplomatique de Gobineau du 20 février 1862, Hytier, 170.

du beau langage, ne connaissant ni le style allitéré, ni les façons de parler fleuries et savantes; d'ailleurs j'ai ouï dire que leurs langages ne sont au fond que des patois rudes et incorrects. De tout ceci il résulte que l'Europe ne saurait exercer aucun attrait sur les natures délicates, et c'est pourquoi je vous répète que jamais un galant homme n'y met les pieds, quand il n'y est pas contraint par les ordres de son gouvernement.

Sèyd-Abdourrahman ayant terminé cette apostrophe du ton pénétré d'une foi solide, Valerio ne vit aucune raison d'argumenter contre lui et on parla d'autres choses sur lesquelles on pouvait être mieux d'accord.

Cependant la caravane avançait. Le paysage changeait. On parcourait les contrées montagneuses de la Haute-Arménie; on avait atteint les rives bruyantes, bordées de roches qui enserrent ce torrent fougueux dont le parcours devient plus loin l'Euphrate. On gagnait du pays; mais lentement. D'abord on ne cheminait chaque jour que pendant six à sept heures, et le déplacement d'un si grand corps était lent. Ce corps se mouvait avec une sorte de précaution solennelle et de sang-froid que rien n'émeut. Ensuite, il s'arrêtait souvent à moitié route de la station indiquée pour la fin du trajet du jour et cela pour bien des considérations. Il faut savoir que Kerbelay-Houssein avait toujours le soin de recevoir les rapports des messagers envoyés par lui quelques jours à l'avance dans les différents villages, afin de négocier avec les paysans la quantité d'orge et de paille hachée, dont il avait besoin pour ses bêtes; le nombre de moutons, de poules, de charges de riz et de légumes qu'il lui fallait pour la population entraînée avec lui. Souvent les paysans émettaient des prétentions inacceptables quant aux prix qu'ils voulaient percevoir. On discutait avec eux; les mandataires du muletier leur opposaient la concurrence d'autres villages; souvent ces derniers s'entendaient avec leurs voisins pour maintenir et imposer des conditions très élevées; de la part des diplomates de la caravane c'étaient donc des propositions, des refus, des contre-propositions, des intrigues, des corruptions pratiquées sur tel ou tel de leurs adversaires, des sollicitations appuyées de présents auprès des autorités locales, afin d'obtenir que celles-ci donnassent des ordres propres à modérer la rapacité des gens des villages. Sans cesse les négociateurs revenaient auprès de Kerbelay-Houssein pour dire ce qu'ils avaient obtenu, recevoir de nouvelles instructions, porter des offres nouvelles. Le muletier était occupé comme le ministre dirigeant d'un grand État. Lorsque tout semblait réussir à souhait, que l'orge, la paille hachée, les vivres étaient accordés à bon compte et en abondance, la caravane marchait plus vite et d'une façon régulière et assurée. Dans le cas contraire venaient les lenteurs. Quand on n'avait pas réussi à s'entendre et que les habitants des villages placés sur la ligne du trajet s'obstinaient dans des exigences déraisonnables, alors Kerbelay-Houssein usait d'un grand moyen; il annonçait qu'il allait quitter la route directe, et, si cette menace ne produisait pas son effet, il la mettait à exécution. C'était un coup d'État. Toute la caravane alors, sans que le plus grand nombre des voyageurs en sût rien, prenait à travers champs et commençait un long détour allant chercher des contrées moins avares et bien souvent il arrivait alors que les paysans, effrayés de perdre des bénéfices certains, faisaient leur soumission et envoyaient prier Kerbelay-Houssein de revenir. Dans ce cas-là, celui-ci refusait avec hauteur jusqu'à ce que des indemnités suffisantes lui eussent été accordées pour les retards et les peines supplémentaires. Souvent aussi les fournisseurs assurés de placer ailleurs leur marchandise les laissaient aller. Il cheminait donc, se faisant précéder toujours de ses émissaires, et tirait de la fortune le meilleur parti possible. Il n'avait pas une minute de repos. Sa tête était toujours en travail, il contemplait son peuple à la façon dont Moïse regardait le sien dans la traversée du désert; et l'habitude qu'il avait de cette responsabilité, sa connaissance profonde du caractère des gens avec lesquels il traitait et des agents qu'il employait, lui donnaient une assurance et une fermeté dignes de respect.

Mais ce qui occasionnait les plus longs retards, c'était la rencontre d'un pâturage abondant. En ces occasions annoncées avec enthousiasme par les éclaireurs quelques jours à l'avance, on séjournait quelquefois deux semaines, trois semaines sur le même point. Le camp était établi d'une manière particulièrement sérieuse et avec toutes les commodités que chacun pouvait se procurer. Il semblait qu'une éternité devait se passer là. Chacun semblait dire comme les Apôtres dans l'Évangile :

« Il est bon que nous soyons ici; faisons-y donc trois tentes : une pour toi, une pour Moïse et une pour Élie[1] ».

Les chameaux, les mulets, les chevaux, les ânes se promenaient dans l'herbage plantureux, où ils enfonçaient jusqu'au ventre. Les muletiers étaient charmés de voir leurs bêtes se remettre à vue d'œil de leurs fatigues, au moyen de ce savoureux repas; la vue de la verdure et des fleurs charmait tous les regards, et la ruche bourdonnait de plus belle, chacun allant, venant, causant, remuant, continuant les marchés, les intrigues, les achats et les ventes que, comme on l'a vu, la marche même n'interrompait pas; car une caravane c'est une ville mouvante, et les intérêts et les plaisirs d'une ville ne s'y reposent pas plus que dans les cités sédentaires.

Pendant ces haltes ainsi prolongées, Lucie et Valerio employaient une partie de leur temps à faire des excursions dans la contrée qui les entourait. C'étaient déjà ces riches montagnes du Kurdistan, dont la beauté est plus âpre peut-être que le Taurus, où les gorges sont plus étroites et les escarpements plus abrupts, mais où la nature féconde n'est pas moins généreuse de ses dons. Les deux amants étaient jeunes; ils étaient hardis; ils ne suivaient pas toujours à la lettre les sages avertissements de Kerbelay-Houssein, qui cherchait à les rendre prudents et à les détourner d'excursions trop longues.

— Vous ne savez pas, leur disait-il, qui vous pouvez rencontrer. Les Kurdes, que le ciel les confonde! ne sont pas tous des pillards et des assassins, mais les exceptions sont rares, et il ne faut tenter personne. Je vous engage donc à ne pas vous éloigner du camp, de telle sorte que vous puissiez devenir la proie de quelques rôdeurs.

Une petite aventure donna une sorte de consécration à ces sages paroles. Valerio et Lucie, accompagnés du

1. Matthieu, XVII, 4; Marc, IX, 5; Luc, IX, 33.

poète, du Shemsiyèh et de Redjèb-Aly s'étaient mis en route un matin pour aller, à quelque distance, visiter un village dont on leur avait fort vanté la situation pittoresque. Tous étaient fort gais; le poète, un peu moins malade qu'à son ordinaire, prenait des airs avantageux sur son cheval de louage et se comparait à un chevalier des anciens temps; il en avait plus que jamais la plume, l'épée et les éperons; mais, moins que jamais, toute autre chose. Redjèb-Aly chantait à tue-tête une chanson persane, et le Shemsiyèh, toujours replié en lui-même, marchait sans rien dire auprès du cheval de Lucie. Le passage était resserré entre les montagnes et charmant, plein d'habitations rustiques en terre battue, à toit plat, encombré d'arbres fruitiers chargés de pommes, de poires, de prunes et de raisins. Tout à coup on se trouva dans un défilé étroit, circulant avec un ruisseau et dominé par des crêtes hautes, et on entendit retentir une violente fusillade.

Valerio mit brusquement la main sur la bride du cheval de sa femme et l'arrêta court. Le Shemsiyèh, par un mouvement qui lui fit honneur, tira son sabre et se jeta devant Lucie pour la couvrir de son corps; le poète mit l'épée à la main, en invoquant saint Georges et Redjèb se coucha par terre en criant qu'il était mort. L'alerte fut vive; il y avait de quoi. Mais aussitôt on entendit de toutes parts, sur les deux flancs des montagnes :

— N'ayez pas peur! On n'en veut pas à vous! Allez-vous-en! On ne tire pas sur vous [1]!

Et la fusillade fut suspendue un instant; Valerio, profitant de cette trêve, fit rebrousser chemin au cheval de Lucie, et la petite troupe partit au galop et ne cessa pas de courir jusqu'à ce qu'elle fût rentrée au camp, où Kerbelay-Houssein apprit en souriant les détails de l'aventure.

— Si vous m'aviez prévenu ce matin, dit-il à Valerio, que vous aviez l'intention d'aller de ce côté, je vous en aurais dissuadé. Je savais que deux tribus du voisinage avaient l'intention de s'y battre; c'est ce dont elles s'oc-

---

1. Aventure qui est arrivée non à Gobineau, mais à Querry, chancelier de la légation de France à Téhéran. Cf. *Trois ans*, I, 165.

cupent, et comme cela ne cause de mal à personne, il n'y a qu'à les laisser se fusiller en repos. Dieu est grand et fait bien ce qu'il fait !

Ainsi conclut le plus sage des muletiers, et, à dater de ce jour, Valerio ne manqua plus de prendre ses conseils sur l'étendue comme sur la direction des promenades qu'il comptait faire avec Lucie.

Un des grands plaisirs de la marche, c'était de se rencontrer aux lieux de campement avec une autre caravane arrivant d'une direction opposée. Naturellement, dans de pareils cas, les chefs respectifs des deux grands corps ambulants se sont assurés à l'avance qu'ils peuvent s'établir l'un près de l'autre sans compromettre leurs moyens de subsister. Alors ce sont deux cités qui s'arrêtent en face l'une de l'autre; deux cités véritables : l'une vient de l'Occident, l'autre est partie de l'Orient; qu'on s'imagine Samarkand et Smyrne se rencontrant au pied des montagnes qui séparent la Médie de la région du Tigre et de l'Euphrate. De ce côté, sous ces tentes, sous ces baraques, sont des Persans de l'Est, des gens du Khorassan, des Afghans, des Turcomans, des Uzbeks, des hommes venus des frontières lointaines de la Chine et même de ces contrées mal connues qui font pénétrer au milieu des provinces du Céleste-Empire les dogmes et les idées de l'Islamisme arabe. De ce côté-ci, au contraire, voilà des Persans de l'Ouest, des Osmanlis, des Arméniens, des Yézidys, des Syriens et des hommes de l'Europe lointaine, comme nous les avons déjà vus et comme nous les suivons, depuis le commencement de cette histoire. Dans les deux villes existent des éléments communs, des Juifs surtout. Ceux-là viennent aussi bien de Damas et d'Alep que de Bokkara et de Manghishlak. Tel d'entre eux voyage pour vendre et acheter, mais tel autre est un mandataire de la communauté de Jérusalem. Il va recueillir et rapporter aux habitants de la cité sainte les aumônes des fidèles. Il pénètre partout pour recueillir sa moisson. Si, cette année, il va à Téhéran, l'année dernière, il était à Calcutta; Khiva recevra sa visite plus tard, et partout il est reçu avec respect par ses coreligionnaires. C'est un homme grave, ferme, dur. Il connaît le monde et sait mieux que personne l'état actuel de l'Univers. Il n'est pas humble comme ses coreligionnaires et ne supporte ni affront ni avanie. Au besoin, il se réclame de la nationalité française, exhibe un passeport de cette nation, qui le désigne comme né à Alger, et réclame avec hauteur la protection des consuls en les menaçant de s'adresser aux journaux, s'ils ne lui font rendre justice. C'est un personnage terrible et que tout le monde redoute.

Il a bien vite fait de réunir dans sa tente les Juifs des deux caravanes, et c'est là qu'on s'apprend mutuellement ce qu'il y a à vendre et à échanger de part et d'autre : les noms des grands marchands, la nature et le poids des denrées qu'ils portent avec eux, enfin les nouvelles grandes et petites.

De pareilles rencontres déterminent généralement un séjour assez long de la part des caravanes lorsque, toutefois, les circonstances de saison, de sécurité, de lieu et d'approvisionnement le permettent. Alors il se produit aussi du mouvement dans les deux populations. Ceux-ci rebroussent chemin vers l'ouest avec les Orientaux; ceux-là, qui étaient venus parmi eux, s'attachent aux gens venus de l'ouest. On a beaucoup agi, intrigué, remué, on se dit adieu, on se sépare.

Mais il existe aussi des caravanes d'un tout autre genre et auxquelles on n'est jamais pressé de se rallier. Au contraire, on double volontiers une marche pour ne pas resté campé auprès d'elles. Ce sont les caravanes sacrées, dont les mulets, les chameaux, les chevaux portent, au lieu de marchandises, des bières avec leurs morts, que l'on va enterrer dans quelque ville sainte : à Meshhèd, à Goum, à Kerbela [1]. Ces caravanes ne sont, d'ailleurs, pas plus tristes que les autres. On y chante, on y rit, et on s'y amuse tout autant. A la vérité, les conducteurs en sont de vertueux tjaoushs [2] avec leurs vastes turbans, des moullas vénérables pourvus de coiffures non moins

---

1. Sur Meshhed, cf. p. 183, n. 4; sur Kerbela, note ci-dessus p. 319; sur Goum (ou plutôt Koum) où Gobineau est passé lors de son premier voyage en Perse, cf. *Trois ans*, I, 285-287.

2. Transcription fantaisiste du mot arabe qui signifie *surveillant, agent de l'ordre*.

sérieuses; les versets du Koran sont fréquemment récités; mais on ne peut pas prier toujours, et, dans les intervalles qui sont nombreux et longs, le plus austère directeur ne se refuse pas à entendre, ni à faire un bon conte. Quand on arrive à la station, le turban est mis de côté, et en caleçon et bonnet de nuit on se met à son aise; on loue Dieu de ce qu'il a créé l'eau-de-vie. Cependant, les fils respectueux, les frères dévoués, ont pris sur le bât du mulet le corps de leur regretté parent; on a mis les caisses funèbres les unes sur les autres, en tas, ou bien encore on les a laissées où elles sont tombées; on les ramassera le lendemain et, si l'on se trompe de coffre, en définitive, chaque défunt aura finalement la même couche funèbre sous la protection et dans le voisinage de l'Imam. Tout irait pour le mieux, si l'odeur qui s'exhale de ces cadavres mal empaquetés n'était pas, en elle-même, désagréable et tenue, assez généralement, pour malsaine; c'est là seulement ce qui fait qu'on évite, quand on peut, les caravanes des morts.

Au contraire, on ne déteste pas la rencontre d'un grand seigneur, s'en allant avec deux ou trois cents cavaliers, chasser, ou rendre au roi ses hommages. C'est une occasion de plaisir. C'est aussi quelquefois un surcroît de sécurité. Deux ou trois cents braves gentils hommes des tribus, armés jusqu'aux dents, ne sont pas d'un petit secours dans les contrées hantées et troublées par les Kurdes Djellalys ou autres, dans les régions du Nord, ou bien par les Bakhthyarys [1] et les Loures dans celles du Sud. Alors, pendant qu'on voyage côte à côte, on échange de grandes politesses et de petits présents qui ne font jamais de peine à ceux qui les reçoivent.

De loin en loin, la caravane allant toujours, arrive enfin dans le voisinage d'une ville réelle et stable. Ces villes sont rares. Quand on est établi sous les murailles d'une de ces cités, alors la population errante redouble d'occupations et de mouvements. Celui-ci réussit à placer ses acquisitions faites à Trébizonde. Il recueille un honnête profit et se forme une nouvelle pacotille. Celui-là quitte

---

1. Cf. p. 144, n. 1.

le monde d'amis qu'il s'est faits depuis le départ et reste dans la cité, ou bien va s'unir à une autre caravane; il est remplacé par de nouveaux venus. Des connaissances vous quittent et on les serre dans ses bras, on leur fait de tendres adieux; quelques-uns pleurent, d'autres déplorent avec des lamentations sans fin les inconstances de la fortune; mais voilà d'autres personnages qui se présentent; on ne les connaît pas; on parle d'eux, on cherche à les aborder; on veut se lier avec ces inconnus et ils ne demandent pas mieux de leur côté. Les jours se passent, les affaires s'avancent. On se dit : On part demain! Je sais de bonne part que Kerbelay-Houssein a cette intention. — Il l'a dit à Mourad-Bey. — Je le tiens précisément de Nourreddin-Effendi, qui l'a appris d'un ami très confident de Kerbelay-Houssein. — Vous en êtes sûr? — J'en suis sûr, sur ma tête! sur la vôtre! sur mes yeux! par tous les Imams, et les quatre-vingt-dix mille prophètes.

Le lendemain, on ne part pas; mais on part huit jours après. On marche comme on a fait jusque-là. On rencontre de nouvelles aventures, les unes bonnes, les autres mauvaises; jamais les mêmes, toujours variées comme chacune des feuilles qui, par millions, forment la toiture d'un bois touffu et on voyagerait ainsi avec un maître muletier et tant de compagnons divers pendant des centaines de siècles, que jamais on ne ferait les mêmes rencontres ni ne retrouverait les mêmes conjonctions de choses. On peut donc s'expliquer que lorsque les hommes ont goûté une fois de ce genre d'existence, ils n'en peuvent plus subir un autre. Amants de l'imprévu, ils le possèdent, ou plutôt s'abandonnent à lui du soir au matin, et du matin jusqu'au soir; avides d'émotions, ils en sont abreuvés; curieux, leurs yeux sont constamment en régal; inconstants, ils n'ont pas le temps même de se lasser de ce qui les quitte; passionnés enfin pour la sensation présente, ils sont débarrassés à la fois des ombres du passé, qui ne sauraient les suivre dans leur évolution incessante, et encore bien plus des préoccupations de l'avenir écrasées sous la présence impérieuse de ce qui est là.

Et voilà la physionomie de la vie de voyage, et voilà son langage, et voilà ce qu'elle dit à l'imagination de celui qui l'adopte et la sait pratiquer. Malheureusement tout fruit a le ver qui le ronge et les plus brillantes fleurs de la création ne sont pas sans un venin secret, d'autant plus dangereux que les couleurs de la plante sont plus éclatantes et plus belles.

On a vu comme Lucie avait ressenti d'abord une impression saisissante et joyeuse de tous ces tableaux si variés qui se succédaient sous ses regards ou s'y pressaient à la fois. Si les façons de ces pays nouveaux avaient excité son enthousiasme, elle était entrée avec une curiosité extrême dans les récits innombrables qui lui avaient été faits; elle s'était enivrée du parfum de tant de révélations singulières, et les êtres humains si différents d'elle-même, qui s'agitaient chaque jour sous ses yeux, faisaient à la fois, les uns sa sympathie, les autres son dégoût; rien pour elle n'était dépouillé d'intérêt.

Les choses en étaient là, quand, une nuit, une idée, une impression suffit pour tout changer en elle. Elle s'était réveillée sous l'impression d'un malaise indéfinissable et, pour la première fois, depuis son mariage, elle se sentit triste, mais triste jusqu'à la mort. Elle ne se rendait compte de rien, elle ne savait rien, elle ne sentait rien de particulier; pourtant elle se mit à pleurer, sans le vouloir, presque sans le savoir et peu à peu, les pleurs la suffoquant, elle se mit à sangloter tout haut, et Valerio réveillé, la trouva cachant sa tête dans ses bras et ne cherchant plus même à maîtriser une sorte de désespoir [1].

La surprise du jeune mari fut extrême; son épouvante ne le fut pas moins. Il prit sa femme dans ses bras :

— Qu'as-tu, Lucie? lui dit-il.

Elle ne pouvait répondre; elle pleurait trop. Elle se serrait sur le cœur qui lui appartenait, mais cette consolation qu'elle y cherchait, cette sécurité qu'elle y trouvait, ne pouvaient pourtant réussir à la calmer.

---

1. Gobineau a vécu une expérience semblable lors de son premier séjour en Perse où il avait emmené sa femme et sa fille Diane. Mme de Gobineau ne se plut jamais à Téhéran et, en septembre 1856, décida de rentrer en France. Cf. *Lettres persanes,* 58; *Trois ans,* II, 234-235; lettre à Prokesch-Osten, 20 juin 1856 : « Clémence a envie de retourner en Europe... »

— Je ne sais ce que j'ai, disait-elle d'une voix entrecoupée; je suis bien malheureuse!... Je cherche moi-même ce qui m'accable, car, je le sens, je suis accablée... Il me semble que je suis dans une prison... que toutes les portes sont fermées sur moi... Non! ce n'est pas cela!... Il me semble que je suis perdue dans un désert et que les sables sans fin se succèdent et que je ne m'en échapperai jamais!... Non! Ce n'est pas cela encore! Il me semble que je suis enfermée dans une tombe étroite et que la pierre en est scellée sur moi!... Mais, non! mais, non! Toutes ces images sont trop affreuses, et pourtant, oui, Valerio! Elles sont toutes vraies! Je commence à comprendre l'idée qui m'a saisie!

— Explique-la moi, explique la vérité! s'écria le jeune homme en lui serrant les mains, en lui pressant la tête contre sa poitrine. Dis-moi tout pour que je te console.

— Eh bien! Oui, la prison, le désert, le tombeau, tout cela est vrai; je me sens prise..., Valerio, il faut que je m'en aille d'ici! j'ai tout regardé, j'ai tout vu, j'ai été amusée, charmée, ravie, je ne le nie pas! mais, soudain, je viens de m'apercevoir que nous sommes seuls, absolument seuls, au milieu d'un monde qui nous est étranger.

— Comment! Tu as peur? De quoi as-tu peur? Tu imagines un danger?

— Je n'imagine que ce que je vois : cette solitude morale, absolue, sans contraste, qui s'épaissit autour de nous... Peur? Je n'ai pas peur; ou, du moins, je n'ai pas précisément peur... mais, au premier abord, je ne voyais, je ne comprenais que la superficie des choses et l'apercevant comme elle est, bariolée et mouvante, je m'en amusais et ne supposais pas le dessous. Mais, maintenant, prends-tu garde toi-même que nous sommes entourés par l'inconnu, par l'étrangeté incommensurable, sans bornes? Que tout ce que nous approchons, nous regarde comme nous le regardons nous-mêmes, et cela sans nous comprendre, comme aussi nous ne comprenons pas? Nous sommes portés sur une houle dont nous ne connaissons pas la force; un souffle de vent peut bien faire une tempête; nous pouvons tomber dans un tourbillon; nous n'avons pas de boussole pour nous guider, et, de même que nous ignorons, de la manière la plus complète, le paysage qui se déroule derrière ces montagnes élevées devant nous, de même nous ne savons pas quels ressorts font mouvoir les esprits et les volontés, quels feux subits enflamment les imaginations de gens que nous jugeons en ce moment les plus inoffensifs et les meilleurs. Tiens! par exemple, qui me dit que le Shemsiyèh ne va pas entrer le sabre en main, et nous égorger pour faire un sacrifice à ses dieux? Oui! oui! oui! Ne ris pas... et, le sacrifice, il le jugerait peut-être d'autant meilleur, que cet homme nous aime peut-être, et offrirait ses bienfaiteurs et sa reconnaissance? Est-ce que je sais ce qui peut naître et s'agiter dans ces têtes qui sont si différentes des nôtres et qui trahissent des expressions de visage si nouvelles pour nos yeux? Et ce Kerbelay-Houssein, lui-même, dont nous célébrons l'honnêteté et la droiture, depuis que nous le connaissons, savons-nous bien ce que lui-même appelle droiture et honnêteté? Qu'y a-t-il de commun entre ces gens-là et nous? Eh bien! oui, j'ai peur! Je voudrais me retrouver dans un autre pays, dans le nôtre, dans celui que nous avons contemplé toute notre vie, qui n'a pas de mystère et d'inconnu pour nous; pour lequel nous sommes faits, et qui est fait pour les natures que nous avons reçues du ciel! Je voudrais voir les gens que nous pouvons reconnaître, sur le visage desquels nous sommes accoutumés à lire, et qui comprennent le bien et le mal de la même façon que nous! Enfin, Valerio, oui, c'est vrai, je me sens perdue ici; nous sommes tout seuls, et, j'en conviens, j'ai peur! j'ai peur! j'ai peur! Je ne veux pas rester ici! Allons-nous-en!

A ces mots, elle serra plus fort encore son mari dans ses bras et redoubla ses sanglots. Elle était en proie à une réaction qui se produit assez ordinairement en Asie chez les gens, peu ou mal trempés. On voit de ceux-ci, pris subitement, et sans autre cause qu'un travail intérieur de leur conscience, par des paniques qui, en s'accumulant les unes sur les autres, s'exagèrent et s'exaspèrent, arriver à la véritable folie. Tel, et des exemples en sont connus, prend tout bonnement le parti de s'enfuir et regagne l'Europe à travers des dangers très réels pour échapper

Cl. ***Daniel Schlumberger***

« ... nous sommes entourés par l'inconnu, par l'étrangeté incommensurable, sans bornes ... »

aux plus imaginaires des périls [1]. Tel autre se croit constamment à la minute d'un assassinat. S'il est assis dans sa chambre, dont la porte est close, et qu'il entende des pas dans le corridor, c'est un musulman fanatique qui est là, se colle contre la muraille... se glisse... entre... son poignard est déjà dans sa main... il va frapper! La victime sent ses membres se couvrir d'une sueur froide... Il se calme pourtant... Ce n'était rien que son propre domestique qui lui apporte le thé et dépose la tasse sur la table. Mais le malade lui a trouvé l'air singulier. Cet homme couve un mauvais coup. Il n'a pas osé, parce qu'il a vu qu'on était sur ses gardes. Maintenant il reviendra. Il va faire feu de ses deux pistolets par la fenêtre.

Quelquefois l'halluciné reprend tout son sang-froid, s'accoutume au milieu dans lequel il est placé, et sa guérison est assurée; mais il arrive aussi que le mal maintient et assure son empire, alors on tombe dans la variété la plus redoutable de la souffrance appelée nostalgie.

En voyant Lucie souffrir d'un tel état, Valerio eut peur à son tour. Le jour arriva, et les angoisses de la nuit un peu calmées firent place à une langueur, à un abattement qui n'étaient pas de bon augure. La jeune femme s'efforça, ce jour-là et les jours suivants, de prendre sur elle, pour ne pas affliger son mari; mais il ne lui fut pas possible de retrouver son enthousiasme perdu; elle ne prenait plus à rien un intérêt véritable; elle était gênée, elle était froide; un dégoût profond et irrémédiable l'envahissait de plus en plus et perçait dans toutes ses paroles.

Kerbelay-Houssein s'aperçut à sa pâleur que les choses n'allaient plus comme autrefois; il devina en gros ce qui se passait pour en avoir vu d'autres exemples.

— Je vous ai prévenu, dit-il à Valerio, un matin, pendant une marche; je vous ai prévenu! les femmes de votre pays ne sont pas faites pour la vie que nous menons. La vôtre est particulièrement susceptible; elle ne peut supporter indéfiniment la vue de nos longues barbes et de nos robes

1. C'est ce qui arriva à Mme de Gobineau dont le voyage de retour fut des plus difficiles. Voir les lettres de Gobineau à Prokesch-Osten où il raconte l'odyssée de sa femme et de sa fille.

longues, elle qui est habituée aux visages ras et aux habits courts. Si vous persistez à prolonger votre voyage, vous la perdrez, je vous le dis franchement.

— C'est vrai, répondit Valerio en baissant la tête, ma femme est malade; mais croyez-vous que son état ne puisse s'améliorer et que les conséquences en soient si dangereuses?

— Croyez-moi, je vous le répète, ne poussez pas l'épreuve plus loin. Tout à l'heure, à la station, nous ferons rencontre d'une caravane qui va à Bagdad; quittez-moi, rejoignez-la, et retournez en Europe par Alep et Beyrouth.

Valerio se soumit et en fut immédiatement récompensé. Aussitôt que Lucie eut connaissance de ce qui allait arriver, elle éprouva un soulagement immédiat. Elle sourit franchement pour la première fois depuis bien des jours. La séparation de tous les amis qu'elle s'était faits lui fut cependant pénible; quelques heures auparavant, elle les détestait et les redoutait. Quand le Shemsiyèh prit congé d'elle, la jeune femme lui fit quelques présents qui furent reçus avec une émotion de reconnaissance. Le pauvre diable jura à l'Européenne un souvenir éternel, et il a tenu parole. Le poète composa un sonnet, dont la copie fut précieusement conservée [1]. La femme de Redjèb-Aly serra longtemps sa protectrice sur son cœur et celle-ci lui rendit ses embrassements avec une émotion vraie. A ce moment, elle aurait presque souhaité de ne pas partir. Mais la résolution était prise. Kerbelay-Houssein lui donna solennellement sa bénédiction en l'appelant sa fille, et elle passa avec Valerio dans le campement de l'autre caravane.

Un an après, Valerio Conti et sa charmante femme prenaient le thé dans un salon de Berlin. Il y avait là des diplomates, des militaires, des professeurs et des femmes fort spirituelles et aimables. On faisait raconter à la jeune voyageuse ses aventures en Asie, et elle y mettait une verve, un feu, une exaltation qui la rendaient particulièrement charmante.

— Oui, je vous l'assure, disait-elle. Je regrette ce temps

---

1. Inadvertance de Gobineau : il a dit que le poète était mort avant d'arriver à la frontière persane...

comme le meilleur de ma vie. Je suis assurément bien reconnaissante au comte de P. d'avoir fait nommer M. Conti secrétaire à la légation ottomane dans cette cour; mais, s'il n'y avait pas réussi, eh bien, je serais encore dans cet Orient, que j'ai trop rapidement traversé, et qui éveille au milieu de mes souvenirs les sensations les plus heureuses, les plus brillantes, les plus inoubliables que j'aie jamais éprouvées.

— Hélas! dit Valerio, vous oubliez, ma chère, que ces sensations vous tuaient et que la fin n'en est pas venue trop tôt.

— Madame, ajouta le professeur Kaufmann, qui est un peu pédant, l'organisme humain garde aussi bien l'empreinte d'un plaisir qui lui faisait mal que celle d'une maladie grave qui pouvait le briser.

ANNEXE

UN AUTRE MUSULMAN M'A RACONTÉ...[1]

Un autre musulman m'a raconté l'histoire suivante : « Il y a huit ou neuf ans, j'étais devenu amoureux d'une fille appelée Sultâneh. Je ne saurais dire comment ni pourquoi. Elle n'était pas jolie et manquait de gaieté. Ce qui est certain, c'est que j'en étais fou et ses autres amants se trouvaient dans le même cas et sans pouvoir en donner plus de raisons. C'étaient le général en chef Azyz Khan, aujourd'hui vizir de l'Azerbeydjan et gouverneur du prince héritier; c'était le Moayyir el-Memalek, grand trésorier; c'était Hadjy Aboul Kassem, riche épicier du Vieux Bazar ; puis le fils d'Aga Hashem, cousin et intendant de l'Emyr Nizam, en ce temps premier ministre. La dame avait encore bien d'autres liaisons qui ne me sont pas connues, mais il n'est pas douteux pour moi qu'elle n'exerçât partout le même prestige. Ce qui était surprenant, c'est qu'elle paraissait deviner toutes les pensées. A peine avais-je le temps de concevoir une idée quand j'étais dans sa compagnie qu'elle me disait : voilà ce que tu veux. Alors avec beaucoup d'adresse, elle faisait le feu, grillait le kebab, versait du vin, apportait les amandes rôties. C'était un démon. Elle ne me demandait jamais rien, mais moi qui grâce au ciel, connais la valeur des objets et sais compter, à qui, d'ailleurs, les femmes n'en imposent point, je n'étais pas plus tôt en sa présence que le besoin de lui donner

---

1. Ce texte semble l'esquisse d'une septième *Nouvelle asiatique*, ou un fragment abandonné de *Trois ans en Asie*. B. N. U. Strasbourg, ms. 3514. Publié par J. Buenzod, *Journal de Genève*, 16-17 déc. 1961.

quoi que ce soit, de l'argent, des étoffes, des turquoises, des bijoux, des shalls, tout enfin me prenait à la gorge et, je vous le répète, ses autres amants étaient possédés de la même passion et de la même manie. Elle occupait une superbe demeure dont le mobilier valait certes plus de sept cents tomans; en argent et en pierreries, personne ne connaissait sa richesse, mais il ne se pouvait pas faire qu'elle ne fût considérable.

J'avoue que si mes relations avec Sultâneh avaient duré longtemps, toute ma fortune y aurait passé puisque, loin d'être occupé de la défendre, je m'ingéniais sans cesse à trouver des moyens de la lui livrer; mais, heureusement pour moi, Aga Hashem s'aperçut un jour que son fils le dérobait et ayant fait ses comptes, il vit qu'il lui manquait deux mille tomans, non pas à lui mais à son maître. L'aventure était grave et bon gré mal gré, le pauvre homme dut se résoudre à avouer le fait à son terrible cousin qui, de son caractère n'étant pas maniable, n'aimait surtout pas beaucoup à perdre son argent. L'Emyr Nizam s'emporta, comme on devait s'y attendre et ne parlait de rien moins que de faire enfermer Sultâneh dans un sac et de l'y faire tuer à coups de bâton, comme cela se pratique pour les femmes de mauvaise vie obstinée. Mais le Serdar, le grand trésorier, le riche épicier, moi-même, nous accourûmes en toute hâte, à la nouvelle de l'événement pour supplier l'Emyr Nizam et, à force de lamentations, nous obtînmes de lui qu'il se bornerait à faire expulser la coupable de la ville.

Les hommes du Kalenter[1] se rendirent donc chez elle, l'enlevèrent et la mirent sur la route de Koum, non sans l'avoir bien battue. Mais voici ce qui est merveilleux : lorsque les hommes du Kalenter envahirent la maison, naturellement ils la pillèrent de fond en comble et ne laissèrent pas le plus petit coin sans le visiter. En furetant, dans la chambre où couchait notre belle, ils trouvèrent aux quatre coins quatre fers à cheval, entourés de cordons de soie et couverts de caractères magiques.

1. Préfet de police.

Ces talismans furent aussitôt brisés et voyez le résultat! Moi qui aurais donné ma vie pour Sultâneh, je vis arriver chez moi le lendemain son principal domestique qui me dit qu'elle s'était arrêtée à Shah Abdoulazym où elle manquait de tout et que dans sa détresse, elle me priait de lui envoyer cinq tomans. Il me sembla que c'était la première fois de ma vie que j'entendais parler de cette personne et d'un air froid, je répondis au domestique que je ne le connaissais pas, qu'il n'était pas dans les habitudes de Sultâneh de me demander de l'argent, qu'il me faisait l'effet d'un voleur. Il se retira avec cette réponse et depuis ce jour, ni moi ni mes compagnons d'amour, nous n'avons jamais plus pensé à la femme qui nous avait tous si fort occupés, nous n'avons jamais fait le moindre effort ni senti la moindre envie de la revoir et cet oubli a été si complet, que je ne comprends pas ce qui me remet aujourd'hui ce vieux souvenir en mémoire; certes, depuis dix ans, je n'y ai pas songé deux fois.

C'est là ce qui me fut raconté par un homme politique de Téhéran, très rompu aux affaires, ayant une connaissance assez remarquable des idées européennes et se piquant d'une incrédulité très philosophique. Il faut ajouter en matière de commentaire que le fer à cheval est un talisman d'une grande force et d'une énergie très étendue. Il s'emploie surtout dans les occasions où l'on veut lier, unir fortement soit une chose, soit une personne, à une autre personne ou à une autre chose. Les fils de soie dont on l'entoure alors doivent être de sept couleurs, le blanc, le noir, le rouge, le vert, le bleu, le jaune et le violet, correspondant aux sept Planètes, et par conséquent aussi aux sept métaux. On rend donc par là les vertus célestes et terrestres complices du résultat que l'on prétend amener et maintenir. Si les ferrashes du Kalenter avaient pillé la maison de Sultâneh sans découvrir le talisman et sans y toucher, nul doute que la belle exilée eût vu courir immédiatement après elle le général en chef, le grand trésorier, l'opulent épicier du Vieux Bazar, le fils de l'intendant du ministre et l'élégant ami qui, un jour, a retrouvé son histoire par hasard dans le fouillis de ses innombrables aventures...

TABLE DES ILLUSTRATIONS

Portrait de Mme de Gobineau par Ary Scheffer XXI

Buste de Mme de la Tour par Gobineau XLIX

Carte du Caucase à l'époque du voyage de Gobineau (*Tour du Monde*, I, p. 308, 1860) 40-41

Soirée à Shamakha (*Tour du Monde*, I, p. 312, 1860). Dessin de Beaucé d'après Moynet 47

Aoûl lesghien (*Tour du Monde*, I, p. 320, 1860). Dessin de Doré d'après Moynet 59

Carte de l'itinéraire en Perse de Gobineau (*Tour du Monde*, II, p. 19, 1860). 83

Le marchand de melons 85

Types persans au temps de Gobineau (*Tour du Monde*, II, p. 32, 1860). Dessin de J. Laurens 135

Porte de Shah-Abdoulazym (*Tour du Monde*, II, p. 36, 1860). Dessin de J. Laurens 165

Mosquée de Meshhed au temps de Gobineau (*Tour du Monde*, II, p. 281, 1861). Dessin d'A. de Bar d'après une photographie 207

Esclave persan chez les Turcomans (*Tour du Monde*, II, p. 49, 1865). Dessin d'Émile Bayard d'après Vambéry 219

Tente turcomane, d'après Vambéry (*Tour du Monde*, II, p. 48, 1865) 220

«... le sang afghan le plus pur animait son essence... » ... 240

« Kandahar est une magnifique et grande ville. » 247

Intérieur d'un *enderoun* (*Tour du Monde*, II, p. 44, 1860). Dessin de J. Laurens 269

Repos d'une caravane (*Tour du Monde*, II, p. 29, 1860). Dessin de J. Laurens 315

«... nous sommes entourés par l'inconnu, par l'étrangeté incommensurable, sans bornes...» 337

TABLE DES MATIÈRES

Sommaire biographique I

Préface :

I. L'auteur des *Nouvelles asiatiques* XI
II. Genèse de l'ouvrage XXVI
III. Sources des *Nouvelles asiatiques* XXXVI
IV. Fortune des *Nouvelles asiatiques* LIX
V. « *De telles historiettes sont aussi des documents...* » LXII
VI. L'art de Gobineau LXVII

Orientation bibliographique LXXV

NOUVELLES ASIATIQUES

Introduction 3
La danseuse de Shamakha, Caucase............ 9
L'illustre magicien, Perse 79
Histoire de Gambèr-Aly, Perse 125
La guerre des Turcomans 181
Les amants de Kandahar 239
La vie de voyage 289
Annexe : Un autre musulman m'a raconté 341